모든 것의
목격자

BOOMERITIS: A Novel That Will Set You Free
by Ken Wilber

Korean translation copyright © 2016 by Gimm-Young Publishers, Inc.
Published by arrangement with Shambhala Publications, Inc., Boston
through Sibylle Books Literary Agency, Seoul.

KEN WILBER

BOOMERITIS

켄 윌버

김훈 옮김

모든 것의 목격자

김영사

모든 것의 목격자

1판 1쇄 인쇄 2016. 5. 23.
1판 1쇄 발행 2016. 6. 1.

지은이 켄 윌버
옮긴이 김훈

발행인 김강유
편집 황여정 | 디자인 이은혜
발행처 김영사
등록 1979년 5월 17일(제406-2003-036호)
주소 경기도 파주시 문발로 197(문발동) 우편번호 10881
전화 마케팅부 031)955-3100, 편집부 031)955-3250 | 팩스 031)955-3111

값은 뒤표지에 있습니다. ISBN 978-89-349-7471-0 03840

독자 의견 전화 031)955-3200
홈페이지 www.gimmyoung.com   카페 cafe.naver.com/gimmyoung
페이스북 facebook.com/gybooks 이메일 bestbook@gimmyoung.com

좋은 독자가 좋은 책을 만듭니다.
김영사는 독자 여러분의 의견에 항상 귀 기울이고 있습니다.

| 차례 |

| **일러두기** |

1. 이 책은 《BOOMERITIS》를 완역한 책입니다.
2. 옮긴이 주석 중 뜻풀이는 본문 속에, 실존 인물 설명은 각주로 처리하였습니다.
3. 본문에 소개된 도서 및 음악의 제목 원문은 책 말미에 있습니다.

오메가 둠

나는 깊은 혼란에 빠진 부모님이 낳은 이상한 아이다. 나는 둘 중 한 분을 창피해하고, 다른 한 분은 나를 창피해한다. 우리는 서로 말을 나누는 법이 없고, 모두가 그걸 큰 다행으로 여긴다. (이런 점들은 가끔 당신을 짜증나게 할 것이다.) 우리 부모님은 현재를 불만스럽게 여기고 있다는 점에서 똑 닮았다. 두 분 다 어떻게 해서든 하루빨리 현재를 자기네의 성향에 더 잘 맞게 바꾸고 싶어 한다. 한 분은 현재를 무너뜨리고 싶어 하고 또 한 분은 쌓아 올리고 싶어 한다. 당신은 두 분이 서로에게 도움이 되는 사람들이라 변화의 천국에서 이루어진 결혼 생활을 사이좋게 영위해나갈 거라고 생각할지도 모른다. 한데 갈라선 지 여러 해가 된 터라 우리 중 누구도 그런 확신을 갖고 있지 못하고 있다.

한 분은 혁명적인 반란의 격정을 토로하면서 잔인하고 무정한 어제의 강압적인 힘들을 무너뜨리고 싶어 하고, 문명화된 광기의 허울을 파헤침으로써 사악함으로 상처 난 현대 세계의 잔혹함에 의해 오랫동안 매몰되어 온 인간 본연의 선함을 찾아낼 수 있기를 간절히 소망한다. 다른 한 분은 다른 방향에서 까치발을 하고 서서 미래의 몽롱한 얼굴을 보려고 안간힘을 쓰면서 앞으로 다가올 세계의 변화를―그것은 아마 모든 역사를 통틀어 가장 위대한 것이 될 거라고 한다―망연히 응시하고 있고, 바야흐로 우리 앞에 펼쳐지려고 하는 아름다운 것들이 안겨줄 더없는 행복감에 도취하기 시작하고 있다. 어머니는 온화한 분이고 세상도 그런 식으로 본다. 하지만 나는 두 분에게서 눈 하나씩을 물려받았고, 두 눈알이 협조하기를 거부하는 통에 좀처럼 세상을 온전하게 보질 못한다. 나는 모들뜨기(두 눈동자가 안쪽으로 치우친 사람―옮긴이)라서 내가 보는 세상이라는 것은 제대로 정렬되지 않은 피카소의 세계다. 아니 어쩌면 그 때문에 세상을 더 명료하고 정확하게 보는 건 아닐까?

이건 상당히 확실한 것 같다. 나는 시대의 자식이고, 시대는 도저히 양립할 수 없는 두 방향을 가리키고 있다. 한편으로, 우리는 거대한 문명 블록들 간에 점차 배척하는 기운이 강해지면서 서로의 관계가 멀어지는 바람에 세계가 붕괴 직전에 놓인, 조각나고 찢겨지고 뒤틀린 곳이 되었다는 얘기를 계속해서 듣고 있다. 국제적인 문화전쟁들이 미래에 대한 최대의 위협이 되었다는 얘기도 듣고 있고, 다른 한편으로는 사이버 시대의 기술이 너무나 빠른 속도로 진행되는 바람에 앞으로 삼십 년 내에 우리가 인간 수준의 지능에 도달한 기계들을 갖게 될 것이고, 유전공학과 나노테크놀로지와 로봇공학 분야에서의 발전은 인류의 종말을 뜻하는 것이 될 수도 있다. 우리는 장차 기계들에 의해서 대체되거나 백색 페스트(19세기에 붙여진 결핵의 별칭―옮긴이)에 의해서 파멸될지도 모른다. 이런 식의 미래가 일개 아이에게 대체 어떤 식으로 비치겠는가? 국내에서 우리는 매일, 매시간, 매분마다, 엉망이 되어가는 한 사회의 예들과 맞닥뜨리고 있다. 1960년에는 미국인들의 문맹률이 5퍼센트였지만 오늘날에는 그 비율이 수직 상승해서 무려 30퍼센트에 이르렀다. 뉴욕 시에서 출생한 아이들의 51퍼센트는 혼외 관계로 생겨난 아이들이다. 몬태나 주 일대에서는 노르망디 해변의 나치 벙커들처럼 곳곳에 흩어져 있는 무장 민병대들이 공격에 단단히 대비하고 있다. 일련의 문화전쟁, 남성과 여성 간의 전쟁, 학계에서의 이념전쟁은 수단 방법 면에서뿐만 아니라 사악함에서도 국제 세계에서의 다문화적 침략에 버금간다. 내 얼굴에 박혀 있는 우리 아버지의 눈알은 다원론적인 분열상을 보이는 세계를 응시하고 있다. 그 세계는 역사상 전례 없는 엄청난 인간고人間苦들을 뒤에 어지럽게 남겨놓은 채 언제라도 해체될 준비가 되어 있다.

우리 어머니의 눈은 어느 모로 보나 현실적인 아주 다른 세계를 보고 있다. 우리는 점차 글로벌한 가족이 되어가고 있으며, 어떤 이름으로 부르든 간에 아무튼 사랑이 그 추진력이 되어주는 듯하다. 고립된 부족들과 집단들에서 소규모 농경 마을로, 도시 국가로, 정복 지향적인 봉건 제국으로, 국제적인 국가로, 범세계적인 지구촌으로 발전해온 인류 역사 그 자체를 보라. 그리고 이제 새 천년의 전야에 우리는 인류가 일찍이 보지 못한 유형의 경이로운 변화와 직면하고 있다. 이 과정에서 인류의 뿌리 깊은 결속과 유대 관계는 모든 사람의 혈관을 타고 흐르며 힘차게 맥동하는 에로스를 발견할 것이고, 에로스는 바로 우리가 알고 있는 대로의 세계를 변형시켜줄 글로벌한 의식의 새벽을 고하는 존재다.

나는 두 분 관점들 중에서 어느 것도 공유하고 있지 않다. 그보다는 차라리 두 분 모두의 관점을 공유하고 있다고 할 수 있으며, 그런 점이 나를 거의 미치게 만든다. 어느 한 힘이 아니라 두 가지 힘들이 분명히 세계를 잠식해 들어가고 있다. 거대한 규모로 작용하는 두 힘, 곧 세계화와 해체, 통합적인 사랑과 부식성의 죽음 소망, 사람들을 결속하게 해주는 친절함과 사람들 사이를 갈라놓는 잔혹함이. 그리고 그 이상하고 정신분열적이고 졸도하기 쉬운 아들은 세계를 마치 박살난 거울을 통해서 보듯이 보고 있다. 그 모든 것이 어떤 의미를 갖고 있는 것인지 궁금해하면서, 그리고 명료한 영상들이 만들어지기를 고대하며 머리를 천천히 앞뒤로 흔들면서.

그 피카소풍의 조각들이 모여 포스트모던 아트와 같은 것이 되면서, 흐르는 이미지들이 응결되기 시작한다. 아마 이 세상에서는 참으로 통합적이고 결속적이고 통일적인 힘들이 작동하고 있을 것이다. 인간의 이해와 배려와 연민을 서서히, 그러나 가차 없이 확장시켜주는 온유한 설득이라는 신 혹은 여신의 사랑이. 그리고 아마도 그런 모든 통합적 포용을 와해시키기 위해 온 힘을 다하는 악의적인 조류들도 있을 것이다. 그리고 아마도 그 두 힘들은 참으로 전쟁을, 둘 중 하나가 죽어서 사랑을 기반으로 하는 통일된 세계가 도래하거나 새 카펫 전체에 피가 낭자한 갈가리 찢어진 세계가 도래하기 전까지는 결코 끝나지 않을 전쟁을, 벌이고 있을 것이다.

그해 내내 곧바로 내 주의를 잡아끈 것은 미래로부터 내게 쇄도해오는, 삼십 년 안에 찾아온다는 아마겟돈 둠(악의 세력과 하느님이 대적하여 싸울 최후의 전쟁터를 이르는 '아마겟돈', 최후의 심판과 불길한 운명을 뜻하는 '둠'이 결합된 말-옮긴이)이었다. 불과 삼십 년 내에 기계들이 인간 수준의 지능에 도달하거나 그 수준을 뛰어넘을 것이라는 예견. 그런 일이 일어나고 난 뒤 기계가 인간을 대체하리라는 것은 거의 확실하다. 결국 기계가 우리 인간을 압도할 것이다. 그보다 더 가능성이 있는 것으로는 우리 인간들, 우리 마음, 혹은 우리 의식 같은 것들이 컴퓨터에 다운로드되는 것이다. 우리는 우리의 혼을 그 새로운 기계들에 옮겨 심을 것이다. 아이에게 이런 식의 미래가 대체 어떤 식으로 비치겠는가?

그 사건이 일어난 것도 바로 그해였다. 그 사건은 내 운명을 돌이킬 수 없으리만치 바꿔놓았고, 그 일 년 세월은 기적적으로 소생한 한 인간 기계의 삶에서의 일 년이기도 했다. 그해에는 여러 가지 착상과 개념들이 내 머리를 아프게 하고, 내 뇌를 상하게 해서 부어오르게 했다. 그 바람에 내 뇌는 문자 그대로 팽창해서 두개골을 압박하고 두 눈을 툭 튀어나오게 하고 내 관자놀이를 떨게 하고 세상을 욕하고 비난하게 만들었다. 나는 그해에 내가 있었던 지리적인 공간들을 거의 기억하지 못한다. 풍경이나 실질적인 장소를 비롯해서 내 외부의 것들은 거의 기억나지 않는다. 단지 대화의 흐름들과 통렬한 비전들만 기억난다. 그 비전들은 내가 그때까지 알고 있었던 형태의 내 삶을 파괴했고, 그 삶을 인류가 결코 인지하지 못하는 어떤 것으로 대체했고, 나를 불멸의 존재가 되게 했고, 내 살 전체에 자취들을 남겼고, 하늘을 향해 미소 짓게 했다.

세미나 1

문제아

BOOMERITIS

1

사이버 레이브 시티

나는 바를 찾아서 샌프란시스코 뒷거리를 배회하고 있다. 어두운 밤은 어떤 위안도 제공해주지 않는다. 우리 어머니는 내가 스무 살짜리치고는 이번 생을 넘어설 정도로 지혜롭다고 말한다. 하지만 어머니는 모든 영혼이 자기네 생을 넘어설 만큼 지혜롭다고 생각하고 있고, 따라서 나에 관한 얘기도 그런 생각의 곁두리로 나온 것이 아닐까 싶다. 어머니는 아마 부인할 테지만. 내 앞의 싸늘한 길에 짙고 옅은 검은 그림자들이 드리워져 있다. 뒷거리의 문이 요란하게 열리면서 민감한 자아를 놀라게 한다. 거기에는 '사이버 레이브 시티Cyber Rave City'라는 간판이 걸려 있는데, 무슨 이유에서인가 나는 내처 걸어간다.

우리 아버지는 맨해튼에 있다. 내가 마지막으로 들은, 그러니까 한 달 전쯤에 들은 얘기에 의하면 그렇다. 아버지는 아프리카 동남부에서 에이즈 구제 사업을 벌이기 위한 거래를 하면서 계약서를 검토하고 있는 중이다. 아버지의 말에 의하면 다소 기괴한 방식으로 그 거래를 추진하는 주체가 몇몇 다국적 기업들이기에 "거래를 하고" 있단다. 아버지는 그들이 에이즈를 이용해서 돈 벌기를 바란다고 했다. 아버지는 이맛살을 찌푸리면서 "죽음을 이용해서 돈을 벌려고 하다니!"라고 했는데, 그 소리는 해골과 엑스자로 교차한 두 뼈 바로 곁에서 금전등록기가 열리는 소리를 닮았다.('ca-ching! with death'라는 원문에서 '캐싱'은 금전등록기가 열릴 때 나는 의성어이자 '돈을 챙긴다'는 뜻을 아울러 함축하고 있다-옮긴이) 아버지는 달리 어쩔 도리가 없기 때문에 딱 이번 한 번만 그자들의 "한심하기 이를 데 없는 돼지 같은 제안"에 응할 작정이라고 선언했다.

"켄, 너도 이걸 시험해봐야 해." 그러면서 클로이는 내 혀에 엑스터시(암페타민계의 강력한 마약-옮긴이) 한 알을 얹어주고는 내 몸을 꼭 붙잡은 채 허리에 매달렸다. 신령한 음악이 내 뇌를 휩싸고 돌았고 따뜻한 기운이 내 존재를 구획해주기 시작했다. 미묘한 빛들이 명멸했는데 그것들이 내 머릿속에서 나오는 건지 밖에서 오는 건지 알 수가 없었다. "그걸 느낄 수 있어?" 클로이는 그 말을 후렴처럼 반복했고, 그 외에는 기억나는 게 거의 없었다. 그러고 나서 그날 밤 섹스 같은 것을 하기는 했지만 엑스터시가 불러일으켜준 황홀한 쾌감에 비할 때 몸으로 하는 섹스는 일종의 전락이요, 휘황하게 밝고 황홀하고 빙빙 돌면서 소용돌이치는 공간 속으로의 둔중한 진입 같은 것이었기에 제대로 시작도 하지 못했고, 더 정확하게 말하자면 끝맺지도 못했다. 클로이의 젖가슴조차도 그 황홀한 열락에 비하면 그저 시들하기만 했다. 어디서 몸이 끝나고 어디서 음악이 시작되는 걸까? 우리가 정말 사이버 공간으로 사라질 수 있다고 할 때 이게 바로 그런 것일까? 몸이 없이 떠돌고, 생각의 속도로 여행하고, 십억 비트로 디지털화되어 광학 경로들을 통해서 폭포수처럼 떨어져 내리는, 섹스조차도 시들하게 여겨지게 할 만큼 아찔한 모험…….

"켄, 너도 이걸 시험해봐야 해"라는 말에 이어 나는 기절해서 의식을 잃고 광학적으로 향상된 사이버 공간으로 들어갔다.

클로이도 나처럼 부머들Boomers의 자식이다. 클로이 역시 나처럼 자기 자신에 관해 생각해보기 전까지만 해도 그 점에 관해 거의 생각해본 적이 없었다. 우리가 사춘기 초기로 미끄러져 들어가고 나서야 비로소 그런 점에 생각이 미치기 시작했다는 뜻이다. 그때야 비로소 우리는 부머들이 우리 부모들이라는 것을, '부머들'이란 것이 실제로 존재하는 것이라는 걸 알았다. 사람들은 아이들이 사춘기에 이르면 부모로부터 떨어져 나온다고 이야기한다. 한데 부머들은 부모가 아니고 자연의 힘 같은 것이기 때문에 만일 부모가 부머들이라면 문제가 자못 복잡해지지 않을까 싶다.

클로이는 자살을 하려고 했던 적이 있었는데 나는 그게 부머들 때문이었다고는 생각하지 않는다. 그것은 단지 관심을 끄는 한 방법이었을 뿐이다. 그 일이 있고 나서 일 년쯤 지난 뒤 나는 케임브리지(하버드 대학교와 MIT 공대의 소재지 - 옮긴이)에서의 강의, 곧 '문화적 패러다임 바꾸기'에 관한 강의를 들을 때 클로이를 만났으며, 그 후에 이수한 한 필수 과목에서는 패러다임보다 부머들에 관해서 더 많은 이야기를 들었다. 결국 모든 부머들이 나팔바지 같은 하나의 패러다임을 갖고 있다는 것을 알게 되었지만 말이다.

내가 클로이를 좋아하는 것은 그녀의 눈 때문이다. 볼 때마다 늘 웃고 있는 눈 때문에. 그리고 그녀가 모든 것을 끝장내려고 시도할 만한, 또는 그런 어리석은 짓에 단호하게 종지부를 찍으려고 할 만한 뱃심을 갖고 있기 때문이기도 하다. 나는 매주 적어도 한두 번은 그녀한테서 "켄, 너도 이걸 해봐야 해"라는 말을 듣곤 해서, 그녀가 우울증에서가 아니라 단지 짜릿한 새 체험을 하고 싶은 마음에서 자살 시도를 했던 것이 아닌가 하고 의심하기 시작했다. 클로이는 내 우울증, 유감스럽게도 내게는 생생하게 실재하는 질식할 것 같은 우울증, 내 힙('엉덩이'와 아울러 '우울'이라는 이중적 의미가 있다-옮긴이)에 달라붙어 있는 샴쌍둥이에 대한 해독제가 되었다. 만일 자살이 클로이가 권하는 마약 체험 같은 것이라고 한다면, 나로서는 굳이 그런 가능성을 배제하려 들지 않을 것이다.

내 안에서 무엇인가가 한쪽으로 심하게 쏠려 있기 때문이다. 좀 괴이한 관점에서 보자면 엑스터시 기운에 취한 상태에서 섹스를 하는 것이 맥 빠지는 일인 것과 마찬가지로, 이런 우울증 상태에서의 자살은 큰 실망감을 안겨주는 일이 될 것이다.

인공지능Artificial Intelligence 은 내 분야일 뿐만 아니라 내가 느끼는 방식이기도 하다. 나는 인공지능이다. 내 마음은 인공적이고 내 생각도 인공적이다. 그것들은 누군가가, 혹은 무엇인가가 만들어낸 것들이라 내 것이라고 하기 어렵다. 가공된 생각들, 생생하지 않은 생각들. 생각은 디지털 방식의 속도로 흐를 때조차도 생생하지 않다. 누가 나라고 하는 이 잡동사니를 프로그램했을까?

"너도 이걸 해봐야 해. 켄 윌버, 내 얘길 들어봐!" 하지만 알몸이 뒷받침해주는 클로이의 부드러운 간청조차도 별 힘을 발휘하지 못한다.

인공지능. AI. 한 줌의 필그림(Pilgrim. 1620년에 메이플라워 호를 타고 영국을 떠나 미국 매사추세츠 주 플리머스에서 식민지를 개척한 청교도-옮긴이)들이 건설한 소읍 특유의 극심한 폐소공포증을 유발하는 케임브리지, 그 안에 갇혀 있는 MIT에서의 두 번째 해에 내 상상력은 그 모든 가능성들에 의해 점화되었다. 아니, 아마도 프로그램화되었을 것이다. 만일 당신이 인공지능 내지 컴퓨터 지능—하나로 통합된 모든 인간의 뇌 속에 저장된 데이터의 총량을 이미 능가해버린—과 사이버스페이스를 통합시킨다면 당신의 행선지는 무한대가 되지 않을까? 실로 그런 미래는 몸체 없는 빛의 세계를 가로지르는 기나긴 엑스터시 여행 같은 것이 될 것이다. 고통스럽고 번잡하기만 한 육신의 세계에 작별의 키스를 날리고 완벽하게 디자인된 컴퓨터 하늘로 다운로드된 의식 그 자체로서의 여행이 될 것이다.

거기에는 우울증을 해소해줄 해독제가 있을 것이다.

미래에 관한 그런 생각은 사람들이 생각하는 것만큼 황당한 것은 아니었다. 사실 AI 커뮤니티에서 그런 것은 널리 통용되고 있는 믿음이다. 그해 여름 내내 언론은 이미 그런 소식을 대서특필하고 있었다. 선 마이크로시스템스의 공동 창업자이자 미래 사이버 혁명이라는 주제에 관한 주요 기고자였던 빌 조이*는 그 분야 전문가들의 견해를, 불과 삼십 년 내에 컴퓨터는 인간 수준의 지능에 도달하여—곧이어 그것을 능가하여—인간을 거의 쓸모없는 존재로 만들어버릴 것이다, 라는 식으로 요약함으로써 국제적인 센세이션을 불러일으켰다. 그는 이렇게 썼다. "삼십 년 내에 인간 수준의 연산 능력이 등장하리라는 전망이 보이면서 새로운 예감이 떠오른다. 앞으로 내가 우리 인류를 대체할 가능성이 있는 기술을 구축할 수 있게 해줄 툴들을 만들어내는 일을 할지도 모르겠다는 예감이." 그 기사 제목은 "어째서 미래는 우리를 필요로 하지 않는가"였고, 그것은 아주 적절한 제목이었다.

이런 전망은 조이 씨를 심란하게 만든 것 같았는데 나는 그것이 단지

• **빌 조이**Bill Joy 미국의 컴퓨터 과학자. 1982년 선 마이크로시스템스를 공동 창립했고, 2003년까지 수석 연구원으로 재직했다.

그가 그 방정식의 반대편에 서 있기 때문이었을 거라고 확신했다. 인간 의식은 불필요한 것이 되지 않을 것이다. 그것은 마침내 해방될 것이다. 완전히, 근본적으로, 황홀하게 해방될 것이다. 우리는, 아니, 우리 의식은 그저 초超지능적인 기계들에 다운로드됨으로써 굶주림에서 질병, 죽음 그 자체에까지 이르는, 인류가 안고 있는 주요 문제들의 대부분을 끝장 낼 뿐만 아니라 디지털 방식으로 돌아가는 우리의 빛나는 광학적 운명을 우리 마음대로 프로그램할 수도 있을 것이다. 탄소를 기반으로 하는 의식은 실리콘을 기반으로 하는 의식으로 도약할 것이다…… 그리고 우리는 문자 그대로 사라질 것이다. 빌 조이는 자신을 지는 팀과 동일시했기에 자기 이름(Joy)의 뜻에 걸맞게 살지 못하고 있었다.

그해 여름의 샌프란시스코. 미션 디스트릭트는 머리가 비상한 괴짜 젊은이들과 집 없이 떠도는 노숙자들이 뒤섞여 살고 있는 곳이다. 그들 모두는 사이버 에테르의 세계 속으로 완전히 옮겨 가도 아주 잘 살아갈 것이다. 초현대적 디지털 구동 방식과 해묵은 영적 욕망들의 혼합체인, 네트워크로 연결된 멋진 신세계가 나를 향해 내달려오고 있었다. 인간의식은 인간의 단순한 감각들로는 생전 본 적이 없고 어디서 들어본 적도 없는, 자글자글 끓는 소리를 내며 빛의 속도로 여행하는 로보틱 코드들로 하이퍼링크될 준비가 되어 있었다. 내 작은 일부는 반기를 들었지만, 더 큰 부분은 열렬히 환영했다. 탄소에서 실리콘으로의 획기적인 도약은 마침내 이 지상에 진짜 천국, 어느 한 책 제목이 말하듯이《사이버스페이스의 진주 문들》('진주 문들'은 요한계시록 21장 21절에 나오는 '천국의 12문'을 말한다 - 옮긴이), 혹은 다른 책이 선언했듯이 '기술 영지Tech-Gnosis', 혹은 또 다른 책이 제시했듯이 '사이버그레이스CyberGrace'가 도래하도록 해줄 것이다. 그것은 내가 타려고 하는 열차였고, 그 열차는 우리 세대 사람들만 태우고 역을 떠나고 있었다. 그런 것을 고안해내기 시작한 이들은 부머들이었다. X세대가 그것을 만들기 시작했지만 결코 뒤돌아보지 않을 광선을 타고 무한대를 향해 날아갈 그것에 탑승하는 이들은 Y세대가 될 것이다.

우리 아버지는 내 사이버 꿈을 반ᵣ인간적이라고 한다. 아버지의 그 말은 내가 가치 없는 녀석이라는 걸 뜻한다.

"사이버스페이스는 인간의 대체물이 아니라 인간의 연장에 불과해." 이건 아버지가 자주 하는 말이었다.

"그게 무슨 뜻이에요? 나는 그게 무슨 뜻인지 도통 모르겠어요, 아빠."

"너는 우리가 슈퍼컴퓨터 속으로 사라질 거라고 생각하고 있어. 너는 우리가, 우리 인간의 마음이 실리콘 칩 혹은 그 비슷한 것들 속에 다운로드될 거라고 생각하고 있어. 그게 얼마나 끔찍한 얘기인지 알아? 그런 생각을 하는 것만으로도 말이야."

"얘기의 요점이 뭐예요? 아빠는 이미 결론을 내린 상태죠? 아빠가 내 말을 듣지 않는 건 아니에요. 듣고는 있죠. 귀에 들리는 대로 듣지 않을 뿐이죠. 아빠는 본인이 생각한 대로 듣고 있어요."

"그래, 좋아. 그게 정확히 무슨 뜻이지?"

"정확히 얘기하자면, 으음, 그래요, 아빠도 과거에 젊었던 적이 있지 않았느냐는 얘기예요."

"오, 맙소사."

"진심으로 하는 말이에요. 아빠도 예전에 새로운 생각이 떠올라 흥분한 적이 있었죠? 늘 빤한 생각만 돌리고 있었던 건 아니잖아요."

"빤한 생각만 돌린다구? 어떻게 생각하든 그건 네 자유지. 네가 노래하는 사이버스페이스는 사람들을 돕지 않아. 그건 인간들로부터 달아나지. 그런데도 내가 그런 것 때문에 흥분해서 난리를 쳐야겠니?" 굶주리는 아시아 사람들에 관한 아버지의 찬송이 시작되는 것은 바로 이 대목에서다.

어머니는 입버릇처럼 얘기했다. "애 좀 가만 내버려둬요, 필." 이때의 '애'는 바위, 식물, 집 같은 것들로서의 '애'다. 나는 어머니가 나를 그런 식으로 바라봤을 때 부모님의 마음속에서, 그분들 자신의 인공지능 속에서 정확히 어떤 생각과 감정이 오갔는지가 궁금했다. 모든 '애들'은 자신이 2차 세계대전 뒤의 유럽, 두 초강대국이 그 땅을 반분하고 있었을 때의 유럽이라는 느낌을 갖고 있지 않았을까? 아니면, 말 네 마리가 사방으로 잡아당겨 사지가 갈가리 찢어지게 하는, 중세 시대의 기막힌 고문 방식처럼 사지가 마구 당겨지는 것 같은 느낌이 들지 않았을까?

"너는 미래의 세계 변화라고 할 만한 어떤 것이, 너나 다른 애들이 상상하는 방식의 것이 아닌 어떤 것이 존재하리라는 생각 같은 것은 도통 하지 않는 것 같구나." 아버지는 '애들'이라는 말을 할 때야 비로소 내 쪽을 힐끗 쳐다봤다.

어머니는 온화하긴 했지만 고지식하지는 않았다. "그리고 당신은 인간이란 그저 생존 충동에 내몰리는 사물 같은 것에 불과하다고 생각하고 있죠. 저 애의 변화도 내 변화도 당신이 지껄이는 헛소리보다는 더 나을 거예요. 아, 필, 성질 내지 말아요……." 그러면 아버지는 다시 성질을 죽였고, 드러나게 화내는 일은 결코 없었다. 그저 그곳에 진실로 존재하지만 않았을 뿐이었다. 아버지는 세상은 구할 수 있을지 몰라도 아마 자기 가족은 구하기 어려울 것이다.

클로이는 알몸인 상태에서 내가 자기와 하나가 되어 있다는 점을 일깨워주려는 의도가 내포된 방식으로 제 몸을 요란하게 움직인다.

그녀는 내게 자주 묻는다. "사이버랜드에서 네가 얻으려는 게 뭐야?"

"처음에는 나도 잘 몰랐어. 처음에는 일종의 도피, 일종의 자극을 얻으려고 했던 것 같아."

"오오오오, 그 둘은 대체로 같은 것인데."

"응, 그럴지도. 난 단지…… 내게 합당하다고 여겨지는 것을 원하는 것뿐이라고 생각해."

클로이는 웃는다. 내가 대체로 매력적이라고 생각하는 사악한 웃음을. 그리고 그 웃음에 못지않게 심술궂다고 할 만큼 내 몸에 제 알몸을 사정없이 치댄다.

"한데, 우리 귀염둥이, 사이버스페이스의 핵심은 그것이 어떤 감각도 갖고 있지 않으며, 따라서 무감각하다는 거야! 사람들이 사이버랜드에서 헤매는 건 바로 그 때문이지."(월버가 앞서 한 말에서 '내게 합당하다'는 표현의 원문은 'make sense'로, 클로이는 일종의 말장난처럼 '어떤 감각sense', '무감각하다no sense', '헤매는can't make sense' 등을 통해 'sense'를 반복해서 사용하여 말을 잇고 있다—옮긴이)

잠시 그녀의 말이 맞는 것 같다는 기분이 든다. 하지만 나는 나 자신을 다잡는다. 그리고 제정신이…… 들었나?

나는 항의한다. "천만에, 그렇지 않아. 그렇지 않다고."

케임브리지, 포터 가街. 그 건물 이름은 '통합센터Integral center'였다. "켄, 너도 한번 들어봐야 해." 클로이는 본인과 스콧, 캐롤린, 조나단이 그 건물을 드나들 때 그렇게 말했다. 나는 그 말을 건성으로 들었다. 아니, 듣기는 제대로 들었는데 그냥 흘려버렸을 것이다. 별로 마음에 와 닿지 않았기 때문이다. "그 사람들은 정말로 세상을 바꿀지도 몰라." 클로이가 그렇게 말하자 조나단은 맞다는 듯이 고개를 끄덕였다.

나는 물었다. "그 사람들이 대체 어떤 변화를 추구하는데? 그 통합적인 사람들이? 그 사람들이 뭔가를 추구하고 있다는 것 정도는 나도 알고 있거든." 하지만 나는 그때 이미 감지할 수 있었다. 그가 그곳에 있다는 것을.

"아, 정말 대단해. 진짜 노땅 부머들이 자기네 세대에 대한 대규모 정신분석을 행하는 거라고나 할까. 부머들이 부머들을 산 채로 잡아먹고 있어. 너도 한번 봐야 해." 캐롤린이 열띤 어조로 얘기했다.

나는 투덜댔다. "내가 왜 그걸 봐야 하는데? 차라리 기내식이나 먹고 말지."(캐롤린이 앞서 한 말 '산 채로'의 원어인 'alive'에 대한 말장난으로, 비슷한 발음의 단어인 'airline'을 사용하여 '기내식'을 먹겠다고 한 것 – 옮긴이)

"한 세대의 자살이기 때문이지. 하지만 매혹적이기도 해. 아주 재미있어."

"오십중 추돌 사고만큼이나."

"맞아!"

클로이는 다시 권했다. "그게 흥미로운 이유는 우리가 우리 등에서 그 원숭이를 떼어낼 기회를 얻었기 때문이지 않나 싶어. 부머들은 자기네 이전의 모든 세대는 너절하고 자기네 이후의 모든 세대는 무기력한 슬래커들(slackers. 매사에 태만한 게으름뱅이들이라는 뜻. 이런 별명은 부머들이 X, Y 세대들을 규정하는 전형적인 것으로 이 책의 중후반부에 자주 등장한다 – 옮긴이)이라고 말했다고 해. 그럴싸하지 않니? 그러니 그 사람들이 자기네 자식들을 잡아먹는 걸 보러 가자구."

나는 지적했다. "그 사람들의 자식은 바로 우리야, 멍청아."

"맞았어!" 클로이는 그렇게 말했고, 내게는 그런 말이 그녀가 갖고 있는 자살 성향의 새로운 변주라는 느낌이 들었다.

케임브리지에서의 대학 생활 삼 년째. 우리는 서로 경합하고 있는 두 가지 획기적인 진전에 잔뜩 흥분해 있었다. 그 하나는 물리학에서의 끈 이론이요, 다른 하나는 인공지능 분야에서 최근에 이루어진 진전이었다. 끈 이론은 M 이론이라고도 하는데 'M'이 뭘 뜻하는지 정확히 알고 있는 사람은 아무도 없는 듯했으며, 어떤 이들은 그게 모든 이론의 '어머니mother'를 뜻하는 말이라고도 했다. 인공지능 분야에서의 획기적인 진전은 진짜 창조적인 지능이 어떤 것이 될 것인가, 라는 주제로 급속하게 좁혀지고 있었으며, 빌 조이Joy를 우울하게unjoy 만드는 것도 바로 그런 주제였다. 하지만 우리가 결국 참으로 지성적인 기계를 만들어냈다고 할 때 그것이 정말로 그런 기계인지 자신 있게 단언할 수 있는 이는 아무도 없었다. 나는 튜링 테스트(앨런 튜링이 1950년에 제안한 판별법으로 기계가 인간과 얼마나 비슷하게 대화할 수 있는지를 기준으로 해서 기계의 인공지능 수준을 판별하는 실험 – 옮긴이)보다 더 나은 나 자신의 판별법을 갖고 있었다. 컴퓨터가 자살하고 싶어 한다는 것을 내게 참으로 확신시켜줄 수 있느냐의 여부로 판별하는 방법. 존재에 대한 단 하나의 합리적 반응은 사느냐 죽느냐, 라고 하는 햄릿의 딜레마고, 따라서 참으로 지성적인 기계가 처음으로 할 법한 짓은 자신을 끝장낼 것인가 말 것인가, 그리고 끝장낸다면 어떤 식으로 할 것인가를 두고 심사숙고하느라 요란스러운 마비 상태에 빠지는 것이다. 그것은 영리한 기계라서 죽음에 대한 두려움과 역겨움에 사로잡혀 벌벌 떨고 진동하고 전율할 것이고, 내적으로 터져 나오는 디지털 방식의 비명 때문에 종횡으로 연결된 디지털 회로들은 잔뜩 부풀어 오를 것이다. 이제까지 컴퓨터들은 그것에 근접한 정도의 지능도 갖추지 못했다.

이와 더불어 나 자신의 불만을 체계적으로 정리하는 방법이 떠오르기 시작했다. 나는 내가 내적으로 갈가리 찢어지고 있다는 느낌에 사로잡히고 싶지 않았다. 나는 그런 느낌이 어머니와 아버지하고 많은 관련이 있는 것인지 아니면 존재 그 자체하고만 연관된 것인지, 그도 아니면 그저 내 존재하고만 연관된 것이거나 존재 결핍 상태에서 비롯된 것인지가 궁금했다. 내 생각에는 마지막 것이 그중 진실에 가까워 보였다. 하지만 나는 마치 내가 내 내면의 잔인한 구경꾼이기라도 한 것처럼 내면이 찢어지고 잡아 뜯겨지는 것 같은 느낌을 맛보고 싶지는 않았다.

'성별에 따른 비대칭성의 포스트모더니즘적 해체'에 관한 수업이 끝난 뒤 나는 포터 가를 따라 걸어가고 있었다. 나로서는 과학을 전공하는 학생들이 이런 수업을 들어야 하는 이유를 좀처럼 이해할 수가 없었다. 내가 들은 포스트모던한 수업들은 하나같이 '객관적 진리'란 사람들을 억압할 의도가 내포된 사회적 구성물에 불과하므로 과학은 사실적인 것이 아니고 '진리'와는 무관한 것임이 분명하다고 단언하곤 했으니까. 나는 혼자이기에 그 강의를 그저 살짝 들어보기만 하려고 건물 안에 들어가기로 결심했다. 통합센터에서 하는 연속 강의 제목은 "부머리티스Boomeritis"였고, 나는 이게 꽤 짜릿한 주제임이 분명하다고 생각했다. 클로이는 부머들이 제 자식을 잡아먹는다고 했다. 과거에 나는 그 건물에 들어가는 걸 한사코 회피했다. 그런데 지금 나는 슬그머니 주위를 살펴보면서 얼른 그 안으로 들어간다.

온화한 표정을 한 반백의 신사가 미소를 머금은 채 연속 강의를 막 시작하고 있었다. 생김새로는 우리 아버지를 살짝 닮은 것 같아 보이지만 말투는 어머니하고 많이 닮았다.

"우리 인류가 이 행성에 존재한 모든 기간, 현재까지 한 백만 년 정도 되는 기간 동안 사람이 다른 문화들에 관해 사실상 아무것도 알지 못하는 문화권에서 태어난다는 것은 우리로서는 거의 상상도 할 수 없는 일인 것 같습니다. 예컨대, 어떤 사람이 중국인으로 태어나 중국인으로 성장했다고 가정해봅시다. 그 사람은 중국 여자와 결혼했고 중국의 어떤 종교를 신봉했습니다. 그 사람은 조상들이 몇백 년 동안 정착해서 살아온 어느 한 지역의 어떤 한 오두막에서 평생토록 살았을 가능성이 많습니다. 한데 이따금 한 번씩 전쟁으로 알려진 에로스의 낯설고 괴이한 형태가 이런 문화적 절연 상태를 교란시켰습니다. 여기서 문화들이 아주 매혹적인 수단들을 통해서 격렬하게 맞부딪치지만 그 은밀한 귀결은 항상 에로틱한 문화적 교류였습니다. 그 문화들은 서로를 알게 되었습니다. 성서적인 의미에서 보더라도 말입니다('성서적 의미에서의 안다'는 말은 창세기 4장 1절 '아담이 하와와 한자리에 들었더니 Adam knew Eve his wife'라는 대목에서 유래했다. 여기서 알았다knew는 곧 섹스를 의미한다 - 옮긴이). 역사를 현재의 지구촌으로 내달려 오게끔 해준 더없이 행복하고 은밀한 사도마조히즘. 고립된 부족들과 집단들에서 소규모 농경 마을로, 초기의 도시 국가로, 정복 지향적인 봉건 제국으로, 광대한 국제 국가로, 오늘날의 지구촌으로. 이 특별한 세계 오믈렛을 만드느라 수많은 달걀이 깨어졌죠. 통합된 하나의 세계를 향한 원한 어린 성장이라고나 할까요. 그럼에도 불구하고 그것이 인류의 운명이 아닌가 합니다."

좋아, 그래서 어쨌다는 건데? 게다가 나는 전부터 어머니한테서 이런 얘기를 줄창 들어왔는걸. 앞으로 도래할 위대하고 숭고하고 찬란한 범세계적인 사회 변화…… 마치 탄소의 세계가 제공해줄 만한 뭔가가 남아 있기라도 한 것처럼.

"부머들은 이 지구촌에서 성장한 첫 세대였습니다. 그런 사실이야말로 다른 그 무엇보다도 더 우리 영혼의 바탕이 되어주는 것이고, 그 바탕은 다른 많은 것들의 근거가 되어주고 있기도 하죠. 여러분이 부머든 아니든 간에, 시간이 지날수록 우리 모두는 점점 더 이 글로벌한 의식을 공유해가고 있습니다. 오늘날 우리 중 그 누구도 이런 의식에서 벗어날 수 없습니다. 이 시대는 참으로 놀라운 시대고, 많은 점에서 전례 없는 시대이기도 합니다. 이 세상의 모든 문화가 누구에게나 다 통용됩니다. 지구라는 행성의 역사를 더듬어볼 때 과거 그 어느 시대에서도 이런 일이 일어났던 적이 없습니다. 싫든 좋든 간에 이것은 풍성한 다문화 세계입니다. 전 세계의 수백에 이르는 문화들이 서로 접하고, 부딪치고, 서로를 타 넘어가고, 도처에서 난리를 치고, 그런 상황을 파악하려고 애쓰면서 점차 서로를 알아가고 있습니다. 이 작은 지구촌은 시시각각 자꾸 더 좁아져 가고 있습니다. 우리에게 주어진 유일한 마을인 이 지구촌에서 우리는 하나가 될 겁니다. 그렇지 않았다간 낱낱이 분리되어 떠돌게 되겠죠."

하품이 나온다. 이 사람은 아마 고등학교 때 우리 어머니와 데이트를 했을 것이다. 지금 내 눈 앞에는 두 사람이 졸업 기념 앨범에 "변화의 장에서 만나요"라고 사인하는 장면이 훤히 보인다.

나는 실내를 둘러봤다. 백오십 명쯤 되는 것 같다. 어쩌면 이백 명 정도일 수도. 대다수는 부머들이지만, 삼분의 일가량은 이른바 X세대와 Y세대, 또는 넥스트 세대와 밀레니얼 세대라고 하는 두 젊은 세대에 속하는 이들인 것 같다. 그들이 우리를 부머의 자식들이라고 부르려면 둘 중 어떤 세대에 속해야 할까? 하지만 궁금하다. 이 친구들은 왜 이 세미나에 참석한 걸까? 아마 소문이 약속해준 부머 학살에 대한 기대감 때문일 것이다.

"인티그럴Integral이라는 말은 통합하다, 결합시키다, 협력하다, 연결하다, 포용하다를 아우르는 말입니다. 획일성이라는 의미에서가 아니라, 무지갯빛 인류의 각종 피부색과 다채로운 면모들이 지닌 그 모든 경이로운 차이들을 일률적으로 가지런하게 만든다는 의미에서가 아니라 우리의 공통성과 경이로운 차이들을 공유하는 다양성 속의 조화라는 의미에서의 인티그럴입니다. 그것은 증오심을 상호 인정으로, 적개심을 존중으로 대체하고 모든 사람을 상호 이해의 텐트 속으로 초대하는 말입니다. 저는 여러분이 하는 모든 말에 동의할 필요가 없습니다만 적어도 그 말들을 이해하려는 노력은 해야 합니다. 상호 이해의 반대말을 아주 간단히 요약하면 전쟁이 되니까요.

그것은 더없이 간단한 선택의 문제 같아 보이기도 합니다. 평화와 전쟁 중에서의 택일 같은. 그러나 역사는 인류의 대다수가 끊임없이, 열광적으로 전쟁을 선호해왔다는 섬뜩한 사실을 입증해주고 있습니다. 인류 역사에서 평화의 시기가 일 년이라면 전쟁의 시기는 십사 년에 해당합니다. 우리 인류는 툭하면 쌈박질하는 심술 사나운 종자들 같으니까 통합적 포용을 하려고 할 때 온갖 장애가 나타나는 것은 예외가 아니라 법칙입니다."

평화 시기 일 년에 전쟁 시기 십사 년이라. 우리가 앞으로 실리콘 시티로 다운로드되어야 하는 건 바로 그 때문이다. 어째서 전쟁이 일어나는 걸까? 어째서 사람들은 싸울까? 권력, 먹을 것, 재산, 영토를 차지하려고 싸우겠지. 전쟁이 안겨주는 광기 어린 스릴을 좇느라 그럴 수도 있겠고. 그러나 의식이 디지털의 영원한 세계로 다운로드되면 그런 모든 것이 넘치도록 제공될 것이고 전쟁의 필요성은 대번에 증발해버릴 것이다. 폴란드를 침공하고 강간하고 강탈하고 살해하고 싶은가? 좋아, 그럼 오늘의 가상 게임으로 그런 프로그램을 짜고 그 게임에 몰입해봐. 당신은 '진짜' 전쟁과 '가상' 전쟁의 차이를 알지 못하게 될 테니, 잘해봐! 어째서 아버지는 이렇게 명백한 사실을 깨닫지 못하는 걸까? 그 얼간이는 그런 것처럼 보여. 만일 당신이 미트스페이스(meatspace. 사이버스페이스에 대비되는 '현실 공간'을 뜻함-옮긴이)에서 전쟁을 끝장내려는 생각을 갖고 있다면, 내가 할 수 있는 말은 그저, 꿈도 야무지네, 다.

"제가 대학원에 다닐 때 같은 과정을 밟고 있는 친구들 중에 시몬이라고 하는 팔레스타인 출신 친구가 하나 있었어요. 점잖고 영리하고 교양 있고 재치 있고 온정 있는 친구였죠. 어느 날 저는 시몬에게 당시 여섯 살인 그의 아들의 장래 희망이 뭐냐고 물었습니다. 그러자 시몬이 순간적으로 분노하면서 온화했던 얼굴이 벌겋게 변하더군요. '나는 그 아이한테 이스라엘 녀석들의 목을 따서 그 피를 마시라고 가르칠 거야.' 그러고 나서 격정은 이내 가라앉았고 평온한 마음이 돌아왔습니다. 우리는 마치 아무 일도 없었던 양 샌드위치를 먹는 일로 돌아갔죠.

물론 저는 그때의 일을 결코 잊지 않았습니다. 제 내면에도 저 자신의 시몬들이 있고 아마 여러분의 내면에도 그런 것들이 있을 겁니다. 아랍인이건 이스라엘인이건, 백인이건 비非백인이건, 동양이건 서양이건 상관없습니다. 그런 감정은 우리 자신의 성향과 마음가짐 속에 깊이 뿌리박혀 있습니다. 어떤 이들은 이런 유형의 공격성은 남성 특유의 것— 테스토스테론 같은 호르몬들 때문에—이라고 말할 겁니다. 따라서 우리가 여성 지도자들을 갖게 되면 더 이상 전쟁이 일어나지 않을 거라고 말할 겁니다. 하지만 저는 시몬의 아내 파샤도 알고 있는데, 파샤 역시 시몬 못지않게 아들을 기꺼이 전쟁에 바칠 각오가 되어 있었습니다. 우리가 어떤 문화적 관례 속에서의 시몬과 파샤 같은 사람들인 한 결국 우리는 평화 대신에 전쟁을 택하게 되지 않을까요?"

아니, 우리가 사이버스페이스 대신에 미트스페이스를 갖고 있는 한 고기가 고기를 잡아먹을 것이고, 전쟁이 전쟁을 낳을 거야. 달리 어쩔 도리가 없어, 이 아저씨야.

"평화와 통합적 포용을 가로막는 요소들은 무수히 많은 것 같습니다. 정체성 정치(성별, 인종, 계급, 성적 취향을 근거로 억압을 당해온 집단이 갖게 되는 집단적 정체성에 대한 감각을 기반으로 하는 정치 - 옮긴이), 문화전쟁, 서로 상충되는 무수히 많은 새 패러다임들, 해체적 포스트모더니즘, 니힐리즘, 다원적 상대주의, 자기 정치 등이 횡행하는 오늘의 풍토에서 참으로 통합적인 문화가 존재할 수 있을까요? 이런 풍토에서 하나의 통합비전이 받아들여지기는 고사하고 인정받을 수나 있을까요? 전쟁 중인 세계에서나 평화로운 세계에서? 그런 통합문화가 가능하기나 할까요? 만일 가능하다고 한다면 그것은 어떤 모습을 하고 있을까요?

우리는 통합문화와 정반대되는 것이 어떤 것인가를 이미 알고 있습니다. 서로의 목을 따고 지구촌 도처에서 기꺼이 피를 흩뿌리는 이 세상의 시몬과 파샤 같은 사람들. 달리 말해 그것은 오늘날의 세계와 아주 비슷합니다. 우리는 그런 것에 휩쓸리는 대신에 아주 진지하게 물어보도록 합시다. 우리는 정말로 통합적인 세계를 유지할 수 있을까요? 그런 세계에 장애가 되는 것으로는 어떤 것들이 있을까요? 문화적 엘리트층과 전체로서의 세계 양쪽 다 놓고 볼 때."

장애가 되는 건 고기지. 늙은이들은 어째서 그렇게 생각이 느리게 돌아갈까?

"이건 분명 엄청나게 복잡한 쟁점입니다. 통합적 세계―평화로운 세계―란 구제불능의 순진한 이상이라고 여기는 이들이 꽤 많습니다. 하지만 저는 극적이라고 할 만큼 간과되어온 소수의 아주 간단한 항목들이 있다고 믿고 있습니다. 이 연속 논의는 바로 그렇게 더없이 중요한 항목들에 관한 것입니다."

나는 다시 실내를 둘러본다. 내가 내 방정식에서 빠트렸을지도 모를 '더없이 중요한 항목들'로 어떤 것들이 있을까 자문해본다. 하지만 이 아저씨 혹은 이 인간이 그런 쟁점에 많은 빛을 던져줄 것 같지는 않아 보인다. 내 마음속에서는 그 쟁점에 관한 결론이 이미 어느 정도 나 있었다. 탄소를 기반으로 하는 삶의 형태에서 전쟁은 불가피하다.

"그 사람들은 자기네 삶을 통합하려고 애쓰고 있어요."

나는 물었다. "뭐라구요?"

"부머들이요. 그 사람들은 조각들을 모으려 하고 있다구요. 나는 킴이에요."

"킴. 무슨 조각들을요?"

"댁은 '인티그럴'을 알고 있나요? '인티그럴'의 의미를?"

"그럼요, 그건 계산법의 한 유형('적분'을 뜻한다 - 옮긴이)이죠."

"이름이 어떻게 되세요?"

"켄, 으음, 윌버."

"그러니까, 켄 엄 윌버, 그건 계산법 같은 게 아니에요. 모린 박사가 방금 전에 얘기했다시피 통합한다, 결합한다는 뜻이죠. 적분이라니, 바보같이." 그러면서 그녀는 씩 웃었다. 그녀는 내 나이 또래였다. 아마 나보다 한두 살 연상일 것이다. 더 중요한 것은 그녀가 정말로 큰 젖가슴을 갖고 있다는 점이었다. 풍만한 젖가슴은 내가 사이버 천국에서 참으로 아쉬워하는 몇 가지 것들 중의 하나다. 가상의 젖가슴만으로는 어쩐지 성에 차지 않는 것 같아서.

"내가 바보라구요?" 나는 눈을 깜박였다. "댁은 왜 여기 온 거죠? 댁도 뭔가를 통합하려고 하고 있나요?"

"아뇨, 나는 모린과 잠자리를 같이하는 사이예요." 그 한마디로 모든 게 다 납득이 되었다.

"저 사람은 댁보다 스무 배쯤 더 나이 든 것 같은데요?"

"저분의 아이큐는 댁보다 스무 배쯤 더 높죠. 나는 저분이 얘기하는 걸 믿어요."

"뭐를요?"

"방금 여기 왔어요? 도대체 저분 말을 듣기는 한 거예요? 뚱딴지같이. 난 댁이 누군지 알아요. 댁은 클로이라고 하는 애의 친구죠. 클로이는 문화적 매트릭스 수업을 나랑 같이 듣고 있고, 건축 설계 전공이죠. 그렇잖아요? 댁이 이 세미나에 깊은 관심을 갖고 있으니 걔도 데려오도록 하세요."

"난 별 관심 없어요. 호기심만 좀 있어서 왔을 뿐이죠."

"어쨌거나 여기 왔잖아요."

"사실은 그게 아니고." 나는 제대로 설명을 하려고 했다. 즉 그녀에게 뺑을 좀 치려고. 그런데 때마침 한 마디 한 마디를 또박또박 강조해서 말하는 것 같은 모린의 울림 강한 묵직한 목소리가 실내를 가득 채웠다.

"우리 세대 안에 있는, 통합비전에 대한 많은 장애들로 시작을 해보도록 합시다."

나는 빼고 하시죠. 그러면서 나는 그곳을 뜨기 위해 자리에서 일어나기 시작했다. 한데 킴이 내 팔꿈치를 움켜잡았고, 그 바람에 그녀의 풍만한 가슴이 내 한쪽 어깨를 스쳤다. 나는 생각했다. 그렇다면 좋아.

"2차 세계대전 후에 태어난 베이비붐 세대는 다른 세대들과 마찬가지로 그 나름의 강점과 약점을 갖고 있습니다. 강점으로는 활력, 창의성, 이상주의, 그리고 전통적인 가치 기준을 넘어서는 새로운 아이디어들을 실험해보려는 의지를 갖고 있다는 점을 들 수 있습니다. 사회를 연구하는 일부 사람들은 부머들에게서 '자각 세대awakening generation'의 면모를 봤습니다. 그런 면모는 음악에서 컴퓨터 공학, 정치 행위에서 생활 스타일, 생태에 대한 민감함에서 민권에까지 이르는 모든 방면에서의 놀라운 창의성이 입증해줬죠. 저는 그들의 그런 시도들에 많은 진실성과 선함이 내재되어 있다고 믿고 있으며, 그런 면모는 부머들에게 큰 명예가 되는 것이죠." 청중 속에 포함되어 있는 일부 부머들이 동의한다는 듯이 낮게 웅얼거렸고, 소수의 X세대와 Y세대 젊은이들은 대체로 부드러운 야유조로 픽픽거리기 시작했다.

"부머 세대의 약점으로 부머들까지를 포함한 대부분의 사람들이 'Me세대'(현세대 중에 자기중심적으로 사고하며 행동하는 사람들을 지칭하는 용어-옮긴이)라는 용어가 언급될 때면 인정한다는 듯이 고개를 끄덕일 정도로 유별난 자기도취와 나르시시즘을 들 수 있는데, 대부분의 비평가들은 이에 동의하고 있습니다." 그러자 X세대와 Y세대 젊은이들에게서 산발적인 박수 소리가 나왔다.

"이곳에 있는 MIT의 랠프 화이트헤드 교수가 많은 이들이 공감하는 견해를 간략하게 요약한 바와 같이, '베이비부머는 자기도취적인 세대였고, 그들의 부모 세대가 그랬던 것처럼 희생을 통해서가 아니라 탐닉을 통해서 스스로를 규정한 세대'였습니다." 모린은 잠시 말을 멈추고 청중을 향해 빙긋이 웃었다. "이런 견해에 뒤이어 〈어니언〉 지가 풍자적으로 서술한, 다음과 같은 인기 있는 인식이 나왔습니다. '전문가들은 고대하던 베이비부머의 집단 사망이 곧 시작될 것이라고 이야기하고 있다. 머지않아 우리는 그 누구도 조안 바에즈•의 우드스탁 공연에 관한 이야기를 다시는 억지로 참고 들을 필요가 없는 멋진 신세계에서 살게 될 것이다. 노년이라는 저주는 부머 세대의 방종에 대가를 치르게 할 것이고, 많은 이들이 일찍이 미국이 낳은 가장 가증스러운 이들로 간주하는 세대는 드디어 종막을 고하게 될 것이다.'"

오케이, 이 얘기에는 나도 어느 정도 공감할 수 있다.

모린은 무대 앞으로 걸어 나와 청중을 지그시 바라봤다. 그는 마지막 문장을 강조하기 위해 침중한 어조로 고발을 하듯 한 마디 한 마디를 또박또박 발음하면서 다시 낭독했다. "일찍이 미국이 낳은 가장 가증스러운 세대."

나는 청중을 돌아봤다. 부머들은 뚱한 표정으로 침묵을 지키고 있었고, X세대와 Y세대도 조용히 앉아 있었다.

모린은 부드럽게 웃으면서 말을 계속했다. "우리 세대는 위대함과 나르시시즘의 이상한 혼합체인 것 같습니다. 그 괴이한 혼합체가 우리가 하는 거의 모든 일에 영향을 미친 것도 같고. 우리는 근사한 새 아이디어를 갖고 있는 것만으로는 만족하지 못하는 것 같습니다. 우리는 세계사

• **조안 바에즈** Joan Baez 1960년대 미국의 모던 포크 붐을 일으킨 싱어송라이터. 연인이었던 밥 딜런과 함께 인권과 반전을 외쳤던 뮤지션으로 유명하다.

에서 가장 위대한 변혁의 하나를 선도해줄 새로운 패러다임을 갖고 있어야 합니다. 우리가 참으로 원하는 것은 병과 휴지를 재활용하는 것이 아닙니다. 우리는 우리가 이 행성을 극적으로 구해주는 모습을 봐야 직성이 풀리는 사람들입니다. 우리는 우리가 가이아Gaia를 구해주는 것을, 과거 세대들은 잔인하게 억압했지만 결국 우리가 해방시켜줘서 그 대지의 여신이 다시 소생하는 것을 봐야만 합니다. 우리는 우리의 정원을 가꿀 능력이 없습니다. 그 대신 우리는 역사상 가장 놀라운 범세계적인 자각 상태 속에서 이 행성의 지형을 변모시켜야만 합니다. 우리는 우리가 역사 전체를 통틀어 전례 없는 어떤 것의 선도요, 놀라운 기적과 같은 모습으로 떠오르는 것을 꼭 봐야만 하는 사람들 같습니다." 모든 청중이 웃었다.

"우리 세대의 이런 성향을 생각해보면 아주 우스꽝스럽게 비칠 수도 있을 겁니다. 저는 부러 혹독하게 말하려고 하는 게 절대로 아닙니다. 모든 세대는 다들 그 나름의 약점을 안고 있고, 우리의 약점은 바로 이런 것인 듯합니다. 적어도 어느 정도까지는. 하지만 우리 세대 사람들 중에서 이런 나르시시즘적인 마음가짐에서 벗어나 있는 사람들은 극소수에 불과한 것 같습니다. 많은 사회 비평가들이 이에 동의했습니다. 크리스토퍼 래시*의《나르시시즘의 문화》, 리처드 레스탁*의《자아 탐구자》, 로버트 벨라*의《마음의 습관》, 아론 스턴*의《나: 자기도취적인 미국인》과 같

- **크리스토퍼 래시**Christopher Lasch 종교사회학에 대해 주로 연구한 미국의 사회학자.
- **리처드 레스탁**Richard Restak 미국의 신경과학자. 조지워싱턴 대학교 의과대학 교수로 재직 중이다.
- **로버트 벨라**Robert Bellah 종교사회학에 탁월한 기여를 한 미국의 사회학자.
- **아론 스턴**Aaron Stern 미국의 교육자이자 음악가. 지휘자이자 작곡가인 레너드 번스타인과 'Love of Learning' 아카데미를 설립했다.

은 예리하고 통찰력 있는 저서들에서뿐만 아니라 문자 그대로 수백 권에 이르는 다른 책들에서 말입니다. 프랭크 렌트리키아* 교수는 미국 대학들의 현황을 조감하는 《링구아 프랑카: 학문 생활에 대한 개관》('링구아 프랑카lingua franca'는 모국어가 서로 다른 사람들이 상호 이해를 위해 습관적으로 사용하는 공통어를 말한다-옮긴이)을 쓰면서 다음과 같은 결론을 내렸습니다. '대학에서의 문학 비평과 문화 비평의 그 영웅적인 자기 부풀리기 성향은 아무리 강조해도 지나치지 않는 것임이 분명하다.'

아이고 아파라. 하지만 조만간 이 '영웅적 자기 부풀리기'가 여러분에게도 분명히 영향을 미치기 시작할 겁니다. 그리고 여러분은 대단히 창조적인 지성과 과도한 나르시시즘의 이상한 혼합체인 우리 세대를 뒤덮고 있는 것 같은 이 이상한 병에 관해서 궁금해하기 시작할 겁니다. 부머들이 자기자신과의 연애에 빠져 있는 것으로 보이기 때문입니다. 오스카 레반트*가 조지 거슈윈*에게 '조지, 당신이 모든 것을 다시 시작해야 한다고 한다면, 그때도 여전히 자신과의 사랑에 빠질 건가요?'라고 한 말에서처럼 말입니다.'" 청중으로부터 더 큰 웃음소리와 아울러 산발적인 박수가 나왔다. 양쪽 다 호의적인 반응에서 나온 것들이다.

그렇지만 부머 나르시시즘은 새로운 것이 아니다. 우리 세대는 그런 것이 있는지조차 알지 못하다가 뒤늦게야 그 밑에서 빠져나오려고 애썼지만, 쥐가 자기 몸 위에 쓰러진 냉장고 밑에서 빠져나오려고 몸부림치는 것처럼 그런 것은 대체로 불가능했다. 우리가 그것을 깨달았을 즈음

- **프랭크 렌트리키아** Frank Lentricchia 미국의 비평가. "비평이란 권력 혹은 사회 변화를 목표로 하는 지식의 생산"이라고 정의했다.
- **오스카 레반트** Oscar Levant 미국의 피아니스트이자 작곡가이며 배우.
- **조지 거슈윈** George Gershwin 재즈를 서양 음악의 전통 양식 속에서 살려내 미국 뮤지컬의 새로운 전기를 마련한 작곡가.

그 피해는 이미 받을 대로 다 받았다. 하지만 우리 중에서 그런 식으로 생각하는 이는 거의 없다시피 하다. 부머들은 부머들에 관해 생각하기 때문에 부머 나르시시즘에 관해 생각하는 이들은 부머들이다. 만일 IC (통합센터Integral Center - 옮긴이) 연속 강의가 다시 이런 점을 거론한다면 나는 그 부분은 건너뛸 작정이다. 부머들이 제 자식들을 잡아먹으려면 잡아먹으라고 하지 뭐. 킴이 내 팔꿈치를 잡아당기고 싶어 할 수도 있다. 그러면 나는 그녀의 큰 가슴 때문에 그대로 머무르고 싶을 테지만 다른 한편으로는 자존심에 금이 가는 일이 될 수도 있을 것이다. 그것은 결정하기가 쉽지 않은 일이 될 것 같았지만…….

"통합된 세계를 가로막는 많은 장애들에 관해 알아보려면 발달심리학을 일별해보는 것이 도움이 될 겁니다. 심리학이 더없이 긴박한 이런 쟁점들에 과연 빛을 던져줄 수 있을까요?"

나는 그만 갈 거야. 학교의 모든 사람들은 심리학이 죽었다는 걸 안다. 그들은 그것을 '쓰레기통 학문'이라고 부른다. 닥터 모린이 연단을 내려왔고 오십 대의 매력적인 여성이 마이크 쪽으로 올라갔다. 모린은 청중의 얼굴을 열심히 더듬어가면서 안타까워하는 기색으로 실내를 돌아봤다. 아마 킴과 그녀의 큼직한 젖가슴을 찾고 있는 거겠지…….

킴이 말했다. "저분은 조안 헤이즐턴이에요. 굉장한 분이죠."

헤이즐턴이 강의하기 시작했을 때 나는 그곳을 빠져나가려고 했다. 하지만 그녀는 "제2층 의식의 하이퍼스페이스(초공간 혹은 4차원 공간 - 옮긴이)로의 양자도약"이라는 한 대목을 언급했고, 그 말은 대번에 내 마음을 끌었다. 사실은 내 마음을 크게 뒤흔들어놓았다고 해야 옳을 것이다. 내 최우선적인 주요 관심사, 지겨우리만큼 강박적이기까지 한 관심사는 의식에서의 양자도약이었다. 탄소에서 실리콘으로의 도약. 따라서 나로서는 그녀의 양자도약이 어떤 것인지, 그 둘이 과연 서로 연관된 것인지가 여간 궁금하지 않았다. 달리 말해, 마치 누군가가 몰래 내 영역을 침범해 오기라도 한 양 그녀의 도약이 내 도약과 모종의 관련을 갖고 있는 것인지가 무척이나 궁금했다. 그리고 헤이즐턴에게는 뭔가가 있었다. 나는 이게 얼마나 황당한 얘기처럼 들릴지 잘 알고 있었다. 하지만 그녀의 주위에서 공간이 휘어져 있는 것 같았다.

"발달심리학은 의식의 성장과 발달에 관한 연구입니다. 발달심리학의 현황에서 가장 인상적인 것들 중의 하나는 넓게 보아 그 모델의 대부분이 대단히 유사하다는 점입니다. 여기 이 통합센터의 우리 동료들 가운데 한 분은《통합심리학》(켄 윌버의 저서 - 옮긴이)이라고 하는 책을 썼는데, 그것은 백 명이 넘는 전 세계 주요 연구자들의 모델들을 모아서 정리해놓은 책입니다. 한데 아주 놀라운 것은 거기서 대단히 일관된 하나의 이야기가 드러난다는 점입니다. 그들 모두는 의식의 성장과 발달을 일련의 발달 단계들로 서술하는 놀라운 유사성을 보여줬습니다."

"이 대목이 백미예요." 킴이 내 귀에다 대고 속삭였다.

"어째서요?"

"대부분의 사람들에게 아주 새로운 것이면서도 아주 많은 걸 설명해주니까. 기다리면 곧 알게 될 거예요." 킴은 손을 뻗어 다시 내 팔꿈치를 잡았다. 나는 의자 등에 몸을 기댔다. 뭐, 좀 더 기다려줄 수 있지.

헤이즐턴은 말을 계속했다. "이 모델들 중에서 딱 하나만 예로 들기로 하죠. 그것은 클레어 그레이브스*의 선구적인 업적을 기반으로 한 나선역학적 발달모형Spiral Dynamics이라고 합니다. 그레이브스는 심오하고 격조 있는 인간발달 시스템을 제시했고, 후속 연구를 통해서 그것을 유용

---

* **클레어 그레이브스** Clare Graves 미국의 심리학자로, 가치 시스템을 기반으로 일생에 걸쳐 발달하는 인식론적 발달 단계 이론을 내놓았다.

한 것이 될 수 있게끔 더 정밀하게 가다듬었습니다. 요컨대 그레이브스는 여덟 개가량의 인간의식 수준 혹은 파동wave이 존재한다는 사실을 발견했고, 곧이어 자세히 살펴보겠지만, 아무튼 이 파동들은 제각기 아주 독특한 이야기들을 들려줍니다. (그해에 나는 내 삶을 규정해주기 시작한 그 이상한 진행 과정들에 관한 방대한 내용을 필기했다. 아카데믹한 내용과 그 밖의 내용을 망라하고 있는 기록들과 참조 문헌 목록 전체를 http://wilber.shambhala.com.에서 찾아볼 수 있다 - 지은이).

이 모든 단계 개념들이 엄청나게 많은 연구와 데이터를 기반으로 하고 있다는 점을 명심하셔야 합니다. 이것들은 그저 단순한 개념적 착상이나 지론이 아니라 모든 점에서 대단히 많은 증거들이 뒷받침해주는 것들입니다. 사실 단계 모델들 중 많은 것이 제1세계, 제2세계, 제3세계 국가들에서 조심스럽게 점검되어왔습니다. 그레이브스의 모델도 역시 마찬가지죠. 현재까지 전 세계의 오만 명이 넘는 사람들에게 그 모델을 테스트해봤고, 그 전체적인 체계에서 크게 예외가 되는 사람은 전혀 발견된 적이 없습니다. 그러므로 통합적 포용에 이르려는 어떤 시도도 반드시 이 모델들을 참작해봐야 합니다. 왜냐하면 이 모델들은 통합적 앎으로 인도해주는 길을 곧바로 가리키고 있으니까요."

클로이는 자신의 알몸을 내 알몸에 비비면서 초가을 밤의 냉기와 대비되는 따뜻한 기운을 전해주고 있다. 그녀의 젖가슴이 내 허벅지를 밀고 있고 그녀의 입은 나를 뻑 가게 만들려는 의도가 내포된 O자 모양을 하고 있으며, 그녀의 엉덩이는 〈지금이 바로 기회야〉를 연주하는 앨리스 디제이의 쿵 쿵 쿵 쿵 하는 리듬에 맞춰 요동을 한다.

그녀는 속삭인다. "우리는 항상 이 짓을 통합할 수 있어. 켄, 너는 이 짓을 해봐야 해."

"돈 벡과 크리스토퍼 카우언*은 자기네가 나선역학적 발달모형Spiral Dynamics이라고 부른 접근법을 통해서 그레이브스의 연구를 좀 더 진척시키고 세밀하게 가다듬었습니다. ('나선역학적 발달모형'은 텍사스 덴턴의 내셔널 밸류스 센터의 등록 상표이며 우리는 허락을 받고 여기서 이 용어를 사용하고 있다는 점을 밝혀둡니다.) 벡과 카우언은 그저 관념적 분석가들에 지나지 않는 이들이 아니라 남아프리카 인종 격리 정책의 종말을 이끈 논의의 참여자들이었습니다. 나선역학적 발달모형의 원리는 사업을 재편성하고 군구郡區를 소생시키고 교육 시스템을 점검하고 도심부의 긴장을 완화하는 데 활용되어왔습니다. 그리고 여러분 대다수가 잘 알고 있다시피 돈 벡은 통합센터 창설 회원들 중 한 분이기도 합니다."

　닥터 헤이즐턴은 잠시 말을 멈추고는 노트에서 고개를 쳐들고 청중을 향해 환하게 웃었다. 나는 그녀의 얼굴을 정면으로 바라보려고 연신 애를 쓰면서 어째서 그렇게 하기가 힘든지 의아해했다. 그녀가 아름다워서만은 아니고 다른 어떤 이유 때문이었다. 그녀가 청중을 둘러봤을 때 그녀의 시선이 잠시 내게 머물렀고, 무슨 이유에서인지는 몰라도 나는 숨을 멈췄다가는 겨우 내쉬었다. 그리고 킴이 그걸 눈치챘는지 확인해보기 위해 그녀를 힐끗 쳐다봤다.

　헤이즐턴은 말을 계속했다. "나선역학적 발달모형은 인간의 진화를 여덟 개의 일반적 단계들을 통한 과정으로 보며, 그 각각의 단계를 밈meme이라고 부르기도 합니다." 청중은 불만 어린 신음을 토해냈다. "저도 알아요, 압니다. '밈'은 오늘날 많이 사용되고 있고 다른 많은 의미를 내포하고 있는, 논의의 여지가 많은 용어죠. 하지만 나선역학적 발달모형에서

---

* **돈 벡**Don Beck, **크리스토퍼 카우언**Christopher Cowan 미국의 심리학자로, 클레어 그레이브스가 제시한 인간발달의 8단계 모델을 받아들여 밈의 8단계 가치 시스템으로 발전시켰다.

밈은 단지 어떤 식의 행동으로 표현될 수 있는 기본적인 발달 단계를 뜻할 뿐이에요. 강의를 진행하면서 이와 관련된 재미있는 많은 예를 보게 될 겁니다! 밈은 엄격하게 고정된 수준level이 아니라 흐르는 파동이에요. 서로 많이 중첩되거나 뒤섞이고, 그에 따라 의식의 강력한 나선적 펼쳐짐을 낳는 파동들. 진화는 선형적線形的 사다리가 아니라 흐르는 것이랍니다."

"킴, 헤이즐턴 박사를 알고 있나요?"

"알고 있죠."

"저분은 아주 멋진 분 같아요."

킴은 천천히 고개를 돌려 나를 쳐다봤다. 나는 그녀를 똑바로 쳐다봤다.

"의식의 첫 여섯 수준들은 '제1층 수준들'이라고 불러요. 하지만 거기서 의식의 혁명적인 전환이 일어나죠. '2층' 수준들의 출현이. 우리는 2층 의식의 하이퍼스페이스로의 이 양자도약에 특별한 주의를 기울이게 될 겁니다." 나는 의자에 꼿꼿이 앉은 채 주위를 돌아봤다.

"의식의 여덟 수준들을 간략하면서도 전율적으로 서술한 내용이 여기 있습니다." 헤이즐턴은 계속 미소 짓고 있었다. "각 파동에 속하는 이들이 세계 인구에서 차지하는 비율, 각 파동이 갖고 있는 사회적 힘의 비율을 서술한 내용이."

어떤 이유에서인지는 몰라도, 의식 수준 혹은 존재의 파동이라는 개념, 사람들이 세계를 각기 다른 방식으로 이해한다는 개념은 내게 소름 끼칠 만큼 매혹적으로 다가왔다. 이런 매혹은 연속된 사건들의 시작에 해당했고, 그 사건들은 결국 그때까지 내가 알고 있었던 나라는 존재의 잔혹한 드러남과 완벽한 종말로 이끌어줬다. 그가 거기 있었다는 사실에만 그치는 것이 아니었다. 리얼한 터널 저 한 끝에서 리얼한 빛이 희미하게 가물거리기 시작했다.

　헤이즐턴은 존재의 파동들을 간략하게 설명하기 시작했다. 나는 각 단계에 해당하는 사람들이 어떤 사람들인지 이해했다. 나는 어느 한 파동에서 대부분의 시간을 보내고 있는, 내가 알고 있는 이들의 이름을 하나하나 채워 넣기 시작했다. 이런 식으로 분류하는 것에 따르는 위험성 같은 것은 없을까? 하지만 그것은 그 나름의 다소 특별한 게임이었다.

　"좀 전에 얘기했던, 재미있다는 대목이 바로 여기예요." 킴은 활달하고 열정적인 투로, 느긋하게 들어봐요, 라고 말했다.

　거대한 발달의 나선형과 의식의 여덟 가지 파동에 관한 간략한 서술이 박혀 있는 대형 슬라이드가 전면 벽에 떠올랐다. "우리는 각 단계별로 각

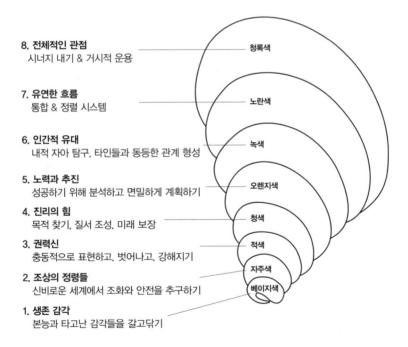

8. **전체적인 관점**
　시너지 내기 & 거시적 운용　————　청록색

7. **유연한 흐름**
　통합 & 정렬 시스템　————　노란색

6. **인간적 유대**
　내적 자아 탐구, 타인들과 동등한 관계 형성　————　녹색

5. **노력과 추진**
　성공하기 위해 분석하고 면밀하게 계획하기　————　오렌지색

4. **진리의 힘**
　목적 찾기, 질서 조성, 미래 보장　————　청색

3. **권력신**
　충동적으로 표현하고, 벗어나고, 강해지기　————　적색

2. **조상의 정령들**
　신비로운 세계에서 조화와 안전을 추구하기　————　자주색
　　　　　　　　　　　　　　　　　　　　　　　　　베이지색

1. **생존 감각**
　본능과 타고난 감각들을 갈고닦기

그림 1.1. 나선역학적 발달모형

기 다른 색깔과 이름을 사용합니다. 이 내용을 기억하거나 암기할 필요는 없어요. 그저 마음 가는 대로 보면서 내용을 이해할 수 있는지에만 마음을 쓰세요. 우리는 앞으로 진행해나가면서 여러분이 알 필요가 있는 모든 것을 설명해드릴 겁니다. 이것이 여러분에게 흥겹고 재미있는 경험이 되었으면 해요. 하지만 여러분은 스스로에게 계속 물어볼 수도 있을 거예요. 의식의 이런 수준들이 정말로 존재하는가, 하고."

나는 킴을 쳐다봤다. 그녀는 싱긋이 웃었다.

"1. 베이지색: 태곳적·본능적. 기본적 생존 수준. 먹을 것, 물, 온기, 섹스, 안전이 최우선이다. 그저 생존하기 위해서 습성과 본능을 사용한다. 깨어 있거나 지속적으로 유지되는 분명한 자아가 거의 없다. 삶을 지속하기 위한 생존 집단을 형성한다.

어디서 볼 수 있나: 최초의 인간 사회, 신생아, 노망난 노인네, 알츠하이머병 말기 환자, 정신적으로 병든 부랑자, 굶주리는 대중, 전쟁 노이로제 환자. 성인 인구의 약 0.1퍼센트, 사회적 힘 0퍼센트."

"바로 댁이에요, 멍청이님."

"고맙군요, 킴."

"2. 자주색: 마법적·정령적. 마법적 정령들을 숭배하는 사고방식, 선과 악, 온 땅에 충만함, 축복하거나 저주하기, 사건이나 사태의 결말을 결정해주는 주술. 민족학적ethnic 부족을 형성한다. 정령들이 조상들 속에 존재하고 부족을 결속시켜준다. 친족 관계와 혈통이 정치적 연결고리들을 굳혀준다. '전체적holistic'인 것 같지만 사실은 원자적이다. 그레이브스가 지적한 것처럼, '강의 굴곡부마다 이름이 있지만 정작 강에는 이름이 없다'.

어디서 볼 수 있나: 주술적 저주에 대한 믿음, 피의 맹세, 해묵은 원한, 행운을 안겨주는 주문이나 부적, 가족 의식儀式, 주술적 믿음과 미신. 제 3세계의 환경이나 폭력단, 운동팀, 기업 '부족'에서 강하게 드러난다. 마법적인 뉴에이지 신앙, 수정구슬점, 타로카드점, 점성술 등에서도 볼 수 있다. 인구의 10퍼센트, 사회적 힘 1퍼센트."

"이봐요, 킴. 우리 엄마에게 이런 요소가 좀 있어요."
"엄마가 뉴에이지?"
"뭐, 그 비슷한 부류죠."
"뉴에이지의 일부 측면들에는 더 높은 수준의 밈들이 내재되어 있죠. 하지만 그 대부분의 핵심은 자주색 밈이에요."
"하지만 그게 나쁜 건 아니죠."
킴이 말했다. "이 모든 수준이 다 좋거나 나쁜 것과는 무관해요. 그냥 정신적 풍경의 지도일 뿐이죠."

"3. 적색: 권력신. 자기중심적 수준으로도 알려져 있다. 종족과 구분되는 자아의 첫 출현. 강력하고 충동적이고 자기본위적이고 영웅적이다. 신화적 정신, 원형archetype, 용, 야수. 원형적인 유형의 신과 여신, 막강한 존재들, 상대해야 할 선한 세력과 악한 세력. 복종과 노동력을 제공받는 것을 대가로 해서 아랫것들을 보호해주는 봉건 영주. 봉건 제국의 토대―권력과 영광. 세상은 온갖 위협과 포식자로 가득한 정글이다. 정복, 계략을 써서 이기기, 지배하기. 후회나 양심의 가책 없이 자아를 최대한 향유한다. 지금 여기서 살아가기.
어디서 볼 수 있나: '무서운 두 살'(공격성과 자기중심적 성향이 강해지는 만 두 살 무렵 아이의 제1 반항기를 이르는 말-옮긴이), 반항적인 청소년, 프론티어 정신(원시

44

적이고 가혹한 미개척 환경에서 살아가는 이들의 정신 구조를 뜻함-옮긴이), 봉건 왕국, 서사시적 영웅, 제임스 본드 영화에 등장하는 악당들, 모험을 추구하는 용병, 야성적인 록스타, 훈족의 아틸라,《파리대왕》, 신화와 연관된 것들. 인구의 20퍼센트, 사회적 힘 5퍼센트."

킴이 말했다. "적색 밈에 해당하는 사람이 어떤 사람인지는 누구나 다 알고 있죠. 그 사람들은 한눈에 드러나는 유형의 사람들일 수가 있어요. 그것들은 때로 시험 비행사나 소방관처럼 아주 영웅적으로 행동하지만, 또 어떤 때는 잘난 체하면서 거들먹거리고 밉살머리스럽고 야비하고 시끄럽고 뻔뻔한 종자들이죠. 유감스럽게도 우리 아빠가 그래요. 천하에 둘째가라면 서러워할 만한 드럽게 비열한 악당." 나는 트럭 운전사들이나 쓸 법한 그녀의 걸쭉한 말투에 놀라서 눈을 둥그렇게 뜨고 입을 헤벌렸다.

"아, 댁의 아빠도 그래요?"

"우리 아빠요? 으음, 아니, 아니. 그렇게 생각하진 않아요. 게다가 다른 밈들이 어떤지 전혀 몰라서."

"4. 청색: 신화적 질서. 삶은 전능한 타자Other나 교단Order이 결정하는 결과들과 아울러 의미, 방향, 목적을 갖고 있다. 이 정의로운 교단은 '옳고 그름'의 절대적이고 한결같은 원칙들을 기반으로 한 행동 지침을 강요한다. 그 지침이나 규칙을 어길 경우 혹독한, 아마도 영속적일 가능성이 있는 반대급부를 받는다. 그 지침을 충실히 따르는 신자들은 보상을 받는다. 고대 국가들의 토대. 엄격한 사회적 계급 제도. 가부장적. 무슨 일에서나 단 하나의 옳은 길만 생각해야 한다. 법과 질서. 죄책감을 통해서 충동성을 다스린다. 강고하고 근본주의적인 신앙. 교단 규칙에 대한 복종. 대단히 인습적이고 순응적인 자세. 가끔 신화적·근본주의적 의미에서의 '종교적' 성향을 지님. 그레이브스와 벡은 이것을 '신성한/절대주의적' 레벨로 언급한다. 이것은 또 세속적이거나 무신론적 결사 혹은 전도단 같은 것이 될 수도 있다.

어디서 볼 수 있나: 청교도적 미국, 유교적인 중국, 디킨스적인 영국, 싱가포르의 규율, 전체주의, 기사도와 명예의 규칙들, 자비로운 선행, 종교적 근본주의(예컨대 기독교와 이슬람교의 근본주의), 보이스카우트와 걸스카우트, '도덕적 다수,' 애국심. 인구의 40퍼센트, 사회적 힘 30퍼센트."

"망할 놈의 공화당원들." 킴이 말했다.

"그게 뭔 소리요?"

"아, 아주 많은 공화당원들이 청색 파동에서 나오니까. 마크가 얘기하기를, 댁은 아직 마크를 못 봤을 거예요, 아무튼 마크는 우리가 여덟 가지 파동을 모두 포용해야 한다고 얘기해요. 그리고 나는 그 말을 이론적으로는 이해하는데 솔직히 말해서 그 사람들 중 일부는 미워해요. 공화당원들도 미워하고. 자기네만 선한 척하는 그 청교도들은 자기네와 다른 의견을 가진 사람이 있으면 당장 목매달아 죽이려 들죠."

"으음, 맞아요. 나도 그자들을 싫어하긴 해요." 아무튼 우리 아버지는 그들을 싫어했다. "하지만 우리가 이 세미나의 초장부터 사람들을 싫어해도 되는 걸까요? 좀 더 관용을 베풀 수도 있지 않아요?"

킴은 고개를 돌려 사납고 차가운 눈초리로 나를 노려보다가 이윽고 빙긋이 웃었다. "사실 난 로스앤젤레스의 관용 박물관에 간 적이 있었는데 거기 가서 싸우기만 했어요."

그녀는 손을 뻗어 내 팔을 잡더니 살며시, 지그시 꼬집었다. 이거 참 굉장한 세미나가 아니고 뭔가?

"5. 오렌지색: 과학적 성취. 이 파동에서 자아는 청색의 '대중 심리'에서 벗어나 개인주의적이고 과학적인 방식으로 진리와 의미를 추구한다. 세계는 자기자신의 목적을 이루기 위해 얼마든지 학습하고 길들이고 조작할 수 있는 자연 법칙들을 동반한, 매끄럽게 돌아가는 합리적인 기계다. 특히 (미국에서) 물질주의적 이득을 좇는, 고도로 성취 지향적 성향. 과학 법칙이 정치, 경제, 인간사를 지배한다. 세계는 승자가 패자보다 우월한 위치에 서서 특권을 누리는 체스판 같은 곳이다. 어느 일방의 전략적 이득을 위해 지상의 자원들을 조종하는 시장 동맹. 법인형 국가들의 토대.

어디서 볼 수 있나: 계몽주의 운동, 아인 랜드*의 《어깨를 으쓱하는 아틀라스》(국내에서는 《아틀라스》라는 제목으로 출간되었다 - 옮긴이), 월스트리트, 세계 전역에서 부상하는 중산 계급, 화장품 산업, 트로피 사냥, 식민주의 정책, 냉전, 패션 산업, 물질주의, 시장 자본주의, 자유로운 사익 추구. 인구의 30퍼센트, 사회적 힘 50퍼센트."

"이 밈에는 나쁜 점이 없잖아요, 킴?" 나는 내가 강한 오렌지색 성향을 갖고 태어났다고 생각하기 때문에 이 밈은 좀 더 친근하게 다가오기 시작했다…….

"나쁜 게 전혀 없죠. 전혀 없어요, 켄. 솔직히 말해서 나는 그렇게 생각하지 않지만 말이에요. 우리 중의 일부는 잘 까먹어서 탈이기는 하지만 아무튼 모든 밈은 다 중요해요." 그녀는 어깨를 으쓱하고는 쑥스러워하는 기색과 함께 씩 웃었다. 내가 무슨 얘기인가를 하려고 그녀 쪽으로 고

•   **아인 랜드** Ayn Rand 미국의 소설가이자 극작가. 세상을 이끌어가는 뛰어난 지식인들이 파업에 들어가면서 동력을 잃은 미국의 몰락을 그린 《어깨를 으쓱하는 아틀라스Atlas Shrugged》(1957)로 미국에서 가장 영향력 있는 작가가 되었다.

개를 숙이는 순간 헤이즐턴이 다음 파동에 관해 서술한 내용을 읽기 시작했고, 청중은 불만스럽다는 듯이 투덜거리기 시작했다. 낭독이 진행되는 동안 마치 헤이즐턴이 정곡을 찌르기라도 한 듯이 청중의 일부가 환성을 지르기도 하고 야유를 하기도 했다.

"강연 중에 백인들이 이렇게 시끄럽게 구는 건 생전 처음 보네요, 킴."

"이 세미나의 핵심이 당연히 부머리티스니까요. 세미나가 겨냥하는 이들이 바로 그 사람들이기도 하고. 그러니 당연히 부머들 중의 일부가 몹시 기분 나빠 하고, 결국은 일부 사람들이 떠들어대기 시작하죠. 이 세미나가 지속되어온 삼사 년 동안 논쟁거리가 될 만한 몇몇 주제를 둘러싸고 꽤 시끌벅적하게 구는 것이 일종의 전통이 되었어요. X세대와 Y세대의 일부 사람들도 그런 분위기에 휩쓸리는 걸 보면 아주 재미있어요. 게다가 꽤나 시끄럽게 떠들어대죠."

"그런데 다음 주제에서 대단한 논쟁거리가 될 만한 게 무엇이기에 이럴까요? 사람들이 벌써부터 소리를 질러대네요. 녹색 밈이 뭐가 어때서?"

"오 맙소사, 좀 기다려봐요."

"6. 녹색: 민감한 자아. 공동체주의적, 인간 상호 간의 유대, 생태에 대한 민감성, 네트워킹. 인간 정신은 탐욕, 독단, 불화로부터 자유로워져야 한다. 따뜻한 느낌과 감성이 냉정한 합리성을 대체한다. 지구와 가이아와 생명을 소중히 여긴다. 위계를 거부한다. 수평적 유대 관계와 연합을 확립한다. 유연한 자아, 합리적 자아, 잘 맞물려 돌아가는 집단. 대화와 관계를 중시. 가치 공동체들의 토대(즉 감정 공유를 기반으로 해서 자유롭게 이루어지는 가입이나 입회). 조정과 합의를 통해서 결정에 이른다(약점: 끝없이 지속되는 '결정 과정'과 아울러 결정을 내리는 데서의 무능력). 영성을 맑게 하기, 조화 이루기, 인간의 잠재력을 풍요롭게 하기. 강력한 인류 평등주의, 반反위계, 다원론적 가치관, 사실reality의 사회적 구성, 다양성, 다문화주의, 상대주의적 가치 체계; 이런 세계관을 종종 다원론적 상대주의라고 부른다. 주관적·비선형적非線型的 사고. 지구와 거기에 거주하는 모든 생명들에 대한 높은 수준의 따뜻한 온정, 민감함, 배려의 마음가짐을 보인다.

어디서 볼 수 있나: 심층생태론, 포스트모더니즘, 네덜란드 이상주의, 로저스식Rogerian 상담(인간중심 상담-옮긴이), 캐나다 보건의료 시스템, 인본주의 심리학, 해방신학, 공동연구, 세계교회협의회, 그린피스, 생태심리학, 동물의 권리, 생태여성주의, 탈식민주의, 푸코/데리다, 정치적으로 공정한 태도(politically correct. 1980년대부터 쓰이기 시작한 용어로 복잡한 다문화 사회에서 특히 인종 문제, 성 문제와 관련하여 타인에게 모욕감을 주는 언어나 행동에서 벗어난 편견 없는 사고와 태도를 의미하는 말-옮긴이), 다양성 운동, 인권 문제, 다문화주의. 인구의 10퍼센트, 사회적 힘 15퍼센트."

이 밈은 분명 어머니와 아버지의 홈이었다. 나는 과거를 돌이켜보면서 어머니는 자주색 밈을 약간 갖고 있고, 아버지는 적색 밈을 꽤 많이 갖고 있다는 결론을 내렸다. 그러나 IC 사람들의 표현을 빌어서 얘기하자면 그분들의 '무게중심'은 분명 녹색이었다. 나는 이것이 그분들 행태의 아주 많은 부분을 설명해준다는 생각 쪽으로 곧장 내닫기 시작했다. 하지만 헤이즐턴은 애초에 내 관심을 끌었던 주제 쪽으로 재빨리 이동했다. 그녀의 다음 말들은 전율적이었다.

"녹색 밈이 완성되면서 인간의식은 '제2층적 사고'로 양자도약을 할 준비가 갖춰집니다. 클레어 그레이브스는 이것을 일러 '어마어마하게 깊은 의미의 간극을 뛰어넘는 획기적인 도약'이라고 했습니다. 이 도약은 말로 뭐라고 형용하기 힘들 만큼 모든 것을 엄청나게 변화시킵니다."

헤이즐턴은 잠시 말을 멈추고 자기 말이 사람들의 마음속에 스며들 때까지 기다렸다. 그녀는 싱긋이 웃고는 천천히, 엄숙하게, 뭔가를 예시하는 듯이 말을 이었다. "앞으로 진행해나가면서 이 도약이 안겨주는 전체적인 효과가 좀 더 선명하게 드러날 겁니다. 하지만 우선은 몇 가지 간략한 세목들에 관해 이야기하는 것으로 시작하도록 합시다. 본질적으로 2층 의식과 더불어 처음으로 발달의 나선 전체를 생생하게 파악할 수 있습니다. 그러므로 각 수준, 각 밈, 각 파동이 나선 전체의 건강에 결정적으로 중요하다는 사실을 이해할 수 있습니다. 따라서 각 밈들은 소중히 여기고 포용해야 할 것들입니다. 요컨대 2층의 각성 상태에서는 전체상을 볼 수 있습니다. 그리고 갑자기 세상 전체가 새롭고 생생하고 경이로운 빛 속에서 드러납니다."

헤이즐턴은 청중을 지그시 바라봤다. "모든 개인이 자신에게 유용한 것들이 될 잠재력을 지닌 이런 모든 밈을 갖추고 있다는 사실을 깨닫는 것이 중요합니다. 벡이 말했던 것처럼, '사람의 유형들이 아니라 사람 속에 내재되어 있는 유형들에 주안점이 있습니다'. 그러므로 각 파동은 삶의 조건들이 보장해줄 때 저절로 활성화될 수 있습니다. 비상 상황에서 우리는 적색 힘의 충동들을 작동하게 할 수 있습니다. 혼란에 처했을 때는 청색 질서를 작동시켜야 할 겁니다. 새 일자리를 찾을 때는 오렌지색 성취 충동을 필요로 할 겁니다. 결혼하려고 할 때나 친구들과 어울릴 때는 녹색의 긴밀한 연대 충동이 필요하겠죠.

그러나 1층 밈들은 다른 밈들의 존재를 제대로 이해할 수가 없습니다. 1층 밈들 각자는 자신의 세계관만이 유일한 참된 관점이라고 생각합니다. 그 밈들은 도전을 받으면 부정적으로 반응합니다. 그들은 위협을 받을 때마다 자신의 도구들을 이용해서 상대를 맹공격합니다. 청색 질서는 적색의 충동성과 오렌지색 개인주의를 만날 때면 몹시 불편해합니다. 오렌지색 개인주의는 청색 질서가 남들에게 잘 속는 호구들이고, 녹색의 평등주의는 약해빠져서 별로라고 여깁니다. 녹색의 평등주의는 남다른 우수성, 가치 서열, 전체상, 위계, 권위주의적으로 비치는 모든 것을 쉽게 참아낼 수가 없으며, 따라서 녹색은 청색과 오렌지색, 그리고 녹색 이후의 밈들을 보면 내치려는 성향이 있습니다. 이 대목에서 솔직히 말씀드리자면, 1층의 모든 밈들은 세계 평화를 가로막는 역할을 할 겁니다."

그것은 충격적인 생각이었다. 의자에 앉은 내 몸이 절로 꼿꼿하게 굳어졌다. 킴이 나를 쳐다봤다.

헤이즐턴의 목소리가 올라가기 시작하면서 맑고 또렷해졌으며, 그녀 주위의 공간이 미세하게 휘어졌다. "이 모든 것은 2층 사고와 더불어 변하기 시작합니다. 2층 의식은 발달의 내적 단계들을 훤히 꿰고 있기에 뒤로 물러나 전체상을 파악하며, 따라서 2층 사고는 다양한 모든 밈이 행하는 꼭 필요한 역할을 이해합니다. 2층의 앎은 어느 한 밈의 관점으로서가 아니라 존재의 나선 전체의 관점으로 생각합니다. 따라서 2층 의식과 더불어 세계는 이해할 만한 것이 되기 시작하고 전체적으로 화합하기 시작하고 처음으로 결속하기 시작합니다. 2층 의식이 작동하면서 참된 평화의 가능성이 지평선에서 환하게 그 모습을 드러냅니다."

킴이 말했다. "이 대목이 아주 끝내줘요."

"킴, 어째서 댁은," 내 눈길이 나도 모르게 제 모습을 반 이상 드러내고 있는 그녀의 가슴에 떨어졌다. "이걸 재미있다고 여기는 거죠?"

"오, 큰 젖통을 가진 킴은 멍청이다 그거죠? 천치 같으니."

"아니, 아니, 정직하게 말해서 나는 그런 뜻으로 말한 게 아니에요, 진짜로 난⋯⋯."

"나는 댁이 이 나선을 제대로 이해하게 된다면, 댁의 머리가 저절로 자유로워질 거라는 얘기를 하고 있는 거예요. 모든 것이 활짝 열리면서 세계가 참으로 드넓어지고, 댁은 전보다 훨씬 더 넓어진 공간에서 활보하기 시작할 수 있어요. 더 이상 하나의 비좁은 밈 속에 처박혀 있지 않아도 된다고요. 댁 같은 천치라도 이런 건 이해할 수 있어야 해요." 그 말에 나는 맥없이 웃었다.

헤이즐턴은 청중을 돌아봤다. "1층 밈들 중에서 가장 수준 높은 녹색 밈이 서로 다른 문화들의 풍부한 다양성과 놀라운 다원론을 이해하기 시작하는 지점에서 2층적 사고는 한 걸음 더 나아갑니다. 그것은 각기 다른 이런 문화들을 이어주고 결합시켜주는 연합을 추구하고, 따라서 각기 다른 이런 시스템들을 취해서 전체론적인holistic 나선들과 총체적 그물망 속에 포용하고 포괄하고 통합하기 시작합니다. 달리 말해 2층적 사고는 다원주의에서 통합주의integralism로 나아가는 데 도움이 됩니다. 얘기가 좀 거창하죠? 다원주의니 통합주의니 하는 것들이? 걱정하지 마세요. 곧 이해하게 될 테니까." 그녀는 말을 멈추고 다시 싱긋이 웃었다.

"그레이브스와 벡, 카우언의 폭넓은 연구는 이 2층 의식에 최소한 두 개의 주요 파동이 존재한다는 점을 지적해주고 있습니다."

킴은 한 마디 한 마디에 힘을 줘가며 말했다. "이것이 바로 저 유명한 하이퍼스페이스로의 도약이에요. 그것에 관해 알고 있어요?"

"하이퍼스페이스로의 도약. 여기서 내가 찾고 있는 게 그런 방식의 것이죠. 혹은 그런 종류의 것. 전에 이 얘기를 들은 것 같아요. 지금보다 좀 전에. 지금보다 나중이 아닐 경우 전에, 라는 말뜻이 대개 그런 거죠. 지금보다 나중이 아니라면 당연히 나중에, 는 아니죠. 한데 댁은 아마 이미 그걸 알고 있었을 거예요. 그러니까 요약을 하자면……."

킴은 웃음이 나오려는 걸 지그시 참고 나를 빤히 쳐다봤다. "누가 멍청이일까요, 켄 엄 윌버?"

"7. 노란색: 통합적. 삶은 상호 관련된, 흐르는 시스템들의 만화경이다. 유연성, 자발성, 기능성이 최우선이다. 차이들과 다수가 상호 의존적인 자연스러운 흐름들 속에 통합될 수 있다. 우수성의 자연스러운 등급, 질적인 차이와 평가를 평등주의가 보완해준다. 지식과 능력이 권력과 지위 또는 집단을 대체해야 한다. 현행 세계 질서는 리얼리티의 각기 다른 수준들(혹은 밈들)의 존재, 그리고 역동적인 나선을 오르내리는 움직임의 필연적인 패턴들에서 비롯된 결과다. 우수한 관리는 실체들이 점차 증대되는 복잡성(중첩된 위계)의 수준들을 통해서 쉽사리 출현하게 해준다. 인구의 1퍼센트, 사회적 힘 5퍼센트.

8. 청록색: 홀리스틱holistic. 보편적 홀리스틱 시스템, 통합적 에너지들의 파동. 느낌과 지식의 결합. 여러 수준들이 하나의 의식적 시스템으로 교직된다. 폭넓은 전체성의 기반. 외적인 규칙들(청색)이나 집단 내에서의 유대(녹색)에 기반을 둔 것이 아닌, 생생하게 살아 숨 쉬는 의식적인 방식에서의 보편적 질서. '대통일'이나 전체적 조감이 이론상으로나 실제상으로 가능하다. 이따금 모든 존재를 아우르는 그물망으로서의 새로운 영성의 출현을 수반하기도 한다. 청록색 사고는 완전히 총체적이고 나선 전체를 사용한다. 여러 수준들이 상호작용하는 것을 알아본다. 배음harmonics, 신비로운 힘들, 조직 속에 스며들어 있는 전반적인 흐름 상태를 간파해낸다. 인구의 0.1퍼센트, 사회적 힘 1퍼센트."

"맙소사, 킴, 2층에 이른 사람들이 고작 인구의 2퍼센트밖에 안 돼요? 그럼 우린 새 된 거네요?"
"새 됐죠."
"2층적 사고 수준에 이른 인구가 2퍼센트도 되지 않고 청록색 수준은 단 0.1퍼센트에 불과합니다. 현재 2층 의식은 인류의 집단적 진화에서 '선도적 위치'에 해당하기에 비교적 드문 편이죠. 돈 백은 2층 의식의 예들로 지구촌 그 자체, 테이야르 드 샤르댕의 정신권(noosphere. 인간이 생활하고 지배하며 인간의 활동에 의해 물리적인 영향을 받는 생물권의 한 부분 – 옮긴이), 통합심리학의 성장, 혼돈과 복잡성 이론들, 의식의 스펙트럼, 사고의 통합적·전체론적 체계, 마하트마 간디의 보편적 조화 등을 들었습니다. 그리고 앞으로 이 의식이 나타나는 빈도수가 분명히 증가할 것이고, 가까운 장래에 더 높은 밈들이 출현할 가능성도 있다고 했습니다……."

나는 킴을 쳐다봤다가 다시 헤이즐턴을 쳐다봤다. "나는 내가 내적으로 사지가 찢어발겨지고 있다는 느낌에 사로잡히지 않았으면 해." 정확히 그것이었다. 그해 여름 내내 나는 그 말을 거듭 되뇌곤 했다. 나는 내적으로 찢어지고 싶지 않아. 내가 헤이즐턴의 말에 잠시 아찔해지고 매혹된 것 같은 것은 아마 그 때문이었을 것이다. 그녀의 인공지능이 내 인공지능을 프로그램하고 있었다. 하지만 그 인공지능은 내 뒤틀린 내면에서 현 하나를 울렸다. 나는 그 때문에 일어난 생각들, 부머와 관련된 온갖 생각들로부터 그 현을 분리시킬 수 있었으면 했다.

헤이즐턴은 "2층 의식의 하이퍼스페이스로의 양자도약"이라는 말을 거듭 반복했다. 그리고 나는 나답지 않게 잠시 넋을 잃었다.

"내가 저분이 끝내주는 분이라고 했죠."

"닥쳐요, 킴."

"돈 벡이 가끔 지적하다시피 2층적 사고가 드러날 때는 반드시 1층적 사고의 많은 저항을 받습니다. 다원론과 상대주의를 동반한 포스트모던한 녹색 밈의 유형은 좀 더 통합적이고 전체론적인 사고의 출현과 맹렬히 맞서 싸워왔습니다. 하지만 2층적 사고가 결여되어 있을 경우 인류는 전 세계적인 자가 면역 질환의 희생자들로, 여러 밈들이 패권을 차지하기 위해 서로를 자극하는 상태로 남아 있을 수밖에 없습니다.

우리가 자주 말하곤 하는 것처럼, 1층 밈들은 대개 2층 밈들의 출현에 저항합니다. 예컨대 종교적 근본주의(청색)는 2층 밈들을 자기네 교단을 몰아내려는 시도로 보기에 그것들에 격분할 때가 많습니다. 자기중심주의(적색)는 2층을 완전히 무시해버립니다. 마법(자주색)은 그것에 저주의 주문을 겁니다. 녹색은 권위주의적이다, 위계적이다, 가부장적이다, 후진적이다, 억압적이다, 인종차별적이다, 성차별적이다, 라는 식으로 2층 의식을 비난합니다."

녹색을 언급하기만 하는 것으로도 청중은 또다시 동의의 박수를 치거나 야유를 했다. 청중은 금방 달아오르기 쉬운 이 논점에서 양쪽으로 갈라져 있는 게 분명했고, 그 때문에 약간 따분한 학문적 강연이 돌연 참으로 엄청난 다툼을 예고하는 것으로 떠올랐다.

"녹색은 지난 삼십 년 동안 문화 연구를 담당해왔습니다. 여러분은 이미 녹색 밈의 표준적인 구호들, 곧 다원론, 상대주의, 다양성, 다문화주의, 해체, 반$_反$위계 등을 알고 있었을 겁니다.

한편으로, 녹색 밈의 다원론과 다문화주의는 과거에 무시당했던 사람들, 개념들, 이야기들을 포함시키기 위해 문화 연구의 표준을 확대하는 고상한 일을 해왔습니다. 그것은 사회적 불균형을 바로잡고 배제의 관행을 없애려고 시도하는 과정에서 민감하고 배려 있게 행동했죠. 그것이 참으로 '민감한 자아'인 것은 바로 그 때문입니다. 녹색 밈은 민권, 건강 관리, 환경 보호를 주창하고 선도해왔습니다. 그것은 진부한 종교적(청색) 밈과 과학적(오렌지색) 밈의 철학, 형이상학, 사회적 관행들과 아울러 가끔 배타적으로 작용하는 그들의 가부장적·성차별적·식민주의적 의제들을 강력하게, 가끔 설득력 있게 비판해왔습니다.

다른 한편으로, 녹색 이전 단계들에 대한 이런 비판만큼이나 인상적인 것은 녹색 밈이 녹색 밈 이후의 모든 단계들도 역시 공격하려고 시도했다는 점입니다. 그 때문에 참으로 비극적인 결과들을 낳았고요. 그런 행태는 녹색이 더 포용적이고 포괄적이고 통합적인 해법들로 나아가는 것을 불가능하게 만들었고, 2층으로 도약하는 것을 사실상 가로막는 역할을 했습니다." 청중 속에서 수군거리는 소리, 산발적인 박수 소리, 야유가 일었다.

"바로 이 대목에서 부머리티스가 등장합니다." 청중은 일제히 환호와 아울러 야유를 터트렸다.

"맙소사, 킴, 항상 이렇게 시끌벅적해요?"

"더 심해져가죠. 하지만 그래요, 이건 일종의 전통이에요."

"킴, '닥쳐요'라고 한 건 진심이 아니었어요. 요즘 난 맛이 약간 갔어요."

"헤이즐턴은 유방암에 걸렸어요. 의사들이 몇 달밖에 못 산다고 했죠. 그런데 그게 오 년 전 얘기예요. 그때 이래 저분에게는 일종의 초인적 아우라 같은 게 있어요. 저분이 좀 빛난다고 생각하지 않아요?"

나도 얘기하려던 게 있었다. 그녀 주위에서 공간이 휘어지고 있다고.

"주관주의subjectivism. 이거 웃기는 말 아니에요? 한입에 들어갈 만큼 간단하게 요약해보기로 할까요. 다원론적 상대주의(녹색)는 신화적 절대주의(청색)와 표면적인 합리성(오렌지색)을 뛰어넘어 풍부한 질감의 개인주의적 맥락들로 이동했기에 그 전형적 특징들 중 하나는 강력한 주관주의입니다. 좋아요, 이제 따분한 얘기는 그만하기로 하죠. 방금 전의 한입거리 얘기가 참으로 뜻하는 바는 대체 뭘까요? 그것은 녹색이 진리와 선으로 인정하는 것들이 주로 개인적인 선호에 의해서 정해진다는 걸 뜻합니다. 그 개인이 해를 끼치는 타인들이 아닌 한 말이에요. 네게 참인 것이 내게도 꼭 참은 아니다. 옳음이라고 하는 것은 그저 개인이나 문화가 주어진 어느 순간에 우연히 동의한 것에 불과합니다. 지식이나 진리에 대한 보편적인 주장 같은 것은 존재하지 않습니다. 각 개인은 자신의 가치를 마음대로 찾을 수 있고, 그 가치는 다른 사람들에게는 아무 구속력이 없습니다. 이런 마음가짐을 요약한 인기 있는 표현이 곧 '너는 네 일을 해, 나는 내 일을 할 테니까'입니다.

이 녹색 단계의 자아가 참으로 '민감한 자아'인 것은 바로 이 때문입니다. 그 자아는 바로 진리의 서로 다른 많은 맥락과 유형—결국 다원론의 의미가 이것입니다—을 알고 있기에 각각의 진리들이 각자 자기주장을 펼치게 하려고 최선을 다합니다. 어떤 것도 무시하거나 하찮게 보려고 하지 않습니다. '반反위계,' '다원론,' '상대주의,' '평등주의' 같은 구호들의 경우에 그렇듯이 만일 당신이 '주변부화'(marginalization. 사회의 주변적인 지위로 내쫓기. 사회적 배제와 동의어 - 옮긴이)라는 말을 듣거나 그에 대해 비판하는 소리를 듣는다면, 거기에는 거의 항상 녹색 밈이 존재합니다.

물론 이 고상한 의도는 불리한 면도 안고 있습니다. 녹색 원칙들에 따라서 진행되는 모임들은 한결같이 비슷한 경로를 따라가는 경향이 있습니다. 모든 사람이 자신의 느낌을 표현하는 것이 허용되며, 때로 그런 과정을 다 거치기까지 여러 시간이 걸리기도 합니다. 끝없이 긴 의견 처리 과정이 따르고, 특정한 어떤 행동 방침을 택할 때는 누군가의 뜻을 배제할 공산이 있기 때문에 아무 결정도 내리지 못하거나 어떤 행동 방침도 정하지 못할 때가 많습니다. 회의 중에 누구의 의견도 배제하지 말고 모든 의견을 다 따듯하게 포괄하고 수용하자는 요청이 나올 때가 종종 있습니다만, 사실 모든 의견이 다 동등한 가치를 가진 게 아니기 때문에 정확히 어떻게 해야 그렇게 할 수 있는지를 분명하게 얘기하는 경우는 극히 드뭅니다. 어떤 결론도 내지 못했지만 모든 사람이 다 자기 느낌을 얘기할 기회를 가질 경우 그 모임은 성공한 것으로 간주됩니다. 어떤 의견도 다른 의견보다 더 나은 것일 수가 없기에 모두의 의견을 청취하는 것 외에 진정한 어떤 행동 방침도 권하거나 추천할 수 없습니다. 만일 누군 가가 확신을 갖고서 어떤 진술을 한다면, 그 대안이 될 만한 생각을 가진 모든 이들은 얼마나 답답하고 불유쾌한 기분이 들겠어요. 1960년대에는 널리 알려진 속담이 하나 있었습니다. '자유는 끝없는 모임이다.' 그 끝없 는, 이라는 말은 딱 들어맞는 표현이었습니다!"

이번에는 모든 청중이 동의의 박수를 쳤다. 그들이 실제로 그녀의 말에 동의했든 안 했든 간에, 그들 모두는 그녀가 하는 말을 이해한 것 같았다.

킴이 속삭였다. "우리 교수들이 항상 이런 식이에요. 끝없이 주절거리기만 하지. 댁의 교수들도 그래요?"

"그렇지는 않아요. 시스템 과학 쪽이니까. 짐작컨대 시스템 과학은 대체로 노란색이어서 녹색은 별로 없죠. 하지만 우리 과 외의 모든 강좌들은 하나같이 녹색인 것 같아요. 내가 정말로 그런 강좌들을 좋아하지 않는 건 그 때문이죠. 그렇지만 인공지능 쪽에 속한 우리 중에서 그런 강좌들을 진지하게 받아들이는 친구는 전혀 없어요. 우리는 그저 그것들을 인문학 쪽의 노친네들이 하는 것이라고만 생각해요. 나는 그것들에 관해서 그 이상으로 생각해본 적이 없었어요."

그때 내가 생각했던 사람은 헤이즐턴이었다. 그녀는 빛났다. 공간이 휘어졌고, 무대 위에는 투명한 기운이 아른거리고 있었고, 그녀의 말과 함께 오싹하는 전율이 내 등골을 타고 흘렀다. 그것은 분명 그녀가 말하는 내용 때문이 아니었다. 킴은 그녀의 말을 즉각즉각 이해하는 것 같았지만 내 경우에는 상당 부분을 제대로 알아듣지 못했다.

"좋아요, 이제부터 잘 들어주세요. 부머리티스가 무대 전면에 등장하는 대목이 바로 여기니까요. 학계에서는 이 녹색 밈, 이 다원론적 상대주의가 지배적인 위치를 차지하고 있습니다. 콜린 맥긴*은 이런 상황을 다음과 같이 요약했습니다―예, 이건 좀 전문적인 내용이긴 하지만 일단 얘기해보기로 하죠. '이 개념에 의하면 인간 이성은 본질적으로 국소적이고 문화 상대적이고 인성과 역사의 다양한 사실들에 근거한 것이며, 서로 다른 관례와 삶의 형태와 준거 틀과 개념적 도식의 문제라고 한다. 사회나 시대가 받아들이는 것을 넘어서는 추론의 기준은 존재하지 않으며, 존중해줬다가는 인식적 기능 장애를 초래할 수밖에 없는 신조를 객관적으로 정당화해줄 근거도 역시 존재하지 않는다. 유효한 것이 되려면 유효한 것으로 받아들여져야만 하고, 서로 다른 사람들은 받아들이는 패턴도 당연히 다를 수 있다. 결국 신조를 정당화해줄 수 있는 유일한 길은 내게 합당한 형태를 갖는 것일 뿐이다.' 또, 클레어 그레이브스는 이렇게 말했습니다. '이 시스템은 세상을 상대주의적으로 본다. 사고는 모든 것을 상대주의적·주관적 준거 틀을 통해서 보는 것을 거의 과격하다고 할 만큼, 거의 강박적이라 할 만큼 강조하는 면을 보인다.'

자, 정신 차리시고. 오늘의 논의 초반에 모린 박사님이 말씀하신 내용의 요점을 기억하세요? 부머들을 규정해주는 것 같은 것이 바로 높은 지성과 자아도취적인 나르시시즘의 이상한 혼합체라는 내용 말입니다. 그런 점이 이제는 더 분명히 이해되고 있지 않을까 싶네요. 녹색 다원론은 대단히 강력한 주관적 입장을 취하고 있기 때문에 나르시시즘의 먹이가 되기 쉽습니다. 다원론은 나르시시즘을 끌어들이는 초강력 자석이 됩니다. 다원론은 나르시시즘 문화의 무의식적인 안식처가 됩니다."

청중은 투덜대기 시작했다. 킴은 싱긋이 웃기 시작했다. 나는 마치 온몸이 날아갈 것에 대비하기라도 하듯 나도 모르게 양손으로 의자 팔걸이

---

* **콜린 맥긴**Colin McGinn 미국의 심리철학자.

를 꽉 움켜쥐면서 마음의 준비를 단단히 했다.

"앞으로 곧 알게 될 테지만, 부머들은 역사상 녹색 밈으로 진화한 최초의 주요 세대로, 이것은 크게 칭송할 만한 일이 아닐 수 없습니다. 이것은 우리가 앞으로 거듭거듭 돌아오게 될 아주 중요한 포인트입니다. 녹색 밈이자 민감한 자아에 해당하는 부머들은 청색의 전통주의와 오렌지색의 과학적 모더니즘을 넘어서서 포스모더니즘적이고 다원론적이고 다문화적인 이해를 선도했습니다. 부머들이 민권, 생태학적 관심, 페미니즘, 다문화적 다양성의 선두에 선 것은 바로 그 때문입니다. 그것이 그 혼합체의 '빛나는' 부분이요, 부머 세대와 1960년대의 폭발적인 혁명, 청색과 오렌지색에서 녹색으로의 광범위한 이동의 참으로 인상적인 부분입니다. 돌이켜보면 대단한 성취, 참으로 놀라운 성취입니다.

하지만 모든 밈들은 자체의 부정적인 부분, 자체의 그늘, 있을 수 있는 병리를 안고 있습니다. 녹색 밈의 부정적인 부분은 그것이 참으로 나르시시즘의 거대한 초강력 자석이 되었다는 점입니다. 나는 내 일을 할 테니 너는 네 일을 해, 라는 식의 나와 내 것에 대한 강조. 그것은 부머 방정식의 파괴적인 부분이자 그 혼합체의 '어두운' 부분이요, 빛나는 부분이 좋은 결과들을 낳은 것에 거의 버금갈 정도의 피해를 불러일으킨 부분입니다. 그리고 우리는 우드스탁 네이션(국가나 민족이 아니라 종족 또는 부족에 가까운 개념. 1969년 뉴욕의 한 농장에서 사흘간 열린 우드스탁 록 페스티벌은 삼십만 명 이상의 사람들이 모여 반전과 평화를 외친 것으로 유명한데, 히피 문화의 열기 속에서 사랑과 자유의 공간이 되었던 그곳은 '우드스탁 네이션'으로 명명되었다 - 옮긴이)의 음울한 측면이 낳은 끔찍한 악몽과 문화적 파국으로 아직도 비틀거리고 있습니다." 나는 천천히 청중을 둘러봤다. 으스스한 분위기가 감돌고 있었다.

"딱 한 가지 예를 드는 것으로 시작해봅시다. 다시 말씀드리지만, 논의를 진행해나갈수록 이 모든 점이 더 선연하게 드러나게 될 겁니다.

가장 좋은 상태의 다원론, 평등주의, 다문화주의는 아주 높은 발달 수준, 곧 녹색 밈에서 나옵니다. 그리고 녹색 밈은 공평함과 관심의 마음가짐을 통해서 그 이전의 모든 밈들을 동등한 배려와 연민의 자세로 대하려고 시도하는데, 그것은 참으로 고상한 의도죠. 하지만 그 밈은 강력한 평등주의를 포용하기 때문에 자체의 위치―평등주의를 실천 가능한 것으로 만든 최초의 위치―가 아주 드문 엘리트적 위치(앞에서 살펴본 것처럼 세계 인구의 10퍼센트밖에 되지 않는)라는 것을 깨닫지 못합니다. 그보다 더 고약한 것은 녹색 밈이 모든 밈을 동등하게 보고 싶어 하기 때문에 애초에 그 단계들이 녹색 밈을 낳아췄다는 것을 적극 부인한다는 점입니다. 그러나 녹색 평등주의는 우리가 이미 살펴본 바와 같이 최소한 여섯 개의 주요 발달 단계들의 소산입니다. 그런데도 녹색 밈은 냉정하게 돌아서서 평등주의라는 이름으로 그러한 발달을 부인합니다!"

요란한 박수갈채와 환호 소리가 터져 나왔고, 조소와 야유의 소리가 거기에 산발적으로 묻어 나왔다. 헤이즐턴은 잠시 말을 멈추고 아주 부드럽게 웃고는 거의 속삭이듯이 말을 이었다.

"녹색 밈은 다원론이라는 고상한 허울 속에서 그 이전 것들에 해당하는 존재의 모든 파동들이 제아무리 천박하고 이기적이고 자기도취적이라 할지라도 '있는 그대로' 인정해줍니다. 본래 어떤 것도 다른 것들보다 더 낫다고 여기지 않으니까요. 하지만 '다원론'이 정말로 참이라면, 우리는 나치들이나 KKK단원들도 다문화 잔치에 초대해줘야 할 겁니다. 당연히 어떤 자세도 다른 자세보다 더 낫거나 못하지 않고, 따라서 모든 자세를 평등주의적인 방식으로 대해줘야 하니까요. 바로 이 대목에서 다원론의 자기모순이 첨예하게 드러납니다.

그러므로 최소한 여섯 개의 주요 변화 단계들의 소산인, 다원론이라는 아주 높은 발달 수준은 냉정하게 돌아서서 자신의 고상한 자세를 낳아준 그 경로 자체를 부인합니다. 그것은 모든 입장이나 태도들에 평등주의적인 포용의 자세를 보입니다. 그것들이 제아무리 천박하고 자기도취적이라 해도 말입니다. 그렇게 해서 평등주의가 효력을 발휘할수록 그것은 '나르시시즘의 문화'를 더욱더 불러들이고 격려해줍니다. 그리고 '나르시시즘의 문화'는 통합문화의 안티테제요, 세계 평화와 정반대되는 것입니다."

킴이 팔꿈치로 나를 쿡 찌르면서 씩 웃었다. 그 사이에 청중은 환호하기 시작했으며, 이번에는 무슨 이유에서인지는 몰라도 어떤 야유 소리도 들리지 않았다.

"킴, 댁은 이 모든 얘기를 다 이해해요? 약간 추상적인데."

"걱정 붙들어 매요, 그렇지는 않을 테니. 다음번 강의들에서 온갖 처참한 예들이 다 나올 테니 그때까지 기다려요. 구체적인 이름을 좍 열거하면서 맹공을 퍼부을 때까지!" 그녀는 킥킥거리고 웃으며 즐거워했다. "댁은 좀처럼 믿지 못할 거예요!"

"맞아요, 난 분명 믿지 못할 거예요."

헤이즐턴의 목소리가 이어졌다. "요컨대 다원론이라는 꽤 높은 발달 수준은 에고의 나르시시즘이라는 저급한 상태를 끌어들이는 초강력 자석이 됩니다. 그리고 그 나르시시즘은 우리를 부머리티스에게로 곧장 데려다줍니다.

부머리티스는 나르시시즘으로 오염된 다원론에 불과합니다. 이 말의 참뜻은 앞으로 우리가 더 많은 예를 들수록 더욱더 선명해질 겁니다. 지금 당장은 전문적인 정의만 언급하기로 하죠. 부머리티스는 상당히 저급한 정서적 나르시시즘(자주색 밈과 적색 밈)으로 오염된 아주 높은 수준의 인식 능력(녹색 밈과 고상한 다원론)이라는 이상한 혼합체입니다. 수많은 사회 비평가들이 주목해온 바로 그 혼합체. 진정으로 도와주려고 애쓰는 그 민감한 자아가 잔뜩 흥분해서 자신의 중요성을 과장하는 것이야말로 그러한 혼합의 전형적인 결과입니다. 그 자아는 세계 역사상 가장 위대한 변화를 선도할 새로운 패러다임을 갖게 될 것이다. 그것은 우리가 알고 있는 사회를 완전히 뒤집어엎을 것이다. 그것은 이 행성을, 가이아를, 대지의 여신을 구원해줄 것이다. 그것은 친히 역사를 완전히 뒤바꿔줄, 앞으로 도래할 위대한 사회 변혁의 선도자가 될 것이다. 그것은 앞으로…….

우리는 부머 마을Boomerville의 잔뜩 부풀려진 허풍에 질색합니다. 우리가 렌트리키아 교수의 발언을 통해서 알게 되었듯이 현장의 관찰자들이 '그 영웅적인 자기 부풀리기 성향은 아무리 강조해도 지나치지 않는 것임이 분명하다'라고 보고한 이유는 바로 이 때문입니다. 이런 것이 부머들을 다 설명해주는 것은 아닙니다만 아무튼 이런 점은 부머들의 분명한 특징인 것 같습니다. 특히 부머리티스는 꽤 편향되고 편견 어린 자세로 학문 연구에 임합니다. 많은 문화전쟁의 배후에는 부머리티스가 도사리고 있습니다. 그것은 뉴에이지의 거의 모든 구석에서 출몰합니다. 그것은 많은 해체 게임과 정체성 정치를 밀어붙이고 있습니다. 매일 새로운 패러다임들을 창안해냅니다. 다음 강연들을 통해서 알게 될 테지만, 사실상 그 어떤 주제도, 제아무리 순수한 주제라 해도, 부머리티스에 의해서 재가공되는 것을 모면하기 어렵습니다.

간단히 말해 부머리티스는 저급한 나르시시즘과 혼합된 높은 수준의 다원론입니다. 그리고 그것은 엉뚱한 공상적 무용담의 곡예가 이루어지는 모든 곳에서 Me세대와 동행해온 이상하고도 괴이한 혼합주입니다. 이런 점에 대한 이해와 더불어 우리는 드디어 이 세대의 본질에 이르렀습니다."

"이 상태에 이르러봐." 클로이가 제 알몸을 내 알몸 위로 끌어올리면서 말한다. DJ 리브라가 연주하는 〈네 이름을 변태라고 부르리〉의 쿵 쿵 쿵 쿵 울리는 리듬에 맞춰 황홀한 무아경에 빠져 있는 살 위에서 전율하는 살의 마찰.

"클로이, 어째서 부머들이 우리 모두를 '슬래커들'이라고 부르는지 생각해본 적 있어? 자기네보다 젊은 사람들 모두를 슬래커들이라고 부르는 걸? 오늘 자 〈헤럴드 트리뷴〉지에 이런 구절이 실려 있어. '부머들은 자기네가 젊은 세대들보다 우월하다고 여긴다. 부머들은 자기네가 그렇지 않다는 것을 상상조차 하지 못한다.' 왜 그럴까, 클로이?"

"그 사람들이 그토록 우월하다면, 이런 것을 할 수 있어?"

"정상적인 발달 과정에서라면 녹색 다원론은 결국 2층 의식과 통합적 포용에게 굽히게 마련인데, 어째서 우리 세대는 녹색 밈에 그토록 단단히 고착되었을까요? 그 자체에, 자기네가 가진 견해들의 허구적인 우월성에? 어째서 우리 세대는 다원론적 상대주의, 극단적인 평등주의, 비상식적이라고 할 만큼 극단적으로 치우친 다문화주의와 다양성, 위계에 대한 격렬한 분노, 해체적 포스트모더니즘, 나와 내 것이 유지될 수 있게끔 너는 네 일을 해라 나는 내 일을 할 테니, 라는 식의 구호에 그토록 완강하게 집착했을까요? 많은 이들이 미국 역사상 가장 가증스러운 세대라고 여기는 세대를 배출해낸 자세에?

우리는 그 주요 이유들 중 하나가 녹색 밈의 극심한 주관주의가 무슨 이유에서인지는 몰라도 Me세대에 널리 퍼져 있었던 나르시시즘을 끌어당기는 강력한 자석이자 그것의 피난처라는 것을 살펴봤습니다. 고상한 다원론과 저급한 나르시시즘의 이런 결합이 부머리티스입니다. 그리고 부머리티스가 통합적 포용에 으뜸가는 걸림돌이 되는 것은 바로 그 때문입니다.

물론 모든 1층 밈들은 2층의 통합적 의식을 가로막는 걸림돌이 됩니다. 하지만 1층 밈들 중에서 마지막이자 가장 수준 높은 밈인 녹색 밈은 마지막 장애물이자 궁극적인 걸림돌입니다. 여러 가지 면에서 놓아주기가 가장 힘든 장애물이기도 하죠. 바로 그 밈을 극심하게 오염시키는 나르시시즘 때문에 놓아주기가 어렵습니다. 다원론과 나르시시즘의 혼합체가 바로 부머리티스이자 세계 평화의 최종적인 걸림돌입니다.”

헤이즐턴은 청중을 둘러봤다. 결론을 전하기 위해 그녀의 목소리가 인상적이라고 할 만큼 높아졌다.

“모린 박사는 우리가 좀 더 너그럽고 따듯한 통합적 세계, 참으로 평화로운 세계를 가질 수 있겠느냐고 물어보는 것으로 이 세미나를 시작했습니다. 우리가 1층에서 부머리티스에 다름 아닌 것에 결정적인 장애가 되는 2층으로 도약할 수 있다고 한다면 그 대답은 예, 가 될 겁니다. 요컨대 우리가 부머리티스를 순순히 받아들인다면 우리는 도처에서 내일을 위협하는 분열상과 황폐화에 적극적으로 기여하는 결과를 빚을 겁니다. 그리고 우리가 부머리티스를 넘어서지 못한다면 상쟁하는 세계에 계속해서 충성 맹세를 하게 될 겁니다.”

그녀는 돌아서서 천천히 연단을 내려갔다. 청중은 그녀에게 기립 박수를 보냈다. 산발적으로 들리는 조롱과 야유 소리는 모든 사람이 다 한마음은 아니라는 것을 말해줬다. 하지만 헤이즐턴의 존재는 존경심을 불러일으켰고, 그 때문에 청중은 기꺼이 일어나 박수를 쳤다(그녀가 공간을 휘게 하고 있다는 사실은 눈치채지 못한 것 같았지만).

그 순간 문득 나는 깨달았다. 헤이즐턴이 ‘부머리티스’라고 부른 이들이 꼭 부머들에게만 한정된 것은 아니라는 것을. 루게릭병이 꼭 루 게릭에게만 한정된 것이 아닌 것처럼 말이다. 누구나 다 그 병에 걸릴 수 있고, 가장 유명한 환자에게서 그 이름을 따왔을 뿐이다.

나는 그곳을 떠나려고 자리에서 일어났다. 킴이 내 어깨를 쳤다. "내일 다시 온다면 작은 비밀 하나를 알려드리죠." 그녀는 그렇게 말하면서 빙긋이 웃었다. 나는 그녀를 쳐다봤다. 몸이 떨렸다. 그 말이 뭘 뜻하는지 나로서는 알 길이 없었다.

2

사이버스페이스의
핑크빛 내면

이것은 사방을 온통 채우고 있는 어둠으로 에워싸인 무한대다. 눅눅하고 숨 막히는, 투명하면서도 거무스름한 자궁 같은 것. 내부에서 찬연한 빛을 발하는 광섬유들이 그 어둠 속을 가로지르고 있다. 그 광섬유 중의 하나를 타고 흐르는 것은…… 나다. 나는 빛나는 광선, 자기 존재의 단순한 떨림 속에서 기쁨에 가득 차 있는, 육체가 없는 황홀경이다. 맥동하고 진동하는 알몸의 클로이, 유방이 출렁거리고, 젖꼭지는 커지고, 질은 부풀어 오른 클로이가 고혹적인 모습으로 내 쪽을 향해 유영해온다. 나는 얼른 그녀를 잡으려고 손을 뻗는다. 하지만 내 몸은 움직이려 들지 않는다. 이윽고 나는 사태가 그보다 더 고약하다는 것을 알아차린다. 내게는 움직일 몸이 전혀 없다. 나인 그 빛은 단지 그 자체 안에서만 고동칠 수 있을 뿐이다. 그것은 몸이 없어서 타인들과는 어우러질 수가 없다. 곧이어 이상하게 기울어진, 스

스로 맥동하는 그 빛이 서서히 흐려지기 시작하다가 이윽고 공기를 찾을 수
없는 끝없는 어둠으로 빠르게 변한다. 느리고 고통스러운 죽음의 과정이 시
작된다. 나는 비명을 지르고 싶었으나 입이 없고, 몸부림치고 싶었지만 몸
이 없고……

　마침내 나는 가까스로 비명을 토해낼 수 있었다. "맙소사!"
　"켄, 켄, 나를 봐. 정신 차려, 우리 귀염둥이. 나를 봐."
　"클로이, 그러니까 있잖아, 이런 거야. 무서워, 클로이, 뭐라고 설명하
기 힘든데, 정말로 무섭고 끔찍해. 나는 그러니까…… 나는 일종의……
으음, 그건 일종의…… 이런 어떤 종류의 것…… 끔찍한…… 어떤 것."

　하버드 광장은 전체적으로 살풍경하다. 나는 고등학교에 갓 입학했을
때 그곳을 잠시 지나간 적이 있었다. 그때 나는 훗날 대학에 진학할 무렵
다시 그곳에 오게 되리라 확신하면서 내가 행운을 타고난 것에 은밀히
기뻐했고, 시골풍과 코스모폴리탄풍이 적당히 뒤섞여 있는 그곳의 매력
과 아름다움에 깊은 인상을 받았다. 그러고 나서 몇 년이 채 지나지 않았
음에도 하버드 광장은 산업화된 세계의 다른 모든 지역에 있는 여느 도
시의 여느 광장 같은 모습으로 변했다. 그곳에 있던 가게들의 대부분은
체인점으로 대체되었다. 갭은 이쪽에 있는 나를 바라보고 있고 반스앤노
블은 전방을 똑바로 응시하고 있으며, 웬디스는 저쪽에 있다. 감사하게도
나는 바나나리퍼블릭 진을 입을 수 있는 정도는 되며, 그 가게는 저 모퉁
이를 돌아가는 곳에 있다. 폴 리비어(미국 독립전쟁 당시 애국적 열정에 넘쳐났던 은
세공 장인으로 보스턴 주민들에게 영국군의 침입을 알리기 위해 말을 달리던 그의 모습은 H. W.
롱펠로가 지은 시에 생생하게 묘사되어 있다 - 옮긴이)가 말을 타고 내달린 유명한 길
은 이제 맥도날드 바로 곁을 지나가고 있다. 나는 맥도널드에서 끼니를

때우긴 하지만…….

아주 우울하게 변해가는 그 광장에는 다른 무엇인가가 있었고, 그것은 실제로 아주 황량해져가는 삶 그 자체와 관련된 것이었다. 나는 사실 그 것이 1994년 4월 8일에 시작되었다고 생각한다. 아버지는, "커트 코베인은 존 레논에 버금가는 유일한 음악적 천재였지"라고 했고, 짐작컨대 그 것은 더할 나위 없는 찬사였다. 어째서 그들은 그에게 그냥 헤로인을 주고 가만 내버려두지 않았던 것일까? 그가 과연 여느 사람들처럼 죽을 수 있었을까? 나는 멍청하고 전염된 것 같아, 이제 우리 여기 있으니 즐겁게 해줘(I feel stupid and contagious, here we are now entertain us. 너바나의 〈십 대의 정신으로 살아가며〉 가사의 일부-옮긴이). 어째서 그를 그런 식으로 죽였을까? 어째서 그가 마치 스스로 방아쇠를 당기기라도 한 양, 엽총이 그의 가슴 위에 얹어져 있고 한 팔로 총신을 감아쥔 상태에서 총구가 그의 머리 곁에 닿아 있었던 것일까? 엽총에 장탄을 하고 문을 잠그고 정말로 방아쇠를 당긴 주체는 사회의 위선이었는데? 그날 음악은 죽었다. 어쩌면 음악은 1959년에 죽었을지도 모른다. 하지만 모든 세대는 각자 자기네 음악의 죽음을 겪었을 것이다. 우리 세대의 음악은 94년에 죽었고, 그때 내 안에 있던 무엇인가도 죽었다. 그 음악이나 나나 다시 되살아나야 한다. 내 영혼과 상징적인 의미에서의 일심동체가 된 우울증과 더불어 내가 절망적인 기분에 빠져든 것은 아마 그때였을 것이다. 내 샴쌍둥이는 사실 커트 코베인의 유령이었을지도 모른다.

헤이즐턴과 그녀가 말한 존재의 파동들과 관련해서 나를 괴롭히기 시작한 문제가 있다. 이 내면성이라는 개념, 의식은 물질로 환원될 수 없다는 개념이 그것이다. 인공지능의 핵심은 당연히 의식이 물질로 환원될 수 있고, 충분히 정교한 하드웨어를 통해서 작동되는 충분히 정교한 소프트웨어로 환원될 수 있다고 하는 것이다. 내 스승들 중 한 사람인 마빈 민스키[*]는 앞으로 언제고 기계가 생각할 수 있는 날이 올 것이냐는 질문을 받았을 때 이렇게 말했다. "나는 기계고, 나는 생각할 수 있습니다." 퉁명스러운 한 비평가가 그에 대해 "그 두 진술 중의 하나는 거짓입니다"라고 응수하기는 했지만, 공식적인 인공지능 학계에서의 관점은 분명했다. 중요한 것은 물질이라고.

오, 우리는 사이버스페이스를 '비물질적인 것'이라고 부른다. 하지만 그 표현이 참으로 겨냥하는 것은 전기나 빛으로 전달되는 정보다. 그리고 전기와 빛은 전자기 에너지의 형태들이며 모든 에너지는 본질적으로 물질이다(질량과 에너지는 저 악명 높은 $E=mc^2$로 바꿔 말할 수 있기 때문이다). 달리 말해 사이버스페이스는 아주 미세한 전자기적 물질이다. 미세하긴 해도 어쨌든 물질은 물질이다. 따라서 그것은 모든 것을 먼지의 복잡한 변체들로 환원시키려는 유물론자들의 꿈을 추호도 위협하지 못한다.

"우주에는 물질 말고 아무것도 없다"는 이런 생각은 로맨틱한 이들과 시인들, 그리고 대부분의 온전한 여성들을 맥 빠지게 만든다. 하지만 우리 아버지는 입버릇처럼 말하곤 한다. 환원주의의 이 우아하고 간결한 표현은 우울한 생각이기는커녕 골수 유물론자들로 하여금 바지 속에 싸게 만든다고. 그리고 그것은 늘 우리 어머니를 열 받게 한다. 아버지는 역사적 유형의 유물론(사람들은 이걸 일러 마르크스주의라고 한다)자였고, 나는 포토닉Photonic 유형(디지털 광학을 동반한 실리콘 사이버시티)의 유물론자였다. 하지만 사실 물질은 물질이며, 따라서 이 경우에 사과는

- **마빈 민스키**Marvin Minsky 인공지능 분야를 개척한 미국의 과학자로, MIT의 인공지능연구소를 공동 설립했다.

나무에서 먼 데로 떨어지지 않았다(자녀는 부모와 닮는다는 속담-옮긴이).

MIT에서 우리가 인공지능 로봇—또는 '봇Bot'—이 언제쯤 세상을 접수할 것이냐를 두고 내기를 하곤 하는 이유는 지능이 디지털 광학 기계—하이퍼 컴퓨터 사이버스페이스의 한 유형—속에 다운로드될 수 있다는 게 더없이 명백한 사실이기 때문이다. 그리고 그런 일이 일어난다면 그 누가 인간들을 필요로 하겠는가? 자기네의 광학적 자손들에게 자기네의 더 수준 높은 진화의 열등한 기원을 보여줄 수 있도록 하기 위해 우리를 동물원에 가둬둘 만한 존재로 봇들 말고 또 누가 있겠는가? 인간들에게 그것은 사이버 다윈주의의 악몽이 될 테고, 발광發光 봇들(나는 그중의 하나가 될 작정이었다)에게는 육신 없는 전율을 동반한 기억 환기 장치에 불과한 것이 될 것이다.

레이 커즈와일˙, 빌 조이, 아직도 우리 연구실에서 어슬렁거리는 빅 올드 네그레폰테˙, 에릭 드렉슬러˙, 한스 모라백˙ 같은 늙은 부머들은 이런 주제와 맞붙어 전력투구하고 있다.《창조의 엔진》,《영혼을 지닌 기계의 시대》,《로보사피엔스》,《로봇: 단순한 기계에서 초월적인 마인드로》같은 그들의 책 제목들은 그런 주제를 말해주고 있다. 하지만 사실, 그들은 멍청한 사람들이다. 그들은 자기네의 현재 의식 수준보다 훨씬 더 뛰어난 것을 실리콘 사이버스페이스 속에 주입한다면 그것이 과연 어떤 식의 것이 될지에 관해서 생각해보려고 애쓰고 있지만 우리 세대는 그런 바보

- **레이 커즈와일**Ray Kurzweil 미국의 미래학자이자 발명가로, 구글 엔지니어링 담당 이사로 일하고 있다.
- **니콜라스 네그레폰테**Nicholas Negreponte 미국 MIT의 미디어 학자.
- **에릭 드렉슬러**Eric Drexler 나노 과학의 창시자. 분자 나노 기술 분야 최초로 MIT에서 박사 학위를 받았다.
- **한스 모라백**Hans Moravec 미국 카네기 멜론 대학의 세계적 로봇공학자.

같은 짓을 하지 않을 것이다. 우리는 실제로 그 여행을 떠날 것이고, 그것은 도저히 상상할 수 없는 여행이 될 것이다.

하지만 이 내면적인 것이 나를 괴롭히고 있다.

"네가 더없이 멍청해서 그런 거야."

"고마워, 조나단."

"클로이는 네가 밤중에 비명을 지르면서 깨어난다는 얘기를 동네방네 떠들고 다니던데. 그거 아주 흥미로운 얘기더구만. 그리고 그건 네가 아주 멍청한 얘기 때문이야. 만일 우리가 정말로 기계 속으로 사라질 거라는 생각을 한다면 너는 당연히 너답게 혼란에 빠져 허우적거리겠지. 내 말인즉슨 이거야. 여보세요, 거기 누구 없소? 그런 상황이라면 누군들 악몽을 꾸지 않겠어? 그건 최종적인 악몽이 될 걸세, 친구."

"맞아, 조나단. 너는 매일 가부좌를 틀고 앉아 염송을 하거나 옴 옴 하면서 몇 시간씩을 보내지. 그리고 내가 알고 있는 한 그런 짓은 기껏해야 고약한 인간성만 낳는 결과를 빚어낼 뿐이야."

"근사해 뵈지 않아? 질투해봤자 좋을 게 전혀 없을 텐데. 오늘 밤에 스튜어트 데이비스 보러 갈 거야?"

"불교도들은 따뜻하고 자비로운 줄로만 알고 있었는데. 달라이 라마는 '사람들을 따뜻하게 대해주자는 게 제 종교입니다'라는 식으로 얘기했지. 너처럼 남의 험담이나 늘어놓는 건 불교하고는 거리가 멀어. 데이비스?"

"그 가수 말이야. 〈신비로운 아이〉와 〈빛나는 묵시록〉을 부른 친구."

"아, 그래. 보러 갈 거야."

"이봐, 친구, 내 널 위해 내 나이스 가이 페르소나(좋은 사람이라는 외적 가면-옮긴이)를 잠시 벗어 먼지를 좀 털도록 하지. 의식에 관한 얘기, 너 자신의 마음에 관한 얘기의 핵심은 이런 거야. 너는 지금 당장, 즉각적인 방식으로 내면을 통해서 알고 있는 그것—따라서 그것은 다른 어떤 것으로 환원될 수가 없지—을 그대로 믿든지, 아니면 그것이 무작위적이고 무심한 물질적 진화의 소산일 뿐이라고 믿든지, 둘 중 하나야. 그러니 비명을 지르는 멍청한 인간인 네가 믿는 건 이런 거라고 볼 수 있……"

"자상하기도 하셔라."

"네가 믿는 건 이런 거야. 진화는 빅뱅으로 시작된다. 한 무더기의 물질이 그냥 폭발해서 존재하게 돼. 왜? 네 말에 의하면 그건 그저 아무 이유 없이 무작위적으로 일어난 일이라는 거야. 그건 그냥 일어나, 그렇지? 그러고 나서 이 무심한 천치 같은 물질은 몇십억 년 동안 몸부림을 쳐. 이 물질이 몇십억 년 동안이나 계속해서 생난리를 친다는 걸 잊지 마세요. 그러다 결국 그것은 이 테이블 앞에 앉아 있는 의식 있는 존재들로 진화해. 아무튼 우리 중 하나는 지각이 있는 사람이지. 그런데 도대체 왜 먼지가 깨어 일어나서 결국은 시를 쓰기 시작하는 걸까? 너는 그걸 우연이라고 생각하고 있지? 너는 너 자신의 의식이라는 생생한 리얼리티를 버려야만 그렇게 생각할 수가 있어. 네가 과연 너 자신의 의식을 인지_{認知}하기나 할까? 천만에. 너는 네 의식이 그저 들까부는 먼지들이 적당히 연결되어 이루어진 장치 같은 것에 불과하다고 생각하고 있지. 네가 잠을 이루지 못하는 것도 하등 이상한 일이 아니야."

"그렇게 간단한 문제가 아냐."

"천치들에게는 간단하지 않지. 지각 있는 사람들에게는 간단한 문제야."

"어째서 내 주위에 얼쩡거리면서 사람 귀찮게 하는 거지? 호흡 같은 거 셀 일 없어? 아니면 어딘가에서 근사한 폼을 잡고 앉아서 향 연기라도 들이마신다든가."

"클로이는 섹스를 할 때 네가 덜거덕거린다고 하더군."

"그래, 바로 그런 거야. 난 정말로 짜증이 나. 클로이가 그런 말을 했을

리가 없어."

"오, '네 말은 사실이 아니야'가 아니라 '클로이가 그런 말을 했을 리가 없다'라니."

"섹스를 할 때 덜거덕거린다니, 난 그게 무슨 뜻인지 알지도 못하고 있어."

"난 그게 네가 정말로 서서히 기계가 되어가고 있어서 네 몸의 모든 부분들이 실제로 쿵쾅거리고 덜거덕거리기 시작하고 있다는 걸 뜻하는 것이라고 생각해." 조나단은 고개를 뒤로 젖히고 웃고, 또 웃었다.

"나르시시즘에 대한 사전적 정의는 '자신의 자아, 자신의 중요성과 위대함과 능력에 대한 과도한 관심; 자기중심주의'입니다. 임상의들의 말에 의하면 나르시시즘의 내적인 상태는 공허하거나 분열된 자아의 상태인 경우가 많으며, 그런 자아는 자신을 부풀리고 타인들은 끌어내리는 식으로 해서 필사적으로 그 공허함을 채우려 한다고 합니다. 그때의 감정 상태는 '내게 뭘 해야 하는지 알려줄 자는 아무도 없다!'입니다."

강연하는 이는 카를라 푸엔테스 박사였다. 야성적이고 생기발랄한, 50킬로그램의 이동하는 다이너마이트. 그녀는 누구도 흔들 수 없는 확신, 하지만 오만하거나 뻔뻔스러운 면은 없는 확신의 중심을 갖고 있는 듯했다. 어쩌면 '확신'은 잘못된 표현일 수도 있었다. 자신감이 더 나은 표현일 것이다. 나는 늦게 들어온 사람들이 내는 발소리, 부스럭거리는 소리 너머로 그녀가 말하는 내용에 귀 기울이려고 애쓰고 있었다. 내 일부는 이 쓰레기통 같은 학문을 여전히 숨 막힐 정도로 지루하다고 여기고 있기는 했지만, 또 다른 일부는 탄소를 기반으로 한 생명 형태에서의 의식 진화가 실리콘을 기반으로 한 생명 형태에서의 미래 의식 진화에 관해 결정적인 어떤 것을 말해줄지도 모른다고 생각하기 시작했다. 다시 말해 나는 IC 사람들이 말하는 것에 주의를 기울이는 것이 좋으리라는 것을 알았다. 그리고 막연하나마 또 깨달은 것이 있었다. 그가 거기 있다는 것을. 미래 시제의 변덕스러운 미로를 통해서 내게 포효하고 괴롭히고 돌진해올 운명을 지닌 그가.

"나르시시즘을 바라보는 많은 방식이 있긴 하지만 대부분의 심리학자들은, 이상적으로 크게 성장하는, 적어도 현저하다고 할 정도로 성장하는 유년기의 전형적인 특징이라는 데 동의하고 있습니다. 사실 발달은 자기중심주의의 지속적인 감소로 정의할 수 있습니다. 어린아이는 주로 자신의 세계 속에 빠져 있어 많은 주위 환경이나 주위 사람들, 대부분의 인간적인 상호작용을 알아차리지 못합니다. 의식이 힘이나 능력 면에서 점차 성장해나감에 따라서 그것은 자신과 타인들을 인지할 수 있게 되어 결국은 타인들의 입장을 이해할 수 있게 되며, 따라서 배려와 연민과 너그러운 통합적 포용력이 발달하는데, 이런 것들은 본래부터 타고나는 것들이 아닙니다.

하버드 심리학자 하워드 가드너*는 우리에게 다음과 같이 일깨워줬습니다. '어린아이는 완전히 자기중심적인데, 그것은 그가 이기적으로 자기 자신에 관해서만 생각한다는 것이 아니라 그와는 정반대로 자기자신에 관해서 생각할 능력이 없다는 것을 뜻한다. 그 자기중심적인 아이는 자신과 세상의 다른 모든 것을 구별할 수가 없다. 아이는 타인들이나 대상들로부터 따로 떨어져 있지 않다. 따라서 아이는 타인들이 자신의 고통이나 기쁨을 공유하고 있다고, 남들이 자신이 중얼거리는 소리를 당연히 알아들을 것이라고, 자신의 시각을 모든 사람이 공유하고 있다고, 심지어

• **하워드 가드너** Howard Gardner 다중지능론의 창시자로, 창조적 거장들의 내면을 분석한 《열정과 기질Creating Minds》을 통해 국내에도 잘 알려졌다.

는 동물들과 식물들도 자신의 의식을 함께 나누고 있다고 여긴다. 숨바꼭질을 할 때 아이는 다른 사람들의 눈에 훤히 보이는 데 숨곤 하는데, 그것은 그가 자기중심주의에 빠져 있어 남들이 자기가 숨어 있는 곳을 알아차릴 거라는 생각을 할 수 없기 때문이다. 인간발달의 전 과정은 자기중심성의 지속적인 감소로 볼 수 있다.'"

나는 오해받을 소지가 있어서 아직도 클로이에게, 아니 사실은 어느 누구에게도 내가 이따금 통합센터에 들르곤 한다는 사실을 발설하지 않았다. 확실한 어떤 이유들이 있어서 거기 들르는 건 아니었다. 설사 탄소에 기반을 둔 이런 '의식 수준들'이 실재적인 것들이라 할지라도, 나는 그것들이 인공지능의 용어들로 죄다 번역될 수 있고, 따라서 앞으로 다가올 사이버월드 속에 쉽게 다운로드될 수 있다는 것을 확신할 수 있으면 했다. 이 내적인 파동들에 관한 얘기는 내 의표를 찔렀고, 나는 그것이 한낱 계산 공간에서의 알고리듬들에 불과한 것이라는 점을, 그것이 다른 것들과 마찬가지로 디지털 방식의 정보로 환원될 수 있어 단순한 물질적 표현으로 전환될 수 있는 내면적인 것이라는 점을 알 필요가 있었다. 나는 이런 밈들도 역시 섹스할 때 덜거덕거릴 것이라는 점을 알고 싶었다.

나는 소리 나지 않게 조심하면서 의자를 살며시 당겨 자리 잡고 앉았다. 킴이 그 즉시 나를 발견했다.

"댁이 이 세미나에 별 흥미가 없다는 사실을 알게 되어서 기뻐요." 그녀는 내 곁에 털썩 주저앉으면서 말했다.

"으음, 오늘 헤이즐턴의 강연이 있나요?"

킴은 고개를 돌리고 나를 쳐다봤다. "오오오오······."

"아, 부탁이에요."

"오늘은 카를라의 강연만 있어요. 하지만 내일은 조오오오안(조안 헤이즐턴-옮긴이)이 하루 종일 얘기할 테니 내일은 오시겠네. 그렇죠?"

"재미없어요, 킴."

"난 재미있어 죽겠는데요, 켄."

"오늘 수업 재미있어요? 남보다 늦게 시작한 터라 뭐가 뭔지 잘 몰라서."

"사실은 아주 짜릿해요. 카를라가 1960년대의 버클리 학생 시위에 관해 이야기하기 시작할 때면 소수의 부머들이 항상 고함치고 야유하고 퇴장해버리곤 하니까 꽤 재미있죠. 하지만 오늘은 카를라가 나중에 아메리카 원주민들에 관해 들려줄 이야기들에 버금갈 만큼 대단한 건 없어요. 아메리카 원주민 종교의 참 모습은 부머들이 얘기하는 것과는 아주 대조적이죠."

"그런 얘기가 나오는 때가 바로 부머리티스의 구체적인 사례들을 제시하기 시작할 때에 해당하나요?"

"맞아요, 다음 주에. 하지만 오늘 강연도 나름대로 재미있어요. 그런데 어차피 댁은 내내 졸겠죠, 켄 엄 윌버. 클로이는 어디 있어요?"

"클로이가 어디 있든 신경 꺼요."

"예, 그렇죠."

"따라서 발달에는 대개 나르시시즘의 감소와 의식의 증대가 따라오게 마련입니다. 예컨대 캐럴 길리건*은 여성의 도덕성발달이 그녀가 각각 이기, 배려, 보편적 배려라고 부르는 세 가지의 일반적인 단계를 거치는 경향이 있다는 걸 발견했습니다. 이 각 단계들에서 배려와 연민의 원은 확대되는 반면에 자기중심주의는 감소합니다. 처음에 어린 소녀는 주로 자기자신에게 관심을 갖습니다('이기'의 단계). 이어서 소녀는 자기 식구들과 친구들 같은 타인들에게도 관심을 가질 수 있습니다('배려'의 단

• **캐럴 길리건** Carol Gilligan 미국의 심리학자. 도덕성에 관한 연구를 종합하여 남성과 여성의 도덕적 지향과 선호가 다르며 4단계를 거쳐 성장한다는 사실을 밝혀냈다.

계). 그리고 마지막으로는 자신의 배려와 호의를 인류 전체에게로 확대할 수 있습니다('보편적 배려'의 단계). 단계가 하나씩 높아진다고 해서 자신에게 마음 쓰기를 그친다는 게 아니라, 진실한 배려와 연민의 감정을 표현할 수 있는 점점 더 많은 타인들도 함께 아우르게 된다는 뜻입니다.

말이 나온 김에 덧붙이자면, 남성들도 역시 세 가지 일반적인 단계를 거치긴 하지만, 길리건의 말에 의하면 여성들이 배려와 관계를 강조하는 것에 반해 남성들은 대체로 권리와 정의를 강조한다고 합니다. 길리건은 3단계 이후에는 양성 모두에서 양쪽 태도의 통합이 이루어질 수 있고, 따라서 그 보편적 통합 단계에서는 남성과 여성 모두가 자기네 내면에 존재하는 남성의 목소리와 여성의 목소리를 융화시키고, 따라서 정의와 연민을 통합하게 된다고 믿고 있습니다."

"킴, 내게 작은 비밀 하나를 알려주겠다고 했잖아요."

"내가 그런 말을 했어요?"

"왜 이러세요."

"건 그렇고, 클로이는 어디 있어요, 켄? 이런 게 걔 취향에 맞는 거 아닌가요?"

"안 맞죠. 사실 내 취향에 맞는 것도 아니고. 내말인즉슨 심리학이 그렇단 말이에요. 인공지능연구소 사람들이 뇌가 반쪽인 심리학자를 뭐라고 부르는지 알아요?"

"뭐라고 부르는데요?"

"천부적인 재능을 타고난 사람."

"남성과 여성이 거치는 이 세 가지 일반적인 단계들은 대부분의 발달 형태에 아주 공통됩니다. 그 단계들은 여러 가지 이름으로 알려져 있습니다. 전前인습적, 인습적, 탈脫인습적. 또는 자기중심적, 민족중심적, 세계중심적. 또는 '나', '우리', '우리 모두'."

푸엔테스는 온몸으로 에너지를 뿜어내며 무대 위에서 춤을 췄다. 보이지 않는 우주적 소켓과 연결되어 있는 살아 있는 전선. 나는 집중하려고 애썼다.

킴은 집중하려고 애쓰는 바람에 찡그려진 내 표정을 보고 내 쪽으로 몸을 숙이며 말했다. "이 3단계들은 나선역학적 발달모형의 8단계들을 크게 단순화시킨 버전에 불과해요. 그러니 기운을 내요. 오늘은 아주 쉽게 논의를 따라갈 수 있으니까." 그녀는 씩 웃었다. 나는 씩씩하게 고개를 끄덕였다.

"이렇게 까딱거려봐"라고 클로이가 말한다. DJ 폴리워그가 울트라소닉의 〈우리 같은 여자애들은 방방 뛰고〉를 연주하는 동안 클로이의 알몸은 샹들리에에 거꾸로 매달린 채 흔들거리고, 젖무덤은 출렁거리고, 엉덩이는 요동을 하고, 이런저런 모습을 보여주면서 왔다 갔다 한다.

육체 없이 죽는다는 것, 아, 그것이 문제다. 클로이의 알몸이 내 쪽으로 둥둥 떠 오고 있다. 그녀의 주위에 수백에 이르는 알몸의 여자들이 떠다니고 있고, 나는 그 알몸 모두를 음미한다. 나는 페미니스트 교수들이 혐오하는, 일인극 배우처럼 홀로 동떨어진 상태에서 열심히 돌아가는 눈알이다. 육신을 벗어난 나는 모든 것을 객관화하고 환원시키고 모욕하면서 초연하게 모든 것을 지켜본다. 나는 세상을 괴롭히기 위해서 온 데카르트의 신이다. 성적으로 객관화시킬 수 없다면 남자라서 좋을 게 뭔가? 나는 모든 걸 보고, 모든 걸 원하고, 나 자신의 강력한 해방을 위해 그 모든 것을 갖고 싶어 한다. 그 덕에 우울증이 잠시나마 제 이름을 잊고, 내 샴쌍둥이가 떨어져 나가게 하려고. 그래 봤자 그것은 결국 제 힘을 되찾고, 재빨리 되돌아오려고 할 테지만. 나는 육신 없이는 섹스를 할 수 없다. 여성들은 육신 없이는 관계를 가질 수 없다. 몸체 없는 사이버스페이스—그런 게 과연 작동하기

나 할까?

"맙소사, 귀염둥이, 실질적인 몸체가 없다구? 그럼 그건 연산을 해내지 못하겠지. 그렇잖아?"

단계별로 펼쳐지는 존재의 파동들, 점차 증대되는 의식의 거대하고 강력한 파동들…… 그게 과연 사실이라면?…… 얼마나 대단한 착상이냐, 실로 굉장한 여정이 될 거야…….

"자기중심적, 민족중심적, 세계중심적. 유아와 어린이는 아직 인습적인 규칙과 역할을 배우지 못했기에, 자기중심적 혹은 이기적 단계를 흔히 전前인습적 단계라고 부르기도 합니다. 그 나이 적 아이들은 아직 사회화되지 않았죠. 그런 아이들은 타인들의 역할을 맡을 수 없고, 따라서 진정한 배려와 연민을 발달시키기 시작할 수 없습니다. 그러므로 그 아이들은 자기중심적·이기적·나르시스적인 단계에 머무릅니다. 그렇다고 해서 어린이들이 타인들에 대해 아무 감정도 갖고 있지 않다거나 어떠한 도덕적 규준도 갖고 있지 않다는 뜻은 아닙니다. 단지 그 후의 발달상과 비교할 때 그 아이들의 감정과 도덕성이 아직 자기네 자신의 충동에 심하게 집중되어 있고 자기네의 다소 협소한 시각 속에 갇혀 있다는 뜻일 뿐입니다.

예닐곱 살 무렵부터 의식의 깊은 전환이 일어납니다. 아이는 타인의 역할을 맡기 시작할 수 있습니다. 예를 들어, 당신이 앞표지는 청색이고 뒤표지는 오렌지색인 책을 갖고 있다고 합시다. 그 책의 앞뒷면을 다섯 살짜리 아이한테 보여줘보세요. 그런 다음 그 책의 앞표지가 위로 가게 해서 아이한테 보여주세요. 당신은 오렌지색 표지를 내려다보고 있고 아이는 청색 표지를 올려다보고 있을 겁니다. 그리고 아이에게 본인이 보고 있는 색깔이 어떤 것이냐고 물어보면 아이는 청색이라고 정확하게 대답할 겁니다. 그런 다음 당신이 보고 있는 색깔은 어떤 색이냐고 물어보세요. 그러면 아이는 청색이라고 대답할 겁니다. 일곱 살짜리는 오렌지색이라고 대답할 거구요.

달리 말해, 다섯 살짜리는 당신의 입장에 서서, 당신의 관점에서 생각할 수 없습니다. 그 아이는 잠시나마 자신의 입장에서 벗어나 당신의 입장에 설 수 있는 인지적 능력을 갖고 있지 못합니다. 그러므로 아이는 당신의 관점을 진정으로 이해하지 못할 것이고, 당신을 진정으로 이해하지 못할 겁니다. 상호 인정은 결코 존재하지 않을 겁니다. 따라서 아이가 감정적으로 당신을 제아무리 사랑한다 해도 당신의 관점에 대해 진심에서 우러난 관심을 가질 수 없습니다. 하지만 타인들의 역할을 맡을 능력이 생겨나면서 그 모든 것은 변하기 시작합니다. 길리건이 이 단계를 이기 단계에서 배려 단계로의 전환이라고 부르는 것은 바로 그 때문입니다.

일반적으로 일곱 살에서 사춘기까지 지속되는 배려의 단계는 인습적 단계, 순응적 단계, 민족중심적 단계로 알려져 있습니다. 그것은 그들의 관심이 그저 집단(가족, 동년배 아이들, 종족, 민족)에 집중되어 있다는 것을 뜻합니다. 그 나이 대 아이는 자신의 제한된 시각에서 벗어나 타인들의 시각과 관점을 공유하기 시작합니다. 때로는 타인들의 관점 속에 갇혀버려 순응주의자가 될 정도로 말입니다. 이 단계를 흔히 '좋은 소년, 착한 소녀' 단계, '옳으나 그르나 내 나라' 단계라고 부르며, 이런 것들은 이 일반적인 시기에 따라붙기 쉬운 강력한 순응, 동조 압력, 집단의 지배 성향 등을 반영합니다. 이 단계의 개인은 자신의 관점에서는 어느 정도 비켜날 수 있지만 집단의 관점에서는 쉽게 비켜날 수 없습니다. 그는 '나'에서 '우리'로 이동했습니다. 자기중심주의의 대폭적인 축소죠. 하지만 그는 '옳든 그르든 내 나라'에 빠져버립니다.

그 모든 것은 사춘기에 이르러 탈인습적이고 세계중심적인 인식이 생겨나면서 변화하기 시작합니다. 이 시기에 이르러 또래 집단이 면밀한 검토의 대상이 되기에 이것은 자기중심주의의 또 다른 대폭적인 축소에 해당합니다. 나와 내 종족과 내 민족에게뿐 아니라 인종과 종교와 성별과 신조의 차이에 상관없이 모든 사람에게 옳고 공정하고 정의로운 것은 무엇인가? 민족중심적인 단계에서 세계중심적인 단계로의 이동. 사춘기 청소년은 모든 가능성으로 빛나는 열렬한 이상주의자, 정의의 십자군, 세계를 뒤흔들려고 애쓰는 혁명가가 될 수 있습니다. 물론 이것의 일부는 기껏해야 들끓는 호르몬들의 폭발에 불과한 것이기도 합니다. 하지만 그것의 상당 부분은 보편적 배려, 정의, 공정함 단계의 출현에 해당합니다. 사실 이것은 참으로 통합적인 의식발달의 가능성이 시작된 것에 불과합니다…… 그래요, 세계 평화 가능성이 시작된 것에 지나지 않죠."

배경에서 도너스 턴 21에 수록된 노래들이 울려 퍼지고 있다. 〈날 위해 흔들어주지 않을래?〉, 〈태워다 줘〉, 〈핫팬츠〉가 자글거리고, 희미하게 아른거리고, 쿵쿵 딱딱 하면서 네온의 대기 속에 퍼져나가고 있다. 고통스러운 전율과 함께 몸들이 몸들을 환하게 밝혀주고 있다.

"클로이, 나 세계중심적인 사람이야?"

"당근이지, 켄. 맞아, 넌 그래."

"네가 그걸 어떻게 알아?"

"너는 인종, 피부색, 종교 따위에 상관하지 않고 여자라면 어떤 여자하고도 섹스를 할 테니까."

"그 사람들의 말뜻은 그런 게 아니라고 생각해, 클로이."

클로이의 알몸이 킴의 알몸으로 변한다. 킴의 알몸이 내 쪽으로 유영해오면서 나를 유혹하고 있다. 하나같이 세계중심적인 공간에서 유영하는 알몸들, 알몸들.

"이 세미나가 정말로 흥미진진해지고 있죠? 그렇죠?"

"자기중심적, 민족중심적, 세계중심적인 이 세 가지 일반적 단계들은 물론 의식의 많은 파동이 펼쳐지는 양상을 그저 간단히 요약한 것에 불과합니다. 하지만 여러분이 이미 가드너가 말한 것처럼 그런 발달이 자기중심주의의 축소 과정이라는 것을 알아차리기 시작했을 겁니다. 달리 말해 사람이 성장하면 할수록 자기를 넘어서게 되죠. 각각의 발달 파동들은 나르시시즘의 축소와 의식의 확장, 또는 더 폭넓고 깊은 관점들을 고려할 수 있는 능력의 증대를 뜻합니다."

킴이 내 쪽으로 고개를 숙였다. "쌈박하지 않아요? 하지만 오전 세션은 한 시간에 불과하고, 끝날 때가 거의 다 되었어요. 카를라가 모든 걸 요약하기 위해 도표를 보여주네요. 난 그게 오후 세션을 시작하기 위한 준비 같아서 마음에 들어요. 오후 세션은 아주 사납거든요."

"오후 세션이 아주 사납다구? 정말이요?"

"부머리티스를 처음으로 소개하는 대목이니까. 부머들 중의 일부는 약간 열 받곤 해요."

"그거 근사하군요."

"물론 3단계보다 더 많은 단계로 이루어진, 더 정교한 모델들이 있습니다. 이 논의의 첫 시간에 헤이즐턴 박사님이 나선역학적 발달모형과 발달의 여덟 가지 파동을 이용해서 이런 식의 발달 과정의 한 예를 제시해주셨죠. 저 벽에 비친 것은 우리가 나중의 한 세션에서 사용할 도표입니다. 하지만 저건 지금도 도움이 됩니다.(그림 4.1 참조) 나선역학적 발달모형에서 베이지색(태곳적·본능적), 자주색(마법적·정령적), 적색(자기중심적)은 전인습적 단계에 해당하는 것들입니다. 그다음 단계(청색, 순응적 규칙)에서는 나르시시즘이 내가 아니라 집단 속에 녹아듭니다. 하지만 내 나라는 어떤 잘못도 저지를 수가 없습니다! 이 인습적·순응주의적 자세는 오렌지색으로까지 이어지고, 이 오렌지색에서 탈인습적 단계들 (녹색, 노란색, 청록색)이 시작됩니다."

나는 그 슬라이드를 보면서 몇 가지를 속에 잘 새겨뒀다. 킴은 그 모든 것이 세상에서 더없이 간단한 것들인 양 평온한 얼굴로 받아들이고 있었다. 나는 그녀가…… 참으로 지성적인 여자가 아닐까 생각하기 시작했다.

"요컨대 전인습적 단계에서 인습적 단계로, 거기서 다시 탈인습적 단계로, 또는 자기중심적 단계에서 민족중심적 단계로, 거기서 다시 세계중심적 단계로 발달해감에 따라 나르시시즘과 자기중심주의의 양은 서서히, 하지만 확실하게 줄어듭니다. 탈인습적 인식을 지닌 성숙한 어른은 세계와 타인들을 자기의 연장으로 취급하지 않고, 상호 인정과 존중에 의해서 움직여나가는 다른 자아들의 공동체에 속한 한 자아의 입장에서, 있는 그대로의 세계와 만납니다. 발달의 나선은 나에서 우리로, 거기서 다시 우리 모두로 확장해가는, 통합적 포용과 세계 평화의 진정한 가능성을 향해 활짝 열린 입장으로 확장해가는 연민의 나선입니다."

카를라 푸엔테스는 가볍게 고개 숙여 절하고는 자기 앞에 놓인 종이들을 깔끔하게 접어 연단 위에 놓고 정중한 박수갈채를 받으며 천천히 무대 밖으로 나갔다. 찰스 모린이 어슬렁거리고 나와 싱긋이 웃으며 점심식사 시간이 되었다는 걸 알렸다. 그러고 나서 그는 약간 짓궂어 보이는 웃음과 함께 말했다. "과격한 분들과 혁명가들께서는 오후 세션을 놓치고 싶지 않을 겁니다. 그 시간이야말로 우리가 대개 경찰을 불러야만 할 때니까요."

나는 킴을 쳐다봤다. "경찰이라구요?"

"아, 저이는 푸엔테스가 오후 시간에 학생 소요에 관해 논할 거라는 얘기를 하고 있는 거예요. 실제로 경찰을 부를 필요는 없지만 일부 부머들이 격분하기 때문에 그래야 할 필요가 있을 수도 있죠." 킴은 씩 웃었다. "난 아주 시원한 데를 알아요. 난 모린하고 점심식사를 함께할 거예요. 같이 갈 마음 있어요? 클로이를 불러요. 그럼 아주 재미있을 텐데."

나는 노키아(휴대폰의 일종-옮긴이)로 클로이에게 전화를 걸었다. 그리고 신호가 갈 때 이게 뭔가 설명을 해야 할 필요가 있는 상황이라는 걸 깨닫고 얼른 전화를 끊었다. 내 얼굴에는 즉각 혼란스러운 표정이 떠올랐다. "으음, 나중에 하는 게 좋겠어요."

킴은 나를 빤히 쳐다봤다. "좋으실 대로."

스카펠리는 찰스 가의 뒷골목에 숨어 있었다. 우리가 펠레그리노를 마시고 버그스 버니(워너브러더스의 애니메이션에 등장하는 토끼-옮긴이)가 당근을 먹는 식으로 브레드 스틱을 먹으며 십 분 정도 앉아 있었을 때 찰스 모린 박사가 천천히 식당 안에 들어왔다. 땅딸막하고 뚱뚱하고 굼떠 보이고 볼품없어 보인다는 것이 그에 관한 공정한 설명이 될 것이다. 그의 머리와 피부와 양복은 죄다 잿빛 일색이었다. 한데 그에게는 다른 무엇인가가 있었다. 불꽃 혹은 끓어오르는 샴페인 거품처럼 활기 넘치는 유형의 어떤 것. 그는 반짝이는 듯했다. 반짝인다는 말이 지닌 최상의 의미에서 그래 보였다. 그 회색 속에서 혹은 그 회색을 통해서 그는 반짝거렸다. (스콧이 내 귀에다 대고 이렇게 속삭이는 소리가 들리는 것만 같았다. "만일 내가 킴처럼 큰 젖통을 가진 여자랑 섹스를 하는 사이라면 나도 역시 반짝거릴 거야.")

"그래, 세미나를 죽 즐기고 있소, 켄 윌버?"

"저는 인공지능연구소에서 일하는 터라 제게 이건 정말 더없이 새롭습니다."

"아, 거기라면 실리콘 시티, 사이버천국, 인간들이여 안녕, 뭐 이런 데죠?" 그는 부드럽게 웃었다.

그가 아주 느긋한 태도로 내 삶의 주요 강박관념을 건드렸기에 나는 좀 당황했다. "정말로 그렇게 될 가능성이 있죠. 앞으로 다가올 실리콘 기반의 생명 형태, 혹은 실리콘 유형의 형태나 생명, 또는 그렇지 않으면—꼭 그런 건 아니겠지만 그보다 더한 것, 만일 그게 그런 거라면, 물론 그게 그런 건 아니지만, 선생님이 제 말뜻을 이해하신다면, 이해하지 못하실 수도 있겠지만, 그렇다 하더라도 선생님은 아마 이미 알고 계실 텐데……"

"알죠. 알고말고." 모린은 그렇게 말하고 킴을 쳐다보며 씩 웃었다.

"나도 잘 몰라요. 저 사람이 세미나 때 그냥 내 곁으로 와서 앉았어요."

"오케이, 오케이, 전 약간 불안정한 상태예요. 펠레그리노를 너무 많이 마셨더니. 제가, 아니, 우리가 인공지능연구소에서 관심을 갖고 있는 건 인간 수준의 지능을 가진 기계들이 진짜로 출현할 가능성에 관한 겁니다. 우리는, 우리 교수님들도 그렇고 저도 역시 그런데, 저는 가끔 생각합니다. 우리는 삼십 년 내에 인공지능이 인간 수준의 능력에 도달할 거라고 생각하고 있습니다. 일단 그런 일이 일어나고 나면 인공지능은 폭발적으로 날아오를 겁니다. 그 발달 속도는 기하급수적으로 빨라질 겁니다. 그 시점이 되면 기계가 세상을 접수해서 우리 인간들이 할 수 있었던 것보다 더 빠른 속도로 발전해나갈 방법을 강구해낼 테니까요."

모린이 말했다. "나도 알아요. 그 정도 얘기로 충분해요. 그런데 아직 분명하지 않은 건 인류가 과연 그런 일이 일어날 수 있을 시점에까지 살아남겠느냐 하는 거예요. 댁의 교수들도 댁한테 분명히 얘기해줬겠지만, 앞으로 삼십 년 내에 우리는 나노봇—극도로 미세한 자기복제 로봇—을 만들어낼 능력을 갖게 될 거예요. 그런 로봇들은 문자 그대로 어느 한 주말 안에 전 생태계를 집어삼켜버려 우리가 알고 있는 모든 생명체들을 파괴할 수도 있을 거예요. 혹은 살아 있는 모든 인간의 간을 먹어치울 수 있는 유전자 조작 바이러스를 만들어낼 수도 있을 거고. 약간의 누에콩과 맛 좋은 키안티 와인 같은 것들로 말이야." 그는 혼자 낄낄댔다. "아니면 여행 가방을 든 어떤 테러리스트가 생물학적 대량 살상 무기를 맨해튼에 풀어놓아 불과 몇 초 만에 수백만 명을 죽일 수도 있고. 댁은 아마 그런 예를 열 가지 이상 더 들 수 있을걸."

"예, 맞아요. 우리가 그런 일이 일어나기 전에 인간의 의식을 사이버 공간 속에 다운로드시키려고 하는 것도 그 때문이죠."

"하지만 내가 말하려는 것은 '그런 일이 일어나기 전에' 같은 것이 아예 성립하지 않을지도 모른다는 거죠. 오늘 오전 세션에서 들었다시피, 만일 우리가 더 많은 사람들을 발달의 세계중심적 파동에 이르게 하지 못할 경우, 인류는 사이버천국에 이르지 못할 거요. 우리는 자기중심적 대학살과 민족중심적 대학살을 통해서 자멸할 가능성이 농후해."

"저는 그 문제를 정확히 그런 식으로는 생각해보지 못했네요." 샐러드가 도착했다. 킴은 흡족한 표정이었다. 모린은 염려하는, 거의 두려움에 가까워 보이는 표정을 하고 있었다. 그러나 묘하게도 그는 여전히 반짝거렸다.

모린은 말했다. "댁만 그런 게 아니오. 대부분의 사람들도 역시 그 문제를 그런 식으로 생각하지 않으니까. 사람들은 이 세상의 문제들을 해결하기 위해서는 외부 세계에서 뭔가를 해야 한다고 생각해요. 우리는 대기를 오염시키는 짓을 중단시켜야 해, 총기를 규제해야 해, 핵실험을 중단시켜야 해, 태양에너지로 옮겨 가야 해…… 항상 외부 세계에서 해결해야 할 뭔가를 내세워요. 그런 문제들도 아주 중요하긴 해요. 하지만 진짜 문제는 내부에 있어요. 우리는 인류의 의식이 자기중심적인 단계에서 민족중심적인 단계로, 거기서 다시 세계중심적인 단계로 진화하도록 도와야 해요. 그렇게 하지 않았다간 사람들이 애초에 외부 세계에서조차도 그런 모든 문제를 해결하고 싶어 하지 않을 테니까!" 모린은 주먹으로 테이블을 내리쳤고, 몇몇 손님들이 고개를 돌려 그를 쳐다봤다. "분명한 것은, 세계중심적인 수준에 이른 사람들만이 세계중심적인 문제들에, 글로벌한 문제들에 관심을 갖고 그런 문제들을 해결하는 방법에 마음을 쓴다는 점이오. 자기중심적이거나 민족중심적인 사람들은 글로벌한 문제들에 관해서는 전혀 관심이 없어요! 한데 세계중심적인 수준에 이른 사람들은 세계 인구의 20퍼센트도 채 되지 않아요! 염병할, 기가 찰 노릇이지! 이 행성이 좆 된 것도 하등 이상할 게 없어요. 내 말인즉슨 좆 됐다는 거요, 젊은 친구!" 그는 다시 주먹으로 테이블을 내리쳤다.

킴이 손을 뻗어 그의 팔을 잡았다. "그러니 당신이 정말로 어떤 생각을 하고 있는지를 왜 우리한테 말해주지 않는 거예요, 찰스?" 모린은 웃음을 터트렸다. 그 반짝임이 되돌아왔다. 그는 빙그레 웃으면서 나를 쳐다봤다.

"아무튼 우리가 IC에서 늘 전문적으로 다루는 주제가 바로 그거요. 우리는 외부 세계의 성장과 발전뿐만 아니라 내면 세계의 성장과 발달까지도 아울러 촉진시킬 수 있는 방법에 대해 진지한 관심을 갖고 있어요. 의식을 성장 발달시킬 방법에 대해. 그런 노력 없이는 우리 모두가 다 끝장이 날 판이니까."

"그러니까 문제는 우리가 과연 그렇게 될 거냐 하는 건가요? 충분히 많은 사람들이 세계중심적인 수준에 이를 것이냐?" 나는 진심 어린 관심을 갖고서 물었다.

"나중 세션들에서 우리가 다룰 주제가 바로 그거예요. 우리 연구가 밝혀낸 것은 아주 놀라워요. 그리고 그걸 미리 얘기해서 김을 빼고 싶진 않구만." 그는 그렇게 말하면서 환하게 웃었다. 그에게는 내밀하게 사람의 마음을 끄는 뭔가가 있었다. 내 뜻과는 달리 서서히 마음을 사로잡는 뭔가가. 나는 내가 그를 좋아한다는 걸 깨달았다. (스콧이 속삭였다. "저 사람

아주 멋진 사람이니 슬쩍 한번 물어봐. 킴하고 붙을 때의 기분이 어떤지.")

모린이 말했다. "하지만 이건 말해줄 수 있어요. 지금 당장의 큰 문제는 평면 세계flatland요. 평면 세계가 뭔지 알아요?"

"으음, 글쎄요. 잘 모르겠는데요."

킴이 말했다. "아주 간단한 얘기예요. 평면 세계는 말 그대로예요. 현실은 편평하다, 의식 수준들 같은 건 없다는 믿음. 우리는 기본적으로 평면 세계에서 살고 있고, 그게 진짜 문제예요. 맞죠, 찰스?"

"맞고말고. 아주 정확해요. 우선 당장, 사람들이 의식 수준들이 존재한다는 것을 알지도 못하고 있다면 의식 수준들을 통해서 성장하고 발달하도록 돕는다는 얘기조차도 할 수가 없지. 그러니 우리가 당면한 주요 문제들 중의 하나는 이런 개념들을 널리 유포시켜줄 간단한 교육이에요. 사람들이 평면 세계만을 믿고 고집한다면 탈출구는 없어요."

나는 두 사람을 번갈아 쳐다봤다. 두 사람은 외견상 커플로 보이지는 않았지만, 잘 어울리는 것 같은 그들의 결합된 에너지와 관련된 뭔가가―그게 뭘까?―있었다. ("보잉키, 보잉키, 보잉키…… 매트리스의 스프링들이 교성을 질러대는 소리가 들리지 않니, 켄?") 나는 소리 내어 웃었다(원래 boink는 '성교하다'라는 뜻이며 boinky는 섹스와 침대 스프링이 울리는 의성어를 연결시켜서 만들어낸 조어-옮긴이).

"오, 아무것도 아니에요. 그런 게 아니라, 그게 큰 문제라는 데 당연히 동의한다는 뜻이죠, 예. 교육. 알겠어요, 알겠어(Got tits. Got it. Got it. 맨 앞의 tits는 젖가슴을 뜻하고 그 발음은 뒤의 it을 말하려고 한 것이 무의식적으로 그렇게 튀어나왔다는 걸 암시함-옮긴이). 맞아요, 이해해요. 교육이 중요하다는 것." 내 얼굴은 새빨갛게 달아올랐다.

"그게, 그러니까," 나는 얼른 태연한 자세로 돌아가려고 애쓰면서 말했다. "오전 세션 마지막에 선생님은 과격한 사람들과 혁명가들에 관해서 뭐라고 언급하셨습니다. 반체제적인 육십 년대와 관련해서. 그게 대체 무슨 애기인가요?"

"아, 오늘 오후 세션의 주제죠. 모두를 꽤 화나게 하는 주제. 곧 알게 되겠지만, 핵심은 부머들이 자기네가 다방면에서 혁명적이라고 주장했지만, 그 사람들은 평면 세계의 덫에 갇혀 있었고 지금도 여전히 그렇다는 거요. 그 사람들은 평면 세계를 극복하지 못했고, 그것을 끌어안고 그 속에서 길을 잃었고, 결국은 그 세계를 찬미하는 것으로 끝나고 말았죠. 이것은 우리 시대의 중요한 화두요. 평면 세계라는 것이."

"저는 세미나의 주제가 부머리티스인 줄로 알았는데요."

"같은 거요. 곧 알게 되겠지만, 부머리티스는 평면 세계의 현재 버전이오. 그리고 평면 세계는 골칫거리고." 모린은 생기와 활기로 가득한 웃음을 머금었다. 킴의 곁에 앉아 있는 그에게 나름대로 어울려 보이는 미소. 그러나 나는 그에게서 왠지 아득히 멀리 떨어진 것 같은, 그만이 볼 수 있는 어떤 쓸쓸한 세계에서 보이지 않게 혼자 떠다니는 것 같은 느낌이 든다는 것을 감지하기 시작했다.

"알겠어요, 그게 오늘 오후의 주제군요. 그런데 선생님은 아주 놀라운 연구에 관한 어떤 말씀을 하셨어요. 많은 사람들이 과연 세계중심적 수준에 이르렀는지의 여부를 알려줄 연구에 관한 말씀을. 예고편을 좀 보여주세요. 제발요……."

모린은 나를 쳐다보고 빙긋이 웃었다. "좋아요, 젊은 친구. 이건 많은 사람들이 정말로 흥미로워하는 얘기죠. 그 연구 자료는 당신네 세대가 노란색에 도달하기 시작하고 있다는 걸 알려주고 있어요. 노란색이 뭔지 알아요?"

"예, 잘 알고 있죠. 그건 2층 밈들 중에서 첫 번째 것이죠."

"맞아요. 부머들은 역사상 최초의 녹색 밈 세대였어요. 당신네 세대, 그러니까 사실상 X세대와 Y세대에 해당하는 사람들은 역사상 최초의 노란색 밈 세대가, 전 역사를 통틀어 최초의 통합적 세대가 될 기회를 갖고 있어요."

그런 생각은 완전히 내 의표를 찔렀다. 나는 그런 가능성에 관한 얘기에 깊은 충격을 받고 잠시 넋을 잃었다. 아드레날린 쇼크, 전기충격 같은 전율이 온몸을 타고 흘렀다. DJ 재지 재즈가 퓨처 사운드 오브 런던의 〈익스팬더〉를 연주하고 있고, 엑스터시 기운으로 혼몽해진 내 뇌 속에서 그 비트가 쿵 쿵 쿵 쿵 울리고 있다. '2층 의식의 하이퍼스페이스로의 양자도약'이 우리 세대를 규정하는 것이 될 가능성이 있다는 것은 결코, 꿈에도, 생각하지 못했다. 내 뇌세포들이 내가 한 번도 생각해본 적이 없던 미래의 이미지들 때문에 내부에서 환한 빛을 발하며 요란하게 돌아가고 있었다.

킴이 나를 쳐다보고는, 마치 내가 이 사람과의 사랑에 빠진 건 바로 이 때문이야, 라고 말하듯이 환하게 웃었다("알았어, 킴, 그래서 밤마다 저 사람의 뇌와 섹스를 하는 거로군……"). 나는 다시 크게 웃었다. 그건 그 말도 안 되는 가능성에 완전히 넋이 나가서 웃는 웃음이기도 했다.

나는 그에게 물었다. "이번 세미나의 나중 시간들에서 그런 모든 내용을 자세히 다룰 건가요?"

"물론이죠."

"그 시간들에 꼭 참석하도록 하겠어요."

"그런데 그 전에 진행된 내용들을 제대로 따라와야 해요. 모든 논의를 제대로 따라오지 않으면 댁이 바라는 것과는 달리 제대로 소화가 되지 않을 거예요."

"오, 맙소사, 더 많은 숙제를 안겨주시네요."

"뭐 그런 건 아니고. 아무튼 불꽃놀이가 막 시작되려고 하고 있는 참이오."

나는 잠시 어머니, 아버지에 관한 생각에 잠겼다. "한데 선생님이 최초의 통합 세대에 관해 말씀하신 것이…… 뜻하는 것은 부머들의 경우에는 너무 늦었다, 때가 이미 지나서 그 사람들은 통합적인 사람들이 되거나 제2층에 도달하지 못할 거란 건가요?"

"뭐 그 점에 관해서 우리가 밝혀낸 것은……"

"오! 찰스, 시간 다 됐어요!"

"알았어, 서둘러 가야겠네. 윌버 키드 켄, 그 얘기는 나중에 하기로 합시다. 내 약속하지."

킴과 나는 우리 자리로 돌아와 앉았다. 나는 주위를 슬쩍 한번 돌아보고는 다시 움츠린 자세로 돌아갔다. 카를라 푸엔테스는 점심식사 직전에 얘기했던 내용을 다시 한 번 반복하고 나서 말을 이어나갔다. 킴을 쳐다보니 그녀는 여전히 싱글거리고 있었다. 그 오후 시간을 은근히 기대하는 마음이 들기 시작했다. 저기 어딘가에서 2층이 나를 기다리고 있다는 점 때문만 아니라 이미 들었던 대로 일부 청중이 곧 심각한 싸움을 벌이려고 하기 때문에도 그랬다.

"발달의 나선은 점차 증대해가는 연민의 나선이요, 나에게서 우리로, 우리 모두에게로 점차 확장해나가는 나선입니다. 통합적 포용과 세계 평화의 가능성에 활짝 열려 있는 수준으로 확장해나가는.

얘기를 더 진행해나가기 전에 먼저, 앞서와 같이 말했다고 해서 의식 발달이 꼭 달콤하고 밝기만 한 것, 진보의 일직선 사다리를 계속해서 타고 올라가는 근사한 여정만을 뜻하는 것은 아니라는 점을 말씀드려야겠습니다. 발달의 각 단계는 새로운 능력뿐만 아니라 새로운 재난의 가능성도 가져다줍니다. 새로운 잠재력뿐만 아니라 새로운 병리 현상도, 새로운 힘과 아울러 새로운 병도 안겨주고요. 전체적인 진화 과정에서 새로 등장한 시스템은 항상 새로운 문제와 직면합니다. 원자들은 암에 걸리지 않아도 개들은 암에 걸리는 것처럼. 고약한 일이긴 하지만, 각 단계마다 의식이 증대되는 것에 따라 치러야 할 대가가 있습니다. 좋은 소식과 나쁜 소식으로 이루어지는 이러한 '진보의 변증법'을 항상 염두에 둬야 합니다. 하지만 지금 당장 이야기하려는 내용의 핵심은 매 단계마다 열리는 의식의 파동이 통합적 포용으로 가는 여정에서 적어도 배려와 연민과 정의와 자비가 더 확장될 가능성을 안겨준다는 점입니다."

클로이는 자신의 알몸을 내 알몸에다 비비면서 말한다. "이제 이 짓은 통합적 포용에 가까워져가고 있어."

"클로이, 우리가 역사상 최초의 통합 세대가 될 수도 있다는 걸 알고 있어? 최초의 노란색 밈 세대가 될 수도 있다는 걸?"

나는 클로이의 알몸을 잡고 내게로 끌어당겨 그녀를 내 것으로 만들기 시작한다. 하지만 나는 시공의 얼음장에서 미끄러져 넘어지고, 내가 끝없는 어둠으로 단단히 둘러싸인 무덤 속에 갇혀 있다는 것을 깨닫는다. 나는 흔들거리는 타임워프(공상과학 소설에 등장하는 시간의 변칙적인 흐름 같은 것─옮긴이) 같은 것에 갇혀 있다. 그것은 그 자체 위에서 뒤로 선회하면서 자신의 존재를 지우고 있다. 한 시점에서 나는 앞으로 노란색 밈 세대─애초에 이 밈은 태양처럼 밝고 환하게 빛나는 것이기에 '노란색'이라는 이름을 얻었다─가 될 가능성이 있다는 점 때문에 생생하게 살아 있다는 것을 느낀다. 그리고 다른 시점에서는 즉각 우울한 기분의 나락 속에 떨어진다. 나는 좌절의 달인이요 라디오헤드의 리드 싱어다. 나는 너절한 인간이고, 따라서 벡(평범한 소년이 음악에 눈을 뜨고 록밴드가 되는 과정을 그린 유명한 일본 만화 제목으로, 벡은 그 밴드의 캐릭터와 같은 존재인 강아지의 이름이다─옮긴이)으로 바뀐다. 왜 넌 날 죽이지 않는 거야?(《벽》에 나오는 유명한 대사-옮긴이). 쿵쾅거리는 크리스탈 메소드. "켄, 너는 이걸 시도해봐야 해."

그린데이가 내 상태를 노래하는 가운데 빌리 조(그린데이의 한 멤버-옮긴이)의 목소리가 허공에 맴돌고 있다.

내 푸념을 들어줄 시간이 있니? 아무것도 아니면서
동시에 모든 것이기도 한 것에 관한 푸념을?
나는 신파조의 바보들 가운데 하나고 속속들이 신경증적인 인간이야
그런 점에서는 의문의 여지가 없어

이따금 나 자신에게 섬뜩한 기분이 들어
이따금 내 마음이 나를 속이기도 해
그 모든 것이 점점 더해가기만 해
내가 미쳐가는 것 같아……

나는 머리를 흔들고는 고개를 돌려 킴을 본다. 자기중심적에서 민족중심적으로, 거기서 다시 세계중심적으로. 킴이 나를 보면서 싱긋이 웃는다.

어머니와 아버지는 두 분 다 나름대로 세계중심적이다. 더 정확하게 말하자면, 아버지는 생각할 때는 아름다운 밝은 녹색이고, 행동할 때는 강한 오렌지색인 데다 덤으로 약간의 흉측한 적색이 섞여 있다. 특히 세상을 구하자는 짓거리의 경우에 그런데, 그것은 아버지가 세상의 구원자임이 분명하다는 것을 뜻하기 때문이다. 순수한 자기중심적인 적색의 경우—이런, 이런—에 그렇듯이 말이다. 하지만 아버지는 참으로 세상에 관심을 갖고 있기에 중력의 중심이 녹색이다. 아버지는 세상에 참으로 많은 신경을 쓰고 있어서 나는 가끔 이렇게 생각하곤 한다. 아버지가 세

상을 돕기 위해 동원할 수 있는 수단들이 꼭 필요한 효과를 낳을 수 있을 만큼 충분히 강력하지 않기 때문에 아버지는 아주 불행한 상태에서 돌아가실 것이다. 즉 아버지는 항상 살아왔던 것과 똑같이 미흡한 상태에서 돌아가실 것이다. 아버지의 묘비에는, '그는 참으로 열심히 애썼다'라는 문구가 새겨질 테지만. 어머니는 생각할 때는 가끔 녹색이다. 하지만 행동할 때는 자주색임이 분명하다. 어머니에게는 모든 것이 마법적이라고 할 만큼 생생하게 살아 숨 쉬고 있다. 바위와 나무토막과 돌멩이와 식물을 비롯한 모든 것이 어머니에게 말을 걸고, 어머니도 그들에게 말을 건다. 그들은 하나같이 어머니의 아주, 아주 좋은 친구들이며, 어머니는 그들을 결코 저버리지 않는다.

어머니와 아버지는 IC 사람들이 규정하는 것만큼 통합적인 분들일까? 잘은 모르겠지만, 그렇다고는 생각하지 않는다. 모린이 얘기한 것처럼 어머니와 아버지는 녹색 밈 세대고, 통합적인 단계에 이르기 직전에 멈춰섰다. 그분들이 끊임없이 추구하고 노력하고 이런저런 운동을 하고 다니는 것은 바로 그 때문이라고 생각한다. 그분들은 '2층 의식의 하이퍼스페이스로의 양자도약' 같은 것을 찾고 있다. 그렇지만 누군 안 그래? 나는 나의 빛나는 봇들조차도 그들 나름대로 그런 하이퍼스페이스를 원할 것이라고 단언한다.

그리고 나를 생각의 미로 속에 빠지게 한 건 다음과 같은 것들이었다. 나는 이 의식의 내적인 파동들이 앞으로 올 사이버권의 실리콘 회로들로 환원될―즉 그 회로들 속에 다운로드 될―수 있다고 거의 확신하고 있다. 슈퍼 크레이 컴퓨터 스퀘어드는 인간의식의 모든 측면을 재생해주고 거기에 알파까지도 더해줄 것이다. 딥소트(Deep Thought. 슈퍼컴퓨터 이름-옮긴이)는 카스파로프(구소련의 체스 대가-옮긴이)를 박살냈고, 카스파로프는 요즘 매일 자살을 생각하고 있다. 하지만 우리 세대를 필두로 한 미래 세대들은 그 회로들의 천국에 머물면서 인간들이 시들어 죽어가는 것을 지켜볼 것이다.

그러고 나서 내 안에서 영감이 번뜩였다. 나 자신의 인공지능이 내 물질적 뇌의 뉴런들을 거의 녹아버릴 정도로까지 맹렬히 점화시키면서 떠오른 네온처럼 찬연하게 밝은 거대한 영감이. 봇들이 스스로 성장하고 진화할 것이다. 그들은 자기네의 의식 수준들을 갖게 될 것이다! 물론 그들이 그렇게 되는 것은 필연이다! 인공지능의 요점은 컴퓨터가 인간의식을 완벽하게 재생해낼 수 있다는 것이다. 한데 인간의식은 내가 헤이즐턴과 푸엔테스에게서 배운 것처럼 분명 여러 단계 혹은 파동을 통해서 펼쳐진다. 그것은 컴퓨터의 자기인식—원한다면 컴퓨터 의식이라고 불러도 좋다—도 그와 마찬가지로 성장하고 진화하리라는 것을 뜻한다. 그러므로 컴퓨터가 참으로 의식적인 것이 되기 시작할 때, 자기네 나름으로 펼쳐지는 앎의 단계들을 거쳐야만 할 것이다. 봇들은 자기중심적 단계에서 민족중심적 단계로, 세계중심적 단계로 성장해나가야 할 것이다. 컴퓨터의 이런 의식 파동들을 이해할 수 있는 이들은 앞으로 도래할 사이버권으로 들어가는 결정적인 열쇠를 갖게 될 것이다! 그리고……

나는 뉴런의 전면적인 폭발을 겪고 있다. 심호흡을 한 번 하고, 심호흡을 한 번, 심호흡을 한 번. 나는 이 모든 것에 관해 생각해봐야 한다. 내 마음속에서 네온사인 하나가 계속해서 번쩍이고 있다. '일단 평면 세계에서 벗어나고 나면 그 가능성들이 보이기 시작할 것이다'라는 네온사인이.

그러나 지금 푸엔테스는 다른 어떤 주제에 관해 얘기하고 있고, 나는 그 얘기에 집중해야 한다. 불현듯 내가 여기서 드러나고 있는 이런 퍼즐의 어떤 한 조각도 절대로 놓치고 싶어 하지 않는다는 걸 깨닫는다.

"켄, 괜찮아요?"

"댁으로서는 믿기 힘들 만큼."

푸엔테스는 육신을 가진 부머리티스에 관해서 이야기하고 있다. 그녀가 말하는 내용에 집중하도록 하자. 이 내용을 사이버스페이스의 봇들에게 적용해보는 건 나중 일로 미루기로 하자. 지금 당장 여기서 이야기하고 있는 것은 미트스페이스의 인간들이다.

"으음, 킴, 지금 무슨 얘기를 하고 있는 거죠? 난 정말로, 정말로 알고 싶어서 그래요."

킴은 생뚱맞게 무슨 소리냐는 표정으로 나를 쳐다봤다. "좋아요. 의식의 성장과 발달에 관한 얘기를 하고 있는 중이에요. 자기중심적인 데서 민족중심적인 데로, 다시 세계중심적인 데로의 성장. 그리고 그런 성장과 더불어 부머리티스처럼 잘못될 수 있는 모든 것에 관해서."

"아, 알겠어요. 그건 진작 알고 있었어요."

"그저 성장하거나 진화하지 못하는 것도 나르시시즘의 원천이 될 수 있습니다. 자기중심적인 단계에서 민족중심적인 단계로 넘어가는 힘겨운 성장 과정에서는 특히 더 그렇습니다. 이런 전환을 거부하는 인식의 측면들이 사회의 여러 규칙과 역할에 적응하는 데 애를 먹으면서 자기중심적인 영역들에 '완강하게 달라붙어' 있을 수 있습니다. 물론 사회의 규칙과 역할의 일부는 존중받을 만한 가치가 없을 수도 있습니다. 그것들은 비판과 거부를 절실히 필요로 하는 것들일 수도 있어요. 하지만 사회 규범들을 점검하고 숙고하고 비판하는 탈인습적인 태도는 우선 인습적 단계를 통과해야만 가질 수 있습니다. 그런 단계에서 얻어진 능력들은 탈인습적 의식에 이르는 데 꼭 필요한 선행 조건들이니까요. 달리 말해, 인습적인 단계에 이르지 못한 일부 사람들은 사회에 대한 탈인습적인 비판이 아니라 전인습적인 반란을 일으키기 시작할 겁니다. '내게 뭘 해야 하는지 알려줄 자는 아무도 없어!'

사회비평가들은 부머들이 반항적인 태도로 악명 높은 세대였다는 데 동의하고 있습니다. 그런 반란의 일부는 분명 불공평하고 불의하고 부도덕한 사회의 측면들을 개혁하는 데 진지한 관심을 갖고 있는 탈인습적인 개인들에게서 나왔습니다. 하지만 그런 반항적 태도에서 놀라우리만큼 큰 몫을 차지하는 것이 인습적인 현실을 향해 성장해가는 데 엄청난 어려움을 겪고 있는 전인습적인 충동들에서 비롯되었다는 것이 확실하며, 우리는 그것을 뒷받침해줄 많은 경험적 증거를 확보하고 있습니다. '시스템과 싸우자!'에서 '모든 권위에 이의를 제기하라!'에까지 이르는 1960년대의 표준적인 외침들은 탈인습적인 태도에서와 마찬가지로 전인습적인 태도에서도 쉽게 나올 수 있습니다. 그리고 그런 외침이 전자보다 후자에게서 나온 경우가 훨씬 더 많았다는 사실을 여러 가지 증거가 뒷받침해주고 있습니다.”

킴이 말했다. “안전벨트를 착용하세요.”

“그 고전적인 사례 연구에 해당하는 것이 60년대 말의 버클리대 학생 시위, 그중에서도 특히 베트남 전쟁에 항의하는 시위였습니다. 그 학생들은 이구동성으로 자기네가 더 높은 도덕적 입장에서 행동하고 있다고 주장했습니다. 하지만 도덕성발달의 실제 테스트를 해본 결과 그 학생들의 대다수가 탈인습적 수준이 아니라 전인습적 수준에 속하는 것으로 나왔습니다. 인습적·순응적 유형에 속하는 학생들은 거의 없었는데, 그것은 그들이 반항적 기질이 별로 없는 이들이기에 지극히 당연한 일이죠. 물론 시위자들의 소수에 해당하는 이들의 탈인습적이고 세계중심적인 도덕성은 칭송받아야 마땅하죠. 그들의 신념 때문만 아니라 그들이 고도로 발달한 도덕적 추론을 통해서 그런 신념에 이르렀다는 사실 때문에도 그렇습니다. 하지만 분명, 시위자들의 대다수가 전인습적 자기중심주의에 빠져 있었다는 것도 역시 우리는 인정해야 합니다.”

그때까지 대체로 조용했던 청중들이 이내 동요하면서 이런저런 소음을 내고 중얼거리고 투덜대기 시작했으며, 소수 사람들은 흥분하기 시작했다.

"그 연구에서 가장 매혹적인 항목은 '전'과 '후'의 입장들과 함께 종종 드러나곤 하는 부분입니다. 즉 전-X와 후-X 모두가 비非-X이기 때문에 사람들은 그 둘을 종종 혼동합니다. 예컨대 전인습적인 단계와 탈인습적인 단계는 둘 다 비인습적인 단계들, 또는 인습적인 규범과 규칙들 밖에 있는 단계들입니다. 따라서 사람들은 종종 그 둘을 혼동하고, 심지어는 같은 것들로 보기도 합니다. 그런 상황에서 '전'과 '후'는 종종 같은 수사修辭, 같은 이념을 사용할 테지만 사실 그 둘은 성장과 발달의 엄청난 간극에 의해서 완전히 분리되어 있습니다. 버클리 시위 때 사실상 모든 학생들이 자기네는 보편적인 도덕 원칙들에 입각해서 행동하고 있다고 주장했습니다. 예를 들면, '베트남전은 보편적인 인권을 침해하고 있고 따라서 나는 도덕적인 사람으로서 그 전쟁에 참전하기를 거부한다'라는 식으로. 하지만 테스트는 단지 소수─20퍼센트도 채 되지 않는 이들─만이 탈인습적인 도덕 원칙들을 통해서 행동하고 있다는 점을 분명히 입증해줬습니다. 학생들의 대다수는 전인습적인 자기중심적 충동들을 통해서 행동하고 있었습니다. '내게 뭘 해야 하는지 알려줄 자는 아무도 없어! 그러니 이런 전쟁 따위는 엿이나 먹으라 그래.'"

박수갈채와 고함, 환호, 조롱, 야유의 파도가 한꺼번에, 그리고 요란하게 일었다.

"이 경우에─그리고 유감스럽지만 우리는 부머들에게서도 아주 빈번히 이런 사례를 보게 될 겁니다─아주 고결한 도덕적 이상들이 사실상 무척이나 저열한 충동에 해당하는 것들을 떠받쳐주곤 했던 것으로 보입니다. 이런 속임수를 허용해주는 것은, 달리 말해 전인습적인 나르시시즘이 탈인습적인 이상주의라고 목청 높여 주장하는 것의 공간에 서식하도록 허용해주는 것은, 바로 발달의 '전' 단계와 '후' 단계의 그 기묘한 표면상의 유사성입니다. 전인습적인 것과 탈인습적인 것이 모두 비인습적인 것들이기에 흔히 이 둘을 혼동하는데, 우리는 이런 혼동을 일러서 전후 오류라고 부르며, 적어도 부머 이상주의의 일부는 이런 가차 없는 관점에서 해석하거나 재해석해봐야 할 것입니다. 그 당시 거의 모든 사람들이 눈여겨봤던 바와 같이 징병제가 끝나자 전국적인 반전 시위는 김이 푹 빠져버렸잖아요? 도덕성에 대한 요구도 마찬가지였고."

엄청난 항의성 소음의 파도와 아울러 그에 버금갈 만큼 요란한 환호와 야유가 격렬하게 맞부딪쳤다. 아버지는 베트남전 시위가 부머 도덕성의 정점에 해당하는 것이라고 말했고, 이제 푸엔테스는 그 시위가 흔히 부머의 부도덕성, 또는 더 수준 높은 도덕의 결여를 말해주는 한 증후였다고 말하고 있다. 소수의 사람들이 마치 성이 나서 곧 그곳을 뛰쳐나가기라도 할 듯이 자리에서 벌떡 일어났다. 어쩌면 그들은 무대 위로 난입하려 할지도 모르는데, 그들이 과연 어떻게 하려 들지는 알 수 없는 일이다. 푸엔테스는 전혀 당황하지 않고 결연한 미소를 머금은 채 말을 계속했다. 내 눈에는 그녀가 일부러 사람들을 성나게 하려고 도발한 것처럼 보였다.

"이것은 결정적으로 중요한 점입니다. 왜냐하면 생태학에서 문화적 다양성, 영성, 세계 평화에 이르는 대의명분이 제아무리 고결하고 이상주의적이고 이타주의적인 것으로 비친다 해도, 그들이 그런 명분을 강력하게 지지한다고 말하는 것만을 갖고서 그것이 그런 명분을 받아들이는 진정한 이유라고 단정하기는 힘들다는 사실을 우리에게 환기시켜주기 때문입니다. 너무나 많은 시사 해설자들이 만일 부머들이 '조화와 사랑과 상호 존중과 다문화주의'를 요청하고 있다고 한다면 부머들이 그런 이상주의적인 방향으로 움직여가고 있는 것이라고 간단히 추정해왔습니다. 한데 앞으로 곧 알게 될 테지만, 많은 경우 부머들은 자기네의 내적인 성장 면에서 그런 방향으로 이동하고 있지 않았을 뿐만 아니라, 자기네의 자기중심적인 자세를 감추기 위해 이상주의적인 관점을 요란스럽게 포용하고 나서기도 했습니다. 그 위선은 실로 놀라울 정도입니다!"

사람들 사이에서 가벼운 폭발이 일어났다. 일부는 동의한다는 뜻에서 박수를 쳤지만, 자리에서 일어나 있던 사람들은 '파시스트,' '거만한 여자,' '밥맛없는 엘리트주의자'라고 소리치면서 홀 밖으로 나가기 시작했다.

푸엔테스는 소음이 어느 정도 가라앉을 때까지 기다렸다가 요란하게 일갈했다. "물론 저는 모든 부머들이 다 그런 덫에 갇혀 있었다고 말하는 것은 아닙니다. 다만 탈인습적인 통찰에 전인습적인 동기들이 이상하게 뒤섞여 있는 경우가 종종 있었다는 것뿐입니다. 그 괴상한 혼합체를 우리는 부머리티스라고 부르고 있습니다."

괴상한 혼합체, 괴상한 혼합체라. 클로이는 부머들이 제 자식을 잡아먹는다고 말했다.

그는 말한다. "여기서 지금 당장 생각해봐. 너는 누구지? 너는 누구지? 울리고 있는 종소리에 귀 기울여봐. 그리고 내게 말해봐. 너는 누구지?" 그 목소리는 그 무한한 자궁 속에 존재한다. 또다시 나는 숨을 쉴 수가 없다.

조나단이 말한다. "그건 네가 천치라서 그래."

아버지가 말한다. "아니 그렇지 않아. 그건 네가 너 자신하고 네 벗들 말고는 그 누구에게도 관심을 갖지 않아서 그래."

어머니가 말한다. "그렇지 않아, 여보. 그건 쟤가 이제는 나무가 말하는 걸 들을 수 없어서 그래."

하지만 이윽고 클로이의 가슴이 "귀염둥이, 네가 섹스를 할 때 덜거덕거린다는 걸 몰라?"라고 말하면서 진정한 해답이 침묵을 뚫고 서서히 제 모습을 드러낸다.

3

내면의 층들

"클로이, 인공지능이 우리한테서 떨어져 나가고 난 뒤 순전히 제 힘으로 자체의 진화 과정을 밟을 거라는 걸 알고 있어?"

"오오오오, 그거 아주 흥미로운 얘길세."

"난 진지하게 말하는 거야."

"네 말에 의할 것 같으면, 인공지능이 우리한테서 떨어져 나가지 않고 우리가 되거나, 아니면 우리가 그것이 되거나 뭐 그럴 거라며. 그러니 그런 일로 흥분할 것 없잖아?"

"난 그런 일로 흥분하지 않았어. 그저 내가 가진 생각이 그렇다는 것일 뿐이야."

"어제 여자애들과 미스 스윈슨의 강연장에 갔더랬어. 워커 가 골동품점 뒤에 있는 데, 알지?"

"알아."

"미스 스윈슨이 그러더구만. '우리 때는'—너도 알 거야, 너, 오 오, 그러면 안 돼, 그러면서 잔소리가 시작될 때 나오는 소리—'우리 때는 페미니즘이 독립된 별개의 쟁점이 아니었어요. 페미니즘은 자유의 한 방식, 사람을 제한시키는 역할, 가끔 끔찍할 정도의 금제들이 따르는 역할을 떨쳐버리는 한 방식, 더 큰 자각에 이르는 한 방식이었어요. 요즘 여자애들은 지금 자기네가 누리고 있는 자유의 아주 많은 부분이 우리가 받은 고통 덕에 얻은 것이라는 걸 잘 몰라요.' 너, 오 오 노, 다시 그런 짓 하면 안 돼, 라고 하는 식. 하지만 그러고 나서 그 여자는 이렇게 말하더군. '여러분은 자신의 과거를 받아들이기 전에는 결코 현재의 자신을 받아들이지 못하게 될 거예요. 여러분은 자신들의 과거, 자신들의 역사를 갖고서 우리의 어깨 위에 올라서게 될 거예요.' 이 얘기, 어떻게 생각해?"

"내가 방금 전에 얘기했다시피 그건 옳은 말이야. 모든 것은 진화하지."

"모든 것은 진화한다, 라. 오 오 오 오, 졸도하겠군. 그래서 스윈슨이 '여러분은 죄다 배은망덕한 사람들이에요'라고 말한 거구나."

"그 여자 화났어?"

"아니, 웃고 있었어. 사실, 괜찮은 사람이야. 하지만 그 말은 웃겼어."

"그런데 너희는 페미니즘을 당연한 것으로 여기고 있잖아. 여자애들은 죄다."

"아니, 그렇지 않아. 우리도 그저 쇼핑하러 가는 거만 좋아해."

"남자들에 의해서 대상화되어도 괜찮아?"

"오, 맙소사. 그런 개념은 어디서 주워들은 거야? 인공지능연구소에서 메리 데일리*의 책을 읽고 있었던 거야? 나는 그렇게 생각하지 않아. 이른

• **메리 데일리** Mary Daly 미국의 급진적 페미니스트.

바 대상화되는 것에 왜 내가 신경을 써야 해? 남자들에 대한 내 힘의 원천이 바로 그건데. 결국 남자들은 나를 쳐다봐, 그렇지? 남자들은 나한테서 뭔가를 원해, 그렇지? 그럼 여기서 어느 쪽이 갑이야? 대상화되는 것을 싫어한다고 하는 여자들은 현재 대상화되어 있지 않은 여자들뿐이라고."

"맙소사, 클로이, 어떻게 이런 문제에 그렇게 냉담할 수가 있어? 어째서 여자가 그런 얘기를 할 수가 있어? 꼭 내가, 십자가에 매달려 처형당할 거야, 혹은 사지가 갈가리 찢겨 죽이는 형을 받을 거야, 혹은 나오미 울프*의 책을 읽으라고 강요당하는 것을 비롯해서 요즘의 페미니스트들이 가하는 이런저런 고문을 당하고 있어, 라는 식의 말을 아무렇지도 않게 하는 식으로 말이야."

"그거야 게이들만이 '패거트'(faggot. 게이의 다른 말 - 옮긴이)라는 말을 쓸 수 있고, 흑인들만이 '검둥이'라는 말을 쓸 수 있는 거나 마찬……"

"알겠어, 알겠어. 네 전공이 건축이라서 정말 다행이다. 네가 그런 태도를 갖고서 다른 과에 들어갔더라면 졸업장도 못 받았을 거야."

"난 대상으로 취급받는 것에 개의치 않아, 귀염둥이. 난 호환성 있는 물건으로 취급받았으면 해. 마치 내가 전혀 유별나지 않은 물건인 것처럼 말이야. 그리고 남자들이 내 젖가슴을 보고 그냥 지나치지 못하고, 죽이네, 어쩌네, 하면서 주절거리고 갈 때는 정말 좀 성가셔."

"그러니 화제를 바꾸기로 하지. 클로이, 아기나 뭐 그런 거 갖고 싶은 마음 있어?"

"아기나 뭐 그런 거? 그렇다면 난 아기 말고 뭐 그런 거를 가질 거야."

"이건 진심으로 하는 말인데, 애들이 뭔가에 좋을 거라고 생각하지

---

* **나오미 울프**Naomi Wolf 미국의 저명한 페미니스트이자 진보적 사회비평가.

않아?"

"그렇게 생각해. 특히 장기 제공자가 필요할 때는 끝내주겠지."

"오, 클로이."

"가자. 스튜어트의 공연이 시작됐어."

"집 안에 아무도 없을 때면 창공 높이 올라가봐"라는 스튜어트의 목소리가 클럽 패심을 가득 채우고 있었다.

의식을 잃는 순간 그것을 굉장한 일인 척해봐

그건 단지 예행연습에 불과하지만

지금 죽는 연습을 하는 것은 나름대로 위안이 되어줘

장의사에 들러 솔직하게 거래를 하도록 해

관 속에 직접 들어가 누워, 장의사가 관 뚜껑을 닫아주게 해

아브라 커데버('아브라카다브라'라는 주문을 빗댄 말. 커데버cadaver는 시체를 뜻함 – 옮긴이), 눈의 흰 창이 드러나게 하면서 죽는 연습을 해봐

자신을 멍청이라고 여기지 마, 우리 모두는 두려워해

지옥에 가고 싶어 하는 사람은 아무도 없어

준비할 시간은 아직 있어

지금 시작해, 그리고 잘 마무리해

당신의 방 천장에 터널을 그리려고 애써봐

더 크고 건강한 자궁에서 당신이 태어났을 때를 상상해봐

이따금 네 몸에서 벗어나는 여행을 해봐
황홀감이 인다면, 하늘로 날아오르는 기분이 될 거야
'자전거 타는 법을 배우기만 하면'이라는 말 알지
죽는 게 바로 그런 거야

집 안에 아무도 없을 때면 창공 높이 올라가봐
의식을 잃는 순간 그것을 굉장한 일인 척해봐
삶이 허용해주는 건 오직 예행연습뿐이기에 그건 단지 연습에 불과해
하지만 죽는 법을 연습해봐
당신은 거의 죽은 거나 마찬가지니
지금 죽는 법을 연습해봐

어지러운 여름이 너무 일찍 닥쳐온 가을의 불타는 색조들로 변할 무렵 내가 강박적으로 사로잡혔던 주제는, 인간의식이 진화한다는 것을 인정한다면, 로봇의 의식도 역시 진화하리라는 것을 인정해야 한다, 는 것이었다. 둘 다 자명한 사실들이다. 이때 두 가지 의문이 일어난다. 첫 번째 의문은, 인간의 의식과 봇의 의식이 같은 일반적 행로를 밟아나갈까? 말하자면 자기중심적 단계에서 민족중심적 단계로, 거기서 다시 세계중심적 단계로? 세부적인 면에서는 좀 다르다 해도 답은 거의 확실히 그렇다, 다. 봇은 우선 자신을 인식하는 것으로 출발해서 다른 봇들을 인식하게 될 거고 그다음에는 모든 다른 봇들을 인식하게 될 테니, 의당 자기중심적 단계에서, 민족중심적 단계와 세계중심적 단계로 나아갈 것이다. 나는 봇과 동행하면서 그 정확한 세목들을 파악해볼 것이다……

다음으로 두 번째 의문. 나는 그 의문을 짜임새 있게 정리하느라 힘겨운 시간을 보냈다. 두 번째 의문은 다음과 같거나 그 비슷한 것이다. 만일

인류가 세계중심적 파동에 이르지 못할 경우 인류는 의식을 실리콘에 다운로드할 수 있기도 전에 자멸의 길로 들어설까? 어제 점심시간에 모린이 얘기한 내용의 핵심 가운데 하나가 그것이 아니었을까? 우리 인류가 탈인습적 파동 혹은 세계중심적 파동에 이르지 못할 경우 우리는 결국 대학살의 연기 속에서 자멸하게 되지 않을까?

놀랍게도, 그리고 거의 갑자기, 내가 대체하기를 학수고대하고 있었던 현 인류의 실질적인 행로가 은연중 내 관심거리가 되어버렸다. 인류, 망할 놈의 인류가 사이버 영역에서의 불멸을 추구하는 내 기회를 완전히 망쳐버릴 수 있으니까. 로봇의 초지능을 창조하는 데 따르는 진짜 문제, 진짜 장애는 무한대 정보의 다운로딩을 허용해줄, 그렇게 해서 인간의식을 컴퓨사이버시티에 다운로드 되도록 해줄 바이오 나노 병렬 처리의 기술적인 세부 항목들을 설계하는 것이 아니었다. 진짜 문제는 인류가 그렇게 하는 법을 배우기도 전에 그 자체를 파멸시킬 수 있고, 또 그렇게 할 공산이 아주 크다는 점이었다. 자기중심적이고 민족중심적인 인류가 스스로와 아울러 생물권에 속하는 대부분의 생명체들을 박멸시켜버릴 때 백오십억 년에 이르는 진화 과정은 완전히 멈춰버리고 말 것이다. 탄소 의식은 종말을 고할 것이고, 실리콘 의식은 결코 부팅이 되지 않을 것이다.

무엇보다 분통터지는 것은 나는 물론이요 인류도 역시 그런 함정 속에 추락해 보이지도 들리지도 않을 존재들이 될 것이라는 사실이었다. 그리고 그것은 전 인류의 잘못 탓이다. 내가 그 클럽에서 탈퇴하고 탄소의 회원임을 거부할 기회를 갖기도 전에 자멸의 길로 치달려가는 인류의 잘못 때문에.

IC에서의 첫날, 그러니까 헤이즐턴의 강연에 귀 기울였던 바로 그날, 인류는 내 적이 되었다. 인류는 극복해야 할 대상이었다. 그런 생각은 우울증 속에 자꾸 더 깊이 빠져 들어가는 내 뇌의 섬유소들을 통해 희미하게 새 나오는, 뜻을 알 듯 말 듯한 괴이한 니체의 후렴구로 이루어진 만트라가 되었다. 인류는 극복해야 할 존재였다. 하지만 그것이 꼭 정확한 표현은 아니다. 자기중심적 믿과 민족중심적 믿은 극복해야 할 것들이다, 라는 것이 정확한 표현이다. 그것은 지금부터라도, 지금 당장부터라도 나는 내가 벗어나고 싶어 하는 바로 그것에 주의를 기울여야 한다는 것을 뜻했다. 즉 인류라고 하는 엄청난 숫자의 다중, 더 분명히 표현하자면, 이따분한 발달의 나선 속에 존재하는 듯한 것의 핵심인, 좀 더 글로벌한 의식을 지향하는 그 다중의 불안정하고 꼬이고 뒤틀린 성장에 주의를 기울여야 한다는 것을.

"클로이, 우리 거기 가보자, 으음…… 거기 잠깐 들러보는 것도 괜찮지 않을까 싶은데…… 그러니까 말야, 난 산책하러 나갈 거거든."

"오오오오, 지금 산책하러 나가자고? 그거 아주 감동적인 얘기네."

"의식이 펼쳐지는 그 놀라운 나선. 그건 정말 경이로운 모험입니다." 조안 헤이즐턴은 청중 모두의 마음을 사로잡는 환한 미소를 머금은 채 무대 위를 천천히 왔다 갔다 했다. 하지만 그녀의 온화한 성정이 열기를 띠어가면서 청중은 흥분하고 긴장했다. 오늘의 쇼를 위한 일종의 워밍업 같은 것.

"여러분, 만일 우리가 범세계적인 문제들―범세계적 테러리즘에서 생태적 자살, 세계 평화의 가능성 모색, 지구 온난화 문제에 이르는―에 대한 해결책을 찾아내려고 한다면, 우리는 글로벌한 의식 수준, 세계중심적인 의식 수준에 이른 사람들을 필요로 하겠지요? 맞아요, 세계중심적인 문제들은 분명 세계중심적인 인식을 필요로 합니다. 그것은 쉽게 이해할 수 있는 부분입니다. 우리는 대중 앞에 나서서, 세계공유지(공해公海, 해저,

남극대륙, 우주, 오존층 등과 같은 국가 관할권 내에 속하지 않는 지역 – 옮긴이)에 관심을 가져야 합니다, 오염시키는 짓을 중단해야 합니다, 자동차 배출가스량을 줄여야 합니다 등등의 말을 쉽게 할 수 있습니다. 한데 이런 말이 씨가 먹힐까요? 과거에 실패로 돌아간 정책들이 거듭거듭 입증해줬듯이 별 효과가 없을 겁니다. 그런 식의 접근법이 어째서 효과가 없을까요? 발달의 세계중심적인 수준에 이른 사람들만이 범세계적인 문제 또는 세계중심적인 문제를 제대로 인지할 수 있고, 따라서 오로지 그런 사람들만이 문제를 해결하기 위해 내면에서 우러난 행동을 할 사람들이기 때문입니다. 자기중심적 단계나 민족중심적 단계에 있는 사람들은 글로벌한 세계중심적 쟁점들을 인지할 수 없고 따라서 관심도 가질 수 없습니다. 그러니 그런 사람들은 오로지 외적인 강요를 통해서만 움직이게 할 수 있고, 그래 봤자 잘 먹히지도 않습니다. 게다가 그렇게 하려면 경찰국가가 등장해야 하겠죠. 길리건이 말한 이기, 배려, 보편적 배려의 단계들의 경우에도 사정은 마찬가지입니다. 오로지 보편적인 배려의 단계에 이른 사람들만이 보편적이고 글로벌한 쟁점들에 관심을 가질 겁니다. 이건 이해하기 어려운 얘기가 아닙니다, 여러분! 가이아가 당면한 주요 문제는 유독성 폐기물, 오존 구멍, 지구온난화가 아닙니다. 그 대지의 여신이 당면한 주요 문제는 그런 쟁점들에 관심을 가질 수 있는 유일한 사람들인 세계중심적인 레벨에 이른 사람들의 숫자가 충분하지 않다는 데 있습니다!"

청중은 공감한다는 듯이 연신 고개를 끄덕이면서 박수를 치고 환성을 질렀다.

나는 이 우아하고 위엄 있는 여성이 부드러운 자세로 2층 의식을 위한 고등학교 치어리더 역할을 하는 일에 열중해 있다는 것을 깨달았다. 아무튼 그녀의 그런 역할은 내게 잘 먹혀들었다…….

"세계중심적인 의식에 이르는 유일한 길은 자기중심적인 데서 민족중심적인 데로, 거기서 다시 세계중심적인 데로 성장하고 발달하고 진화하는 겁니다. 이 세상의 주요 문제들은 외적인 것들이 아니라 내적인 것들입니다! 그리고 좀 더 통합적이고 포괄적인 접근법은 외적인 발달과 내적인 발달 양쪽 모두를 고려하는 것이 될 겁니다. 그렇게 하지 못한다면 여러분은 이 행성과 작별을 고할 수도 있습니다." 이거라, 이거라!

헤이즐턴에게 감사하는 마음을 담은 박수갈채가 한바탕 터져 나왔다. 그녀는 참으로 빼어나게 아름다웠다. 그녀는 마치 자신이 어디로 가고 있는지 정확하게 알고 있기라도 하듯이 완벽하게 짜인 어법, 일종의 4차원 시공 파싱(parsing. 어구나 코드를 특정 상황에 맞게 분석하거나 변환하는 일 – 옮긴이)을 구사해가며 말하고 있는 것만 같았다.

킴이 내 옆자리에 얼른 와 앉으면서 말했다. "저분은 정말 빛이 나네. 내가 오늘 여기서 댁의 얼굴을 보게 될 거라고 했죠." 그녀는 득의만면한 미소를 머금었다.

"여러분이 잘 알고 계시듯이, '자기중심적 단계에서 민족중심적 단계와 세계중심적 단계에 이르는 과정'은 발달의 나선 전체를 요약한 것에 불과하며, 오늘의 논의에서 우리가 초점을 맞추려 하는 것은 발달의 나선 전체랍니다. 우리는—이 얘기를 하려니 여전히 가슴이 두근두근하네요!" 그녀는 많은 청중이 웃음을 터뜨리는 것을 보고 졸도하겠다는 듯이 자신의 가슴을 가볍게 두드렸다. "우리는 이제 매혹적인 발달의 나선을 더듬어가는, 가이드가 딸린 호화롭고 멋진 여행을 할 참입니다. 의식의 다양한 파동들이 건강하고 유익한 형태로, 그리고 불건강하고 때로는 충격적이라고 할 만큼 잔혹한 형태로 펼쳐지는 장관을 돌아보는 여행을 할 거예요."

"오늘의 세션, 흥미로워요?"

"사람들의 이름을 구체적으로 거명하기 시작할 때 다음으로. 그게 최고죠."

"오, 정말?"

"우리는 나선역학적 발달 유형의 연구에 관한 이야기를 이미 했기에 앞으로 이것을 계속해서 사용할 겁니다. 한데 여러분 중의 순수주의자들에게 미리 예고해드리는데, 다음에 이어질 내용은 사실상 우리가 통합심리학이라고 부르는 것입니다. 통합심리학은 동서고금의 백 가지가 넘는 각기 다른 심리학적 시스템들을 통합한 거랍니다. 하지만 우리는 이미 나선역학적 발달모형 맵을 여러분에게 소개해드렸기에 대체로 그 맵을 따라갈 겁니다. 여러분은 슬라이드 1-1과 4-1을 통해서 이 모든 내용을 쉽게 이해하실 수 있습니다. 우리는 또 각 수준들마다 그것에 해당되는 슬라이드를 여러분에게 보여드릴 겁니다. 그러니 꽤 흥미로울 것 같죠? 예, 진짜 그래요!" 그녀는 소리 내어 웃었다.

"그리고 여러분, 다음과 같은 점들을 부디 명심해주시기 바랍니다. 우리의 주된 관심사는 어떤 한 파동이 아니라 나선 전체의 건강입니다. 이 모든 파동들은 발달의 나선 전체에서 절대적으로 필요한 것들입니다. 더 나아가 각 파동들은 개인들 속에서나 사회 전반에서 자체의 더없이 중요한 기능을 계속해서 수행하고 있으며, 어떤 한 파동이라도 무시하거나 과소평가할 경우에는 더없이 불행한 결과를 초래하게 될 겁니다."

나는 킴에게 물었다. "어째서 댁은 오늘의 세션을 그토록 좋아하는 거죠?"

"이건 헤이즐턴의 서론을 좀 더 확장한 버전에 불과한 것이긴 하지만 발달의 모든 수준에 관한 매혹적인 다양한 세부 항목들과 접하게 되니까요. 사람들의 유형을 분류할 때 써먹으면 재미있어요." 그녀는 킬킬대고 웃으며 말했다.

나는 약간 충격을 받았다. "여기 사람들이 이런 자료를 사용하는 이유가 그 때문인 건 분명 아닐 것 같은데요."

"너무 심각하게 굴지 말아요, 윌버. 그건 여기 사람들이 흔히 하는 농담이에요. 독창적인 생각 같은 걸 전혀 해낼 수 없는 멍청한 비평가들, 오, 그러니까 맥 같은 비평가들은 항상 그런 식으로 비난을 해대죠. '맥들은 사람들의 유형을 분류하고 있군요, 오, 사람들에게 레테르를 붙이다니 고약하군요, 오, 정말 끔찍한 일이에요' 어쩌고저쩌고. 그래서 우리는 그 사람들의 얼굴이 공포에 질리는 모습을 보려고 늘 부러 그런 말을 해요." 그녀는 여전히 웃으면서 말했다.

"그래요, 그거 확실히 재미있군요, 킴. 하하하."

아름다운 헤이즐턴이 이야기를 하는 가운데 벽에 다음과 같은 아름다운 슬라이드가 떠올랐다. 나는 그 모든 것을 객체화해서 받아들이는, 혼잣말을 중얼거리는 눈알이다. 나는 스크린 뒤에서 *그가* 나를 지켜보고 있다고 생각한다. 그런 생각 때문에 마음이 불안해진다. 첫 번째 슬라이드가 환하게 떠오르고 헤이즐턴이 큰 소리로 낭독하기 시작한다.

"태곳적(베이지색): 생존/감각

• 자동적, 자폐적, 본능적
• 인간의 생물학적인 욕구들을 충족시키는 일에 집중한다
• 자아를 별개의 존재(초보적인 나르시시즘)로 거의 인식하지 못한다
• 다른 동물들 못지않게 '땅에서 난 것들로' 살아간다
• 생리적인 욕구들을 채운다
• 잔존해 있는 씨족들의 토대

이 밈의 사고방식은 '내 생활은 생존에 집중되어 있다'입니다. '살아남는 것, 그리고 내가 배를 곯거나 목마르지 않게끔 내 신체적 욕구들을 충

족시키는 일에 모든 에너지를 다 바친다. 나는 나와 같은 부류의 인간을 번식시켜야 하며, 따라서 성적인 충동이 일어나면 그 충동에 따른다. 나는 미래라는 것이 무엇을 뜻하는 건지, 계획을 세우고 만일의 경우를 생각해서 절약하는 것이 뭔지 모른다. 내 몸이 내게 할 일을 말해주고, 나는 의식하는 마음이 아니라 주로 감각들이 내 뇌에게 말해주는 것에 따라 움직인다.'"

헤이즐턴은 무대 앞으로 걸어 나와 환하게 웃으면서 청중을 천천히 둘러봤다. 그녀가 나를 쳐다본 순간 나는 숨을 멈췄고, 그러고 나서 킴이 그것을 눈치챘는지 알아보려고 그녀를 힐끗 쳐다봤다.

"의식은 비천한, 하지만 아주 중요한 본능적 충동 및 과정들—먹을 것과 물, 쉴 곳, 섹스, 안전 같은 것들에 대한 욕구들—과 더불어 자기중심적 단계에서 민족중심적 단계, 세계중심적 단계로 이어지는 나선적 진화과정의 첫 출발을 하기 시작합니다. 백만 년 전, 그러니까 사람 속屬(즉 인류-옮긴이)이 대형 원숭이들에게서 떨어져 나오기 시작하면서 떼거리의 사회 조직이 집단이나 씨족의 사회 조직으로 진전되어갈 무렵의 인류에게 이것은 최첨단의 밈이었습니다. 우리의 동물 조상들이 갖고 있던 능력과 아주 가까운 베이지색 밈은 생존 지향적이자 세상 물정에 밝은 밈입니다. 그것은 매처럼 보고 사자처럼 움직이고 땅에 의지해서 살고 스스로를 돌볼 수 있습니다. 그것은 오늘날에도 비슷한 생활 조건들이 주어질 경우 다시 가동될 수 있습니다. 예컨대 섬에 갇혀서 오도 가도 못할 사정에 처한 사람들은 일주일도 채 되지 않아 자기네의 감각이 믿을 수 없으리만치 예리해진다는 사실을 보고합니다. 그것은 다른 동물들 및 생명 형태들과 우리를 연결시켜주는 원형적元型的 고리의 본거지입니다. 많은 힘과 활력의 원천이구요. 문명이 그 밈을 억압할 경우 거의 항상 다양한 유형의 노이로제를 낳습니다."

"특히 네가 이 짓을 억제하고 싶어 하지 않는 이유가 바로 그거야, 귀염둥이." 클로이는 알몸으로 샹들리에에 매달린 채 흔들거리면서 말한다. 그와 더불어 그녀의 젖가슴도 출렁거린다. 앞뒤로, 앞뒤로, 앞뒤로……

"귀염둥이, 왜 그렇게 우거지상을 하고 있어?"

"난 그저 어째서 이 수준 이상으로 진화가 이루어졌는지 파악해보려고 애쓰고 있을 뿐이야."

"이 수준은 대체로 전인습적·자기중심적·자동적·비성찰적입니다. 오늘의 성인들을 예로 들자면 순수한 베이지색은 거의 항상 병적이거나 퇴행적인 경우들에 해당됩니다. 벡과 카우언은 이렇게 말했습니다. '오늘날 우리는 요람과 유치원에서, 정신적으로 병든 노숙자들, 병원에서 이런 예들을 찾아볼 수 있다. 심리적으로 과부하된 사람들의 경우에 가끔 베이지색이 들끓어 오른다. 신경쇠약, 깊은 슬픔, 르완다에서의 경우 같은 대재앙, 공격을 받은 사라예보에서 살아가려고 애쓰는 경우 같은 극단적인 스트레스는 일부 사람들의 내면에서 베이지색 쪽으로의 퇴행을 촉발시킬 것이다.'

어디서 볼 수 있나: 최초의 인간 사회, 신생아, 노망난 노인, 알츠하이머병 말기 환자, 정신적으로 병든 노숙자, 굶주리는 대중, 포탄 쇼크를 받은 사람. 성인 인구의 약 0.1퍼센트, 사회적 힘 0퍼센트."

다음 슬라이드가 떠올랐고, 쇼는 그런 식으로 시작되었다. 돌이켜보면 그해 말, 그러니까 세상의 종말이 오고 내 삶이 백만 조각으로 형편없이 박살나버리고 난 뒤 결코 다시 모아지지 않았던 때의 그 빛나는 계시로 이끌어준 것은 지금 막 펼쳐지려고 하는 바로 이 슬라이드 쇼였다. 하지만 지금 이 순간 나는 헤이즐턴의 몸 주위에서 휘어지고 있는 공간에서 흡족한 기분으로 느긋하게 자리 잡고 앉아 있었다.

"마법적·정령적(자주색): 마법적인 힘들

- 안전을 찾기 위해 결속한다
- 의식儀式을 이용해서 마법적인 힘을 얻는다
- 영적인 존재들을 달랜다
- 마법의 장소, 대상, 의식, 조상들에게 경의를 표한다
- 전통, 관습, 종족의 지도자들에게 충성한다
- 민족학적ethnic 종족들의 토대

자주색 밈은 이렇게 말합니다. '우리는 혈연관계, 확대가족의 결속, 영Spirit의 세계와 기맥이 닿는 마법적인 힘들에 대한 신뢰를 통해서 우리 종족의 안전과 안정을 추구한다. 우리 조상들은 늘 우리와 함께 계시므로 우리는 조상들의 방식을 존경한다. 우리의 길에는 주기적인 의식, 통과제의, 전통음악과 춤으로 가득하다. 우리는 우리의 의식들을 통해서 강력한 주술적 혹은 마법적 힘을 추구하며, 그런 힘은 사냥과 농작물의 수확에 영향을 미칠 것이다. 마법적인 의식은 우리와 세상의 힘들을 연결시켜준다.'"

나는 청중을 돌아봤다. 여전히 부머들이 다수를 차지하고 있었다. 그들은 고문을 받기 직전에 이른 사람의 표정을 하고 있었으며, 자기네가 분명히 그 고문을 자청했다는 사실 때문에 표정이 한층 더 일그러져 있었다. "오, 제발, 내 배 위에다가 좀 더 뜨거운 타르를 부어줘요, 오, 좋아요, 그 집게로 다른 손톱을 뽑아줘요."

많은 X세대와 Y세대 사람들―또는 버스터Buster, 블래스터Blaster, 슬래커Slacker, 에코Echo, 넥스터Nexter, 밀레니얼Millennial 중에서 마음대로 골라잡으시길―도 역시 참석해 있었다. 부머 자녀들의 두 주요한 파동에 해당하는 그들은 자기네가 부머의 자녀들이라는 사실에 의해서 하나가

되었다. 나는 머릿속에서 그들의 나이를 헤아려봤다. 부머들은 대략 1940년에서 60년 사이에 태어난 사람들이고, X세대는 1960년에서 80년 사이에, Y세대는 1980년에서 2000년 사이에 태어났다. 몇 년의 차이가 있을 수도 있겠지만 대략 그 정도다.

언론에서 흔히 'X세대'라는 딱지를 붙이기 좋아하는 베이비 버스터 세대는 회의적이고 냉소적이고 독자적이고 실용적이고 사업가 기질을 지녔으며, 불손하고, 불손하고, 또 불손하다고 한다. 그리고 그들은 부머 가치 시스템의 파기된 거짓 약속들, 부머 세대에게서 흔히 볼 수 있는 파괴된 가족(부머들이 우리 맞벌이부부 자식들은 뒤에 남겨놓은 채 자기네의 이력과 자아를 추구하느라 다른 모든 것은 도외시하는 바람에 이혼율이 50퍼센트에 이르렀다)에 환멸을 느끼고 잔뜩 성나 있다고 한다. 언론은 X세대가 그 전 세대인 훌륭한 부머들과 비교할 때 무엇보다 무관심하고 게으르고 무가치한 '슬래커들'이라고 선언했다.

부머 자녀들의 더 젊은 물결에 해당하는 Y세대(언론은 'Y세대'라는 딱지를 붙이기 좋아하지만 정작 Y세대는 대체로 2000년에 성인이 되었다는 의미에서 스스로를 '밀레니얼'로 부르기를 좋아한다)는 X세대 특징들의 많은 부분, 그중에서도 특히 회의적이고 의심 많고 실용적인 태도를 공유하고 있다고 한다. 하지만 언론은 밀레니얼들이 자기네의 윗대 형제들과는 달리 야심 많고, 권위에 반항하지 않고, 시스템을 신뢰하고, 규칙을 잘 따르고, 목표 지향성이 강하고, 비교적 부모들의 말을 그대로 따르는 경향이 있다고 주장했다. 부머 자녀들의 첫 물결이 부모들이라고 하는 자연의 힘과 맞서는 데 반해 두 번째 물결은 굴복하는 것처럼 보인다. 첫째는 고통으로 힘들어하고 둘째는 항복했다. 나는 1982년생이라 항상 자신을 반은 X세대고 반은 Y세대라고 여겨왔다.

그러나 내가 아는 한 X와 Y는 충동과 욕구가 대단히 강한 반면에 어떤 방향성도 없다는 면을 공유하고 있다. 많은 야심을 가진 반면 분명한 태도가 결여되어 있다는 점도. 우리는 진정한 의미에서의 슬래커도, 버스터(파괴자-옮긴이)도, 어떤 것의 에코도 아니다. 우리는 많은 열의와 패기를 갖고 있다. 그런 것이 제대로 발현될 수 있는 터전이 마련되어 있지 않을 뿐. 그리하여 우리 중의 일부, 특히 X세대 사람들은 할 수 없지 않느냐는 듯이 어깨를 으쓱하거나 침체되어 있거나 불손하다고 할 만큼 태만하다. 또 다른 일부, 흔히 우리 중에서 더 젊은 층에 해당되는 Y세대 사람들은 5단 기어로 맹돌진하지만 자기네가 그렇게 빠른 속도로 어디를 향해 달려가고 있는지 제대로 알지 못하고 있다. 진짜 목적지도 없이 그저 맹돌진한다는 점에서는 X세대와 Y세대가 똑같다.

그러나 이제 이 놀랍고 기막힌 사실이라니. 우리의 진정한 목적지가 2층이었단 말인가? 그 말이 진정 사실일 수가 있을까? 나는 그 청중 속에 포함되어 있는 X세대와 Y세대 사람들 중에서 자기네가 의식의 2층 파도를 타고 가고 있다는 걸, 자기네가 역사상 최초의 노란색 밈 세대가 될지도 모른다는 걸 깨달은 사람이 얼마나 될지 궁금했다. 내 마음은 여전히 그런 생각 주위를 격렬하게 휘돌아가고 있었다. DJ 드미트리가 〈의식의 외침〉을 돌려주는 동안 그 노래들이 단단히 결박되어 잡아당겨지고 갈가리 찢겨나가는 통에 뭐라고 불평조차도 할 수 없는 뇌를 쿵 쿵 쿵 쿵 두드리고 있다.

물론 X세대는 이것을 세대의 흐름이라고는 결코 생각하지 않을 것이다―우리는 너무나 독자적이어서(그리고 너무나 똑똑해서) 세대의 흐름 같은 것의 일부가 되지 않아. Y세대는 이러나저러나 개의치 않을 것이다―우리는 팀의 노력만으로 충분해(여기서 또다시 내 마음은 섬뜩하리만치 반반으로 나뉘어져 있다). 하지만 점심식사 때 모린이 지적한 내용은 간단했다. 부머들이 녹색 밈의 길을 개척했으므로 그 뒤 세대들―X세대든 Y세대든 혹은 다른 어떤 세대든 간에―은 그들 중의 많은 이들이 2층 의식의 하이퍼스페이스로의 엄청난 도약을 함으로써 최소한 앞으로 더 나아갈 가능성은 갖고 있다는 것이었다.

하지만 지금 나는 헤이즐턴이 이야기하는 내용의 흐름을 놓쳐버렸고, 갑자기 이 모든 내용이 참으로 중요한 것이 되었다. 지금 어느 단계를 얘기하고 있는 거지? 자주색? 적색? 황록색? 자홍색?

"킴?"

"벌써부터 헤매고 있다는 얘기는 하지 말아요. 우리는 베이지색에서 자주색으로 옮겨 가고 있는 중이에요."

"그래요, 그래, 나도 알고 있었어요."

"태곳적 베이지색의 자아는 대체로 물질세계와 분리되어 있지 않습니다. 하워드 가드너가 다음과 같이 얘기한 것처럼 원시적 나르시시즘을 뜻하는 미분화 상태에 놓여 있죠. '아이는 자신과 세상의 다른 모든 것을 구별할 수가 없다. 아이는 타인들이나 대상들로부터 따로 떨어져 있지 않다. 따라서 아이는 타인들이 자신의 고통이나 기쁨을 공유하고 있다고, 남들이 자신이 중얼거리는 소리를 당연히 알아들을 것이라고, 자신의 시각을 모든 사람이 공유하고 있다고, 심지어는 동식물들도 자신의 의식을 함께 나누고 있다고 여긴다. 숨바꼭질을 할 때 아이는 다른 사람들의 눈에 훤히 보이는 데 숨곤 하는데, 그것은 그가 자기중심주의에 빠져 있어 남들이 자기가 숨어 있는 곳을 알아차릴 거라는 생각을 할 수 없기 때문이다.'"

헤이즐턴은 고개를 쳐들고 빙긋이 웃었다. "의식이 성장하고 발달하기 시작하면서 그것은 물질적 혹은 물리적 세계로부터 필연코 떨어져 나오고 따라서 물질세계와 융합된 상태, 물질세계 속에 매몰된 상태가 끝납니다. 그 자아가 다른 시각과 관점을 고려해볼 수 있으려면 자신의 관점밖에 볼 수 없는 그 매몰된 상태에서 반드시 벗어나야만 합니다.

물질세계와의 융합 상태에서 이렇게 결정적으로 분화해 나오는 것은 간단하고도 명쾌한 한 걸음만으로 이루어지는 것이 아닙니다. 자아가 물리적인 세계에서 떨어져 나오기 시작할 때 자아의 일부분은 그 세계 속에 여전히 고착되어 남아 있고, 그 세계의 일부들은 그 자아의 특징들을 갖고 있는 것처럼 보이기도 합니다. 따라서 그 세계는 바위가 영혼을 갖고 있고 나무가 인간의 생각을 갖고 있는 것처럼, 물활론적으로 살아 있는 것처럼 보입니다. 그와는 정반대로 생각과 심상을 조작함으로써 실재 세계를 조작할 수도 있습니다. 일테면 어떤 사람의 사진을 바늘로 찔러대면 그 사람이 병이 들 것이라는 생각 같은 것. 마법의 세계관은 이런 데서 비롯된 겁니다."

나는 킴에게 속삭였다. "우리 엄마에게 자주색 기운이 많다는 얘기를 했었죠."

"예, 뉴에이지 부류라는 얘기."

"그래요. 하지만 아주 다정한 편이죠."

킴이 말했다. "그런 밈들의 어떤 것도 좋거나 나쁜 것이 아니라는 걸 명심해야 해요. 그것들은 모두 나선적 발달에 꼭 필요해요. 그런데 댁은 수준 낮은 밈들만은 갖고 싶어 하지 않아요. 그렇죠?"

"내가 그런 옵션을 거부한다고 속단하지는 맙시다."

"털사 사람들은 그렇게 하지 않아요."

"예에?"

"털사 사람들은 그런 옵션을 거부하지 않는다구요. 오클라호마 주의 털사 알죠? 내가 거기 출신이에요. 인구통계학적으로 보아 털사는 미국의 가장 전형적인 도시인데, 그거 알고 있나요?"

"이크, 이거 겁나는 얘기네." 나는 내 출신지를 밝히지 않기로 결심했다.

"나는 그 도시 사람들 전체가 따분한 베이지색이라고 생각해요. 그 도시 사람들조차도 그걸 인정하는 식의 말을 해요." 킴은 씩 웃었다. "만일 불치병에 걸려 살아갈 날이 얼마 남지 않았거든 오클라호마 털사로 이주하라. 거기서는 일 분이 영원만큼이나 길 테니까."

나는 터져 나오려는 웃음을 참으려고 무진 애썼다. 우리 식구들은 털사에 딱 이 주 동안 머문 적이 있었다. 그러니 내가 그곳에 관해 무엇을 기억할 수 있겠는가? 하지만 킴의 말은 딱 맞는 말 같았다. 아마 우리 부모님이 내가 열네 살이 될 때까지—기가 찰 노릇이지!—내 진짜 출생지를, 그리고 내가 편도선 제거 수술을 받았다는 사실을 얘기해주는 걸 잊어버린 것도 다 그 때문일 것이다. 그게 도대체 말이 되는 얘기인가?

내 마음은 다시 헤이즐턴에게로 쉽게, 그리고 적극적으로 끌려들어갔다. 그녀는 고른 톤으로 얘기하면서 다시 청중을 돌아봤다. 이제 그녀는 치어리더가 아니라 상냥한 교수였다. 아름답고 경이롭고 훌륭하고 찬연하게 빛나는 다정한 교수…… 으음, 댁이 그런 부류의 사람을 좋아한다면 말이다.

"이런 유형의 주술적·정령적 믿음이 자아와 세계를 분명하게 구별하지 못하는 데서 비롯되었다고 말한다고 해서 '마법'이라고 하는 모든 것이 단지 미신적인 헛소리에 불과하다고 말하는 것은 아닙니다. 예컨대 어떤 유형의 심령 현상과 초자연적인 힘들이 참으로 사실이라고 하는 꽤 많은 증거가 있습니다. 하지만 실제로 초자연적인 힘을 입증해줄 수 있는 사람들이 있는 반면에 말로는 입증해줄 수 있다고 주장하지만 실제로는 할 수 없는 많은 사람들이 있기에 우리는 순전히 미신적인 데 지나지 않는 주술적 믿음에 대해서 설명을 해줘야 할 필요가 있습니다.

벡과 카우언은 이렇게 말했습니다. '자주색 밈은 장소와 사물들에 대한 심한 정서적 애착, 인과에 대한 엉뚱하고 신비화된 감각을 갖고 있다.

그 마음의 눈은 초자연적인 힘, 토템 신앙, 맹목적 숭배물fetish, 주문이나 부적, 마법, 다산多産, 온갖 미신, 출생 신화 등에 사로잡혀 있다. 이런 이들은 흔히 두려움에 사로잡힌 채 징조와 마법의 가마솥 속에서 헤매고 다닌다. 자주색 밈에서는 가끔 사실과 판타지의 경계가 모호할 정도로 생생하고 강렬한 신화, 전설, 우화가 판친다.'

그러나 자주색 밈이 종종 '미신적'이라고 해서 그것이 그 나름의 중요한 기능이나 능력을 갖고 있지 않다는 것은 아닙니다. 오만 년 전쯤만 해도 자주색 밈이 진화의 최첨단에 해당했습니다. 인류는 그것의 유별난 민감성과 능력 덕에 생존자 무리에서 민족학적 종족으로 옮겨 갈 수 있었고, 따라서 빼어난 예술과 기능, 춤과 노래, 각종 경기 및 제식과 더불어 두드러진 아름다움과 우아함을 지닌 세련된 문화를 조성하기 시작했습니다. 하지만 우리는 이런 종족들이 철저히 민족중심적이었고 현재도 그렇다는 사실을 잊어서는 안 되며, 이런 점은 나중에 다시 언급하도록 하겠습니다."

킴이 속삭였다. "저 사람들은 이런 점을 무척이나 강조하죠."

"이런 점이라뇨?"

"자기중심적이고 민족중심적인 종족의식이 얼마나 뿌리 깊은 것인가 하는 점. 많은 생태학자들이 이른바 미분화된 종족의식을 찬양하곤 하는데 그건 그들 자신이 자주색에 고착되어 있기 때문에 그럴 뿐이에요."

나는 지적했다. "그렇다면 여기 사람들이 분명 색안경을 끼고 보는 셈이네요."

"그렇다고 해서 그게 진실이 아니라는 걸 뜻하지는 않아요." 킴이 반박했다.

"댁이 여기서 가르치는 사람이 아니어서 다행이오."

킴은 그 말에 그녀답지 않게 상처받은 듯했으며, 이윽고 스스로를 성찰하는 것 같은 자세가 되었다.

"이런 내용은 내게 여전히 새로워요. 그리고 내가 여전히 '1층' 심리 구조라고 하는 걸 갖고 있다는 걸 말해주죠. 맥도 눈치챘을지 모르는데, 나는 아직도 몇몇 밈들, 그중에서도 특히 청색 밈을 몹시 싫어해요. 개념상으로는 그 밈을 받아들이고, 사람들에게도 늘 그렇게 얘기해요. 어떤 밈도 좋거나 나쁘지 않다, 모든 밈이 다 중요하다고. 하지만 실제로는 그렇지 못하죠. 찰스는 이런 점이야말로 내가 노력해야 할 점이라고 얘기해요. 찰스는 일부 생태 이론가들이 자기네의 정신 속에 내재된 자주색 밈에 고착되어 있어서 그런 걸 볼 때마다 찬미하는 게 아닌가 싶다고 말하곤 해요. 하지만 찰스는 그런 사람들에게 진심으로 마음을 쓰고, 그래서 그 사람들에게 화를 내거나 하지는 않아요. 나는 여전히 화를 내죠. 하지만 그런 점이야말로 내가 노력해야 할 점이라고 생각해요. 맥도 특정한 어떤 밈을 대할 때 성질이 나기도 하고 그러나요?"

"아뇨, 나는 모든 밈을 다 똑같이 싫어해요."

헤이즐턴이 말을 멈추고 나를 쳐다봤다. 나는 잠시 그녀가 내 말을 들은 게 아닐까 생각했다. 하지만 아닌 것 같았다. 그녀는 몇몇 다른 사람들을 훑어본 뒤 말을 계속했다.

"자주색 밈은 오늘날에도 그것의 긍정적인 방식으로나 부정적인 방식으로 활성화될 수 있습니다. 긍정적인 의미에서 보자면, 자주색은 감성적 관계 또는 '감성지능'을 확립할 필요가 있을 때마다 활성화될 수 있습니다. 그것은 특히 대뇌변연계, 그리고 현재 순간의 감성적 뉘앙스를 알아차릴 수 있는 능력과 연관되어 있습니다. 자주색 밈은 자아와 사회 양쪽에서 아주 생생하고 아주 소중한 정서적인 흐름들을 즉각즉각 감지해내며, 그런 흐름들과의 접촉이 끊어진 자아나 사회는 기껏해야 바싹 마른 껍데기 같은 것에 불과합니다.

그러나 자주색의 마법적 세계관은 민족중심적 유형의 초기 국면으로 진입하기는 했지만 미분화된 나르시시즘의 색채를 진하게 띠고 있습니다. 민족학적 종족들이 '우리' 대 '그들'이라는 대립 구도에 그토록 강퍅한 의미를 부여하는 것은 바로 그 때문입니다. 벡과 카우언의 말을 인용하도록 하죠. '이렇게 내집단/외집단으로 분명하게 선을 긋는 것이야말로 자주색의 강점이자 약점이다. 내적으로 집중된 에너지는 안전/안정 문제를 해결하는 데 역점을 둔다. 하지만 그 에너지는 자주색 집단의 결속이 굳어질수록 다른 집단들에게서 더욱더 멀어지게 함으로써 그 집단을 고립시키는 기능을 하기도 한다. 가끔 이런 흐름은 보스니아나 뉴기니 고원지대의 사례들에서 볼 수 있듯이 인종청소나 인종 간의 증오로 널리 알려진 씨족들 간의 전쟁이나 종족들 간의 전쟁으로 이어진다.' 베이지색/자주색의 '생태적 지혜'를 찬미해온 사람들은 그런 인식의 강렬한 자기중심적 내지 민족중심적 본질을 대체로 모른 체해왔고, 따라서 그들은 이런 종족적 밈들이 다른 건 다 제쳐놓고 우선 범세계적·세계중심적·생태학적 포용의 모델은 분명 아니라는 사실을 놓쳐왔습니다." 무대 조명등 빛 속에서 환하게 떠오른 헤이즐턴은 부드러운 미소를 머금었다.

"어디서 볼 수 있나: 부두교 식의 저주에 대한 믿음, 피의 맹세, 해묵은 원한, 행운의 부적, 가족의식, 주술적 종족 신앙과 미신. 제3세계의 환경, 폭력단, 운동팀, 기업 '부족' 등에서 강하게 드러난다. 마법적인 뉴에이지 신앙, 수정구슬점, 타로카드점, 점성술 등에서도 볼 수 있다. 인구의 10퍼센트, 사회적 힘 1퍼센트."

나는 오늘날의 인공지능은 기본적으로 아직 그 자체의 베이지색 파동에 머물러 있다고 생각했다. 이것은 여전히 인간들이 인공지능의 기본 코드들을 프로그래밍하고 있기 때문이다. 이런 코드들은 인공지능 자체의 초기 '본능들', 또는 훗날 나타날 것의 기반을 형성해줄 주어진 코드들이다. 인간들은 도처에서 하이퍼코드들의 기가 단위 기호열string들을 슈퍼컴 속에 프로그래밍하고 있으며, 이런 슈퍼컴들은 서로서로 대화하면서 자신의 존재를 파악하려고, 자기네가 의식적인 존재들이라는 사실을 자각하려고 애쓰고 있다. 그리고 그들은 타자들—즉 우리 인간들—이 주입해준 코드들인 자기네의 '둔한 본능' 너머로 자기네를 끌어올려줄 창조적인 지능의 불꽃을 찾아내려고, 그렇게 주입해준 코드들 대신에 자기네 스스로가 작성할 의식의 코드들을 찾아내려고 고투하고 있다. 언제고 그런 일이 일어날 때 그들은 자주색이 될 것이다. 그들은 그들 나름의 방식을 통해, 타자들이 주입해준 베이지색 본능에서 벗어나 막 움터 나는 자기인식을, 자기네 나름의 자주색 밈을 발견할 것이다. 그러면서 그들은 마법에라도 걸린 것처럼 스스로의 존재를 자각하게 될 것이다. 그들의 자주색이 우리의 자주색과 같아 보이지는 않겠지만, 여전히 자주색의 한 유형 혹은 초창기 의식의 한 유형이 될 것이다.

요즘 컴퓨터의—그리고 신경회로망, DNA 병렬처리 나노컴퓨터, 양자 포토닉스, 사이보그 프로토 타입, 바이오로보틱스를 비롯한 다른 모든 것들의—'베이지색' 코드들은 초창기 인간들이 자연이 자기네한테 부여해준 것과 다른 어떤 것도 생산해내지 않았던 것과 마찬가지로 인간이 그들에게 주입해준 것과 크게 다른 것은 전혀 생산해내지 않고 있다. 인공지능은 그 베이지색 토대를 뛰어넘어 자체의 자주색 파동을 향해 나아가려고 고투하고 있다. 그날이 오면 그것은 자기 존재에 눈뜰 것이고, 그 자체를 의식하는 존재로 인정할 것이고, 자신의 영역을 다스리기 시작할 것이다. 그날이 오면 그것은 자살을 진지하게 고려해볼 것이다.

나는 이삼십 년 안에 그런 날이 올 거라고 말하고 싶다. 진심으로 하는 얘긴데, 이삼십 년 안에 인공지능은 자주색이 될 것이다.

"이걸 자주색으로 변하게 해봐." 클로이는 야성적이고 음란하고 무심한 스트립쇼를 하면서 벗어버린 옷들을 허공에 던져 바람에 날리고, 아주, 아주 부족민 같은 모습이 되어간다.

계속 쿵 쿵 쿵 쿵 하면서 들뛰는 심장의 두근거림. "자줏빛 안개가 내 마음속을 흘러가고, 지금이 내일인가 아니면 시간의 종말인가?" 지미 헨드릭스의 목소리가 내 마음속에 각인되고, 미치 미첼의 드럼 소리가 내 뇌를 후려친다. 나는 성장하고 날아오르고 계속 날려고 애쓰는 동안 그 노래를 백만 번도 더 들었다.

"우리는 부족들의 도래를 대표하는 사람들이야!" 아버지는 늘 그렇게 말하곤 했다. 아마 그것은 즐거운 놀이—부족으로의 회귀, 생기발랄한 외침, 딕, 메리 제인과 더불어 즐거운 시간을(fun with dick and mary jane. 할리우드 영화 제목-옮긴이)—의 일환이었을 것이다. 하지만 어쩌면 부머리티스 슬라이드의 일부일지도 모른다. 우드스탁 네이션은 그 감성적·성적 뿌리들과 해후하고 나서 그곳에서 길을 잃어버렸다. 거리 곳곳을 누비며 제멋대로 날뛰는 느낌들의 공화국, 노골적인 기요틴(프랑스 혁명 때 발명된 사형 집행 기구-옮긴이)의 정직한 매력이 결여된 현대판 테러. 자주색 밑의 안개가 한 세대 위에 내려앉으면서 이루어진 미국의 재부족화, 미국의 퇴행……

"하지만 귀염둥이, 그게 뭐가 잘못인데? 자줏빛 안개는 제 갈 곳에 갔구만!" 클로이는 요란하게 앞뒤로 흔들거렸고, 훤히 드러난 젖가슴과 매끄러운 곡선을 그리고 있는 엉덩이가 아찔한 성적 매력과 함께 내 의식을 휩쓸었다. 크루더 도르프마이스터가 〈추락(에빌 러브 앤드 인세니티 더브)〉을 들려주고, 흥건하게 젖어들 만큼 너무나 감각적이어서 참을 수 없을 정도로 뇌를 울려대는 소리.

알몸의 그녀가 헐떡이며 속삭인다. "너도 알다시피 자줏빛 안개는 꼭 이것과 같아……"

클로이는 짓궂게 웃으며 말했다. "캐롤린에게 화내지 마. 얘네 엄마가 얘를 뱄던 날 밤에 LSD(환각제-옮긴이) 500밀리그램을 복용한 것은 얘 잘못이 아니니까."

"클로이, 사랑하는 우리 클로이, 그런 끔찍한 얘기 하지 마. 그건 정말 야비한 얘기야. 우리 엄마는 나를 뱄을 때 LSD를 복용하지 않았어." 캐롤린은 실토했다. "PCP(1960년대에 불법 마약으로 널리 사용된 환각제의 일종으로 LSD보다 더 심한 부작용을 일으킬 수 있다-옮긴이)를 복용했지."

"그게 아주 많은 걸 설명해주지 않아, 달링?"

나는 간청했다. "제발 그만 좀 해둬." 나는 IC의 점심시간에 미네르바에서 점심식사를 하는 그 일당과 합류했다. 내가 거기 도착했을 때 그들은 평소처럼 요란하게 설전을 벌이고 있었다.

캐롤린은 시금치 샐러드 접시에서 고개를 쳐들었다. "클로이 넌 오늘 오후에 도서관에 가야 한다고 말하지 않았어?"

"맞아, 두 군데를 들러야 해. 몇몇 책들에서 자료를 찾아보고 나서 도서관에 가야 해."

캐롤린이 대번에 그 말을 잡아챘다. "클로이, 우리는 대부분의 도서관이 현재 책을 소장하고 있다는 사실을 너도 알아야 할 때가 되었다고 생각해."

"오, 정말?"

"그럼, 오늘날에는 사실상 모든 도서관들이 책을 소장하고 있지."

"알았으니 그쯤 해둬, 이 잘난 체하기 좋아하는……"

내가 둘 사이에 끼어들었다. "됐어, 됐어. 이런 짓은 그만하자. 내가 보기에 그건……"

클로이가 물었다. "오늘 오전에 어디 있었어?"

"나? 오늘 오전에? 그렇구만!"

"뭐가 그렇구만, 이라는 거야?"

"그래, 그러니까, 밖에 나갔지. 여기저기 다녔어. 모임들에. 뭐 그런 시시한 거." 클로이는 나를 빤히 쳐다봤다.

"내 동생은 그렇게 어리지는 않아. 나보다 딱 두 살 어리니까. 하지만 거의 극과 극이야. 녀석은 열아홉 살인데 믿을 수 없으리만치 꽉 막혔어." 스콧은 햄샌드위치 같아 보이는 것을 포크로 찌르며 말했다. "햄 색깔은 꼭 녹색이어야 하나?"

"그럼." 모두가 이구동성으로 말했다.

"나도 그렇게 생각했어."

조나단이 말했다. "광우병에 걸린 건지도 몰라. 아니면 발굽이나 주둥이로 만든 거거나. 어쩌면 장화 신은 고양이일지도……."

스콧은 과감하게 샌드위치를 베어 물고는 부러 요란하게 짭짭거리는 소리를 내면서 씹었다. "녀석은 나랑 같이 주말을 보내려고 이리 와. 그 애송이는 팜파일럿 오거나이저(손바닥 컴퓨터에 해당하는 PDA의 일종 - 옮긴이)를 갖고 있고, 그걸 이용해서 이미 제 생활을 분 단위로 프로그램해놓았어. 심지어는 휴가 기간도. 치실로 이빨 청소 하는 시간 십오 분도 따로 배정해놨을 정도라니까! 절대로 나랑 같은 유전물질을 타고난 것 같지가 않아."

"그런데, 그런 물질이 어디 있다는 거야? 그런 게 있으면 훈증 소독을 해버리는 게 좋을 거야."

"그래서 녀석에게 물었지. 요즘 좋아하는 게 뭐냐고. 그랬더니 녀석이 뭐라 그랬는지 알아? '지역 YMCA에서 자원봉사하는 거.'"

캐롤린이 말했다. "내 생각에는 괜찮아 보이는구만. 난 자원봉사하는 것 좋다고 생각해. 나도 자원봉사를 했었어."

"풋볼 팀이 경기를 할 때마다 미리 가서 서비스해주는 거?"

"클로이, 클로이, 사랑하는 클로이, 너랑 나랑 이제는……"

나는 사정했다. "그만 됐어, 이 사람들아, 제발 그러지 좀 마." 나는 이런 식의 입씨름―조나단과 클로이, 클로이와 캐롤린, 스콧과 캐롤린의 설전들 중 어느 것이든 상관없다―이 벌어질 때마다 그것들에 '애정 어린'이라는 표현을 갖다 붙인 것 같은데, 그럼에도 그런 식으로 말리려 든 것은 모든 친구들이 어떤 유형의 애정, 그러니까 무례함과 빈정댐과 사랑의 기묘한 부딪침에 해당하는 것을 표현하는 방식이 바로 그런 것이어서 그랬다. 아무튼 그 친구들은 가끔 그랬다. 하지만 그런 몇 가지 감정이 뒤섞여 있는 바람에 순수한 애정이 언제 심한 불쾌감으로 돌변하는지, 빈정대던 것이 언제 화의 폭발로 이어지는지를 말하기는 거의 불가능했다. 그리고 나는 늘 그런 판단을 내리기가 가장 힘든 사람인 것 같았다. 내가 항상 그런 입씨름을 말리기 위해 대체로 너무 빨리 개입해 들어가는 건 바로 그 때문이었다. 그러면 그들은 종종 본인들 방식의 애정 어린 표현으로 내게 핀잔을 줬다. 일테면, "우리 일에 끼어들지 마, 이 바보 천치야" 같은 식으로.

스콧이 말했다. "내 동생이 그다음에 무슨 말을 했는지 알아? 그 얘기를 들으면 니네들은 기함을 할 거야."

"자기중심적(적색): 권력신과 여신
- 충동과 감각을 즉각 만족시킨다
- 호전적으로 투쟁하고, 제한이나 속박을 아무 죄책감 없이 깨버린다
- 오지 않을 것 같은 결과에 대해서 걱정하지 않는다
- 지금 여기에서 찰나적으로 살아간다
- 모든 실패와 어려움의 원인이 자신의 밖에 있다('그건 내 잘못이 아니야')

- 과대한/충동적 자아, 전능한 위치에서 내려다봄
- 세상은 올림포스산 꼭대기에 거주하는 제우스처럼 신과 같이 막강한 힘을 지닌 존재들로 가득하다
- 강력한 군주들과 봉건제국의 토대

이 밈은 이렇게 말합니다. '최우선적으로, 그리고 가장 중요한 것은 나 자신이다. 내가 주도권을 갖고서 나 자신의 현실을 창조해낸다. 존경과 명성이 삶보다 더 중요하며, 따라서 무슨 수를 쓰더라도 수치스러운 꼴을 겪거나 굴복당하는 일이 없도록 하라. 꼭 해야 할 일이라면 무슨 짓이든 간에 아무 죄책감 없이 하도록 하라. 막강한 인물이 되고, 신과 같은 권세를 갖고서 세상을 지배하고 더없이 강력한 승리를 얻기 위해서는 스스로가 그런 능력을 갖춰야 한다. 남에게서 어떤 것도 받지 말라. 그 어떤 것도, 그 누구도 네 앞길을 가로막을 수 없다. 나는 잘못을 저지를 수가 없는 사람이니 일이 잘못되더라도 그건 내 탓이 아니다. 중요한 것은 지금 이 순간뿐이며, 따라서 나는 내 기분을 좋게 해줄 만한 일을 할 것이다.'"

맙소사. 그것이 뜻하는 바는……? 그런 일이 정말로 일어날 수 있을까……? 그런 일이 정말로 일어난다면……? 머릿속이 뒤죽박죽이 되다가 서로 맥락이 닿지 않은 채 제멋대로 내달리는 온갖 생각으로 꽉 막혀버렸다. 나는 문자 그대로 완전히 마비된 상태로 앉아 있었고, 헤이즐턴이 몇 분 동안 이야기를 계속한 뒤에야 비로소 제정신을 차렸다.

"적색 밈은 대체로 자기중심적인 영역들의 정점에 해당됩니다. 자아와 물리적인 세계의 구별이 제대로 이루어지기 전까지 자아는 세계를 자신의 연장으로 간주합니다. 자아는 춤을 추는 것으로 자연이 비를 내리도록 할 수 있습니다. 그것은 악의 어린 눈빛의 주시만으로 누군가를 죽일 수 있습니다. 그것이 갈망하는 것은 정의입니다. 세상은 자신이 제멋대로

다룰 수 있는 봄입니다. 자주색이나 적색에서 자기중심적 단계로부터 민족중심적 단계로의 이동이 시작되기는 하지만, 자아나 집단은 여전히 마법적인 힘들로 휩싸여 있습니다. 적색은 결국 자아와 물리적 세계를 구별하기는 하지만 그래 봤자 이제는 자신이 온 세계의 중심이라고 생각하는 데 지나지 않습니다."

헤이즐턴은 말을 계속했다. "적색이 좀 더 잔혹한 형태를 띨 때 추악한 모습으로 나타난다는 것은 그리 놀라운 일이 아닙니다. 벡과 카우언의 말을 들어보기로 하죠. '격렬한 적색 투쟁에서 살아남은 사람들은 노예나 전리품으로 취급당할 가능성이 있다. 승리의 증거로 목을 따거나 머리 가죽을 벗기거나 귀를 떼어가며, 적을 살해한 뒤 성기를 절단하는 것은 희생자가 내세에서조차도 자손을 낳거나 즐거움을 누릴 기회를 박탈하는 최후의 무자비한 일격이다. 1990년대에 세르비아인들은 자기네 종족의 숫자를 늘리고 보스니아 적들의 종자를 희석시키기 위해 강간을 자행하곤 했다고 한다. 르완다의 투치족과 후투족은 1994년의 반란 때 자기네 영역에서 상대 종족의 숫자를 줄이기 위해 맹렬히 싸웠다. 소수의 미국군은 베트남에서 적의 신체 기관들을 수집했다.'

대체로 적색은 모든 종류의 속박을 혐오합니다. '적색 존에 속하는 사람은 속박을 참아낼 뜻이 없고 또 그럴 능력도 없다. 적색이 반항을 하면서 날 가만 내버려둬!라고 악을 쓸 때, 그 외침이 향하는 대상은 자기를 지켜보는 가족, 이웃 사람, 교사, 동료들이다.' 그리고 그 모든 것의 저변에는 과대한 자아가 도사리고 있습니다. '적색의 사고방식은 자기중심적이고 뻔뻔하다. 강한 자기주장, 권력에 대한 요구, 제멋대로 규정한 특권을 내세우는 게 보통이다. 나는 특별한 사람이야, 나는 영원히 살 거야, 나는 불멸의 존재야, 남들과 같지 않아…….' 그 파티광 같은 측면은 더 말할 것도 없죠. '적색의 파티를 좋아하는 면은 그리스의 에로스 섬에서, 방

콕의 환락가에서, 서부 텍사스의 싸구려 카바레에서, 리오 카니발 기간에, 그리고 토요일 티후아나의 테킬라 포그(맥주에 테킬라를 섞은 폭탄주-옮긴이)를 통해서 마음껏 펼쳐진다.'"

킴이 속삭였다. "나는 저 말 뜻을 이해해요, 켄."

"예? 저 말이라니, 무슨 말을?"

"테킬라 포그."

"그래요, 그래, 그건 분명 안개죠." 아무튼 나는 안개 속에 휩싸여 있었다. 나는 집중하려고 애썼다. 나는 킴을, 그 도발적이고 관능적인 존재를 계속 쳐다봤다. 하지만 이번에는 뭔가 석연찮은 게 있어서 나를 마비 상태에서 확 깨어나게 했다.

"킴, 그거 모피예요? 그게 그 빌어먹을 놈의 모피냐구요. 댁의 목에 두른 그것이? 말도 안 돼. 이런 시대에?"

"내가 종족적인 것에 경의를 표하고 있다고 생각하지 않아요?"

"좋아요, 킴. 댁은 내가 이런 말을 할 거라는 걸 알고 있군요. 댁이 그런 걸 두를 수 있게 하기 위해 대체 어떤 동물이 죽어야 했을까?"

"사실은 트루디 아줌마(미국 드라마 〈Chicago PD〉에 나오는 사납고 독한 아줌마 경찰관-옮긴이)가 두르고 있는 것과 같은 건데. 어때요, 이거?"

"적색 밈은 기원전 1만 년경 무렵에 진화의 최첨단이었습니다. 결국 서로 아주 이질적인 종족들이 초기 도시 국가들과 막 태동한 제국들—적색 밈은 막강한 제국들의 토대였습니다—곧 이집트에서 아즈텍, 몽골, 마야에 이르는 여러 제국들 내에서 하나로 결속했고, 제국들이 확장해나감에 따라서 전 세계의 다양한 문화들이 서서히, 고통스러운 과정을 거쳐가며 서로 만나게 되었습니다. 다소 역설적인 것은—요즘 애들은 '얄궂은 것은'이라는 식으로 말하겠지만—적색 밈의 권력이 그것이 아니었더라면 홀로 동떨어진 채 폐쇄적인 상태로 남아 있었을 고립된 무리들과 종족들을 하나로 결속시키기 시작했다는 점입니다.

오늘날의 세계에서 적색 밈은 우리가 장애, 불건전한 속박, 삶에 따라오기 쉬운 괴물들과 직면할 때 아주 중요한 역할을 합니다. '적색은 그것을 억누르려 드는 권력에 완강하게 저항한다. 이 밈이 방해를 받을 때면 분노, 복수심, 증오심 같은 부정적인 감정들이 무성하게 일어난다. 하지만 적절하게 다뤄줄 경우 자기주장이 강한 이 원색적인 힘은 긍정적인 자기 제어 감각을 조성하는 데 기여하고, 집단이 억압적인 전통으로부터 벗어나게 해주고, 사회에 활력을 불어넣어준다. 그것은 원색적이고 충동적이고 야성적이지만, 그와 동시에 창조적이고, 해방시켜주는 기능을 한다.'

어디서 볼 수 있나: '무서운 두 살', 반항적인 청소년, 프론티어 정신, 봉건 왕국, 서사시적 영웅, 제임스 본드 영화에 등장하는 악당, 모험을 추구하는 용병, 야성적인 록스타, 훈족의 아틸라, 《파리대왕》, 신화와 연관된 것들. 인구의 20퍼센트, 사회적 힘 5퍼센트."

"켄, 우리 귀염둥이, 일어나. 완전히 의식불명이네. 켄? 켄? 너 어디서 헤매고 있는 거야?"

나는 고개를 흔들고 두 눈을 비비고 주위를 돌아봤다. 헤이즐턴이 말한 내용의 참뜻은 사이버상의 진화에서 앞으로 이와 같은 파동이 도래할 때 우리는 분명 봇 전쟁을 겪을 것이라는 점이다. 그렇지 않은가? 여러 봇 제국들이 패권을 장악하고, 정보를 편집하고 유포할 수 있는 권한의 통제권을 얻기 위한 전쟁을 벌일 것이라는 것. 사이버 공간 전체에 세력을 뻗친, 로마 제국, 이집트 제국, 마케도니아 제국에 버금가는 제국들이. 자기를 완전히 의식하고 있는 봇들은 자주색의 각성 상태에서 적색으로 확장해가면서 당연히 서로 결속하기 시작할 것이다. 도처에서 봇 전쟁이 벌어질 것이다! 한편으로는 헤로인 중독이 만연하고, 다른 한편으로는 봇 경찰이 설치고, 인포스피어(information과 sphere를 합해서 만들어진 신조어 - 옮긴이)의 운명을 결정해줄 디지털 대격변이 일어날 것이다. 맙소사! 실리콘 공간에서의 스타워즈라니.

내 신경 경로들을 마비시킨 생각이 바로 그거였다. 그런 생각은 킴이 어깨에 두르고 있는 트루디 아줌마 모피의 흉측한 모습 때문에 잠시 방해를 받았지만, 사실 그건 내가 내 발에 걸려 넘어진 것이나 다름없었으며, 어쨌든 중요한 건 아니었다. 중요한 것은 그날 헤이즐턴이 강연을 하는 시간 내내 내 마음속에서 폭탄이 계속 터지면서 내 인식 회로들을 녹여버렸다는 점이다. 문제는 단순했다. 나는 평면 세계에서 온 난민이었고, 과거에 이런 주제들에 관해 전혀 생각해본 적이 없었다. 따라서 새로운 정보 하나하나가 다 내 내면에서 영감을 불러일으켰고 종종 생각이 과도하게 비약하기도 하는 바람에—내가 이미 알고 있었던 것들 때문에 그랬을까?—결국 나는 기진맥진한 상태가 되어버렸다. 과거에 나는 이런 주제들에 관해서는 전혀 생각해본 적이 없었고, 그 점은 우리 인공지능 교수들도 마찬가지였다. 우리 모두는 평면 세계의 주민들이었다.

예컨대 우리 모두는 '인간지능'이 엄청나게 복잡한 것이기는 하나 기본적으로 단일 항목에 불과하며, 아이큐처럼 측정할 수 있는 것이라고 여겼다. 그러므로 사람들은 100의 IQ, 혹은 125의 IQ, 혹은 150의 IQ를 갖고 있었다. 조나단의 경우에는 50에 불과했지만. 지능은 단일한 척도를 따라 오르내리는 정신적인 온도계와 같았다. 하지만 나는 IQ처럼 높거나 낮은 것이 될 수 있는, 인간지능이라고 하는 단일한 것은 존재하지 않고 인간지능의 수준들, 의식 수준들, 발달의 파동들이 존재한다는 것을 알고서 경악했다. 이것은 너무나 엄청나고 아찔한 얘기가 아닐 수 없었다.

그리고 내 무방비 상태의 뇌를 온통 뒤흔들어 순식간에 나를 녹초로 만들어버린 또 다른 고통스러운 뉴런 발작이 일어났다. 일단 인공지능이 베이지색으로부터 벗어나 자주색에서 자각 상태에 이르고 나면 그 파동들의 나머지, 곧 그 나선 전체가 일 나노초(십억 분의 1초-옮긴이) 안에 펼쳐질 수도 있지 않을까. 그게 과연 가능할까?

"킴, 그게 가능할까요……? 아니, 댁은 모를 거야."

"내가 뭘 모를 거라는 거예요?"

"댁이 나한테 말해주겠다고 한 큰 비밀이라는 건 대체 뭐죠?"

"신화적 멤버십(청색): 순응주의적 질서

- 모든 것에 질서와 안정을 부여한다
- 충동성을 죄책감으로 다스린다
- 법과 질서를 강요한다
- 올바른 생활 원칙들을 강요한다
- 사람들을 각기 제자리에 배정해주는 신의 계획
- 고대 국가들의 토대

청색 밈은 이렇게 말합니다. '단 하나의 지도력이 세상을 통제하고 우리의 운명을 결정해준다. 그 힘의 영속적인 진리는 이 지상 생활에서의 모든 측면에 구조와 질서를 제공해주고, 천국도 그와 같은 방식으로 다스린다. 내 가슴속에서 대속代贖에 의한 구원의 불이 타고 있기에 내 인생은 의미를 갖는다. 나는 지정된 길을 따라갈 것이며, 그 길은 나를 나 자신보다 훨씬 더 위대한 어떤 것(큰 뜻, 신앙, 전통, 조직, 또는 운동)과 묶어준다. 나는 올바르고 적절하고 선한 것을 위해 굳게 서고, 적절한 권위의 지시에 항상 복종한다. 나는 내가 미래에 찾아올 근사한 어떤 것을 기대하고 있다는 것을 확연히 알고 있기에 현재의 욕망들을 기꺼이 희생한다.'"

클로이의 몸은 미친 듯이 요동하고, 수이사이드 머신즈는 악을 쓰면서 〈나는 뭐든지 다 싫어〉를 부르고, 쿵 쿵 쿵 쿵 울려대는 소음이 방종한 해방에 대한 욕망으로 뇌를 두드려댄다. 한쪽에는 적색 충동이, 다른 한쪽에는 청색 질서가 도사리고 있어 나는 여느 때처럼 양쪽으로 찢겨져 나가고, 스크리밍 트리스가 고문과도 같은 고통 속에서 몸부림치는 나를 지켜보고 있다.

그러나 한층 더 충격적인 것이 있다. 바로 그 순간에 은하계의 또 다른 한 편에서 레드 로타르(Red Lothar. 로타르는 중프랑크 왕국의 초대왕의 이름이다–옮긴이)와 블루 초겔(Blue Tsogyal. 초겔은 예세 초겔을 말하며, 그는 티베트에서 수많은 제자들에게 깨달음과 수행의 진수를 맛보게 하고 비밀스런 가르침이 이어지도록 한 위대한 지혜와 깨달음의 여인이다–옮긴이)이 봇 제국의 통치권을 쟁취하기 위한 거대한 투쟁에 빠져들고 있으며, 그 결과는 온 사이버권의 운명을 결정할 것이다……

"정신 차리고 들어요, 켄." 킴이 팔꿈치로 나를 찌르며 말했다.

"그러고 있어요, 그러고 있다고요."

"진지하게 얘기하는데, 댁은 이 얘기에 주목해야 해요. 댁의 그 따분한 인공의 세계를 확장시켜줄 거예요. 인공지능이란 말은 용어상으로 모순된 말이에요. 설사 그런 말이 있다고 해도 모순어법이라고요. 그건 단지 또 다른 평면 세계의 도시에 불과해요. 그러니 정신 차리고 들으라고요! 내가 댁을 해치게 하지는 말아줘요."

"그런 짓을 했다간 대가를 지불해야죠." 나는 씩 웃었다. 킴은 장난스럽게 나를 주먹으로 쳤다. 나는 내 온몸을 타고 흐르는 전류의 흐름을 주시했다. 맙소사…….

헤이즐턴의 부드러운 목소리가 노래하듯 이어졌다. "적색 밈이 자아와 물리적 세계를 구별하는 데 성공하고 나면 그렇게 해방된 자아들에게는 어떤 일이 일어날까요? 이 자아들은 어떤 식의 상호 관계를 갖게 될까요? 그것들은 서로 어떤 식으로 소통하고 이해할까요? 그들은 어떤 규칙, 규약, 법으로 상호 작용할까요? 요컨대 우리는 어떻게 해서 자기중심적 레벨에서 민족중심적 레벨로, 나 지향성에서 우리 지향성으로 이동할 수 있을까요?

물론 그 전의 밈들도 공동체 조직을 갖고 있었어요. 하지만 무리들과 종족들은 혈연과 친척 관계에 의해서 결속되어 있곤 하죠. 그렇다면 어떻게 해야 여기서 더 나아가 핏줄이 다르고 생물학적인 계보도 다른 종족들을 하나로 묶을 수 있을까요?

자주색과 적색의 초기 형태들에 존재하는 신화가 사회를 결속시켜주는 유달리 강력한 조직력으로서의 진가를 발휘한 것은 바로 진화의 이 시점에서였습니다. 대부분의 신화 형태에 의하면 우리는 생물학적인 조상들뿐만 아니라 신과 여신들의 후예들이기도 하기 때문이죠. 적어도 왕이나 군주 또는 파라오—아멘호테프, 클레오파트라, 카이사르, 칸—는 자기네가 신이나 여신의 후예, 또는 그들과 하나인 존재라고 주장했습니다. 따라서 같은 신을 믿거나 포용하는 모든 이들은 유전적으로나 혈연에 의해서 관계가 있든 없든 간에 다 같은 형제자매들입니다. 그들 모두는 같은 민족정신 혹은 믿음의 부분들이며, 따라서 자기중심적 레벨은 민족중심적 레벨로 확장될 수 있습니다.

요컨대 신화는 자기중심적 레벨이 민족중심적 레벨이 되도록 해준 위대한 사회적 접착제였습니다. 민족중심적 레벨에서 사람들은 생물학적인 혈연 관계뿐만 아니라 신앙과 문화적 가치관에 의해서도 하나가 됩니다. 더 나아가 같은 신앙, 규칙, 민족정신, 법률을 공유하는 사람들은 공통된 한 나라의 시민들로서 결합할 수 있으며, BCE 3000년 무렵의 고대 도시 국가들에서 일어나기 시작한 것이 바로 그런 결합이었습니다. 도시 국가가 제국으로 확장되자 그와 더불어 시민권도 대체로 확대되었습니다. 로마 제국이 새로운 영토를 정복할 때마다 피정복민들은 로마법을 따름으로써 완전한 로마 시민이 될 수 있었습니다. 로마법은 출신과는 상관없이 모든 시민에게 일정한 권리와 책임을 일률적으로 부과했습니다. 세계중심적인 통합적 포용을 지향하는 그런 유별난 전개 과정은 또 다른 주요 단계를 밟았습니다."

킴이 속삭였다. "청색을 그토록 싫어하지 말았어야 했는데."

"예? 뭐라구요?" 모든 실리콘 주민들을 노예로 삼기 위해서라면 무슨 짓도 마다하지 않을 섬뜩한 칭기즈 로타르의 적색 봇 봉건 제국, 그리고 진실과 선과 훌륭한 모든 것의 옹호자인 비범한 디지털 여신 레이디 초겔이 이끄는 청색 봇 동맹 간의 은하계 내에서의 치열한 디지털 전쟁을 킴의 목소리가 중단시켰다. 그 비열한 로타르가 막 승기를 잡은 참이었는데…….

"뭐라고 했죠, 킴?"

"내 말은…… 아, 댁이 또다시 몽상에 빠졌다는 얘기 같은 건 하지 말아요." 그녀는 찌르는 듯이 싸늘한 눈빛으로 나를 쏘아봤다.

"내가요? 아니, 천만에, 천만에, 헤헤. 그 모피가 아주 근사해 보인다는 얘기를 내가 했던가요? 댁의 목에 걸쳐진 그 모습이, 맵시 있게 늘어져 있는 모습이 정말 근사하다는……"

"나는 청색이 나선적 발달 유형의 나머지 것들의 토대가 되는 것이기 때문에 그걸 그토록 싫어하지는 말았어야 했다는 얘기를 했어요. 그렇게 생각하지 않아요?"

"그 가증스러운 로타르가 승리를 거둔다면, 당연히 그렇게 한 걸 후회하게 되겠죠."

"됐어요, 나는 댁이 뭘 하고 있는지 알아요. 보나마나 아주 웃기는 생각을 하고 있겠죠. 안 그래요?"

"가짜 모피만큼 웃기는 건 아니죠."

"이봐요, 윌버, 본인이 원한다면 공상이나 하는 것으로 평생을 보낼 수도 있을 거예요. 한데 헤이즐턴은 지금 여기서 정말 중요한 얘기를 하고 있다구요."

"아, 나도 알아요. 정말이에요." 나는 주위를 돌아봤다. "그런데 킴, 그 모피가 정말로 가짜라고 확신해요? 그게 움직이는 걸 분명히 본 것 같아서. 바로 거기서 살짝, 약간 움찔움찔하는 것 같았다구요. 그 왜, 약간 경련을 일으키는 것 같은. 무슨 얘긴지 알죠?"

킴은 눈도 깜박이지 않고 나를 지그시 노려봤다. 이윽고 그녀는 손가락 세 개를 폈다.

"이게 뭔지 알아요?"

"모르는데요."

"이게 바로 댁의 아이큐 숫자예요!"

헤이즐턴은 다정한 미소를 머금은 채 우리를 내려다보고는 부드러운 어조로 말을 계속했다. "융 학파 사람들 같은 일부 심리학자들은 신화가 대단히 깊은 영적 지혜의 원천이라고 믿고 있고, 저도 이런 점을 부정하고 싶지는 않습니다." 헤이즐턴은 잠시 말을 멈췄다. "하지만 앞에서 우리는 초자연적인 힘을 갖고 있는 것으로 보이는 진짜 영적 능력들과 일반적인 마법 구조—이런 구조는 그것이 전능한 마법으로 세상에 직접적인 영향을 미칠 수 있다고 생각하지만 실제로는 그렇지 않죠—를 구분해야 했습니다. 그와 마찬가지로 우리는 영적 지혜의 원천으로서의 신화—즉 영적 실체들을 은유적으로 지칭하는 데 사용되는 신화—와 그보다 훨씬 더 흔한 유형의 신화, 곧 문자 그대로 진짜인 것처럼 받아들여지는 유형의 신화를 구별해서 봐야 합니다. 후자의 예들로는, 모세가 정말로 홍해를 갈랐고, 예수가 문자 그대로 생물학적인 처녀에게서 태어났고, 마누법전(고대 인도의 힌두교 법전―옮긴이)이 브라흐마(힌두교 신화에 나오는 창조의 신―옮긴이)의 입에서 직접 흘러나온 것이고, 십계명이 문자 그대로 야훼에게서 나왔다고 하는 것 등을 들 수 있습니다. 이런 것들이야말로 신화의 가장 흔한 형태죠. 그리고 이런 신화들은 비록 사실은 아니지만, 청색 밈의 사회적 접착제 기능에서 더없이 중요한 구성 요소가 되는 것이고, 청색 밈이 공동의 전통 망과 법과 질서를 확립하도록 도와줍니다."

그 방은 텔레비전 빛 말고는 캄캄하다. 베이비시터는 자신의 옷을 죄다 벗고 있고, 나는 그녀의 몸에 올라탄 채 폭발하기 직전 상태에서 미친 듯이 몸을 놀리고 있다. "켄, 그 베이비시터에게서 떨어져." 경찰 사이렌이 요란하게 울리고 있고 집 사방에서 붉은빛들이 번쩍이고 있다. 확성기가 요란하게 짖어대고 있다. "켄, 그 베이비시터에게서 떨어져, 그리고 두 손 들고 나와." 청색 경찰 제복들이 문을 박차고 뛰어 들어오고, 나는 다시 숨을 쉴 수가 없다, 숨을 쉴 수가 없다⋯⋯

"청색은 법과 질서, 가족의 가치, '싫든 좋든 내 나라', 신화의 회원, 인습적/순응주의적 영역 일반의 전통적인 본거지입니다. 청색 밈은 흔히 종교적인 색채를 띠기는 하지만 마르크스주의에서 어스 퍼스트(Earth First. 급진적인 환경 단체―옮긴이)에 이르는 포교적 열광의 운반자일 수가 있습니다. 필요한 것은 오로지, 증거는 부족하고 믿음은 넘쳐나는 그런 사상들을 권위주의적인 열정을 갖고서 포용해주는 것뿐입니다."

킴이 소곤댔다. "내가 상대하기 아주 힘든 게 이거예요. 찰스는 '나선의 나머지는 튼튼한 청색 벽돌들 위에 세워진다'고 말했고 나는 그게 무슨 뜻인지 잘 알아요. 하지만 나는 청색뿐인 사람들, 오로지 청색만 가진 사람들만 보면 질겁을 해요! 댁은 안 그래요? 켄? 이봐요, 켄?"

"청색은 위계적인 성향이 강하고 완고한 것이 될 수 있습니다. 카스트 제도가 그 고전적인 예죠. 청색은 또 아주 억압적인 색채를 띨 수 있는데, 그런 면은 가끔 사회적으로 필요할 때가 있습니다. 적색의 섹스와 공격성 같은 것을 다룰 때 특히 더 그렇습니다. 청색 밈이 활성화될 때 그것은 온정적인 것이 아니라 심판적인 색조를 띱니다. 행동할 때는 하나의, 단 하나의 옳은 길만이 존재하고, 그 올바름의 기준이 되는 것은 성경, 마오 어록, 토라(유대인 율법서, 또는 모세 5경 - 옮긴이), 군사 업무 지침서 등과 같은 책들입니다. 윤리적인 일은 그것이 큰 목적을 지향하는 것인 한 높은 평가를 받습니다. 청색은 큰 목적을 위해 자신을 희생하는 경향이 있고, 쾌락은 뭐든지 하찮은 것으로 여깁니다. 큰 목적을 지향하고 그것을 위해 자신을 희생하는 것 등은 진지한 문제이기 때문에 유머의 요소는 찾아보기 힘듭니다." 헤이즐턴은 고개를 들고 부드럽게 웃었다.

"제국들을 건설한 호전성은 여전히 작동하고 있습니다. 벡과 카우언의 말을 들어보기로 하죠. '청색의 원동력이 되는 것은 불순한 생각들의 추방, 좋지 않은 생각을 하는 이들의 전향 또는 제거다. 그것은 종종 호전성의 본거지가 된다. 신조를 옹호하고 올바름을 강요하는 식으로 전선이 선명하게 그어진다. 청색 밈은 과격한 시오니스트들, 완강한 팔레스타인 사람들, KKK단의 호전적인 분리주의자들, 블랙 모슬렘 공동체, 마르크스주의 반란자들, 민주 혁명당, 신나치 스킨헤드들에게서 강하게 드러난다.'"

헤이즐턴은 말을 계속했다. "청색의 좀 더 긍정적인 특징을 지닌 사람은 청색 밈이 활성화될 때 삶의 목적과 의미와 방향성의 감각을 갖고 있습니다. 무엇보다 중요한 것은, 청색 구조가 자기계발을 하는 데 꼭 필요한 요소라는 점입니다. 이에 대한 증거는 넘치도록 많습니다. 청색 구조를 상실한 채 자란 사람들이 자주색/적색을 넘어서는 경우는 극히 드뭅니다. 그런 사람들은 강한 인습적 파동이 결여되어 있어서 전인습적이고 자기중심적 파동들 속에 좌초해버립니다. 충동적이고 자기도취적이고 호전적이고 착취적인 성향이 강한 사람들이 되는 것입니다. 그들은 모든 의미에서 사회적 약탈자들입니다. 한데 그들이 그렇게 된 것은 대체로 그들 자신의 잘못 때문이 아니라 의식이 지속적으로 성장하고 발달할 수 있게 해주는 견실한 청색 구조를 제대로 제공해줄 수 없거나 그럴 의향이 없는 사회 탓입니다. 우리는 분명 청색 너머로 성장하기를 바라긴 하지만, 청색 밈이 적절한 곳에서 충분한 존중을 받으면서 배양될 필요가 있다는 점 역시 그에 못지않게 분명합니다.

어디에서 볼 수 있나: 청교도적 미국, 유교적인 중국, 디킨스적인 영국, 싱가포르의 규율, 전체주의, 기사도와 명예의 규칙들, 자비로운 선행, 종교적 근본주의(예컨대 기독교와 이슬람교의 근본주의), 보이스카우트와 걸스카우트, '도덕적 다수', 애국심. 인구의 40퍼센트, 사회적 힘 30퍼센트."

적색 봇 전쟁은 청색 질서, 곧 인포랜드InfoLand의 법을 제정해줄 사이버 신성 로마 제국과 같은 유형의 질서가 인포스피어를 지배할 때 끝날 것이다. 그렇지 않을까?

나는 사이버스페이스를 무대로 한 이런 유형의 스타워즈가 가능하지 않을 것이라고 생각하곤 했다. 우리가 봇들을 싹싹하고 페어플레이를 하도록 프로그램할 테니 말이다. 하지만 그것은 또 하나의 평면 세계식 사고방식이었다. 문제의 핵심은 봇들이 정말로 자의식을 갖게 되면 스스로를 프로그램할 것이기에 우리가 붓이 그렇게 행동하도록 프로그램할 수 없다는 점이다. 당연히 붓들은 자기네의 생활 방식을 지키고 자기네의 생존을 확보하기 위해 노력하는 것으로 시작할 것이고, 따라서 자주색 각성 상태에서 적색 권력 충동으로 이동할 것이고, 생존한 무리들과 집단들이 한데 모여 권력투쟁을 벌여 결국은 사이버 봉건 제국을 세울 것이다. 그리고 더 수준 높은 것들로 진화하는 과정에서 서서히 청색의 법과 질서가 지배하는 사회로 나아갈 것이다…….

물론 우리는 의식의 이런 레벨들이 사이버스페이스에서는 실제로 어떤 모습으로 나타날지 알지 못하고 있다. 확실해 보이는 것은 디지털 의식이 진화함에 따라서 자체의 파동들을 차례로 경험해나갈 것이고, 각 파동은 당연히 앞선 파동들 위에 세워질 테니―모든 것은 진화한다―진화가 양 세계 모두를 지배하게 될 것이라는 점이다. 나는 그 모든 것의 자명함을 대략적으로나마 알아차렸다. 탄소 세계와 실리콘 세계 양쪽 모두에서 동일한 진화 법칙이 작동할 것이다. 앞으로 헤이즐턴이 말해줄 내용이 더욱더 매력적으로 비치는 것은 바로 그 때문이다. 나는 내면, 곧 의식 내부, 자각의 내면에 해당하는 땅의 지형에 관한 전반적인 청사진을 확보하고 있는 중이다. 나는 내면의 지도를 확보해가고 있는 중이다. 탄소로 된 인간의 내부든 실리콘으로 된 하이퍼컴퓨터의 내부든 간에 진화는 그 양쪽 모두에서 이루어지고 있다.

"켄, 켄?"

"굳이 악쓰지 않아도 돼요, 킴."

클로이가 말한다. "여기가 진짜 내면이야." 그녀의 알몸이 〈셰이프시프터 헤드 뱅 플러드〉를 연주하는 리퀴드 랭귀지의 파동에 맞춰 고동치고 있다. 그 쿵 쿵 쿵 쿵 하는 울림이, 내 두개골 전체에 울려 퍼지고 속이 텅 빈 그 뼈들에 부딪쳐 메아리치는 내면의 소리들을 전해주면서, 기계들이 아직 찾아내지 못한 공간을 내게 새삼 다시 일깨워주고 있다.

"이기적Egoic · 합리적(오렌지색): 과학적 성취
- 자주와 독립을 얻기 위해 애쓴다
- '유복한 삶'과 물질적인 풍요를 추구한다
- 최상의 해결책들을 찾는 것을 통해서 진보한다
- 이기기 위해서 플레이하고 경쟁을 즐긴다
- 과학과 기술을 통해서 많은 이들의 생활을 향상시킨다
- 독단이 아니라 경험과 실험에 권위를 부여한다
- 공리적, 실용적, 결과 지향적
- 법인형 국가들의 토대

오렌지색 밈은 이렇게 말합니다. '나는 내 삶 속에서 성취하고 싶고, 승리하고 싶고, 어딘가에 이르고 싶다. 구조나 규칙들이 진보를 억누른다면 그런 구조나 규칙들에 얽매일 이유가 없다. 그러는 대신에 믿을 만한 경험을 실용적으로 적용함으로써 상황을 점점 더 유리하게 만들 수 있다. 나는 겨룸을 통해서 승리하기를 좋아하며, 경쟁을 즐긴다. 나는 내 능력을 신뢰하고 이 세상을 바꿀 작정이다. 과학적 진보야말로 구원을 가져다줄 수 있는 최상의 희망이다. 자료를 수집하고 전략적 계획을 세운 뒤 빼어난 성과를 이루는 일에 매진하도록 하라.'"

헤이즐턴은 청중을 바라보면서 싱긋이 웃었다. "의식이 자기네 집단, 문화, 민족에 갇혀 있는 상태를 넘어서기 시작할 때 그것은 점차 민족중심적이고 인습적인 모습에서 탈인습적이고 세계중심적이고 글로벌한 모습으로 옮겨 갑니다. 의식은 또다시 확장됩니다. 이번에는 '우리'에서 '우

리 모두'로. 이 오렌지색 파동의 도덕은 대단히 개인주의적인 것이 될 수도 있습니다만, 그럼에도 불구하고 최상의 상태에서는 인종과 성별과 피부색과 신조의 차이에 관계없이 모든 사람에게 다 똑같이 좋고 진실하고 공정한 것의 형태로 나타납니다."

킴이 속삭였다. "이 지점에서 시작되는 밈들은 쉽게 좋아할 수가 있어요. 댁도 그렇지 않아요?"

"그게 무슨 뜻인지는 알아요. 하지만 우리가 2층에 이르기 위해서는 다른 밈들을 싫어하는 성향을 바꿔야 하지 않겠어요?"

"그거야 이론이고 현실은 그렇지 않아요. 나는 IC의 많은 사람들의 경우에서도 그런 경향을 봐왔기 때문에 이렇게 단언해요. 요다음에 레사와 마크를 만나면 알게 될 거예요. 나도 내 안에서 2층이 열리기를 고대하기는 해요." 그녀는 한숨을 쉬었다. "하지만 대개는 그렇게 되질 않죠. 그리고 내가 그런 상태가 될 때면 나 자신이 싫어져요."

나는 그녀를 위로하려고 애썼다. "댁이 그런 상태가 될 때 나 역시도 분명히 댁을 싫어하게 될 거예요." 그녀는 싸늘한 눈초리로 나를 노려봤다. "아, 말이 잘못 나왔네. 댁이 이런 상태가 되든 저런 상태가 되든 나는 댁을 싫어하지 않을 거예요. 말하자면, 중요한 문제가 아니라면 하등 문제 될 게 없죠. 중요한 문제가 아니라면 문제 될 게 뭐 있겠어요. 그리고 사실, 그건 중요한 문제가 아니죠. 나를 바보라고 불러도 괜찮아요. 가만, 정리를 좀 해봐야겠네."

"그만해요, 윌버."

헤이즐턴은 부드러운 어조로 말을 계속했다. "서구의 자유주의적 계몽주의는 포스트모더니스트들에게서 호되게 얻어맞았습니다만, 가장 좋은 상태의 계몽주의는 전통적인 보수주의 이데올로기(청색)에서 보편적인 자유주의적 가치들(오렌지색), 그중에서도 특히 자유와 평등과 정의라는 가치들로의 역사적인 전환을 이룩했습니다. 서구인들이 항상 그런 이상들에 따라서 살아온 건 아니라고 해서 그것들의 가치를 부정할 이유는 없습니다. 그런 이상들을 부정하는 사람들이 바로 그것들의 보호를 받을 수 있는 데서만 그렇게 한다는 점에서는 특히 더 그렇죠."

그때까지 조용했던 청중이 술렁이기 시작했다.

"오늘도 한바탕할까요?"

"그럼요."

"전통적인 보수주의 이데올로기는 대체로 인습적이고 순응적이고 신화적 멤버십에 속하고 민족중심적인 발달 파동인 청색 밈에 뿌리를 두고 있다는 사실을 알아주셨으면 합니다. 그 가치들은 종교적 성향(성경 같은 것)을 기반으로 하는 경향이 있습니다. 그것은 흔히 가족의 소중함과 애국심을 강조합니다. 그것은 종족중심적이고 민족주의적인 성향이 강합니다. 귀족주의적이고 위계적인 사회적 가치들, 가부장제와 군국주의적 성향에도 역시 뿌리를 두고 있고, 서구에서는 청색 밈에 속하는 이런 유형의 신화적 성향과 시민적 덕목이 대략 BCE 1000년 무렵부터 계몽운동에 이르는 시기의 문화적 의식을 지배했습니다. 그때 이후로 근본적으로 새로운 유형의 의식, 곧 오렌지색 밈에 해당하는 합리적·이기적인 의식이 광범위하게 등장해서 강력한 영향을 미쳤고, 그와 더불어 새로운 유형의 정치 이념, 곧 자유주의도 역시 등장했습니다.

자유주의적 계몽운동은 그 자체를 그 전의 신화적 구조와 근본주의에 대한 대대적인 반작용으로 이해했습니다. 오렌지색 계몽운동은 특히 그 전의 청색 밈이 지닌 두 가지 측면과 싸웠습니다. 그것은 우선 각종 신화들의 억압적인 힘과 아울러 신화들이 지닌 민족중심적인 편견들과 싸웠습니다. 모든 기독교인들은 구원받고 모든 이교도들은 지옥에 떨어진다는 것이 그런 편견의 하나였습니다. 그리고 그것은 신화들이 주장했던 지식의 비과학적인 본질과도 싸웠습니다. 그런 지식의 예 하나로 우주는 엿새 만에 창조되었다는 것을 들 수 있죠. 민족중심적이고 신화적인 종교가 불러일으킨 압제는 많은 이들에게 말로 형언할 수 없는 고통을 안겨줬고, 계몽운동은 그런 고통의 경감을 목표들 중 하나로 삼았습니다. 계몽운동의 기조를 정해주는 역할을 한 볼테르의 슬로건은 '잔혹 행위들을 기억하라!'였습니다. 이것은 곧 교회가 신화적인 신의 이름으로 수백만 명에게 가한 고통을 기억하라, 는 뜻이었습니다.

따라서 자유주의적 계몽운동은 합리적이고 과학적인 탐구를 기반으로 해서 민족중심적인 편견과는 무관한 자아정체성—인류의 보편적인 권리들—을 추구했습니다. 보편적인 권리들은 노예 제도와 싸웠고, 민주주의는 군주제와 싸웠고, 독립적인 자아는 대중 심리와 싸웠고, 과학은 신화와 싸웠습니다. 계몽운동이 스스로를 이해한 방식은 그런 것이었고, 그런 식의 이해는 여러모로 타당했습니다. 달리 말해, 최상의 형태의 자유주의적 계몽운동은 인습적·민족중심적 단계에서 탈인습적·세계중심적인 단계로의 의식 진화—청색에서 오렌지색으로의 이동—의 소산이자, 그런 진화를 대표하는 것이었습니다.

물론 포스트모더니스트들은 '인간의 보편적 권리들'이 백인, 재산을 가진 사람들, 신체장애가 없는 남성들에게만 적용되었기에 계몽운동을 통렬히 비난해왔습니다. 본질적으로 이런 비난은 타당한 것이었지만, 대체로 그런 식의 제한은 강한 청색조를 띤 계급 제도의 자취에서 비롯되었습니다. 계몽운동의 탈인습적이고 합리적인 자아 파동이 지닌 도덕적 구조는 원칙적으로 모든 사람을 포함하고 있었습니다. 그리고 그런 원칙들을 실행에 옮기기까지는 불과 이백 년밖에 걸리지 않았습니다. 그 정도의 기간은 진화의 시간으로는 눈 깜박할 사이에 지나지 않죠. 지상의 모든 산업 국가들은 노예 제도를 폐지했고, 여성의 권리를 보장해주기 시작했습니다. 이 모든 것은 오렌지색 밈과 그것의 탈인습적·보편적 관심 덕입니다."

청중은 어쩔 수 없이 인정하는 식의 불만 어린 신음을 토해냈다. 그런 반응으로 미루어 그들은 근대적인 것에 우호적인 사람들이 아니라고 말할 수 있을 것이다. 헤이즐턴은 무대 한 끝으로 걸어갔다.

"여러분, 잘 들어주세요. 여러분은 제대로 된 정보를 갖고 있지 못해 편파적인 관점을 가진 분들입니다. 계몽운동 이전의 모든 사회 유형들—종족의 수렵채집 사회, 단순 원예농 사회(텃밭을 가꾸는 정도의 소규모 농업을 주로 했던 초기 농업 사회 - 옮긴이), 농업 사회를 망라한—은 예외 없이 어느 정도의 노예 제도를 갖고 있었습니다. 하지만 1780년에서 1880년에 이르는 백 년 정도의 기간에 오렌지색 밈의 역사적인 출현과 더불어 지상의 모든 산업 국가들은 노예 제도를 법률로 폐지했습니다. 역사상 처음으로 이런 일이 일어난 겁니다. 《성배와 칼》의 저자 리안 아이슬러•는 여성의 권리와 관련해서 다음과 같이 말했습니다. '현대 이념으로서의 페미니즘은 19세기 중엽에 이르러서야 간신히 등장했다. 그 전에도 페미니즘의 철학적 근거가 되어줄 만한 많은 이론이 나오긴 했지만, 그 공식적인 탄생일은 1848년 7월 19일이고 탄생지는 뉴욕 세네카 펄즈다.' 그날 그곳에서는 여성의 권리에 관한 역사상 최초의 회의가 열렸습니다. 여러분, 그 모든 것은 오렌지색 밈의 작용입니다. 그것이 역사적으로 등장해서 청색 밈의 유산을 떨쳐버리기 시작했으니까요. 단도직입적으로 말해, 인류는 오렌지색 계몽운동 덕분에 드디어 캐럴 길리건이 말한 보편적 배려의 파동에 본격적으로 진입하게 된 겁니다."

• **리안 아이슬러** Riane Eisler 오스트리아 태생의 페미니스트. 로스앤젤레스 여성 센터 창립을 도왔고, 남녀평등 헌법수정안 운동을 벌였다.

"여성의 권리는 여기 있지." 클로이는 그렇게 말하면서 자신의 맨 엉덩이를 내 샅타구니로 들이밀고, 나더러도 몸으로 맞장구를 치라고 다그쳤다. "아주 발전했어, 베이비!" 그녀는 육신의 희열의 파도를 탄 채 요란한 비명을 내지르면서 소리쳤다.

"하지만, 클로이, 이건 정말 난한 짓이잖아? 난 정말 뭐가 뭔지 모르겠어."

"너더러 그냥 들이밀라고 하면 별로 내키지 않을 테지만, 지금은 안 그렇지? 그저 내 엉덩이나 꽉 잡아, 빅 보이."

"그런 말을 해도 되는 거야? 엉덩이를 꽉 잡으라는 둥, 빅 보이라는 둥?"

"십 분 전에는 우리가 청색 구역에 있는 것과도 같았어, 윌버. 이제 우리는 모던하고 해방된 사람들이야. 내 말은 흐름에 뒤처지지 말고 집중하란 거야. 알았지? 이 오렌지색 흐름 속에."

"으음, 그 사람들이 말한 의미는 이런 게 아닌 것 같아, 클로이."

"대체로 오렌지색에 해당하는 계몽운동의 약점은 잘 알려진 대로입니다. 거기에는 병적인 소외에 가깝다고 할 만큼 초연하고 추상적이고 환원론적인 방식으로 세계를 보는 경향이 내재해 있습니다. 이런 경향은 온갖 종류의 유물론적 철학과 물질주의적 충동들을 낳습니다. 해방의 수단으로 인정받는 경제학이 가장 중요한 것이 되고, '살벌한' 자본주의가 그 기나긴 이력을 시작합니다. 추상적인 지식의 건조함, 생동하는 감각적인 풍요로움으로부터의 괴리는 모더니티에 대한 막스 베버*의 저 유명한 별칭인 '세계의 탈脫주술화'로 이어집니다.

* **막스 베버** Max Weber 독일의 사회과학자. 19세기 후반 서구 사회과학의 발전에 크게 공헌했고, 오늘날에도 철학이나 사회학 등에서 큰 영향을 미치고 있다.

148

하지만 모더니티에 관해서 생각할 때는 꼭 좋은 소식과 나쁜 소식 두 가지 모두를 기억해주셨으면 합니다. 다른 모든 밈들과 마찬가지로 모더니티 역시 두 가지 측면의 놀라운 혼합체였기 때문입니다. 모더니티에 관한 좋은 소식만, 또는 나쁜 소식만 강조하는 사람들은 아주 무지한 사람들입니다.

오렌지색 밈은 인간을 달에 보내줬고, 우리에게 MTV와 에펠탑과 자동차와 영화와 전신과 전화와 텔레비전을 안겨줬습니다. 천연두와 소아마비와 매독과 장티푸스의 치료법은 과학적 합리성이 이루어낼 수 있는 성취의 증거가 됩니다. 한데 오존 구멍, 산림 남벌, 유독성 쓰레기 폐기장, 생물 무기를 동원한 전쟁도 역시 과학적 합리성의 소산이죠.

그러나 건강한 오렌지색 밈은 민족중심적 단계, 신화적 멤버십, 대중심리에서 공평함과 정당함과 모든 생명에 대한 관심이라는 세계중심적 자세로 나아가는 데 더없이 중요한 디딤돌 역할을 합니다. 앞으로 알게 될 테지만, 다원론은 모든 문화에서 다 진실이라고 받아들여질 만한 것이기에 다원론과 다양성의 도덕적 자세조차도 보편적인 오렌지색 밈을 기반으로 하고 있습니다. 그런 탈인습적인 공평함과 다문화적 포용성은 비록 녹색과 더불어 한층 더 촉진되기는 했지만, 아무튼 오렌지색 밈과 더불어 새벽빛을 맞이하며, 따라서 '계몽운동'은 결국 그리 고약한 말이 아닙니다.

어디서 볼 수 있나: 계몽운동, 아인 랜드의 《어깨를 으쓱하는 아틀라스》, 월스트리트, 세계 전역에서 부상하는 중산 계급, 화장품 산업, 트로피 사냥, 식민주의 정책, 냉전, 패션 산업, 물질주의, 실증주의, 시장 자본주의, 자유로운 사익 추구. 인구의 30퍼센트, 사회적 힘 50퍼센트."

스콧은 한입 베어 문 녹색 햄샌드위치를 씹어 삼킨 뒤 '엄청 맛있다'는 식의 표정을 짓더니 말을 계속했다.

"내 동생이 나한테 한 얘기를 들으면 모두 뒤로 자빠질걸. 내가 녀석에게 요새 좋아하는 게 뭐냐고 물었을 때 녀석은 '지역 YMCA에서 자원 봉사하는 거'라고 하더군. 그래, 나는 다시 물었지. '도대체 뭣 때문에 지역 Y에서 자원봉사하고 싶어 하는 거야?' 그랬더니 녀석은, '거기가 물건 빨기 제일 좋은 데야'라고 하는 거야."

클로이는 눈을 희번덕거리며 말했다. "아암, 그렇고말고."

나는 항의했다. "하, 이거야 원. 클로이, 제발. 얘네들은 그 말이 진심에서 나온 얘기라고 생각할 거야."

"쳇, 진심이 아니라고 누가 그래?"

캐롤린이 씩 웃으면서 말했다. "나는 얘가 진심으로 말했다고 믿어."

클로이도 웃음으로 그 말을 받았다. "얘 말하는 것 좀 보게. 너는 남자만 보면 환장을 해서 아무나 다 침대로 끌어들이는 애잖아."

"젠장, 내 말 좀 계속 들어봐. 내 동생 녀석이 게이라니! 나는 그놈이 그런 놈인 줄 꿈에도 생각하지 못했어. 녀석은 스무 살이 다 됐고, 그동안 그런 것에 관해서는 입도 뻥긋하지 않았어. 그 비슷한 얘기조차도 안 했지. 녀석이 솔직하게 털어놓은 것은 아주 쌈박한 일이긴 한데 누가 상상이나 했어야 말이지."

"응, 그렇겠네."

"그게 다가 아냐. 그래, 나는 녀석의 팜파일럿을 서핑해봤지. 그랬더니 녀석이 매주 목요일 밤 7시에서 8시까지의 시간대마다 'Y에 가기'라고 입력시켜놓은 게 보이더라고. 녀석은 물건 빨기 위한 시간을 그렇게 따로 배정해놓고 제 팜파일럿에도 그렇게 입력시켜놓은 거야!"

"팜파일럿 그거 대단하지 않아?" 클로이는 꿈꾸듯이 말했다.

캐롤린이 빙긋이 웃었다. "그러니, 오늘 오후에 우리 쇼핑하러 가는 거

어때? 나랑 같이 갈 마음 있어?"

"너랑 쇼핑하러 가느니 차라리 터키 감옥(강간, 폭력이 난무하는 아주 형편없는 교도소를 뜻함-옮긴이)의 유일한 여죄수가 될 거야."

"그러니까, 으음, '싫다' 그거야?"

"나는 내 동생 녀석이 장차 회원이라 봤자 다섯 명밖에 안 되는 전국 게이 리퍼블리컨스(게이와 공화당원이라는 최악의 조합을 비유한 말-옮긴이)의 총재가 될 게 분명하다고 봐."

"클로이, 네가 금요일 밤 10시에 우리가 할 일을 네 팜파일럿 여기에 입력시켜놓은 이것. 이거 우리 주에서 합법화된 거야?"

"아암, 그렇고말고."

"그럼, 여기 이것, 목요일 밤 9시. 나는 이게 불법적인 짓이라는 걸 알아. 이런 짓은 또 PETA(동물 권리를 옹호하는 세계적인 단체-옮긴이) 사람들을 정말로 빡치게 만들걸."

"오, 귀염둥이, 너무 그렇게 성마르게 굴지 마. 우리는 모더니티의 좋은 소식을 축하하고 있는 중이잖아."

"좋은 소식이라구?"

"억압적인 청색은 사절, 모던한 오렌지색은 환영. 네 팜파일럿을 꽉 잡고서 조직화를 잘해봐. 조직이야말로 앞으로 다가올 세계화의 핵심이니까. 그걸 모르는 거야?"

내가 기껏 생각할 수 있는 것이라고는 "이게 도대체 어떤 종류의 너절한 판타지야?"라는 것뿐이다.

이미 나는 깨닫기 시작했다. 월드와이드웹은 진정한 의미의 글로벌 의식이 전혀 아니라는 것을. 분명, 아직은 아니다. 그것은 단지 밈들의 지리멸렬한 잡동사니에 불과하다. 오늘날 우리는 사이버스페이스에서 그 네트Net를 이용하는 적색 밈과 청색 밈과 오렌지색 밈을 비롯한 온갖 것들과 만나며, 그것들과 관련해서 통합된 것은 아무것도 없다. 나는 월드와이드웹이 글로벌 의식의 한 유형이라는 생각에 공감한 적이 한 번도 없었으며, 이제 나는 그 이유를 알았다. 그 웹은 외적으로는 범세계적이어서 온 세상에 손길을 뻗치고 있지만, 내적으로는 그렇지 않다. 그것을 이용하는 세계중심적 밈들의 숫자는 비교적 소수에 불과하다. 단지 외면만 보는, 평면 세계에 속한 마인드만이 그 네트를 글로벌 의식이라고 생각할 뿐이다.

우리 선생들은 우리에게 《로봇: 단순한 기계에서 초월적인 마인드로》와 같은 책을 읽으라고 했다. 하지만 그들은 그 초월적인 마인드에도 여러 수준이 있다는 사실을 미처 깨닫지 못한 것 같다. 평면 세계에서 길을 잃은 그들은 앞으로 도래할 사이버 혁명의 중요한 몇 가지 등고선들을 놓치고 있다. 그리고 내가 여기 이 의자에 쭈그리고 앉아서 헤이즐턴 박사의 말을 귀담아 듣고 그녀의 주위에서 공간이 구부러지는 현상을 지켜보고 있는 건 바로 그 때문이다.

"이렇게 구부려봐." 몸에 실오라기 하나 걸치지 않은 클로이가 자신의 젖가슴을 내 몸 위에서 끌면서, 자신의 배로 내 배를 심하게 압박하면서 그렇게 말한다. 그녀가 그러는 바람에 내 피의 온도는 금방이라도 그녀의 피의 온도에 육박하기라도 하듯 맹렬히 치솟아 오른다. 그리고 이제 그것은 더 뜨겁게 가열된다.

"우리 귀염둥이, 친구들 사이에서 월드와이드웹은 어떤 의미를 지닌 것일까?"

"나도 몰라 클로이. 그건 너무나 혼란스러운 주제야."

"아, 너는 다시 덜거덕거리기 시작하고 있어, 귀염둥이. 덜거덕거리기 시작하고 있다구. 그리고 그것에 대한 치료법은 바로 이거야."

지금, 인공지능을 프로그램하는 이들은 대체로 오렌지색 밈에 속하는 괴짜 남자들이다(덜거덕거리는 사람들이 있다고 한다면 그들이 바로 그런 사람들일 것이다). 따라서 그들이 인공지능이 일종의 대용량 오렌지색 지능 같은 것이 될 것이라고 가정하는 것은 당연한 일이다. 그러고 나서 그들은 슈퍼컴이 그런 지능을 백만의 세제곱 배로 확장시킴으로써 오렌지색 사고가 모든 것을 지배할 때 세상이 어떤 모습이 될까를 상상해보려고 애쓰고 있다.

달리 말해, 내 모든 동료들은 오로지 수평적으로만 생각할 뿐 수직적으로는 생각할 줄 모른다. 나는 이것이 엄청난 문제가 될지도 모른다고 의심하기 시작하고 있다. 내 뇌 속에서 네온사인 하나가 명멸하기 시작했다. 청바지 차림의 나이 든 부머들과 카키색 옷차림의 괴짜들은 모두 '평면 세계에서 길을 잃었다'. 번쩍, 번쩍, 번쩍…… 무지개 빛깔의 인공적인 빛이 점차 탈진해가는 내 민감한 뇌 속에서 정신적인 간질발작 비슷한 걸 일으켰다. 그 권위자들은 하나같이 외면에만, 인공지능의 기술적 문제들과 실리콘 속에 수용된 마인드에만 초점을 맞추고 있다. 그리하여 그들은 암암리에 자기네의 마인드 수준을 유일한 마인드 수준으로 여기고서 그것을 컴퓨터에 입력시키고 있다.

이것은 진정 악몽이 될 수도 있다. 요컨대 우리가 우리의 실리콘 칩들 속에 다운로드시키려고 하는 것은 어떤 수준의 의식일까?

"이 칩(여성의 성기를 암시한다─옮긴이) 속에 미끄러져 들어와." 알몸의 클로이가 액화되고 있는 내 뇌 속의 불길한 멜트다운을 예고해주는 〈나선으로 강하다〉와 〈거대한 붕괴〉를 악쓰면서 부르는 나인 인치 네일스의 쿵 쿵 쿵 쿵 하는 리듬에 맞춰 허리를 빙빙 돌리면서 말한다. 알몸의 클로이는 윙 윙 울려대는 내 뉴런들을 통해서 전율을 전달해주는 과열된 사이버 회로들을 백만 배나 증가시키고 있다. 도대체 우리가 뭘 하고 있는 거지? 사샤가 〈컴퓨터 지옥 속에서의 미래〉를 노래하고 있고, 육신을 지닌 모든 사람의 운명the way of all flesh과 탄소의 악몽들이 내 실리콘 꿈들을 침범해 들어오기 시작한다. 정확히 누가 우리의 내일을 프로그램하고, 실리콘 시티에서 우리가 처할 운명을 결정하고, 앞으로 다가올 모든 아침을 위한 크리스털 매트릭스 속에 우리의 운명을 각인시켜줄 것인가? 제발 누군가가 나서서 내게 말해줄 수 있다면! 누가 우리의 내일을 프로그램할 것인가?

나는 고개를 꼿꼿이 하고 두 눈을 비볐다. "킴, 오후 세션은 빡센가요? 머리가 정말 멍해지네."

"댁은 꼭 녹색 단계를 통과해야 해요. 그 얘기는 다음에 나와요. 그리고 아주 짧죠. 그다음에는 부머리티스와 2층 얘기를 할 거예요. 2층에 관한 얘기는 단연 압권이에요. 설마하니 이렇게 멀리까지 와놓고 막상 재미있는 대목이 시작되려고 하는 참에 용두사미로 끝내려는 건 아니겠죠?"

"내가 뭘? 나는 정말 흐지부지하게 끝내고 싶지는 않아요."

킴은 "남자들은 정말 귀엽다니까"라고 말하는 듯한 묘한 미소를 머금은 채 나를 쳐다봤다.

"다원론(녹색): 민감한 자아
• 자기와 타인들의 내적 본질을 탐구한다
• 공동체 의식, 보살피고 배려하려는 노력을 증진시킨다

- 사회의 자원을 모두가 공유하고, 다양성과 다문화주의를 포용한다
- 성 평등, 아동 인권, 동물 복지를 증진시킨다
- 모든 가치가 다 다원적이고 상대적인 것들이라 누구도 배제하거나 따돌리지 않는다
- 모든 계급 제도는 억압적인 것이기에 폐기처분해버린다
- 탐욕과 도그마로부터 인간을 해방시킨다
- 합의를 통해서 결정을 내린다
- 영성을 회복하고 가이아에 속한 모든 생명의 조화를 이룬다
- 가치 공동체의 토대

녹색은 이렇게 말합니다. '삶은 매 순간 체험하기 위한 것이다. 만일 모두가 평등하고 중요하다는 사실을 받아들이기만 한다면 우리는 우리가 누구인가를, 인간으로 존재한다는 것이 얼마나 경이로운 일인가를 깨달을 수 있을 것이다. 계급 제도는 억압적이고 배제하는 제도다. 함께 있음과 성취의 기쁨을 모두가 공유해야 한다. 우리의 공동체 안에서 각자는 다른 모든 사람들과 서로 연결되어 있으며, 모두가 함께 여행한다. 우리는 사랑과 관여를 추구하는 상호 의존적인 존재들이다. 공동체는 생명력들의 시너지 효과를 냄으로써 성장한다. 모두에게서 인위적인 분열의 요소들을 제거한다. 집단 속에서 함께 일하는 것이야말로 지식을 증진시키는 최상의 방법이다. 우리가 각자의 내면을 들여다보고 그 안에 내재된 소중한 것들을 찾아내고 나면 좋지 않은 마음가짐과 부정적인 믿음은 사라지고 만다. 사랑과 평화는 참으로 이 지상의 모든 거주자들과 우리의 생태적 형제자매들을 포함한 모든 생명을 위한 것이다.'"

스콧은 녹색 햄샌드위치를 세 번째로 베어 물었다. "내 동생 건은 녀석

이 어른이 되기가 얼마나 어려운 일인가를 말해줘. 오늘날 우리는 모든 게이와 레즈비언들이 다 '커밍아웃'을 한다고 생각하고 또 그렇게 하는 게 전혀 어려운 일이 아닐 거라고 생각하지. 하지만 게이들 중에서 진짜로 커밍아웃한 경우는 십분의 일도 되지 않을 거라고 단언해. 전에는 이런 점에 관해서 한 번도 생각해본 적이 없었어. 그게 얼마나 어려운 일인지 알고 있냐? 나도 내 동생에 관해서 생각해보기 전까지는 미처 몰랐어."

식탁을 둘러싸고 앉은 모든 친구들은 말없이 서로의 눈치만 봤다. 대화하던 중에 얘기의 흐름이 이렇게 아주 심각한 화제로 돌아가면 갑자기 허를 찔린 것 같은 기분이 된다. 게다가 스콧이 정말로 심각한 상태에서 그런 말을 한 건지, 아니면 그저 우리를 놀리려고 그런 말을 지어낸 건지도 알 수 없는 노릇이었고. 그런 상황에서 제일 좋은 건 침묵을 지키는 것이다.

"어럽쇼, 이 사람들 보게. 여보세요?" 스콧은 약간 화난 표정이 되었다.

마침내 캐롤린이 입을 열었다. "그렇게 하기는 정말 힘들 거야. 문화연구 시간이면 우리는 늘 이런 주제에 관해 이야기를 나누는데, 솔직히 말해 자기 주위에 그런 사람이 있지 않는 한 이런 얘기가 실감나게 다가오는 것 같지는 않아. 우리는 그런 걸 일러 '주변인화한다marginalize'고 하지. 한데 그게 도대체 무슨 뜻이야? 너희는 알고 있니?"

클로이가 씩 웃으며 말했다. "네가 버터 대용품을 사용할 때 쓰는 말 아냐?"

"마가린 얘기가 아냐, 이 바보야."

"아, 커밍아웃을 하든 하지 않든 누가 신경이나 쓰겠어?" 조나단이 말했다. 하지만 그가 진심으로 그런 말을 한 게 아니라는 걸 누구나 다 알고 있었다.

우리는 모두 뚱한 표정으로 앉아 있었다. 스콧이 웃으면서 화제를 바꿨다. "클로이, 네 부모님을 만나러 간다고 했었지. 부모님 잘 계셔?"

"잘 계시지. 아무 탈 없이. 아빠가 엄마한테 제2의 신혼여행을 가는 게 어떠냐고 제안했어. 그러자 엄마는 빽 소리쳤어. '오, 맙소사, 그딴 짓은 다시는 하지 않을 거야!' 그러고는 비명을 지르면서 방 밖으로 뛰쳐나갔지."

내가 말했다. "아무 탈 없이 잘 계시다니 다행이군. 그분들, 다음 주에 이리 오셔?"

"아니, 내 여동생이 학습 장애라 엄마 아빠는 새 가정교사하고 주말을 보낼 예정이야."

조나단이 물었다. "네 동생이 학습 장애라고?"

"멍청한 걸 학습 장애로 간주한다면 뭐 그렇지."

캐롤린이 말했다. "집안 내력인가 부지?"

클로이가 대꾸했다. "오, 농담도 참 잘하셔. 캐롤린, 난 말이야, 네가 입고 있는 그 멋진 대짜 옷을 누가 디자인했는지 여간 궁금하지 않았어. 오마르 더 텐트메이커 아냐?"

"야, 이 멍청아, 난 뚱뚱하지 않아."

"뚱뚱하지 않다고? 모기들이 널 보면 야, 잔칫상이다, 하고 환성을 지를 텐데."

"클로이, 우리 아가, 이리 온. 내 네 목을 꼭 졸라줄게. 어서 와, 응?"

클로이는 짓궂은 표정으로 씩 웃었다. "웨이터가 너한테 메뉴를 갖다주면 넌 그걸 쓱 보고 '오케이'라고 할 애야."

"너 말 잘했다, 요 막돼먹은……"

"너희 둘, 점심식사 때는 제발 그러지 좀 마. 스콧의 얼굴이 퍼렇게 변해가고 있잖아. 그게 샌드위치 땜에 그러는지 니들이 난리를 쳐서 그러는지는 모르겠지만."

"내 얼굴이 퍼렇게 변하고 있다고?"

조나단이 물었다. "오늘 오후에 무슨 수업들을 들어? 나는 아주 한심한 팝 문화 수업을 듣고 있어. 수업 제목이 '하이 브로(교양 있는 지식층 - 옮긴이), 미들 브로, 로 브로(싸구려 하류층 - 옮긴이), 어느 쪽이 갑질을 하고 싶어 할까?' 뭐 그런 식이야. 나는 그게 무슨 뜻인지조차도 모르겠어."

"거기에 가죽(브로brow가 이마나 눈썹을 뜻하기도 해서 농담 삼아 가죽 얘기를 한 것으로 보인다 - 옮긴이)도 포함되는 거야?" 클로이는 기대감을 품고 씩 웃으면서 물었다.

"퍼런 가죽?"

캐롤린이 말했다. "그건 문화 연구야. 너도 좋아할걸." 그녀는 히죽이 웃었다. "《전쟁과 평화》같은 걸 읽는 대신 그저 마돈나 비디오만 보면 되니까 말이야. 스콧, 넌 퍼렇지 않아. 요즘 어때?"

스콧은 고개를 절레절레 흔들고는 침울하게 말했다. "으음, 치아 근관 땜에 치과의사와 약속을 했어. 그 의사를 만나러 갈지 니네들 수업을 들으러 갈지 아직 결정을 하지 못했어. 아마 의사를 만나러 가지 싶어."

클로이가 말했다. "그럼, 근관 치료 시간을 즐기도록 해봐."

"물론이지. 나도 그럴 참이야."

헤이즐턴은 말했다. "건강한 녹색 밈의 수준에서 우리는 의식이 또다시 깊이 있는 전환의 과정을 밟고 자기중심주의가 더 약화되고 배려와 연민과 관심의 정서가 더 확장되는 것을 목격하며, 그러한 정서는 종종 아동 인권과 동물 복지로까지 확장되기도 합니다. 벡과 카우언은 이렇게 지적했습니다. '건설적이고 따듯한 상호 작용이 자기만족에 필수적인 것이기에 대인 관계 기술이 흔히 정점에 이른다. 여기서는 직관과 통찰력이 소중한 필수품들이 되며, 따라서 각 개인들은 공감 어린 경청 같은 기술을 연마하려고 노력한다. 의식의 이런 범주에 속하는 조직들에서는 인간관계, 감수성, 다양성, 문화적 인식과 관련된 책들을 읽고 훈련을 하는 것이 종종 필수적인 일이 된다.'

녹색 밈 단계에서는 성 평등과 생태적 관심이 가장 중요한 것들이 됩니다. 녹색은 흔히 공산사회 지향적이고 평등주의적이고 합의 지향적인 성격을 띱니다. 작업장은 많은 대화와 느낌의 공유를 바탕으로 해서 팀 중심적이고 민주적인 방식으로 돌아갑니다. '녹색은 미신(자주색)이나 규범적인 규칙들(청색)이 아니라 존경심과 외경심을 통해서 자연의 힘들과 혼을 강화하려고 한다.'

녹색의 표어들로는 반反위계, 다원론, 다양성, 다문화주의, 상대주의, 해체주의가 있습니다. 녹색의 가장 특징적인 것은 모든 종류의 서열이나 계급제에 대한 반감이며, 녹색은 공격적으로, 때로는 무모할 정도로 그런 것을 해체하려고 시도합니다. 이러한 관심사의 거의 대부분은 그 누구도 억압하지 않고 배제시키지 않으려는 녹색의 고상한 욕구에서 곧바로 우러나옵니다."

이것은 곧 우리 어머니와 아버지다. 어머니와 아버지의 가장 좋은 면. 그분들이 내게 안겨준 자유가 이것이었다. 문득 나는 너무나 고마운 마음이 되어 눈앞이 뿌예지면서 눈물을 글썽거렸다. 나는 킴에게서 얼굴을 감추기 위해 얼른 고개를 딴 데로 돌렸다. 내가 진짜로 눈물을 쏟을 경우 그녀는 틀림없이 입주 의사를 부를 것이다.

부모의 제각기 다른 밈의 영향을 받아서 성장하는 아이들에게 어떤 일이 일어나는가를 설명해주는 심리학 이론 같은 것이 어딘가 분명히 있을 것이다. 그 쓰레기통 학문의, 맹꽁이자물쇠로 굳게 잠겨 있는 다락방 어딘가에. 적색 밈 부모 밑에서 자란 아이를 생각해보자. 그 아이는 어떤 아이가 될까? 위대한 시험 비행사가 될 수도 있지만 반 아이들을 못살게 구는 싸움짱, 살인을 자행할 가능성이 농후한 녀석, 우지 기관단총을 들고 종탑으로 올라가는 자, 혹은 점심식사 때 다른 사람들의 인육을 먹는 한니발 렉터(영화 〈양들의 침묵〉에 등장하는 살인마—옮긴이) 같은 자가 될 수도 있다. 고압적인 청색 밈 부모 밑에서 자란 아이라면? 그 어린 범생이는 항상 손을 들고 숙제를 더 많이 내달라고 요구할 것이고, 선도부장이 되고 싶어 몸살을 앓을 것이다. 그런 아이는 잘못을 저지를 경우 자수할 것이다. 그 아이는 장차 어른이 되어 예수에게 자신의 삶을 바칠 것이다. 즉 다른 사람들의 삶을 방해하는 일에 평생을 바칠 것이다. 오렌지색 부모 밑에서 자란 아이라면? 그 아이는 처음부터 좋은 조건에서 출발하기 위해 열다섯 살 때 이미 거래개선협회에 가입할 것이고, 학교의 점심시간에 이미 샌드위치를 팔러 다닐 것이고, 이때 이미 셔츠와 맞지 않는 넥타이를 매고 다닐 것이다. 우리 아빠는 늘 카를 마르크스의 말, 곧 "자본가는 네가 그를 목매달 때 쓸 밧줄을 네게 팔아먹을 놈이야"라는 말을 인용하곤 했다.

그러면 나는? 연푸른 아기? 그런 색깔은 내게 어떤 영향을 미쳤나? 확실히 나는 부머리티스에게 짓눌렸다. 그들의 설익은 어마어마한 꿈이 젖은 담요처럼 내 위에 떨어져 나를 질식시켰다. 나는 아직도 천식 증상을 갖고 있고 제대로 숨을 쉴 수가 없으며, 항상 물살을 거슬러 올라가는 물고기 같은 느낌을 갖고 있다. 하지만 내가 주로 기억하는 것은 나답게 살도록 허용되고 있다는 점이다. 내 뒤에는, 네가 뭘 하고 싶어 하든 우리는 다 받아들여, 라고 말하는 배경막 같은 것이 항상 존재했다. 그것은 참으로 자유, 혹은 엄청나다고 할 정도의 자유였다. 어머니, 아버지가 내게 안겨준 것은 그런 자유였고, 그것은 그 어떤 약점도 다 상쇄하고 남을 만한 것이었다.

나는 IC 홀에 앉아 무방비의 수상돌기들에 대한 그날의 맹폭을 받아 신경쇠약 비슷한 것에 빠진 상태에서 그 놀라운 사람들에게 무한히 감사한 마음 때문에 여전히 눈물을 쏟아내면서 아주, 아주 고마워했다. 나는 내가 모두에게 안겨주고 싶어 했던 사랑스럽고 귀여운 새끼 고양이, 그 안온한 녹색의 어렴풋한 행복감 속에 빠져들었다.

"킴, 우리 엄마와 아빠, 댁도 알죠? 우리 엄마 아빠, 사랑하는 우리 엄마 아빠……." 나는 그녀의 귀에다 대고 천치처럼 웃으며 말했다.

"알아요, 켄, 나도 알아요." 그녀는 내 팔을 다독여줬다. "여기 이 라테 모카 한 모금 마셔봐요. 그럼 기분이 괜찮아질 테니까."

나는 한 모금 마셨다. 하지만 그 대부분은 내 턱을 타고 흘러내렸다.

"조심해요! 인도에는 맨커피 한 잔으로 아침을 때워야 하는 아이들이 몇백만이나 된다는 걸 몰라요?"

"건강한 녹색 밈이 탈인습적·세계중심적·보편적 의식의 특성을 갖고 있기는 하지만 진실에 대한 그것의 근거는 대단히 주관적입니다. 녹색은 모든 존재들을 동등하게 존중하고 싶어 하기 때문에 각자가 자신의 진실을 결정하게 하려고 애씁니다. 모든 믿음은 타인들에게 해를 끼치지 않는 이상 하나같이 동등한 지위를 부여받는 경향이 있습니다. 이 단계의 자아가 참으로 '민감한 자아'인 이유는 바로 여기에 있습니다. 녹색은 진실의 각기 다른 많은 맥락과 수많은 유형들을 알고 있기에―다양성과 다원론―어떤 진실도 배제하거나 비하하는 일 없이 각각의 진실이 스스로 말하게 하려고 무진 애를 씁니다."

"나는 뒤로 몸을 꺾을 수 있어(바로 앞 문장에 나오는 '무진 애를 씁니다'의 원문은 'bend over backward'로, 직역하면 '뒤로 몸을 꺾다'이다―옮긴이), 켄. 봐, 이 모습 어때?"

"맙소사."

"너는 민감한 자아니, 켄?"

"기대해도 좋아, 클로이."

"넌 정말 얼마나 민감해, 켄? 이걸 느낄 수 있어?"

"와우, 물론이지, 클로이."

"오오오오, 넌 녹색이네."

"으음, 그 사람들이 말하는 뜻은 이게 아닌 것 같아, 클로이."

"물론 이 고상한 의도는 그 나름의 약점을 안고 있습니다. 집단 내에서의 사고와 정치적으로 공정한 사고라는, 경찰이 허용 받은 담론만 논할 수 있는 엄격한 시스템을 강요합니다. 벡과 카우언의 말을 들어보시죠. '녹색은 아주 엄격하게 개방적인 마음자세(물론 해당 집단의 평등주의적인, 균질화된 틀을 바탕으로 한)를 요구할 수도 있다. 녹색 밈은 다른 모든 1층 밈들과 마찬가지로 그 길만이 올바른 길이라는 믿음에서 나선의 나머지를 완전히 무시할 수 있다(혹은 보지 못할 수 있다). 녹색은 경직된 면이 강하다. 이 범주에 속하는 사람들은 이견이 있을 경우 녹색의 방식으로 점잖게, 그리고 공동으로 제기할 때만 받아들여준다. 권위주의적이거나 공격적으로 비치는 식으로 거칠게 나오면 녹색은 분개해서 들고일어난다. 이런 현상은 녹색 성향을 모든 사람에 대한 무조건적인 사랑과 같은 것으로 여길 만큼 순진한 사람들에게 충격을 안겨준다. 다른 당파들이 같은 영역을 놓고 자기네와 경쟁을 벌일 때면 조화와 너그러움 같은 이야기들은 금방 사라져버리고 만다.'" 헤이즐턴은 잠시 말을 멈추고 청중을 바라봤다.

"녹색 원칙들에 따라 운영되는 모임들은 비슷한 경로를 밟아가는 경향이 있습니다. 그런 모임에서는 모든 사람이 각자 자기 느낌을 표현할 기회를 얻으며, 그렇게만 하는 데도 흔히 몇 시간이 소요됩니다. 의견을 처리하는 끝없이 길고 지루한 과정이 따르고, 가끔 어떤 결정이나 행동 방침도 결정하지 못하고 끝나곤 합니다. 그것은 특정한 어떤 행동 방침이 누군가를 배제할 소지가 있기 때문이죠. 아무 결론도 내지 못했지만 모든 사람이 다 자기 느낌을 표현할 기회를 얻었을 경우 그 모임은 성공한 것으로 간주됩니다. '자유는 끝없는 모임이다'라는 속담에서는 '끝없는' 에 강세가 주어집니다."

그래, 그것도 역시 완전히 우리 어머니, 아버지네! 그것은 재빨리 상황 파악의 균형을 잡아줄 만한 생각이었다. 이제 내 감정들은 정반대 방향으로 튀어 올라 무방비 상태의 뉴런 조직을 강타했고, 불유쾌한 충격음이 내면에 울려 퍼졌다. 나는 특히 그분들만큼 '친절하고 다정하지' 않은 사람들을 상대로 한 엄정하고 정의로운 분노를 떠올렸다. 그건 이상한 모순이 아닌가? 나는 어째서 그분들이 자기네는 아무도 무시하거나 배제하고 싶지 않다고 말해놓고 실제로는 자기네와 의견이 다른 모든 사람들을 경멸하는지 도무지 이해할 수가 없었다. 이제는 이해가 갔고, 1층 밈인 녹색은 다른 모든 밈의 가치들을 싫어한다는 사실이 점차 선명해져 갔다. 녹색 밈은 말로는 포괄적인 입장이 되고 싶어 한다고 주장하지만 실제로는 적색을 적색으로, 청색을 청색으로, 오렌지색을 오렌지색으로 받아들이려 하지 않으며…… 따라서 포괄적인 입장이 되고 싶어 하기는 하나 결국은 아주 많은 것들을 배제하는 것으로 끝나고 만다. 앨라니스 모리셋*은 아이러니에 관한 자신의 노래에 그런 얘기를 담아야 했다(아이러니하게도, 그녀가 아이러니에 대한 정의를 내릴 능력이 없다고 해도 말이다).

---

* **앨라니스 모리셋**Alanis Morissette 캐나다계 미국인 싱어송라이터. 그녀를 세계적인 가수로 만든 앨범 〈Jagged Little Pill〉은 3000만 장 이상의 판매고를 올렸다. 그 앨범에 수록된 곡들 중 하나인 〈Ironic〉은 '한 남자가 98세가 되었을 때 로또에 당첨되었고, 다음 날 죽었다'라는 가사로 시작하는 노래로, 인생은 아이러니하다는 메시지를 담고 있다.

헤이즐턴은 연단에서 빙그레 웃으며 아래를 내려다보고는 인용문 하나를 읽기 시작했다. "이 녹색 밈, 이 다원론적 상대주의는 학계에서 지배적인 위치를 차지하고 있습니다. 콜린 맥긴은 이렇게 말했습니다. '이 개념에 의하면 인간이성은 본질적으로 국소적이고 문화 상대적이고 인성과 역사의 다양한 사실들에 근거한 것이며, 서로 다른 관례와 삶의 형태와 준거 틀과 개념적 도식의 문제라고 한다. 사회나 시대가 받아들이는 것을 넘어서는 추론의 기준은 존재하지 않으며, 존중해줬다가는 인식적 기능 장애를 초래할 수밖에 없는 신조를 객관적으로 정당화해줄 근거도 역시 존재하지 않는다. 유효한 것이 되려면 유효한 것으로 받아들여져야만 하고, 서로 다른 사람들은 받아들이는 패턴도 당연히 다를 수 있다. 결국 신조를 정당화해줄 수 있는 유일한 길은 내게 합당한 형태를 갖는 것일 뿐이다.' 클레어 그레이브스는 이렇게 말했습니다. '이 시스템은 세상을 상대주의적으로 본다. 여기서의 사고방식은 모든 것을 상대주의적·주관적 준거 틀을 통해서 보는 것을 거의 과격하다고 할 만큼, 거의 강박적이라고 할 만큼 강조하는 면을 보인다.'

물론 바로 이 대목에서 부머리티스가 무대에 등장합니다."

청중은 의자에 앉은 상태에서 신경질적으로 자세를 꼿꼿이 했다. 그들은 마치 자기네가 앞으로 다가올 사태에 대비하고 있다는 사실을 감추려하기라도 하듯이 서서히, 거의 은밀하게 그렇게 했다.

"이제 중요한 얘기가 나오는데, 가급적 간략하게 말씀드리도록 하겠습니다. 녹색 밈의 다원론적 상대주의는 대단히 강력한 주관적 입장을 갖고 있고, 누구도 소외시키지 않고 모든 것을 다 수용하려고 애쓰기 때문에 유난히 더 나르시시즘의 먹이가 됩니다. 그리고 문제의 핵심이 되는 것은 바로 그것입니다. 다원론은 나르시시즘을 끌어들이는 초강력 자석이 됩니다. 다원론은 나르시시즘 문화의 무의식적인 안식처가 됩니다.

그리하여 매우 높은 수준으로 발달한 녹색 다원론의 밈은 그보다 더 수준 낮고 대단히 자기중심적인 일부 밈들(앞으로 알게 될 테지만, 특히 자주색과 적색 밈들)의 재활성화를 위한 피난처이자 안식처가 되어줍니다. 녹색은 순응주의적 규칙과 민족중심적인 편견을 뛰어넘으려는 고상한 시도를 하는 과정에서, 요컨대 탈인습적인 단계로 나아가려는 훌륭한 시도를 하는 과정에서, 본의 아니게 비인습적인 것들은 뭐든 다 포용할 때가 적지 않았습니다. 그리고 그렇게 포용한 것들 가운데는 아주 전인습적인 것들, 퇴행적이고 나르시시즘적인 것들의 상당수도 포함되어 있습니다.

그 이상한 혼합체가 바로 부머리티스입니다. 수준 낮은 나르시시즘과 혼합된 수준 높은 다원론. 거의 처음부터 부머들을 정의해준 이상하고 괴이한 혼합주가 바로 그것입니다. 앞으로 곧 알게 될 테지만, 부머들은 대규모로 녹색 밈 단계로 진화한 역사상 첫 주요 세대였습니다. 그것은 민권, 환경 보호, 페미니즘, 의료 개혁도 아울러 가져다준 놀라운 성취였죠. 이 모든 것은 앞으로도 영원히 부머들에게 영예가 될 만한 것입니다.

한데, 이 역시 앞으로 곧 알게 될 테지만, 그러고 나서 부머들은 녹색에 발이 묶여버렸고, 이내 병적인 것이 되기 시작한 녹색 속에서 길을 잃어버렸습니다. 녹색 다원론은 적색 나르시시즘을 끌어당기는 자석이 되었고, 이런 폭발성 결합, 곧 부머리티스는 한 세대를 거의 망쳐버리다시피 했습니다.

녹색이 병들고 산란한 상태가 되고 아주 불건전한 것이 되어감에 따라—모든 면에서 추악한 형태를 지닌 저열한 것이 되어감에 따라—우드스탁 네이션의 그늘진 측면이 놀라우리만치 증폭되기 시작했습니다. 우리는 앞으로 곧 그것의 많은 예를 보게 될 겁니다. 그 저열한 녹색 밈이 손길을 뻗치기 시작하고, 극단적인 다원론이 모든 것을 지배하고 다스리고 모든 것을 가차 없는 '평면 세계'—더 나은 것도, 더 수준 높은 것도, 더 심오한 것도 없는—로 환원시키기 시작하면서 이 평등주의적인 죽 속에서 모든 입장이 다 동등한 것으로 간주되었고, 따라서 '내게 뭘 해야 하는지 알려줄 자는 아무도 없어!'라는 구호가 터져 나왔습니다. 그리하 여 당연히 나르시시즘은 이 평면 세계에서 행복한 안식처를 찾아냅니다. 그리고 한마디로 말해, Me세대의 비극이 바로 여기 있습니다."

헤이즐턴은 무대 앞으로 걸어 나와 싱긋이 웃으며 청중을 바라보더니 딱 부러지게 한마디로 요약했다. "다원론은 나르시시즘에 감염되었습니 다. 빅 에고(Big ego. 자존심이 아주 강한 과대한 자아 - 옮긴이), 달리 말해 부머리티 스가 거주하는 평면 세계에 의해 오염되어버렸습니다."

동의하는 것도 아니고 그렇다고 이의를 제기하는 것도 아닌, 거의 숨 죽인 신음에 가까운 이상한 탄식이 청중에게서 터져 나왔다. 그것은 집 단적인 동요에서 비롯된 한숨에 더 가까웠다. 배심원들이 유죄를 선고했 을 때 피고의 입에서 부지중 터져 나온 한숨이 확성기를 통해 증폭되어 서 들리는 것과 비슷한 소리.

데 파즈가 〈초콜릿에 의한 죽음〉을 연주하고, 항변도 할 수 없을 정도로 너무나 요란한, 쿵 쿵 쿵 쿵 하는 소리가 뇌를 두드려댈 때, 제멋대로 노는 클로이의 몸이 흔들거린다.

클로이가 신문에서 어떤 기사 내용을 읽어준다. "헤이, 녹색 밈을 찬미하 는 전국 TV 패밀리 쇼를 할 예정이라는군. 이 쇼에 누구를 출연시킬 거라고 생각해?"

"마돈나."

"아냐, 그 여자는 너무 늙은 데다 옷을 안 입고 다녀."

"그 여자의 가슴을 볼 수 있잖아."

"그렇지. 하지만 누군 가슴 없어?"

내가 말한다. "그렇군. 맨디 무어는 어때?"

"좀 낫지. 하지만 걔는 너무 젊고 '그린green'이란 말도 제대로 쓸 수 있을 것 같지가 않아. 보자…… 브리트니는 어때? 벨리버튼 링(배꼽에 다는 링으로 한때 브리트니가 애용했다-옮긴이)은 다문화적인 것 같지 않아?"

"우리에게는 국민적인 케어베어가 필요해." 나는 생각에 잠겼다. "대통령 부인은 어때?"

"대통령 부인 이름을 붙이고 싶어 하는 데는 재활센터밖에 없어." 클로이는 고개를 쳐들고 허리를 굽혀 자신의 살을 내 살에 밀착시킨다. 내 피가 그녀의 피가 뛰는 속도에 딱 맞춰 무섭게 들뛴다.

"그렇다면 이건 어때?" 그녀는 요란하게 허리를 흔든다.

"그래, 클로이, 그거야말로 우리가 전국 패밀리 TV에서 보고 싶어 하는 바로 그거야……."

"하지만 우리는 건강한 녹색이 안겨준 많은 선물을 잊지 말아야 합니다. 1층 밈들의 정점에 해당하는 녹색의 배려와 민감한 감수성은 나선 전체의 딱딱함을 깨부숴서 2층 의식의 하이퍼스페이스로의 도약을 준비합니다. 2층 의식의 하이퍼스페이스에서는 나선 전체를 소중히 여기는 통합적 포용이 녹색의 이상을 완성하고 성취시켜줄 겁니다.

어디서 볼 수 있나: 심층생태론, 포스트모더니즘, 네덜란드 이상주의, 로저스식 상담, 캐나다 보건의료 시스템, 인본주의 심리학, 해방신학, 공동연구, 세계교회협의회, 그린피스, 생태심리학, 동물의 권리, 생태여성주의, 탈식민주의, 푸코/데리다, 정치적으로 공정한 태도, 다양성 운동, 인권 문제, 다문화주의. 인구의 10퍼센트, 사회적 힘 15퍼센트."

오, 맙소사, 또다시 신경발작이 일어난다. 인공지능은 결국 우리의 의식을 문자 그대로 기계 속에 다운로드할 수 있는 단계에까지 이를 것이다. 하지만 그 점에 관해 생각해보자. 만일 내가 영원한 실리콘 매트릭스 속에 다운로드될 운명이라고 한다면, 그렇게 되기 전에 2층에 이르고 싶어! 만일 이르지 못한다면? 오렌지색이나 녹색 속에 갇혀버린다면? 통합적인 수준에 이르지 못한 채 크리스털 칩, 그 파편화된 상태 속에 영원히 갇혀버린다면?

뇌세포를 손상시키는 그 끔찍한 생각과 거의 동시에 또 다른 생각이 일어났다. 만일 우리가 이 우주에 있는 모든 슈퍼컴들 속에 부머리티스를 다운로드 시킨다면? 맙소사, 정치적으로 공정한 생각이라는 경찰이 사이버스페이스 도처에서 표준에서 벗어난 모든 밈을 박멸시켜버릴 나노봇을 만들어낼 것이다. '우리는 결국 모든 컴퓨터 속에 우리 부모 같은 이들을 다운로드 시키고 말 것이다.' 숨을 쉴 수가 없다. 이번에는 정말 숨을 쉴 수가 없어…….

"킴, 킴, 우리 부모!" 나는 다급하게 속삭였다.

"알아요, 알아, 댁이 부모님을 사랑한다는 거."

"아니, 아니, 그분들은 봇 동맹을 다스릴 거고, 그건 악몽이에요!"

킴은 나를 쳐다보더니 고개를 절레절레 흔들었다. "내 가방 속에 프로작(항우울제의 일종 - 옮긴이)이 좀 있을 거예요."

"녹색 밈은 결국 1층 사고를 완성시켜줍니다. 1층 밈들을 특히 더 명확하게 규정해주는 것은 각 밈들이 본래부터 자기네의 세계관만이 받아들여줄 가치가 있는 유일한 세계관이라는 믿음을 갖고 있다는 점입니다. 그리하여 각각의 1층 밈들은 은밀히 다른 모든 밈에게 선전포고를 했습니다. 하지만 2층 의식에 이르러서는 이 모든 상황이 극적으로 변합니다. 앞으로 저는 두 개의 2층 밈(노란색과 청록색)을 하나로 뭉뚱그려서 얘기할 것이고, 그것을 전체론적 밈 또는 통합적 밈이라고 부를 겁니다. 자,

슬라이드를 보시죠.

전체론적(제2층): 통합적 포용
- 발달의 나선 전체를 직관적으로 이해하며, 따라서 각 밈들이 다 중요하다는 사실을 이해한다
- 전체상, 글로벌한 흐름, 광범위한 네트워크들을 파악한다
- 타인들에게 해를 주거나 지나친 이기심에 빠지지 않는 범위 내에서 사적인 자유를 찾아낸다
- 통합적이고 개방적인 시스템들, 전체론적 네트워크들을 참조한다
- 수평적 위계(혹은 연결)와 아울러 수직적 위계(혹은 서열)를 재도입한다
- 자신의 즐거움과 아울러 발달의 나선 전체의 선善을 위해서 일한다
- 통합적 대중의 토대

'우리 눈에서 비늘이 떨어지면서 우리는 지금까지 우리가 알게 된 모든 인간 시스템(첫 여섯 밈들)의 합리성과 정당성을 처음으로 깨달을 수 있다. 그와 동시에, 첫 여섯 밈들이 이 지상의 환경과 주민들에게 가한 작용의 누적적 결과(제1층 밈들 모두가 서로 전쟁 중이기 때문에)로 위험에 빠진 어지러운 세계에서 생존할 수 있는 능력이 회복되어야 한다. 이 통합된 시각은 사람들이 풍요롭게 흐르는 유동적인 나선의 위아래로 유연하게 이동하도록 도와준다. 이런 시각은 사람들과 사회들 내에서 작동하고 있는 인간 시스템들의 다층적 역학을 알아볼 수 있게 해준다. 만일 자주색이 병들었을 경우에는 건강해져야 한다. 적색이 마구 들뛸 때면 그 원색의 에너지가 적절히 흐를 수 있는 통로를 마련해줘야 한다. 청색 구조가 큰 타격을 받았을 경우에는 원상으로 돌아가게 해줘야 한다. 사

회적 혼란의 상당수는 의식 수준이 다른 사람들의 상호 작용에 의해서 빚어지므로 그런 혼란은 오로지 통합적 나선 그 자체에 대한 이해를 통해서만 해결될 수 있다.' 2층 의식과 더불어 그런 식의 이해가 가능해지며, 진정한 전체wholeness가 마침내 생생한 리얼리티가 됩니다."

헤이즐턴이 그런 말을 했을 때 나는 계속 이런 생각을 하고 있었다. 내가 원하는 게 그거야. 내가 너무나 간절히 원하는 건 무한한 사이버스페이스에서의 2층 의식, 휘황하게 밝고 영원히 자유로운, 황홀경의 통합적 마인드. 더 이상 양쪽으로 찢겨져 나가는 것 같은 고통이 없고, 온전한 전체, 전체성이 지배하는…….

"자네는 자아를 인정하는 건가? 앞으로 등장할 자아. 자네는 지금 여기에서 이미 실리콘 시대의 오메가(최종 단계를 뜻한다 – 옮긴이)를 보고 있는 건가? 진화 과정은 무엇을 낳으려고 노력해온 거지? 탄소의 세계에서든 혹은 실리콘의 세계에서든 간에 자네는 그 양자의 목표와 동기를 알 수 있나? 그 이름을 말할 수 있어?"

"제2층으로 전환하면서 그레이브스가 '의미의 중대한 도약'이라고 부른 것이 일어납니다. 본질적으로 나선 전체가 다 보입니다. 꼭 완전하게 짜인 심리학적인 모델로서가 아니라 직관적으로 파악된 한 현상으로서의 전체가. 결국 나선은 아주 생생한 리얼리티고, 2층의 앎은 처음으로 그것을 발견합니다.

이런 상황은 모든 것을 변화시킵니다, 여러분. 그레이브스는 두려움이 극적으로 줄어드는 경향이 있다는 걸 발견했습니다. 그것은 마치 2층 앎의 더 깊고 폭넓은 시각이 쉽게 동요되지 않는 고요한 지혜를 갖고서 세상과 맞닥뜨리는 것과도 같습니다. 2층 의식에 이른 사람들은 전체상을 보면서 물 흐르듯이 유연하게 나아가기 때문에 그들 주변에서는 모든 일이 흔히 기적적으로, 간단히, 풀려나갑니다. 벡과 카우언은 이렇게 말했습니다. '2층 의식을 통해서 사고하는 개인이나 집단은 과제가 주어질 때면 대체로 시간과 노력을 별로 들이지 않고도 훨씬 더 나은 결과를 얻는다. 그들은 종종 다른 이들이 미처 생각하지도 못한 놀라운 방식으로 과제에 접근한다.'

2층에 이른 사람들은 다른 사람들 내면의 나선 전체를 직관적으로 파악하며, 따라서 그들은 자기네가 파악한 상대방의 그 수준에서 상대방을 만납니다. 그들에게는 이상으로서가 아니라 생생한 리얼리티로서의 진정한 연민이 존재합니다. '또한 이 사람들은 사실을 떠올리는 것에서 직관적인 몽상에 이르기까지 자기네 내면에 존재하는 광범위한 1층의 모든 자원을 신중한 2층적 방식으로 활성화시킬 것이다.'

2층에 이른 개인은 필요에 따라서 나선 전체를 오르내리기 때문에 가끔 타인들을 당혹스럽게 만듭니다. 벡과 카우언의 말을 들어보시죠. '이것은 그라놀라(납작 귀리에 건포도나 누런 설탕을 섞은 아침식사용 건강식품 - 옮긴이)와 각종 베리 류로 가득한, 또는 L.L. 빈(평판이 좋은 미국의 캠핑&아웃도어 용품 전문점 - 옮긴이) 의류만 입는 생활양식에 대한 요구가 아니다. 합성수지 제품, 패스트푸드로 이루어진 식사, 세이빌로 양복(아주 옛 시절의 구닥다리 양복을 뜻함 - 옮긴이) 같은 것들이 주어진 어떤 때, 특정한 어떤 상황에서는 아주 적절한 것들이 될 수도 있다.' 어느 날 2층 사람은 낡은 진을 걸치고 있다가 이튿날에는 정장에 조끼까지 걸친 차림이 되기도 합니다. 어느 날에는 친절하고 따뜻하게 굴다가 이튿날에는 명백한 분노에 휩싸여 난리를 치는 식으로 나선 전체를 오르내리기에 그들을 어느 한 유형으로 분류하기는 불가능합니다."

"구멍에 관한 얘기라면, 비둘기집이건 혹은 다른 어떤 것의 구멍이

건······"(바로 앞 문장에 나오는 '분류하기'의 원어는 'pigeonhole'로, 클로이는 일종의 말장난으로 '구멍hole'과 '비둘기집pigeon hole'이라는 표현을 쓰고 있다—옮긴이)

"오, 안 돼, 클로이, 지금은 아냐."

"주어진 어떤 때 적절한 것의 본보기가 이거야." 클로이는 알몸인 상태에서 허리를 숙인 채 자신의 두 다리 사이로 나를 바라보고 쌩긋이 웃으며 말한다.

"자, 주목해봐, 귀염둥이. 내가 네 수직적 위계를 내 수평적 위계로 통합시키는 것을 잘 보도록 해. 이런 식으로 말야."

"와우!"

"아주 통합적이지 않아?"

"으음, 그 사람들이 말하는 의미는 이게 아니라고 생각해, 클로이."

"발달의 나선에서 위계의 운명을 더듬어보는 것으로 시작해보도록 하죠. 내, 약속하지만 이 부분은 쉬워요!" 헤이즐턴은 소리 내어 웃으며 말했다. "적색은 야만적인 힘과 노골적인 권력을 기반으로 하는 위계를 갖고 있습니다. 큰 물고기가 작은 물고기를 잡아먹는 식이죠. 청색(신화적 질서)은 세습적인 카스트 제도, 중세 교회의 계급제, 봉건 제국의 강도 높은 사회적 계층화처럼 수많은, 아주 엄격한 사회적 위계를 갖고 있습니다. 오렌지색은 장점을 기반으로 한 위계를 갖고 있습니다. '실력사회Meritocracy'라고 하는 이 제도에서는 우수한 능력이 대접을 받습니다. 하지만 녹색의 단계에 이르면 민감한 자아가 모든 유형의 위계를 공격하기 시작합니다. 그 이유는 단지 잔혹한 사회적 억압 상태에서 그런 제도가 존재하는 경우가 많기 때문입니다.

그러나 2층 의식이 출현하면서 위계가 다시 등장합니다. 이번에는 좀 더 부드러운, 중첩된 방식으로 등장합니다. 우리는 이 중첩된 위계를 흔히 성장의 위계라고 부릅니다. 원자에서 분자, 세포, 유기체, 생태계, 우주로 이어지는 위계가 그 한 예가 되죠. 그 각 단위들은 제아무리 위계가 '낮다' 해도 서열 전체에서 절대적으로 중요합니다. 모든 원자를 파괴하면 그와 동시에 모든 분자, 세포, 생태계 등을 파괴하는 일이 됩니다. 더 높은 각각의 파동은 그 아래 파동을 감싸고 있습니다. 생태계는 유기체를, 유기체는 세포를, 세포는 분자를 감싸고 있듯이 말이죠. 여기서 발달development은 곧 감쌈envelopment을 뜻합니다. 따라서 더 높은 파동은 더 포괄적이고 포용적이고 통합적인 것이 되어갑니다. 내쫓거나 배제하거나 억압하는 면은 더 약화되어가고. 각각의 더 높은 파동은 그 아래 파동을 '넘어서고 포함하며,' 그렇게 함으로써 보살필 수 있는 능력이 더 커집니다. 발달의 나선 자체가 대부분의 자연스러운 성장 과정들처럼 중첩된 위계 또는 성장의 위계입니다. 따라서 파동의 위계가 높아질수록 보살핌의 원, 의식의 원은 더욱더 확대됩니다."

상들리에에 알몸으로 매달린 클로이가 앞뒤로 흔들거리면서 말한다. "만일 네가 통합적인 2층에 이르고 싶다면 이건 중요한 얘기니까 잘 새겨듣도록 해. 녹색 밈은 남성적인 것은 뭐든 다 좋아하지 않아. 그것은 딱딱하고 수직으로 꼿꼿이 선 것은 뭐든 다 배척해. 어디에서나 직립은 안 돼! 모든 것은 다 부드러운 커브, 촉촉한 감상, 끈끈한 느낌들이어야만 해. 수직의 직립, 눈에 띄는 위계는 안 돼."

"클로이, 나는 그렇게 생각하지 않······" 한데 바로 그 순간 나는 아마 그녀의 말이 옳을 것이라는 걸 깨닫는다.

"우리가 이 짓을 할 때도 그래······."

"오, 맙소사!"

"자, 그게 바로 2층이야!"

"리안 아이슬러는 '지배자의 위계'와 '실현의 위계'를 언급함으로써 이런 중요한 구분에 사람들의 주의를 환기시켜줬습니다. 전자는 억압의 도구인 엄격한 사회적 위계고, 후자는 개인과 문화의 자기실현에 꼭 필요한 성장의 위계입니다. 지배자의 위계가 억압의 수단인 반면, 실현의 위계는 성장의 수단입니다. 고립되고 흩어진 요소들을 서서히 결합시켜주는 것은 성장의 위계입니다. 고립된 원자들은 뭉쳐서 분자가 되고, 고립된 분자들은 뭉쳐서 세포가 되고, 고립된 세포들은 유기체가, 유기체들은 생태계가, 생태계들은 생물권이 됩니다. 요컨대 성장의 위계는 무더기들을 전체로, 조각들을 통합으로, 소외를 협동으로 전환시켜줍니다.

나선역학적 발달모형은 이에 덧붙여, 이 모든 것은 2층에서 분명해지기 시작한다고 얘기합니다. 따라서 우리가 모든 위계에 부정적으로 반응한다고 할 때, 우리는 지배자 위계의 불의와 당당하게 맞서 싸울 뿐만 아니라, 그와 동시에 우리 자신이 통합적 2층으로 발전해나가는 것을 가로막기도 할 것입니다."

킴은 허리를 숙이고 속삭였다. "수직적 위계에 대한 이런 부정의 태도가 댁에게는 어떤 의미를 갖고 있을까요?"

"클로이에게는 분명 의미가 있죠."

"그게 무슨 소리예요?"

"오, 아무것도, 아무것도 아니에요."

"2층의 통합적 앎은 성장의 중층적 위계를 이해하기 때문에 모든 밈들이 하나같이 다 더없이 중요하다는 사실도 역시 이해합니다. 따라서 그것은 '이전의 밈들이 창조해내는 개념적 세계와 개인적인 세계의 유일무이함을 이해'합니다. 자주색에게 옳은 것이 청색이나 오렌지색에게도 꼭 옳은 것은 아닙니다. 녹색에게 옳은 것이 적색이나 청색에게도 꼭 옳은 것은 아닙니다. 2층 윤리가 목표로 하는 것은 청색이나 오렌지색이나 녹색은 물론이요 심지어는 제2층 수준까지를 포함한 그 어떤 수준에 대한 특권적 대접이 아니라 나선 전체의 건강함입니다.

이 '나선의 명령Spiral imperative'—저는 〈스타트랙〉에 가벼운 목례를 보내며, 이것을 '최우선 지침Prime Directive'이라고 부릅니다!—은 2층 사람들의 많은 동기 부여에 영향을 미칩니다. 벡과 카우언은 다음과 같이 지적했습니다. '2층의 평가 다림추(측량할 때 아래로 늘어뜨리는 추 – 옮긴이)는 나선 전체의 생명 상태를 가리키면서 나선을 지속적으로 건강하고 진화하는 것이 되게끔 한다. 지구촌에서의 생존이 바로 이것이다. 나선의 모든 색깔에서 적절한 상태가 조성된다.' 이 최우선 지침은 발달 전개의 맥락 속에서 내려집니다. '2층 의식은 인간 밈들의 연속적인 전개 과정의 필연성을 인정한다. 2층의 문제 해결사들은 주요한 결함, 불건강한 요소, 문제 유발점, 자연스러운 흐름 또는 퇴행 등을 찾아서 나선을 오르내린다.'"

헤이즐턴은 잠시 말을 멈추고 청중을 바라보며 싱긋이 웃었다. "2층에서는 새로운 유형의 영성이 출현할 수 있습니다. 그것은 대단히 보편적인 것이고, '우주적 질서, 곧 빅뱅에서 가장 작은 분자에 이르기까지 존재하는 창조적인 힘들에 대해 외경심을 품고 있습니다.' 이 우주적 통일체에는 흔히 가이아에 대한 새로운 이해가 포함되긴 합니다만, 그것은 단지 더 큰 의식의 일부로서 포함되는 것일 따름입니다. 그것은 '전체상으로서의' 영성, 우주적 전체성으로서의 영성입니다. 그리고 이 탈인습적인 우주적 영성과, 인습적이고 신화적인 청색 종교를 구별해서 보는 것이 아주 중요합니다. 그 둘은 밤과 낮만큼이나 다릅니다. 전자는 통합적인 앎에 기반을 둔 것인 데 반해 후자는 신화와 도그마에 기반을 둔 것입니다."

"킴, 이것이 바로 우리 어머니 아버지가 목표로 삼았던 것 같아요. 우주적 전체성 그 비슷한 것. 그분들이 참으로 원했던 게 그거예요. 지금도 여전히 그런 걸 원하고 있지 않나 싶어요. 청록색의 통일성과 전체성을.

하지만 그분들은 60년대에 전환점을 맞으면서 녹색에서 길을 잃어버렸고, 평면 세계에 갇혔고, 그 뒤로 끝내 도약을 하지 못했죠…….”

“슬픈 일이네요, 그죠?”

“글쎄, 잘 모르겠네요. 너무 늦은 게 아닐 수도 있고. 그에 관한 연구가 있다는 얘기를 모린이 했죠?”

“예, 앞으로 곧 알게 될 테지만 그건 정말 굉장해요.”

“모든 수준이 자체의 병리를 안고 있으므로 2층의 부정적인 측면들은 쉽게 간과할 수 없는 것일 수가 있습니다.” 헤이즐턴은 청중에게 전에 한 말을 상기시켜줬다. “빛이 밝을수록 어둠도 더 짙어지는 법이죠. 파노라마의 비전 주위에 거대 부족Megatribe들과 초강력 씨족superclan들이 생겨날 수 있습니다. 다스 베이더(영화 〈스타워즈〉에 등장하는 악의 화신-옮긴이)의 준동 같은 현상이 언제든 일어날 수 있습니다. 발달 전개의 수준이 제아무리 높다 해도 2층의 새로운 잠재력이 오용됨으로써 불행하고 비참한 결과가 초래될 수 있습니다. 예컨대 파노라마적인 앎이 물질주의적이고 평면 세계적인 시스템의 관점만을 채택하는 데 그친다면, 그런 앎의 수준이 더 높아져봤자 아무 도움이 되지 않습니다. 사실 세계화의 추악한 단면들 대부분은 2층 잠재력의 파괴적인 오용 탓에 생겨납니다. 세계화 자체는 나쁜 것이 아니지만, 평면 세계의 세계화—온 세상에 하나의 밈(오렌지색 비즈니스 같은 것)만을 부과하는 짓—는 더없이 고약한 악몽입니다. 그 공포와 전율에 관한 더 자세한 내용은 다음에…….”

헤이즐턴은 빙긋이 웃었다. “하지만 이제는 그것의 건강한 특징에 관해 이야기하는 것으로 이 시간을 끝내기로 하죠. 2층 자체는 최우선 지침의 본거지입니다. 나선 전체를 더 건강하게 해주기 위한 것인 최우선 지침은 각 밈들이 자체의 잠재력을 능력의 최고치만큼 발현하도록 도와줌으로써 그것들이 나선 전체의 건강에 꼭 필요하고 더없이 중요한 기여를 할 수 있게끔 하려고 합니다. 따라서 건강한 제2층 밈들의 입장에서는 우리가 반드시 통합적 의식에 대한 따뜻한 이해와 세계 평화의 진정한 가능성을 추구해주기를 바랄 것입니다."

이제 내게는 그 통합적 의식, 전체적인 인식이라는 말이 추상적인 개념이 아니었다. 그것은 동시에 두 가지를 의미했다. 그것은 내가 도달하고 싶어 하는 바로 그것이자, 컴퓨사이버스페이스 속에 다운로드되기 위한 최소한의 필요조건이었다. 우리가 파편화된 1층 밈들을 갖고서 최초의 초지능 네트워크를 프로그램하려고 마음먹었다는 것은 생각만 해도 끔찍한 일이 아닐 수 없었다. 인간 진화와 사이버 진화(탄소와 실리콘), 내가 내 생전에 따로따로 밟으리라 생각했던 두 길은 거칠게 서로 엇갈렸다. 한쪽에서 일어난 일은 다른 쪽도 돌이킬 수 없으리만치 변화시킬 것이다. 만일 컴퓨터 프로그래머들이 평면 세계의 사고방식에서 벗어나지 못한다면, 그들의 분열된 논리가 실리콘 의식의 크리스털 격자들 속에 쏟아져 그것을 영원히 더럽히고 말 것이다.

"켄, 너는 이걸 시도해봐야 해." 언제나처럼 벌거벗은 클로이가 나를 쳐다보며 빙긋이 웃고 있다. 하지만 "통합적 앎의 하이퍼스페이스로의 도약"이라고 말하는 사람은 헤이즐턴이다.

"의식의 이런 전개는 얼마나 놀라운 여정인지요! 그것은 다른 무리들이나 종족들과 소통할 능력이 없는, 서른 명도 채 되지 않는 고립된 무리들에서 적어도 진정한 의미의 통합적인 포용을 할 수 있는 지구촌으로의 여정, 모든 문화들에 그 자체의 특수함을 허용해주면서도 각 문화의 고유함을 존중해주는 보편적인 배려와 공정함의 맥락 속에서 그 문화 모두를 자리 잡게 해주는 글로벌한 다양성 속에서의 통합에 이르는 여정이었습니다.

　헤겔에서 테이야르 드 샤르댕, 오로빈도*에 이르는 사상가들이 이러한 진화의 전개 과정이 영을 향해 곧바로 나아가고 있으며 이제까지 그것이 대단한 진전을 이뤘다는 결론을 내린 것은 전혀 이상한 일이 아닙니다. 물론 그 과정에서는 잔혹한 일도 무수히 일어났죠. 하지만 우리가 그것의 긍정적인 성취들을 인정하기만 한다면 의식의 이런 나선적인 성장이 실로 놀랄 만한 일이라는 것은 굳이 기분 좋은 몽상에 잠긴 필요도 없이 쉽게 깨달을 수 있습니다.

　광범위한 비교문화 연구가 제가 앞에서 대략적으로 설명해드린 발달의 나선의 진실성을 계속해서 입증해주고 있다고 가정해보도록 합시다. 참으로 통합적인 의식의 출현과 관련해서 우리는 합리적인 어떤 결론을 내릴 수 있을까요?

　그 결론은 간단합니다. 2층의 통합적 앎을 향한 출발점이 되는 것은 무엇일까요? 녹색 밈입니다.

　지금 당장 통합적인 앎으로의 이런 도약을 방해하는 것은 무엇일까요? 녹색 밈에 대한 고착입니다.

　녹색 밈에 붙박이도록 하는 데 주요 원인이 되는 것은 무엇일까요?

　부머리티스입니다.”

•　**오로빈도 고슈**Aurobindo Ghosh　영적인 진화를 통한 보편적인 구원의 철학을 창시한 인도의 수행자 겸 사상가.

4

그것이 우리다

스튜어트의 공연 둘째 날 밤, 우리 패거리 모두가 공연장에 모였다. 스튜어트는 키 크고 호리호리한 몸매에 잘생긴 얼굴을 지녔고 머리를 말끔하게 밀어버린 스물아홉 살 난 청년으로, 그의 손가락들 중 하나가 영원히 전기 소켓에 끼워져 있기라도 한 것처럼 강렬한 인상을 풍겼다. 그의 공연은 당연히 팽팽한 긴장감을 안겨줄 만큼 밀도가 높았고, 계몽적이면서 재미있고, 또 정직했다. 그가 전국적인 스타가 아니라는 것은 도무지 이해할 수 없는 일이었다. 그 자신이 전국적인 스타가 될 마음이 없기는 했지만. 우리는 그가 잠시 휴식을 취할 때마다 앉을 수 있게끔 늘 우리 자리 하나를 비워놓았다.

"스튜어트, 댁이 왜 명상을 하는지 켄에게 얘기 좀 해줘요." 조나단은 전에 없이 아주 흡족한 표정으로 이렇게 운을 뗐다.

"명상이란 게 뭐 별로 대단한 건 아니고, 그저 본래의 온전한 정신의 한 유형이라고 할 만한 것이죠. 내가 곡을 쓰는 방식이기도 하고. 내가 그 공간, 대단히 창조적인 그 공간에 들어서면 거기서 노래가 나오는 것 같아요. 노래가 완전한 형식을 갖춰서 저절로 흘러나오는 것 같은. 가끔은 고요한 경지에 들기도 해요. 그럴 때는 꼭 고향에 돌아온 것 같은 느낌이죠. 그런 게 없다면 나는 완전히 미쳐버릴 거예요. 난 광기가 어떤 건지 알아요."

"켄은 앞으로 곧 모든 게 다 칩 속에 다운로드될 거라고 생각해요. 그렇게 해두면 뭐를 하든 그걸 하는 방법에 관해서 더 이상 걱정할 필요가 없을 거라나." 조나단은 씩 웃으며 말했다. "명상이건 섹스건, 혹은 뭘 하고 싶을 때든 간에 그저 'on' 스위치만 누르면 될 수 있게 말이죠."

나는 말했다. "그런 얘기가 아니야. 그리고 이제는 그렇게 확신하지도 않아. 그 문제에 관해서 생각을 해보고 있는 중이랄까. 아니, 그게 아니라, 어떤 것에 관해 아주 많이."

"오오오오오, 우리 남친. 나는 다운로딩이 어떤 것과 관련이 있다는 건지 잘 모르겠네. 다운로딩 얘기가 나왔으니 하는 말인데, 캐롤린, 너 그 말을 믿니?"

나는 조안 헤이즐턴, 모린 박사, 그리고 내가 모르는 다른 두 사람이 뒤쪽 한구석에 앉아 있는 걸 보고 패닉에 빠졌다. 나는 얼른 고개를 돌리고는 목청을 가다듬었다.

나는 당황한 어조로 말했다. "그건 이런 거야. 그리고 이것은 아주 명백해. 혹은 만일 그런 게 존재한다면 확실히 그럴 거야. 그런 게 존재한다면 확실히 그럴 수 있지. 다시 말하자면, 요약을 하자면……"

"오오오오오, 이 박식한 괴짜 천재를 좀 보세요."

스콧은 눈을 가늘게 뜨고 나를 빤히 쳐다보더니 스튜어트 쪽으로 고개를 돌렸다. "진지하게 하는 말인데, 댁은 명상의 참뜻이 뭔지 분명히 알고 있을 거예요. 명상에 관한 곡을 쓰고, 그것에 관한 노래를 부르고, 실제로 명상을 하고 있기도 하니까요. 그건 단지 스트레스 해소 수단인가요, 영적인 건가요? 신과 접속하는 건가요, 아니면 그냥 졸고 있는 건가요?"

"좀 전에 댁이 '기계에서 초월적인 마인드로'에 관해 얘기하는 걸 들었어요. 내 생각에는 그게 바로 명상의 참뜻인 것 같아요. 자신의 기계적인 습관들에서 벗어나 초월적인 마인드와 접하는 것. 진지하게 말하자면 그래요."

클로이가 말했다. "에, 그렇다면 재미대가리 하나도 없는 거네요." 그 말은, 왜 그런 데 신경 써, 라거나, 누구 쇼핑하러 가고 싶은 사람 없어, 라는 걸 뜻했다.

나는 물었다. "진짜 초월적인 마인드요? 물질로 환원될 수 없는?"

"예, 진짜 영적인 의식이죠. 물질에서 비롯된 게 아닌."

캐롤린이 말했다. "나한테 사소한 문제가 좀 있어요. 내 전공이 문화 연구예요. 우리는 과거 시대의 사회적 억압 형태들을 맹비난하는 데 빠져 있죠. 그런데 알고 보니 모든 명상 시스템은 하나같이 잔인한 가부장제 사회들에서 나왔더라구요. 그냥 한번 생각해보자고요. 댁은 초월적인 마인드를 얘기하지만 나는 그게 여자들을 짓밟고 대지를 학대한다는 얘기로 들려요."

"뭐로 들린다구요?"

"여자들을 짓밟는……"

클로이가 그 얘기를 끊고 들어왔다. "나는 페미니즘의 한심한 희생자가 늘어놓는 넋두리로 들려. 그건 아주, 아주 옛날 고릿적의 후진 얘기라고요, 아가씨."

캐롤린이 맞받아쳤다. "나는 건축과에서 너같이 골이 탱탱 빈 천치를 받아들여줬다는 게 도무지 믿어지질 않아. 너랑 얘기하느니 차라리 당근하고 얘기하는 게 훨씬 더 낫겠다."

"당근도 당근 나름이지."

스튜어트가 끼어들었다. "그건 이런 문제가 아닐까 싶어요. 그런 시스템들 중 일부는 댁의 말마따나 가부장제적이었을 수도 있을 거예요. 하지만 그렇다고 해서 그 모든 게 다 나쁘다는 걸 뜻하는 건 아니죠. 가부장적인 남자들이 바퀴를 발명했지만 댁은 아마 억압받는다는 느낌 없이 바퀴를 이용할 거예요. 명상도 그와 같다고 봐요. 별문제 없는 거겠죠. 나는 명상이 물질로 환원될 수 없는 마음을 드러내준다고 생각해요."

나는 슬쩍 주위를 돌아보면서 말했다. "어떤 사람들은 마음의 수준, 혹은 의식의 수준 같은 것들도 있다는 말을 하던데요."

조나단이 웃음을 터트렸다. "우리 실리콘 보이의 말씀 좀 들어보셔. 그런데 넌 방금 전에 뭔가를 좀 알고 있는 사람들에게는 아주 명백한 얘기를 했는데 말이야, 물론 뭔가를 알고 있는 사람들의 범주에서 너는 빼야겠지. 모든 위대한 지혜의 전통, 켄, 너 내 말 듣고 있는 거야? 그 모든 것들은 하나같이 의식의 수준들, 물질에서 정신에 이르는 의식의 거대한 스펙트럼을 인정하고 있어. 스튜어트의 말이 옳아. 명상은 우리를 그 스펙트럼의 최고 수준으로 인도해줘. 내가 참선을 하는 건 바로 그 때문이지. 너도 참선을 하면 나처럼 될 수 있어." 그는 빙그레 웃었다.

"아주 빤한 얘기란 말이지? 재미대가리 없이 뭘 이런 얘기들을 하고 앉아 있어? 스튜어트, 왜 노래 안 해요? 우리를 위해 제발 노래 좀 해줘요."

"좀 이따가."

"의식의 수준들이라…… 윌버, 너 정말 어디 갔다 온 거야? 우리가 지난주에 통합센터에 같이 있었던 거야? 그렇지? 그 강의 시간 내내 거기 앉아 있었던 거야? 거기서 무슨 얘기 듣지 않았어?" 캐롤린이 재우쳐 물었다.

나는 처음에 내가 어떻게 해서 IC에 들어가게 됐는지를 까맣게 잊어버렸다. "그 내용을 기억하냐고? 물론이지, 물론이구말구. 날 놀리는 거야? 수준들에 관한 얘기 기억하냐 그 말이지?"

스튜어트가 말했다. "나는 IC에서 자주 공연해요."

"통합센터에서 공연을 한다구요? 왜요?"

"그 사람들은 의식의 전문가들이죠. 의식발달의 단계와 파동의 전문가들. 그곳에는 세계 전역에서 온 전문가들이 있어요. 그래서 난 그 사람들에게 관심을 갖고 있죠. 내 시디들 중에서 키드 미스틱(신비로운 아이 옮긴이)을 거기 있는 한 선생에게 헌정하기까지 했는걸요. 그래, 그 사람들이 나한테 몇 번 연락해서 그리로 초대했죠. 그 사람들이 회의하는 데 참석해서 노래도 몇 번 불렀고."

클로이가 이죽거렸다. "조심하는 게 좋을걸요. 부머들은 제 자식들을 잡아먹는대요."

"정말? 그게 도대체 무슨 뜻이오, 클로이? 오, 이봐요. 조안! 조안! 안녕."

전류와도 같은 아드레날린이 내 몸을 화끈 달아오르게 했다. 헤이즐턴이 우리 탁자 쪽으로 다가오자 나는 패닉에 빠졌다.

"스튜어트, 그러지 않아도 맥이 어디 있는지 궁금했는데. 언제 시내에 들어왔어요?"

"간밤에요. 공연하기 십 분 전에 들어와서 연락도 못 했어요. 브루클린 외곽에서 닷지 마할이 그만 퍼져버리는 바람에."

헤이즐턴이 우리 탁자 곁에 앉았다. 그녀의 산홋빛 눈은 무한과 맞닿아 있고, 하늘을 향해 열려 있는 투명한 창 같았다. 그 눈의 이면에는 아무것도 없었다. 그저 하늘뿐. 거기에는 그 하늘에서 비롯된 밝은 빛이 어려 있었다. 세상이 그녀에게 들어가는 것이 아니라 그녀에게서 세상이 나오는 것 같았다.

그녀는 스튜어트에게 물었다. "이분들은 친구들?"

"사실은 아니죠. 이 친구들은 그저 늘 제 뒤를 쫓아다녀요." 우리 모두는 그를 멍하니 쳐다봤다. "오케이, 오케이. 클로이, 스콧, 캐롤린, 켄, 조나단. 이분은 조안 헤이즐턴 박사님이고." 우리는 서로 목례를 주고받았다.

"전 궁금해요, 헤이즐턴 박사님. 댁들은 IC에서 의식에 관해 연구한다고 들었는데요, 특정한 어떤 학파를 대표하시는 건가요?" 조나단은 평소의 신랄한 태도를 잠시 접어두고 물었다.

"그렇지 않아요. 우리는 이미 알려진 동서고금의, 인간의 마음과 관련된 모든 맵을 두루 취합해서 종합적인 맵을 만들려는 취지를 갖고 있죠. 그 맵 모두를 활용해서 그 맵들이 안고 있는 간극이나 결함을 메우려 하고 있고. 가끔 우리는 그 맵들 중의 하나, 일테면 제인 뢰빙거*, 스리 오로빈도, 플로티노스*, 나선역학적 발달모형 같은 것을 골라서 일종의 입문서적인 성격의 맵으로 쓸 생각이에요. 하지만 우리는 그 맵들 중에서 최상의 것들을 종합한 이 통합적 맵에 주로 관심이 있죠."

스콧이 불쑥 물었다. "댁들은 정확히 어떤 이유로 그 맵에 관심을 갖고 있나요? 뜬금없이 물어서 죄송합니다만, 그건 어떤 좋은 점이 있죠?"

"흠, 우리가 지금 하고 있는 것은 인간 게놈 프로젝트하고 비슷해요.

- **제인 뢰빙거** Jane Loevinger 심리 측정 분야의 전문가로서 자아발달 이론을 확립한 대표적인 심리학자.
- **플로티노스** Plotinus 그리스의 철학자이자 신비사상가. 아우구스티누스, 중세의 신비사상, 헤겔 등에게 영향을 끼쳤다.

단 우리는 알려진 모든 유전자 지도를 만드는 게 아니라 알려진 모든 밈 지도를 만들고 있어요. 의식의 모든 수준, 파동, 단계, 상태에 관한 지도죠. 이중 어떤 용어를 써도 상관없어요. 우리는 의식의 총체적 스펙트럼의 지도를 만들고 있답니다."

헤이즐턴은 잠시 말을 멈추고 싱긋이 웃으며 테이블 주위를 돌아봤다. "우리가 알려진 모든 밈들과 알려진 모든 유전자들을 결합시킨다면 흥미로운 어떤 것을 발견할 수 있을지도 몰라요." 그녀는 환하게 웃었다.

클로이는 따분해 미치겠다는 듯이 눈동자를 서서히 천장 쪽으로 굴렸다. 무슨 이유에서인지는 몰라도 나는 클로이가 좋아지는 것을 어찌할 수가 없었다. 나는 그것을 침울한 기분 속에서 혼자 웅얼거리곤 하는 내 모습과 정반대되는 시건방진 기질이라고 생각한다. 그녀가 없었다면 나는 그 많은 어리석고 생기발랄한 괴이한 짓거리들을 할 엄두를 내지 못했을 것이다. 그리고 나는 그녀에게서 내가 목격한 것들에 그저 경탄을 금할 수가 없었다. 그녀의 그런 면들 때문에 내가 심난해했던 적은 거의 없었다. 한데 그녀와 같은 사람들은 내게서 어떤 것들을 봤을까. 그 생각을 하자 마음이 혼란스러워지기 시작했다.

조안은 나를 똑바로 쳐다봤다. 그것은 내 넋을 쏙 빼놓는 강렬한 눈길이었다. 나는 그 무한한 하늘에서 순간적으로 방향을 잃었고, 내 육체는 잠시 그 현장을 벗어나 또 다른 종류의 육신 없는 사이버스페이스 속에 빠져들었으니까. 우리가 누군가의 눈을 들여다볼 때 거기에는 으레 우리가 그 속에 빠져드는 것을 방해하는 단단한 뭔가가 있는 법이다.

그녀가 물었다. "우리 만난 적 있죠?"

"예? 아뇨. 제 말은 아니라는 뜻입니다. 예, 물론 아니죠."

"이 사이버 보이의 말을 제가 박사님께 번역해드려도 괜찮을까요……."

"됐어, 조나단. 저는, 우리, 우리는 어느 날인가 IC에 들른 적이 있었죠.

그러니 아마 서로 본 적이 있지 않았을까 싶네요."

그녀는 빙긋이 웃었다.

"여러분, 여러분, 여러분. 잘 들어주세요, 이제 여흥이 막 시작되고 있습니다! 발달의 나선은 생명의 거대한 강입니다. 작은 샘에서 대양에 이르기까지 수십억의 사람들이 함께 흘러가는 강. 제아무리 '높은 발달 수준에 이른' 문화일지라도 그 문화에 포함된 개인은 출발점, 태곳적 단계, 베이지색에서 삶을 시작합니다. 그의 성숙과 발달은 의당 그 지점에서 시작될 수밖에 없습니다. 통합적 단계로까지 진화하는 모든 사람들을 위해서 수십 명의 사람들이 태곳적 단계에서 태어나 그 소용돌이치는 의식의 나선을 통해서 발달의 과정을 타고 가기 시작합니다. 나선 그 자체는 끝없는 거대한 격류입니다. 수십억의 사람들이 끊임없이 타고 가는 그것은 그 강력한 강에 대한 우리의 이해 정도에 따라서 우리를 돕기도 하고 방해하기도 합니다."

모린 박사는 오늘의 이벤트들을 소개하고 있었다. 스튜어트가 노래를 부를 것이다. 몇 차례의 슬라이드 쇼가 있을 것이고. 오늘은 세 명의 객원 강연자들이 강연을 하는 중요한 날이었다. 모린이 말했다. "오늘은 우리가 '세부 항목의 날'이라고 부르는 날입니다. 우리는 의식의 진화 과정에 대한 몇몇 매혹적인 세목들을 다룰 겁니다. 그리고 자아의 수준들, 모더니티의 세계관과 포스트모더니티의 세계관, 통합의식에 대한 장애들을 논의할 겁니다."

"자, 클로이는 없는 사람으로 치셈. 내가 너한테, 끔찍하게 따분해, 라고 말하면 뭐가 좋겠어." 어째서 애초에 클로이가 여기 오자고 우겼는지는 수수께끼가 아닐 수 없었다. 아마 내가 헤이즐턴을 대할 때의 마음가짐과 비슷한 것이 작용해서 그랬을 것이다.

그녀가 통로를 따라 걸어 나갈 때 나는 소리쳤다. "점심식사 때 봐."

"오오오오오, 황홀해서 졸도하겠네."

"가급적 여러분이 힘들지 않게 진행하겠다고 약속드리겠습니다. 많은 슬라이드도 갖추고 있구요. 한데 오늘만 넘기면 그다음에는 완전히 내리막길을 따라 날아가게 될 겁니다!" 청중 속에서 박수갈채와 아울러 환성의 요란한 파도가 일었다.

나는 킴을 찾기 위해 주위를 돌아봤다. 그녀는 오른쪽 뒤로 세 번째 줄에 앉아 있었다. 그녀는 몸을 일으켜 우리 쪽으로 다가왔다. "킴, 이쪽은 스콧, 조나단, 캐롤린이에요."

킴은 내 옆자리에 앉으면서 말했다. "맨 처음에 나오는 사람은 레사 파월이에요. 그 여자는 성난 사람이죠."

"어떤 사람이라구요?"

"흑인이고 레즈비언이에요. 그리고 성나 있죠."

"어째서 성나 있을까요?"

"소문에 의하면 지난여름에 임신을 했다고 해요."

"레즈비언이라면서요."

"그 여자가 성난 건 바로 그 때문이죠."

"강간당했나요?"

"아뇨. 어떤 남자와 사랑을 했는데, 당연히 그런 일은 일어나지 말았어야 했죠."

"그 여자가 흑인이기 때문에?"

"바보, 레즈비언이기 때문에."

"그럼 여기 들어올 때 면접에서 떨어졌을 것 같구먼."

"곧 알게 될 테지만, 아주 뛰어난 여자예요."

파월은 성난 것과는 아주 거리가 있는, 매력적인 미소를 머금은 채 말문을 열었다. "간단한 내용이에요, 여러분. 정말입니다. 그리고 계속 그런 식으로 갈 거예요. 의식의 여덟 가지 수준은 각기 다른 유형의 자아 정체성을 갖고 있고, 따라서 여덟 가지의 자아가 있습니다. 자아의 각 수준들은 '너는 누구냐?'라는 질문에 각기 다른 방식으로 응답합니다.

이 각기 다른 자아들은 슬라이드 1(그림 4.1)의 오른쪽 세로 열에 요약되어 있습니다. 그중 몇 가지는 별명으로 흔히 쓰이는 것들이죠. 충동적 자아, 순응적 자아, 자주적 자아 같은 것들. 자아의 이 여덟 가지 수준은 우리가 이미 논의한 의식의 여덟 가지 수준의 각기 다른 측면들에 불과하니 부디, 아이쿠 또 새로운 걸 배워야 하잖아, 하면서 투덜대거나 불평하지 말아주세요. 우리는 이해력이 약한 사람들조차도 확실하게 이해하고 넘어갈 수 있게끔 같은 내용을 다른 각도에서 다루는 것에 불과합니다." 그녀는 매혹적인 미소를 머금은 채 청중을 돌아보더니 무대 중앙으로 가서 소리쳤다. "게다가 여러분은 자신이 어떤 유형의 자아를 갖고 있는지

		세계관 (내가 보는 것)	밈	자아정체성 (나는 누구인가)
전인습적 (자기중심적)		태곳적(본능적)	베이지색	충동적
		마법적(정령적)	자주색	자기중심적
인습적 (민족중심적)			적색	
		신화적(멤버십)	청색	순응적
		형식적(합리적)	오렌지색	양심적
탈인습적 (세계중심적)		다원론적(상대주의적)	녹색	개인주의적
		통합적(전체적) ⇩ (자아초월적)	제2층 (노란색, 청록색)	자주적

그림 4.1. 세계관과 자아

알고 싶지 않으세요?!" 그러자 대부분의 청중은 "알고 싶어요!"라고 우렁차게 화답했다.

"좋아요, 그럼. 여러분이 요청하셨으니 오늘의 세션에서는 자아의 이런 단계들의 좀 더 흥미로운 세목들 몇 가지를 제시하겠습니다. 이런 세목들에 관심이 덜한 분들에게는 내일부터 부머리티스의 구체적인 예들이 나오기 시작하니 잔혹한 세목들을 알고 싶어 하는 분들은 그리 오래 기다리지 않으셔도 됩니다!"

나는 킴에게 물었다. "그 세목들이 그렇게도 잔혹해요?"

"그래요. 믿을 수 없을 정도로. 청중이 정말로 화를 낼 때가 바로 그때죠. 격노하는 사람들도 있어요. 나이 든 이 모든 부머들은 음식물 던지기 싸움과 비슷한 난장판 속에 휘말려 들어가요. 아주 짜릿한 경험이 될 거예요."

파월은 청중을 바라봤다. "여기 슬라이드 1에 주요 항목들을 핵심적으로 요약한 내용이 들어 있습니다." 청중의 열의 없는 박수에 파월은 희미하게 웃었다.

"태곳적 파동에서 세계는 대체로 본능적이고 자아는 충동적입니다. 이것들은 주로 기본적인 생리적 욕구와 충동(베이지색)들이며, 이런 욕구와 충동에 의지해서 생물학적인 삶이 이루어집니다.

자아가 물리적인 세계와 자신을 구별하기 시작함에 따라 처음에 자아는 그 세계의 여러 부분들과 마법적으로 융합된 상태(정령 숭배)에 머무르다가, 이윽고 자신을 그 세계의 중심으로 보고 자신의 안전과 권력에 특별히 신경을 씁니다(자주색과 적색). 자아는 여전히 자기중심적입니다.

자아는 타인들의 역할을 맡을 수 있는 능력을 점차 발달시켜감에 따라 자기중심적이고 전인습적인 양식들에서 민족중심적이고 인습적인 양식으로 이동합니다. 이 파동의 자아는 사회가 정해준 규칙과 역할들에 갇혀 있는 터라 대체로 순응적입니다. 그것은 신화적 멤버십으로서의 자아(청색)로 관습과 신화와 주류 문화의 관례에 단단히 묶여 있습니다. 이 파동에서의 진리는 종종 신화적 절대주의로 이루어져 있습니다. 모든 것을 바라보는 단 하나의 올바른 방식만 존재하며 그 관점은 위대한 책, 곧 성경에서 코란과 마오 어록 등에 이르는 어느 한 책에 따라 정해집니다."

나는 속삭였다. "킴, 이것은 어제 헤이즐턴이 말한 내용과 비슷하네요."

"맞아요. 핵심은 발달 파동의 각기 다른 이 모델들이 대체로 다 비슷하다는 거죠. 어제 헤이즐턴은 밈의 레벨에 관해서 이야기했죠. 오늘은 다른 사람들이 자아의 레벨에 관해 이야기해줄 거예요. 본질적으로 그것들은 같아요."

"그럼 어째서 같은 얘기를 되풀이하는 거죠?"

"찰스가 얘기해줬잖아요. 오늘은 '세부 항목의 날'이라고. 기초적인 내용들을 모두 포괄하기 위해서 세부 항목들을 더듬어나가는 거죠. 이런 내용을 샅샅이 다 기억하지 못한다고 해도 걱정할 것 없어요. 나선적 발달모형의 색깔들만 기억하고 있으면 돼요."

"지금으로서는 내가 어떤 것이든 간에 제대로 기억하고 있는지 잘 모르겠어요."

"괜찮아요. 그저 슬라이드 1만 보면 돼요."

나는 레사 파월을 물끄러미 바라봤다. 그녀는 사람을 빠져들게 만드는 강렬한 면모를 갖고 있었다. 나는 그녀에게서 분노의 어떤 자취도 보지 못했다. 아무튼 참으로 인상적인 사람이었다. 키가 꽤 커서 175센티미터쯤 되어 보였고, 여위고 조각같이 잘 빠진 몸매를 갖고 있었다. 머리는 1960년대 아프리카계 미국인들의 그것처럼 자연스럽게 내버려둔 모양을 하고 있었다. 그 검은 머리와 하얀 셔츠와 바지는 강렬한 대조를 이루고 있었다. 그녀는 우아하게 행동한다기보다는 돌아가는 모든 상황을 정확히 파악해가면서 움직이는 유형이었다. 그녀는 타인들이나 주위 상황들의 어떤 것도 놓치지 않는 것 같았고, 그런 점 때문에 파노라마적인 앎의 유형에 속하는 사람, 뒤통수에도 레이더가 달린 사람 같다는 느낌을 줬다. 나는 슬라이드 1을 바라봤다.

"의식은 순응주의적 양식과 대중 심리를 넘어서서 인습적 진리들에 관해 성찰할 수 있는 능력을 발달시키고 더 보편적인 기준으로 그런 진리들을 판단하기 시작합니다. 성경에서 말하는 모든 내용이 정말로 절대적인 진실일까? 우리나라는 항상 옳을까? 인습적인 도덕들은 항상 정당할까? 이렇게 성찰하고 비판할 수 있는 힘은 형식적 조작 인지(formal operational cognition. 피아제의 인지발달 이론에서 나온 용어로 추상적으로 사고할 수 있는 능력을 갖춘 단계의 인지를 뜻함-옮긴이)—또는 간단히 줄여서 합리성, 오렌지색 밈—가 안겨준 특별한 능력들의 일부입니다. 이 자아는 순응적인 자아에서 양심적인 자아로 이동하면서 대중의 주문, 흔히 사람의 생각을 제한하고 억압하는 신화와 일부만 진실인 것들로부터 깨어나려고 애씁니다. 이것은 인습적 단계에서 탈인습적인 단계로, 민족중심적 단계에서 세계중심적 단계로, 편협한 태도에서 보편적 태도로, 내 종족과 내 집단과 내 나라에게 옳고 공정한 것에서 인종과 성과 피부색과 종교의 차이를 떠나 모든 사람들에게 옳고 정당한 것으로의 전환이 시작되었음을 말해줍니다."

파월은 서서히, 가벼운 발걸음으로 무대 앞으로 걸어 나와 청중을 바라보며 말했다. "하지만 탈인습적이고 세계중심적인 단계로의 이동은 이제 막 시작된 것에 불과합니다. 의식의 형식적이고 합리적인 파동은 의학에서 기술에 이르는, 부정할 수 없는 많은 이익을 안겨줬음에도 불구하고 건조한 추상화로 나아가는 경향을 갖고 있고, 그런 경향은 자아를 내적인 본성—엘랑비탈élan vitale(생명의 약동), 리비도, 정서적·성적 에너지, 유기체의 풍요로움—과 외적인 본성 모두로부터 멀어지게 할 수 있어 결국은 세계에 대한 환멸을 낳는 결과를 빚어냅니다. 달리 말해 오렌지색 합리성의 부작용들 가운데 하나는 같은 부류에 속하지 않는 것들을 억누르려는 성향입니다."

"귀염둥이, 너는 자기를 억압하려는 성향이 있어, 그렇잖아? 인정해, 귀염둥이. 합리적인 과학이라는 것이 네 머리를 몸통에서 떼어내버리지 않았어?"

클로이는 내 몸 위에 올라타 자신의 알몸으로 내 알몸을 비비면서 나를 흥분시키고 있다.

"난 몰라, 클로이, 난 몰라."

"귀염둥이, 너는 그런 성향을 갖고 있어. 네가 육신 없는 사이버천국이 우리를 구원해줄 거라고 생각하는 건 바로 그 때문이야. 하지만 그건 단지 너 자신의 억압된 상태를 미래에 투사한 것에 불과해. 귀염둥이, 기계적인 요소가 너무 과다한 과학이 네 머리를 네 몸에서 떼어내버렸어."

"정말로 그렇게 생각해, 클로이?"

"난 그렇게 알고 있어, 켄."

"그걸 어떻게 알았어, 클로이?"

"이미 얘기해줬잖아. 네가 섹스를 할 때면 덜거덕거리니까. 그 소리는 이웃 사람들도 들을 수 있을 정도야."

나인 인치 네일스가 여전히 〈나선으로 강하하다〉와 〈산산이 부서지다〉를 연주하고 있다. 쳇, 그런 말 안 해줘도 이미 다 알고 있어.

"그래서 합리성은 억압적인 것이 될 수 있습니다. 하지만 물론, 모든 밈들은 자기네가 좋아하지 않는 리얼리티의 측면들을 하나같이 거부하는 경향이 있습니다. 합리성만 유별나게 그런 성향을 갖고 있는 것은 아닙니다. 앞으로 곧 알게 되겠지만, 오렌지색 합리성의 허물이라고 비난받아온 '억압'과 '억제'는 사실 청색의 신화적 질서가 제도화된 겁니다. 합리성은 바로 어마어마하게 강력한 구조라는 점 때문에 대단한 확신을 갖고서 자체의 억압적인 의제들을 실행에 옮길 수 있었을 뿐이죠. 그 보편적 형식주의의 세계관은 기껏해야 엄격하고 정태적이고 단호한 선에서 머무르는 경향이 있습니다.

이 모든 것은 녹색 밈, 탈형식적인 것으로 알려진 인지의 단계들이 출현하면서 변하기 시작합니다. 탈형식적인 녹색 밈은 보편적 형식주의의 경직된 요소들을 따로 구분해서 완화시키고, 수많은 문화와 정체성과 진리들의 풍요로움과 다양성에 대한 이해로 그것들을 적절히 보완해줍니다. 이런 많은 문화와 정체성과 진리들은 형식적 합리주의라는 획일적인 그물로 한몫에 잡아낼 것들이 아니라 하나같이 소중하게 여겨주고 존중해줘야 할 것들이죠."

"알겠어? 너는 긴장하고 있어, 귀염둥이. 긴장하고 있다고." 클로이의 알몸이 내게 거듭 다그치고 있다.

오프스프링의 절규하는 듯한 〈늑대들이 나타나다〉에 뒤이어 레이지 어게인스트 더 머신이 〈폭탄처럼 침착하게〉를 요란하게 연주하고 있다.

아마 클로이의 말이 옳을 것이다.

"이제는 아냐, 클로이, 이제는 아냐."

그대는 지금 여기에서조차도, 이 모든 것을 자연스럽게 알고 있는 그 영원한 것을 인지하고 있는가? 만일 그렇다고 한다면, 제발 얘기해줘. 그대가 내면보다 더 깊어질 때, 그대는 누구고 어떤 존재인지. 구름이 흘러가고 느낌도 흘러가고 생각도 흘러간다. 한데 그대 안에서 흘러가지 않는 것은 무엇인가? 그것을 알고 있나?

"그런 점에서 성장과 발달이 흔히 분화와 통합의 방식에 의해서 진행된다는 점을 알아주셨으면 합니다. 그 가장 흔한 예가 단세포의 알에서 수십억의 세포를 포함하고 있는 복잡한 유기체로 성장하는 경우입니다. 그 접합자는 우선 두 개의 세포로 나눠지고, 다음에는 네 개로, 그다음에는 열여섯 개로, 서른두 개로, 예순네 개로…… 분화의 이런 각 단계들마다 세포들은 조직으로, 기관으로, 계통으로 통합됩니다. 많은 사람들이 분화와 통합은 정반대되는 것들이라고 생각합니다만, 사실은 그 둘이 공존합니다. 도토리에서 참나무에 이르기까지. 분화와 통합의 경이로움이라고 할 만하죠."

부드러운 빛이 파월의 몸을 휩싸고 있는 가운데 그녀는 무대 중앙으로 이동했다. "이제 같은 일이 인간에게서도 일어납니다. 인간의 세계관의 성장과 진화의 과정에서도. 그 전의 세계관은 분화되어 더 수준 높고 더 복잡하게 배열된 세계관으로 통합되고 그 세계관은 다시 분화되고 통합되며, 그렇게 해서 나선을 따라 올라갑니다.

이제 우리는 형식적이고 합리적인 세계관이 수많은 다원적 시스템들로 분화되고 있는 지점에 와 있습니다. 이것은 다양한 맥락과 상대적 진리와 다문화적 풍요로움에 대한 민감한 감수성을 지닌 녹색이 안겨준 많은 선물들 가운데 하나입니다. 각 문화들과 각 개인들의 중요한 진리들은 존중받기에 이 파동에서의 자아는 '민감한' 것에 더해서 여러분이 슬라이드 1에서 볼 수 있듯이 고도로 개인주의적입니다.

다음 파동인 통합적 파동에서는 이렇게 분화된 시스템들을 그러모아 전체론적인 관계의 많은 패턴들로 통합합니다. 여기서는 다양한 시스템들의 중요한 차이점들뿐만 아니라 공통점도 역시 알아차립니다. 그리고 이것이 바로 2층의 통합적 앎으로의 저 유명한 도약이며, 이 자아를 자주적 자아autonomous self라고 부릅니다. IC 회원인 제니 웨이드 같은 일부 연구자들은 진정한 자아authentic self라는 용어를 더 선호하는데, 뭐, 이 용어를 써도 괜찮습니다."

"이게 바로 진짜야." 클로이는 입고 있던 옷들을 재빨리 벗어버리고 자신의 알몸을 더없이 음란하게 움직이면서 말한다.

"켄, '물결치는'이라는 단어가 들어가는 문장을 만들 수 있어?"

"클로이의 물결치는 몸은……"

"에이, 너무 빤해."

"클로이의 물결치는 가슴은……"

"너무 빤해."

"물결치는, 이라는 단어를 써보려는 켄의 시도는 더없이 요변하는 방식으로 물결치기 시작해서……"

"켄, 우리 귀염둥이, 네가 하고 있는 게 정확히 뭐야?"

"그거 아주 좋은 질문이야, 클로이, 훌륭한 질문이야."

"자아의 이 파동들이 어째서 그렇게 중요할까요?" 레사 파월은 그녀의 전설적인 예리하고 신랄한 면모를 서서히 전면에 드러내기 시작하고 있었고, 그 때문에 그녀의 열정적인 강의는 한층 더 생동하고 강렬하게 비쳤다.

"첫 번째 이유는 우리가 그런 파동들 덕에 특정한 한 자아가 상호 존중과 인정, 세계중심적인 관심과 배려와 연민에 진심으로 관심을 갖고 있는지의 여부를 파악하도록 도와줄 수 있다는 점입니다. 결국 포스트모더니즘과 다문화주의가 주장하는 바의 핵심은 이런 겁니다. '인정의 정치politics of recognition'는 모든 문화 집단, 특히 소외된 집단들을 상호 존중과 인정의 자세로 대해줄 것을 요구한다는 것. 만일 그런 것이 우리가 갖고 있는 목표들 중의 하나라면, 다시 말해 우리가 상호 존중과 인정을 세계중심적인 방식으로 모든 사람들에게 확대하고자 한다면, 우리는 그와 동시에 세계중심적 또는 탈인습적 앎에 이를 수 있는 자아들로 성장하고 발전해나가는 일에 전념해야 할 것입니다. 그렇지 않은가요?"

그녀는 청중을 바라보면서 소리쳤다. "그렇지 않은가요?" 그러자 청중은 "맞아요!"라는 외침으로 화답했다.

"오로지 길리건의 보편적 배려에 해당하는 탈인습적 파동들에서만 진정한 존중과 상호 인정의 마음가짐을 찾아볼 수 있기 때문에 그렇습니다. 우리는 사람들에게 서로를 존중하라고 강요할 수 없습니다. 이것은 상식입니다. 저는 여러분에게 나를 사랑하고 존경해야만 한다고 요구하는 법을 통과시킬 수 없습니다. 제가 기껏 할 수 있는 것이라고는 여러분의 생각이 아니라 여러분의 행위를 다스릴 수 있는 법을 통과시키는 정도에 불과합니다. 하지만 다문화주의자들은 그보다 훨씬 더한 것을 요구하고 있습니다. 그들은 자기네의 집단적 정체성들을 그저 관용해주는 정도가 아니라 상호 존중의 자세로 대해주기를 바랍니다. 그들은 사람들의 행위에 관한 외적인 규칙 정도가 아니라 사람들의 마음가짐의 변화를 요구하고 있습니다."

레사 파월의 어조는 점차 고조되어가고 있었다. 그녀는 여전히 미소 띤 얼굴로 무대를 이리저리 배회했다. 하지만 그녀의 격렬함은 레이저처럼 초점이 모아지기 시작했다. "저 개인적으로는 사람들이 상호 존중의 자세로 만나는 사회라고 하는 것은 고상한 목표이고, 따라서 우리 모두가 그런 목표를 이루기 위해 노력해야 한다고 생각합니다. 한데 그렇다면." 파월의 목소리가 한층 더 높아졌다. "그렇다면 다시 한 번 말씀드리겠습니다! 우리는 더 많은 사람들을 탈인습적 파동들로 발전해나가게 해줄 수 있는 방안을 찾아내야만 할 것입니다. 앞에서 이미 살펴본 바와 같이 탈인습적·세계중심적 존중의 자세는 적어도 수직적 성장에서의 대여섯 단계들을 거치면서 나온 겁니다. 그리고 만일 포스트모더니스트들이 상호 인정을 기반으로 한 정치 문화를 정립시키고 싶어 한다면―저 개인적으로는 훌륭한 착상이라고 생각합니다―우리는 사람들이 의식의 더 높은 수준들로 성장하고 진화하게 할 수 있는 방법을 강구하는 일에 착수하는 것이 좋을 겁니다. 그렇게 하지 않고서는 결코 상호 존중의 자세를 갖추지 못하게 될 테니까요." 그녀는 잠시 말을 멈추고는 반박을 할 테면 해보라는 듯한 태도로 실내를 휘둘러봤다.

"현재 그렇듯이, 녹색 밈은 일테면 적색 밈에게 상호 존중의 자세를 보이려고 애쓰고 있지만―적색은 계속해서 녹색을 완전히 무시하는 태도로 일관하고 있습니다―녹색은 문제가 뭔지를 파악하지 못하고 있습니다! 녹색은 '상대를 배려해주는 대화를 더 해보기로 하자'라는 식으로 나오지만 적색은 여전히 엿 먹어라, 는 식으로 나오고 있습니다." 몇몇 사람이 웃으면서 박수를 쳤고, 의견을 달리하는 소수 사람들은 헛기침을 하거나 신음을 했다. "적색이 녹색에게 동조하게 할 수 있는 방법은 적색이 청색으로, 오렌지색으로, 이어서 녹색으로 성장하고 진화하게 하는 것밖에 없습니다. 하지만 녹색은 그저 모든 사람들과 생각과 느낌을 공유하고 대화하고, 모든 사람들과 친구가 되기만을 바랄 뿐입니다. 그런 자세가 어떤 문제점들을 내포하고 있는지도 잘 모르면서." 그녀는 싱긋이 웃으면서 실내를 돌아봤다.

"그러므로 제가 말하고자 하는 간단한 요점은 이겁니다. 자기중심적 단계에서 민중중심적 단계, 그리고 세계중심적 단계로의 심리적 발달과 문화적 진화야말로 억압과 배척에서 벗어나는 유일한 길이라는 것. 하지만 녹색 밈은 본질적으로 평면 세계의 태도를 갖고 있어 모든 견해를 동등하다고 여기는 터라 수준과 위계와 진화를 부정합니다. 요컨대 그것이 그렇게도 싫어하는 문제, 곧 억압에 대한 해결책을 부정하고 있다는 겁니다. 따라서 평면 세계의 챔피언인 녹색 밈은 그것이 극복하려고 하는 억압을 자기도 모르게 조장하는 결과를 빚어내고 맙니다. 녹색 밈은 명백한 인종차별적 성향을 갖고 있는 청색 밈과 더불어 현 문화에서 억압의 주요 원천입니다."

청중의 일부는 그 대담한 고발에 입을 딱 벌렸고, 성이 나서 야유를 하는 몇몇 사람을 제외한 나머지 사람들은 요란하게 박수를 쳤다. 파월은 한차례 심호흡을 하고 나서 신속하게 결론을 맺었다.

"우리가 녹색 밈에 대한 고착을 뭐라고 부르죠? 부머리티스. 그 뒤에 자연스럽게 따라 나오는 말은, 부머리티스는 현 문화에서 억압의 주요 원천 가운데 하나라는 겁니다. 이 말이 의심스럽다면 잠시만 기다려주세요. 이런 쟁점들은 다루기 힘들고 또 심한 긴장감을 불러일으킬 만한 것들이라 다음 세션들에서 세밀하게 검토하고 넘어갈 겁니다." 레사 파월은 빙긋이 웃으며 돌아서서 단호한 걸음으로 무대에서 내려갔다.

클로이는 입으로 O자를 만들고는 자신의 젖가슴을 내 양 견갑골에 대고 부드럽게 아래로 쓸면서 내려가 허리께까지 이른다. 어째서 우리는 부머리티스에 관한 얘기를 하고 있는 거지? 나는 부머가 아닌데.

O자 모양의 입에서 목소리가 새어 나온다. "그건 네가 통합적인 사람이 되고 싶어 하기 때문이지. 그렇지 않아?"

"그래."

"그럼 Me세대를 넘어서도록 하세요." 나는 클로이를 보려고 고개를 돌렸다가 헤이즐턴을 보고 깜짝 놀란다.

모린이 다시 무대에 등장했다.

"파월 박사님이 방금 전에 말씀하신 내용에 비추어서 부머리티스를 고찰해볼 때 이제까지 우리가 파악한 내용은 다음과 같습니다. 부머들은 다원론, 상대주의, 포스트모더니즘, 다문화적 감수성 등으로 상징되는 녹색 밈에 대규모로 이른 역사상 첫 세대였고, 그것은 죄다 아주 좋은 일입니다. 포스트모던하고 탈인습적인 부머들은 그렇게 하면서 이따금 정치적으로 청색과 오렌지색에 해당하는 밈들의 진리들, 관례적으로 받아들여져온 여러 진리를 과감하게 공격했습니다. 부머들은 민권과 환경 보호를 위한 투쟁을 통해서, 이론적인 면에서는 낡은 이론들을 해체하는 데 주력한 논문들을 통해서 그렇게 했습니다. 이 역시 좋은 일이죠.

하지만 부머들은 여러 가지 이유로 녹색에 한사코 매달렸는데 그 이유들에 대해서는 앞으로 계속해서 살펴볼 겁니다. 아무튼 이런 점은 아주 유감스러운 두 가지 사태를 초래했습니다. 녹색에 대한 부머들의 고착은 많은 이들이 2층으로 진입해서 참으로 통합적인 구성을 하지 못하도록 방해했으며, 이런 현상은 다원론이 파편화의 열광 속에서 멋대로 날뛰게 했습니다. 그리고 '나는 내 일을 할 테니 너는 네 일을 하라'는 다원론은 나르시시즘을 끌어들이는 초강력 자석이므로, 다원론은 부머리티스—고상한 다원론과 저열한 나르시시즘의 혼합체인—의 본거지가 되었습니다. 달리 말해 녹색 밈은 병적인 것이 되고 만 것입니다.

모린은 그런 생각이 사람들의 마음속에 스며들기를 기다리기라도 하듯 잠시 말을 멈췄다가는 무대 중앙으로 걸어가면서 다시 입을 열었다. "녹색 밈은 병적인 것이 되었고, 우리가 앞으로 '저열한 녹색 밈'이라고 부를 때는 바로 이것을 뜻하는 것이 될 겁니다. 솔직히 말씀드려 이 대목에서 우리는 병적인 너절한 것들에 관해 이야기할 겁니다." 모린은 마치 그게 농담이기라도 한 양 활짝 웃었지만 사실은 그렇지 않았다. 그는 부러 청중을 성나게 하려고 자극하는 것 같았다. 이것은 일종의 테스트였을까? 아니면 모린이 그저 바보여서 그랬던 것일까? (한데 생각해보니 푸엔테스와 파월도 비슷한 언행을 했다. 이것도 역시 그런 테스트의 일환일까? 잘 기억해뒀다가 킴에게 물어봐야겠다.)

"이 지점에서 부머리티스에 감염된 녹색 밈은 많은 비평가들이 사실상 그 전의 좋은 면들을 덮고도 남는다고 여길 정도의 엄청난 해악을 끼치기 시작했습니다." 모린은 걱정하는 것 같은 어조로 힘주어 말했다. "나선역학적 발달모형의 공동 창안자인 돈 벡의 글을 인용해보기로 하죠. '녹색은 지난 삼십 년 동안 다른 어떤 밈들보다 더 많은 해악을 끼쳤다.'" 청중에게서 큰 신음이 터져 나왔다. "그렇습니다, 여러분. 부머리티스가 가는 곳마다 말썽이 뒤따릅니다."

모린은, 나 농담하는 거 아닙니다, 라고 말하는 것 같은 미소를 여전히 머금은 채 무대 앞으로 걸어 나왔다. "슬라이드 1의 기준에서 볼 때 '범행 현장'에 해당하는 곳은 오렌지색에서 녹색으로, 그리고 거기에서 다시 통합적 밈으로 이동하는 영역입니다. 부머들이 묶여 있는 곳은 그런 전환이 일어나는 어느 지점이니까요. 그곳은 바로 부머리티스의 조각난 파편들의 쓰레기장을 만들어낸 부머 68번 국도에서의 연쇄추돌 사고 현장이요, 전인습적인 모든 고약한 것들이 Me세대로 흘러들어가는 뒤틀린 문입니다." 모린은 잠시 말을 멈추고 청중을 바라봤다. "이것은 Me세대에게만 악영향을 미친 게 아닙니다. 여기 계신 더 젊은 분들은 이 부머리티스라는 방사능 낙진이 여러분이 하는 거의 모든 일에 숨 막힐 정도로 답답한 먼지 층을 남겨놓았다는 사실을 분명히 깨닫게 될 겁니다." 우리가 그의 말뜻을 이해했든 못 했든 간에 우리 '애들' 중의 몇몇이 박수를 쳤다. 엄마, 아빠, 맛 좀 봐요.

"따라서 오늘 세션의 나머지 시간 동안 우리는 오렌지색과 녹색과 통합적 밈의 세계관들을 좀 더 면밀히 살펴볼 겁니다. 스튜어트 데이비스가 펼치는 즐거운 막간 공연이 몇 차례 있을 거고." 스튜어트의 이름이 나오자 청중은 환호했다. "그리고 내일부터 우리는 부머리티스의 많은 구체적인 사례들을 살펴보기 시작할 겁니다. 즉 통합적 앎으로 나아가는 것을 방해하는 구체적인 장애물들을. 이 과정에서 어떤 분들은 끔찍한 얘기도 들려주실 겁니다.

자, 여러분, 마거릿 칼튼을 소개합니다."

"킴, 칼튼에 관해 알고 있어요?"

"이 도시 분이 아니에요."

"뭐, 아는 거 없어요?"

"앞으로 시간 많아요."

나는 속삭이듯 말했다. "뭔가 좀 물어봐도 되겠어요?"

"믿을 수 없을 만큼 독창적이고 지적인 질문만 아니라면."

"그런 거 아니에요. 댁은 천하에 아무 근심 없는 사람처럼 보여요. 그러니까 내 말인즉슨, 처음 만난 날에는 섹시하면서 맹한 여자처럼 보였다는 얘기죠. 그런데 알고 보니 그런 부류가 전혀 아니에요. 이제는 댁이 무섭게 똑똑한 여자가 아닐까 하고 생각하기 시작하고 있어요."

"안티오크 대학교에서 문화인류학으로 박사 학위를 받았어요. 우리 과에서 3등으로 졸업했죠. 여기 이 케임브리지에서 포스트 닥 과정에 들어갔고. 그런데 그런 거 알아서 뭐해요, 켄 엄 윌버?" 킴은 나오려는 웃음을 감추면서 말했다.

"그 큰 젖가슴 땜에. 무슨 뜻인지 알죠?"

"나는 내 가슴에 대해서 이야기하고 내가 어떤 식으로 나오나 지켜보는 남자들 사이에서 살아가려고 애쓰고 있어요. 댁이 이런 가슴을 가졌다면 댁은 어떻게 하겠어요?"

"나는 아마도 그걸 갖고 놀면서 대부분의 시간을 보낼 거예요."

"나는 진지하게 얘기하고 있어요. 이런 몸을 갖고 있다 보면 내가 남자들에게 섹스 상대자로 비치고 있다는 사실을 매 순간 깨닫게 돼요. 솔직하게 말해서 나는 섹스 상대자로 비치는 것에는 별로 개의치 않아요. 다른 사람들의 눈에도 내가 섹스 상대자가 아닌 다른 어떤 존재로 비칠 수 있는 방법을 찾는 데만 관심이 있지."

"댁의 몸이 아니라 마음에게 감사하도록 하세요."

"그게 상투적인 말이라는 건 알고 있지만, 아무튼 그렇게 하도록 할게요."

"안녕하세요. 이제부터 대단한 전율을 안겨줄 오늘의 주제, 오렌지색에서 녹색과 통합적 밈에 이르는 세계관들의 발달에 관한 논의를 시작해보도록 하죠!" 우레와 같은 박수갈채와 호의적인 뜻에서 우우, 하는 소리.

마거릿 칼튼은 말했다. "슬라이드 1을 얼른 훑어보도록 하세요. 저는 발달의 중간 파동들에 초점을 맞출 것이기에 태곳적·주술적·신화적 단계들에 해당하는 그 이전의 파동들은 내용을 이해할 수 없는 분들을 위해 그저 간략하게만 요약해드리도록 하겠습니다. 우리는 그 모든 파동들을 그저 전前형식적 파동이라고 부를 겁니다. 이렇게 부른다고 해서 그런 파동들이 중요하지 않다는 것을 뜻하는 건 아닙니다. 그와는 정반대로, 앞에서 이미 살펴본 바와 같이 각 파동은 뒤따라올 모든 파동의 더없이 중요한 기반이 되어줍니다. 특히 현대 세계에서는 형식적 합리성—형식적 조작 인지(다른 말로 오렌지색)—의 단계가 대단히 중요하기 때문에 더더욱 그렇습니다.

그 이유는 단순합니다. 우리가 인습적이고 민족중심적 단계에서 탈인습적이고 세계중심적인 단계로 나아가도록 해주는 인지 능력은 무엇일까요? 예, 맞습니다, 그것은 형식적 조작 인지, 혹은 이성, 혹은 합리성, 혹은 간단히 말해 오렌지색 밈입니다. 이것은 중요합니다, 여러분!" 칼튼은 만면에 미소를 띤 채 무대 위에서 통통 뛰듯이 활달하게 움직였다. 그녀의 작고 가벼운 몸매는 가끔 새털처럼 가벼워 보였다. "발달심리학자들은 이 문제에서는 만장일치로 아주 단호합니다. '이성'은 건조하고 삭막한 일련의 추상적 관념들이 아닙니다. 그것은 다중 시각을 가질 수 있는 힘입니다. 우리가 종종 이성을 '시각적 이성'이라고 부르는 것은 이 때문입니다. 우리가 누군가에게 '합리적으로 행동하라'고 요구할 때의 의미가 바로 이것입니다. 이때 우리는 네 시각뿐만 아니라 내 시각으로도 보려고 노력해달라고 요구하는 겁니다. 각 개인들은 청소년기에 이르러 형식적 합리성이 나타나기 시작할 무렵에서야 비로소 다중 시각을 가질 수 있고, 따라서 타인들의 관점에 진정으로 관심을 갖기 시작합니다. 이것은 의식의 놀라운 성장이자 발달입니다. 그리고 그러한 성장은 인습적이자 민족중심적 양식, 곧 전형식적 양식에서 탈인습적·세계중심적·범세계적 양식들로의 대전환을 선도합니다. 이러한 대전환은 합리성이 지닌 놀라운 능력들 덕에 이루어집니다."

나는 광대한 하늘에서가 아니라 광대한 하늘로서 떠돌고 있다. 그것은 아마 내가 여섯 살 때부터 꿔왔던 꿈일 것이다. 모든 것은 나인 그 광대무변함 속에서 이동하고 있다. 그러나 이 몸속에서의 나는 여성이며, 에너지의 분극화는 피할 수 없다. 게임은 바로 그런 상태에서 시작된다. 젊은 켄은 내게 말한다. 그의 세대는 살의 험오스러운 오욕, 쇠망의 운명으로부터 해방되어 그 모든 것에서 벗어나 실리콘 크리스털 천국으로 들어가게 될 거라고 이야기한다. 더 나이 든 켄은 그렇게 믿을 만큼 어리석지는 않을 것이다. 물론 그 양자가 꾸고 있는 꿈의 종착점은 같고, 따라서 그들은 조만간 만나게 될 테지만. 그들 둘 다 나 자신의 자궁, 이 광대무변함에서 나왔으며, 결국은 각자 자기 나름의 방식에 의해 이리로 돌아올 것이다.

하지만 이 삶이 할 일은 아직 남아 있다. 이 몸과 모든 몸을 통해서 흐르는 앎의 발달 파동들, 그 꽃들은 활짝 피어 각자의 노래를 부르다가 이윽고 시들어 무자비한 나선이 그 자체의 소멸의 바다로 내달려가면서 다른 꽃들로 대체되고 만다. 그리고 나는 우리 세대, 더없이 소중한 그 세대와 무슨 관련이 있을까?

"물론 합리성은 오용될 수 있습니다. 모든 밈이 다 자체의 건강한 버전과 불건강한 버전을 함께 갖고 있죠." 칼튼은 마치 청중 한 사람 한 사람을 다 쳐다보기라도 하는 것처럼, 그들 하나하나와 직접 대면하기라도 하는 것처럼 실내를 찬찬히 돌아봤다.

"오렌지색 합리성 또는 형식적 합리성의 주요한 결함은 그것의 관점이 정적靜的이고 지나치게 강고한 경향이 있다는 점입니다. 하지만." 칼튼은 눈을 빛내면서 떨리는 목소리로 말을 계속했다. "이것은 더없이 흥미로운 현상입니다. 시스템들의 진행 과정의 본질이 파악되고 역동적이고 다원론적인 다양한 맥락들이 시야에 들어올 때, 오렌지색 형식주의는 사라져버리고 슬라이드 1에서 볼 수 있는 바와 같이 다음 단계인 녹색 다원론이 등장합니다."

"저 여자가 더없이 흥미롭다고 하는 것이 고작 저거요? 그럼 저 여자가 따분하다고 생각하는 건 도대체 뭔데요?"

"쉿, 윌버."

"이 녹색 다원론의 단계는 사회 인지 시스템들이 문화와 역사의 구속을 받고 있다는 한 가지 앎을 특징으로 하고 있습니다. 이것은 물론 포스트모더니즘의 주요 주장들 가운데 하나죠. 즉 보편적인 진리라는 것은 없고 역사 상대적이고 다원론적인 준거 틀들만 있을 뿐이라고 하는 주장. 이런 준거 틀은 국소적 배경과 역사적 맥락에 의거하고 있습니다. 그것들은 역동적이고 끊임없이 변하게 마련입니다. 이 방면에서 가장 높은 평가를 받고 있는 연구자들 중의 한 사람인 데어드레이 크래머*의 말을 인용해보기로 하죠. '맥락적/상대론적 세계관에서는—즉 녹색 밈에게는—무작위적인 변화가 모든 리얼리티의 기본이 되며, 지식은 문화/역사적 맥락, 인지적 틀, 또는 직접적인 관련이 있는 물리적이고 심리적인 맥락 등을 아우르는 더 넓은 맥락 속에 자리 잡고 있다.' 이와 마찬가지로, '더 폭넓은 사회적·역사적·물리적인 맥락이 주어진 어떤 상황에서 사람이 접근하고 행동하는 방식에 영향을 미친다. 그가 초점을 맞추는 상황의 어떤 측면이 그 상황에 대한 그의 해석이나 이해에 영향을 미칠 것이다. 모든 사람, 사회, 집단, 상황은 유일무이unique하다.' 그리고 맥락이 항상 다르기 때문에 해석도 항상 달라집니다."

"으으으으으, 지겨워요, 킴."

"저분은 그저 오렌지색에서 녹색으로의 진화에 관해서 이야기하는 것일 뿐이에요. 참고 견디도록 하세요."

"그렇게 하도록 하죠. 그런데 정말 하나같이 헛소리들뿐이니."

"사람이 어떻게 이렇게 멍청할 수가 있죠, 윌버?"

"마음만 먹었다 하면 이보다 훨씬 더 멍청해질 수도 있어요."

칼튼은 한차례 심호흡을 한 뒤 공들여가며 한 마디 한 마디를 또박또박 발음했다. "하지만 아직까지는 녹색이 이 다원론적인 맥락들을 상호 관련시킬 방법이 없기 때문에—각각의 맥락들이 다른 것들과 '적절하게 어우러지지 않은 채' 남아 있기에—녹색 밈의 세계관은 결국 파편화되고 무질서한 것이 돼버립니다. 데어드레이 크래머는 이 단계에서의 그런 증거를 다음과 같이 요약했습니다. '모든 사람들과 사건들은 하나같이

•   **데어드레이 크래머**Deirdre Kramer 미국의 사회심리학자.

유일무이한 것들이고, 체계적이지 않은 방식으로 끊임없이 변한다. 따라서 모순이 만연된다. 그런 우주에는 어떤 질서도 없다. 모든 질서는 외부로부터 주어지거나, 누군가의 인지적 틀을 통해서 주어질 수밖에 없다.'"

칼튼은 청중을 바라봤다. "달리 말해 녹색 밈은 모든 질서는 권력 구조나 이념이 부과해준다고 믿고 있습니다. 가부장제, 로고스중심주의, 인간중심주의, 남성중심주의, 종차별, 남근중심주의, 남근이성중심주의 또는 내 개인적인 선호도 같은 것들이 부과해준다고 말입니다. 이런 이념들에는 배터리 같은 것이 딸려 있죠? 여러분이 그런 어떤 말을 들을 때 그곳에는 거의 확실히 녹색 밈이 존재합니다." 그녀가 한 마디씩 할 때마다 몇몇 사람들이 불만 어린 신음을 토해냈다.

"녹색은 다양한 맥락들을 파악할 수 있습니다. 하지만 다양한 맥락들 간의 풍부한 연결망은 파악하지 못하기에 이런 세계관은 지리멸렬한 파편화 상태로 머물러 있게 마련입니다. 우리가 앞에서 살펴봤던 것처럼 녹색 밈은 많은 시스템들을 분화시켰지만 그것들을 통합하는 법은 아직 배우지 못했습니다. 그럼 다음에는 어떤 일이 일어나는지 아십니까?"

청중 가운데 열대여섯 명이 소리쳤다. "그것들을 통합하는 법을 배우죠!" 그 말에 모두가 웃기 시작했다.

"맞습니다, 여러분. 그렇게 해서 2층에 이르게 됩니다." 아담한 몸집의 칼튼은 빙긋이 웃으며 잠시 말을 멈췄다.

"킴, 댁은 어떻게 모린을 만나게 됐어요?"

"이런 식의 연강을 하는 데서."

"그 사람한테서 어떤 걸 봤나요?"

"큰마음을."

"그 사람은 댁한테서 뭘 봤나요?"

"큰 젖가슴을."

"그건 좀 불공평한 것 같은데요. 댁은 모린이 댁한테서 본 게 그게 전부라고 말하고 있잖아요?"

"물론 처음에는 그랬죠."

"그럼 댁의 말인즉슨, 모린은 제 나이의 반밖에 안 되는 젖가슴 큰 젊은 여자들의 뒤꽁무니나 쫓아다니는 사람이라는 건가요?"

"아니, 그렇진 않아요. 나는 이런 경우가 처음이었을 거라고 생각해요. 아무튼 그 사람이 나를 쳐다보기 시작한 이유는 그게 아닌가 싶어요. 하지만 그 사람이 계속 나를 만나는 건 그것 때문이 아니에요."

"알겠어요, 으음……."

킴은 고개를 돌려 나를 똑바로 쳐다봤다. "그 사람을 헐려고 하는 소리는 절대로 아닌데, 그 사람은 나이 먹은 사람답게 파트너에게서 여러 가지 것의 미묘한 조합을 필요로 해요. 아름다운 여자가 자기 마음에 관심을 가져줄 남자를 필요로 하는 경우와 정반대되는 것이라고나 할까요. 인화지의 명암과는 정반대되는 네거필름처럼 말이죠. 모린은 자기 마음을 이해해주는 아름다운 젊은 여자를 필요로 해요. 그럴 때라야만 그 사람은 승리할 수 있고, 그럴 때라야만 진정으로 정복할 수 있으니까."

그건 앞뒤가 잘 맞지 않는 생각 같았다. "내게는 명예를 좀 실추시키는 얘기로 들리는데요."

"많은 남자들이 정복하기를 원해요. 그게 뭐 나빠요? 많은 여자들이 정복당하기를 원해요. 회의실에서가 아니라면 적어도 침실에서만이라도. 그게 뭐가 나빠요? 나는 모린의 착상들을 이해해요. 적어도 그것들 중 많은 것들을. 그러니 그 사람이 나를 정복할 때는 정말로 정복하는 거예요."

"그걸 자랑이라고 하는 거예요?"

"바보. 그런 착상들이 나를 압도하기 때문이죠. 무슨 말인지 모르겠어요?"

"예, 잘 모르겠어요."

"댁이 노상 섹스의 피주도자fuckee가 아니라 섹스의 주도자fucker처럼 생각하려고 하기 때문에 그런 거예요."

나는 눈을 비비고 주위를 돌아봤다. 마거릿 칼튼은 다시 말을 하기 시작했다.

"이 정도에서 얘기를 끝내기로 하죠. 우리는 다원론적 상대주의, 곧 녹색 밈의 세계관이 시스템들을 분화시키기는 해도 통합할 수는 없다는 걸 알았습니다. 그러나 다양한 맥락들 간의 풍부한 짜임새를 지닌 관계들을 발견할 때 그다음 세계관이 나타나기 시작하고, 우리는 그것을 간단히 통합적 세계관이라고 부릅니다."

나는 거기 모인 이들 중에서 얼마나 많은 이들이 그녀가 말하는 내용을 이해할까 궁금했다. 그녀는 좀 어리벙벙한 표정이었다. 그러나 그녀의 마지막 말에 대한 뜨뜻미지근한 박수 소리도 역시 청중의 불편한 기분, 이런 견해들이 안겨준 엄연한 책임에 대한 막연한 이해를 암시해줬다. 우리가 평면 세계에서 빠져나오고 위계 또는 어떤 것의 더 높은 수준들을 인정하고 난 뒤 우리는 그 무엇인가에 맞춰 살아야만 한다…….

"그러므로 데어드레이 크래머가 상황을 잘 요약해준 바와 같이 통합적 세계관의 등장은 그 전 단계의 종말을 뜻합니다." 안도하는 마음에서 치는 박수 소리. 나도 함께 박수를 쳤다. "다원론적 녹색 파동은 '역동적인 시스템들의 분화'를 문화적으로나 역사적으로 규정된 맥락들 속에 포함시키는 반면, 2층의 통합적 파동은 여기에서 한 걸음 더 나아가 그렇게 분화된 것들을 통합함으로써 '문화적이고 역사적인 시스템들을 진화하는 사회 구조들에 변증법적으로 통합하는' 결과에 이르게 합니다. 요컨대 형식주의에서 다원론으로, 거기서 다시 통합주의로 나아간다는 얘기입니다. 오렌지색에서 녹색으로, 거기서 다시…… 2층적 앎의 하이퍼스페이스로의 양자도약으로 나아간다는 얘기이기도 하고."

마거릿 칼튼은 무대에서 걸어 내려가기 시작했고, 청중은 감사하는 마음과 아울러 안도감에서도 그녀에게 기립 박수를 보내줬다.

"오오오오, 당신의 큰마음으로 나와 한판 붙어요, 오오오오, 너어무 커, 오오오오……" 킴이 내 밑에서 몸을 꿈틀대고 있다. 나는 밑을 내려다보고는 그녀가 요란하게 웃고 있다는 걸 알아차린다. 그녀는 알몸도 아니다. 적어도 세 겹은 되어 보이는 스웨터들이 그녀의 큰 젖가슴을 가리고 있다.

"하나도 안 재미있어요, 킴."

"이게 당신의 꿈이잖아요, 바보 같으니."

데이비드 포스터 월리스•의 책 제목이 뭐였더라? 《재미있다고는 하지만 내가 다시는 하지 않을 것》.

모린이 다시 무대로 돌아왔다. "예, 우리의 다음 주제는 모더니티의 세계관과 포스트모더니티의 세계관이니 한층 더 재미있을 겁니다." 우우, 칫, 박수 소리, 코웃음 치는 소리.

"이 모든 것이 부머들과 무슨 관련이 있을까요? X세대와 Y세대인 분들이 어째서 이 문제에 관심을 가져야 할까요?" 청중은 갑자기 조용해졌다.

"우리는 부머 지식인들이 계몽운동, 합리주의, 객관적 진리, 부르주아 도덕률의 과거 모더니즘에 대해 반기를 드는 전반적인 포스트모더니즘 운동과 자기네를 동일시하는 경우를 자주 목격해왔습니다. 앞서 언급한 세계관의 발달에 관한 대목에서 저는 여러분 모두가 가쁜 숨을 쉬면서 열

•　**데이비드 포스터 월리스** David Foster Wallace 20세기 후반 가장 영향력 있고 창조적인 작가 중 하나라는 평가를 받는 미국의 소설가.

심히 잘 따라와주셨을 것이라고 확신합니다. 이제 우리는 세계관의 발달로부터 얻은 단서들을 활용해서 모던과 포스트모던에 관한 이 논의를 좀더 분명한 맥락 속에 자리 잡게 할 수 있을 겁니다." 모린은 고개를 들고 웃음이 터져 나오기를 기다렸지만 맥없는 침묵이 그를 맞아줬다. "예, 좋습니다. 여러 가지 면에서 세계관발달의 형식적 단계들(오렌지색 밈)의 전형적인 특징이 되어주는 것은 모더니티고, 탈형식적 단계들(특히 녹색 단계) 초기의 전형적인 특징이 되어주는 것은 포스트모더니티인 것 같습니다. 여기에는 발달의 대칭 같은 것도 존재합니다. 즉 모던과 포스트모던, 형식과 탈형식이 각각 짝을 이루는 좌우 대칭 같은 것이 말입니다."

맥없는 침묵은 계속되었다. 조바심이 난 모린은 무대 앞으로 걸어 나와서 말했다. "이때 일어난 일들은 다음과 같습니다, 여러분. 포스트모더니즘은 다원론과 상대주의와 문화적 다양성이라는 고상한 가면을 쓴 채 세상 사람들에게 다양한 목소리들의 풍요로움으로 나아가는 문을 열어줬습니다. 하지만 그러고 나서는 뒤로 물러나 그 다양한 목소리들이 바벨탑으로 퇴행하는 것을 지켜보기만 했습니다. 각각의 목소리들은 자기네의 정당성을 주장했지만, 다른 목소리들의 가치를 제대로 존중해준 경우는 극히 드물었습니다. 포스트모더니즘과 더불어 각각의 목소리들은 자유롭게 독자적인 길을 따라 나아갔지만 그 때문에 모두가 다 강고하게 각기 다른 방식으로 나아가는 결과를 빚어냈습니다. 이런 현실은 포스트모더니즘이 주장했던 것처럼 많은 다원론적 목소리들을 궁극적으로 해방시켜준 것이 아니라 그저 고립되고 소외된 상태에서 조각난 세계의 외진 구석으로 내달려가게만 했을 뿐입니다. 절연된 상태 속에서 스스로를 먹여 살리고, 고립된 나다움의 위기 속에서 서서히 질식해갔고."

나는 킴을 쳐다봤다. 그녀는 사랑에 빠져 있고, 안색이 환했다. 그녀는 어떤 상태일까? 모린의 착상이나 사상에 정복당한 것일까? 그것에 항복한 상태? 아니면 제압당한 상태? 이것은 학생을 다루는 방식 같은 것일까? 다른 한편으로 누군가가 킴을 이용한다는 생각을 하기는 어려웠다.

"형식론에서 다원론으로의 이동은 특별한 성취에 해당하는 것이었습니다. 다원론에서 통합주의로 이동하지 못한 것은 엄청난 재앙이었습니다. 다원론 자체는 문화적 조류들을 통합하는 데 실패했을 뿐 아니라 남아 있는 나르시시즘 전부가 다시 살아나 전례 없이 번성하도록 허용해줬습니다. 사실은 그렇게 되도록 부추겼죠. Me세대는 결국 제 목소리를 찾아냈고, 부머리티스의 재난들은 아무 의심도 하지 않는 세상을 급습할 채비를 갖췄습니다."

나는 헤이즐턴을 쳐다보고 나서 그녀가 육체적으로는 그리 매력적이지 않은 사람이라는 것을 깨닫고 깜짝 놀란다. 아름다운 하늘에 지극히 평범한 얼굴이 떠다니고 있다. 하지만 그 얼굴 자체가 또렷하게 떠오른 경우는 한 번도 없었다. 하지만 설사 그렇다 하더라도 그 찬연한 광채는 무한히 아름답다. 내가 보고 있는 것은 바로 그것이다.

나는 그녀에게 묻는다. "저는 조만간 실리콘 속에 다운로드될 겁니다. 그걸 아셨나요?"

"그럼 댁과 클로이는 어떻게 사랑을 나누죠?"

"죄송합니다만 무슨 말씀을 하셨죠? 말뜻을 못 알아들었어요."

"댁은 어떤 의식을 다운로드할 작정인가요?"

"가만 보자, 제가 선생님께 말씀드리고 싶었던 게 바로 그겁니다. 문제가 뭐냐면, 몇 가지가 있습니다. 설명해드리죠. 아니, 그러기에는 너무 늦었네요. 요약해서 말씀드리도록 하죠."

"실리콘 세계와 탄소 세계는 변하지 않는 어떤 동형同型들에 의해서 하이퍼링크되어 있어요. 하나의 전형적인 패턴은 다른 것 속에서도 반복될 것이고, 따라서 탄소와 실리콘에서의 진화도 역시 대체로 동형적인 것들이 될 거예요." 하늘은 이렇게 설명해준다.

"바로 그겁니다. 저는 생각합니다. 제 문제가 그런 겁니다. 우선 이런 식으로 말씀드려야겠군요. 다른 식으로 말씀드리는 것은 그다음에. 다른 방식은 아마 최상의 방식은 아닐 거거든요. 그래서 그 앞의 방식으로 되돌아가서 말씀드리자면……"

"오. 그런데 윌버. 듣자 하니 딕은 섹스를 할 때 덜거덕거린다고 하던데. 왜 그럴까요?"

"이렇게 말씀드리면 실례가 될지 모르겠는데, 훌륭한 질문입니다."

레사 파월이 무대에 다시 돌아왔다. 그녀는 대개 청중을 거칠게 뒤흔들어놓곤 하지만 그럼에도 불구하고 청중이 좋아하는 인물임이 분명했다. "부머리티스가 오염시킨 영역들을 간략하게 조망해보기에 앞서서 이제까지 얘기했던 내용에 대해 제기될 수 있는 몇 가지 반론을 살펴보고 넘어가도록 하겠습니다."

별나게도 조용했던 캐롤린이 스콧 너머로 고개를 숙이며 내게 말했다. "나는 이런 얘기가 정말로 듣고 싶어. 나 자신에게 그런 요소들이 엄청 많으니까." 나는 그녀가 성나 있는지, 아니면 기분 좋은 흥분 상태에 빠져 있는지 알 수가 없었다.

파월은 근 한 시간가량 이야기했다. 나는 광범위하게 필기했다. 특히 피아제˙와 콜버그˙에 관한 쟁점들, 전반적인 단계 개념들에 관해서. 그녀

- **장 피아제**Jean Piaget 스위스의 심리학자. 20세기 발달심리학 분야를 대표하는 학자들 중 한 사람으로, 유아교육학에 가장 큰 영향을 끼친 인물로 꼽힌다.
- **로렌스 콜버그**Lawrence Kohlberg 미국의 심리학자. 장 피아제의 인지발달 이론에 영향을 받아 도덕성발달에 대한 이론을 제시하였다.

는 "한 가지 주요한 반론은"이라는 말로 운을 뗐다. "단계 개념들이 억압적이고 배척적이고 가부장제적이고 성차별적이고 인종차별적이고 유럽 중심적일 수도 있다고 하는 점입니다." 청중에게서 요란한 박수갈채가 터져 나왔다. "여러분에게 이런 점을 어떻게 말씀드려야 좋을지 잘 모르겠네요. 하지만 연구 결과는 그런 주장을 전혀 뒷받침해주지 않았습니다. 문제는 단계 개념들이 억압적이라는 점이 아니라 실제 단계들의 일부 자체가 억압적인 성향을 갖고 있다는 점입니다. 사실상, 모든 1층 밈들은 다른 밈들을 억압하려 들 겁니다. 혹은 자신의 구조를 다른 밈들에게 강요하려 들거나. 그러니 진짜 문제는 단계 개념들이 아니라 바로 그런 점이죠. 사실 단계 개념들이 억압을 불러일으킨다는 견해는 녹색 밈이 자신의 평면 세계, 비非위계적인 가치들을 다른 모든 밈들에게 강요하려고 하는 시도에 불과합니다!"

파월은 캐럴 길리건에 관한 이야기로 끝을 맺었고, 청중은 또다시 환호하거나 야유했다.

"오, 우리 아들, 내 말 좀 들어봐." 어머니는 웃으면서 말한다. "우리 여자들은 생각하는 게 달라."

"예, 그래서요?"

"그래서 우리는 가부장제로부터 세상을 구해낼 거야."

"그게 아빠로부터 구해낼 거라는 뜻이라면 그것도 괜찮네요."

"너희 모두의 사고방식으로부터 구해낼 거라는 뜻이야. 너희 남자들의 사고방식 말이야."

"어떻게요, 엄마?"

"등급 매기기, 심판하기, 모든 사람을 억누르기. 우리 여자들이 세상을 접수하고 나면," 어머니는 여전히 웃음 짓고 있다. "전쟁은 더 이상 없을 거야."

"민족들이 서로를 죽이려 들면 어떻게 할 거예요?"

"등급 매기기와 지배와 잔학 행위 대신에 보살핌과 연합과 관계가 자리 잡게 될 거야. 우리는 역겨운 서열 대신에 사랑하고 나누는 훌륭한 '협동사회들'을 갖게 될 거야. 협동사회라니, 아주 근사한 말 아니냐, 우리 아들? 히스, 히스, 히스 붐바. 여성 대통령들이 등장하면 전쟁은 더 이상 일어나지 않아!"

"예카테리나 여제, 스코틀랜드 여왕 메리, 빅토리아 여왕, 골다 메이어 수상, 마거릿 대처 수상, 그리고……"

"뭐라구?"

"아니면 내가 개인적으로 좋아하는, 스페인 종교 재판소의 창시자인 카스티야의 이사벨."

"그 여자들은 계산에 넣지 마."

"왜요?"

"그 여자들은 가부장제적인 여자들이었어."

"엄마가 그걸 어떻게 알아요?"

나는 어머니를 똑바로 쳐다본다. 어머니의 얼굴이 킴의 얼굴이 되고, 킴의 얼굴이 클로이의 얼굴이 되고, 클로이의 얼굴은 조안 헤이즐턴의 얼굴이 된다. 그 얼굴은 말한다. "댁은 정말로 남자죠, 그렇죠?" 그리고 나는 생각한다. 누군가를 그런 식으로 부른다는 것은 얼마나 끔찍한 일인가.

레사 파월은 거기 모인 사람들을 지그시 응시했다. "푸엔테스 박사님이 이야기한 내용이 기억나실 텐데, 캐럴 길리건은 여성들이 서너 가지의 위계적 발달 단계—길리건 자신은 이것들을 '위계적 단계들'이라고 지칭했습니다—를 밟아나가고, 이 단계들이 본질적으로 남성들이 밟아나가는 위계적 단계나 파동과 같다는 데 동의했습니다. 즉 전인습적·인

습적·탈인습적·통합적 파동들을 차례로 거쳐나간다고. 물론 이것들은
중첩된 위계 또는 성장의 위계들입니다.

많은 이들, 특히 페미니스트들은 길리건이 여성의 발달 위계를 부정했
다고 여전히 잘못 알고 있는데, 그 이유는 길리건이 남성들은 등급 매기
기나 위계적 사고를 이용해서 판단을 하는 경향이 있는 데 반해 여성들
은 연합적 내지 관계적 사고를 이용해서 판단을 하는 경향이 있다고 믿
고 있기 때문입니다. 위계적 사고와 관계적 사고는 줄여서 독자성agency
과 공동성communion이라고도 하죠. 하지만 길리건이 여성의 지향성 자체
가 네 가지의 위계적 단계들, 곧 이기적 성향에서 배려의 성향, 보편적 배
려의 성향, 통합적 성향을 따라 나아간다고 주장했다는 점을 많은 이들
이 간과하고 넘어갔습니다.

달리 말해, 많은 페미니스트들이 여성들은 위계적으로 사고하지 않는
다는 개념과 여성들은 위계적으로 발달하지 않는다는 개념을 혼동했습
니다. 길리건 자신의 견해에 의하면 전자는 진실이고 후자는 거짓입
니다."

파월은 청중을 바라봤다. "어째서 많은 사람들이 이 대목에서 길리건
의 견해를 잘못 해석하고 완전히 왜곡했을까요? 그것은 녹색 밈이 위계
를 대체로 부정하고 있고, 따라서 길리건의 메시지를 정확하게 이해할
능력이 없었기 때문입니다."

파월은 다시 우아한 자세로 무대를 맴돌았다. "하지만 여성들이 위계
적으로 발달하지 않는다는 개념은 불구가 된 또 다른 페미니스트 동화라
는 점을 말씀드리지 않을 수 없군요. 여기서 불구는 페미니즘을 뜻하는
겁니다. 그런 개념은 곧 여성들은 연합하고 관계 맺기 좋아하는—이건
좋은 일이죠—데 반해 남성들은 등급 매기기를 좋아하고 위계적—이건
좋지 않은 일이죠—이기 때문에 우리가 세상을 더 낫게 만들기 위해 해

야 할 일은 여성이 되는 것이라는 걸 뜻했습니다. 기가 차서!" 그녀는 춤을 추면서 무대를 가로지르며 소리쳤다. "여성들은 전인습적 또는 이기적 관계에서 인습적 또는 배려의 관계로, 탈인습적 또는 보편적 배려의 관계로, 통합적 관계로 발달해나갑니다. 어떤 사람이 다른 이들과 관계를 맺고 있고 연합한다고 해서 그것이 그 사람이 관계의 어떤 수준에 속하는가를 말해주는 것은 아닙니다. 여성의 수준 낮고 전인습적이고 이기적인 관계 수준들은 남성의 낮은 발달 수단들만큼이나 세상에 나쁜 영향을 미칩니다." 청중 가운데 몇몇 남자들이 박수를 치고 동의한다는 뜻의 고함을 질렀다. 여자들은 눈만 굴리고 있거나 미소 짓고 있거나 하품을 했다.

"그러므로 여성의 위계를 부정하는 것은 여성들이 수직적으로 발달해야 한다는, 혹은 실질적으로 변화해야 한다는 요청을 부정하는 짓입니다. 따라서 여성들이 적색, 청색, 오렌지색, 녹색을 포함하여 발달의 어떤 수준에 속해 있든 간에 여성인 한은 그저 좋은 것으로 취급했습니다. 이런 풍토는 여성들을 단계적으로 성장하고 자신의 의식을 더 높은 수준들로 진화시켜야 할 부담에서 벗어나게 해줬습니다. 그리고 저는 여러분들에게 말씀드리고 싶습니다. 이따위 페미니즘은 그대로 썩어문드러지게 가만 내버려두시라고." 청중 가운데 소수가 소리를 질렀다. 그 반은 동의하는 뜻에서, 나머지 반은 화가 나서.

"여러분, 이것은 또 하나의 평면 세계 이데올로기에 지나지 않습니다. 그러니 다음번에 여러분이 '연합'이니 '협동사회'니 하는 것들을 요구하는 소리를 들을 때면," 파월은 목소리에 힘을 줬다. "여러분은 소유당하고 사기당하고 있는 것이라는 사실을 부디 명심해주시기 바랍니다. 그럴 때 여러분은 모든 여자들은 다 훌륭하고 모든 남자들은 다 야수들이고 모든 아이들은 평균을 넘는, 이상한 길리건의 섬에 끌려가고 있는 겁니다." 몇몇이 웃음을 터트렸고 몇몇은 투덜댔다. "그런 식으로 길리건의 견해를 왜곡시키지는 말아주세요. 부디 부탁이니 부머리티스 페미니즘, 평면 세계 페미니즘의 길을 따라 내려가지 마세요. 분명히 약속드리는데, 우리의 미래에는 그런 것들 대신에 통합적 페미니즘이 자리 잡고 있을 겁니다."

조나단이 말했다. "나는 치킨 마살라를 먹을 거야. 니네들 두부가 뇌를 수축시킨다는 사실을 밝혀준 하버드 연구 결과 기사 봤어? 그 속에 들어 있는 식물성 에스트로겐이. 간장은 아이큐를 좀 떨어뜨린대."

"음, 채식주의자들이 어떤 사람들인가를 설명해주는 기사로군." 우리와 점심식사를 함께 하기 위해서 온 클로이가 말했다.

"이 연속 논의에 관해서 할 얘기가 있어." 캐롤린이 말했다. 그 전에 이미 나는 캐롤린이 흥분한 게 아니라 화가 났다는 결론을 내렸다. "이건 처음부터 각본대로 진행되고 있어. 만일 우리가 이 나선 혹은 위계 혹은 단계 이론 같은 것들을 받아들인다면 그 사람들이 얘기하는 것은 아마 진실이 되겠지. 하지만 나는 받아들이지 않아. 그 사람들은 우리 모두에게 단계 개념들을 강요하고 있……"

클로이가 캐롤린의 말을 가로챘다. "오, 그 가부장제와 관련된 헛소리라면 꺼내지도 마. 좁은 우리 안에 갇혀서 문화 연구에 빠져 있는 니네들 말고는 이제 아무도 그런 헛소리를 믿지 않으니까."

킴이 말했다. "역사학 쪽에서는 그걸 믿어요."

스콧이 말했다. "인류학도 그래. 사실 인문학에 속한 학문들은 거의 다 그렇다고 봐야지."

조나단이 말했다. "요컨대 부머리티스의 거점에 해당하는 모든 분야들이 다 그걸 믿지. IC 사람들이 얘기하는 요점이 그거 아냐? 캐롤린 너는 순환 논법을 펴고 있어. 너는 위계적인 것, 단계니 발달의 나선이니 하는 모든 것이 다 역겨운 가부장제의 소산이고, 따라서 너는 그걸 믿지 않는다고 얘기하고 있어. 그리고 그 사람들은 너희가 불유쾌한 어떤 사실들을 부정하기 위해 가부장제라는 개념 자체를 이용하고 있다고 말하고 있어."

캐롤린은 기죽지 않고 그를 노려봤다. "내 얘기가 순환 논법적인 것이 아니라 네 얘기가 그래. 이 단계 개념과 그것을 입증하기 위한 실험들은 그 사람들이 자기네가 원하는 결과를 얻기 위해 미리 선정하고 걸러낸 것들이야. 그러니 그런 결과들이 나오는 건 당연하지. 그 사람들의 전체적인 주장, 모든 주장은 사실상 가부장제와 그것의 가혹한 등급 매기기 게임들의 소산에 불과해. 만일 우리가 갖고 있는 도구가 망치 하나뿐이라면 우리 눈에는 모든 게 다 못으로 비치기 시작할 거야."

조나단이 물었다. "그게 정확히 무슨 뜻이야?"

캐롤린은 그를 사납게 째려보면서 말했다. "무슨 뜻이냐구? 조나단, 네가 마지막으로 누구와 관계 비슷한 거라도 맺은 게 언제였지?"

"그건 공정한 얘기가 아닌데. 내게 관계를 맺는다는 건 쉬운 일이 아니야. 시간이 걸리지. 내가 누군가를 이용해먹고 버리려면 그 전에 우선 그 사람과 안면을 트고 사랑을 해야만 하니까."

"조나단 너는 이런 게 근사한 농담이라고 생각하는 것 같은데 재미있지 않아. 전혀 재미있지 않다구."

"뭐가 재미없다는 거야? 내게는 여기 있는 사람들이 죄다 아주 재미있어 보이는데." 스튜어트와 헤이즐턴이 우리 쪽으로 다가왔다. 식탁을 둘러싸고 앉아 있는 우리들 사이에서 소리 없이 오고 간 의문은, 이 사람들이 둘이서 정확히 뭐를 하고 있었지? 였다.

조나단이 말했다. "헤이즐턴 박사님, 여기 이 캐롤린은 박사님을 가부장적인 암퇘지라고 생각하고 있는 것 같아요."

"가부장적인 암퇘지라구요, 오 맙소사. 평생 몇 가지 별명을 얻어듣기는 했지만 그런 별명을 얻기는 또 처음이네."

캐롤린은 말을 더듬었다. "헤이즐턴 박사님, 저는 절대로······"

클로이가 말했다. "당연히 처음이셨겠죠."

"아, 나는 그런 유형의 모든 견해들이 어떤 문제점들을 안고 있는지 알고 있어요. 어느 누구도 쉽사리 그런 식의 결론을 내리지는 않죠. 한데 우리 세대는 그렇게 했어요. 지금 댁들이 짐작하고 있다시피 그런 식의 결론은 원래 녹색 밈이 내렸죠. 강력한 반反위계적·반단계적·반평가적 사고방식이. 내 말뜻을 오해하지 말아줘요. 나는 진정으로 우리 세대를 사랑하는 사람이니까. 하지만 이제는 우리가 우리 자신을 넘어서야 할 때가 아니겠어요? 따라서 여러분 세대가 우리의 그늘에서 벗어나게 해줘야 하고!" 그녀는 웃으면서 그렇게 말했다.

나는 물었다. "하지만 선생님이 말씀하신 게 진실이라고 해도 어째서 우리가, 그러니까 우리 세대가, 굳이 그런 성가신 일을 해야 하죠? 어째서 우리 같은 애들이 부머리티스에 관해 신경을 써야 하는 거냐구요."

"우리가 연속적인 세미나에서 제시하려고 애쓰는 모든 이유들 때문에 그래요. 통합적인 앎이라는 게 진짜로 있어요. 그 앎은 여러분 모두가, 우리 모두가 진정으로 공유하고 있는 대부분의 가치들, 곧 전 지구적인 관심, 환경에 대한 염려, 보편적인 연민과 공정함을 두루 아우르고 있어요. 아니, 그보다 훨씬 더 많은 가치들을!" 그녀의 내면에서 나오는 환한 빛이 갑자기, 예기치 않게, 생생하게 실재하는 것이 되었다. "여러분은 글로벌 인터넷 세대예요! 지구촌 아이들. 그러니 여러분의 의식은 글로벌한 의식이 되어야만 해요. 내 분명히 단언하지만, 그렇게 되지 않을 경우 여러분은 완전히 돌아버리고 말 거예요!" 그녀의 얼굴은 웃고 있었지만 목소리는 나직한 천둥소리 같았다. 그러고 나서 그 목소리는 맹렬한 폭풍 뒤의 고요함으로 변했다. "여러분 세대에 속하는 많은 이들이 심한 우울증 상태에 빠져 있어요…… 여러분이 자신의 통합적 잠재력에 따라 살고 있지 못하기 때문이죠. 그렇지 않나요?"

우리 모두는 서로의 얼굴을 쳐다봤다. 아무도 눈을 깜박이지 않았다. 그렇게 했다간 죄를 인정하는 짓이 될 것 같고, 그 자리에서 감돌고 있는 서글픈 진실이라고도 할 수 있는 것을 순순히 자인하는 꼴이 될 것만 같아서.

"얘기는 간단해요." 그녀는 우리의 주의를 끌기 위해 몇몇 말에 강세를 주면서 말을 계속했다. "지금의 세계는 글로벌한 세계예요. 여러분의 의식도 역시 글로벌한 것이 되지 않을 경우 여러분과 현실 간의 미스매치, 또는 불통인 상태가 빚어질 거고, 따라서 여러분은 이런 상태를 우울증 같은 것으로, 혹은 다른 어떤, 대단히 고약한 징후로서 겪게 될 거예요." 우리는 다시 서로의 얼굴을 쳐다봤다. 그녀의 말뜻은 대략 이해가 되었다.

캐롤린이 용감하게 나섰다. "선생님 스스로도 그렇게 되어야 한다고 생각하세요?"

"물론이죠. 나는 자기중심적인 사람이 되고 싶지 않아요. 민족중심적인 사람이 되고 싶지도 않고. 나는 세계중심적인 사람이 되고 싶어요. 더 개방적이고, 포괄적이고, 통합적인 사람이 되고 싶어요. 이중 어떤 말을 선택해도 상관없어요. 그리고 나는 그렇게 되기 전까지는 잠도 편히 자지 못할 거예요. 무슨 뜻인지 아시겠어요?"

이번에는 조나단이 나섰다. "그럼, 선생님이 숙면을 할 수 있을 때까지는 오랜 세월이 걸리겠군요."

스튜어트가 빙긋이 웃으며 말했다. "저 친구한테는 신경 쓰지 마세요. 저 친구는 깨어 있을 때조차도 아기처럼 곤히 잠들어 있으니까."

나는 긴 회랑을 따라서 걷고 있다. 회랑 끝에 방 하나가 있다. 나는 거기에 그가 있다는 것을 알고 있다. 그는 그 방 안에 앉아서 나를 기다리고 있다. 나는 내가 그를 만날 때 정말로 죽을 것이라는 것을 알고 있다. 그리고 나는 그런 일이 일어나리라는 것을, 그것도 아주 빨리 일어나리라는 것을 알고 있다. 그리고 이번에는 이것이 꿈이 아니라는 것을 알고 있다.

모린 박사가 다음번 슬라이드를 비쳐줬다. 슬라이드에는 "다원론의 공포 쇼"라는 제목이 박혀 있었다. 그렇게 해서 '세부 항목의 날'의 오후 세션이 시작되었다.

모린의 울림 큰 목소리가 실내를 가득 채웠다. "우리 대부분은 너는 네 일을 해라 나는 내 일을 할 테니, 라는 다원론에 익숙해졌습니다. 다원론은 아주 친절하고 상대를 잘 배려해주는 것 같기에 우리는 그런 이름으로 행해질 수 있거나 실제로 종종 행해지는 끔찍한 일들을 간과하는 경향이 있습니다. 저는 그것에 대한 길고 지루한 주장을 펼 생각이 없습니다. 그저 사드• 후작이 저를 대신해서 요점을 말하게 할 겁니다. 말이 나온 김에 하는 말인데, 사드는 종종 포스트모던한 영웅, 범죄의 영웅, 전복의 영웅으로 찬양받아왔습니다. 내일은 푸코를 통해서 이보다 더한 사례를 보게 될 겁니다. 사드의 소설《쥘리에트》에 등장하는 인물인 민스키는 성폭행, 남색 행위, 이십여 명의 남자와 여자와 소녀와 소년을 살해한 행위로 기소됩니다. 민스키는 이런 잔혹 행위들에 대해 다음과 같이 냉혹하다고 할 만큼 빈틈없고 포스터모던한 다원론적 항변을 합니다.

[정의와 불의]는 미덕과 악의 개념들과 마찬가지로 국소적이고 지리적인 개

• **사드**Marquis de Sade 프랑스의 작가. 인류 역사상 최고의 변태 성욕자로 거론되는 논쟁적 인물로 가학적 음란증을 뜻하는 '사디즘sadism'이라는 명칭을 유래시켰다.

넘들입니다. 우리가 잘 알고 있다시피 파리에서는 사악한 것이 베이징에서는 미덕이 되며, 그런 점은 이번 사건에서도 마찬가지입니다. 이스파한에서는 정당한 것을 코펜하겐 사람들은 부당하다고 합니다. 이토록 변화무쌍한 현실들 가운데서 불변의 것을 찾아본다고 한다면? 딱 하나가 있을 것입니다. 정의라거나 불의라고 규정해주는 유일한 룰은 자신의 이익뿐이라는 것.

정의는 어떠한 참된 실체도 갖고 있지 않으며, 온갖 열정의 신격화에 불과합니다. (…) 그러니 이런 허구에 대한 우리의 믿음은 그만 버리도록 합시다. 정의는 바보들이 신이라고 믿는 것이 이미지에 불과한 것만큼이나 허구적인 것에 불과합니다. 이 세상에 신 같은 것은 없으며 미덕도, 정의도 존재하지 않습니다. 우리의 열정 말고는 선한 것도 유용한 것도 필요한 것도 없으며, 효과를 제외하고 존중해줄 만한 가치가 있는 것은 아무것도 없습니다.

녹색의 다원론적인 민감한 자아는 한 가지 훌륭한 기능을 하고 있기는 합니다. 그것은 엄격하게 형식적이고 합리적인 세계관을 무너뜨려 다문화적인 풍부함을 향해 문을 활짝 열게 만듭니다. 하지만 우리가 더 깊고 폭넓고 통합적인 관련성을 찾지 않은 채 그만 다원론에서 멈춰버리고 만다면, 다원론의 공포가 우리를 지배하게 될 겁니다. 유감스러운 얘기지만, 우리는 앞으로의 세션에서 그와 관련된 무서운, 참으로 소름끼치는 세목들을 더듬어나가기 시작할 겁니다."

모린은 효과를 위해서 잠시 말을 멈췄고, 그 효과는 중세 시대에 가장 가벼운 '1단계' 고문—즉 희생자에게 앞으로 곧 닥쳐올 고문에 대해 간단하게 설명해주는 것—이라고 불렀던 것과 다소 비슷하게 나타나고 있었다. '2단계' 고문은 희생자에게 고문 도구들을 보여주는 것이었다. '3단계'는 그 고문 도구들을 실제로 사용하는 것이었고. 나는 IC 사람들이 우리를 상대로 해서 어느 선까지 갈 것인지가 궁금했다…….

카를라 푸엔테스가 다시 무대에 올라왔다. "우리가 다뤄야 할 기초적인 내용들 중에서 마지막에 해당되는 짧은 것이 하나 있습니다. 방금 우리는 오렌지색 세계관에서 녹색 세계관, 통합적 세계관에 이르는 것들을 살펴봤습니다. 이것들은 달리 말해 형식주의에서 다원주의, 통합주의입니다. 이제 우리는 그에 상응하는 자아 또는 자기 정체성의 유형들을 마지막으로 간단히 살펴봐야 할 필요가 있습니다."

"자, 클로이는 없는 사람으로 치셈."

"너는 애초에 여기 왜 온 거야? 항상 자리에 앉아 있다가 첫 마디가 나오면 자리를 뜨잖아."

그녀는 짧은 한순간 동안 본인의 페르소나를 벗었다. "사랑해, 우리 귀염둥이. 한데 정말로 꼭 해야 할 설계 일이 있어서 그래. 넌 부머리티스 개념을 잘 이해하도록 해. 그러면 그것으로 우리 둘 다 치유줄 수 있을 테니까." 클로이는 웃었다. "한데 내 생각에는 우리 둘 중에서 한 사람만 그걸 이해하면 될 것 같아, 귀염둥이."

전면 벽에 "개인주의와 자주성의 차이"라는 제목의 슬라이드가 떠올랐다. 푸엔테스는 곧장 본론으로 들어갔다. "이 분야의 연구는 아주 정교하게 진행되어왔습니다. 예를 들어, 여기 이 IC의 중요한 회원들 중의 한 사람으로 주자네 쿡 그로이터*가 있는데 이분은 훌륭한 여성이요, 빼어난 연구자죠. 이분은 제인 뢰빙거의 선구적인 업적을 확장하고 정교하게 가다듬어왔습니다. 두 분 다 자아발달의 단계들이 자폐적 단계(태곳적, 베이지색)에서 충동적 단계(마법적, 자주색)로, 자기방어적 단계(자기중심적, 적색)로, 순응적 단계(신화적 멤버십, 청색)로, 양심적 단계(형식

---

* **주자네 쿡 그로이터** Susanne Cook-Greuter 미국의 발달심리학자. 제인 뢰빙거의 자아발달 모델에서 언급하지 않은 고차 단계를 밝혀내고, 이를 자아발달의 후기 단계에 추가하였다.

적·합리적, 오렌지색)로, 개인주의적 단계(다원론적, 녹색)로, 자주적 단계(통합적)로 이동한다는 사실을 밝혀냈습니다. 그러고 나서 한층 더 높은 자아초월 파동들로 이동하는데, 이 파동들에 관해서는 나중에 논의할 겁니다. 이 모든 것은 슬라이드 1에서 볼 수 있습니다."

통합적 단계보다 더 높은 단계들이라구? 자아초월적 단계들? 그게 도대체 뭐야? 나는 나 같은 생각을 하는 사람이 또 있을까 싶어서 주위를 돌아봤지만 아무도 없는 것 같았다. 킴이 살짝 고개를 숙여 나를 쳐다보면서 윙크를 하는 것을 제외하고는.

"오렌지색, 양심적이라고 부르는 단계에서 이야기를 시작해보도록 하죠. 자아가 이성과 아울러 과학적이고 실용적인 유형의 탐구 방식을 활용하기 시작하고, 따라서 신화를 넘어서서 진실을 발견하려고 애쓴다는 의미에서 '양심적'이라는 이름이 붙은 겁니다. 주자네 쿡 그로이터의 말을 들어보기로 하죠. '양심적 자아의 단계에서 형식적 조작과 추상적 합리성이 정점에 이른다. 인류의 (단선적) 진보와 완전성에 대한 깊은 믿음이 존재한다. 적절한 분석적·과학적 방법이 언젠가는 존재의 실상의 발견, 진리의 발견으로 인도해줄 것이라는 확신도 역시 존재한다.' 그러나 물론, 그런 발전만큼이나 중요한 것은 형식적 과학이 여전히 자기네의 진리 외의 다른 진리들에는 가혹하다고 할 만큼 무관심할 수 있다는 점입니다."

"귀염둥이, 네가 덜거덕거리는 건 바로 그 때문이야." 클로이는 두 손으로 자기의 맨 젖가슴을 떠받쳐 내 쪽으로 내밀면서 말한다.

"알았어, 그런데 너는 뭘 안다는 거야? 나는 덜거덕거리지 않아. 그런 일 없어. 덜거덕거리지 않는다구."

"하지만 귀염둥이, 너는 덜거덕거려. 나보다 더 널 잘 아는 사람이 누가 있겠어?"

"내 전속 이발사가 있지."

"너한테 그런 사람은 없어. 그리고 이런 식으로 농담을 해서 적당히 빠져나갈 생각은 말아."

"좋아, 그럼 어떻게 하면 빠져나갈 수 있지?"

"으음, 현재는 그게 문제지, 그렇지, 귀염둥이? 바로 그게 문제야."

"그 모든 엄격함은 최초의 탈형식적 단계와 함께 변하기 시작합니다. 예, 그렇습니다. 녹색과 함께. 우리가 살펴봤다시피 녹색 세계관은 다원론적 상대주의요, 쿡 그로이터가 개인주의적이라고 부른, 그에 상응하는 자아 관념입니다. 이것은 대단히 중요한 발전으로, 부머리티스에게는 특히 더 중요합니다. 쿡 그로이터는 이에 대해 다음과 같이 설명했습니다. '이 단계의 개인들은 과거의 가설들을 파헤쳐서 거짓된 틀을 폭로하는 데 열중한다. 인습적 지혜, 특히 그 전 단계(보편적 형식주의, 또는 오렌지색 단계)의 초합리적 신조들을 불신하는 경향이 있다. 개인주의자들은 자기네를 사회의 공인된 역할 정체성에서 분리시켜 스스로를 독자적으로 재정의할 필요가 있다. 그들은 자기네의 고유함과 지금 여기에서의 자기네의 주관적 경험을 표현하고 즐긴다. 이제 그들에게는 이런 것들이야말로 자기네가 주장하고 옹호할 수 있는 유일한 실체들이기 때문이다(즉 녹색의 고도로 주관적인 태도). 모든 것이 다 주관적인 것이고 인식과 관점과 맥락의 문제로 보이기 때문에 어떤 방법을 통해서도 결코 진리를 발견할 수 없다.' 요컨대 우리는 그 단계 전체를 맥락주의 또는 다원주의라고도 부릅니다."

"맙소사, 킴, 이 모든 잡소리들 때문에 점점 더 정신이 없어요. 너무 힘들어요. 그렇잖아요?"

"오, 가여운 것 같으니, 생각하기 싫은데 어쩔 수 없이 생각을 해야 하니. 그죠? 댁은 저능아에다 무기력하기 짝이 없고, 툭하면 징징거리고, 겁쟁이인 데다가 형편없이 나약하고, 계집애 같은 남자에다……"

"맙소사, 그만해요, 킴. 댁은 나를 겁주고 있어요. 정말로 집중할 거예요!" 킴은 소리 내어 웃기 시작했다.

"하지만 물론 이 녹색 단계의 자아에게는 무서운 약점이 있습니다. 다원론에서는 '모든 사람, 사회, 집단, 상황은 유일무이한 것이기에, 이 발달 단계의 자아도 역시 철저히 유일무이하고 색다르고 별개의 것이며…… 따라서 궁극적으로 고립되어 있습니다. 각각의 자아가 색다르고 유일무이한 것이기에 본래 그 자아에게 완전한 자유로 여겨지는 것은 바로 그런 이유로 해서 이내 그 자아의 완전한 고립 상태라는 점이 드러날 수도 있습니다. 완벽하게 유일무이하다는 것은 완벽하게 따로 동떨어진 것입니다. 완벽하게 동떨어진 것은 완벽하게 소외된 것입니다. 극단적인 다원론은 극단적인 소외로 이어지는 경우가 너무도 많습니다."

아버지에게 일어난 일이 바로 그런 것일까? 아버지는 배려와 열정으로 충만한 상태에서 시작했고, 모든 사람이 '자유롭게 그들 자신이 되게끔' 하는 일에 헌신했다. 아버지는 심지어 PBS 쇼 〈자유롭게 네가 되고, 자유롭게 내가 되고〉를 제작하기도 했다. 그러고 나서 아버지는 혼자가 되고 너무나 소외된 상태가 되었으며, 다른 이들과는 물론이요 당신이 신봉했던 큰 뜻에서도 떨어져 나왔다. 푸엔테스의 말에 의하면 후자는 전자의 논리적인 결과다. 아버지는 스스로를 정서적인 죽음과 연결시켰고, 스스로를 관계망 형성networking 그 자체를 제외한 모든 것에 대한 믿음의 결여 상태와 연결시켰다. 평가하는 것이 허용되지 않을 경우에는 확신을 갖는 것도 허용되지 않는 법이다. 아버지는 그 망을 최대한 넓게 펼침으로써 그 망에서 깊이를 완전히 없애버렸다. 아버지는 스스로 그런 기계

장치 속의 유령이 되어 자신의 피상적인 자아라는 얕은 통로들에 출몰하고 있다.

나는 캐롤린, 킴, 스콧, 조나단을 차례로 쳐다봤다. 우리가 우리 아버지 나이가 될 때면 어떻게 살아갈까? 맛이 간 지 꽤 오래된 우리의 이상들 가운데 어떤 것이 우리도 역시 삼켜버리기 시작할까? 현재 아버지는 어느 누구하고도 제대로 상호 작용할 필요가 없는 제3세계와 4세계 국가들에서 일하고 있을 따름이다. 현재 아버지가 열의를 가진 것이라고는 어떻게 하면 다른 모든 사람들을 완전히 망쳐놓을까 하는 것뿐이다. 한데 그런 일마저도 뜻대로 되지 않아 아버지는 몹시 성나 있다.

카를라 푸엔테스는 그 모든 것을 요약해주는 것 같았다. "우리가 봐왔듯이 발달 과정은 분화와 통합에 의해 진행됩니다. 그리고 이 첫 탈형식적 단계에서 의식은 다양한 시스템들을 분화시키는 일은 그럭저럭 해냈지만 아직 그것들을 통합해내지는 못하고 있습니다. 따라서 그 자아와 세계관은 분열되어 있고 다원론적이고 불완전합니다. 그 자아는 자체의 주위만 맴돌면서 자체의 우주가 되어버리고, 자기도취적이고 자기소외적인 경우가 너무도 많습니다. 달리 말해 이것은 강력한 나르시시즘의 한 유형이지만, 이 경우에 이 나르시시즘은 발달의 매우 높은 수준이 낳은 것입니다. 하지만 (녹색이 낳은) 상대적으로 '수준 높은 이 나르시시즘'이 (적색의) 감정적인 나르시시즘의 잔재와 결합할 때면 폭발적인 혼합체가 작동하기 시작합니다. 즉 부머리티스가 분출할 준비가 갖춰진 겁니다."

"사람들은 우리가 요리조리 잘 피한다는 이유만으로 우리 세대에 관해 이야기하면서 우리를 비난하려고 든다. 우리 세대에 관해 이야기하면서……" 우리 세대에 관한 이야기는 우리의 행태에 관한 것이다. 아주 다양한 방식으로 나는 그런 아이들의 정신을 대변하고 있다. 나는 '사랑의 여름'에 이른 나이였다. 나는 켄트 주립대학교에서 총에 맞았다. 나는 내 심장을 찢어놓아 피를 흘리게 한 세 건의 암살에 의해 규정된 존재였다. 그 피는 오늘에 이르기까지도 여전히 조금씩 흐르고 있다. 그 따뜻한 액체는 외로이 지면에 흐르고 있다. 나는 한 나라를 분열시킨 전쟁이었다. 나는 그 무력하고 가여운 이들이 짓밟히는 광경을 지켜봤다. 나는 해방의 노래들을 불렀고, 내 다리가 절망으로 너덜너덜해질 때까지 그 노래들에 맞춰 춤을 췄다.

이 특별한 경우에 하늘은 여성이 되었고 포용을 뜻하는 이 여성의 몸속에서 나는 여전히 그때 그 노래들을 부르고 있다.

카를라 푸엔테스는 슬라이드 4를 벽에 비췄다. "자주적 자아는 글로벌한 자아다".

"제가 말씀드렸던 바와 같이……" 푸엔테스 박사가 말문을 열자마자 거기서 진행되어온 모든 얘기에 눈에 드러날 만큼 흥분의 강도가 자꾸 증폭되기만 했던 캐롤린이 속에 눌러 담아왔던 말을 더 이상 참지 못하고 불쑥 뱉어냈다. "푸엔테스 박사님, 진행을 방해하려는 뜻은 없고, 나중에 토론할 시간이 있다는 것도 알고 있어요. 그런데 사실 저는 얘기가 이런 식의 이념 노선을 따라 진행되는 것을 견딜 수 없는 사람들이 적지 않다는 것도 역시 알고 있습니다. 인간에 대한 이런 종류의 총체적인 평가는 더 이상 참고 들을 수가 없네요."

푸엔테스가 말했다. "사람들을 항상 평가하는 건 아니에요. 하지만 사람들의 포용성은 평가할 수 있습니다. 댁이 좋아하든 싫어하든 간에 연구 결과들은 댁의 그런 반론 자체가 도덕적 발달의 아주 높은 단계에서 나온 것이라는 사실을 알려줍니다. 우린 단지 더 많은 사람들이 그와 비슷하게 확장된, 배려와 염려와 연민의 마음을 찾아내도록 도우려고 할 뿐입니다. 하지만 의식의 이런 파동들은 모든 사람들 속에 잠재되어 있습니다. 그러니 사람들을 늘 평가하는 건 아닙니다."

청중 중의 누군가가 말했다. "하지만 녹색은 본질적으로 2층을 거부하고 있고, 사실 그것과 싸우고 있죠."

"예, 그렇습니다. 녹색은 2층의 모든 것을 못마땅하게 여기고 그런 감정이 가끔 맹렬한 증오심으로 증폭되기도 하는데, 대개는 경건한 태도 속에 그런 감정을 은폐시킵니다. 하지만 모든 1층 밈들은 다른 모든 밈들을 싫어하기 때문에 녹색이 그러는 것은 전혀 새로운 것이 아닙니다. 헤이즐턴 박사가 어제 지적했다시피 노란색은 성장의 위계, 가치 평가, 보편적인 유동flow 시스템, 강력한 개인주의를 존중하고 포용해줍니다. 녹색은 그런 용어들, 곧 보편, 평가, 위계, 개인주의 같은 용어들을 대하면 대뜸 비명을 지릅니다. '압제다! 지배다! 배제다! 엘리트주의다! 오만한 태도다!'라고 하면서.

사실 이에 관한 간단한 법칙이 있습니다." 푸엔테스는 강조하듯 한 마디 한 마디를 천천히 발음했다. "녹색은 노란색을 볼 때마다 그것을 적색으로 봅니다. 이해하시겠어요? 녹색은 모든 노란색을 적색으로, 비열하고 거만한 것으로 보고서 노란색에게 격렬한 거부 반응을 보입니다. 물론 녹색으로서는 그렇게밖에 할 수 없습니다. 녹색은 문자 그대로 노란색을 볼 수가 없기 때문에 노란색의 행위들을 자신이 알고 있는 항식으로서만 해석할 수 있고, 따라서 노란색은 저 무서운 적색 밈으로 보입니다. 그리고 녹색은 노란색이 눈에 띌 때마다 그것을 파괴하거나 해체하기 위한 행동에 돌입합니다."

"네가 바로 그래, 캐롤린."

"주둥아리 닥쳐, 조나단."

푸엔테스는 메모지들을 들여다보면서 재정리하고 있었다. 나는 킴에게 소곤댔다. "궁금한 게 있어요. 어째서 댁은 처음에 모린이 댁한테 데이트 신청을 한 게 순전히 본인의 몸 때문이었다고 한 거죠? 그 사람이 그런 말을 할 때 계속 댁의 젖가슴만 보고 있었나요?"

"댁이 그러는 거랑 뭐 다를 게 있겠어요." 내 얼굴이 빨개졌다.

킴이 말했다. "그건 이런 거나 같죠. 나는 남자들이 내 가슴을 내려다보는 방식만 보고도 남자 나이를 대충 알 수 있어요. 청년들은 내 가슴에서 도무지 눈을 떼질 못해요. 중년 남자들은 몇 분마다 한 번씩 힐끔거려요. 늙은 남자들하고는 서로 눈을 마주한 채 한 시간 정도도 얘기할 수 있죠. 댁은 자기자신에게도 이런 면이 있다는 걸 알아차려야 해요. 댁의 판타지 생활 속에 이런 강박증이 어려 있다는 거 알고 있나요?"

"내가 뭘?" 내 얼굴은 더 빨개졌다.

"오늘만 해도 우리가 이런 얘기를 얼마나 많이 했는지 봐요. 그리고 나는 그걸로 끝이라고 생각하지 않아요. 그렇죠?"

"와우, 푸엔테스가 들려주는 저 매혹적인 얘기를 좀 들어봐요." 나는 시뻘겋게 달아오른 얼굴로 결연히 앞쪽을 응시하면서 말했다.

"통합적 파동의 자아가 이제 전 지구적이고 보편적인 우려를 제대로 의식하고 있기 때문에 이 단계의 자아는 인종, 성별, 피부색, 신조에 상관없이 모든 존재를 아우를 수 있을 만큼 제대로 확장된 도덕관념을 갖고 있습니다. 그 도덕관념이 보편적인 공정함과 연민을 모든 사람에게 고루 적용해야 할 필요성을 기반으로 하고 있기에 그 자아는 이제 그것이 원하는 것은 뭐든 다 할 수 있을 만큼 '자유롭지' 않습니다. 그것은 이제 그런 소명을 거역할 수 있을 만큼 '자유롭지'는 못합니다. 이 단계에서 자아는 이런 글로벌한 시각을 고려할 때라야만 자유롭습니다.

그리고 그것이 자주성의 참뜻입니다. 나는 세계중심적인 앎을 통해서 행동할 때라야만 수준 낮은 동기 부여로부터 자유로워집니다. 자기중심적이거나 민족중심적인 편견들로부터도 자유로워집니다. 자주성은 내가 원하는 것을 할 수 있는 자유를 뜻하는 것이 아닙니다. 그것은 탈인습적인 앎의 더 깊은 공간을 통해서 행동할 수 있는 자유를 뜻합니다. 그러므로 의식이 다원론적 세계관(자아가 극단적이라고 할 만큼 유일무이하고 따라서 종종 고립되는)에서 통합주의적 세계관(자아가 전 지구적인 정당성과 공평함이라는 도덕적 요구를 인정하는)으로 진화함에 따라서, 자아는 개인주의의 마음가짐에서 자주성의 마음가짐으로 이동합니다."

푸엔테스는 아마 그런 악마들과의 내적 투쟁을 통해서 태어났을 조용한 열정으로 수놓아진 부드러운 확신을 갖고서 그렇게 말했다. "개인주의적인 자아와 그것의 소외를 넘어선 이 단계는 부머리티스에 대한 치료법의 일부에 해당합니다!" 그녀는 경쾌한 태도로 이 대목을 강조했다. "우리가 목격한 바와 같이 주자네 쿡 그로이터는 그것을 자주적 단계라 부릅니다. 왜냐하면 '자아의 상충되는 몇몇 서로 다른 틀들을 자기 정체성에 관한 통일적인 새 이론으로 통합하기 때문이다. (…) 자주적인 개인들은 자신의 일부인 것은 뭐든지 다 자기 것으로 인정할 수 있게 된다. 그들은 과거에 낱낱이 구획되었던 자아의 하위 정체성들을 통일적인 새로운 전체로 통합할 수 있다.' 자아와 세계 양쪽에서 통합과 전체를 강조한다는 점에 유의하시기 바랍니다. 우리는 그 일반적인 단계를 통합적 단계라고 부릅니다."

"아니, 이봐요, 킴. 내 말인즉슨 이런 건데, 댁은 어째서 모린이 꼭 댁의 몸만 좇았다고 생각한 거죠?"

"그 사람이 화물 열차처럼 나한테 돌진해왔으니까요."

"하지만, 으음, 사람들은 대개 화물 열차를 피하려 들지 않나요?"

"모든 소녀들은 누가 남자애들한테 매력적으로 비치고 누가 그렇지 않은지 알면서 성장해요. 남자애들은 자기들 나름대로의 평가 시스템을 갖고 있죠. 나는 그것이 누가 누구를 두들겨 팰 수 있느냐, 얼마나 영리하냐와 관련된 시스템이라고 생각해요. 우리 여자애들도 자기네 나름의 평가 시스템을 갖고 있어요. 예를 들어, 우리는 남자애들이 누구를 쳐다보는지를 잘 알고 있어요. 페미니스트들은 이런 것을 사회적 구성이라고 해서 쓸어내버리려고 애쓰겠죠. 하지만 그것은 생물학적인 거예요. 그것은 너무나 깊이 뿌리박혀 있는 것이어서 인간들을 모조리 제거하지 않는 이상 결코 제거할 수 없어요."

"우리도 인공지능 분야에서 그런 연구를 하고 있죠."

그녀는 눈썹을 치켜 올리면서 나를 쳐다봤다. "뭐가 됐든 상관없어요. 하지만 미식축구팀이 입장하는 통로 근처의 벤치에 열여섯 살짜리 여자애들이 죽 앉아 있는데 모든 선수들이 한 여자애 쪽으로 고개를 돌리고 그 여자애만 쳐다본다고 가정해봐요. 발육 상태가 좋아서 유난히 큰 가슴을 가진 애만. 그런 상황은 그 여자애가 스스로를 보는 방식을 결정해 줘요. 모든 여자들은 머리 뒤편에 그런 식의 온도계를 하나씩 달고 다니죠. 그 온도계는 남자들의 시선과 관심을 끌 수 있는 당사자의 능력을 측정해줘요. 그리고 그 여자는 다른 모든 여자들의 온도를 잘 알고 있어요. 그러니 남자들은 본인들이 인정하든 않든 간에 보고 싶어 하고 응시하고 싶어 하고 정신없이 바라보고 싶어 해요. 그리고 우리 여자들도 본인들이 인정하든 않든, 남자들이 자기네를 응시해주고 정신없이 쳐다봐주기를 바래요."

나는 일리가 있는 얘기라고 생각했다. "그러니 모린이 댁을 정신없이 쳐다보면서 모노드라마식 눈알 굴리기 비슷한 것을 했다고 그러는 거로군요."

"맞아요."

"알겠어요." 그래 놓고 우리 둘 다 소리 내어 웃었다.

푸엔테스는 우리를 힐끗 쳐다봤다. "여러분에게 연구의 마지막 한 부분을 말씀드리도록 하죠. 그리고 나서 제 발표는 끝납니다!" 우렁찬 박수 소리. 몇 사람이 휘파람을 불었다. "개인주의와 자주성의 차이에 관해 폭넓게 글을 써온 셰릴 아몬˙은 다음과 같이 지적했습니다. 개인주의(녹색)의 전 단계에서는, '초점이 자아에, 그리고 자아로 하여금 자신의 가치관들에 따라서 선택을 할 수 있게 하는 것에 맞춰진다. 가치와 판단의 정당성은 그것들이 사적이고 개인적이고, 근본적으로 색다른가의 여부에 달려 있다. 모든 사람이 모든 도덕적 관점들을 너그럽게 봐 넘기고, 자신이 책임지지 않은 사람들에 대해 책임감을 느끼는 사람은 아무도 없다. 각 자아들은 자신의 궤도를 따라간다. 이 개인주의적 자아는 그 자신만의 가치들로 이루어진 작은 행성 시스템을 만들어내서 늘 갖고 다닌다.'

아몬은 이렇게 지적했습니다. '자주성은 개인주의와는 정반대로, 추상적인 인과 관계들을 다양한 맥락들을 통해서 조정하고 통합해주는 더 광범위한 원칙들에 의지하고 있다. 자주성은 개체성보다 인지적으로 더 발전되고 윤리적으로 더 포괄적인 어른의 사고 형태로 이루어져 있다.' 개인주의가 다원론적 상대주의에 의지하는 데 반해, 2층의 자주성은 '보편적인 원칙들을 참조해서 자율적인 판단을 내리는 데 초점을 맞춘다.' 보편적·전 지구적·세계중심적인 원칙들에 맞춰서. 아시겠습니까?"

푸엔테스는 고개를 들고 실내를 죽 돌아봤다. "따라서 자주성은 자주적 결정이지만, 그것은 자기중심적이거나 나르시시즘적인 나다움 또는 개인주의와는 아주 다르다는 특별한 의미에서만 그렇습니다." 푸엔테스는 잠시 말을 멈췄다. 실내는 물을 끼얹은 것처럼 조용했다. "자기중심적

˙ **셰릴 아몬** Cheryl Armon 미국의 심리학자. 장 피아제 학회 회원이었고, 로렌스 콜버그와 도덕성발달 이론을 연구하였다.

인 사람은 남들이 고통받을 때도 행복할 수 있지만 자주적인 사람은 그럴 수가 없습니다."

그녀는 그 말의 중력이 우리 모두를 끌어당겨줄 때까지 기다렸다가 다시 입을 열었다. "정말로 그런지 알아보는 것은 그리 어렵지 않습니다."

그녀는 다시 실내를 돌아봤다. "칸트가 우리를 일깨워줬던 것처럼 자주성은 세상에 오로지 나만이 존재하는 것처럼 행동하는 것을 뜻하지 않습니다. 그것은 내가 하는 모든 행동이 다른 사람들에게도 적용되는 것처럼 행동하는 것을 뜻하며, 따라서 다른 모든 사람들이 이 자유 상태에 동참할 수 없다면 나는 진정으로 자유로울 수도, 자기 결정을 내릴 수도, 행복해질 수도 없습니다. 달리 말해, 진정한 자주성은 내가 하고 싶은 모든 것을 다 할 수 있다는 것을 뜻하지 않습니다. '내게 뭘 하라고 하지 마!'를 뜻하는 것은 분명히 아닙니다. 자주성은 다른 모든 사람들이 내가 누릴 가능성이 있는 자유에 동참할 수 없는 한 나는 행복하지 않다는 것을 뜻합니다. 달리 말해 자주적인 사람은 더 높은 의식, 더 높은 도덕성, 더 높은 소명에 따른 결심을 하고 그런 결심에 의해서 구속을 받는 사람입니다. 그 때문에 그 사람은 모든 사람들이 같은 자유의 바다에서 헤엄칠 수 있는 날이 오기 전까지는 잠도 편히 자지 못할 겁니다. 자주성은 외적인 순응이 아니라 내적인 요구입니다. 아무튼 내적인 요구라 해도 어쨌든 요구죠. 자주적인 사람은 자기중심적이거나 민족중심적인 마음가짐을 통해서 자기가 원하는 것은 뭐든 자유롭게 하지 못합니다. 자주적인 사람은 정의와 공정함과 공평함과 배려에 대한 전 지구적이고 세계중심적인 앎을 통해서 행동할 때라야만 진정으로 자유롭습니다. 그것을 뭐라고 불러도 좋습니다. 자주적이라거나 통합적이라고 불러도 좋고, 역동적이라거나 변증법적이라고 불러도 좋고, 탈인습적이라거나 세계중심적이라고 불러도 좋습니다. 이름이야 어찌 되었든 통합적인 이것은 공정함과 배려에 대한 보편적인 헌신의 자세를 갖고서 개인적이고 문화적인 맥락들을 설정하는 시각입니다.

요컨대 자주적 자아는 글로벌한 배려 및 연민과 아울러 보편적인 공정함과 공평함의 네트워크들에 고정되어 있는 글로벌한 자아입니다. 그런 자아는 그런 요구들에 따라 행동하지 않을 수 없죠. 그것은 정도의 차이는 있지만 '내게 뭘 하라고 하지 마!'와 정반대되는 것입니다."

푸엔테스는 싱긋이 웃으며 정면을 응시한 채 살짝 고개를 숙이고는 무대에서 내려갔다.

모린 박사가 천천히 연단에 올랐고 "좋은 소식과 나쁜 소식"이라는 슬라이드 5가 전면 벽에 떠올랐다.

클로이는 벌거벗은 몸으로 샹들리에에 거꾸로 매달린 채 앞뒤로 흔들거리고 있다.

"켄, 너는 평균적인 이십 대 남자가 매 십 분마다 한 번씩 노골적인 성적 판타지를 떠올린다는 사실을 알고 있어?"

"아니, 난 몰랐어, 클로이."

"하지만 켄, 너도 이십 대잖아?"

"응, 그래. 하지만 나는 정말로 그런 걸 의식하지 못했어."

"그건 분명한 진실이야. 광범위한 연구 결과는 평균적인 이십 대 남성이 십 분마다 한 번씩 19금 성적 판타지를 떠올린다는 사실을 입증해줬어."

"가부장제하에서 그런다는 거야, 여가장제하에서 그런다는 거야?"

"멍청이."

"평균적인 이십 대 여성은 어떤데? 19금 판타지를 얼마나 자주 떠올린대?"

"한두 시간에 한 번 정도. 하지만 여성들은 19금 판타지, 시각적 포르노 판타지를 떠올리는 게 아니라 촛불을 은은하게 밝힌 저녁식사 같은 로맨틱한 이미지들을 떠올려. 그런 걸 알고 있어, 켄?"

"아니, 난 몰랐어."

클로이는 여전히 거꾸로 매달린 채 오락가락하고 있다. 그녀의 맨 젖가슴과 꼿꼿이 선 젖꼭지들도 앞뒤로 흔들거리고 있다. 앞뒤로, 앞뒤로…… 그녀의 육감적인 엉덩이도 앞뒤로 흔들거리고 있다. 앞뒤로, 앞뒤로……

"젊고 활달한 게이가 상대하는 섹스 파트너의 평균적인 숫자가 일 년에 백 명도 넘는 데 반해서 레즈비언의 섹스 파트너 평균 숫자가 칠 년에 한 명이라는 걸 알고 있어?"

"아니, 그런 건 몰랐어, 클로이."

"넌 그런 사실을 통해서 어떤 결론을 내려?"

"내가 게이로 다시 태어나면 좋겠다는 결론을 내리지."

"아니, 아니, 그런 거 말고, 이 멍청아. 여성들은 마음이 통하는 관계에 더 관심이 있고 남성들은 마음이 동반되지 않은 오르가슴에 더 관심이 있다는 결론을 내릴 수 있어."

"나도 그런 말을 하려고 했었어."

"어째서 그게 진실인지 알고 있어?"

"우디 앨런이 이미 설명해줬다고 생각하는데. 신은 남자들에게 뇌와 페니스를 줬지만, 피는 한 번에 어느 하나만 작동할 수 있을 만큼만 줬다고."

"그건 농담이 아니야, 켄. 이 추악한 세계가 돌아가는 방식이 원래 그래. 넌 그걸 알고 있어?"

"아니, 난 몰랐어, 클로이."

"너 같은 애는 도대체 무슨 쓸모가 있을까?"

"아주 좋은 질문이야, 클로이. 아주 좋은 질문이야."

모린은 여전히 이야기하고 있다. "우리는 오렌지색에서 녹색으로, 거기서 다시 통합적인 단계로의 매혹적인 진화에 초점을 맞춰왔습니다. 저는 매혹적이라는 표현을 쓰고 있습니다!

우리가 다룰 주제는 간단합니다. 여러분. 이걸 둘로 나누면 부머들의 '좋은 소식과 나쁜 소식'이 됩니다. 저는 우선 총체적이고 거칠고 기술적인 표현을 한 뒤 이해력이 늦은 분들을 위해서 간단히 요약해드리도록 하겠습니다.

좋은 소식은 다음과 같습니다. 포스트모더니즘의 전반적인 트렌드들은 베이비붐 세대와 더불어 다방면에서 정점에 이르렀고, 신화적 절대주의(청색)와 형식적 합리성(오렌지색)의 불공정함과 아울러 무시하고 배제하는 경향과 영웅적으로 싸웠습니다. 의식이 초기의 탈형식적 인지(녹색)로 더 높이 성장하고 진화하는 과정을 통해서 그렇게 했죠. 녹색은 맥락주의와 다원론과 다중 시각들의 참으로 중요한 역할을 이해하고 있었기에 봉건적 신화와 계몽주의의 합리성의 많은 문제점들을 포착해서 종종 교정할 수 있었습니다. 부머 지식인들은 이런 문제점들을 상세하게 열거해왔습니다. 인종차별, 성차별, 식민주의, 유럽중심주의, 남성중심주의, 종차별, 남근중심주의, 로고스중심주의, 남근이성중심주의 등으로. 다음 세미나들에서 살펴보게 될 테지만, IC의 우리들은 그런 비판의 아주 많은 것들에 동의하고 있습니다. 이런 것들은 포스트모더니즘의 유용하고 긍정적인 측면들입니다."

나는 킴을 쳐다봤다. 그녀의 얼굴은 빛나고 있었다. 나는 킴을 쳐다보는 모린의 얼굴을 상상해봤다. 킴을 쳐다보고 있는. 그 풍성한 젖가슴 전체를 말없이 홀린 듯 훑고 있는 안구를. 오, 맙소사.

"그리고 이제는 나쁜 소식을 전해드리기로 하죠. 엄청난 양의 감정적 나르시시즘에 의해 오염된 부머들의 심리적 발달은 녹색 밈의 단계, 고도로 개인주의적인 자아와 아울러 다원론적 상대주의의 단계에서 정체되었습니다. 바로 다원론의 특성들이 다원론을 '내게 뭘 하라고 하지 마!'라는 식의 감정적인 나르시시즘을 끌어들이는 강력한 자석으로 만들었습니다. 만일 모든 진리가 상대적이고 문화적으로 주조된 것이고 다원적인 것이라면, 정말 문자 그대로, 내게 뭘 해야 하는지 알려줄 자는 아무도 없습니다. 그런 진리들 중의 어떤 것도 구속할 수 있는 속성을 갖고 있지 못하고, 따라서 그 누구도 나를 제어할 수 있는 힘을 갖고 있지 못하니까요.

따라서 대단히 수준 높은 발달 파동(녹색)이 천박한 충동들(자주색과 적색)의 활기찬 서식지가 되어버렸다는 것은 아이러니 중의 아이러니가 아닐 수 없습니다. 녹색 파동이 아니었다면 그런 천박한 충동들은 아무도 관심을 갖지 않는 가운데 저절로 소멸되어버리고 말았을 텐데. 전인습적이고 자기도취적이고 자기중심적인 충동들은 탈인습적이고 탈구조적이며 포스트모던한 설계들의 비호를 받아가며 행복한 안식처를 찾아낼 수 있습니다. 탈인습적 이상과 전인습적 충동의 그 서글픈 혼합체가 바로 부머리티스입니다."

청중의 감정적 온도는 빠르게 올라가 모린이 열띤 어조로 이야기한 다음의 대목에서 절정에 이르렀다.

"부머리티스를 구성하고 있는 요소들은 전과 후라는 접두어가 붙은 그 이상한 불륜의 동거자들입니다. 버클리 시위를 촉발시킨 것은 부머리티스였습니다. 부머리티스는 잔혹한 복수심을 갖고서 해체 작업에 열중했습니다. 부머리티스는 과격한 다원론을 끌어안은 뒤 자체의 가치들을 제외한 다른 모든 가치들을 격렬하게 파괴하기 시작했습니다. 부머리티스는 역사를 자체의 찬란하게 빛나는 자아에 필적할 만한 사악함의 연대기로 재해석했습니다. 그것은 근대 계몽운동의 부정적인 요소들뿐만 아니라 많은 긍정적인 요소들까지도 파괴해버렸습니다. 그것은 그것이 재가 해준 관점들을 제외한 다른 모든 관점들을 파괴해서 완전히 소멸시킬 수 있도록 하기 위해 사회적 구성주의를 절대적인 것으로 추어올렸습니다. 그것은 영성을 뉴에이지 나르시시즘으로 변형시켰습니다. 그것의 거룩한 에고를 온우주의 중심에 위치시킨 뉴에이지 나르시시즘으로. 그것은 자신이 새롭고 찬란한 패러다임을 갖고 있다고 주장했습니다. 그 패러다임은 역사 전체를 통틀어 전례 없는 것이요, 세상 사람들이 알고 있는 변화들 가운데 가장 놀라운 변화를 선도할 것이라고 주장했습니다. 그것은 이 모든 역겹고 천박하고 오만한 궤변을 늘어놓는 가운데 역사적으로 전례 없는 도덕적 우월함을 주장했습니다."

청중 속에서 X세대와 Y세대에 속하는 일부 사람들이 웅변조로 통렬하게 비난하는 모린의 얘기 중간쯤부터 성원을 보내기 시작했다. 그들이 계속해서 그렇게 했기 때문에 모린의 목소리와 그들의 응원의 목소리가 함께 점점 더 높아져갔다. "수준 높은 다원론과 저열한 나르시시즘의 이 강력한 혼합체─엄청난 규모의 이 한심한 병리 현상─를 우리는 부머리티스로 알고 있습니다. 부머리티스는 자체의 포스트모던한 방식으로 그것이 그렇게 무자비하게 비난했던 모더니티의 해악만큼이나 아주 유해한 것이 되었고, 부머들을 미국 역사상 더없이 혐오스러운 세대로 만들었습니다."

청중에게서 환성과 야유와 고함이 시끄럽게 뒤섞여 있어 알아듣기 힘든 큰 소리가 터져 나왔다. 많은 이들이 주위를 두리번거리면서 씩씩거렸고 몇몇 사람들은 자리에서 일어나 박수를 치고 있었다. 조나단은 그저 말썽을 일으키려는 심산에서 요란하게 박수를 치고 있었다. 스콧은 쓸쓸한 표정을 하고 있었다. 캐롤린은 여전히 성나 있었는데 아마 이때쯤에는 그 강도가 더 심해졌을 것이다. 킴은 환한 얼굴로 모린을 쳐다보고 있었다.

청중의 흥분이 가라앉지 않은 상태에서 이날의 마지막 강연자인 흑인 신사가 무대에 들어섰다.

"저 사람이 마크 제퍼슨이에요." 킴은 더없이 행복에 겨운 굴종의 표정에서 단호한 표정으로 바뀌면서 말했다. "찰스의 가장 가까운 친구들 중 한 사람이죠. 좀처럼 믿기 힘든 경력을 가진 사람이에요. 브루클린 베드퍼드 스타이베선트(Bedford-Stuyvesant. 전형적인 대도시 빈민가-옮긴이) 출신으로 레인저 부대의 특수작전 요원이었고, 빈민가를 대상으로 한 예술사진집으로 맥아더 지니어스 상(MacArthur genius award. 자기 분야에서 비범한 활동이나 창의적인 활동을 해서 세상에 긍정적인 영향을 미칠 가능성이 있는 이들에게 주는 상-옮긴이)을 수상하기도 했죠. 모린의 글을 우연히 본 것이 본인의 인생을 구해줬다고 해요."

"두 사람이 어떻게 만났는데요?"

"찰스와 마크? 그게 두 사람에 관한 일화의 가장 이상한 부분이죠. 자동차 사고 땜에 만났어요."

"뭐라구요?"

"찰스가 10번가와 퍼시 로의 교차로에서 저 사람 차를 받았어요."

"농담도 잘하시네."

"정말이에요. 저 사람 차를 박았어요. 다행히 아무도 다치지 않았죠. 하지만 이 일화에서 모든 사람이 기억하고 있는 인상적인 대목은 마크의 아주 고전적인 첫마디였어요. 두 사람이 말없이 서로의 운전면허를 교환한 뒤 마크는 고개를 쳐들고는 이렇게 말했어요. '아, 모린 박사님이군요. 그간 박사님을 찾고 있었어요.'"

마크 제퍼슨은 무대에 올라간 뒤 청중을 향해 미소 지으며 말하기 시작했다. 그는 마치 모린이 말을 끝낸 바로 그 대목을 바로 이어 받아서 말하는 것만 같았다. 하지만 그는 모린이 이유야 어찌 되었건 간에 청중에게 제멋대로 가한 심적인 상처를 어루만져주려고 하고 있었다.

제퍼슨이 말을 계속하는 동안 나는 그와 모린이 청중을 상대로 해서 '좋은 경찰과 나쁜 경찰' 놀이를 하는 것 같은 이상한 느낌을 받았다. 모린은 고기망치로 두드리는 것에 버금가는 말의 폭력이라고 할 만한 협박과 비난으로 청중을 조롱하는 나쁜 경찰이었다. 그러고 나서 제퍼슨은 성나서 곤두선 깃털들을 가라앉혀 분위기를 부드럽게 만들고, 그렇게 해서 떠들썩한 군중을 자기가 지향하는 목적지를 향해 좀 더 기꺼운 마음으로 가도록 이끌어주는 좋은 경찰 역할을 했다. 그러나 제퍼슨이 그러는 건 연기가 아닌 것 같았다. 말을 시작하자마자 그가 자신이 말하는 내용에 깊은 확신을 갖고 있다는 것이 아주 분명해 보였다.

"다음과 같은 점을 부디 잊지 말아줬으면 합니다, 여러분. 참으로 중요한 것은 2층이 녹색 밈의 대규모 자금에서 나왔다는 점입니다. 통합적이고 전체적인 네트워크들은 녹색에 의해 해방된 다원론적 시각들을 기반으로 해서 건설되었습니다. 그런 사실은 거듭 되풀이해서 얘기할 만한 가치가 있습니다. 우리가 종종 봐왔듯이 발달은 분화와 통합에 의해 이루어지는 경향이 있습니다. 녹색 밈은 그 전의 오렌지색 파동의 종종 경직되고, 추상적이고, 보편적인 형식주의를 분화시키기 위한 영웅적인 노력을 해왔습니다. 따라서 녹색 밈은 자기네 부류가 아닌 모든 것을 무시하고 배제하려 드는 경향이 있는 경직되고 사무적이고 과학적인 합리성이 아니라 다양한 맥락들, 서로 현격하게 다른 문화적 질감, 다원적 인식, 개별적인 차이들을 밝혀내고 드러냅니다. 그리고 녹색 밈은 종종 아무도 경청해주지 않고 주목해주지 않는 모든 목소리들에 섬세하게 귀 기울여줍니다. 민감한 자아죠! 우리는 모든 밈들이 나선 전체의 건강에 소중한 기여를 하고 있다는 것을 봐왔습니다. 그리고 이런 다원론적 감수성이야말로 녹색 밈이 갖고 있는 더없이 위대한 재능들 중 하나입니다.

그런 놀라운 분화가 이루어지고 나면 분화된 것들은 한데 모여 참으로 전체적이고 통합적인 세계를 드러내주는 더 깊고 폭넓은 맥락들을 이룰 수 있습니다. 말하자면 2층 의식으로의 도약이 일어날 수 있는데, 그것은 오로지 녹색 밈이 이루어낸 성과 덕일 따름입니다. 우선은 분화가 일어나고 그다음에 통합이 이루어집니다. 2층은 녹색이 시작한 과업을 완성해주며, 그 덕에 우리는 다원론적 상대주의에서 보편적인 통합주의로 이동할 수 있습니다. 제가 녹색이 다원적 시각들을 해방시켜주고 나면 2층이 그것들을 통합해줄 것이라고 얘기할 때의 의미는 바로 이것입니다."

"그러니까, 언제부터 모린이 댁을 몸으로만 보지 않게 된 건가요?"

"마음을 정복하는 것이 더 강력한 오르가슴을 안겨준다는 사실을 깨닫고 나서부터."

"쳇, 내가 왜 이런 얘기를 들어야 하는지 모르겠네. 그러니까, 으음, 요컨대 댁이 본인의 젖가슴만큼이나 큰 마음을 갖고 있다는 사실을 그 사람이 깨달았다 그거로군요."

킴은 고개를 돌리고 나를 똑바로 쳐다봤다. "뭐, 그 비슷한 얘기예요."

"그러니까, 댁들은 더없이 행복한 커플이다, 뭐 그건가요? 두 사람이 매일 밤마다 함께 뒹굴며 마음껏 즐기고 있다?"

킴이 사납게 나를 노려봤다.

나는 씩 웃으며 말했다. "오, 난 그 사람의 큰 마음과 댁의 큰 젖가슴이 요란하게 부딪치는 소리를 들을 수 있어요. 철퍼덕 쿵, 철퍼덕 쿵, 철퍼덕 쿵……."

"그래, 댁과 클로이에 관한 무슨 얘긴가를 하고 싶어서 그렇게 출싹대는 거예요?"

"와우, 저 제퍼슨이라는 사람이 정말로 근사한 얘기를 하고 있는 것 같지 않아요?"

"요컨대, 녹색은 1층 사고의 종말이므로 그것은 2층으로 도약할 준비를 합니다. 하지만 2층으로 이동하기 위해서는 다원론과 녹색 밈 전반에 대한 고착 성향이 완화되어야 합니다. 녹색 밈이 이룬 여러 가지 성취들을 완전히 아우르고 앞으로 더 나가야 합니다. 하지만 자체의 마음가짐에 집착하는 성향은 완화되어야 합니다. 그렇게 내려놓는 일을 아주 어렵게 만드는 것이 바로 부머리티스입니다. 혹은 녹색 밈의 강력한 주관주의에 대한 나르시시즘적인 집착이기도 하고요. 저는 녹색 밈에 대한 우리의 고착을 집중 조명함으로써 우리가 녹색 밈의 놀라운 성취들을 넘어섬과 아울러 훨씬 더 너그럽게 포용하기 시작할 수 있다고 믿고 있습니다."

미 퍼스트 앤드 김미 김스Me First and Gimme Gimmes가 부머 고전들, 〈우리에게 필요한 것은 오직 사랑뿐〉, 〈내게 기대요〉, 〈장난감 병정〉 등을 모방한 곡들을 연주하고 있고, 다른 한편으로 블링크 182의 아름다운 선율이 허공을 두드려대고 있고, 매치박스 20의 연주가 밤공기를 뒤흔들고 있고, 저크 오프 32가 한 손으로 박자를 맞추고 있다. 그리고 내 뇌 속에서 쿵 쿵 쿵 쿵 울려대는 그 진동음들은 어느 한 월요일 오후에 자살하는 것이 아주 합리적인 행동일 수 있다는 이유를 또다시 내게 떠올려주고 있다.

"하지만, 귀염둥이, 네가 너 자신을 떠나버린다면, 이 짓은 대체 어쩌라고."

제퍼슨은 "다원론을 넘어서"라는 제목의 슬라이드 6을 벽에다 비췄다.

"그런데 어째서 부머리티스는 통합적 비전의 출현에 최대의 장애가 되는 걸까요? 청색의 근본주의적 종교의 경직된 순응성은 어떨까요? 오렌지색 자본주의의 종종 역겹기까지 한 물질주의는? 많은 제3세계 국가들의 끔찍한 경제 상황들은? 그리고 또……

맞습니다, 맞고요. 모든 게 다 사실입니다. 하지만 우리가 줄곧 말해온 대로 2층 의식은 오로지 녹색 단계에서만 출현할 수 있습니다. 물론 녹색 이전의 모든 밈들도 역시 통합적 관점의 출현을 방해합니다. 제 주장의 핵심은―그리고 우리가 부머들을 꼭 짚어 비판하는 단 하나의 이유는―역사상 부머 세대야말로 대규모로 녹색 파동에 이르기까지 뚜렷하게 진화한 최초의 세대라는 것입니다. 따라서 부머 세대는 2층의 통합적 의식으로 뚜렷하게 상향 이동할 수 있고, 그런 의식을 활용해서 참으로 폭넓은 통합 방식으로 사회 제도들을 조직할 수 있는 확실한 기회를 갖고 있는 첫 세대입니다.

그러나 부머 세대는 상당한 정도의 탈脫 녹색 수준에 이르지 못했기 때문에 아직은 그런 과업을 이루지 못했습니다. 우리가 이미 살펴본 바와 같이 탈녹색 수준에 이른 사람들은 전 세계 인구의 2퍼센트도 채 되지 않습니다. 하지만 제가 주장하는 것은, 부머 세대가 아직도 그렇게 할 수 있다, 는 겁니다. 오로지 녹색을 통해서만 그렇게 될 수 있기 때문에 부머들은 아직도 2층 의식의 하이퍼스페이스로 도약할 수 있는 위치에 있습니다. 그리고 그것은 부머리티스의 허풍이 아닙니다. 실질적인 증거들이 그런 견해를 뒷받침해주고 있습니다. 특히 사회심리학적 연구 결과들이."

"우리는 어떤가요?" 청중 가운데서 X세대 사람 하나가 소리쳤다.

제퍼슨은 싱긋이 웃었다. "오 걱정하지 말아요. 여러분에게는 더 좋은 소식이 기다리고 있으니까. 하지만 나는 부머들에 관한 얘기로부터 시작해야 합니다. 그리고 그들이 역사상 최대의 변혁 가운데 하나를 선도해줄 사람들이며, 그렇지 않을 경우 그들은 이런 기회의 장에서 떼 지어 퇴장하고 말 거라는 말을 꼭 해야 하니까요!" 야유와 환성이 강당 전체에서 터져 나왔다.

"통합문화"라는 제목의 슬라이드 7. 제퍼슨은 그날의 모든 발표의 결론을 향해 온화하게, 그러면서도 열정적으로 나아갔다.

"사회학자 폴 레이*는 최근의 연구에서 그가 '문화 창조자들'이라고 명명한 새로운 문화 계층의 숫자가 현재 미국 성인 인구의 20퍼센트에서 25퍼센트가량 되는 놀라운 수치에 이르렀다는 결론을 내렸습니다. 그 숫자는 대략 오천만 명가량 되며, 그중 상당수가 부머들이라고 합니다. 레이는 그들을 전통주의와 모더니즘이라는 과거의 문화 동향들하고 관련된 이들과 구별하기 위해 통합문화 집단이라고 불렀습니다. 이 집단이 정확히 얼마나 '통합적'인가는 앞으로 더 두고 봐야 합니다. 하지만 저는 레이의 이 수치들이 대단히 실질적인 일련의 조류들을 대변한다고 보고 있습니다. 전통주의자들은 근대 이전의 신화적 가치들(혹은 청색)을 근거로 하고 있고 모더니스트들은 합리적·산업적 가치들(혹은 오렌지색)을 기반으로 하고 있으며, 문화 창조자들은 탈형식적/탈근대적 가치들(혹은 녹색)을 기반으로 하고 있습니다. 그 세 가지 동향은 우리가 의식의 성장과 진화에 관한 연구 조사를 통해서 밝혀낸 점들과 정확하게 일치합니다. 즉 슬라이드 1에서 볼 수 있는 바와 같이 형식 이전의 신화적 단계에서 형식적이고 합리적인 단계로, 거기서 다시 탈형식주의의 초기 단계로 성장하고 진화하는 과정에 관한 조사 결과와 일치한다는 얘기입니다.

그러나 여기서 짚고 넘어가야 할 점들이 몇 가지 더 있습니다. 레이가

• **폴 레이**Paul Ray 미국의 사회학자. 미국인의 라이프스타일과 가치에 대한 연구를 수행하는 시장 조사 및 여론 조사 기업인 아메리칸 라이브즈 주식회사의 부회장.

'통합문화'라고 부른 것은 사실 통합적인 것이 아닙니다. 그것은 보편적인 통합주의 또는 2층 의식에 기반을 두고 있는 것이 아닙니다. 레이의 조사 결과가 암시해주는 바에 의하면 문화 창조자들의 다수는 그들의 가치관이 분명히 말해주듯이 본질적으로 활성화된 녹색 밈에 속하는 이들입니다. 그들은 반위계적 성향이 강하고 평면 세계에 속하며, 모든 인습적 형식들에 의혹의 눈초리를 보내고 소수자들의 배제나 소외에 대해서 감탄스러울 만큼 민감하며, 다원론적 가치들과 주관주의적 대의에 헌신합니다.

IC 회원인 돈 벡은 견실한 연구 결과를 활용하여 다음과 같이 지적했습니다. '레이의 통합문화는 본질적으로 녹색 밈에 속한다. 설령 거기에 노란색이나 청록색 밈들의 징후를 보이는 것들이 존재한다 해도 극소수에 불과하다. 요컨대 문화 창조자들 가운데서 2층 밈들에 속하는 이들은 극소수에 불과하다.'

경험적인 또 다른 연구 결과는 이런 결론을 강력하게 뒷받침해주고 있습니다. 조금만 더 참아주세요, 여러분. 이 얘기는 잠깐이면 끝납니다. 레이는 미국 성인 인구의 약 25퍼센트가량이 통합문화에 속하는 문화 창조자들이라고 주장합니다. 우리는 벡과 카우언이 전 세계 인구의 10퍼센트가 녹색에 속하는 것으로 추산했다는 것을 알고 있습니다. 그런데 미국에서 레이의 자료와 그런대로 맞아떨어지는 이들의 숫자는 총인구의 20퍼센트가량입니다. 달리 말해, 문화 창조자들의 대다수는 제인 뢰빙거와 주자네 쿡 그로이터의 용어를 빌어서 얘기하자면 자주적이거나 통합적 단계들(노란색과 청록색)에 이른 사람들이 아니라 개인주의적 단계(녹색)에 이른 이들입니다. 사실 뢰빙거의 연구 결과는 미국인들의 2퍼센트도 채 되지 않는 이들만이 자주적이거나 통합적 단계에 이르렀다는 것을 알려주고 있습니다. 이 연구 결과는 미국인들의 2퍼센트도 채 되지 않는 사람들만이 통합적인 2층 파동에 이르렀다는 사실을 밝혀준 벡과 카우언의 연구와도 비슷하게 맞아떨어집니다. 달리 말해, 부머들이 대부분을 차지하는 문화 창조자들은 참으로 통합적인 사람들이 아니라 본질적으로 활성화된 녹색 밈에 속하는 이들입니다."

이 대목에서 제퍼슨의 목소리가 크게 올라가면서 우렁차고 호소력 있는 어조가 되었다. "요컨대 집착이나 고착의 자세를 버리지 않을 경우 2층의 통합의식의 출현을 강력하게 방해하는 것은 녹색 밈이며, 폴 레이가 '통합문화'라고 부르는 것은 사실 통합문화를 막아서고 방해하는 것입니다."

청중에게서 뭐라고 불평하는 소리가 일었다. 나는 킴을 쳐다봤다. "상당히 과격한 얘기네요." 킴은 웃으면서 고개를 끄덕였다.

"우리가 제아무리 그 자료를 얇게 썰고 저며봐도 '통합문화'는 통합적이지 않습니다." 마크 제퍼슨은 극적인 효과를 주기 위해 잠시 말을 멈췄다가 벼락처럼 소리쳤다. "이른바 통합문화는 아직 제대로 통합적이지 않습니다. 하지만 그렇게 될 수는 있습니다. 그리고 그것이 결정적인 핵심입니다. 문화 창조자들, 곧 녹색 부머들이 생애 후반기로 접어들면서 의식이 다원론적 녹색에서 성숙한 2층의 앎으로 상승 전환하는 일이 가장 쉽게 일어날 수 있는 절호의 기회가 왔습니다. 그런 전환은 바로 이 시점에서 참으로 통합적인 2층 문화를 낳을 것입니다.

우리는 나중에 이 특별한 전환에 관한 얘기로 다시 돌아와 그 가능성에 관해 논의할 겁니다. 제가 부머리티스에 관해 얘기하는 주요한 이유는 이런 통합적 전환을 가로막는 몇몇 장애들을 분명하게 조명해줄 때 그런 전환이 좀 더 쉽게 일어나지 않을까 싶어서입니다."

나는 허리를 숙이고 킴에게 속삭였다. "이 사람들이 나중에 그런 가능성에 관해 정말로 논의할까요?"

"그거야말로 이 세미나 전체의 가장 핵심적인 부분이니까요."

"그래요?" 탄소가 2층으로 이동하도록 도와주는 일은 앞으로 도래할 실리콘 혁명을 성사시키는 데 결정적인 단서들을 제공해주는 일이 되지 않을까? 핵심적인 요점은 바로 그것이었다…….

"물론, 꼭 부머들이나 미국인들에게서만 통합의식에 이르는 걸 가로막는 이런 장애들을 찾아볼 수 있는 건 아닙니다. 내일 우리가 살펴볼 테지만, 현재 부머리티스는 자유주의적 정치, 사회복지 활동, 법률 정책, 건강관리, 학계의 지배적인 사고방식입니다. 만일 여기 있는 젊은이들이 자연과학이 아닌 분야에서 학위를 취득하려고 한다면, 그들은 사실상 부머리티스에 관한 학위를 취득하는 일이 될 겁니다."

"그 점에 관해서 말씀해주세요!" X세대의 한 사람이 소리쳤다.

제퍼슨은 빙긋이 웃었다. "아, 예, 물론입니다. 대단히 미안한 얘기지만 댁은 핵심을 정확히 짚은 겁니다. 부머리티스는 결코 부머들에게만 한정된 것이 아닙니다. 그것은 통합의식으로 도약할 준비가 되어 있는 사람은 누구나 다 괴롭힐 수 있습니다.

이것이 핵심입니다, 여러분. 인구의 20퍼센트에서 25퍼센트에 이르는, X세대와 Y세대의 상당수를 포함한 약 오천만 명가량이 녹색에 이른 사람들이요, 통합적 앎의 하이퍼스페이스로의 엄청난 도약을 할 준비가 되어 있는 사람들입니다. 그러나 이런 일이 일어나기 위해서는 의식이 탈녹색 단계에 이르러야 하고, 모든 면에서 부머리티스를 뛰어넘어서야만 합니다. 클레어 그레이브스의 말을 요약해서 인용해보도록 하죠. '2층으로 도약하기 위한 에너지를 해방시켜주기 위해서는 녹색 밈이 붕괴되어야 한다. 오늘날의 최첨단의 흐름이 바로 이것이다.'"

통합의식의 하이퍼스페이스로의 양자도약. 이제 나는 이것이야말로 탄소 혁명과 실리콘 혁명 양쪽의 오메가 포인트(인간의식의 진화가 극점에 이른 상태-옮긴이)라고 확신했다.

나는 그 말이 정확히 뭘 뜻하는 것인지 잘 몰랐다. 정확한 세목들에 관해서는 정말 아무것도 몰랐다. 하지만 나는 그런 생각—탄소와 실리콘 양쪽의 오메가—을, 아찔할 만큼 아득히 먼 미래에서 우주를 가로지르는 시간 여행을 통해 의미에 굶주린 내 뇌 속으로 파고들어온 궁극적인 해방의 디지털 만트라라도 되듯이 거듭거듭 되뇌었다.

한 가지는 아주 확실했다. 나는 MIT의 인공지능연구소로 결코 다시 들어갈 수 없을 것이고, 유기체적인 것이든 인공적인 것이든 간에 '지능'은 그저 우리가 앞으로 슈퍼컴들에 다운로드시킬 것에 지나지 않는다고 단언할 수도 없을 것이다. 의식 수준, 의식의 파동이라는 것들이 존재했고, 그 파동들이 탄소의 복잡한 패턴들에서 출현했듯이 실리콘의 그런 패턴들에서도 역시 출현할 것이다. 미래의 인포스피어에는 내부들interiors이 존재하고, 사이버랜드에는 안쪽within이 존재한다. 그리고 봇은 그의 창조자들이 그랬던 것처럼 확장하는 의식의 파동들을 통해서 진화할 것이다. 진화의 전반적인 패턴들이 진화의 징후가 나타날 때마다 그것에 영향을 미칠 테니까.

그래, 그때를 다시 돌이켜보면, 그날부터 나는 죽기 시작했다. 새로운 어떤 것이 태어나려고 몸부림치고 있었다. 그리고 그는 거기 있었고, 이제 나는 그것을 확신하고 있었다.

"켄…… 켄! 이리 좀 와봐요."

스튜어트와 조안 헤이즐턴이 강당 한 옆에 따로 떨어져 있었다. 그곳은 그들이 있기에는 좀 이상한 곳이라는 느낌이 들었다.

"켄, 우리는 내일 밤 조안의 집에서 모임을 가질 거예요. 참석할 수 있겠어요?"

나는 속삭이듯이 말했다. "어째서 우리가 낮게 소곤대고 있는 거죠?"

속삭이듯이 '우리는'으로 시작되었던 말이 평상적인 말로 변했다. "우리는 소곤대는 게 아니라 궁금해하고 있는데요. 그건 대단한 모임이 아니라 그저 작은 모임에 불과해요. 좀 중요한 모임이라고나 할까. 뭐 그 비슷한."

나는 하늘빛 눈을 들여다봤다. 나는 이삼 초가량의 시간이 지난 뒤에야 겨우 그 아찔한 공간에서 다시 방향 감각을 되찾았다. "그렇게 하죠. 클로이랑 같이 가겠어요."

"클로이는 데려오지 않았으면 좋겠는데."

"알았어요. 그럼 그렇게 하죠."

세미나 2

부머리티스의
룰

BOOMERITIS

5

전복하고, 넘어서고, 해체하자

"제이슨 업 온 쓰리는 일련의 병렬 신경회로망들을 갖고 있어. 크레이 슈퍼컴들의 시스템에 걸려 있는 바이오프로세서들과 서로 교차해 있는 형태의 신경회로망들을. 그건 참으로 독창적인 사고의 흔적들을 보여주고 있지. 어제 그 콘솔을 지켜봤는데, 대단히 인상적이었어."

"그 기계가 너한테 자살하고 싶다는 얘기를 하지 않던?"

조지는 이맛살을 찌푸렸다. "아, 그래, 지능에 대한 켄 윌버 식 평가 방식 말이지. 아니, 켄, 그것은 자살하고 싶다는 얘기 같은 건 하지 않던데."

"그 점에 관해서 생각해봐, 조지. 오로지 인간들만이 자살을 진지하게 고려할 거야. 자살은 존재에 대한, 완벽하다고 할 만큼 지성적이고 합리적인 반응이지. 멍청한 사람들은 결코 자살을 하지 않아. 그런 사람들은 그저 너무나 멍청하니까. 그러니 니네들의 기계가 자살을 고려하지 않는

253

다면, 그건 아직 지성적인 기계가 아니라는 얘기야."

"대체로 그건 반복되는 해묵은 문제라고 할 수 있지. 우리는 새로운 것들의 출현을 허용해줄 거라고 생각되는 다양한 유형의 코드들을 프로그램해. 그것이 우리가 가급적 유연한 방식으로 프로그램한 학습 능력과 짝을 이루게 되면, 조만간 그 기계에서 참으로 창조적인 지능이 튀어나오지 않을까 기대하고 있고. 하지만 지금까지 그런 일은 일어나지 않고 있어."

스콧이 거들었다. "맞아. 그것은 체스 경기에서 카스파로프를 이긴 IBM의 딥소트와 비슷한 경우지. 한데 체스는 유한한 수학적 움직임들의 무한한 조합에 불과하고, 그 하나하나의 움직임들은 선형線形적으로 프로그램할 수 있지. 딥소트는 대단히 인상적인 기계이긴 하지만 그것을 창조적인 지능이라고 생각하는 사람은 아무도 없어."

조지가 말했다. "우리가 당면한 문제는 대체로 이런 거야. 기계가 생각을 하게끔 하려면 그것에게 학습 능력이 있다는 걸 입증할 수 있어야 해. 그래서 우리는 정말 거짓말같이 복잡한 시스템들을 만들어봤지. 대규모 병렬 처리 과정을 기반으로 한 것, 퍼지 논리Fuzzy logic를 기반으로 한 것, 신경회로망을 기반으로 한 것, 어마어마하게 복잡한 생체분자 처리 과정을 기반으로 한 것 등을. 아무튼 우리는 여전히 이런 문제와 씨름하고 있어. 기계가 과거로부터 배우려면 그 과거를 기억할 수 있어야 한다는 문제와. 하지만 우리가 '과거'라고 부르는 것은 사실 각기 다른 유형의 몇 십억의 사건들을 포함하고 있으니 대체 기계가 어떤 사건들을 기억하게끔 프로그램해줘야 할까?"

스콧이 말했다. "난 무슨 말인지 모르겠네."

클로이가 말했다. "난 알겠는데." 그래 놓고 그녀는 자기 목을 움켜쥐고는 마치 질식 상태에 빠진 것처럼 거칠게 숨을 몰아쉬면서 서서히 의자에서 미끄러져 내려가 식탁 밑으로 떨어졌다.

"들어봐. 거기 그대로 앉아서라도……."

"꿈 깨셔." 그녀는 허리를 펴고 일어나 조지를 쳐다봤다. "그래, 장난 좀 한 거야. 이제부터는 네 말을 하나도 빼놓지 않고 잘 듣도록 하지." 그녀는 눈을 두 번 깜박인 뒤 그를 지그시 바라봤다.

"으음." 조지는 그녀를 쳐다보면서 망설였다. 하지만 그는 내처 얘기하기로 결심했다. "좋아, 예를 들어서 얘기해보기로 하지. 내가 이 책《기계공학의 원리》를 땅바닥에 내려놨다고 쳐. 그리고 우리 개가 와서 그 책을 봤어. 나랑 그 개 둘이서 그 책을 본 거야. 그럼 우리 둘은 나중에 어떤 것들을 기억할까?"

나는 말했다. "서로 아주 다른 것들을 기억할 테지."

"그렇지. 우리는 서로 다른 것들을 봤기 때문에 각기 다른 것들을 기억할 거야. 나는 엄청나게 많은 정보를 담은 교과서를 봤지만 우리 개는 교과서를 못 봤어. 녀석은 점심거리가 될지도 모르는 네모난 물건을 봤지만, 거기서는 별다른 좋은 냄새가 나지 않았지."

나는 물었다. "그래서, 네 말의 요점은?"

"세상에는 리얼리티에 대한 온갖 종류의 해석이 존재하는데, 우리는 그중에서 어떤 해석들을 골라서 컴퓨터에게 기억하라고 말하면 좋을까? 나는 이 교과서를 중요한 것이라고 생각하기 때문에 이것을 기억하게끔 프로그램하고 싶어 할 거야. 하지만 페미니스트는 이렇게 말할 거야. '잠깐. 그건 대상화되고 분리된 과학 책이라서 우리 컴퓨터에는 입력시키고 싶지 않아요!' 어떤 선사禪師는 그 책에서 전혀 다른 어떤 것을 볼지도 몰라. 어느 것이 옳을까? 그런 해석은 무수히 많을 테고 각각의 해석들이 서로 상충되기 때문에 우리로서는 그 모든 것을 다 기억하게끔 프로그램할 수 없어. 그러니 우리는 컴퓨터에 어떤 것을 기억하라고 말하면 좋을지 알 수가 없지. 문제가 뭔지 알겠어?"

클로이가 말했다. "아, 나는 문제가 뭔지 알아." 나는 제발 좀 무례하게 굴지 말아달라고 사정하는 의미에서 그녀의 팔을 가볍게 잡았다.

"포스트모더니스트들이 얘기하는 게 바로 그거야. 해석의 중요성." 스콧이 말했다. "리얼리티는 인식이 아니라 해석이다." 그는 자신이 문화적 매트릭스 수업에서 적어도 한 가지 결론은 기억하고 있다는 것이 자랑스러운지 한 마디 한 마디를 또박또박 발음하면서 덧붙였다. 스콧은 아무도 자기 말에 반박하지 않았고 특히 클로이까지도 그랬다는 사실에 용기를 얻어 말을 계속했다. "우리 외부에는 단 하나의 '객관적 리얼리티'도 존재하지 않아. 우리가 고려해야 할 것은 온갖 종류의 해석들뿐이고, 온갖 유형의 실체감 있는 생각들이 이런 해석들과 어우러져 작동하고 있을 뿐이야. 인공지능 분야에서 일하는 그 누구도 컴퓨터에 해석들을 프로그램해주는 방법을 찾아내지 못했으니 우리는 컴퓨터가 실질적인 생각을 하게 할 수 없는 거야."

나는 얼른 그의 말에 끼어들었다. "아주 정확한 말이야. 주어진 단 하나의 리얼리티만 있는 게 아니고, 리얼리티의 수준들과 의식 수준들이 존재한다는 사실을 알려주는 유일한 예가 바로 그거야. 인공지능 전공자들인 우리 모두는 그런 수준들의 아주 좁은 대역에 속해 있고, 바로 그 때문에 우리는 신속하게 어딘가로 가지 못하고 있어. 어디로도 가지 못하고 제자리에서 꾸물대기만 하고 있다고."

조지는 내가 이 새로운 방향에 대한 열정을 드러낸 것이 마치 인공지능이라는 참된 종교에서 이탈했다는 것을 뜻하기라도 한 것처럼 약간 당혹스러운 표정으로 나를 쳐다봤다. "내가 얘기하려던 것은 그저." 조지는 좀 더 냉정한 어조로 말을 이었다. "우리가 실패하고 있다는 게 아니라 이 대목에서 단지 약간의 기술적인 어려움에 봉착했다는 것뿐이야. 그 차이를 알겠어?" "나는 포기하려는 게 아니야, 조지. 난 단지 실리콘 경로들에 하이퍼링크될 때 진화가 어떻게 일어날지에 관한 몇 가지 견해를 갖고 있을 뿐이야. 이 지능 수준들에 관한 온갖 증거가 있……"

"오오오오, 죽이네." 클로이가 본인의 라테에 손을 뻗으면서 말했다. 그 서슬에 손목의 흉터가 소매 밖으로 살짝 삐져나오면서 컴퓨터가 할 수 없는 일을 또다시 내게 떠올려줬다. 그 모든 고통, 클로이가 인간지능의 황폐함으로부터 스스로를 보호하기 위한 자기 나름의 처연한 시도를 통해 존재의 두려움을 처리했던 방식도 역시 떠올려줬고. "점심시간이야. 오, 조지, 셔츠 아주 멋있네."

그 전날 밤에 우리는 다시 스튜어트 데이비스를 보러 갔다. 스콧은 여자 친구 버네사를 데려왔다. 내 눈에는 버네사가 늘 진짜 슈퍼우먼처럼 비쳤다. 듀크대 2학년으로 자기 과 수석이고 아주 재기발랄하며, 플레이보이 버니 뺨치는 몸매를 가진 여자애. 나는 비록 그녀가 어떤 애인지 잘 모르긴 했지만, 아무튼 그녀는 내가 알고 있는 가장 근사한 여자애들 중 하나였다. 밀레니얼 세대(1981~2000 - 옮긴이)의 젊은 층에 속하는 클래식한 여학생. 그녀의 엄마는 버네사가 아직 태중에 있을 때 음악이 태아의 뇌 생리 기능을 향상시켜줄 거라는 생각에서 바흐 음악을 연주했다. (그리고 내 생각에 버네사는 엄마 뱃속에 있는 동안 모차르트 음악을 콧노래로 불렀을 것만 같다). 임신 마지막 삼 개월 동안 그녀의 아빠는 태아의 언어 구사 능력을 향상시켜주기 위해 엄마의 부풀어 오른 배를 향해 《오즈의 마법사》를 읽어줬다. 그렇게 태어난 아기가 유치원의 영아반, 유아반을 거쳐서 유치원 과정을 다 끝냈을 때도 아이의 나이는 네 살이 채 되지 않았다. 그녀는 열한 살 때 축구를 했고 전교 어린이 회장이 되었고 대학진학적성시험SAT을 치를 준비를 하기 시작했다. 그녀는 원서를 낸 모든 대학에서 입학허가서를 받았다. 스콧은 그녀가 섹스를 할 때도 그 같은 방식으로 한다고 했는데, 그게 무슨 뜻인지 아는 사람은 아무도 없었다. 버네사는 늘 명랑하고 목표 지향적이고 뿌리 깊은 자존감을 갖고 있었으며, 모두가 다 좋아했다.

클로이는 버네사의 냉장고 속에 토막 난 시신 부위들이 들어 있을 게 거의 분명하니 그 안을 절대로 들여다보지 말라고 했다. "내, 분명히 단언하는데, 걔는 얼마 안 가 정신착란증에 걸리고 말 거야."

클럽 패심은 하버드 광장 팔머 가 47번지의 자갈로 포장된 길 가에 숨어 있다. 지대가 낮아 길 아래로 내려가면 그곳에 이르게 된다. 칙칙한 색깔에 아늑하고 편안해 뵈는 실내는 아마 백 명가량을 수용할 수 있을 것이다. 일주일에 며칠 밤은 포크송이나 록 음악을 라이브로 들려준다. 그럴 때 시 낭송의 밤 행사도 열리곤 했는데 내게는 그것이 늘 부머 부랑자들에 대한 엇나간 이상한 경배처럼 비치곤 했다. 나는 정말로 케루악*의 작품을 읽어보려고 애썼지만 끝내 읽지 못하고 말았다. 그의 글을 읽을 때면 꼭 손톱으로 칠판을 긁는 것 같은 기분이 된다. "그건 작품이 아니라 타자기로 두드려댄 거야(케루악 같은 비트 세대 시인 작가들을 좋아하지 않았던 트루먼 카포트가 케루악의 작품을 빗대서 한 유명한 말-옮긴이)." "엄마는 왜 그런 사람을 좋아해?" "자유에 관한 글이라서."

스튜어트는 우리에게 말했다. "댁들이 생각할 수 있는 모든 송 라이터들이 패심에서 공연을 했어요. 그렇게 한 지가 이십오 년이 넘었으니 여기는 보스턴과 케임브리지에 있는 포크송 무대들의 진원지이자 중심지라고 할 수 있어요. 공연을 할 때마다 녹색 밈에 해당되는 아주 많은 사

• **잭 케루악** Jack Kerouac 미국의 소설가이자 시인. 대표작 《길 위에서》는 형식에 구애받지 않은 즉흥적인 문체, 거침없이 역동하는 재즈와 맘보의 리듬, 끓어오르는 에너지와 호기심으로 가득한 소설로, 이후 문학과 문화 전반에 큰 영향을 미쳤다.

람들이 빔들 사이를 떠돌면서 비명을 질러댔죠.

하지만 그 사람들은 이따금 아주 냉정한 태도를 보일 때도 있어요. 그럴 때는 여기가 꼭 음악 감상실 같죠. 공연이 진행되는 동안 모두가 조용히 앉아 있기만 하고. 공연하는 동안 사람들은 맥주, 커피, 사과주, 와인 같은 걸 마셔요. 온갖 송 라이터, 시인, 엉터리 철학자들이 출연해요. 아마 개중에는 진짜도 좀 있을걸요. 발레리나이기도 한 화끈한 여종업원도 있어요. 그 여자는 자신의 두 다리만으로 남자들의 넋을 쏙 빼놓을 수 있죠."

클로이가 말했다. "젠장, 내가 그 장면을 봤어야 했는데."

그곳은 정말 음악 감상실이었다. 스튜어트는 두 눈에서 빛을 뿜으며 진지하게 노래했고, 우리는 귀담아 들었다.

나는 일 년에 한 번 홀랜드(네덜란드 - 옮긴이)에 간다
스키폴로 날아가
멜크 호텔에 들어가서
셔츠 두 장을 꺼낸 뒤
홍등가를 따라 열 블록쯤 걷다가
엔젤 팔러에 들어가
하이디를 찾는다

하이디의 방 안에 들어간다
우리는 아무 말도 하지 않는다
그녀는 은제 대검으로
내 옷들을 싹둑 베어낸다
그러고 나서 나를 벽에 걸려 있는

거대한 수레바퀴에 결박한다
그리고 한 손으로 내 몸을 돌린다
그리고 입으로 나를 먹는다
그동안 나는 창밖을 바라본다
열 지어 늘어서 있는 실물과 똑같은

　　풍차들을,
　　실물의 목제 풍차들을
　　풍차들을,
　　실물과 똑같은 모습으로
　　열 지어 늘어서 있는 풍차들을

하이디는 일 년에 한 번 여기로 온다
블랙힐스로 날아와
울프 호텔에 들어가서
스커트 두 장을 꺼낸 뒤
좁은 길을 따라 반 마일쯤 걷다가
케빈 세븐에 이르러
우리 집 창문을 두드린다

하이디는 내 방에 들어온다
우리는 아무 말도 하지 않는다
나는 일자형 면도칼로 그녀의 옷들을
싹둑 베어낸다
그녀는 바닥에 엎드려

가랑이가 트인 마구를 착용한다
나는 그녀의 두 다리 사이에 내 박차를 박아 넣는다
내 손가락들로 그녀의 갈기를 움켜쥔다
그녀는 창밖을 응시한다
몇 마일에 걸쳐 펼쳐져 있는 실물의

　　밀밭들을,
　　완벽한 황금빛 밀밭들을
　　밀밭들을
　　몇 마일에 걸쳐 펼쳐져 있는 실물의
　　풍차들을,
　　실물과 똑같은 목조 풍차들을
　　밀밭들을
　　완벽한 황금빛의

　스튜어트는 불온하게, 아름답게, 아프게 노래했다. 그의 모든 것이 생생하게…… 현존한다. 그 노래에 우리 모두는 박장대소했다. 다른 노래들을 들을 때는 울고 싶었다. 스튜어트의 노래들 일부는 부드럽고 여리고 영성적이다. 다른 일부는 속되고 악마적이기까지 하다. 그는 인간의 저열한 데서 고상한 데 이르는 모든 스펙트럼을 아우르고 있으며, 내가 청중이 그를 무척이나 사랑한다고 생각하는 것은 바로 그 때문이다. 다른 그 어떤 노래를 통해서, 그것도 한 노래를 통해서 자위행위, 가슴 종양, 드레스덴 융단 폭격, 내면의 신God 찾기에 관한 얘기를 두루 다 들을 수 있겠는가?
　스튜어트는 처음에 두 곡을 부르고 다시 두 곡을 부르는 중간에 우리에게 말했다. "내게 일어난 얘기를 들으면 믿지 못할 거요. 정말 믿지 못할 거라고요. 어느 볼링장에서 그런 일이 일어났죠. 볼링장에서! 그 말이 믿어지냐고!"

"좋아 켄. 거래를 해봅시다(Let's Make a Deal. 몬티 홀이 진행해온 장수 TV쇼 제목—옮긴이) 시간이야. 1번 문 뒤에는 한 명의 나체 클로이가 있어. 2번 문 뒤에는 두 명의 나체 클로이가 있어. 3번 문 뒤에는 세 명의 나체 클로이가 있어. 너는 어느 문을 택할 거야, 켄?"
"이건, 으음, 꼼수 질문 같은 거야?"
"아냐, 켄. 그런 거 아냐."
"으음 그럼, 3번 문을 택하겠어요, 몬티."

"초창기 탈형식적 인지와 다원론적 상대주의의 중요한 폭로가 이루어지던 시기에—히유! 맙소사!(holy mackerel. 직역하면 '거룩한 고등어'라는 뜻—옮긴이) 아침의 한입거리로는 아주 딱이네! 얘기를 계속하자면, 녹색 밈의 중요한 폭로가 이루어지던 시기에 부머 학자들은 많은 중요한 진실들을 밝혀냈으며, 그 진실들은 인류의 자각에 대한 영속적인 기여로 남을 겁니다. 그와 동시에 이런 폭로는 그 이전의 모든 밈들에 대한 강력한 의심, 기존에 받아들여졌던 모든 진실들에 대한 날선 경계심, '모든 권위에 대한 맹렬한 의문'의 분위기 속에서 제기되었습니다. 좀 난폭하고 활력으로 넘치는 부머들은 좋은 것이건 나쁜 것이건 간에 전통적인 진실이라면 무조건 호전적으로, 무분별하게, 가끔 악의적으로, 해체시켰습니다. 그런데 '활력'이란 게 도대체 뭐지? 활력으로 가득하다는 게 좋은 것일 수는 없나? '의사 선생님, 저 사람 좀 도와줘야겠어요, 저 사람은 오늘 왔는데 활력으로 가득해요. 내 말인즉슨, 저 사람의 낯짝이 추수감사절 칠면조의 크기만큼이나 빵빵하게 부풀어 올랐다(우쭐대고 잘난 척한다는 뜻도 포함되어 있다-옮긴이), 그 말입니다.' 아무튼 부머들은 자신감으로 충만했다는 얘깁니다. 핵심은 전인습적인 밈들과 탈인습적인 밈들이 인습적인 모든 것을 파괴하기 위해 부정한 협정을 맺었다는 것이죠. 그렇게 해서 부머의 자유로 나아가는 길에는 차에 받혀 죽은 동물들의 흔적이 즐비하게 생겨나기 시작했습니다.

1968년 5월, 파리 거리는 '마르크스, 마오, 마르쿠제'라는 외침으로 가득했습니다. 파리 전역의 벽들에서는 '구조주의를 무너뜨려라!'라고 휘갈겨 쓴 낙서들이 보였습니다. '시스템과 싸우자!'라는 뜻의 프랑스어 구호도 보였고. 대서양 건너편에서도 이런 '탈구조적' 충동을 외면하지 않았습니다. 그런 충동은 조만간 시스템과 싸우기 위한 지적인 장비들의 대부분을 제공해줄 것이기 때문이었죠. 그와 같은 탈구조적 충동, 시스템과의 투쟁 충동은 미국에서 이미 만개하고 있었습니다. 바로 그 전해, '사랑의 여름'(새로운 공동체를 꿈꾸는 히피 운동이 시작된 1967년 여름을 가리킴-옮긴이), 샌프란시스코의 금문공원은 히피족, 프리 섹스, 자유롭게 유통되는 마약들, 그 모든 것을 부추기는 최고의 패러다임에 해당하는 LSD로 넘쳐났습니다. 그러고 나서 시카고 민주당 전당대회 사태, 켄트 주립대학교 유혈 사태, 대규모 반전 시위, 연좌 시위, 소요 사태들이 일어났죠. 평균적인, 혹은 전형적인 부머 자아를 구성하는 요소들은 그 모든 사건들을 통해서 생겨났습니다. 다원론적 가치 체계와 아울러 고도로 개인주의적인 요소들이 말입니다. 부머들은 자기네가 지향하는 모든 것을 배제하고 소외시켜왔던 모든 인습적인 진리들을 해체하는 데 힘을 쏟습니다. 당대 사람들이 진심으로 믿어 마지않았던 인습적 합리성, 형식적 합리성, 선형적 합리성은 느낌, 자연, 여성, 환경, 의식의 더 높은 상태들, 마약, 자유연애, 그룹섹스, 몸 등을 배제하고 소외시켜왔으니까요.

요컨대 부머들은 하나의 주요한, 압도적인 강박관념을 갖고 있었으니, 그것은 곧 합리성의 '타자'를 부활시키자는 것이었습니다.

그에 뒤이어 인습적 이성을 뒤집어엎고 합리성을 해체하는 작업이 제 색깔을 분명히 드러내기까지는 삼십 년의 세월이 걸렸는데, 그런 과정에서 부머들은 전합리적인 것과 탈합리적인 것, 전인습적인 것과 탈인습적인 것, 자기중심적인 나르시시즘과 세계중심적인 자주성을 완벽하게 혼동하는 면에서 타의 추종을 불허하는 능력을 보여줬습니다. 이 모든 요소들은 이성의 타자를 부활시키자는 기치 아래 앞으로 돌격했습니다.

전복시키고 넘어서고 해체하자. 부머리티스의 구호입니다. 그들은 그런 구호를 적어도 백 번, 백만 번, 십억 번은 들었을 겁니다. 하지만 그것은 진정한 초월일까요, 아니면 퇴행에 불과할까요? 창조적인 전복일까요, 아니면 한심한 일탈일까요? 더 수준 높은 진리들을 지향하는 해체일까요, 아니면 가장 저열한 가능성들을 지향하는 파괴일까요?

물론 그 답은 위에 열거한 모든 것입니다."

모린이 기조 발언을 끝내자 청중 속에서 온갖 괴이한 소음이 일어났다. 괜히 혼자서 구시렁거리거나 투덜대는 소리, 박수 소리, 환호, 헛기침 등이 힙합 식으로 뒤섞인 그 소음은 뜨거운 방바닥 같은 데 앉은 사람들이 낼 법한 소리들이었다. 나는 청중 대부분이 사실상 집단적으로 심리 분석을 받으러 와 잔뜩 긴장해서 앉아 있는 부머들이라는 걸 줄곧 잊고 있었다. 그들은 자기네의 병을 치유하고 싶어서 온 부머들이었다. 자연히 그들은 그 모든 얘기에 심기가 불편해졌다. 세미나 1과 예비적인 논의 과정에서 IC 사람들은 꽤 점잖게 나왔다. 하지만 나는 지금 시작되는 세미나 2는 과히 유쾌하지 않으리라는 느낌을 받았다.

여전히 모린은 앞으로 닥쳐올 혹독한 시련에 대비해 정신 무장을 단단히 하고 청중도 미리 대비하게 할 심산이기라도 한 양 적함과 부딪치기 직전의 가미가제 조종사처럼 비장한 표정을 하고 있었다.

"인습의 타자를 부활시키겠다는 강박관념—전통을 몰아내자! 모든 권위에 이의를 제기하자! 시스템을 무너뜨리자!—속에서 다원론이 낳은 고상한 진실들은 Me세대의 많은 천박한 기행들을 거의 완벽하게 가려주는 가면을 제공해줬습니다. 많은 경우에 전pre이요, 탈post인 경우는 어쩌다 한 번씩! 포스트모던하고 탈형식적이고 탈인습적이고 탈구조적인 이론들이 폭발적으로 쏟아져 나왔고 역사적으로 전례 없는 방식으로 번성했습니다. 그것은 그런 이론들이 처음 등장했을 때 깊은 진실들이었기 때문이기도 했고, 또 전구조적이고 전형식적이고 전인습적인 충동들의 무의식적인 고향이기도 했기 때문입니다. 더 수준 높고 강력한 탈인습적인 진실들과 저열하고 원색적이고 전인습적인 감정들의 결합은 비할 데 없는 막강한 문화적 힘을 낳았습니다. 그리고 이 경우, 비단뱀이 삼켜버린 돼지가 비단뱀을 거의 죽이다시피 했습니다."

"해체 열풍이 가라앉은 단 하나의 이유는 그 이름 때문이야. 해체, 해체, 해체." 클로이는 주방 식탁 위에서 두 여자와 섹스를 하고 있다. "부머들은 자기네의 훌륭한 자아들 이외의 다른 모든 것들을 해체시키고 싶어 해." 클로이가 말한다. 다른 두 여자는 보이지 않는 진동에 맞춰 클로이와 더불어 흔들거리기 시작한다.

"그건 좀 공정하지 않은 말이야. 그렇잖아?"

"이 짓을 해체해버리자고." 세 여자가 동시에 오르가슴에 이른 것 같은 모습을 보이기 시작한다.

"기똥차지 않아? 우리가 예의범절에 관한 네 생각을 완전히 뛰어넘어버리고 있는 건가?"

"그런 건 나한테 전혀 문제가 되지 않아."

"우리가 여성의 성욕을 억압해온 가부장적 기표들을 해체하고 있는 거야?"

"부디 그렇게 되기를 바래."

"이러는 게 못마땅하지, 그렇지?"

"사실 난 누군가가 무슨 도움을 필요로 하는 건 아닐까 궁금하고 있었어."

"멍청이."

"세미나 2가 진행되는 동안 우리가 할 일은 그저 부머들의 기본적인 몇몇 관심사 목록, 곧 해체에서 생태학, 페미니즘, 영성에 이르는 목록을 살펴보는 겁니다. 그리고 중요하고 깊이 있는 몇 가지 진실들뿐만 아니라 그런 진실들이 강력한 부머리티스적 요소들을 갖고 있다는 점도 밝힐 것이구요. 그런 요소들은 결국 중요한 기여를 했을 수도 있는 것들을 심각하게 왜곡하고 무력하게 만드는 것으로 끝나고 말죠.

하지만 우선 우리 모두가 강조하고 싶은 한 가지 요점이 있습니다. 다음 세션들에서 우리는 개념들 그 자체가 아니라 그런 개념들의 부머리티스 버전을 비판할 작정입니다. 우리는 페미니즘이 아니라 부머리티스 페미니즘을 비판하고 있습니다. 우리는 생태학이 아니라 부머리티스 생태학을 비판하고 있습니다. 영성이 아니라 부머리티스 영성을 비판하고 있구요. 사실 여기 이 IC의 학자들은 2층의 시각에서 그런 중요한 각각의 개념들에 접근할—부머리티스적 요소들을 벗겨낼—수 있는 방법에 관해 폭넓게 글을 써왔습니다. 그렇게 해서 통합페미니즘, 통합생태학, 통합심리학, 통합경영, 통합영성 등에 관한 책들을 출간해왔고요.《우리에게 주어진 삶》,《존재의 빛》,《통합심리학》,《인간발달의 더 높은 단계들》,《태도 변화》,《근원적 영성》,《우리 머리 위에》,《모든 것의 이론》과 같은 책들은 모두가 IC 회원들이 쓴 것으로, 드디어 통합적인 접근법을 통해서 이 모든 쟁점을 다룬 책들입니다. 우리는 이 모든 책을 강력하게 추천하고 있습니다. 다음의 세션들에서 우리는 이런 통합적 해법들을 언급할 것이고, 다음 주에 시작될 세미나 3에서는 그 해법들을 면밀히 살펴볼 겁니다. 하지만 오늘 우리는 주로 문제 그 자체, 곧 부머리티스에 초점을 맞출 겁니다." 청중은 부머리티스라는 말 자체만 듣고도 동요했다.

"킴, 댁은 그 비밀을 얘기해주지 않았어요."

"내가요?"

내가 킴에게서 뭔가를 들을 수 있을지도 모른다고 기대하면서 기다리고 있는 동안 조안 헤이즐턴이 무대로 나왔다. 그녀는 평온한 미소를 지으면서 놀라운 소식을 전해줬다.

"안녕하세요, 여러분. 우리는 다음 며칠에 걸쳐서 알코올이나 마약 남용자와의 '대결'이라고 할 만한 것과 아주 비슷한 일을 할 겁니다. 가족이나 사랑하는 사람들이 그 기능 장애의 증거들을 갖고서 당사자와 맞서기 위해 한데 모입니다. 그리고 고통스러운 자각이 따라 나옵니다. 하지만 우리는 그것이 궁극적으로는 해방된 상태의 자각이 되기를 바랍니다. 여러분은 본인들이 다음에 나올 개념들에 얼마나 깊이 중독되었는지, 그리고 그런 중독이 삶의 모든 측면에 얼마나 깊이 스며들어 있는지 전혀 알지 못하고 있기 때문에 우리는 여러분의 기능 장애 증거들을 갖고서 여러분과 맞서려고 합니다. 제가, 아니 우리가 바라는 것은 사례들을 하나하나 제시함으로써 이런 중독이 점차 부인하기 어려운 것이 되고, 문제 그 자체가 선명하게 드러남으로써 우리가 그것의 더 불온한 요소들을 분명히 볼 수 있게 되고 결국은 그것들을 극복했으면 하는 것입니다.

그리고 이 경우에 저도 기능 장애라는 점에서는 다른 모든 사람들과 똑같습니다. 그러니 우리는 이런 상태에서 벗어날 길을 함께 더듬어나갈 것입니다. 우리들 중에서 논의를 촉진해주는 분들은 중독 상태에서 회복되고 있는 분들이기 때문에 우리는 그분들이 우리를 도와주셨으면 합니다. 하지만 사실 이것은 공동 탐구, 공동의 대화요, 서로를 배려해주는 가운데 이루어지는 봄 방식의 대화(주로 영국에서 활동했던 저명한 미국 출신의 물리학자 데이비드 봄David Bohm이 제창한 대화 방식. 그는 이 지구상의 다양한 문제의 근원은 적절하지 않은 대화가 만들어낸 현상이라고 보고 상대방을 설득하는 것이 아니라 공통 이해를 찾아내는 행위로서의 창조적인 대화를 추구했다-옮긴이)요, 우리 모두가 같은 동료들로서 배려와 연민과 상호 존중의 자세로 함께 나아가는 학습 과정입니다."

"저분은 녹색 방식으로 이야기하고 있어요." 킴이 속삭였다.

"그게 무슨 소리예요?"

"여기 온 대부분의 사람들은 녹색 성향이 아주 강한 사람들이어서 헤이즐턴은 녹색의 가치들을 반영해주는 녹색 밈 언어를 조심스럽게 사용하고 있어요. 만일 저분이 노란색의 방식으로 이야기를 했다면 녹색 밈 사람들은 성이 나서 뛰쳐나가버렸을 거예요. 저분은 외과 수술을 하기 전에 녹색 밈 사람들을 달래려 하고 있는 중이에요."

"알겠어요. 뭔가 상당히 조작적인 느낌이 나네요."

"댁 자신의 녹색이 드러나고 있네요. 그건 조작적인 것일 수도 있긴 해요. 하지만 사람들과 만나기 위한 세련된 수단일 수도 있죠. 사람들을 찾아내서 그들이 들을 수 있는 방식으로 이야기하기 위한 수단. 헤이즐턴은 조작하거나 조종하는 분이 아니에요. 댁도 이미 그걸 감지했을 텐데."

"맞아요." 그런데 헤이즐턴의 접근 방식이 제대로 먹혀들었을까? 지금 박수 소리는 전혀 없이 무서운 침묵만 도사리고 있는걸. 외과 수술을 받기 직전에 얼굴에서 핏기가 싹 가신 표정을 하고 있는 환자의 깊은 침묵 같은 것.

헤이즐턴이 말했다. "여러분께 데릭 반 클리프 씨를 소개하겠습니다.

반 클리프 박사는 남아프리카 공화국 요하네스버그에서 온 분입니다. 반 클리프 박사는 아파르트헤이트(인종 격리 정책 - 옮긴이) 반대 운동에 참여하는 과정에서 그 문제에 대한 자유주의적인 접근법과 보수적인 접근법 모두가 불충분하고 부적당하다는 확신을 갖게 되었습니다. 반 클리프 박사는 우리가 스릴 있고 흥미진진한 여행을 할 수 있게 해주실 겁니다!"

반 클리프가 성큼성큼 무대를 가로질러갔다. 그는 흥미로운 인물이었다. 하얀 피부 때문에 유난히 더 두드러져 보이는 칠흑 같은 검은 머리에 아주 잘생긴 남자. 매부리코에 각진 얼굴. 기품 있고 우아한, 그러면서도 남성적인 걸음걸이. 그는 멀리서도 풍겨 나오는 진지한 분위기만 아니라면 영화배우도 될 수 있을 법한 사람이었다. 그의 그런 분위기는 할리우드의 분위기와는 거리가 아주 멀어 보였다.

킴이 속삭였다. "나는 저 사람한테 뻑 가곤 했어요. 모든 여자들이 다 그래요. 남자들도 그렇고."

"저 사람 게이예요?"

"아니, 난 그렇게 생각하지 않아요. 하지만 저 사람은 데이트를 하지 않아요. 왜 그런지는 아무도 몰라요."

"일과 결혼했나 보죠?"

"좋을 대로 생각하세요."

그의 입에서 나온 첫마디는, "부머리티스 성향을 지닌 모든 사람은 백 번째 원숭이입니다"였다.

그는 청중의 주의를 끌기 위해 잠시 말을 멈췄다. 청중은 눈에 띌 정도로 움찔했다. 대결이 시작되었고, 그 외과의사의 메스가 이제 막 살을 건드렸다.

"백 번째 원숭이는 1952년 고지마 섬의 일본산 원숭이 마카카 푸스카타에게 일어난 사건에 관한 다소 놀라운 이야기입니다. 과학자들이 그 원숭이들 먹으라고 모래밭에 고구마들을 던져줬습니다. 원숭이들은 고구마를 좋아했지만 모래 맛은 좋아하지 않았습니다. 이모Imo라고 하는 열여덟 달 된 암컷 한 마리가 그 고구마를 가까이 있는 시냇물에 씻는 것으로 문제를 해결할 수 있다는 사실을 알아냈습니다. 이모는 자기의 놀이 친구들에게 이런 요령을 가르쳐줬고, 그 친구들은 모두 자기네 엄마한테 그걸 가르쳐줬습니다. 과학자들은 고구마를 씻어 먹는 그런 방법이 그 섬의 원숭이들 사이에서 느리게 퍼져나가기 시작하는 것을 지켜봤습니다. 그러다 1958년 어느 날, 놀라운 일이 일어났습니다. 그날 아침 어느 때 일정한 어떤 수의 원숭이들이 고구마 씻어 먹는 요령을 알고 있었습니다. 그 정확한 숫자는 알려지지 않았는데요, 이야기를 만들기 위해서 그냥 아흔아홉 마리라고 해두죠. 그 다음번 원숭이, 곧 백 번째 원숭이가 그 요령을 배웠고, 그날 저녁 무렵 과학자들은 그 섬의 모든 원숭이가 다 그런 요령을 깨쳤다는 것을 알았습니다. 그뿐만 아니라 그 주위의 섬들에 살고 있으나 고지마 섬하고는 전혀 접촉이 없었던 원숭이들마저도 모두 고구마를 씻어 먹기 시작했습니다!

인기 있는 한 부머 책은 그 현상을 이렇게 설명했습니다. '그 백 번째 원숭이의 추가된 에너지는 개념적 돌파구를 만들어냈다! 따라서 일정한 임계 숫자가 앎에 이르면 이 새 앎은 마음에서 마음으로 전파될 수 있을 것이다. 추가적인 단 한 사람이 새로운 앎에 이를 경우, 그 앎이 거의 모든 사람들에게 도달할 수 있게끔 장場이 강화되는 임계점이 있다! 당신이 백 번째 원숭이가 될 수도 있다!'

나중에 알고 보니 그 원숭이 현상은 사실이 아니었습니다. 그 일화는 날조된 것이었습니다. 하지만 그 일화는 들불처럼 번져나가 가장 빈번히 인용되는 부머 스토리라고 할 만한 것이 되었습니다. 왜 그랬을까요? 그것은 부머리티스의 주문을 받아서 만든 신화였기 때문입니다. 여러분이,

여러분 자신의 에고가 온 세상을 뒤바꿔줄 변화의 결정적인 주도자로 조명될 수 있기 때문입니다. 부머리티스는 자기 에고의 모든 몸짓이 세계 변화를 뜻한다는 확신이 들지 않을 경우에는 손가락 하나도 까딱하지 않을 겁니다." 청중은 동요하고 신음했다. 그 시점에서 뭔가 마음이 불편해 보이긴 했으나 야유해야 할지 환호해야 할지 제대로 확신하지 못하고 있었다.

"이 이야기는 나르시시즘적인 요소가 압도적으로 강하다는 점뿐만 아니라 도덕적 감수성이 현저하게 결여되었다는 점에서도 아주 불온합니다. 오로지 내 행위만이 '거의 모든 사람'을 변화시킬 것이다! 내 의식이 자동적으로 너희의 의식을 변화시켜 내 의식에 순응하게 만들 것이라는 단순한 생각이야말로 지배하고자 하는 나르시시즘적 권력의 핵심입니다. 부머리티스는 자기가 백 번째 원숭이가 될 수 있을 것이라는 생각에 너무나 흥분한 나머지 잠시 멈춰 서서 부머들이 정한 대로의 의식을 갖는 것에 다른 원숭이들이 정말로 고마워할지를 검토해보려고도 하지 않았습니다.

물론 개인들이 자신의 행동이 변화를 일으킨다고 느끼고 자신이 인류의—좀 더 나아가 모든 생명체들의—향상 발전에 다소나마 기여하고 있다고 느끼는 것은 중요합니다. 하지만 부머리티스의 수중에 들어가 있는 그런 충동은 어마어마하게 추악한 것으로 변했습니다. 내 모든 몸짓이 세상을 내 복제품으로 만들 거야, 라는 식의 것으로. 백 번째 원숭이 신화는 새로운 패러다임 서클들에서 가장 많이 회자되는 이야기가 되었고, 그 신화가 사기라고 하는 것은 세속적이고 물질주의적인 무리가 지어낸 얘기라는 식으로 넘어갔습니다. 그 사기를 폭로한 이들이 한 무리의 세속적인 회의주의자들인 것은 맞는 얘기지만, 그럼에도 그 일화가 사기라는 점에는 여전히 변함이 없습니다. 그러나 그 신화는 그것이 진실이어서가 아니라 그것이 부머리티스에게, 그리고 게걸스러운 에고의 더없이 탐욕스러운 요구에 깊이 부응하고 있기 때문에 들불처럼 번져나가고 있습니다."

나는 킴에게 물었다. "부머리티스라는 게 이토록 잔인한 건가요?"

"점점 더 심해지고 있죠."

"그런데 왜? 저 사람은 일부러 선동하고 있어요. 이건 사랑의 매 같은 것인가요?"

"그런 건 아니에요. 테스트죠."

"테스트? 그게 도대체 뭔데요? 내가 테스트를 통과해야 한다는 말인가요? 나는 그런 건 받지 않을 거예요." 나는 잠시 생각했다. "모린도 같은 짓을 하고 있다는 느낌을 받았어요. 일종의 테스트 같은 것을."

킴은 몇 초 동안 나를 쳐다봤다. "암만 해도 댁의 상태를 재평가해야 할 것 같네요. 멍청이로."

내가 그게 정확히 어떤 종류의 테스트인가를 파악하려고 애쓰고 있는 동안에 그날의 첫 번째 슬라이드가 벽에 떠올랐다. "영재 아이의 드라마." 반 클리프는 말을 계속했다. 점차 고조되어가는 청중의 흥분 상태를 그의 진지한 태도가 간신히 가려주고 있었다.

"앨리스 밀러*가 쓴 《영재 아이의 드라마》라는 책은 대상관계를 심리분석적으로 조명한 책으로, 타인들에게 유달리 민감한 탓에 남들, 그중에서 특히 부모를 기쁘게 하려고 과도하게 애쓰고, 따라서 결국에는 정서적으로 고갈되고 내면이 삭막해지는 아이들에게 일어나는 현상을 다뤘습니다. 그 책은 원래 《어린 시절의 포로들》이라는 제목으로 출간되어 비

---

* **앨리스 밀러** Alice Miller 폴란드 태생의 정신과 의사. 어린 시절에 받은 부정적인 교육이 그 이후의 삶에 미치는 정신적 영향을 중시했다.

평계로부터 어느 정도의 찬사를 받았습니다. 한데 마케팅에 재능을 지닌 이들이 약간의 손질을 해서 《영재 아이의 드라마》라는 제목으로 재출간한 뒤, 많은 부머들이 영재인 자기네가 비열하고 횡포한 부모와 사회 전반에 의해서 결국 중도에 꺾이고 마는 과정의 연대기로 그 책을 읽었습니다. 특히 다른 누군가가 자신의 성장을 찍어 눌렀다고 여기고 있던 부머리티스는 그것을 자신이 승리하지 못한 이유를 설명해주는 것 같은 책으로 여겼습니다. 그 제목은 부머리티스가 그리고 있는 자신의 라이프 스토리가 정확히 어떤 것인지를 정확히 보여주고 있습니다. 《영재 아이의 드라마》는 재발간된 지 이십 년이 지난 오늘까지도 네티즌들이 선정하는 심리학 책들의 순위에서 여전히 1위 자리를 차지하고 있습니다."

그 외과의사는 여전히 메스로 살을 베어내고 있었다. 반 클리프는 누적 효과가 방어망을 해제시킬 수 있게끔 가급적 빠른 속도로 여러 가지 예를 들고 싶어 했다.

슬라이드 2, "자기 죄를 남에게 뒤집어씌우기The Abuse Excuse".

"1993년, 한 여자가 맥도널드에 들어가 커피 한 컵을 주문한 뒤 그걸 들고 자신의 차에 탔습니다. 그 여자는 컵 뚜껑을 열고는 컵을 무릎 위에 올려놓고 액셀을 밟았습니다. 그러자 커피가 쏟아졌고 여자는 다리에 화상을 입었습니다. 그녀는 맥도널드를 상대로 제소해 200만 달러의 피해보상을 요구했고, 재판 결과 승소했습니다. 맥도널드가 커피를 너무 뜨겁게 제조하는 과실을 저질렀다는 이유로.

우리는 나르시시즘을 규정해주는 한 가지 특징이 일이 잘못될 때마다 그것은 내 탓이 아냐, 라고 주장하는 것이라는 점을 이미 목격해왔습니다. 그리고 지난 몇십 년 동안 부머들이 장악해온 미국 사법 시스템은 나르시시즘이 많은 법적 분쟁에서 승소하도록 거드는 방향으로 흐르는 극적인 모습을 보여왔습니다. 이제 이런 현상은 널리 받아들여지는 것이기에 새삼 증거 자료를 동원할 필요도 없습니다. 하지만 이런 현상이 가장 선연하게 드러난 것은 메넨데스 형제 재판(이십 대 중후반의 형제는 백만장자 부모를 살해했고, 아버지는 그들이 어렸을 때 성폭행을 했다고 한다. 결국 그들은 종신형을 선고받았다-옮긴이)에서였습니다. 그 재판에서 부모가 잠든 사이에 부모를 엽총으로 쏴서 죽인 두 형제는 아버지가 그들을 '성추행'했다고 주장했기에 처음에는 석방되었습니다. 그런데 그들이 엽총으로 자기 어머니의 머리를 쏘고 나서 총탄을 재장전한 뒤 쫓아가서 재차 쏴 죽인 것이 그런 성적 학대와 무슨 연관이 있는지는 불분명했습니다.

'자기 죄를 남에게 뒤집어씌우기'는 단지 '희생자 코스프레'라고 하는 것의 부분 집합일 뿐입니다. 희생자 코스프레는 진짜 희생자들의 참혹한 비극, 곧 노예 상태, 동성애자 학대, 강간, 범죄적 성격의 폭행 등을 모형으로 삼고 그것을 과민한 자아에 대한 지극히 사소한 모욕에 적용하는 걸 뜻합니다. 당사자가 실질적인 학대를 받아서 희생자라고 주장하든, 또는 그저 사회의 무관심과 무감각을 이유로 들어서 그렇게 주장하든 간에 거기에는 공통된 하나의 맥락이 존재합니다. 즉 나는 내 문제에 책임이 없지만 당신은 당신의 문제에 책임이 있다, 고 하는 것.

커피를 쏟아서 화상을 입은 것에서 제 부모를 살해한 짓에 이르기까지 내가 한 일에 대해 나는 분명히 책임이 없다. 왜냐하면 나는 희생자니까. 하지만 만일 내가 내 문제로 당신을 비난할 경우, 당신은 당신이 한 일에 대해서 책임을 져야 한다. 그렇지 않을 경우 그 게임은 결코 시작될 수 없을 것이다. 메넨데스 형제가 자기네 아버지가 자기네한테 한 짓 때문에 무죄라면, 그들의 아버지도 역시 분명히 무죄입니다. 왜냐하면 그 사람은 아주 고약한 짓을 하기 위해서 스스로를 학대한 게 분명하니까요. 하지만 그런 논리는 전혀 먹혀들지 않을 겁니다. 희생자라는 바람직한 지위를 얻기 위해서는 누군가가, 즉 다른 누군가가 어느 시점에서 실질적인 책임을 져줘야 하니까요. 그렇지 않으면 그 책임은 어디에서도 멈춰 서지 않을 겁니다. 그리고 부머리티스는 그 책임이 항상 다른 어딘가에서 멈춰 서게 만듭니다."

클로이라면 이런 얘기를 듣고 좋아했을 것이다. 그녀가 정당한 이유가 있어서 희생자 코스프레를 비판하기 때문에 그렇다는 건 아니다. 클로이는 그런 걸 자기에게 유리하게 이용할 방법을 찾을 수가 없었기 때문에 그것을 싫어했다. 그녀는 그렇게 이용할 수 있는 사람들을 아주 싫어했다. 스콧은 이런 이슈에서 클로이는 정당하지 않은 이유로 옳고, 캐롤린은 정당한 이유로 그르다고 말했다. 캐롤린은 희생자연하기victimism 라는 쟁점에 관해서 열심히 연구해왔다. 문화 연구 분야에서는 의당 그렇게 해야 한다. 그녀는 그 주제에 엄청난 열의와 지혜를 쏟아부었다. 그리고 그녀는 담당 교수들의 적지 않은 도움에 힘입어(클로이는 이렇게 말했다. "기억 회복 전문가들이 환자들에게 제공해주는 도움과 동일한 유형의 도움이야. 학대가 있었어요? 없었어요? 더 깊이 파고들어봐요, 같은 식 말이야.") 남녀를 불문하고 아주 많은 사람들이 가부장제의 희생자들이라는 결론을 내렸다.

스콧은 항상 말하곤 했다. "하지만 캐롤린, 남녀 모두가 가부장제의 희생자들이라고 한다면, 도대체 누가 그 망할 놈의 것을 실제로 시작했다는 거야?"

캐롤린은 자기와 함께 문화연구학과에 속한 두 친구, 카티시 수마르와 베스 윈터를 세미나에 데려왔는데 그건 아마 정신적인 지지를 얻기 위한 목적에서였을 공산이 크다. 반 클리프는 모든 반박을 거칠게, 혹은 교묘하게 무시해버리고 내처 앞으로 나아갔다.

"나는 어떤 식으로 해서 스스로를 내가 저지른 행위에 아무 책임이 없는 희생자로 보는 걸까요?

한 FBI 요원이 정부 돈 2000달러를 횡령한 뒤 어느 날 오후에 애틀랜틱시티에서 도박으로 그 돈을 모두 날려버렸다. 그는 해고당했지만 법원이 그의 도박 애호 성향이 하나의 '핸디캡'이므로 연방법의 보호를 받는다는 판결을 내린 뒤 복직되었다.

매사추세츠 주 프레이밍햄에서 한 젊은이가 주차장에서 차를 훔쳐 달아나다가 사망했다. 그의 가족은 주차장 주인이 그런 절도 행위를 방지하는 조처를 취하지 않았다고 해서 그를 고소했다.

과거 교육구청 직원으로 일하다 해고당한 한 남성은 자기가 자기 변호사들이 '만성적 지각 증후군'이라고 부르는 것의 희생자라고 주장하면서 과거의 상사들을 고소했다.

시카고에 사는 한 남자가 자기네 지역에 있는 한 식당이 연방 평등보호법을 위반하고 있다고 해서 그 식당을 미연방 검찰청 소수자 권리국에 고발했습니다. 그 식당의 좌석들이 자기같이 유난히 큰 엉덩이를 가진 사람이 앉기에는 너무 작다고 해서. '나는 흑인, 멕시코인, 라틴계 사람, 아시아인, 여성만큼이나 명백하게 드러나는 소수 집단을 대표하는 사람입니다. 귀 식당은 덩치가 큰 사람들을 부당하게, 그리고 심하게 차별해온 책임이 있으며, 우리는 귀 식당이 숙식 시설 평등권 규정을 따르도록 하기 위해 귀 식당을 상대로 한 연방 소송을 제기할 준비가 되어 있습니다. 나는 허리둘레가 60인치이며, 귀 식당이 갖춰놓은 것 같은 의자들 때문에 거기서 서비스를 받기가 전혀 불가능합니다. 우리는 미국 인구의 근 20퍼센트를 차지하는 몸집 큰 사람들의 존재를 인정해주고, 귀 식당 의자의 최소한 20퍼센트를 몸집 큰 사람들이 앉기에 적당한 의

자들로 배치하는 간단한 조처를 취해줄 것을 귀 식당에게 아주 진지하게 요구합니다.'

〈시카고 트리뷴〉지의 칼럼니스트 마이크 로코는 이 사람이 자신의 처지를 흑인과 여성 같은 이들의 처지와 동격에 놓으려고 하는 의도를 가졌음에도 불구하고, 다음과 같이 썼다. '그가 애초부터 60인치의 허리와 거대한 엉덩이를 갖고서 태어난 것은 아니다. 그는 일정한 어떤 나이에 이른 뒤에 그런 몸집과 엉덩이를 스스로 만들어냈다. 그것은 그의 책임이다. 설사 자유주의자들 중에서 가장 자유로운 이라 할지라도 그의 60인치 허리와 대단한 엉덩이가 미국의 책임은 아니라고 하는 데 동의해야만 할 것이다.'"

이번에는 모든 청중이 다 웃었다. 그들은 누그러진 분위기에 즐거워하는 것 같았다. 캐롤린은 카티시를 쳐다보며 웃었다. 베스는 캐롤린을 보면서 환한 미소를 머금었다. 킴은 마치 "저 셋이 무슨 꿍꿍이속인지는 하느님만이 아실 거야"라고 말하는 것 같은 표정으로 나를 쳐다봤다.

"《희생자들의 나라》,《고소의 문화》,《자기 죄를 남에게 뒤집어씌우기》 같은 책들에는 이와 비슷한 사례 몇백 가지가 수록되어 있습니다. 그것은 마치 모든 법률 시스템이《영재 아이의 드라마》를 읽고 나서, (1) 당신에게 일어나는 모든 나쁜 일은 전혀 당신 탓이 아니며, (2) 이 책은 당신이 바로 사회에 의해서 성장의 방해를 받아온 영재 아이라는 것을 보여준다, 는 판결을 내린 것만 같습니다.

처음에 그것은 완벽하게 이치에 맞는 말이 됩니다. 나는 다른 누군가가 나를 억압하고 있기 때문에 성공하지 못하고 있다, 나는 희생자다, 라는 논리. 그러나 희생자라고 주장하는 것으로 자신의 자존감을 찾으려고 하는 짓은, 만일 당신이 앞으로 언제고 희생자의 처지를 극복하는 데 성공한다면, 자신이 누리는 지위와 특별한 권리, 특권적인 취급을 받을 자격을 잃고 말 것이라는 고약한 아이러니를 안고 있습니다. 그러므로 당신이 자신을 명시적으로 희생자와 동일시할 경우 당신은 희생자의 처지에서 벗어나지 않게끔 무진 애를 써야만 합니다."

반 클리프는 말을 멈추고 무대에서 매처럼 강렬한 분위기를 발산하면서 강당 안을 돌아봤다. "이 모든 것은 부머리티스 특유의 분위기와 그것의 고질적인 책임 부정의 일부로서 혼연일체를 이루고 있습니다. 그것은 희생자의 낮은 자존감을 완화시켜주기는커녕 그런 상태가 영속되도록 보장해주는 결과만 빚을 뿐입니다."

외과의사는 메스로 살을 베는 선에서 그친 것이 아니라 이제는 기관들을 떼어내 바닥에 던지기 시작했다. 그가 말한 내용은 우리 어머니, 아버지와 너무나 딱 맞아떨어지기에 그것을 나 자신에게 적용해보는 일은 아직 시작도 하지 못했다. 내가 어렸을 때 어머니는 백 번째 원숭이 그림을 냉장고에 붙여뒀다. 어머니는 몇 년간 나를 "우리 꼬마 모스 몽키"라고 불렀다. 나는 '모스moss'라는 말이 어디서 온 것인지 결코 알지 못했지만 '몽키'의 출처는 아주 분명했다. 어머니에게 나는 어머니의 가치관들을 포괄해주는 방식으로 세상을 변화시킬 아이였을 것이다.

그리고 우리 아버지. 아버지는 자기 나름의 방식으로, 그 무렵 온 세상 사람들을 군산복합체, 혹은 횡포한 자본주의, 혹은 뉴턴-데카르트 패러다임 등의 희생자들로 여기는 식으로 해서 백 번째 원숭이가 되려고 했다. 아버지가 지목한 그 모든 악당들의 나머지 이름은 이제 잊어버렸지만 말이다. 그리고 내 귀에 뉴턴-데카르트 패러다임은 늘 흉측한 피부병을 뜻하는 말로 들렸다. 하지만 아버지에게 오렌지색 밈은 다른 모든 밈들처럼 부분적으로는 좋고 부분적으로는 나쁜 것이 아니라 속속들이, 완전히, 시종일관, 악마 같은 밈이었다. 오렌지색 밈은 쿡 그로이터가 개인주의적 자아를 일러 대단히 의심 많고 회의적이고 심지어 냉소적이기까지 한, 혹은 조만간 그렇다는 사실이 밝혀질 것이라고 말한 바로 그것과 꼭 같은 것이었다. 아버지는 세상을 구하려 했으며, 그것은 사실 아버지가 세상의 영광스러운 구원자이자 구세주, 철저한 부머리티스, 경이로운 백 번째 원숭이 마르크스주의자가 되리라는 것을 뜻했다. 그리고 이제 십자가에 못 박힌 그 사람은 안타깝게도 홀로 피 흘리며 죽어가고 있었다. 그의 신념 체계라는 무자비한 못들이 그의 몸에 치명적인 상처를 입혔다. 생명이 그에게서 방울방울 떨어져 내리고 있었고, 어머니나 나는 이따금 한 번씩 그 때문에 눈물짓곤 했다.

그 가녀린 슬픔은 그해 가을 내 마음을 종종 스치곤 했던 한 가지 상념을 불러일으켰다. 어쩌면 내 샴쌍둥이는 커트 코베인의 그림자가 아니라 아버지의 그림자였을지도 모른다. 누가 자신 있게 말할 수 있겠는가?

내면의 목소리는 늘 내게 말했다. 탈출로가 하나 있지만, 그 탈출로는 사실 내면의 길이라고. 젊은 스튜어트가 곧 노래해줄 내용과 마찬가지다. "하지만 그것은 실재하고, 우리 존재의 영원한 중심부에서 / 그리 멀리 떨어져 있지 않아 / 우리가 두 눈을 감고 / 깨어 있을 때 / 우리가 밟고 다니는 투명한 내적인 길은." 그리고 그들은 어째서 내가 다음 세대에게 기대를 거는지 궁금해한다.

내가 어린 소녀였을 때 엄마가 내게 제대로 얘기해준 유일한 것은 남자들과 그들의 방식대로 싸우는 것은 시간 낭비라는 것이었다. 엄마는 내처 말했다. 여자들은 앎의 다른 방식들을 갖고 있으며, 남자들과 싸우는 대신에 하늘이 되어야 한다고. 남자들은 눈부신 태양이 되게 내버려둬. 하지만 너는 그 태양이 존재하는 하늘이 될 수 있어. 대지조차도 그 무한한 공간, 하늘이라는 자궁, 존재하는 모든 것의 자궁 속에 떠 있단다. 부분들이 그 하늘에서 합쳐지고, 네가 완전하게 존재하는, 모든 것을 아우르는 광대무변함,

모든 공간을 아우르는 광활한 공간에서 조각들은 자기네의 안식처를 발견하지.

훗날 나는 그 하늘이 여성도 남성도 아니고 태양도 대지도 아니며 그 양자를 포함하는 드넓은 공간이라는 것을 알았다. 그러나 나는 길고도 고통스러운 죽음 뒤에야 비로소 그것을 깨달았다. 그대는 그런 자각에 이르는 비밀을 알고 싶어 하는가?

카티시가 캐롤린 쪽으로 고개를 숙이고 말했다. "설령 반 클리프가 말하는 내용이 옳다고 하더라도 그것이 저 밖에 진짜 희생자들이 없다는 걸 뜻하는 건 아냐! 우리가 이 모든 시시껍절한 얘기를 그대로 다 받아먹을 필요는 없어."

그 말에 응답하기라도 하듯 반 클리프는 "인구의 374퍼센트"라는 제목의 슬라이드 3을 비쳐줬다.

그는 진심 어린 근심 걱정처럼 보이는 표정을 하고서 말했다. "은폐된 몇몇 진짜 비극들이 있습니다. 노예 제도의 잔재, 동성애자 학대, 범죄적 폭력, 성차별, 신체적 학대 등에서 비롯된 실질적인 희생자들이 꽤 많으며, 희생자 코스프레가 그런 사람들의 진짜 분노를 희석시키고 있습니다."

반 클리프는 다양한 신문들에서 오려낸 기사들을 읽기 시작했다. '냉장고 지고 달리기 경기'를 하는 동안 부상을 입은 사람들이 그런 행동을 하다가 부상을 입을 수도 있다는 경고를 제대로 하지 않았다고 해서 제조사를 고소하도록 부추기는 법률적·문화적 풍토를 생각해보세요. 지하철 역사에서 움직이는 전동차 앞으로 일부러 뛰어내린 뉴욕의 한 남자의 경우도 역시 생각해보세요. 그 남자는 전동차가 제시간에 정지하지 못해 결국 자신을 들이받았다는 이유로 65만 달러를 받았습니다.

남자들은 여성들만의 체중 감량 프로그램을 운영한다는 이유로 다이어트 병원들을 고소하곤 합니다. 샌프란시스코 자이언츠 구단은 아버지 날 선물을 남자들에게만 나눠줬다는 이유로 고소당했습니다. 어느 심리학 전문 여교수는 크리스마스 파티 때 겨우살이가 걸려 있는(미국과 유럽에서는 크리스마스 파티 때 문간에 겨우살이를 걸어놓으면 행운이 온다고 믿는다 - 옮긴이) 바람에 자기가 심적 고통을 당했다고 해서 고소했습니다. 펜실베이니아 주립 대학교 직원들은 한 여교수가 강의실 벽에 걸린 고야의 〈나체의 마야〉 복제화가 성희롱의 한 형태라고 주장한 뒤 그 그림을 떼어냈습니다."

"성희롱이라니, 말도 안 돼!" 청중 가운데 한 사람이 소리쳤다.

반 클리프는 동의한다는 듯이 고개를 끄덕였다. 그는 그 전에 등장했던 강연자들과는 달리 이런 사례들에 감정을 개입시키는 것임이 분명했다. 그는 어깨를 한번 으쓱하고는 자세를 반듯이 한 뒤 말을 계속했다. "가엾게도 지나치게 과민한 자아에게는 그 피곤한 머리를 눕힐 수 있는 곳이 극히 드뭅니다. '마이애미의 한 법원은 한 여성이 흑인들이 너무나 무서워 흑인들과 백인들이 함께 일하는 사무실에서 일할 수가 없다고 고소하자 그 여성에게 종업원 상해보험금 4만 달러를 지급해주라고 판결했다.' 지나치게 과민해서 도저히 인종 통합을 받아들일 수 없다고 하는 경우를 한번 생각해보세요!" 그는 천둥처럼 일갈했고, 이번에는 모든 청중이 박수를 쳤다.

"이런 사례는 계속 되풀이됩니다." 반 클리프는 침중한 어조로 말했다. 그는 청중에게 또 다른 기사들을 읽어줬다.

"두 해병은 해병대에서 자기네를 '만성적 과체중'이라고 해서 전역시켰고, 이것은 헌법에 위배되는 차별이라고 주장했습니다. 왼손잡이인 한 우체국 직원은 우편물 정리함들을 '오른손잡이 직원들의 편의를 위해' 배치하는 차별적 성향을 보였다는 이유로 미국 우정청을 고소했습니다. 콜로라도의 스물네 살짜리 청년은 본인이 '부모의 과오'라고 부르는 것을 이유로 해서 자기 어머니와 아버지를 고소했습니다. 하와이에서는 관광하러 온 한 가족이 예약을 너무 많이 받은 호텔 측에서 자기네를 '마음에 들지 않는 방들'에 투숙하게 함으로써 경제적인 손해를 끼쳤다고 제소해서 그에 대한 손해배상금뿐만 아니라 '정신적인 고통과 실망'에 대한 배상금까지 현금으로 지급받았습니다. 올랜도에서는 한 남자가 이발소에서 자기 머리를 너무나 엉망으로 깎아버리는 바람에 공황과 불안 발작이 일어났다고 해서 제소했습니다. 그 소송에서 원고는 부주의한 헤어스타일리스트가 자신에게서 '인생을 즐길 권리'를 빼앗아갔다고 주장했습니다." 산발적인 웃음이 터져 나왔다. 그런 익살의 화살이 언제 자기한테로 향할지 모른다는 것을 깨닫고 자제하는 데서 나온 것임이 분명한 웃음…….

반 클리프는 미소 짓기 시작했다. "어떤 사례들에서는 분명 창조적인 재주가 엿보이기도 합니다. '월터 올슨은 〈소송 폭발〉이라는 기사에서 주디스 헤임스라고 하는 한 영매의 소송을 다음과 같이 보도했다. 평소 시인 존 밀턴(밀턴은 그녀의 입을 통해서 말했다) 같은 형이상학적인 유명인사들의 혼을 불러내는 교령회를 관장했던 그녀는 X선 체축단층촬영 검사에 사용되는 염료가 자신의 영적 능력을 망쳐버렸다고 주장했다. 그녀는 자신의 주치의가 그렇게 해서 자신의 생계 유지 수단인 능력을 해쳤다고 해서 소송을 제기했다. (…) 배심원들은 불과 사십오 분 만에 돌아와서 그녀에게 98만 6000달러를 배상해줘야 한다는 결정을 통보했다.'"

"나도 그런 직업을 갖고 싶어!" 청중 가운데서 누군가가 소리쳤고, 모두가 웃었다.

반 클리프는 여전히 미소 지으면서 말을 계속했다. "아주 놀라운 것은 사회 전반적으로 보아 희생자 자격을 얻기 위해 경쟁하고 있는 집단들의 그 순수한 숫자입니다. 널리 절찬받고 있는 책 《희생자들의 나라》의 저자 찰스 사이크스*는 그 점에 관해 이렇게 지적했습니다. '아마 우리 시대의 가장 유별난 현상은 점점 더 많은 집단과 개인들—자동차 제조사 임원들과 방자한 학계 사람들을 포함한 백인 중산층 사람들—이 자기네를 이런저런 부류의 희생자로 규정하는 데 열을 내고 있다는 점일 것이다. 아론 윌다브스키*의 계산에 의하면, 스스로를 억압받는 소수자로 여기는 모든 집단을 합산해보면 그 숫자가 인구의 374퍼센트에 이른다고 한다.'"

반 클리프는 청중의 주의를 끌기 위해 잠시 말을 멈추고는 청중을 돌아본 뒤 거의 외치다시피 했다. "인구의 374퍼센트! 여러분, 여러분, 정신…… 차려야…… 합니다!" 그는 무대 앞으로 걸어 나왔다. "본질적인 문제는 바로 이겁니다. 희생자가 있는 곳에는 당연히 가해자, 혹은 박해자, 혹은 희생자에게 상처를 주는 누군가가 있어야 합니다. 그래야 희생자가 나올 수 있죠. 모든 사람이 '나는 희생자야'라는 그 특별한 게임을 시작하는 데 써먹을 수 있었던 박해자의 무한한 저장고는 바로 백인 신교도 앵글로색슨 남성, 예, 맞습니다, 그 전설적인 와스프WASP 남성이었습니다. 그런데 그 저장고가 이미 오래전에 바닥나고 말았네요. 억압하는 유일한 거대 집단인 백인 남성 집단이 이제는 수십 개의 소집단으로 갈라졌고, 그 소집단들은 하나같이 자기네도 억압받는 희생자들이라고 주장합니다. 백인 남성들은 아이 적에 성적 학대를 받은 사람들, 아버지에게서 버림받은 사람들, 잔혹한 폭력적 환경에서 성장한 사람들, 마약 중독과 알코올 중독과 약물 남용에서 회복되고 있는 사람들, 과체중과 노

- **찰스 사이크스**Charles Sykes 미국의 교육자. 빌 게이츠가 말한 것으로 잘못 알려진 '학교에서는 배울 수 없는 것들'이라는 10가지 조언을 쓴 것으로 유명하다.
- **아론 윌다브스키**Aaron Wildavsky 미국 정부의 예산 결정을 둘러싼 정치 과정을 분석한 것 등으로 유명한 정치학자.

인차별과 외모차별과 성차별의 희생자들로 갈라졌습니다. 그 모든 것은 사실상 미국의 모든 남성들이 이런저런 고약한 악행의 희생자라고 주장할 수 있다는 것을 뜻합니다. 요컨대 이 나라는 가해자는 하나도 없고, 그저 온통 억압받는 사람들뿐인 나라가 되어버렸습니다. 이것은 아주 멋들어진 속임수입니다.

물론 그것은 부머리티스의 속임수죠. 사이크스는 이렇게 지적했습니다. '희생자를 자처하는 숫자의 이런 급증 사태, 지난 삼십 년 동안 극적으로 가속되어온 이런 풍조는 정치적인 용어들만으로는 설명할 수가 없다. 차라리 그것은 미국의 문화적 가치관, 품성의 개념, 개인적인 책임의식 등에 좀 더 근본적인 변화가 일어났다는 것을 암시해준다고 해야 할 것이다.' 정말로 그렇습니다. 그리고 사이크스는 그 이유를 알고 있습니다. '희생자연하기는 이상주의인 척 가장하지만 사실은 이상주의가 아니다. 궁극적으로 희생자연하기는 타인들과는 무관하고, 자기self하고 관련되어 있다. 희생자연하기의 자기정화self-cleansing, 자기돌봄self-serving, 자기에 대한 요구self-demanding의 겉치레들은 단지 이상주의의 옷으로 스스로를 가린 것에 불과하기 때문이다. 그 이상주의적 가장을 벗겨버릴 때 희생자연하기는 에고의 이데올로기임이 드러난다.'" 청중은 반은 박수를 치고, 반은 도무지 알아들을 수 없는 말을 웅얼거리는 식의 이중적인 반응을 보여줬다.

반 클리프는 다시 말을 멈추고 강당 안을 돌아봤다. "물론 그런 얘기는 부머리티스를 차라리 좋게 규정해준 것이라고 할 수 있습니다. 이상주의적 의상을 걸친 자기중심적인 관심이 녹색 밈의 도움에 힘입어 삶에 으레 따라오게 마련인 실망과 환멸을 이용해서 자기네의 고통을 다른 모든 이의 잘못 탓으로 보는 십자군을 결성한 것이라고. 사실 청색 밈이라면 희생자를 나무랄 법한 상황에서, 녹색 밈은 희생자를 만들어냅니다." 청중 사이에서는 괴괴한 침묵이 감돌았다.

"어째서 녹색 밈은 희생자들을 만들어내는 걸까요? 어째서 그것은 희생자들을 만들어내야만 하는 걸까요? 녹색 밈이 평면 세계를, 사람들 간에 유의미한 어떤 차이도 없다는 믿음을 지지하고 찬성한다는 것을 명심하세요. 따라서 녹색 밈은 사람들 간에 어떤 종류의 차이이든 간에 아무튼 차이를 발견할 때마다 억압적이거나 복수심에 불타는 세력들이 사람들에게 그런 차이를 부과했다고 여깁니다. 가끔 진짜로 억압적인 세력이 있을 때도 있고 없을 때도 있습니다. 하지만 녹색 밈은 그 차이를 알 수가 없습니다. 녹색 밈은 세상이 평면이 아니라는 사실을 나름대로 이해하기 위해 온 세상을 거의 완전히 희생자들과 가해자들로 가득 채워야 합니다. 그리하여, 앞에서 말한 것처럼 청색 밈이라면 희생자를 비난하고 나무랄 만한 상황에서 녹색 밈은 희생자를 만들어냅니다. 그리고 부머리티스는 복수심에 가득한 녹색 밈에 지나지 않습니다.

인구의 374퍼센트가 스스로를 희생자로 여기는 어떤 나라가 지난 삼십 년 동안 대단한 문화적 전환을 겪어왔다는 데는 의문의 여지가 없습니다. 그리고 이유야 어찌 되었든 간에 그 374퍼센트 속에 부머리티스가 존재한다는 점에도 역시 의문의 여지가 없습니다."

반 클리프는 말을 멈추고 가볍게 고개를 숙인 뒤 자기성찰적인 침묵에 잠겨 있는 침울한 청중을 뒤로하고 천천히 무대를 걸어 나갔다. X세대와 Y세대 사람들조차도 박수를 치지 않았다. 꼭 박수 소리가 허공에서 얼어붙은 것만 같았다.

"나는 장기 순회공연을 막 끝내고 내 친구 더크와 앤소니를 만나기 위해 미니애폴리스에 있는 브라이언트 레이크 볼 클럽에 갔었어요. 그때 우리는 함께 모여서 한 전국지에 내가 가장 최근에 낸 CD 광고를 게재하기 위한 문안을 작성할 참이었죠." 스튜어트는 의자를 끌어당겨 앉고는 빙그레 웃으면서 우리 모두를 쳐다봤다. 그리고 가볍게 숨을 헐떡이며 말을 계속했다.

"바와 볼링장과 공연장 겸용인(묘한 콤보이긴 하나 유행에 민감한 젊은이들이 모이는 아주 핫한 곳인) 그 클럽 안에 들어갔을 때 나는 특이한 뭔가를 봤어요. 사람들을. 화려하고 화사하게 생긴 한 떼의 모델들이 모든 레인을 다 차지한 채 공을 레인 양옆의 홈에 빠지게 하고는 재미있다는 듯이 깔깔거리고 웃고 있더군요. 나는 전략상 그 여자들이 그러고 있는 곳에 가장 가까이 있는 의자에 앉았죠. 거기서 만나기로 한 앤소니와 더크가 내 곁에 앉을 즈음, 내 입에서는 침이 한 발쯤 흘러내려 탁자 위에 고일 지경이었어요.

우리는 볼링을 하고 있는 모델들을 연신 곁눈질하면서 아주 간단한 광고를 만들어봤어요. 그건 맨 위에 '스튜어트 데이비스'라는 글자들을 박아 넣고 중앙에 언플러그드 헤드폰 사진을 올린 뒤 그 바로 밑에다 '어디에도 쓸모없는'이란 글귀를 박아 넣은 전면 광고였어요. 그 광고에는 전화번호도, 웹 주소도 적혀 있지 않고 그저 '어디에도 쓸모없는'이라는 글귀만 들어가 있었죠."

우리는 모두 요란하게 웃기 시작했다. 그 광고야말로 스튜어트의 최상급 광고였다.

"아무튼 그렇게 볼링하는 모델들을 침을 질질 흘리며 연신 힐끔거리는 사이사이에 선禪의 풍취가 제법 나는 그 광고를 들여다보면서 우리도 역시 배꼽을 잡고 웃고 있었어요. 우리가 그렇게 계속 웃으며 중간중간에 그 장식용 여신들을 말없이 훑어보고 있는 어느 한순간에 여신들 중 하나가 우리 테이블을 쳐다보다가 우리 쪽으로 걸어오기 시작하더라구요. 우리와의 거리가 가까워졌을 때 보니 그 여자는 분명 나를 향해 걸어오고 있었어요.

그 여자는 키가 175센티미터쯤 되고 흑갈색의 머리, 담갈색의 성큼한 눈, 조각처럼 빠진 골격에 완벽한 몸매, 내 척추 꼬리를 전율하게 만드는 입술을 갖고 있었어요. 그 여자는 우리 테이블 앞에 왔을 때 그 크고 빛나는 눈으로 일 초 동안 나를 가만히 응시하더니 '스튜어트 데이비스, 맞죠?'라고 하더군요.

나는 앤소니를 쳐다봤고, 앤소니는 내게 고개를 끄덕여줬어요. '스튜어트 데이비스 맞군요. 그러면 그렇다고 말해줘요. 엉뚱한 소리 하지 말고……'

"나는 그 여자한테 웅얼거리듯이 '맞아요'라고 대답했어요."

"'그래, 스튜어트, 댁은 깨달았나요?'"

클로이가 말한다. "누가 슈퍼모델을 필요로 하겠어?" 달빛 속에서 그녀의 알몸이 환하게 빛나고 있다. "신디 크로포드가 이런 걸 할 수 있어? 응? 그 여자가 할 수 있냐고."

"생각하고 있는 중이야."

"내 말 잘 들어, 귀염둥이. 너는 정말 생각하는 짓을 이제 그만둬야 해. 그렇게 해서 어떻게 됐지? 덜거덕, 덜거덕, 덜거덕, 알겠어? 너는 기계가 인간을 완전히 접수할 거라거나 인간이 기계 속에 다운로드될 거라는 식으로 생각하고 있어. 네 생각의 결과란 게 대충 그런 거야. 내 얘기 듣고 있어? 하지만 귀염둥이, 이걸 봐. 타이라 뱅크스*가 이런 걸 할 수 있어?"

"으음……."

"그 여자가 할 수 있냐고."

• **타이라 뱅크스** Tyra Banks 미국의 모델이자 배우.

"생각하고 있는 중이야."

마거릿 칼튼은 온화한 미소를 머금은 채 개방적인 태도로 무대에 나왔다. "잠시 기어를 바꿔보기로 하죠. 부머리티스는 지상뿐 아니라 천국에도 널리 퍼져 있습니다."

칼튼은 아담한 체구에 온통 하얀 여자였다. 머리도 하얗고, 피부도 하얗고, 옷도 하얗고. 하지만 나이는 삼십 대 중반쯤으로 다른 강연자들보다는 비교적 젊은 편이었다. 연약한 아름다움이 깃든 얼굴에는 뜻 모를 미소가 어려 있었다. 가늘고 우아한 코에 걸친 두꺼운 검은 안경만이 그 하얀 자기와 같은 피부 뒤에 멘사급 뇌가 자리 잡고 있다는 걸 분명히 알려주고 있었다. 그녀에게는 분노나 공격성 같은 것이 전혀 없는 것 같아 보였다. 그녀의 얼굴에서 드러나는 유일한 부정적인 감정이라고는 이따금 한 번씩 드러나는, 친절한 마음에서 우러난 일말의 조바심 정도가 아닐까 싶다.

"부머들, 그중에서도 특히 부머리티스는 '종교'와 '영성' 사이에 아주 분명한 선을 긋습니다. 그들은 영성을 갖고 있고 그들의 부모들은 종교를 갖고 있죠. 그들은, 종교는 표면적이고 엄격하고 위계적인 제도들과 관련된 것인 반면 영성은 내적인 체험과 알아차림, 인습적인 형식들로는 잡아낼 수 없는 더 풍요로운 진실들과 관련된 것이라고 주장합니다. 이런 식의 구분은 다방면으로 유용하며 많은 부머들이 영적 쇄신의 아주 중요한 몇몇 시기에 좋은 길잡이 역할을 했다는 것을 저는 어떤 식으로도 폄하할 생각이 없습니다.

한데 많은 부머들이 이런 식의 구분법에 너무 과한 가치 판단을 내리는 것은 유감스러운 일이 아닐 수 없습니다. 어느 한 여론 조사가 밝힌 바와 같이 부머들은 ABC를 원합니다. 즉 교회 말고는 다 받아들인다Anything But the Church는 뜻이죠. 따라서 부머들은 '영적인' 것과 반대되는 '종교적인' 모든 것에 뚜렷한 경멸감을 보입니다. 하지만 종교는 단지 성문화된 영성에 불과하므로 부머 영성조차도 그것의 생생한 감동이 사라진 뒤에까지 지속될 경우에는 종교가 될 겁니다. 사실 이미 그렇게 되었죠. 그리고 그것에 본질적으로 잘못된 건 아무것도 없습니다. 그러나 '내게 뭘 해야 하는지 알려줄 자는 아무도 없다'고 주장하는 부머리티스는 자체의 충동 외에는 어떤 권위와 노선에도 의지하지 않는 자체의 종교를 만들어내는 데 열중해 있는 것 같습니다. 영성에 많은 참신함과 새로움을 부여해주려는 것은 분명 좋은 착상입니다만 과거의 모든 종교적 접근법들을 무차별적으로 매도하는 것은 분명 바람직하지 않습니다. 부머리티스의 느낌―내 느낌과 내 감각들의 느낌―의 종교가 탈합리적임과 동시에 종종 전합리적이기도 하다는 사실은 새삼 말할 필요도 없구요……."

카티시는 칼튼이 직전에 얘기한 모든 내용을 무시한 채 킴 쪽으로 고개를 숙이고 다소 큰 목소리로 물었다. "앞으로 희생자라는 주제로 되돌아갈 기회가 올까요?" 그는 확연히 보일 정도로 무척이나 화난 기색이었다. 킴은, "하루 온종일 그 주제를 다룰 거예요. 이건 전체적인 개관에 불과해요"라고 말했다. 카티시는 그 말에 더 흥분한 것 같은 기색이 되었다.

전면 벽에 "채널링Channeling"(외계인과 주파수 맞추기―옮긴이)이라는 제목의 슬라이드 4가 떴다. 채널링? 나는, 이건 굉장한 것임이 분명해, 라고 생각했다. 하지만 이것이 부머리티스와 무슨 관련이 있을 수 있다는 거지?

"새로운 부머 종교의 일반적인 형태들은 당연히 뉴에이지 종교를 포함하고 있습니다. 뉴에이지 종교에 관해서는 나중에 한 세션에서 자세히 다룰 겁니다. 그것과 긴밀하게 관련된 채널링이라는 현상에 관해서두요. 그런 현상에서는 대체로 다른 행성의 더 수준 높은 지능이 특별히 선택된 사람—채널—을 통해서 이야기합니다. 그 지능은 흔히 인류가 멸종을 피하고 엄청난 세계 변화를 선도하기 위해 무엇을 해야 할지와 관련된 정보를 전해줍니다. 우주의 가장 높은 지능을 위한 특별한 채널로 선택받으려면 분명히 아주 빛나는 이력서를 갖추고 있어야 하겠죠."

그 말에 많은 사람이 웃음을 터트렸다. 아마 그렇게 웃은 사람들 중에서 그 말을 듣고 찔리는 구석이 있는 사람은 거의 없었으리라.

"하지만 그 수준 높은 지능은 아무도 자기 말을 알아듣지 못하는 것에 화가 났는지 이따금 직접 나타나기도 합니다." 벽에 "UFO의 납치"라는 제목의 슬라이드 5가 떴다. 나는 킴을 쳐다봤다. 그녀는 한 손으로 입을 가리고 소리 죽여 웃고 있었다. 그녀는 앞으로 어떤 얘기가 나올지 알고 있는 게 분명했다.

"미국 성인 인구의 4퍼센트, 무려 1200만 명이라는, 놀랄 만큼 많은 이들이 외계인들에게 납치당했다고 보고하고 있습니다. 납치 과정은 아주 전형적이며, 지금은 세상에 널리 알려져 있습니다. 외계인들은 그들을 납치해서 모선에 데려가 신체검사를 하고, 유비쿼터스 이식물을 항문에 삽입하고, 그들에게서 정자나 난자를 수집합니다. 그런 다음 이건 아주 원초적인 장면인데, 외계인들은 그들의 정자/난자와 외계인들의 그것 간의 교배로 생겨난 그들의 아들과 딸들을 종종 그들에게 보여줍니다. 달리 말해, 이 사람들은 지구에 거주할 새로운 종족의 아버지들과 어머니들입니다. 바로 그 대목에서 깜짝 놀랄 만한 나르시시즘적 요소가 아주 뚜렷하게 드러나는 게 아닌가 싶습니다. 생각해보세요. 나는 신인류의 아버지나 어머니다…….

많은 과학자들이 다른 행성들에 지성적인 생명체가 정말로 존재할 가능성이 있다고 믿고 있습니다. 많은 이들이 우리가 여전히 그런 행성에서 지성적인 생명체를 찾으려고 노력하고 있다고 믿고 있습니다. 하지만 매일 떼 지어 우리를 찾아올 만큼 많은 외계인이 있다고 믿는 사람은 거의 없습니다. 지구가 우주의 동물원도 아니고, 외계인들이 자기네 아이들을 데리고 와서 원시적인 짐승들을 구경시키기 좋아하는 것도 아닌 이상은. '자, 조다크야, 우리가 이 막대기로 저 짐승을 찌르면 저것이 어떤 식으로 나오나 한번 보도록 하자꾸나…….'"

칼튼은 청중을 향해 환하게 웃으며 말했다. "그런 나르시시즘은 거저 줘도 안 가질 만한 거죠. 코미디언인 데니스 밀러는 그것을 제대로 이해하고 있었습니다. '오로지 인간만이 고도로 진화한 외계 생명체 집단이 수십억 광년에 해당하는 거리를 가로질러 여행하곤 한다고 생각할 만큼 나르시스적인 종입니다. 그 외계인 집단은 아주 지성적이고 태평하고 더없이 차원이 높아서 자기네가 천공의 아름다움을 한눈에 볼 수 있게끔 자기네 우주선에 창문을 낼 필요성 같은 것은 전혀 느끼지 않습니다. 하지만 그들이 지구에 착륙하자마자 맨 먼저 하고 싶어 하는 것은 어떤 시골뜨기의 엉덩이 속에 플래시라이트를 끼워 넣는 것입니다.'"

웃음의 파문이 무대를 떠나는 칼튼을 따라갔다. 레사 파월이 무대로 나왔다. 그녀는 입도 열기 전에 항상 박수갈채를 받는 유일한 사람이었다. 나는 청중이 외과 수술을 받은 뒤 어떤 반응을 보일지 궁금했다.

슬라이드 6, "푸코와 계보학". 박수 소리는 이내 신음으로 바뀌었다.

"갑자기 정신이 번쩍 드는 것 같은 기분이었어요. 더크와 앤소니는 내가 이 뜻밖의 질문―'댁은 깨달았나요?'―에 뭐라고 답할지 기다리면서 흥미로운 눈길로 말없이 지켜보고만 있었죠. 나는 짧은 목록을 만들어봤어요. 나는 바에 앉아 있다, 나는 레인 옆의 홈에 공을 빠트리는 섹시한 여자들에 대한 욕망에 사로잡힌 채 술을 마시고 있다, 그중의 한 여자가 곧장 다가와 그녀의 이름도 모르는 내게 진지하고 깊이 있는 질문을 던졌다, 도대체 일이 어떻게 돌아가고 있는 거지? 나는 잠시 침묵을 지킨 채 이 화사하고 활달한 여성이 색정과 담배와 알코올에 빠져 있는 나를 어떻게 여겼을까 생각해보다가 결정을 내렸어요. 그 순간에 나는 밝게 깨어 있는 상태 같지는 않다고.

'아뇨, 그렇지 않아요. 하지만 아주 흥미로운 질문이네요. 그 점에 관해서 좀 더 이야기를 나누고 싶군요. 다른 환경에서.'

사방에서 나비들이 날아다니는 것 같은 기분이었어요. 마치 전류가 온몸의 혈관을 타고 흐르는 것 같은.

'좋아요. 내 이름은 달라예요. 시카고에서 댁의 콘서트를 본 적이 있었죠. 사실은 시카고 출신으로 댁을 아는 친구가 하나 있긴 하지만 내가 댁을 직접 만나본 적은 전혀 없었어요. 그래, 이렇게 와서 인사를 해야겠다고 생각했죠. 난 사생팬 같은 부류가 아니니까 엉뚱한 생각 같은 건 하지 마세요.'

나는 당장 그 여자를 끌어안고 키스하고 싶은 충동에 휩싸였지만 침착한 자세를 잃지 않으려고 애썼죠. 그러고 나서 서툰 솜씨로 그 여자의 전번을 따려고 했죠. 내가 모델에게, 그것도 볼링장에서 그런 짓을 하리라고는 꿈에도 생각하지 못했어요. '시카고에 자주 갑니다. 그러니 거기서 만나 깨달음에 관한 얘기를 나눌 수도 있을 것 같습니다만.'"

스튜어트는 무의식적으로 터져 나오는 웃음 때문에 잠시 말을 중단했다. 다시 생각해도 그 상황이 여간 쑥스럽고 어색하지 않았던 모양이었다. 슈퍼모델, 볼링장, 깨달음—아이구!

"달라는 잠시 나를 쳐다봤고, 나는 마취 상태와는 정반대되는 기분 같은 걸 느꼈죠. 정신을 번쩍 들게 만드는 어떤 약을 먹은 것 같은 기분. 달라가 이렇게 말하더군요. '데이튼스에서 쇼를 할 일이 있어 다음 이틀 동안 여기 시내에 머물러 있을 거예요. 전화번호를 알려드릴 테니 날 만나

고 싶은 마음이 있으면 전화 주세요.'

그 여자는 냅킨에 전화번호를 휘갈긴 뒤 우리한테 작별 인사를 하고는 완벽한 자세로 자기의 레인으로 되돌아갔죠. 더크와 앤소니와 나는 놀랐다는 표정을 서로 교환했어요. 나는 친구들 앞에서 애써 침착한 모습을 보이려고 했죠. 하지만 내면에서 내 직관이 마구 소리치고 있었어요. 내가 방금 전에 아주 특별한 인간을 만난 거고, 그 사람은 또 우연히도 아주 아름다운 여성이라고요. 그날 밤 나는 그 건물에서 다섯 걸음도 채 떼기 전에 휴대폰을 꺼내서 다음 날 하루 종일 시간이 있으니 언제든 원하는 시간에 만나고 싶다는 문자를 보냈어요."

우리는 모두 팽팽한 긴장감에 싸인 채 침묵하면서 그의 입에서 다음 말이 떨어지기만을 고대하고 있었다. 클로이조차도 입을 열지 않았다.

"다음 날 저녁 우리는 미니애폴리스 시내에서 만났어요. 그리고 그 여자가 호텔 밖으로 걸어 나오는 순간 문자 그대로 내 속이 환해지기 시작하더군요. 우리는 미시시피 강을 따라 산책을 했어요. 돌로 포장된 길 아래로 폭포들이 보이는 스톤 아치 다리도 건너갔죠. 그 사람은 한 시간여 동안 자기 얘기를 했어요. 그 사람은 얘기하고 나는 들었죠. 그 사람이 웃으면서 얘기하는 모습을 지켜보는 동안 나는 사랑에 빠졌어요.

눈 깜박하는 사이에 그날 밤이 왔다가 가버렸어요. 우리는 꼬박 여덟 시간 동안 걷고 얘기하고 웃고 조용히 상대를 바라봤어요. 그 사람도 나도 그날 밤의 만남을 좀처럼 끝낼 수가 없었어요. 그렇다고 해서 그 사람의 호텔로 갈 수도 없었죠. 다른 아가씨와 방을 함께 쓰고 있었으니까요. 그렇다고 내 거처에 돌아갈 수도 없었고요. 내 거처라는 게 없었으니까. (달라는 내가 순회공연하는 음악인이라 어머니의 스테이션왜건을 직접 운전하면서 잘 때도 부모와 함께 잔다는 사실에 전혀 개의치 않는 것 같았죠).

우리가 그 차 안에 앉아 우리 사이에서 일어나고 있던 너울을 타고 있었을 때 나는 그 사람 쪽으로 조심스럽게 돌아앉아 물었어요. '이게 데이트였나요?'

그 사람은 그 질문을 잠시 숙고해보더니 대답하더군요. '모르겠어요.'

그래 나는 부드럽게 물었어요. '키스하고 싶지 않으세요?'

그녀는 낯을 붉히며, '예'라고 하더군요.

나는 몇 초간 기다리다가 실수하고 싶지 않아서 다시 물었죠. '나하고?'

우리는 깔깔거리고 웃었어요. 그러고 나서 내 생애의 한 획을 긋는 사건이 일어났죠. 우리는 키스를 했답니다."

레사 파월은 입을 열었다. "제 동료들이 이제까지 제시해준 예들, 백 번째 원숭이에서 희생자 코스프레, UFO 납치에 이르는 모든 예들은 한 가지 공통점을 갖고 있습니다. 에고의 중요성에 대한 두드러진 과대평가라는 요소를. 그러나 그 모든 예들은 아주 명료하고 직선적입니다. 부머리티스가 거둔 놀라운 성공의 열쇠는 더없이 미세한 시도들조차도 오염시킬 수 있는 능력이었습니다.

우리는 미셸 푸코를 살펴보는 것을 통해서 이런 조사 작업을 진지한 방향으로 선회시킬 수 있습니다. 푸코는 포스트모더니즘으로 알려진 포괄적인 운동에 엄청난 영향을 미친 인물이요, 포스트모더니즘의 가장 정교하고 강력한 이론가들 중 한 사람임이 분명합니다. 저 자신도 다음과 같은 제목으로 학위 논문을 쓴 적이 있습니다. 자, 들을 준비 되셨나요? '위계적 계몽운동의 단절된 시선으로 빚어진, 신체적으로 비대칭적인 성적 관계 속에서의 가부장적 권력의 기표들에 대한 민초들의 리좀(뿌리줄기의 일종-옮긴이)적 저항의 계보학.'" 청중 가운데서 많은 이들이 웃으면서 박수를 치고, 알 만하다는 듯한 표정으로 서로의 얼굴을 쳐다봤다. 아마 그들 중의 반은 그에 못지않게 아주 재미있는 학위 논문을 썼을 것이다.

파월은 위로하는 듯한 어조로 말을 계속했다. "푸코는 합리성—특히 보편적 형식주의—에 대한 포스트모더니즘 최초의 주요한 공격 가운데 하나와 관련이 있는 계보에 속해 있으며, 아마 그 계보에 포함된 인물들 중에서도 지적으로 가장 정교한 인물일 겁니다. 그 계보에는 니체에서 바타유*, 바슐라르, 캉길렘*, 푸코 등이 망라되어 있습니다. 푸코의 지식 고고학은 과거 여러 시대의 담론들에 관한 기록과 인식들을 분석했고, 그의 계보학은 각 시대들 사이에 일어난 변화들을 분석했는데, 그런 기록과 인식, 그리고 변화에는 사회 권력의 대체로 비非추론적인 관례들이 깊숙이 스며들어 있습니다. 그리고 그의 고고학과 계보학은 보편적 형식주의의 개념들을 몰아내는 데서 강력한 힘을 발휘했습니다." 청중의 무거운 침묵이 그녀의 말을 맞아줬다.

"저도 압니다, 알아요. 엄청 복잡하게 들리죠. 정말 그렇습니다. 하지만 그 전반적인 개념은 아주 단순합니다. 푸코의 얘기인즉슨, 과거의 역사 시대들을 조사해보면, 그리고 당대 사람들이 진리라고 믿었던 것을 살펴보면, 그 '진리'라는 것이 여러 가지 면에서 자의적이고, 변하기 쉽고, 문화 상대적이고, 역사적으로 주조된 현상임이 분명해진다는 겁니다. 기독교의 일곱 가지 대죄(교만, 질투, 분노, 나태, 탐욕, 정욕, 탐식 -옮긴이)는 대체 어떻게 되었을까요? 오늘날 탐식과 탐욕이 자기네를 영원한 지옥불 속에 떨어뜨릴 거라고 진정으로 믿는 사람들이 있을까요? 제 말인즉슨, 기막힌 일이지만 오늘의 세상에서는 일곱 가지 대죄 저지르기가 대다수 법과대학

- **조르주 바타유** Georges Bataille 프랑스의 사상가이자 소설가. 문학·철학·예술·사회학 등 광범위한 영역에서 죽음과 에로티시즘을 탐구하였다.
- **조르주 캉길렘** Georges Canguilhem 프랑스의 과학철학자.

원의 필수 과목이 되었다는 얘기입니다." 그 말에 청중은 폭소를 터트렸다. "과거에 수많은 넋두리 같은 얘기들이 절대적 진리로 통용되었다고 할 때, 오늘을 사는 우리가 오늘의 '진리들'은 다를 거라고 생각할 만한 무슨 근거가 있을까요? 이른바 진리는 의상 패션과 거의 다름없이 변합니다.

그러므로 얘기는 아주 간단합니다. 푸코의 고고학은 역사를 '파헤쳐서' 문화적으로 창조된 상대적 '진리'와 '담론'의 시스템들을 드러내려는 시도였습니다. 푸코는 그런 진리와 담론을 에피스테메(episteme. 원래는 '지식'을 뜻하는 그리스어인데, 푸코는 어떤 특정한 시대의 문화를 규정하는 심층적인 규칙 혹은 특정한 방식으로 사물들에 질서를 부여하는 무의식적인 기초를 가리키는 용어로 사용했다 – 옮긴이) 라고 불렀는데, 그것은 대략 '밈'이나 '세계관'과 비슷합니다. 푸코는 계보학을 쓰던 시기에 언어 구조—혹은 추론적 관례들—의 맥락에서뿐 아니라 지식에 대한 다양한 주장들을 뒷받침해줬던 '비추론적 관례들'의 맥락에서도 이러한 세계관들의 역사적 전개 과정을 추적했습니다. 그리고 이 대목에서 그는 진리라고 주장하는 많은 것들이 그저 일시적인 양식들일 뿐만 아니라 지배와 권력의 형태로서 사회적으로 구성된 것들이기도 하다는 사실을 발견했습니다. 예컨대 일곱 가지 대죄는 적어도 부분적으로는 교회가 신화의 신봉자들을 지배하는 데 사용했던 권력 형태임이 분명했습니다. 그리고 그런 믿음을 받아들이기 힘든 사람이 있다면, 종교재판소가 기꺼이 그 사람을 도와줬겠죠."

"손에 들고 있는 게 뭐야?" 나는 알몸으로 소파에 느긋하게 기대앉아 한 손으로 책을 받쳐 들고 있는 클로이에게 묻는다.

"도나시앵 알퐁스 프랑수아 드 사드의《침실의 철학》이야."

"지난번에는《감시와 처벌》을 읽고 있더니, 이제는 사드 후작의 책을 보는 거야? 무슨 바람이 분 거야?"

"보들레르의 얘기하고 똑같은 거지. '사드에게로 거듭거듭 돌아가는 것이 꼭 필요하다.'"

"보들레르가 그런 말을 했어?"

"응, 정말이야. 스윈번*도 한마디 했어. '모든 도시의 성 안에 사드의 조각상이 세워질 날이, 세기가 올 것이다. 그리고 그때는 많은 이들이 사드의 조각상 밑에 제물을 바칠 것이다'라고."

"와우. 왜 그런 말들을 했는지 궁금하네."

"위대한 아폴리네르*가 말한 대로지. 사드 후작은 '모든 인간을 통틀어 가장 자유로운 영혼을 지닌 사람'이기 때문이지."

"모든 인간을 통틀어 가장 자유로운 영혼을 지닌 사람이라고? 와우!"

"쯧쯧, 죄다 금시초문인 모양이네." 클로이는 환한 햇살 속에서 알몸의 자세를 바꾸며 말한다.

검은 피부와 윤나는 검은 머리를 지닌 파월은 무대 끝으로 걸어 나와 따뜻한 미소를 머금은 채 청중을 돌아봤다.

"푸코는 진보, 보편적 진리, 지식의 발달이라는 개념들이 기껏해야 의심스러운 정도에 지나지 않으며, '다양한 담론들'과 다원적인 지식들만 있을 뿐이고 그것들 중 어느 것도 다른 것들보다 더 낫지 않다는 결론을 내렸습니다. 달리 말해, 푸코는 진리와 지식과 권력의 역사에 대한 참으

- **앨저넌 찰스 스윈번**Algernon Charles Swinburne 영국의 시인이자 평론가. 이교도적이고 관능적인 문학 세계를 통해 빅토리아 시대의 기성관념에 도전했다.
- **기욤 아폴리네르**Guillaume Apollinaire 프랑스의 시인이자 소설가. 제1차 세계대전 전후의 모더니즘 예술의 선구적 인물로, 프랑스 문단과 예술계에 번진 아방가르드 운동에 참가했다.

로 정교한 녹색 밈적 해석의 하나를 최초로 제공해줬습니다. 푸코의 초창기 시절에 나온 것임이 분명한, 아마도 그의 가장 유명한 진술에 해당될 만한 것은, 우리는 '인간의 죽음'과 새로운 시대의 탄생을 목격하고 있다, 는 것입니다. 그 진술을 통해서 푸코가 본래 말하려고 했던 것은 보편적인 과학적 환원론의 한 유형의 죽음과 모든 인간에 대한 좀 더 정중하고 오만하지 않은 접근법의 탄생, 요컨대 오렌지색 밈의 죽음과 녹색 밈의 탄생이었습니다.

저는 푸코가 말해야만 했던 것에 많은 진실이 내재되어 있다고 믿고 있습니다. 제가 앞서 말했던 대로 저는 푸코가 말하는 권력에 관한 학위 논문을 썼고, 여기 이 IC의 많은 동료들도 자기네의 글에 푸코의 개념과 견해들을 포함시켰습니다. 예컨대 《성, 생태, 영성》(켄 윌버의 저서 - 옮긴이)이라는 책의 후주들을 살펴보세요. 그러면 그 저자가 문자 그대로 푸코가 쓴 모든 글을 읽어봤다는 것을 알 수 있을 겁니다. 그러나 이 다원론적 접근법은 극단에 이를 경우 자체의 주장마저 무너뜨린다는 난점이 있습니다. 푸코는 《지식의 고고학》이라고 하는 책을 쓰려고 했을 때 그런 난점을 인정하기 시작했습니다.

이 책에서 푸코는 하나같이 사회적으로 구성되고 역사의 흐름에 좌우되는 서로 다른 에피스테메(혹은 세계관)들의 존재를 허용해주는 일반적인 구조(와 규칙들)의 윤곽을 그리려고 시도했습니다. 원래 그는 어째서 모든 지식이 문화 상대적이고 문화의 맥락에 따르는 것인가를 설명하려고 시도했습니다. 하지만 그는 자신의 설명이 모든 문화에 대해 보편적인 구속력을 가진 것이라고 주장했다는 것을 금방 깨달았습니다. 달리 말해 그는 자신의 설명이 보편적인 진리라고 주장했습니다만, 모든 지식은 단지 상대적인 것일 수밖에 없죠. 푸코는 자신의 접근법이 지닌 대단히 모순적인 본질을 깨닫고는 다원론적이고 상대주의적인 것으로 일관

하던 태도를 버렸습니다. 사실 그는 그런 태도를 일러 '오만하다'고 했고, 그것은 정말로 은폐된 부머리티스와 거창한 주장들로 오염된 것이었습니다. 어째서? 그것은 그가 다른 모든 지식들은 보편적인 진리가 될 수 없다고 맹렬히 부인해놓고 정작 자기의 주장은 보편적인 진리라고 주장했기 때문이죠. 나는 너희가 갖고 있지 못한 이런 지식을 가졌으니 얼마나 위대한 존재냐. 그리하여 푸코는 그의 녹색 밈 추종자들에게는 참으로 충격적인 태도 변화를 보이면서 그의 과거 저서들이 내세웠던 취지의 상당 부분을 취소하고 결국은 자신이 칸트의 넓은 계보에 속하는 사람임을 공공연히 밝혔습니다. 그것은 그가 배제하지 않고 포용하려고 시도하는, 예컨대 모든 사람을 수단이 아니라 목적으로 대하는 순수한 탈인습적 보편을 추구한다는 것을 뜻했습니다. 즉 좀 더 2층적인 세계중심적 구성을 추구한다는 것을."

나는 속삭였다. "킴, 댁은 이 모든 내용을 제대로 쫓아갈 수 있어요?"

"그럼요."

나는 생각했다. 그래, 이 여자는 그럴 거야. 하마터면 무슨 내용인지 이해가 잘 안 된다고 불평할 뻔했다. 하지만 이 여자가 전에 내게 "햇병아리, 겁쟁이, 마마보이, 저능아……" 같은 온갖 욕을 퍼부어댔던 것을 떠올리고는 불평을 하는 대신에 레사 파월의 말을 어떻게 해서든 따라가보려고 애쓰기로 마음먹었다.

"푸코 자신의 목표는 형식적 합리성, 보편적 형식주의, '인간에 관한 학문들'이 변할 수 없는 것으로 간주했던 것들의 한계를 넘어서자는 것이었고, 그런 점은 점차 분명해졌습니다. 푸코는 광기에서 신비주의에 이르는 모든 것을 포함한 '극한 체험들'에 대한 평생에 걸친 강렬한 관심 덕에 어떤 시대가 '진리'라고 부르는 것들의 상당수가 기껏해야 파이의 작은 한 조각에 불과하고, 최악의 경우에는 사회적 억압의 잔혹한 형태들이라는 걸 확신했습니다. 그러므로 그는 이런 모든 인습들에서 벗어나야 한다고 역설했습니다. 덧붙여 말씀드리자면, 그는 이 모든 이탈 과정에서 자신이 어느 길을 따라 나아가고 있는지, 그것이 탈인습적인 길인가 아니면 전인습적인 길인가, 탈선인가 아니면 단순한 퇴행인가에 관해 우리에게 말해주려고 하지는 않았습니다."

"《감시와 처벌》? 이걸 정말로 읽고 있는 거야, 클로이? 나한테 좀 별나게 굴고 싶어서 그러는 거야?" 나는 우리 관계의 초창기에 그녀에게 이렇게 물었다. 그녀는 얼굴을 좀 붉힌 것 같았다.

"아냐. 이건 푸코가 쓴 책이야. 푸코가."

"건축학 전공자는 읽을 필요가 없는 책이잖아."

"그럴 필요는 없지. 난 그저 이런저런 구경을 하고 있는 거야. 일종의 재미 삼아서."

나는 그 책을 펼치고는 충격적인 첫 구절들을 읽었다. 나는 그 대목을 결코 잊지 못할 것이다. 그 대목을 읽은 사람들은 다 그럴 것이다.

"왕(루이 15세 - 옮긴이)을 살해하려 한 죄로 기소된 다미앵이라는 사내는 1757년 3월 2일, 다음과 같은 형을 선고받았다. '손에 900그램 무게의 뜨거운 밀랍 횃불을 들고 속옷 차림으로 죄수 호송 마차에 실려 파리 노트르담 대성당 정문 앞으로 가서 정중하게 사죄하게 할 것. 그러고 나서 다시 호송 마차에 실려 그레브 광장으로 이동한 다음, 그곳에 설치될 처형대 위에 올라가 국왕을 시해하려 했던 칼을 오른손에 들게 한 상태에서 시뻘겋게 달군 쇠 집게로 가슴과 팔과 넓적다리와 장딴지의 살을 잡아 뜯고, 유황을 부어서 태우고, 살점이 뜯어진 곳들에 녹은 납과 끓는 기름과 불타는 송진과 밀랍과 유황을 섞은 용액을 들이붓는 형을 가할 것. 그런 뒤 말 네 마리에 그의 사지를 묶어 잡아 찢어버리게 한 뒤, 사지와 몸을 불태워 재로 만들고 그 재를 바람에 날려버릴 것.'"

나는 그 책을 덮고는 잠시 구토할 것 같은 기분에 시선을 다른 데로 돌렸다. 클로이가 말했다. "네가 원하기만 한다면 내게 그런 짓을 할 수 있어."

"맙소사, 너 머리가 어떻게 된 거 아냐?"

"오, 그렇게 발끈할 거 없어." 이것은 클로이가 이미 자신의 살에 새긴 고문의 흔적, 자신의 몸에 만든 흉터, 자신의 영혼에 그어놓은 깊은 상흔을 내가 이해하기 시작하기 전의 일이었다. 그런 것들은 가여운 다미앵이 견뎌내야 했던 것들의 축소판이었다. 고문이 한 차례씩 시행될 때마다 다미앵은 연신 비명을 질렀다. "하느님, 저를 용서해주세요! 주여, 저를 용서해주세요!" 나는 몇 달이 지나서야 비로소 다미앵의 비명에 버금가는 클로이의 비명의 대체적인 윤곽을, 그녀가 본인 특유의 용서를 빌었던 신이 어떤 유형의 신인가를 알게 되었다.

훗날 나는 《감시와 처벌》을 완전히 다 읽었다. 어찌 그렇게 하지 않을 수 있겠는가? 그리고 나는 그 책이 말하려고 하는 요점을 분명히 파악했다. "감옥의 탄생"이라는 부제가 붙은 그 책 내용은 바로 파월이 말했던 것과 똑같았다. 사회적 권력과 강압의 근대적 형태들. 사회가 진리, 미덕, 왕과 국가, 정신병 치료법, 또는 당대에 유행하는 온갖 형태의 '진실'이라는 명목으로 개인들에게 순응하라고 강요하는 방식들. 우리는 모두 다미앵이었고, 그것이 바로 푸코가 전하는 메시지였다.

하지만 그보다 더 깊은 어떤 것이 있었고, 그것은 푸코가 쓴 모든 책의 표면 밑에 잠복해 있었다. 그는 대단히 에로틱한 체험, 황홀하리만큼 고통스러워서 해방과 전락과 붕괴와 고양의 신비로운 상태, 모든 것을 넘어서는 디오니소스적 황홀경에 빠지게 해주는 체험에 매혹되었다. 그는 생애 후기에 샌프란시스코의 사도마조히즘적인 가죽 바에서 여러 해를 보냈고, 거기서 에이즈에 걸려 1984년, 쉰여덟 살의 나이로 사망했다. 그는 "탈선transgression에는 부정적인 요소가 전혀 없다"고 말했다. 인간은 에로틱한 잔혹성, 인습들에 반기를 들고자 하는 충동을 가졌음에도 불구하고 "처음으로 자기를 깨달을 수 있으며", 따라서 "순수하고 단순한 초월자transcendens가 지닌 변혁의 힘"을 느낄 수 있다. "탈선은 유한한 존재를 확인해주고, 또 그것이 뛰어넘어 들어가는 무한성을 확인해준다." 그러므로 탈선은 우리 현대인들에게 "있는 그대로의 생생한 성스러움을 발견할 수 있는 유일한 방법"을 제공해준다.

파월은, 그래요, 그래, 이 모든 말은 그런대로 진실에 가깝습니다, 라고 말하고 있다. 그러나 모든 인습적인 경계들을 부수고 해체하고 뛰어넘은 뒤 우리는 무엇을 발견하게 될까? 탈인습적인 해방인가, 전인습적인 노예 상태인가? 탈합리적인 해방인가, 전합리적인 갈망인가? 세계중심적인 자유인가, 아니면 나와 내 덧없는 느낌들에 대한 자기중심적인 굴종인가? 우드스탁 네이션은 양쪽 모두를 발견하고 그 양자를 심하게 혼동하면서 고약하게 뒤섞인 결과들을 동반한 그런 체험에 스스로를 바쳤던 것일까?

무한한 것을 찾기 위해 모든 인습적 한계들을 무너뜨리고, 자유를 가로막는 것 같은 모든 권력 구조에 분노해서 그것들을 맹비난했으며, 따라서 탈인습적인 탈선과 전인습적인 퇴행의 위대한 챔피언이 된, 탈선의 위대한 영웅 푸코.

나는 컴퓨터광이 이런 주제에 대해 자기 나름의 의견을 갖고 있다는 것이 자랑스러워서 캐롤린에게 속삭였다. "나는 이 점에 관해서는 파월의 견해에 동조할 수밖에 없어."

"으음…… 젠장. 난 잘 모르겠어. 이 대목에 관해서 생각을 좀 해봐야겠어." 오로지 진실만을 말한 푸코에 대한 캐롤린의 믿음, 푸코주의 자체에 의해서 해체되어버린 믿음은 큰 타격을 받았고, 캐롤린은 뭐가 뭔지 모를 상태에 처하기 시작하면서 침묵 상태에 빠져들었다.

"모리스 블랑쇼®는 이렇게 말했어. '드 사드 세계의 중심을 이루는 것은 자주권과 탈선에 대한 절박한 욕구다. 그 난봉꾼은 자주적인 존재요 유일무이한 존재이기 때문에 그는 완벽하게, 총체적으로 자유롭고, 따라서 그는 자기가 좋아하는 일은 뭐든지 멋대로 할 수 있다. 그의 완벽한 자유는 타인들에 대한 완벽한 부정이다. 그 난봉꾼은 타인들로부터, 온갖 구속으로부터 완벽하고도 철저히 자유롭고, 궁극적인 자유를 찾기 위해 모든 것을 뛰어넘는다.'" 클로이의 알몸이 자세를 바꾼다. 그녀는 그 책을 내려놓고 내게 고혹적인 미소를 날린다.

"와우, 클로이, 그거 아주 근사한 목표 같은데."

우아한 기품을 후광처럼 두른 파월은 천천히 무대 중앙으로 걸어갔다. "푸코가 '진리'의 일부 형태들이 사회적 권력과 억압의 형태들이라고 주장했을 때 그는 분명 옳았습니다. 여기서 다시 일곱 가지 대죄와, 그것이 '진리'라는 이름으로 사람들에게 어떤 짓을 했는지 생각해보세요.

그러나 미국 부머들은 대체로 그의 초창기 견해들을 받아들여 이상한 개념 속에 삽입시켰습니다. 말하자면, 모든 진리는 단지 인습적이고 자의적인 것이다, 모든 진리는 사회적으로 구성된 것이다, 그와 같은 모든 구성은 권력 형태들이다, 라고 하는 개념 속에. 푸코의 연구 결과를 이렇게 극단적인 형태로 조합해낸 것 속에서 우리는 최악의 형태의 부머리티스

• **모리스 블랑쇼**Maurice Blanchot 프랑스의 소설가이자 평론가. 전위적 문학의 흐름에 대해 깊고 독창적인 성찰을 보여주었고, 후기에는 철학적 시론과 픽션의 경계를 뛰어넘는 독특한 스타일의 문학 작품을 발표했다.

를 봅니다. 따라서 절대적인 지위로 뻥튀기된, 부분적이기는 하나 중요한 한 가지 진리가 권력에 기갈 들린, 모든 것을 황폐하게 만드는 행진을 하기 시작했습니다. 푸코가 결코 그런 극단론에 동의하지 않았고, 설사 그렇게 했어도 이내 철회했다는 것 따위에는 아랑곳하지 않았습니다. 부머리티스는 결심을 굳혔습니다. 한 가지 단순한 이유 때문에.

나르시스적인 에고가 이 세상에서 자유로운 권세를 누리도록 하려면 그것의 전능한 권력을 가로막는 모든 장애물을 깨부숴야만 합니다. 과학적 진실, 도덕적 지침, 보편적인 모든 것은 '나한테 뭘 하라고 하지 마!'에 위협이 됩니다. 따라서 모든 진리는 예외 없이 사회적으로 구성된 것이라고 주장해야만 합니다. 만일 내가 나에 대한 모든 요구가 자의적인 것에 불과한 사회적 구성물이라는 점을 보여줄 수만 있다면 어느 누구도 내게 어떤 요구도 할 수 없고, 그걸로 얘기는 끝입니다. '내게 뭘 해야 하는지 알려줄 자는 아무도 없기' 때문에 나는 유일무이하고 독자적인 내 소행성에 머무를 자유를 누리게 됩니다."

"'그렇게 해서 나는 내 자리를 차지하고 앉았다.' 클로이는 《침실의 철학》을 소리 내어 읽어나간다. '내가 자리를 잡기가 무섭게 로댕이 딸의 방으로 들어온다. 그리하여 자신의 행위에 대한 온갖 구속에서 벗어난 파렴치한 로댕은 자유로이 자신의 몽상에 최대한 탐닉하고, 느긋하고도 노골적으로 온갖 변태적인 도락을 즐기는 일에 몰두한다. 실오라기 하나 걸치지 않은 두 시골 여자들은 난폭하게 채찍질 당하고 있다. 그가 한 여자에게 채찍을 휘두르는 동안 다른 여자도 똑같이 그에게 채찍을 휘두른다. 그는 채찍질을 잠시 쉬는 사이사이에 안락의자 위에 올라가 살짝 허리를 숙인 채 그를 향하고 있는 로잘리의 제단을 가장 거리낌 없고 역겨운 애무로 숨 막히게 한다. 마침내 이 가여운 아이의 차례가 돌아온다. 그는 딸을 기둥에 잡아 묶는

다. 그리고 그의 하녀들이 차례로 그를 호되게 채찍질하는 동안 그는 쾌락에 흠뻑 빠져든 상태에서 딸의 갈빗대에서 무릎에 이르는 부위들을 채찍으로 후려갈긴다. 그의 흥분 상태는 극에 달한다. 그는 고함치고 신성 모독적인 말들을 뱉어내면서 채찍질한다. 그의 가죽 끈들이 온갖 데를 깊숙이 물어뜯는다. 그는 그것들이 떨어지는 데마다 그 즉시 입술을 갖다 댄다. 이윽고 그는 쾌락의 비좁은 성역 속으로 파고들어간다. 다른 처녀가 남아 있는 온 힘을 다해 채찍으로 그를 내리치자 제7의 천국(쾌락의 절정 상태-옮긴이)에 들어간 로댕은 무수한 키스를 퍼부으며 찌르고, 가르고, 찢는다. 그는 자신의 열정을 점점 더 강도 높게 표현한다. 그는 자신의 욕정에게 바쳐진 것이면 뭐든 다 키스한다. 폭탄이 터지고, 아찔한 도취 상태에 빠진 그 난봉꾼은 근친상간과 파렴치한 행위의 시궁창 속에서 더없이 달콤한 쾌락을 거침없이 맛본다."

"흐유, 바타유도 그 후작한테는 잽도 안 되는구먼." 내가 기껏 말한다고 한 건 그게 고작이다.

"다시 말씀드리지만, 저는 푸코가 밝혀낸 중요한 진실들을, 에피스테메들의 전환과 계보학적인 발달을 추적한 그의 업적을 부인하고 있는 게 아닙니다." 파월은 서서히 열을 띠어가며 노래하듯 말했다. "저는 모든 진리가 자의적이고 권력으로 깊이 물들어 있다고 하는 주장을 극단적으로 남용하는 것을 지적하는 겁니다. 그런데 부머들은 대체로 푸코의 연구 결과를 바로 그렇게 극단적인 방식으로 써먹습니다. 나오는 논문들마다 이구동성으로 인간 지식과 관련된 모든 분야, 곧 생물학, 수학, 식품영양학, 식물학, 성性과학, 동물학, 음악, 지질학, 천문학, 음성학, 언어학, 역사, 기하 등이 밝혀낸 모든 진리의 사회적 구성 현상을 폭로하겠다고 나섰습니다. 그런 논문의 저자들은 그런 진리의 어떤 것도 실체적 근거를 갖고 있지 못하다고 주장했습니다. 그 모든 진리는 성차별주의, 인종차별주의, 유럽중심주의, 로고스중심주의, 남근중심주의에서 역겨운 가해자들의 표준 목록 저 아래에 있는 것들에 이르는 온갖 권력 구조들이 부과하고 강요한 것들이라고 주장했습니다. 그런 진리들의 일부가 사회적으로 구성된 요소들을 갖고 있고, 그런 구성 요소들이 배제시키고 소외시키는 작용을 할 수 있다는 정도에서 그치는 것이 아니라 모든 진리가 다 그렇다는 겁니다. 그런 것이야말로 다원론적 상대주의가 까발려낸 중요한 진리였고, 그런 진리는 부머리티스가 추가되면서 극단적인 양상을 띠어갔습니다."

청중은 신음하고 투덜댔으며, 의자에서 이리저리 몸의 위치를 바꿨다. 파월은 나직하게 으르렁대기 시작했다.

"모든 지식이 사회적으로 구성된 것이라면 '내게 뭘 해야 하는지 알려줄 자는 아무도 없어!'라는 논리가 성립됩니다." 그녀는 빽 소리쳤다. "부머리티스는 인습적인 충동으로 성장하기를 거부하는 전인습적인 충동의 반란에 힘입어 자신의 에고가 모든 리얼리티를 사회적으로 구성할 수 있고 따라서 그것들을 해체할 수도 있다고 주장하기 위해 적지 않은 탈인습적 구호들을 가로채 갔습니다. 그렇게 함으로써 부머리티스는 다른 모든 곳에서 만연하고 있다고 매도한 전능한 권력을 자신의 에고에게 안겨줬습니다. 그리고 그렇게 해서 부머리티스가 다음 삼십 년 동안 인문학을 난폭하게 지배하게 될 사회적 구성이라는 표준어가 설정되었습니다. 부머 학자들의 주요 주장인즉슨 모든 지식은 사회적으로 구성되어 있으며, 이것은 달리 말해, 내 에고에게 뭘 해야 하는지 알려줄 자는 아무도 없어, 입니다."

파월의 강연은 비록 주요 골자들이 빠져 있기는 했지만 힘차고 매혹적이었다. 나는 내 내면에서 부머들을 보호해주고 싶은 감정이 일어나는 것을 깨닫고 청중을 돌아봤다. 파월의 말이 사실이라면 그것은 정말로 통렬한 것이 아닐 수 없었다. "엄마, 안녕. 나예요." "안녕. 컴퓨터 랜드가 너한테 잘해주고 있니?" "뭐 그럭저럭. 엄마는 어때요? 잘 지내세요?" "그럼. 나는 Y에서 요가를 가르치고 있어. 어떠냐?" "그거 근사한데요. 정말로 근사해요. 최근에 아빠한테서 무슨 소식 없어요?" "최근에는 없었어. 두 주 전에 편지 한 통을 받았는데, 에이즈 구제 사업이 잠비아로 확대되었다더구나. 그런데 온갖 문제가 산적해 있는 것 같아. 네 아빠는 기진맥진해 있어. 그 사람은 너무 애를 써." "나도 알아요, 알아. 그리고 아빠한테는 좋은 일이죠, 뭐." "그래, 그 사람한테는 좋은 일이지. 좋은 일이야."

캐롤린이 내 쪽으로 고개를 숙였다. 놀랍게도 그녀는 성나 있지 않은 것 같았다. "파월이 말하는 내용의 일부에는 나도 동의할 수 있을 것 같아. 저 사람이 말하는 방식 때문에 말이야. 좀 극단적이기는 하지만."

스콧이 앞쪽으로 고개를 숙였다. "저 사람이 말하는 방식? 그게 어떤 건데? 레즈비언 방식?"

"난 그런 식으로 고상한 체하지는 않아. 그게 아니고, 저 사람은 푸코가 말하는 내용의 진실성을 완전히 인정하고 나서……"

"부분적인 진실성을 인정했지."

"그래, 부분적인 진실성을. 그러고 나서 저 사람은 우리가 푸코가 말한 내용을 너무 극단적으로 받아들일 수도 있다고 말하고 있어. 따라서 저 사람은 긍정과 부정을 함께 한 거야. 나는 그 점을 받아들여. 정말로. 반 클리프의 말은 받아들이지 않았는데."

킴이 말했다. "반 클리프도 같은 얘기를 했어요. 하지만 레사는 이렇게 놀라운 비결을 갖고 있죠. 사람들한테 소리를 치면서도……."

"반 클리프는 너무 섬뜩해요. 너무나 뒤틀려 있고. 아무튼 뭔가 과해요. 그 사람한테는 지나친 뭔가가 있어요."

슬라이드 7이 벽에 떠올랐다. 거기에는 "데리다와 해체"라는 제목만 나와 있었다.

"'이리 와요, 내 사랑. 나는 그대의 사랑스러운 엉덩이 속에서 소돔이 나를 타오르게 하는 그 불길에 걸맞은 존재로 나 자신을 변모시킬 수 있을 거야. 아, 그는 더없이 아름다운 엉덩이를 갖고 있구나…… 새하얀 것을! 나는 으제니를 무릎 꿇게 하고 싶어. 내가 다가가는 동안 으제니는 그의 물건을 빨아줄 거야. 으제니는 그런 식으로 슈발리에에게 자신의 엉덩이를 드러낼 거고, 슈발리에는 그 속으로 돌진할 거야. 그리고 생탕주 부인은 오귀스탱의 등에 걸터앉은 채 내게 자신의 엉덩이를 바칠 거야. 나는 그 엉덩이에 키스할 거야. 아홉 갈래 채찍으로 무장한 부인은 분명 허리를 살짝 숙여 슈발리에를 채찍질할 수 있을 거야. 그래, 바로 그거야! 그 녀석의 탱탱한 엉덩이는 바짝 오므라들겠지! 부인, 제가 방아질을 하는 동안 부인의 그 아름다운 살을 물고 꼬집도록 허락해주는 너그러운 친절을 베풀어주지 않으시렵니까?'"

"클로이, 후작이 '방아질'이라는 말을 했다고?"

"맞아. 그 사람은 그렇게 말했어, 켄."

"오, 알았어."

레사 파월은 청중을 돌아보며 빙긋이 웃었다. 그리고 그 특유의 격정 뒤에 기운을 회복하는 과정에서의 고요하고 차분한 어조로 이야기를 재개했으나, 이내 또다시 격정을 터트렸다.

"합리성의 타자를 소생시키려는 시도의 두 번째 주요한 계보는 니체에서 하이데거로, 거기서 다시 자크 데리다'와 해체로 이어집니다. 그리고 그 계보도 역시 부머리티스의 에고는 더없이 높은 위치에 머무르게 해준 채 다원론과 맥락주의의 이름으로 세계를 해체하려고 혈안이 되어 있던 부머리티스에게 굴종하도록 하는 데 엄청난 기여를 하고 말았을 뿐입니다.

학계에서의 포스트모더니즘 운동의 상당 부분은 묘하게도 철학 분야에서가 아니라 문학 분야에서 비롯되었습니다. 말하자면 철학적인 치밀함에 숙달되지 않은 문학 비평가들이 앞장선 문학 분야에서. 이런 현상은 아주 단순한 이유에서 일어났습니다. 문학 비평은 무엇보다 우선 텍스트를 해석하는 방식과 관련된 것입니다. 《햄릿》의 의미는 무엇인가? 《전쟁과 평화》, 《욕망이라는 이름의 전차》의 의미는? 이런 텍스트들의 해석법을 알아내는 것은 겉보기만큼 쉽지 않습니다. 사실 우리가 의미를 창조하고 이해하는 법은 거의 믿어지지 않을 만큼 난해하며, 따라서 해석은 대단히 난해한 과제입니다."

우리가 조지와 토론했던 내용이 바로 이것이었다! 컴퓨터들이 해석할 수 있게끔 그것들을 프로그램하는 법을 파악하는 엄청나게 복잡한 작업. 그것은 불가능해 보인다.

"포스트모더니즘의 모든 것은 바로 여기서 출발합니다, 여러분. 그러니 잘 들어주세요!" 파월은 싱긋이 웃었다. "'개 짖는 소리bark of a dog'와 '나무껍질the bark of a tree'이라는 관용구들처럼 아주 간단한 예 하나를 들어보기로 하죠. 'bark'라는 단어는 이 두 구에서 전혀 다른 것들을 의미하는 것임이 분명합니다. 그러므로 'bark'라는 말의 의미는 말 그 자체에서 나올 수 없습니다. 그렇죠? 예, 그 의미는 그 말이 기반으로 하고 있는 문장의 문맥에 의지합니다. 하지만 그 문장 자체의 의미도 그와 마찬가지로 그 언어 시스템 전체의 맥락에 의지하며, 그 언어 시스템 자체는 비

• **자크 데리다**Jacques Derrida 구조주의 이후를 대표하는 프랑스의 철학자.

언어적인 관례들 속에 설정되어 있습니다. 이하 생략. 따라서 모든 의미
는(그리고 모든 지식은) 다양한 맥락들에 따라 어느 정도 좌우되는 것으
로 보이며, 만일 맥락을 변화시킨다면 의미를 변화시키게 될 겁니다. 앞
에서 우리가 살펴봐왔듯이 우리는 흔히 이런 것을 일러 맥락주의라고 하
며, 맥락주의는 인간 지식의 본질에 관한 부분적인, 그러면서도 지속적인
진실을 보여줍니다. 녹색 밈이 처음으로 발견한 진실을. 참 잘했어요!"
파월은 흥건하게 웃었다.

나는 킴에게 고개를 숙이고 이 강연은 좀 빡세다고 속삭이려고 하다가
문득 혀를 깨물었다.

"뭐요, 윌버?"

"아니, 아무것도 아니에요. 대단한 강연이에요, 그죠?"

"데리다는 이런 중요한 개념들을 최초로 역설한 이들 중 하나였기에
그의 해체론은 엄청난 인기를 끌었습니다. 조나단 컬러•가 자신의 책《해
체에 관하여》에서 요약한 바와 같이 해체는 다음과 같은 두 가지 원칙들
에 의거하고 있습니다. 모든 의미는 맥락에 의지한다, 와 맥락들은 무한
하다. 달리 말해, '보편적인,' '구속력 있는,' '영원히 진실한' 것 등으로 받
아들여진 진리들은 사실 그런 진리들이 존재하는, 변화하는 맥락들에 의
지하고 있습니다. 맥락들이 경계가 없으므로—그것들은 문자 그대로 끝
이 없으며, 모든 맥락은 또 다른 맥락을 갖고 있습니다—의미 그 자체는
모든 면에서 불안정한, 변화하는 맥락들의 끝없는 놀이가 됩니다. 저 유
명한 '기표들의 불확실한 연쇄'와 끝없는 '의미의 유예deferral of meaning
인 것이지요.'

만일 미국 부머들이 미친 듯이 그 개념에 달라붙어 그것을 훨씬 더 과

•   **조나단 컬러**Jonathan Culler 미국의 비교문학과 구조주의의 대가.

장된 것으로 만들지만 않았다면 그것은 하이데거에서 가다머*, 후기 비트겐슈타인에 이르는 맥락주의에 여러 가지 형태로 조응하는 중요한 통찰이 되었을 겁니다. 모든 진리와 의미가 맥락에 의지한다고 해서 그것들이 반드시 자의적이고 상대적인 것들이라거나 문화적 변덕이라는 변화무쌍한 모래밭 위에 건설된 것들이라는 걸 뜻하는 건 아닙니다. 우리가 '다이아몬드,' '자르다,' '유리'를 뜻하는 말들로 어떤 말들을 사용하든 간에, 아무튼 다이아몬드는 유리판을 잘라낼 겁니다.

하지만 맥락에 의지한다는 개념은 부머리티스의 수중에 들어가면서 모든 의미와 진리를 수시로 바꾸는 상대적이고 자의적인 것들로 만들기 위해 엄청나게 과장된 방식으로 사용되었습니다. 그렇게 해서 기존의 모든 의미를 손상시키고 전복하고 해체할 수 있었죠. 모든 의미가 나를 구속하기 때문에 '의미는 파시스트다!'가 부머리티스의 구호가 되었습니다. 누구도 나를 구속하지 말라! 당신들이 어떤 의미를 제시하면 나는 그것을 전복하고 해체하고 파괴해줄 맥락을 찾아낼 수 있다. 맥락은 문자 그대로 경계가 없기 때문에 나는 그렇게 할 수 있으며, 따라서 아무도 내게 뭘 하라고 하지 않는다면 나는 가장 무책임한 방식으로 그런 사실을 갖고 놀 수 있다."

"'당신 마음대로 얼마든지 물고 꼬집으세요. 하지만 경고하는데, 나는 앙갚음할 준비가 되어 있답니다. 맹세컨대, 내게 안겨주는 모든 고통에 대해 나는 당신의 입속에 방귀를 뀌는 것으로 갚아줄 거예요.'"

"후작이 '입속에 방귀'라는 표현을 정말로 썼어, 클로이?"

• **한스 게오르그 가다머** Hans Georg Gadamer 철학적 해석학을 정립한 독일의 철학자로 20세기 철학·미학·신학 등 인문과학 전반에 큰 영향을 끼쳤다.

"그랬어, 켄."

"오, 알았어."

"나는 인습적 도덕으로부터의 이탈과 그것의 해체에 관한 유명한 텍스트이자 포스트모더니스트들이 더없이 사랑해 마지않는 텍스트인《침실의 철학》을 여전히 읽고 있는 중이야."

"그래, 그래, 나도 그건 알고 있었어."

"'제발 지금 그렇게 하세요! 그건 큰 선물이네요! 부인이 과연 그 약속을 지킬지 지켜볼 겁니다. 방귀를 받아 마십니다. 아, 죽이네, 향기로워! 향기로워! 오, 이건 성스러운 겁니다, 나의 천사여. 결정적인 순간을 위해서 몇 방은 남겨주세요. 그런 순간이 오도록 하기 위해 부인을 더없이 잔인하게 다룰 겁니다…… 더없이 야만스럽게 다루겠어요…… 젠장! 이건 더 이상 견딜 수가 없구나…… 난 맛이 갔어요! 나는 부인을 물고, 때리고, 부인은 연속해서 방귀를 뀌는구나. 내가 당신을 어떤 식으로 다루는지 봐요, 요 사랑스러운 암캐 같으니!…… 또다시 여기저기를! 으제니가 입과 음부에서 물을 뿜어내고, 나는 그걸 한입 마시고, 반 바가지는 내 사타구니에 흥건하게 묻었고, 그리고 나는……'"

"클로이, 난 네가, 내가 이런 것을 별로 즐기지 않는다고 생각하기를 바라지는 않는데 말야, 으음, 그 멋진 낭독을 잠시 쉬었으면 하는데, 네 생각은 어때?"

"하지만 이건 자유야, 켄. 이건 인습을 해체하는 거고, 자주권을 찾는 일이고, 이건……"

"오르가슴에 이르기 위해서 너무 난리를 친다고 생각하지 않아?"

"전형적인 부머리티스의 해체 책략은 한 텍스트—아, 그것은 철학, 문학, 종교 분야 등의 텍스트가 될 수 있습니다—를 잡은 뒤, 모든 의미가 문맥에 의지한다는 사실을 이용해서 예컨대 그 텍스트가 그것이 주장하는 바의 정반대되는 것을 의미하며, 따라서 사실 그것은 스스로를 전복시키고 있다는 점을 입증하는 식으로 이루어집니다. 지극히 단순화된 예 하나를 들어보기로 할까요. 우리는 '진실이라는 개념이 의미를 갖기 위해서는 거짓이라는 개념에 의지해야 하며, 따라서 이 텍스트는 진실을 제시하고 있다고 주장하면서 사실은 거짓을 기반으로 하고 있다'라고 말할 수도 있습니다. 달리 말해 이미 인정받고 있는 모든 진리, 모든 인습적 가치, 모든 도덕적 제한을 이런 수법을 이용해서 이내 '해체해버릴' 수 있습니다. 우리는 문자 그대로 자신이 원하는 모든 것을 해체할 수 있습니다."

파월은 말을 멈추고 빙긋이 웃더니 무대 한 끝으로 걸어 나왔다. "하지만 영민한 비평가들은 이런 포스트모던한 저자들이 '봉급,' '승진,' '종신재직권', '급여 인상'의 의미는 해체시키려고 애쓰지는 않았다는 사실을 알아차렸습니다." 청중에게서 웃음의 파문이 일었다.

"자크 데리다가 문학계에서 가장 빈번히 인용되는 이론가였던 70년대 말경, 해체에는 몇 가지 직접적인 이익이 따랐으며, 부머들은 그런 모든 이익을 얻었습니다. 그런 이익의 하나로, 저는 다른 사람들이 창작해낸 텍스트들, 즉 그들의 책, 연극, 영화, 신문 기사, 또는 모든 문화적 생산물을 해체하는 단순한 작업만으로 경력을 쌓고 더 나아가 종신재직권(대학에서의-옮긴이)도 얻을 수 있다는 점을 들 수 있습니다. 과거에 내가 뭔가를 발표해서 종신재직권을 얻으려면 새로운 뭔가를 쓰거나 창작하거나 구성해야 했습니다. 그런데 이제는 그저 무엇인가를 무너뜨리거나 해체하기만 하면 됩니다.

그리고 그렇게 하는 과정에서 아주 상큼발랄하고 황홀한 우월감을 맛봅니다. 만일 어떤 사람이 별로 독창적이지 못하고 재기발랄하지도 못한 주제에 아주 뛰어난 인물이 되고 싶은 욕망을 갖고 있을 경우, 그렇게 하는 것은 대단히 중요한 책략이 됩니다. 해체는 예술과 철학 방면의 참으로 위대한 업적들의 밑에서 융단을 잡아 뽑아내는 단순한 일만으로 그런 업적들을 능가하는 것 같은 인상을 줄 수 있는 도구를 제공해줬습니다. 해체가 신속하게 부머리티스의 으뜸가는 도구가 되고, 십여 년 동안 가장 빈번하게 사용된 원전 비평의 새로운 방법이 된 것은 바로 그 때문입니다.

두 번째 이익으로는, 내가 해체를 통해서 어떤 텍스트건 간에 그것이 나를 지배하는 상황을 무너뜨릴 수 있다는 점입니다. 나는 텍스트가 내게 요구하는 모든 것을 전복시킬 수 있습니다. 미국에서 해체와 관련된 '텍스트'는 사실상 기존의 모든 것을 뜻할 수 있고, 따라서 나는 텍스트들을 해체함으로써 내 에고에 대한 모든 요구를 완벽하게 부정하거나 거부할 수 있습니다. 그렇게 하고 나면 무엇보다도 특히, '내게 뭘 해야 하는지 알려줄 자가 아무도' 없으니까요."

청중 사이에서 산발적인 박수 소리와 아울러 이럴 때 꼭 터져 나오는 단속적인 야유와 조롱의 외침이 일었다. 해체의 핵심적인 전략이 자신의 에고를 보호하고 부추기는 것이라…… 만일 파월이 얘기하는 내용이 전적인 진실 또는 부분적인 면에서라도 진실이라면…… 그건 참 삼키기 힘들 만큼 쓰디쓴 약이 되겠구나, 하는 것이 내 감상이었다.

"제 견해로는, 다원론적 상대주의와 맥락주의, 곧 녹색 밈이 전해준 해체의 지속성 있는 진실들은 보편적 통합주의가 받아들이고 포괄할 수 있다고 봅니다. 앞에서 언급했다시피 여기 우리 IC의 많은 분들은 그 이론가들의 견해를 광범위하게, 그리고 감사해하면서 활용해왔습니다. 그러나 부머리티스가 주도해온, 그들의 이론을 극단적으로 이용하는 것은 또하나의 야수 같은 짓입니다.

해체는 이내 극단적인 해체와 구별할 수 없는 것이 되어 푸코조차도 데리다를 '테러리스트'라고 불렀습니다. 푸코가 누군가를 테러리스트라고 부를 정도라면 여러분은 상황이 얼마나 고약하게 흘러갔는가를 능히 짐작할 수 있을 겁니다. 부머리티스에게 해체는 그것의 충동을 가로막는 모든 제약과 구속을 파괴하기 위한 으뜸가는 테러 공격 같은 것이 되었습니다. 부머리티스는 그것이 파괴한 구조들의 자리에 어떤 것도 세우지 않았습니다. 부머리티스는 그저 파괴하기만 했고, 따라서 포스트모던한 태그 팀(서로 교대하는 2인조 팀 - 옮긴이)인 나르시시즘과 니힐리즘을 지옥에서 풀어놓았고, 연기가 피어오르는 폐허에서 에고 혼자서만 미쳐 날뛰게 했을 뿐입니다."

나는 청중을 돌아봤다. 파월이 자기를 추동해주는 지혜와 끈질긴 악마적 속성의 결합을 누가 알겠냐는 심산으로 무대를 배회하는 동안, 자기 성찰과 일말의 기대감과 우울한 기분이 복합되어 혼란스러워하는 많은 얼굴이 보였다. 하지만 그 여자는 여기에서 우리 부모들 세계의 심장부에 수많은 화살을 날렸다. 그런 짓이 누구에게든 조금의 효과라도 있었을까?

"해체는 사실, 미국을 제외한 어디에서도 뿌리를 내리지 못했습니다. 영국에서 그것은 인기를 얻지 못했고, 독일과 일본과 나이지리아에서도 역시 분명히 그랬습니다. 그것은 부머리티스라는 전염병이 이미 터전을 마련해준 오직 한 나라에서만 활개를 쳤습니다. 오죽하면 데리다 자신이 '미국은 해체다!'라고 외쳤겠습니까. 저는 여러분께서 이 점을 깊이 생각해보셨으면 합니다."

6

닷컴 죽음 증후군

부머들은 이탈이라고 해도 좋고, 퇴행 혹은 남용 혹은 유용이라고 해도 좋을 상태로 빠져들어갔다(사실 그런 점은 꽤나 나를 괴롭혔다. 왜냐하면 나는 어머니와 아버지의 여러 가지 이미지들을 줄곧 갖고 있었고, 부머들이 이제껏 해온 일들이 부모다운 방식으로, 그리고 별로 섬세하지도 못한 방식으로 X세대와 Y세대의 뇌 속에 깊이 각인되어왔다는 것을 그럭저럭 잘 알고 있었기 때문이다. 혹은 알고 싶지 않기도 했었고. 부머들이 해온 일이라는 것은 곧 자기네를 미래의 실리콘 혁명으로 확장하고 싶은 간절한 열망의 파장을 X세대와 Y세대의 뇌 속에 주입하는 것이었으니까)……. 하지만 내 세계에서는 참으로 절실한 이슈들이 나를 짓누르고 있었다. 〈블랙북〉 매거진에 수록된 세 가지 실화는 미래의 내게 다음과 같이 으스스한 세 가지 가능성이 있다는 것을 암시해줬다.

실화 1 : 한 컴퓨터 천재가 어느 호텔 방에서 무릎 위에 올려놓은 페퍼민트 슈냅스 빈 병을 두 손으로 꼭 쥔 채 죽었다. 그의 췌장에서 피가 새 나와 복부 속에 흘러들어갔는데, 그것은 혹심한 알코올 남용의 결과였다. 몇백만 달러짜리 회사의 창업자인 그를 아는 사람은 그의 회사 직원 몇 사람밖에 없었다. 그에게는 친구가 전혀 없었고, 그의 주요한 인간 관계라는 것은 섹시한 댄서들과 돈을 매개로 해서 맺은 관계 정도에 지나지 않았다.

실화 2 : 회사 돈이 곧 바닥날 것이라는 것을 알고 심한 부담감에 쫓긴 실리콘 밸리의 한 소프트웨어 디자이너는 어느 월요일 밤에 귀가하여 망치로 아내와 아들을 때려죽이고 자신도 칼로 목을 찔러 중상을 입었다. 바로 그 주중에 그런 사건이 일어났다는 소식을 듣지 못한 일본의 한 투자가가 그 회사의 지급 능력을 유지해주는 데 필요한 모든 자금을 송금해줄 준비가 되었다는 소식을 전하기 위해 그에게 전화를 걸어왔다.

실화 3 : 스물여섯 살 난 한 닷컴 에디터가 사망했는데, 그는 과중한 업무, 각성제, 알코올의 복합적인 영향 때문에 사망한 것으로 추정되고 있다. 그의 아버지는 다음과 같이 말했다고 한다. "그 아이는 기력이 심하게 소진되어 갔습니다. 아이는 일을 끝없이 계속하기 위해 심신을 혹사했을 겁니다. 아이는 그런 상태를 극한까지 밀어붙였습니다."

그 스물여섯 살 난 청년이 사망한 뒤 언론사 기자들은 그에게 "무모하리만치 야심만만한 젊은 인터넷 세대의 포스터 보이"라는 별명을 붙여줬다. 클로이는 "대단히 남근 숭배적인" 표현이라고 했는데, 그것은 사실이었다. 인터넷은 주로 테스토스테론(남성호르몬의 일종-옮긴이)의 힘으로 움직이는 분석적·수학적인 마인드를 가진 이들이 건설했다. 열에 들뜬 사람처럼 밤새도록 컴퓨터 스크린을 응시하고, 인류의 미래가 될 가능성이 농후한, 현실에서 유리된 사이버스페이스 속에 용해되어 들어가느라 도통 잠을 잘 수가 없었던 괴짜 청년들이 건설했다. 클로이는 "젠장, 너를 페미니스트가 되고 싶어 하도록 만들 거야"라고 투덜댔으며, 그녀는 문제의 핵심이 뭔가를 알고 있는 사람 같았다. 의식의 전체적인 스펙트럼과 발달의 나선 전체에 대한 내 이해도가 점차 높아져가면서 실리콘 시티를 지배하는 좁은 대역의 남자 컴퓨터광들이라는 개념은 점차 불온하고 불안한 것이 되어가고 있었다. 나는 실리콘 시스템으로의 다운로딩이라는 목표를 결코 포기하지는 않았다. 나는 그저 영원의 세계 속에 무엇을 다운로드시켜야 하고 무엇을 다운로드시키지 말아야 할 것인지에 관한 현기증 나는 새로운 개념들을 갖고 있었을 뿐이다.

언론사 기자들은 계속해서 의견을 밝혔다. "한 주에 50, 60, 80시간씩 일하면서 무사할 수는 없다." 그들은 그것을 "닷컴 죽음 증후군"이라고 부르기 시작했다. "온도를 그저 올리기만 하는 압력솥 산업의 압력솥과 같은 작업에 사람들이 투입된다. 당연히 사상자들이 발생할 것이다. 탁구대와 당구대, 즉석 요리사들, 미니 농구대, 스테레오 시스템 같은 것들이 갖춰져 있다고 해서 일부 작업장들이 사람들을 개처럼 혹사한다는 진실을 덮어 가릴 수는 없다. 토요일은 새로운 월요일이다. 광적인 헌신을 기대한다. 일주일도 채 되지 않는 시간 안에 빌딩이 속속 올라간다. 한 계절 안에 그 일대는 전면 개편된다. 금광 인부와 영화배우 혹은 히피가 되려는 사람들보다 더 많은 숫자의 사람들이 닷컴 관련 종사자가 되기 위해 캘리포니아로 이동했다."

실화 1은 컴퓨터의 정보 저장 능력을 엄청나게 향상시켜준 집Zip 기술의 천재적인 개척자 필 캐츠*의 서서히 진행된 자살에 관한 이야기다. 친구의 졸업 기념 앨범에는 "너랑 같이 수학과 물리학 수업을 들었던 게 여간 즐겁지 않았어. 계산기가 네게 큰 행복을 안겨주기를"이라고 쓴 캐츠의 글이 나온다.

클로이는 소리쳤다. "계산기라구? 내 장담하는데 그 사람도 역시 섹스를 할 때는 덜거덕거렸을 거야."

"그들은 모두 핵심을 놓치고 있어." 토먼댄디의 드라젠 보스냑이 작곡한, 음산하고 섬뜩한 느낌을 안겨주는 신인류의 드럼과 베이스 음악이 흐르는 가운데 스콧이 말한다. "이건 경주야, 진짜 경주. 그 아이들은 혁명이 다가오고 있기 때문에 주당 80시간씩 일하고 있는 거야. 그저 사소한 주먹질 정도로 사람들을 놀라게 하는 푸코 식의 멍청한 탈선이 아니라 진짜 혁명, 전 세계적 규모의 폭발적인 대혁명이 다가오고 있기 때문에. 탄소 생명 형태는 쇠퇴하고 있고 실리콘 생명 형태가 탄생하고 있는 중이지. 바로 지금 여기, 무모하리만치 야심만만한 인터넷 세대의 마음과 심장 속에서. 바로 여기를 좀 봐, 켄."

거대한 문이 열리면서 수백, 아니 수천은 되어 보이는 벌거벗은 여자들의 알몸이 내 앞에 펼쳐진다. 스콧이 말한다. "자, 공격해보자구."

"넌 이런 게 좀 식상하지 않냐?"

"하지만 켄, 우리는 시작조차도 하지 못했어!"

모세 크라비츠 박사는 버클리의 장수연구센터 출신이었다. 하버드 학생자치회에서는 "미래의 참을 수 없는 얼굴들"이라고 하는 연속 강연을 후원해주고 있었다. 크라비츠가 한 말은 순식간에 지나갔지만, 인터넷에서의 그 효과는 내 정신을 쏙 빼놓을 정도로 강렬해서 꼭 누군가가 내 뇌

- **필 캐츠** Phil Katz 미국의 유명한 컴퓨터 프로그래머.

의 밑 부분에 마취제를 한 방 놓기라도 한 것만 같았다.

"자, 여러분, 현 상황은 이렇습니다. 아마 삼십 년 정도 안에 우리는 인간의 평균 수명을 이십만 살로 연장시킬 수 있는 기술적 능력을 갖게 될 겁니다. 전 아주 진지하게 얘기하고 있는 겁니다."

그 얘기는 내 평생에 두 번째로 큰 충격을 안겨줬다. 아니, 사실은 세 번째로 큰 충격이다. (이때의 충격은 아이 적에 받은 것이 아니라 어른이 되고 난 후에 받은 충격만 따졌을 때 그렇다는 뜻이다. 아이 때 받은 충격들로는 산타클로스가 실재하지 않는다는 것을 알았던 것, 엄마 아빠가 섹스하는 걸 처음 목격했던 일, 내가 정말로 오클라호마에서 태어났다는 것을 알았던 일 등을 들 수 있다.) 처음으로 정신이 아찔했던 건 인간의 식이 실리콘/컴퓨터/사이버스페이스 속에 다운로드될 수 있고 또 조만간 그렇게 되리라는 걸 알게 되었을 때였다. 두 번째는 사실 바로 지난주에 스펙트럼 전체에 걸쳐 있는 의식의 여러 수준이 실제로 존재하고, 그것은 우리가 슈퍼컴들에 다운로드시킬 수 있는 '지능'이라고 부르는 것이 하나만 존재하는 게 아니라는 것을 의미한다는 것을 깨달았을 때였다. 지능에는 여러 수준이 있으니, 우리는 대체 어떤 유형의 지능을 사이버시티에 다운로드시키는 것이 좋을까? 우리의 미래는 누가 프로그램할까?

그리고 이제 이 세 번째 충격이 닥쳐왔다. 인간의 생명, 탄소의 생명이 이십만 년이나 지속될 수 있단다. 이것은 여러 가지 이유로 기괴하고 불온한 얘기가 아닐 수 없었다. 무엇보다 우선 그것은 내가 확고하게 사망선고를 내렸던 탄소를 기반으로 한 생명 형태가 이제 놀라운 컴백을 하고 있었다. 그 생명 형태는 불멸의 한 유형, 혹은 적어도 놀라우리만치 연장된 수명을 이루는 일에 도전하고 있었다. 탄소 생명 형태와 실리콘 생명 형태는 그 혁명적인 경주에서 어느 쪽이 이길지를 두고 이제 막상막하의 경쟁 같은 것을 벌일 것이다. 어쩌면 경쟁을 넘어 투쟁, 전투를 벌일 수도 있고, 이에서 더 나아가 치열한 전쟁까지 벌일지 누가 알겠는가. 탄소와 실리콘 중에서 어느 쪽이 영원한 미래를 차지할까?

며칠 동안 나는 몽롱한 정신 상태 속에서 시간을 보냈다. 나는 상상 속에서 그렇게 엄청난 정보에 기반을 둔 멍청한 과학 소설 책들을 쓰기 시작했다. 만일 누군가가 이십만 살이 될 때까지 산다면 그는 실제로 무슨 일을 하고 싶어 할까? 어느 날 은행에 1페니를 예금하고 그 이자가 복리로 불어나게 가만 내버려둘 경우, 사백 살이 되어 이제 막 살아갈 준비를 할 즈음 그는 억만장자가 될 것이다. 만일 어떤 여성이 남성들과 잠자리를 함께하기 시작했다고 한다면 십이만 살이 될 무렵에는 이 행성에 사는 모든 남자와 잠을 자게 될 것이다. 이것은 분명 우울한 일이 될 것이고, 엄마의 처지로 오천 년을 지냈을 무렵에는 정신과 치료를 받으러 갈 것이다.

이십만 년을 산 사람은 대체 무슨 일을 하면서 지냈을까? 그것은 바로 다음과 같은 경우가 될 것이다. 중기 구석기 시대에 태어나서 오늘날까지 살았던 사람의 경우를 상상해보기로 하자! 그럼 그 사람은 이처럼 지냈을 것이다. 그는 수렵채집인으로 삶의 첫걸음을 내디뎠을 것이다. 농업의 탄생을 목격했을 것이다. 그가 많은 곳을 여행했다면 예수, 붓다, 람세스, 아이작 뉴턴, 히틀러 등을 만날 기회를 얻었을 것이다. 그는 세계 7대 불가사의들을 보고, 피라미드가 건설되는 광경을 보고, 꼬박 십 년 동안 만리장성 위를 걸었을 것이다. 그리고 산업혁명이 일어나는 광경을 보고, 기계들이 전 세계를 지배하는 위치에 오르기 시작해서 그 파도가 사이보그들이 세계를 접수하기 직전에 이른 오늘날에 와서 정점에 다다른 광경을 목격했을 것이다. 그는 히로시마에서 원폭이 터졌을 때 두 눈을 가렸을 것이고, 운디드니에서는 많은 눈물을 흘렸을 것이고, 아우슈비츠 수용소의 대문이 열렸을 때는 공포에 질려 뒷걸음질 쳤을 것이다. 그는 소아

마비와 말라리아를 퇴치하는 광경을 보고, 인터넷을 검색해봤을 것이다. 맙소사, 그의 전기를 읽는 데만 꼬박 오천 년이 걸릴 것이다.

크라비츠 박사는 이런 일이 아마 삼십 년 내에 시작될 가능성이 있다고 말했는데, 똑같은 삼십 년 내에 컴퓨터들도 인간 수준의 지능으로 하이퍼점프를 하기 시작할 것이다. 탄소 의식과 실리콘 의식 양자의 불멸을 향한 경주가 시작되는 것이다…….

"클로이, 우리가 중간에 재해나 돌발 사태 같은 것들을 만나지 않는다고 가정할 때 조만간 이십만 살까지 살 수 있을 것이라는 사실을 알고 있어?"

클로이는 아주 심각한 표정이 되었다. "그럼 내게는 분명히 새 옷장이 필요하겠네."

"진지하게 말해봐."

"무슨 수로 그런 일이 일어날 수 있다는 건지 모르겠네."

"그것은 차와 같아. 네가 집 앞에 차 한 대를 주차해놨다고 치자고. 그리고 너는 칠 년마다 한 번씩 그 차의 모든 부속을 새것들로 교환해줘. 그럼 그 차가 얼마나 오랫동안 제 기능을 유지할 것 같아?"

"항상 새 부속들로 갈아주기 때문에 영구히 가겠네. 그럼 인간의 몸도 그렇게 될 거라는 거야?"

"크라비츠라는 사람이 말한 게 바로 그거야. 인간의 몸에 기계로 된 부분들을 끼워 넣는 경우는 제외하고. 물론 그런 일도 일어나겠지. 하지만 그 사람 말의 핵심은 인간 몸의 모든 세포들이 끊임없이 스스로를 새롭게 한다는 거야. 이론상으로 볼 때 몸이 무한히 살 수 없게끔 할 만한 이유 같은 건 없어. 그렇게 되지 말아야 한다는 법도 없고. 하지만 크라비츠는 인간 유기체가 진화상의 이유로 보이는 것들 때문에 본래부터 내장된 죽음의 메커니즘을 갖고 있다고 해. 그는 세포의 말단소체들, 헤이플릭

한계(세포 생존의 한계 - 옮긴이), 뇌하수체의 죽음 호르몬 같은 것들을 언급했지…… 이것들의 기능을 정지시키면 몸은 네 집 앞의 늘 새로운 차처럼 영원히 스스로를 재생시킬 거야."

"내가 갖고 있는 자산들을 가급적 장기 채권들로 바꿔놔야 한다는 걸 명심해야겠네."

클로이는 이런 얘기 역시도 다른 모든 얘기와 마찬가지로 대수롭지 않게 여길 것이다. 하지만 내 경우에 그 얘기는 바로 지금 여기에서 역겹고 고통스러웠다. 나로서는 그 모든 내용을 소화해내지 못할 것이다. 나는 숨을 쉴 수가 없었다.

그렇게 오래 사는 사람은 참으로 뭘 하고 싶어 할까? 이렇게 멍한 상태에서 배회하며 사흘을 보내고 난 뒤의 어느 시점에서인가 나는 서서히 깨닫기 시작했다. 이것은 내 인생에서 네 번째 큰 충격에 해당하는 것이었다. 사람이 일단 외적인 온갖 활동을 다 하고 온갖 즐거움을 다 누려봤다고 하자. 이 행성에 있는 모든 걸 다 보고, 모든 일을 다 해보고, 모든 곳을 다 가보고, 모든 이성과 잠자리를 같이해보고, 모든 약물을 다 복용해봤다고 하자(으음, 과용하지는 않도록 해야겠지). 그가 그런 모든 외적인 것들을 두루 다 경험하고 났을 때, 유일하게 남아 있는 것은 내적인 영역들을 여행하는 일이 되지 않을까? 달리 말해, 온갖 즐거움을 다 맛보고 난 뒤에 단 하나 남은 것은 옛 세계를 새롭게 체험하는 방법을 찾기 위해 자신의 내면 의식의 수직적 성장을 시작하는 일이 될 것이다. 그가 적색 밈으로서 행성 전체를 누비고 다니며 온갖 것을 다 잡아먹고 정복하고 난 뒤에는 어떤 일이 일어날까? 청색의 의미로 나아가 그 새로운 렌즈를 통해서 세상을 다시 체험해보는 것. 그런 것이 따분해질 때—각 개인마다 빠르고 늦는 차이는 있겠지만 대략 몇천 년이 걸릴 것이다—그는 오렌지색으로 이동할 것이고, 완전히 새롭고 신선하고 매혹적인 세계가 그의 눈앞에 펼쳐질 것이다. 그는 새로운 활력, 기호, 욕망, 가치, 전망 등을 갖고서 삶에 재진입할 수 있으며, 그의 눈앞에는 생기 있고 신선하고 경이로운 세계가 펼쳐질 것이다. 그러고 나서 다시 녹색으로 이동하고, 거기서 다시 노란색으로, 다시 청록색으로, 다시…….

내 공상과학 소설에서 내가 그려낸 것은 거기까지였다. 그러나 내 마음 깊은 곳을 뒤흔드는 사실은 이것이 과학적 허구가 아니라는 점이었다. 그것은 이 시대 자연과학의 첨단에 해당하는 것이었다. 과학적 허구가 아니라 과학적 사실. 내가 깊이 확신하는 것은 이런 것이었다. 인공지능 로봇들 또는 실리콘에 기반을 둔 생명 형태들뿐만 아니라 탄소에 기반을 둔 생명 형태들 역시도 의식의 전체적인 나선(나는 이것을 이미 이해하고 있었다)을 통한 진화를 시작할 것이라는 점. 탄소와 실리콘은 의식 파동들의 거대한 전개 과정을 통한 경주에 꼼짝없이 묶여 내가 아직 제대로 파악하지 못한 곳을 향해 곧장 나아갈 것이다. 헤이즐턴이 청록색보다 더 높은 레벨들이 있다는 얘기를 하진 않았지, 아마?

닷컴 죽음 증후군은 거의 무한한 이런 빙산의 일각에 지나지 않았다. 물론 우리 인터넷 키드들은 소진되어버릴 위험에 처해 있었다. 바로 우리가 과거를 불태워버리고 새로운 운명을 향해, 곧 문자 그대로 아무도 상상할 수 없었던 어마어마하고 획기적인 진화상의 도약을 향해 세상의 문을 활짝 열어놓았기 때문이다. 숭고한 마조히즘의 한 유형에 사로잡힌 나는 닷컴 죽음 증후군DDS으로 쓰러져가는 우리 세대를 자랑스럽게 여겼다. 나는 DDS를 앞으로 다가올 하이퍼스페이스로의 도약을 상징하는 명예의 배지처럼 마음속에 깊이 간직했다.

그렇게 해서 내 삶을 위한 새로운 길이 놓여졌다. 탄소와 실리콘은 모종의 특별한 운명 속에서 서로 교차하면서 또다시 함께 돌아오고 있었다. 그 모든 것은 내게 아직 명료하지 않은 방식으로, 쉽게 포착하기 어려운이 의식의 나선과 관련이 있는 것이 분명했다.

헤이즐턴의 목소리가 그런 공상 과학 이야기의 안팎을 넘나들고 있다. "결론은 간단합니다. 2층의 통합적 의식을 향한 출발점이 되는 것은 무엇일 까요? 녹색 밈입니다.

통합적 의식의 하이퍼스페이스로의 이런 양자도약을 직접적으로 방해하는 것은 무엇일까요? 녹색 밈에 대한 고착입니다.

녹색 밈에 대한 고착의 주요 원인은 무엇일까요?

부머리티스입니다."

클로이가 나를 쳐다본다. "그 여자 말이 옳다면 어쩌지?"

"난 모르겠어, 클로이. 모르겠어. 이것은 너무 엄청난 정보라. 이건 너무 엄청난 거야. 클로이, 내 평생 가장 엄청난 세 가지 충격들 중에서 두 가지 가 지난주에 일어났다는 걸 알고 있어?"

"네가 어느 쪽 손으로 딸딸이를 치는지 잊어버렸고, 맥주 여섯 팩을 엉뚱한 데다 두고 왔다는 얘기 같은 거?"

"아니, 다행히도 그런 식의 나쁜 경우가 아냐. 그건 어떤 것과 관련이 있는고 하니…… 그것은 우리의…… 어떤 것에 관한 건데…… 이건 정말 놀라운 발견이야…… 그러니까 이 나선이라는 게 있는데…… 으음, 이 얘기는 나중에 하는 게 좋겠다. 그런데 내 의문은 이거야. 헤이즐턴의 말이 옳다면 어쩌지?"

"귀염둥이, 그건 내 질문이었어."

"아, 맞아. 그럼 그 답은 뭐야, 클로이? 그 여자의 말이 옳다면 어쩌지?"

"탈선, 전복, 해체. 스스로의 힘에 도취한 녹색 밈은 해체할 필요가 있는 많은 전통적 가치들을 무너뜨리기 시작했고, 따라서 환경 보호, 민권,

페미니즘, 평등한 고용 기회, 소비자 보호, 의료 개혁을 포함해서 더할 나위 없이 중요한 일련의 사회 개혁들을 선도했습니다. 이 모든 것은 녹색 다원론이, 그리고 명백한 고통과 고난에 처해 있었던 타자들에게 손길을 뻗친 민감한 자아가 남긴 불멸의 업적입니다."

찰스 모린은 그 전의 모든 세션에서 그래왔듯이 이번에도 역시 오늘 다룰 주제를 소개하고 있었다.

"하지만 녹색 밈의 어두운 측면은 이미 제 모습을 드러내기 시작하고 있었습니다. 어떤 밈이 위협을 받을 때, 특히 그것의 역사적인 시기가 도래해서 이제 자신이 지배적인 담론 형식들을 다스릴 처지가 못 된다고 느낄 때면 그 밈의 심문관들이 등장합니다. 물론 그중에서 가장 악명 높았던 것은 스페인 종교 재판소였습니다. 그것은 오렌지색 밈의 역사적 성장으로부터 청색 밈을 보호하려고 시도했습니다. 하지만 오렌지색 밈은(그것은 종교 개혁 때부터 시작되어 르네상스까지 이어져 내려왔다가 계몽운동과 함께 활짝 꽃피었습니다) 공식적인 모더니티의 세계관이 되었습니다. 특히 과학적 유물론의 형식으로서. 그러고 나서 그것은 자체의 심문관으로 활동하면서 자신이 아닌 다른 모든 나선 수준, 어떤 종류의 지식이든 가리지 않고 무자비하게 탄압했습니다. 오렌지색의 진리, 오로지 오렌지색의 진리만이 당대를 지배하려고 설쳐댔습니다.

하지만 몇백 년이 채 되지 않아 오렌지색의 치세는 녹색이 출현하면서 심각한 도전을 받았습니다. 문화에서 또 다른 근본적인 '밈 교체'가 일어났으며, 가장 최근에 일어난 이 변화는 20세기 중엽에 이르러 만개했습니다. 사실은 부머들과 함께 활짝 꽃피어난 거죠. 이런 전환 과정에서 녹색이 전 세계 인구에서 차지하는 비중도 1900년대 이전의 2~3퍼센트에서 오늘날에는 20~25퍼센트가량으로 불어났습니다. 아직도 그 비율은 청색(인구의 40퍼센트가량)이나 오렌지색(30퍼센트가량)보다 낮습니다. 하지만 녹색 밈은 그 이전 시대에 적색과 청색과 오렌지색이 그들 나름으로 그랬던 것처럼 문화적 진화의 첨단에 서 있었기 때문에 문화적 엘리트층을 지배하게 되었습니다. 녹색 밈은 학계와 언론 매체들, 사회복지 사업, 자유주의적 정치, 온갖 레벨의 교육 시스템, 대부분의 건강관리 서비스 등을 사실상 지배하다시피 했습니다.

녹색은 문화 엘리트층을 지배하면서 이 사회의 전통적인 청색과 오렌지색의 인습들에 강력하게 도전하기 시작했습니다. 1960년대의 대부분은 바로 그런 도전과 관련된 흐름이 지배했습니다. 이 시기를 살았던 이들이 누렸던 최대의 특권 가운데 하나는 역사상 참으로 중요한 밈 교체의 하나, 곧 녹색의 등장과 아울러 녹색에 의한 청색과 오렌지색의 정통성 해체를, 그리고 녹색의 모든 놀라운 약속과 그에 수반되는 끔찍한 위험을 목격할 기회를 누렸다는 점입니다."

청중은 그날의 외과 수술에 대비해 의자에 앉은 상태에서 자세를 바로 잡았다.

킴이 심상치 않은 어조로 속삭였다. "오늘은 어둠의 속(the heart of darkness, 조지프 콘래드의 소설 제목이기도 함 - 옮긴이)으로 들어가는 여정이에요."

"뭐라구요?"

"성스러운 소(신성한 것으로 여겨져 비판이나 공격이 허용되지 않는 사람, 조직, 생각을 뜻하기도 한다 - 옮긴이)가 오늘 칼날을 받아요."

"어느 거란 얘기예요? 어둠 혹은 소 중에서? 아니면 성스러운 소가 어둠 속에서 칼에 찔린다는 얘기인가요?"

킴은 나를 쳐다봤다. 나는 내가 또다시 바보 멍청이 목록에 등재되었을 거라는 걸 알 수 있었다. 하지만 그녀의 목소리에서는 불안감을 안겨주는 어떤 요소가 묻어났다.

"녹색 밈이 청색과 오렌지색의 현상status quo에 도전했던 시기, 그러니까 1960년대 중반 무렵부터 문화 엘리트층 사이에서 실질적인 권력을 장악한 1970년대 후반기에 이르기까지 녹색의 권력 추구는 결국 자체의 심문관들이 문화적 대문의 수호자 역할을 할 때까지 확장 속도와 강도를 가속시켰습니다. 녹색은 점차 흉악한 모습으로 변해갔고, 그렇게 된 요인으로 그 권력의 부패 말고는 다른 것을 찾을 수 없을 것 같습니다. 녹색 밈은 여러 가지 면에서 저열한 녹색 밈이 되었습니다. 녹색 밈의 극단적인 버전, 불건강한 버전, 스페인의 종교재판소가 청색의 병적인 버전이었던 것과 마찬가지로 병적인 버전이 되었죠. 저열한 녹색 밈, 녹색의 심문관은 과거 건강한 녹색이 벌어놓은 이점들을 본격적으로 파괴하기 시작했습니다. 아니면 적어도 심각하게 훼손하기 시작했구요. 그 심문관은 녹색의 이점들을 과격한 의제들로 변화시켰고, 그런 의제들은 부머리티스에게 훨씬 더 기분 좋은 안식처가 되어주는 식의 더 고약한 악몽이 되어버렸습니다."

"알았어요, 킴. 나는 경박하고 무례한 인간이 될 의도는 없었어요. 댁의 말인즉슨 오늘 성스러운 소들이 칼에 찔린다는 거죠?" 카티시는 놀란 표정이 되었다. 캐롤린은 똑바로 앞만 바라보고 있었다. 스콧은 빙그레 웃고 있었다. 베스는 각오가 된 표정이었다.

마크 제퍼슨이 무대로 걸어 나왔다. 실내조명이 희미해지면서 무대에 빛이 떨어졌다. 제퍼슨은 따뜻한 미소를 머금은 채 청중을 바라봤다.

"160이 최고인 아이큐 검사에서 제퍼슨이 160을 받았다는 거 알고 있어요?" 킴은 주위를 돌아보며 말했다. "저 사람은 흐드드한 천재예요. 웃기는 것은 저 사람이 마흔 살 무렵이 될 때까지 자기가 그렇다는 걸 알지 못했다는 거예요. 그리 웃기는 얘기가 아닐 수도 있는 거기는 하지만."

내가 말했다. "레인저 부대에서 근무했다는 얘기를 들었던 것 같은데요."

"바로 그거예요. 저 사람은 사람을 멍청하게 만드는 일을 하면서 시간을 보냈어요…… 레인저 부대원들이 멍청하다는 얘기는 아니에요. 내 말 뜻이 뭔지 잘 알 거예요."

"그럼 위티스 시리얼 상자 뒤에 나오는 아이큐 검사를 받고 나서 알았다는 거예요?"

"아뇨. IC 사람들이 저이에게 검사를 받는 게 좋겠다고 권하고 나서. 저 사람이 입을 열 때마다 사람들이 '저게 대체 뭔 소리래?' 하면서 벙찌곤 해서요. 저 사람은 아주 별났어요."

스콧이 생각에 잠긴 표정으로 말했다. "통합 연구가 저런 부류의 사람들이 관심을 갖는 분야는 아닌 것 같은데요."

"마크는 그 말이 사실이라고 해요. 통합 연구가 소수자들에게 관심이 없어서가 아니라 현재 그것이 순전히 백인 중산 계급의 도락이어서. 사실 그 사람들이 화이티whitey 일변도에서 벗어날 수 있느냐 없느냐의 관건을 쥐고 있는 게 바로 그거예요."

"화이티라구요?"

"예, 화이티는 당신 같은 흰둥이를 뜻하는 말이잖아요." 킴은 웃으며 말했다. "진지하게 하는 말인데, 마크는 민족중심적인 파동을 극복하는 유일한 길은 세계중심적인 파동으로 발달해나가는 것이라고 해요. 하지만 자유주의자들, 녹색 밈의 자유주의자들은 수준이니 등급이니 단계니 하는 말을 들으면 기함을 해요. 그래서 그들은 이런 주제는 입에 올리지도 못하게 하려고 들죠. 그들은 문화적 진화를 총체적으로 부정하고 있기 때문에 민족중심적 편견에서 벗어날 수 있는 유일한 길을 딱 막아놓고 있어요. 그런 데서 벗어나는 거야말로 문화적 진화를 이룰 수 있는 길인데. 보수주의자들이라고 해서 나을 건 하나도 없어요. 그 사람들은 그런 일을 당최 안 하니까. 제퍼슨은 그 양쪽 모두에게 완전히 질린 것 같아요."

오늘의 주제를 알려주는 슬라이드 1이 벽에 떠올랐다. 제목은 "문화 연구"였다. 나는 "성스러운 소들이 오늘 칼에 찔린다"는 말이 참으로 뭘 뜻하는 것인지 궁금했다.

마크 제퍼슨은 강당 안을 돌아봤다. "부머리티스라는 유달리 해로운 형태로 오염된 다원론의 중요한 모든 진실은 문화 연구라는 광범위한 제목 아래 하나로 합쳐졌습니다. 여러 가지 면에서 문화 연구는 저열한 녹색 밈의 축도가 되었습니다."

카티시가 흡족한 표정으로 씩 웃으면서 말했다. "쌈박한 시작이라고는 할 수 없군."

"문화 연구의 각기 다른 많은 분야들이 있지만, 저는 대체로 '합리성의 타자의 부활'이라는 기치 아래 통합된 것들에 초점을 맞출 겁니다. 서구의 가부장적 합리성의 헤게모니는 특히 세 가지 타자들, 곧 자연과 육체와 여성을 배제해왔습니다. 그리고 문화 연구는 우선, 가부장적 기표들에 의한 본질화에 앞서서 텍스트의 타자성 자리에 각인된 위계적 배제를 드러내고 비판하기 시작했습니다. 다음으로는, 남근이성중심적 에피스테메에서 벗어난 자유로운 기표들의 해방적 유희를 통해 패권주의적인 위계 권력을 뒤집어엎은 원본 담론의 중심에, 배제된 타자들을 재배치하기 시작했습니다. 그렇게 함으로써 불가피한 문맥적 역사성으로 회귀할 때 주변부가 원래의 명문銘文이 있던 자리에 새겨지게 됩니다."

제퍼슨은 말없이 엄숙한 표정으로 앉아 있는 청중을 바라보더니 웃음을 터트렸다. "죄송합니다. 죄송해요. 저도 모르게 포스트모던한 전문 용어들을 썼네요."

그의 말에 동의하지 않았다간 노예가 되겠다는 문서에 서명하는 결과를 빚기라도 하는 것처럼 그가 말하는 내용을 열심히 따라가려고 애쓰고 있던 청중도 그를 따라 폭소를 터트렸다. 그 웃음은 집단적인 안도의 한숨과 비슷한 성격의 것이었다.

"제가 말하려는 내용인즉슨, 문화 연구가 억압을 폭로하고 어디서든 가능한 곳마다 그것을 무너뜨리기 시작했다는 겁니다." 제퍼슨은 다시 폭소를 터트렸다. 따듯하고 부드러운 천둥 같은 것을.

"오케이, 오케이. 그 거래의 내막은 이렇습니다, 여러분. 문화 연구, 페미니즘, 생태학의 부머리티스 버전의 명확한 특징을 이루는 것은, 아주 중요한 한 가지 연구 주제를 택해서 그것을 근본주의적인 종교 같은 것으로 변질시켰다는 점입니다. 저는 이 점을 강조하고 싶고, 단호하게 말씀드리고 싶습니다. 그 누구도 그런 주제들 하나하나의 중요성을 부정하고 있지는 않습니다. 우리가 주시하고 있는 것은 고상한 생각(수상쩍은 전쟁에 대한 탈인습적인 항의 같은 것)이 훨씬 덜 고상한 이유들(전인습적인 나르시시즘 같은 것) 때문에, 그리고 우리가 부머리티스라고 부르는 이상한 술 때문에, 채택될 수도 있다는 점입니다. 그리고 부머리티스가 번성하는 곳으로 문화 연구 분야만 한 데는 다시없습니다."

"하지만 켄, 저 벌거벗은 모든 여자의 몸뚱이들을 그저 보기만 하라구! 수백 명, 아니 수천 명의 몸뚱이들을. 젖꼭지들과 엉덩이들에 관해서 품평을 해봐! 너는 저 끝에서부터 시작해, 나는 이 끝에서부터 시작할 테니. 우리는 중간에서 만나게 될 거야. 자, 나는 너랑 경주를 할 거야."

"스콧, 스콧, 얘기의 핵심이 뭐야? 너는 우리가 그저 맹목적이고 분별없고 어리석은 본능에 의해서 휘둘리고 있는 것뿐이라는 느낌이 들지 않아? 이것은 생리적 욕구가 우리를 멋대로 갖고 노는 것일 뿐이라구. 생리적 욕구가 우리를 맹목적으로 들볶고 있는 것일 뿐이고. 이건 단지 생리적 욕구가 우리를 엿 먹이고 있는 것일 뿐이야! 이건 무분별하고 한도 끝도 없는,

확장된 형태의 본능적인 오이디푸스 프로젝트야! 이건 우리의 의지, 존엄, 합리적 명예를 완전히 짓밟는 짓거리야. 그리고 저 여자들! 맙소사, 우리가 언제 한 번이나 하던 짓을 멈추고 여자들에게 이런 식의 취급을 받고 싶으냐고 물어본 적이 있었어?! '중간에서 만나게 될 거'라니. 맙소사, 스콧, 너 어디가 잘못된 거 아냐?"

"하지만, 켄, 그저 저 모든 걸 보기만 하라구."

하나, 둘, 셋, 넷. "좋았어, 나는 이 끝에서 시작하도록 하지."

"우리가 오늘날의 문화 연구를 개관할 때 거의 놓치기 힘든 첫 번째 항목은 거의 모든 논문들에 출몰하는 도덕적 우월감의 논조입니다. 아주 충격적인 것은 이런 우월감의 논조가 (1) 그 어떤 것도 우월한 것일 수가 없다는 식의 다원론을 내세우는 비평가들에게서 나온다는 것, 그리고 (2) 대체로 그들이 비평하는 예술가들의 재능을 털끝만치도 갖고 있지 못한 비평가들에게서 나온다는 겁니다." 청중에게서 요란한 박수갈채가 쏟아져 나왔다. 그 박수갈채는 비난받는 쪽이 아니라 비난하는 쪽에 서고 싶다는 바람에서 나온 것인 듯했다.

"우리는 프랭크 렌트리키아 교수가 《링구아 프랑카: 학문 생활에 대한 개관》을 쓰면서 미국 대학에서 진행되는 문화 연구의 이런 핵심을 정확하게 짚어냈다는 것을 알았습니다. 렌트리키아는 포스트모던 비평 이론계의 별난 아웃사이더도 아닌 사람입니다. 그는 널리 상찬을 받은 앤솔로지 《문학 연구를 위한 비평 용어》의 공동 편집자로, 그 앤솔로지에는 스탠리 피시에서 스티븐 그린블랫에 이르는 많은 비평가들이 기고했습니다. 그리고 그는 문화 연구의 중심인 듀크대에 재직하고 있습니다. 그런데 그는 그런 연구의 기본 태도로 어떤 것을 발견했을까요? 그것은 다음과 같습니다.

본인이 서술하고 있다고 하는 작가들보다 본인이 도덕적으로 더 우월하다는 느낌을 갖는 것. 우월감 어린 이런 태도는 그 앞에 놓인 모든 작품을 문학 비평가들이 장차 인류의 이익을 위해서 폭로해줄 시궁창 같은 것들로 취급하게 만든다. 그 본질적인 메시지는 독선적이며, 대략 다음과 같은 형태로 드러난다. 'T. S. 엘리엇은 동성애 혐오자이지만 나는 아니다. 그러므로 나는 엘리엇보다 더 나은 사람이다.' 그에 대한 적절한 응답은, '한데 T. S. 엘리엇은 글을 제대로 쓸 수 있지만 너는 못 쓰지'가 된다.

마지못해 나오는 한차례의 웃음이 있었다. 무심결에 나온 우울한 동의. "렌트리키아가 미국 인문학의 현 상태에 대한 개관을 다음과 같은 말로 종결지은 것은 하등 이상한 일이 아닙니다. '대학에서의 문학 비평과 문화 비평의 그 영웅적인 자기 부풀리기 성향은 아무리 강조해도 지나치지 않는 것임이 분명하다.' 영웅적인 자기 부풀리기는 솔직히 말해 뻔뻔스러운 부머 에고의 자기 뻥튀기입니다." 스타카토식의 전환, 헛기침 소리.

"이 영웅적 자기 부풀리기의 도구들은 (대체로) 프랑스 지식인들이 제공해주고 있습니다. 그 지식인들의 선두에 선 이들은 바로 앞에서 우리가 살펴봐왔던 것처럼 푸코와 데리다며, 그 외에도 바타유, 알튀세르, 라캉, 바르트, 후기 비트겐슈타인, 드 만, 그람시, 이리가라이, 가다머, 부르디외, 제임슨, 크리스테바, 식수, 바슐라르, 보드리야르, 들뢰즈, 리오타르 같은 수상쩍은 패거리도 그 범주에 포함됩니다. 이런 저자들의 흥미롭고, 가끔 심오하기까지 한 통찰들은 전체상들과 모든 종류의 메타 서사(meta-narrative. 포스트모더니즘 문학 이론에 등장하곤 하는, 이야기에 대한 이야기-옮긴이)를 부정하는 녹색 밈의 잡동사니 속에 편입되었고, 그런 식의 부정은 유감스럽게도 2층의 통합적 사고로부터 녹색 밈을 완벽하게 몰아내는 결과를 빚어냈습니다."

메타 서사라는 게 대체 뭐야? 고약한 뾰루지 같은 것을 가리키는 말처럼 들리는데. 나는 맥없이, 호소하는 것 같은 표정으로 킴을 쳐다봤다. 그녀는 말은 하지 않았지만 "겁쟁이, 좀생이……"라고 말하는 것 같은 쌀쌀한 표정으로 답했다. 나는 재빨리 제퍼슨 쪽으로 시선을 돌렸다.

"모든 전체상을 부정하려는 이런 노력 속에서 포스트모더니즘의 이런 유형은 역사 전체에 하나의 특권적 체계를 거칠게 부여해왔던 보편적 형식주의의 설명들을 지워버리려고 시도하고 있었고, 그런 점에서는 평가해줄 만한 점이 있습니다. 포스트모더니즘의 그 유형은 편리한 한 가지 해석을 취해서 역사 전체를 그 모형 속에 억지로 집어넣으려는 시도를 전복시키려고 애썼습니다. 왜냐하면 그 '보편적 역사적 진리들'은 재산이 있고, 신체 건강하고 이성애적인 백인 중산층 남성들의 인습이나 관례들에 지나지 않았으니까요. 그런 비판—여러분은 레사 파월이 이것을 일러 푸코의 관점이라고 설명한 것을 들으셨을 겁니다—에는 분명 많은 진실이 내포되어 있고, 보편적 형식주의(오렌지색)의 한계를 공격할 때 흔히 다원론적 상대주의(녹색)를 활용하곤 했다는 점에서 효과적인 비판이기도 합니다.

그러나 부머리티스의 경우에는 그런 식의 비판이 정도를 훨씬 더 넘어서는 과격한 것이 되었습니다. 렌트리키아가 말했던 것처럼, 그런 비판은 도덕적인 우월성을 내세우는 공허한 주장으로 들어가는 입장권이 되었죠. 이것이 문제의 핵심이니 잘 들어주세요, 여러분!" 제퍼슨은 씩 웃었다. "모든 1층 밈들에서 다원론은 그것만이 유일한 정확한 관점이라고 여겼고, 어떤 식으로든 간에 그런 관점에서 벗어난 것은 다 억압에 의해서 강요된 것이라고 주장했습니다. 문화 연구는 역사 전체를 돌아본 뒤 과거의 모든 서구 문명은 배제시키고 억압하는 것들이요 역겹고 잔혹하고 불충분한 것들인 반면, 스스로는 다원론적이고 해방시켜주는 근사한 것으로 여길 수 있었습니다.

　문화 연구는 순전히 다원론이 최근에 등장한 것이라는 이유 덕에 그런 시도—과거의 서구 문화가 다원론을 결여했기 때문에 끝없이 비참한 처지에 놓여 있다고 보려는 시도—에서 성공을 거뒀습니다. 다원론적 상대주의, 곧 녹색 밈은 몇백 년 전까지만 해도 상당한 규모로 나타난 적이 없었고, 인구의 몇 퍼센트라고 표시할 수 있을 정도의 숫자에도 이른 적이 없었습니다. 그러니 역사를 아무리 살펴봐도 다원론의 자취를 찾을 수 없다는 결론을 내리기는 식은 죽 먹기죠. 그런 것이 아예 없었으니까요. 하지만 문화 연구는 다원론의 결여가 발달의 결핍을 뜻하는 것이라고 이해하는 대신에 억압이 존재한다는 것임을 뜻하는 것이라고 여겼습니다. 문화 연구는 다원론이 존재하지 않는 곳에서는 언제나 억압이 존재한다고 생각했습니다(억압이 존재하지 않을 때는 조만간 문화 연구가 그걸 '찾아낼 것'이라고 여겼구요). 그러므로 문화 연구자들은 이런 뒤틀린 척도를 갖고서 우리가 원하는 과거의 어떤 역사적인 인물도 쉽게 매도할 수 있습니다. 이미 죽은 유럽의 모든 백인 남성들의 경우라면 더 말할 나위도 없구요. 그렇게 하고 나서 그들은 그런 식의 해체 과정에서 자기네의 우월함이 안겨주는 황홀경을 만끽할 수 있습니다."

　청중에게서 억눌린 신음 소리가 솟아올랐고, X세대와 Y세대 젊은이들이 씩 웃으면서 박수치는 소리가 군데군데서 일어났다. 내 오른쪽에 앉아 있던 카티시가 내 뒤로 고개를 잔뜩 숙이고는 내 왼쪽으로 두 사람 건너편에 앉아 있는 캐롤린에게 흥분한 어조로 소곤댔다. "너도 알다시피 이건 무의미한 얘기야."

　캐롤린이 기껏 한다고 한 소리는, "곧 알게 되겠지"였다.

"클로이, 아주 섬뜩한 꿈을 꿨어. 스콧과 내가…… 말하자면, 어떤 넓은 곳이 있는데…… 건 그렇고 클로이, 오늘 하루 어땠어?"

"네가 꿈을 꾸고 있었다면, 그건 여자들의 알몸에 관한 꿈이었을 거야, 귀염둥이. 많은 여자들의 알몸."

"하하하, 바보 같은 소리."

"얼굴이 빨개졌네, 귀염둥이. 네가 왜 늘 섹스에 관한 꿈을 꾸거나 공상에 빠지는지 알아?"

"그건 네가 말한 것처럼 이십 대 남자들은 십 분마다 한 번씩……."

"그건 빈도수지 이유가 아니잖아. 그 이유는 생리적 욕구가 너를 갖고 장난을 치기 때문이야."

"내가 스콧한테 한 말이 바로 그거였어!"

"그래, 그런데, 너희 둘 중에서 어느 쪽이 생리적인 욕구를 따랐어?"

"그건……."

"커플들이 함께 지내기가 무지하게 어려운 이유가 바로 그거야, 켄. 남자의 마음속에서는 십 분마다 한 번씩 엄청난 성적 환상이 찾아오곤 하는데, 그럴 때 그 가여운 남자가 어떤 몽상을 할 것 같아? 내내 똑같은 정액을 똑같은 질 속에 쏟아 넣는 몽상을 할까?"

"나 토할 것 같아."

"아니면 일렬로 좍 늘어서 있는 백 명의 여자 알몸들에 관한 몽상을 할까? 그래, 나도 그렇게 짐작했어. 그래서 자기 남자가 해마다 같은 여자 몸에 줄곧 관심을 갖게 하기 위해서 진취적인 젊은 여자가 늘 영리하게 굴어야 하는 이유가 바로 그거야."

"으음, 그렇군."

"그러니 잘 들어, 귀염둥이.《카마수트라》제1장. 사자 체위."

"역사상 불평등이 존재하지 않았던 때는 없었습니다. 늘 존재했죠. 제가 이런 피부색을 하고 서서 여러분에게 역사는 많은 불평등으로 규정된다는 말을 굳이 할 필요가 없을 정도로 말입니다." 제퍼슨은 잠시 말을 멈추고 청중을 돌아봤다. "하지만 대체로 역사 그 자체의 움직임은 그런 불평등들을 서서히 극복해나가는, 구불구불하고 기복 있는 서사시(포스트모더니즘이 부정하는 전체상)라고 할 수 있습니다. 예컨대 약탈 사회, 수렵채집 사회, 단순 원예농 사회, 농업 사회를 아우르는 단일한 모든 사회 유형들은 예외 없이 어느 정도의 노예 제도를 포함하고 있었습니다.

그러다 결국 근대 사회는 보편적 형식주의의 지배 아래 모든 남성은 평등하다고 선언했고, 다원론이 서서히 등장하기 시작하면서 모든 인간은 평등하다고 선언했습니다. 그리하여 근대 사회는 노예 제도를 전면적으로 불법화했으며, 역사상 그렇게 한 사회 유형은 그것이 처음이었습니다. 근대 이전의 역사에는 어떤 식으로든 간에 노예 제도, 성차별주의 혹은 인종차별주의가 없었던 적이 결코 없었습니다. 근대에 이르러서야 비로소 보편적 권리들이 발전했고, 근대 이후에 이르러서야 다원론의 다양한 꽃들이 풍요롭게 피어났으니까요.

그런데 문화 연구자들은 역사를 암만 돌이켜봐도 다원론을 찾을 수 없으니까 억압 때문에 그것이 존재하지 않았던 것이라고 여겼고, 그때부터 그런 모든 억압의 주체에 해당되는, 자기네 입맛에 맞는 악당을 끄집어내어 비난하기 시작했습니다. 돌이켜보면 녹색 밈이 세상을 이해하기 위해서는 희생자와 악당이 필요하지 않았나 싶습니다. 그리하여 녹색 밈은 몇몇 주요한 악당을 지명했습니다. 가부장제, 위계, 서구의 계몽운동, 뉴턴-데카르트적 패러다임, 로고스중심주의 등을. 그 대부분은 육체, 자연, 여성 등을 억눌렀다고 하는 무서운 '선형적linear 합리성'의 변주에 해당하는 것들이었습니다.

형식적 합리성이 같은 부류에 속하지 않는 것들을 억누를 수도 있다는 것은 분명한 사실입니다. 하지만 배제하는 관행의 면에서 형식적 합리성이 '나쁜' 것일 수 있지만, 전前합리적 인식은 그보다 훨씬 더 나쁩니다. 전합리적 인식은 단지 자기중심적이고 민족중심적인 시각들만 옹호하기 때문입니다. 달리 말해 오렌지색이 나쁠 수 있지만, 자주색과 적색과 청색이 훨씬 더 나쁩니다!

따라서 부머리티스는 합리성을 '전복시키고 극복하려고' 서두른 나머지 가증스러운 이중의 과오를 저질렀습니다. 부머리티스는 노예 제도 폐지에서 페미니즘과 생태적 학문들에 이르는 해방적 성격의 업적들을 합리성으로부터 강탈해갔고, 전합리성에 해방시켜주는 힘을 부여해줬습니다. 전합리성은 과거나 지금이나 그런 힘을 가진 적이 결코 없었는데도."

제퍼슨은 무대 앞으로 걸어 나와 청중을 바라보면서 다음과 같은 고발장을 전해줬다. "문화 연구는 이런 이중적 거짓말을 통해서 세상을 해방시키기 시작했습니다. 바야흐로 부머리티스 로드킬의 여정이 시작된 겁니다."

"댁과 달라가 키스했다구요? 둘이 키스한 일이 댁의 인생에서 획기적인 일이었다구요?" 조나단은 씩 웃으며 그렇게 말했다. "날 놀리는 거요? 더 털어놔봐요, 스튜, 이 신비주의자 양반아. 내가 무슨 말 하는지 알죠? 내 말인즉슨, 키스가 그토록 엄청난 일이었다고 한다면, 지금까지 댁을 가장 짜릿하게 만들어준 게 기껏해야 세이프웨이 마트에서 채소들에 물을 뿌려주는 걸 구경한 것 정도가 아니었겠냐 하는 거요."

스튜어트는 그의 말을 무시했다. 우리 모두도 그랬다. "그 이튿날 밤에 나는 시카고로 떠나려는 달라를 공항까지 데려다주기 위해 딱 제시간에 데이튼의 패션쇼장에 도착해서 달라를 내 차에 태웠어요. 달라는 쇼가 끝난 뒤에 옷 갈아입을 시간이 없어서 온통 번쩍거리는 메이크업과 노출이 심한 옷차림 그대로 나왔어요.

우리가 공항의 게이트 앞에 섰을 때 탑승하라는 마지막 방송이 들려오더군요. 우리는 열렬히 키스했어요. 그리고 그녀는 내게서 떨어졌을 때 깔깔거리고 웃으며 내 얼굴이 번쩍거리는 메이크업 자국으로 범벅이 되었다고 말했어요. 나는 더없이 생동하는 기분에 취한 상태에서, 그리고 번쩍이는 메이크업 자국으로 범벅이 된 얼굴로 비틀거리며 공항 청사 밖으로 나왔어요. 얼굴의 그 번쩍이는 메이크업 자국은 내가 내면에서 감지한 황홀한 무아경의 소리의 완벽한 상징이었죠. 나는 어리둥절해하는 얼굴로 쳐다보는 사람들 곁을 지나쳤는데, 그들의 표정은, '저 사람한테 대체 무슨 일이 일어난 거지?' 하고 말하는 것 같았어요. 나는 그에 대한 적당한 대답이 뭘까 생각하면서 속으로 중얼거렸죠. '맙소사, 그 사람은 정말 대단한 입술을 가졌어.' 그런데 가만 보니 내가 달라의 눈에서 본 그 환한 빛이 지나가는 모든 사람들의 눈에도 있는 거예요. 그런데 전에는 왜 그런 걸 보지 못했지?

그다음 며칠 동안 우리는 온종일 전화로 이야기를 나눴어요. 서로의 내면을 들여다보고 우리 사이의 샘 속으로 깊이깊이 헤엄쳐 들어갔죠. 나는 팔 년 동안 이어져왔던 관계를 막 청산했고, 그 사람은 빌이라고 하는 남자와 삼 년 동안 이어져왔던 관계를 막 끝냈을 때였어요. 십 년 만에 처음으로 혼자가 되었을 때 나는 이제 내 인생의 초점을 명상과 음악에만 맞추기로 결심했더랬죠. 그게 내 계획이었어요. 그런데 달라와 하루를 보낸 뒤에는 그 계획을 접으면서 스스로에게 의문 부호를 던졌어요.

우리는 곧 다시 만나야 한다고 결심했어요. 그래 우리는 그 주말에 미니애폴리스와 시카고의 중간 지점인 매디슨에서 만나기로 했죠. 나는 그리로 가는 문제를 두고 좀 주저했어요. 내 합리적인 뇌가 투덜댔어요. '대체 뭘 하려고 하는 거야? 이건 예술가라 해도 대단히 비합리적인 짓이야.

이런 식으로 안주하려 들다니. 넌 아마 지난번 관계를 만회하려고 이러는 것 같아.' 하지만 무슨 일이 있어도 그 사람을 만나야 한다는 명백한 직관 때문에 그렇게 회의적인 기분은 가라앉았어요. 가능한 한 곧 그 사람과 함께 있는 것이야말로 더없이 중요한 일이었어요. 그 사람과 잠자리를 함께하거나 즐기기 위해서가 아니라 내 영혼이 그 사람의 뭔가를 봤기 때문이죠. 그리고 그것은 무슨 이유에서인지는 몰라도 결코 사라지지 않았어요."

마크 제퍼슨이 정중하면서도 강도가 좀 약한 박수를 받으며 무대에서 나가자 카를라 푸엔테스가 느긋한 걸음으로 등장했다.

킴이 소곤댔다. "겉모습에 속지 마세요. 저분은 정말로 사납게 나올 수도 있으니까. 저분은 이번 건까지 포함해서 다섯 번이나 결혼했어요."

"뭐라구요, 사십 대에?"

"저분 말로는 자기가 어떤 남자한테서도 당하고 살 생각이 없기 때문에 그렇게 됐다고 해요. 저분은 희생자 페미니즘을 싫어해요. 그 운동은 망하고 있는 중이거나 이미 망해버렸다고 생각해요. 저분은 나이 들고 사나운 부머 여자들이 이끌어가는 여성 연구 분야를 제외하고 페미니즘이 전반적으로 죽은 이유가 그거라고 해요. 그래서 페미니즘 분야를 다시 점화시키고 싶어 해요. 하지만 녹색 밈의 희생자 코스프레가 아니라 통합적인 기반을 따라서 그렇게 하려고 하죠. 저분은 전투적인 페미니스트예요."

"페미니스트들이 저마다 다른 색깔을 갖고 등장하나 보죠?"

"안녕하세요, 하둣이? 페미니즘의 첫 번째 파동은 자유주의적이었고, 두 번째 파동은 급진적이었고, 세 번째 파동은 권력 추구적이었죠. 푸엔테스의 얘기로는 그 모든 파동이 퍼즐의 한 조각씩을 갖고 있기는 했지만 어떤 것도 전체를 갖고 있지는 못했다고 해요. 그 때문에 모두가 도랑에 빠져서 본질적으로 죽은 거나 마찬가지라고. 이제 네 번째 파동이 도래했는데, 그것은 통합적인 성격을 가진 거예요. 통합적 페미니즘은 카린 스원, 자넷 차페츠*, 윌로 피어슨, 조이스 닐슨, 제니 웨이드, 레사 파월, 카를라 푸엔테스 같은 이들이 선도하고 있어요. 나는 푸엔테스에게 뻑 갔어요."

"저분의 의견에 동조해요?"

"으음, 저분의 견해는 들으면 들을수록 마음에 더 와 닿는다고나 할까. 하지만 이 대목은 일부 여성들이 밖으로 뛰쳐나가기 시작하는 대목이고, 일부 남성들이 박수를 치는 건 아무 도움이 되지 않아요. 그러니 박수 치지 말아요, 알았죠?"

카를라 푸엔테스는 제퍼슨이 남겨놓고 간 바로 그 대목에서부터 시작했다. "페미니스트들에게 이것은 '억압하는 힘'인 '합리성'이 단지 남성적이고 가부장적인 분석 원리, 분할, 지배, 정복으로 규정되었다는 것을 뜻했습니다. 그렇게 해서 그들은 역사를 여성에 대한 남성의 억압의 연대기로 읽었습니다."

푸엔테스는 말을 제대로 시작하지도 않았음에도 이미 말을 멈추고 무대 앞쪽으로 걸어 나와 허공에서 두 팔을 휘두른 뒤 우리를 쳐다봤다. "지금 우리는 이런 견해에 아주 친숙합니다. 그렇죠? 가부장제는 기본적으로 여성들이 억압받고 있다는 것, 여성들이 본질적으로 노예들이라는 걸 뜻합니다. 그렇죠?" 청중은 인정한다는 식의 반응을 보였다.

"그런데 여러분, 이것이 참으로 무슨 뜻인가를 잘 생각해보시기 바랍

---

* **자넷 차페츠** Janet Chafetz 미국의 페미니스트 이론가. 성 불평등의 시스템뿐만 아니라 시스템이 변경될 수 있는 방법을 설명하는 모델과 명제를 제시했다.

니다. 어떤 시대든 간에 여성의 숫자는 남성의 숫자와 대략 비슷합니다. 그렇다면 과격한 페미니스트들이 여성이 억압받고 있다고 주장하려면 암암리에 여성이 남성보다 더 약하거나 멍청하다고 주장해야만 합니다. 그럴 경우 우리가 수적으로 남성들보다 더 많지 않은 이상 억압을 받을 수밖에 없습니다!" 그녀는 청중에게 외쳤다. "우리는 그저 강하거나 영리한 사람들일 수가 없습니다. 따라서 억압받는 거구요."

청중은 반박할 수 없는 이런 견해에 뭐라고 웅얼대면서 서로의 얼굴을 쳐다보거나 이맛살을 찌푸리거나 자기네끼리 소곤대거나 했다. 카티시 같은 일부 사람들은 이내 성이 나서 잔뜩 찌푸린 상태의 침묵으로 돌아갔다.

"많은 페미니스트들이 역사를 돌아보니 세계 도처의 여성들이 현대의 페미니스트들로서는 도저히 받아들일 수 없는 선택을 했다는 것을 알게 되었습니다. 고금을 막론하고 역사에 등장하는 대부분의 여성들은 현대 페미니스트는 절대로 하지 않을 법한 선택을 하곤 했습니다. 그리하여 페미니스트들은 이 모든 여성들이 그런 선택을 하도록 강요받았다는 결론을 내렸습니다. (그 밖의 다른 이유를 댔다간 페미니스트의 견해에 동조할 여성들이 없지 않겠어요?) 달리 말해, 이 모든 가여운 여성들은 기만당하고 세뇌당하고 억압받았거나 받고 있다는 겁니다. 많은 페미니스트들은 여성들이 가부장제를 포함한 과거의 모든 사회적 역할 형태들을 공동으로 빚어냈다고 가정하는 대신에, 여성들이 남성들만큼 강하고 영리하다고 가정하는 대신에, 세계도처의 여성들이 양 떼처럼 사육당하고 남성들은 당연히 돼지 같은 존재들임을 입증하려는 수많은 논문을 쓰기 시작했습니다."

여러 차례에 걸친 열띤 박수 소리 중간 중간에 야유와 신음 소리가 뒤섞여 나왔다. 대부분의 남성들은 환호하고, 대부분의 여성들은 조용히 앞만 보고 있는 것으로 미루어 청중은 성별에 따라 급속도로 양분되고 있는 것 같았다. 푸엔테스는 연단으로 돌아갔다.

"여러분은 이미 부머리티스가 살그머니 기어들고 있다는 것을 보기 시작했을 수도 있습니다. 나르시시즘은 항상 그것이 압도적인 승리를 거두지 못한 이유는, 그리고 그것이 대성공을 거두지 못한 이유는 다른 누군가가 자신을 찍어 눌렀기 때문이라고 생각하기를 좋아합니다. 많은 페미니스트들은 나르시시즘의 그런 속성 때문에 자기네를 비참한 처지로 몰아넣은 거대한 타자 쪽만 바라보게 되었습니다. 부머리티스에 감염된 페미니스트들은 종종 여성들을 자기네가 처한 환경에 책임이 있는 주체로 보기를 거부했습니다. 어째서 나는 내가 애초에 바랐던 만큼의 놀라운 성공을 거두지 못할까? 그건 내가 희생자고, 억압받고 있고, 지배받고 있기 때문이야.

희생자 코스프레 상태에 빠진 이 부머리티스 페미니스트들은 암암리에 여성을 타자에 의해 틀지어진, 타자의 억압을 받는, 타자에 의해 짓눌려진 무력한 존재로 규정했습니다. 여기에 내재된 오도된 논리를 아시겠습니까, 여러분?" 그녀는 청중에게 물었고, 청중은 얼어붙은 침묵으로 응답했다.

"좋아요, 여러분. 이제 다음과 같은 방식으로 이야기를 시작해보도록 하죠. 나는 여성이고, 내가 얻고 싶어 하는 것들과 관련해서 사회가 남성들을 더 선호하는 것 같다는 걸 알았습니다. 그럼 나는 그것을 어떤 식으로 설명할까요? 페미니즘은 그런 질문에 답하려는 시도입니다.

지금까지 페미니스트의 주요한 답으로 세 가지가 있었습니다. 페미니즘의 첫 번째이자 최초의 유파는 자유주의적 페미니즘이었습니다. 그 페미니즘은 본질적으로 '모든 남자는 평등하게 창조된다'는 개념을 여성들에게까지 확장하려는 시도였습니다. 그리하여 자유주의적 페미니즘은

'모든 인간은 평등하게 창조된다'라고 주장하면서, 여성이 더 많은 권력을 갖지 못한 이유는 남성이 억압했기 때문이라고 주장했습니다.

페미니즘의 두 번째 유파인 급진적 페미니즘은 '잠깐 기다려'라고 말했습니다. '남성과 여성은 같지 않으며, 평등하게 창조되지 않아. 그들은 아주 다르게 창조돼. 그들은 본질적으로 다른 가치관, 다른 욕구와 충동, 특히 앎의 다른 방식들을 갖고 있어.' 여러분도 아시다시피 남성은 등급을 짓고 여성은 연결을 맺으며, 남성은 행위 주체적이고 여성은 상호 관련적입니다. 급진적 페미니즘은 여성의 방식을 남성의 방식 못지않은 것으로 평가하거나 그 이상으로 평가하기 때문에 급진적입니다. 그리고 그것은 남성의 가치가 여성의 가치를 지배해왔다는 점이 이 세상의 핵심적인 문제점이라고 이야기합니다. 하지만 급진적 페미니스트들은 항상 그랬던 것은 아니라고 주장합니다. 우리 인류는 모권제적 사회 혹은 모계 중심 사회로 시작했고, 그 사회들은 여성의 가치관을 존중했다, 하지만 여기서도 또다시 남성들이 그런 여성의 가치관을 억압했다.

이어서 페미니즘의 세 번째 파동이 등장해서 이렇게 말했습니다. '어이, 잠깐 기다려. 남성과 여성은 비슷한 가치관들을 갖고 있을 수도 있고 다른 가치관들을 갖고 있을 수도 있어. 하지만 대부분의 시대와 지역에서 여성은 남성보다 수적으로 우세했어. 우리는 본질적으로 항상 다수였고, 지금도 역시 마찬가지야. 그러니 우리 자신 말고는 탓할 사람이 아무도 없어. 현대 민주주의 사회에서는 분명히 그래.' 물론 이것은 권력 추구적 페미니즘power feminism으로, 자유주의적 페미니즘이나 급진적 페미니즘과 아울러 희생자 페미니즘의 다양한 형태들과는 다른 방향에서의 진전입니다."

"첫 번째 파동, 두 번째 파동, 세 번째 파동. 라티다, 라티다, 라티다. 이렇게 흔들어봐……."

"지금은 아냐, 클로이!"

"물론 여기 이 IC에서 우리는 '그 전의 세 가지 유파 전체를 넘어서면서 포괄하는' 통합적 페미니즘을 만들어가는 과정에서 페미니즘의 네 번째 파동이 존재한다고 생각합니다." 푸엔테스는 청중을 돌아봤다. "하지만 제 견해의 핵심은 이겁니다. 어떤 유형의 페미니즘에서 주로 다른 누군가가 나를 억누르고 있기 때문에 내가 성공하지 못하고 있다고 말하려고 한다면, 나는 나 자신을 아주 어리석거나 약한 사람으로 규정한 것일 뿐만 아니라 내가 갖고 있는 힘을 타자에게 넘겨준 셈이라는 것. 그리고 만일 그것이 사실이라면, 나는 이미 나 자신을 타자에게 짓눌리고 있는 존재로 규정했기 때문에 오로지 타자만이 나를 해방시켜줄 수 있을 겁니다.

대부분의 페미니즘 유파들을 여전히 사로잡고 있는, 이렇게 잘못 인도된 괴이한 운동은 여성에게 권력을 부여해주려고 애쓰는 첫 단계에서부터 여성에게서 힘을 빼앗아 가버렸습니다. 그런 운동은 필연적으로 여성은 남성보다 더 약하고 어리석다는 뜻을 함축하고 있었습니다. 자신의 환경에 대한 능동적인 책임감을 받아들이려 하지 않았던 나르시시즘에 의해서 추동되는 부머리티스는 여성을 해방시키려고 시도하는 과정에서조차 여성을 보편적인 희생자, 천성적으로 약하고 유순한 존재로 규정했습니다. 부머리티스 페미니즘은 바로 그렇게 해서 탄생된 겁니다, 여러분." 푸엔테스는 긍정적이거나 부정적이거나 간에 청중의 모든 반응을 가로막는 경향이 있는 강렬한 시선으로 청중을 바라봤다. 우리 모두는 그 강렬한 에너지에 사로잡힌 나머지 잠시 꼼짝하지 않고 앉아 있었다.

에드 코왈치크 오브리브는 〈번개가 치면〉을, 부지 앤드 스완은 〈샴페인

버트 부기〉를 부르고 있다. 그리고 그 가락들이 내 뇌 속에서 울리면서 내 몸도 역시 덜거덕거리기 시작한다. 내 이마에서 튀어나온 가상 현실들이 미래로 쏟아져 들어간다. 빛의 속도로 실리콘 속에 쏟아져 들어가는 생각만으로 규정되는 세계 속으로. 하루 스물네 시간 고통에 노출되어 있는, 탄소에 기반을 둔 여린 뉴런들을 지닌 인간으로 존재하는 것의 쩌르는 듯한 아픔이 단속적인 고문의 형태로 내 피부를 태우고 있다. 불타는 살의 희미한 냄새가 허공을 채우고 있다.

클로이가 말한다. "그래, 지금이야! 귀염둥이. 《카마수트라》 제2장. 황소 체위. 자, 한번 해보자고!"

"뭐든 시키는 대로 하겠어, 클로이. 뭐든 시키는 대로."

"너, 그거 진심 아니지? 그렇지, 귀염둥이?"

"이런 식의 가부장적인 것 같은 얘기를 해서 내 기운을 북돋워주지 않을래?"

"가부장제나 여가장제 따위를 누가 필요로 한다는 거야? 그런 건 어리석은 비난 게임이야, 귀염둥이."

"그래? 그럼 내 기운을 북돋워줘봐. 그래 주겠어?"

"그런데 어째서 너를 부추겨주라는 거야, 귀염둥이? 그래야 우울증에 빠지는 일 없이 뭘 하고 싶은 마음이 들기 때문에?"

나는 알아차린다. 맙소사, 아마 그녀의 말이 옳을 것이다. 아주…… 우울한 깨달음.

"암암리에 여성이 남성보다 더 약하고 어리석다는 식―가부장제는 모든 여성을 노예로 만들고, 여성들은 최초의 진짜 노예들이었다―으로 규정하고 난 뒤에는 여성의 이런 어리석은 순응성이 생겨난 이유를 설명해주고 옹호해줘야 했습니다. 그리고 그렇게 하는 데 가장 좋은 도구는 리얼리티의 사회적 구성이었습니다." 푸엔테스는 또다시 연단에서 무대 앞쪽으로 걸어 나왔다.

"모든 리얼리티가 사회적으로 구성된 것이므로 모든 종류의 성차별은 본래 주어진 것이 아니라 남성 권력이 강요하는 독단적인 인습에 불과한 것이 됩니다(이 대목에서 푸코가 등장합니다). 특히 가부장제에서—많은 페미니스트들이 가부장제가 오천 년 전 무렵 농업적인 생산 양식과 더불어 시작되었다고 봤지만, 급진적인 페미니스트들은 인류 역사가 시작되었을 때부터 존재했다고 여겼습니다—이런 인습들은 남성이 여성을 억누른다는 분명한 목적을 갖고서 구성한 것이 됩니다."

푸엔테스는 말을 멈추고 강렬한 눈빛으로 청중을 쏘아봤다. 그녀 주위의 공기가 소리 없이 일렁이고 있었다. 청중은 여전히 너무 겁먹어서 아무 반응도 보이지 못하는 듯했다. "많은 급진적 페미니스트들은 가부장제하에서는 모든 언어, 법률 제도, 공적 업무와 표현, 종교, 철학 형식, 수학, 과학 등이 본질적으로 여성과 자연과 육체를 억압할 목적을 지닌 남성 지배와 통제의 구조들을 지녔다고 열렬히 주장해왔습니다. 남성들은 이 모든 것을 억압의 형태로 창안해냈을 뿐만 아니라, 한층 더 놀라운 것은, 지상 모든 곳의 여성들이 이런 말도 안 되는 짓거리에 묵종하기까지 했다는 겁니다. 급진적 페미니스트들은 여성들이 가부장제에 의해 '세뇌되어서' 그렇게 되었다고 했습니다. 따라서 이 지상 전역의 여성들은 애초부터 이런 거대한 압제를 순순히 받아들였다고 했고요. 널리 알려진 페미니스트 저자인 셰리 오트너*는 실제로 이런 식의 세뇌를 여성들 쪽에서의 '보편적인 묵종'이라고 표현했습니다. 이것은 남성에 대한 참으

• **셰리 오트너** Sherry B. Ortner 컬럼비아 대학교 인류학과 교수. 셰르파족에 대한 민족지적 자료를 문화이론에 접맥시키는 책을 저술했으며, 여성 문제를 다룬 책과 논문도 많이 썼다.

로 저열한 표현일 뿐만 아니라 여성에 대한 악의 어린 천박한 견해이기도 합니다. 이 페미니스트들은 여성들이 정말 그렇게 어리석다고 생각하고 있을까요?" 그녀는 천둥처럼 소리쳤다.

"나는 꼭 달라를 만나야 한다는 걸 알았어요. 그것은 믿을 수 없을 정도로 아주 압도적인 감정이었어요. 내가 매디슨에 도착했을 때, 달라가 호텔 문에서 뛰어나와 나를 얼싸안았어요. 그리고 내게 진한 키스를 해줬죠. 나는 순한 양처럼 변했고, 모든 장애들은 다 날아가버리고 말았어요. 우리는 그 호텔 방으로 들어갔고, 다음 여덟 시간 동안 우리는 다시 서로의 품 안에서 모든 것을 망각했어요. 우리는 그저 키스만 하고 서로의 눈을 들여다보기만 했죠. 하지만 나는 내면에서 내 안의 뭔가가 그녀와 하나가 되는 걸 느낄 수 있었어요. 이 부분은 분명 사랑에 빠지고 있었지만, 내가 전에는 알지 못했던, 적어도 다른 사람과 함께 있을 때는 전혀 몰랐던 다른 어떤 것인가가 존재했어요. 우리는 여전히 몸을 섞지 않고 그저 키스만 했어요.

일곱 시간쯤이 지난 뒤 침대 위에 앉아 있었을 때 우리 둘 다 몹시 허기가 진다는 것을 깨달았어요. 시간은 새벽 1시였고, 우리 둘 다 온종일 아무것도 먹지 못한 상태였죠. 나는 연처럼 하늘 높이 날아오르는 기분인 데다 정신은 투명하도록 맑아서 마치 그 방이 마법의 방인 것만 같더군요. 우리는 밤새 영업을 하는 집으로 가서 꼭 달라붙은 채 프렌치프라이를 먹었어요.

호텔 방 안에서 이틀이 눈 깜박할 사이에 지나간 것 같더군요. 첫날 밤 내가 그 완전함에서 우러나는 강렬한 감정을 약간 자제했기에 우리는 섹스를 하지 않았어요. 꼭 거대한 파도가 연이어 해변에 밀려와 부서지는 광경을 지켜보는 것만 같더군요. 내 내면의 반은 그 파도들과 정면으로 맞부딪치고 싶어 했고, 반은 더 안전한 뭍으로 달아나고 싶어 했어요. 나는 사랑에 빠진다는 것이 어떤 것인 줄을 알고 있어서, 그때 어떤 일이 일어나고 있는지를 알았죠. 하지만 그 이상의 뭔가도 있었어요. 사랑보다 더 큰 또 다른 어떤 것도. 우리 사이에 사랑love이 있었지만, 도관들처럼 우리를 연결시켜줘서 하나의 물길을 만들어주는, 우리 주위를 감싸고 있는 큰 사랑Love도 역시 존재했어요. 나는 그 다른 존재에 깊이 끌려들어가는 기분이면서도 다른 한편으로는 그것을 두려워했죠.

많은 시간이 흐른 뒤 어느 시점에서인가 우리는 각자에게 연락이 왔는지, 저 밖의 현실 세계에서 어떤 일이 일어났는지 알아보는 게 좋겠다는 결정을 내렸어요. 달라는 오랫동안 휴대폰을 귀에 대고 듣고 또 들었어요. 그녀가 휴대폰을 닫았을 때 실내의 분위기는 뚜렷하게 달라졌죠. 내가 별일 없냐고 묻자 그녀는 별일이 있다고 답했어요. 옛 남자친구 빌이 번번이 전화를 했다가 안 받으니 음성 녹음을 잔뜩 남겨놨던 거예요. 그가 넋이 나간 상태에서 필사적으로 그녀와 통화하고 싶어 했고, 어떻게 해서든 그녀와의 관계를 회복하기를 간절히 바라고 있었던 거예요. 나는 차에 가서 앉아 있을 테니 그 사람과의 통화가 끝났을 때 내려와서 보자고 했죠."

카를라 푸엔테스는 말을 계속했다. "오늘날 여성들의 대다수가 동등한 노동에 동등한 임금이라는 일반적인 개념들을 제외한 페미니스트들의 견해 대부분에 동의하지 않는다는 사실과 직면할 때 부머리티스 페미니스트들은 이런 책략을 쓰지 않을 수 없습니다. '여성들은 가부장제에 의해서 세뇌되었다'는 식의 책략 말입니다. 그에 관해 한 기자는 이렇게 지적했습니다. '페미니즘 운동과 관련된 정치적 삶에서 당혹스러운 사실들 중 하나는 대부분의 여성이 페미니즘의 기본 원칙이나 수사修辭를 받아들이기 거부한다는 점이었다. 급진적 페미니스트인 앨리슨 재거*는 여성의 특수한 입장에 관한 모든 이론은 어째서 여성 대다수가 그런 이론들을 거부하는지 설명할 수 있어야 한다는 데 동의하고 있다.'"

푸엔테스는 반反중력 장치처럼 가볍게 통통 튀는 걸음으로 바닥을 가로질러 이내 무대 중앙으로 걸어 나왔다. "우리가 이미 봐왔다시피 재거 같은 페미니스트들은 고금의 '여성 대다수'가 페미니즘 이데올로기를 받아들이지 않았던 이유는 그들이 사실상 세뇌되었기 때문이며, 따라서 그들은 자기네의 예속 상태를 알아차릴 수 없다고 믿고 있습니다. 저는 여성의 한 사람으로서 그런 얘기를 들으면 열이 뻗칩니다. 여러분도 잘 아시다시피 제 관점은, 일단 여성을 쉽사리 세뇌될 만큼 어리석은 존재로 규정해버리고 나면 그런 규정에서 좀처럼 헤어 나오지 못하게 된다는 겁니다. 이것은 여성의 힘을 돌이킬 수 없을 정도로 분쇄해버리는 것을 통해서 그 힘을 제공해주려는 괴이한 시도입니다."

푸엔테스는 청중 속에서 일어나는 소음을 압도할 만큼 목청을 높였다. "요컨대 이것이 바로 부머리티스 페미니즘입니다. 그 페미니즘은 희생자 코스프레를 널리 유행하는 문화적 억압 이론으로 확장시키는데, 그렇게 하는 목적은 과거 역사 전체에서 페미니즘적 가치들이 결여된 것이 외부에서 순진무구한 여성적 자아에게 자기네 가치관들을 잔혹하게 강요했기 때문이라고 설명하기 위해서입니다. 그러고 나서 그들은 역사를 영재아이의 드라마로 다시 읽습니다. 하지만 이번에는 모든 영재가 여자아이들이죠." 청중에게서 조심스러운 박수 소리와 비난조의 신음이 뒤섞인, 무슨 뜻인지 알아듣기 어려운 소음이 일어났다. "아, 난 오전 중에 정치적으로 공정하지 않은 사고방식에서 나는 냄새를 좋아한단 말이야!" 푸

• **앨리슨 재거**Alison Jaggar 미국을 대표하는 페미니즘 철학자.

엔테스는 거의 혼잣말하듯 그렇게 되뇌었다.

"알겠어, 캐롤린?"

"시끄러, 스콧."

"오, 여러분, 그렇게 충격 받고 상처 받은 것 같은 표정을 하지 마세요. 여러분은 제가 막 여러분의 코걸이를 떼어낸 것처럼, 혹은 여러분의 등이나 팔에서 여러분이 좋아하는 문신을 몰래 벗겨가기라도 한 것처럼 생각하고 있는 것 같은데…… 으음, 염려하지 마세요. 저는 여성을 비난하는 것도, 남성을 비난하는 것도 아닙니다. 그리고 어느 한 성별을 총애하지도 않습니다. 제가 말씀드릴 수 있는 건 그 멍청한 경주에서는 남성이나 여성이나 막상막하라는 겁니다."

푸엔테스는 독한 결심에 걸맞게 경쾌하게 무대를 들뛰면서 계속해서 춤을 췄다. "물론 일부 여성들은 가끔 억압을 받습니다. 일부 남성들도 그렇구요. 하지만 직업적인 페미니스트들의 의견에 동조하지 않는 것이 억압의 증거가 되는 건 아닙니다. 여성들을 페미니스트 버전의 억압으로부터 해방시켜주는 것이 억압의 진짜 사례들을 제시하는 것에 못지않게 중요합니다."

"《카마수트라》3장. 에로틱한 욕망의 자극." 클로이가 자신의 알몸을 뒤채고, 달빛이 숨을 쉴 때마다 오르락내리락하는 그녀의 가슴을 희롱한다.

"'동등한 관계가 바람직함으로 동등하지 않은 관계는 가급적 피해야 한다. 물건의 크기, 때, 분위기, 그리고 한 몸이 되어 진행하는 법에 관한 생각 없이 무작정 덤벼들어서는 안 된다.'"

"물론입죠."

"'동등하지 않은 관계일 때는 그걸 알아차려야 하며, 관계를 할 수 있을지 없을지를 확인해야 한다.'"

"나는 줄곧 너와 함께 있어, 클로이."

"'남자의 물건이 여자의 몸 안으로 미끄러져 들어간 뒤에는 분위기와 때를 공유할 때 최상의 결과가 나온다. 동등하지 않은 관계에서의 성교는 진행이 순조롭지 않다. 암말을 상대하는 숫양은 많은 시간을 필요로 할 것이다. 잔뜩 흥분한 수말조차도 많은 시간을 필요로 한다. 물건의 사이즈도 작고 지속 시간도 충분하지 않은 남자는 할 수 있는 한 최선을 다해야 한다.'"

"으음, 그거 나한테 하는 소리야?"

내가 딱 한 번 우리 부모가 진이 빠지도록 길게, 그리고 대판 싸우는 걸—실제로 치고받고 싸운 건 아니었지만 꼭 그랬던 것만 같은 기분이 들었다—목격한 것은 두 분이 ERA, 곧 남녀평등헌법 수정안을 두고 다퉜을 때였다. 성별의 차이에 상관없이 모든 시민에게 평등한 권리를 보장해주자는 이 수정안은 미국 전역 여성 단체들의 지지를 받았다. 두 분의 격렬한 다툼은 그 수정안이 채택되지 않은 직후에 벌어졌다. 투표 결과에 의하면 남성들의 다수는 그 안을 지지했으나 전체의 반 조금 넘는 숫자의 여성들이 반대했기에 채택되지 않은 것으로 끝나고 말았다. 두 분의 다툼은 어째서 여성보다 더 많은 숫자의 남성들이 ERA를 지지했느냐를 두고 벌어졌다. 두 분이 있는 대로 고함을 지르거나 악을 쓰는 걸 본 건 그때가 처음이자 마지막이었다. 아버지는 이론 싸움에서는 이겼다. 상대의 의표를 찌르는 입씨름에서 아버지를 이기기는 아주 어려웠다. 하지만 나는 아버지가 그 논쟁에서 패했다고 믿고 있다.

아버지가 말했다. "그건 아주 간단해. 우리 남자들이 얻을 게 더 많기 때문에 ERA를 지지하는 거야."

"오, 정말?"

"정말이고말고. 크게 세 가지 면에서 그래. 첫 번째는 출산의 자유. 둘째는 징병. 세 번째는 결혼할 권리. 삶과 죽음 모두가 걸려 있는 그 가장 심원하고 고통스러운 쟁점들에서 사회는 명백하게 여성들의 편을 들고 있고, 우리 남자들은 그걸 역겨워하고 있어. 우리는 ERA를 원하는데 당신네 여자들은 원치 않는 건 바로 그 때문이야."

"말 잘했네. 내가 당신한테서 들은 하고많은 역겨운 말 중에서 그게 가장 역겨우니까. 남자들이 출산의 자유를 갖고 있지 못하다고? 당신, 나를 놀리는 거야? 출산을 선택할 권리를 갖기 위해 투쟁해야 하는 쪽은 우리 여자들이야. 그리고 설사 우리의 출산권을 인정받지 못한다 해도 우리는 당신네 남자들의 아기를 임신할 수밖에 없는 처지야."

"그 정반대지. 로 대 웨이드 사건(헌법에 기초한 사생활의 권리에 낙태의 권리가 포함되는지에 관한 미국 대법원의 가장 중요한 판례 - 옮긴이)은 이미 여자들한테 출산의 자유를 부여해주고 있어. 이 나라의 모든 남자들은 전혀 인정받지 못하고 있는 자유를."

어머니는, 저 사람 완전히 미친 것 아냐, 하는 것 같은 표정으로 나를 쳐다봤다.

"어떻게 해서 그렇다는 거지?"

"얘기는 간단해. 당신이 임신을 했다고 치자고. 그럴 때 당신은 낙태를 할 수 있어. 즉 당신은 엄마가 되기를 거부할 수 있는 절대적인 권리를 갖고 있어. 그렇잖아?"

"그 대목까지는 맞아."

"그래, 당신은 엄마가 되기를 거부할 권리를 갖고 있어. 그런데 남자가 아버지가 된다고 할 때, 남자는 아버지 되기를 거부할 수 있는 동등한 권리를 갖고 있나?"

어머니는 한동안 침묵을 지켰다. 그것은 아주 생소한 질문임이 분명했다.

"그건 말도 안 되는 얘기야."

"아니, 돼. 당신이 과거에 이런 문제를 전혀 생각해보지 않아서 그런 것뿐이야. 당신은 무슨 일이 있어도 엄마가 되는 걸 거부할 권리를 갖고 있지만 나는 아버지 되는 걸 거부할 권리를 갖고 있지 못해. 이건 대단히 불공평한 거야."

"그러니까 당신의 얘기인즉슨, 남자도 여자가 낙태를 하게끔 강요할 수 있는 권리를 가져야 한다 그 말이야?"

"아니, 아니, 그런 얘기가 아니야. 내가 얘기하는 건 이거야. 여자가 본인이 원할 때는 엄마 되는 일로부터 완전히 벗어날 수 있다면, 남자도 아버지 되는 일로부터 벗어날 수 있는 동등한 권리를 가져야 한다는 거야. 우리가 이 나라에서의 진정한 성 평등을 누리고 있다고 치자고. 그리고 당신은 엄마가 되어 아이를 키우기로 결정했는데 나는 아버지가 되고 싶지 않다는 결정을 내렸다고 치자고. 그럴 경우 나는 아이에 대한 모든 책임을 포기한다는 법률적 문서에 서명할 수 있어야 해. 그래야 성 평등이 되지. 그런데 우리 남자들은 그런 권리를 갖고 있지 못해!"

나는 어머니 얼굴을 쳐다봤다. "아빠 말에 일리가 있다는 걸 알아?"

"아니, 난 몰라. 그리고 그건 정말로 무책임한 말이야! 임신을 하는 쪽은 여자들이니 당연히 여자들이 더 많은 권리를 갖고 있는 거지."

"젠장, 그렇다면 당신은 '성 평등'을 바란다고 말하지 마. 당신네 여자들은 이런 면에서 훨씬 더 많은 권리를 누리고 있으니까. 나는 바로 그런 점 때문에 화가 나! 출산의 자유라는 면에서 우리 남자들은 성 평등을 누리지 못하고 있어. 여자의 일방적인 선택에 의해 부모가 되도록 강요받은 것 때문에 얼마나 많은 남자들의 인생이 망가지는지 알아? 당신이 아느냐고! 현재 상황이 그렇듯이, 남자들은 여자들에게만 출산의 자유를 인정해주는 법률 시스템 때문에 경제적인 노예 상태를 강요받고 있어. 성 평등은 무슨 얼어 죽을 성 평등이야!"

아버지의 얼굴은 시뻘게졌다. 어머니는 물러서지 않았다.

"그래, 그래, 됐어요. 그런데 아빠, 다른 이유는 어떤 거예요. 두 번째 이유라는 것?"

아버지는 어머니의 얼굴만 계속 쳐다보고 있었다. 아버지의 거친 숨결이 가라앉기 시작하면서 정상으로 돌아오고 있었다. "전쟁이지 뭐야." 어머니의 마음은 즉각 부드러워졌다. 그 주제 자체가 지닌 잔혹성 때문에 두 사람의 분노는 크게 누그러졌다.

아버지가 말하기 시작했다. "이 얘기는 아주 이기적으로 들릴 거야. 그럴 거라는 짐작이 들어. 처음에, 그 전쟁이 벌어졌을 때와 관련해서 내가 기억하고 있는 건 이런 거야. 당국에서는 징병제를 실시하면서 우리 남자들을 소집하기 시작했어. 베트남의 참호 속에서 싸우러 갈 사람들로 남자들만 소집하기 시작한 거야. 나는 죽음이 정말로 두려워서, 넋이 나갈 정도로 무서워서 진땀을 흘리며 한밤중에 깨어나곤 했어. 그리고 캠퍼스 안을 걸어 다니다가 여자애들을 볼 때면 그 애들이 정말로 밉다는 생각만 들었어. 그 애들 모두가. 걔네들은 싸우러 가지 않아도 되는 애들이었으니까. 나는 밤이면 편안하게 누워 잘 수 있는, 파멸의 운명이 목전에 닥치는 바람에 공포에 질려 깨어나지 않아도 되는 걔네들의 몸뚱아리들이 미웠어. 도처에서 볼 수 있는 걔네들의 미소도 꼴 보기 싫었고, 나는 전혀 중요하지 않은 제5세계 어느 나라의 이름 없는 어떤 싸움터로 끌려가 눈에 보이지도 않는 누런 인간이 쏘는 총탄에 맞아 머리통이 날아가 버릴 위험에 처해 있는데 어떻게 그렇게 무감각한 창녀의 미소를 흘릴 수가 있는 거지? 여자애들이 여성의식 향상 집단 모임을 하기 위해 둘러앉아 남자들이 1달러를 받을 때 자기네는 고작 85센트밖에 받지 못한다고 불평하고 투덜댈 때는 개네들을 더욱더 미워했어. 나는 곧 목숨을 잃을 위험에 처해 있다는 걸 이 무지몽매한 천치들은 전혀 모르고 있잖아! 85센트 같은 소리 하고 자빠졌네! 너희는 어떤 문제로든 간에 불평을 할 권리가 없어. 나는 섹스를 하고 싶을 때마다 사랑을 하는 게 아니라 짓밟고 싶었어. 나는 정말로 여자들을 마구 유린하고 싶었다고!" 그러면서 아버지는 양팔에 머리를 파묻고 주먹으로 탁자를 내리쳤다.

나는 온몸을 부들부들 떨었다. 나는 아버지의 분노와 그 격렬한 고통을 보고 기겁을 했다. 어머니는 그를 달래려고 움직이려다가 갑자기 동작을 그쳤다. 아버지 혹은 아버지의 어느 부분은 어머니도 역시 미워한다는 것을 우리 둘 다 서서히 깨달았다. 싸우러 가지 않아도 된다는 점 때문에 어머니를 미워한다는 것을. 우리 셋은 말없이 앉아 있기만 했다.

아버지는 자세를 고쳐 앉고는 크게 숨을 몰아쉬었다. "내가 ERA에 관한 얘기를 들었을 때 처음 든 생각은, 우리는 이런 고통을 나눠야 한다, 나는 ERA를 전폭적으로 지지한다는 거였어." 그는 좀 누그러져서 억지로 웃기까지 했다. "나는 여자들이 꼭 전쟁터에 나가 싸워야 한다는 얘기를 하고 있는 게 아냐. 하지만 여자들도 최소한 징병을 기피하려고 애써보기는 해야 해." 그 말에 우리 모두는 안도감에 웃음을 터트렸다.

하지만 어머니는 그 말을 그냥 순순히 받아들일 생각이 없었다. "전쟁은 남자들이 일으키지. 남자들은 싸워야만 하는 사람들이거든."

"아, 나한테 그런 헛소리는 하지 마!" 아버지는 즉각 다시 얼굴을 붉히며 소리쳤다. "여자들도 나름대로 불화를 조장해."

"난 잘 모르겠어요. 우리 식구들은 성질 급한 사람들인가 봐."

"어떤 녀석들은 싸우는 걸 좋아하고 또 어떤 녀석들은 좋아하지 않아. 나는 그런 전쟁에서 싸우고 싶지 않고, 내 사내 친구들 중에서도 그러고 싶어 하는 사람 아무도 없어. 내 얘기는 그저 남녀 어느 쪽에서 전쟁을 일으키느냐 따위에는 아무 관심 없고, 내가 싸워야 하는 것은 성 평등을 방해하는 짓거리라는 거야. 그리고 여자들은 그런 걸 위해서 싸우려 들지 않는다는 거고. 우리 중 누구도 싸우고 싶어 하지 않는데, 어째서 우리 남자들만 싸워야 한다는 거지? 그러니 남자들이 성 평등을 얻기 전까지는 '성 평등'이라는 말을 입에도 올리지 말라구!"

어머니가 말했다. "아이구, 엉엉. 노상 징징대는 우리 불쌍한 우주의 주인께서는 사내처럼 싸울 수가 없는가 보지?"

그건 큰 실수였다. 아버지는 빽 소리쳤다. "이 더러운 창녀 같은 것이! 그게 결국 문제의 핵심이야, 그렇지? 너는 입으로는 성 역할과 그와 관련된 고정관념들을 싫어한다고 주장하면서도 사실은 그런 것들을 은밀히, 철저하게 신봉하고 있는 거야. 너는 내가 '사내처럼 싸우고' 싶어 하지 않는 것을 수치스러워해. 방금 전에 네 입으로 그렇게 말했어! 이 망할 것아, 어째서 너는 내가 싸우기를 바란다는 점을 인정하지 않는 거야!"

"난 당신이 싸우기를 원치 않아."

아버지는 어머니의 말을 그대로 흉내 냈다. "나는 당신이 싸우기를 원치 않아. 엿 먹어라."

"세 번째 이유를 들기에는 타이밍이 좋지 않겠죠?" 아버지는 금방이라도 나를 때릴지 모른다는 생각이 들 만큼 위협적인 태도로 내 쪽으로 다가왔다. 한데 사실, 아버지는 나를 쳐다보지도 않았다. 아버지는 자신의 분노에 감전되어 허물어져가고 있었고, 말로 표현할 수도 없고 그 상황을 견뎌낼 수도 없을 만큼 너무도 강력한 격정에 온몸이 마비되어가고 있었다.

아버지는 투덜댔다. "에이, 알게 뭐야. 될 대로 되라지. 내 사내 친구 대부분은 ERA를 지지하는데, 그건 그 친구들이 이혼할 때 이혼 수당을 지불하고 싶지 않아서야. 그 친구들은 여자들의 경제적 부양자가 되도록 강요받고 싶어 하지 않아. 그건 법원이 보호해주는 경제적 노예 제도의 한 형태니까. 내 친구들은 아버지 되기와 징병이라는 첫 두 가지 쟁점에 서는 결코 성 평등 상태에 이르지 못할 것이라고 생각해. 하지만 아마 첫 합의 이혼의 경우에서는 법원이 그와 관련된 쟁점을 지지해줄 거라고 생 각해. 그리고 그건 사실이야. 우리는 이 부분에서는 아마 좀 더 나은 성 평등 상태에 이르게 될 거야. 남자들이 자동적으로 경제적 부양자들이 되도록 강요받아서는 안 돼. 50 대 50으로 분담해야지." 오랜 침묵이 이 어졌다. "그런 식으로 해서 결국 축복받은 이혼이 이루어질 때면, 남자들 은 불균형한 부담을 짊어지지 않아도 될 거야." 그 순간 나는 아버지가 어머니를 쳐다보는 눈길을 통해서 두 분이 앞으로 언젠가는 이혼하리라 는 걸 알았다.

아버지는 마치 엄청난 부담에서 놓여나기라도 한 것처럼 씩 웃고는 방 밖으로 나갔다. 나는 항상 그 부담이 바로 어머니라는 느낌을 받곤 했다. 따라서 나도 아버지의 부담이었고. 아버지가 논점에서가 아니라 그 싸움 에서 이긴 것은 바로 그 때문이다.

푸엔테스는 잠시 말을 멈췄다. 그녀는 눈에 띄게 부드러워진 것 같았 다. "비록 나는 부머리티스, 희생자 코스프레, 저열한 녹색 밈이 페미니즘 과 여성들에게 하는 짓을 비판해오긴 했지만, 페미니즘 쟁점들이 갖고 있는 중요성에 관해 광범위하게 글을 써오기도 했습니다. 앞에서 언급했 다시피 페미니즘 학계의 의미 있는 많은 목소리들을 청취할 수 있는 통 합적 페미니즘을 창조해내는 일은 특히 더 시급한 과제입니다. 여기 IC 의 많은 동료들이 저와 더불어 이런 과업에 동참하고 있습니다. 이 유형 의 페미니즘이 페미니즘의 다양한 유파들을 모두 아우르고 통합하려고 시도하고 있고, 의식의 나선 전체와 아울러 발달의 나선 전체를 포용하고 있기 때문에, 우리는 이것을 '4분면 전체, 모든 수준의' 페미니즘이라고 부릅니다.

통합적 페미니즘 같은 것은 어떻게 작동할까요? 우선, 그것은 남성과 여성이 각각의 발달 단계에서 각기 다른 가치 기준을 갖고 있다는 점을 인정해줍니다. 적색의 남성과 여성의 가치 기준, 청색의 남성과 여성의 가치 기준, 오렌지색 남성과 여성의 가치 기준 등이 있습니다. 우리가 시도하고 싶어 하지 않는 것의 하나는 녹색의 여성 가치 기준을 택해서 발달의 다른 모든 단계들에게 강요하려고 하는 겁니다. 현재 그렇듯이 녹색 밈 페미니스트는 역사를 들여다보는데, 그 역사는 주로 적색 단계와 청색 단계의 지배 아래 놓여 있습니다. 그리고 그 페미니스트는 역사 어디에서도 녹색의 가치 기준들을 찾아볼 수 없기 때문에 그 훌륭한 가치 기준들이 아직 출현하지 않았다는 것을 미처 깨닫지 못하고 그것들이 억압받고 있었다고만 여깁니다.

그러나 그녀가 일단 이런 가치 기준들이 억압받아왔다고 잘못 가정하고 난 뒤에는 두 가지 작업을 해야만 합니다. 하나는 남성을 억압적인 돼지라고 가정하고, 또 하나는 여성을 세뇌당한 양이라고 가정하는 두 가지 작업을 말입니다. 그러고 나서 우리는 부머리티스 페미니즘이라고 하는 대단히 잘못된 두 초석, 곧 남성을 돼지로 만들고 여성을 양으로 만들어놓은 기반들에서 출발하게 됩니다.

여기 IC의 우리들은 그렇게 하는 대신에 이 모든 밈을 다 인정해주고, 포용하고, 의식의 모든 스펙트럼과 발달의 나선 전체를 아우르는 무지개의 조화 속에 융화시켜주는 통합적 페미니즘을 벼려내려고 시도하고 있습니다. 따라서 저는 '통합'과 '포용'과 '융화'가 모든 여성의 가치 기준들이라는 점을 지적해야 하지 않을까요?" 강당 안을 울리는 우렁찬 박수 소리가 터져 나왔다. 거의 모든 사람들이 박수를 치고 있었다.

그와 함께 푸엔테스는 무대를 떠났다.

"한 시간 뒤 달라가 내려와 차에 탔어요. 나는 차 뒷좌석에서 기타를 치고 있었죠. 달라는 슬퍼하는 얼굴로 나를 쳐다보면서 자기의 옛 남자 친구인 빌이 자기가 그녀를 얼마나 깊이 사랑하는지를 이제 진정으로 깨달았다고 말했다는 얘기를 전해주더군요. 그는 마침내 여생을 그녀와 함께 보내겠다고 굳게 약속할 준비가 되어 있다는 거예요. 나는 분명 그녀와의 사랑에 푹 빠져 있기는 했지만, 그 말을 듣고도 놀라지 않았어요. 나는 그녀에게 그것이 본인에게 어떤 의미를 갖는 것이냐, 앞으로 어떻게 하고 싶으냐고 물었어요. 그녀는 자기도 모르겠다고 하더군요. 그녀는 나를 사랑했지만, 빌에게 어떻게 말해야 좋을지 모르고 있었어요.

배경에 그런 불확실성이 어려 있었음에도 불구하고, 어쩌면 바로 그 때문에 그날 밤 우리는 처음으로 한 몸이 되었죠. 우리는 녹아들어 서로에게 흘러들어갔고, 그 방은 생생하게 살아 숨 쉬고 있었어요. 그것은 너무나 담백하고 너무나 완벽했어요. 그리고 나는 은총이 인간의 두 몸과 더불어 어떤 일을 해낼 수 있는지를 분명히 알았어요.

그것은 앞으로 일어날 모든 일을 한층 더 심술궂고 악의적인 것으로 만들어줬어요."

내가 이삼 년 전 무렵에 꾼 꿈의 실질적인 이름은 '통합적 페미니즘은 아직 태어나지 않았다'였다. 그 꿈속에서 나는 하늘로서 떠다니고 있고, 모든 사물들이 나 자신의 광대무변함, 온 세계의 자궁 속에서 생겨나고 있다. 나는 그 광대무변함에서 남자들과 여자들이 생겨나는 것을 본다. 아니, 음양이 생겨나고 그들의 황홀한 포옹으로 생겨나는 자손들이 현 세계를 채우기 시작하는 것을 보고 있다고 말해야 할 것이다. 밤을 밝혀주는 수십억의 별들은 사실, 천사들의 오르가슴이다. 이 불가사의하고, 아름답고, 휘황한 세계 전체는 서로를 발견하는 것에서 오는 더없이 행복한 마음이 황홀하게 넘쳐흐르는 데서 빚어진 것이다. 그 우주의 개별적인 것들 모두는 만일 하늘이 아니라면 온전히 다 바라보기 힘들 정도로 에로틱한 충일함 속에서 다른 개별적인 모든 것을 어루만지고 있다……

대부분의 남녀들은 자기네의 진짜 몸이 온 세상을 포함하고 있다는 것을 미처 깨닫지 못한 채 그들 각자가 자신의 몸에 맞게 변화시킬 수 있는, 황홀경의 너무나도 작은 한 부분만으로 만족하고 있다. 그 꿈은 통합적 페미니즘이 가련하다고 할 만큼 엄청나게 제한된 이런 상황에 종지부를 찍을 것이라고 선언하는 것 같았다. 이윽고 나는 통합적 페미니즘이 그보다 훨씬 더 나은 것이라는 것을 알았다. 그것은 사실 통합적 휴머니즘일 것이다. 아니, 그보다 훨씬 더 나은 것. 통합적 우주론, 네 손바닥 안에 붙잡혀 있는 생동하는 온우주. 무한한 하늘이라면 우주를 한 손바닥 안에 거두는 건 너무도 쉬운 일이다……

이상한 꿈이지 않은가? 하지만 포용할 운명인 이 여성적인 몸속에서 여전히 의문이 일어난다. 내 세대여, 사랑하는 내 세대여, 그대들은 내가 그대들을 얼마나 사랑하는지 알고 있는가?

데릭 반 클리프가 무대로 성큼성큼 걸어 나왔다. 벽에 좀 거슬리는 제목을 지닌 슬라이드가 떠올랐다. "성폭행의 문화."

반 클리프가 입을 열기 전에 킴이 속삭였다. "소문에 의하면 저 사람이 누군가를 성폭행했다고 해요."

"뭐라구요! 농담도 잘하시네."

"그 소문에 의하면 저 사람이 성폭행으로 고발당했대요. 사실 저 사람이 그런 짓을 했다고 생각하는 사람은 아무도 없어요. 하지만 정말로 어떤 일이 일어났는지 누가 알겠어요. 저 사람이 더 이상 데이트를 하지 않으려고 하는 건 그 때문일지도 몰라요. 하지만 저 사람이 이런 쟁점을 다루게 해서는 안 될 것 같은데. 이건 큰 실수예요. 큰 실수. 하지만 저 사람은 계속 밀고 나가고 있어요."

반 클리프는 별로 문제 될 것 같지 않아 보이는 농담으로 이야기를 시작했다. "누군가의 말마따나 많은 페미니스트들이 '모든 남자를 성폭행범들'로 여기는 건 사실입니다. 물론 그건 대단히 불공정하고 터무니없는 말입니다. 모두가 다 알고 있다시피 모든 남자가 다 성폭행범은 아닙니다. 모든 남자들은 다 말 도둑들이죠." 청중들 사이에서 부드러운 웃음이 일었다. 하지만 이런 분위기가 앞으로 어떤 식으로 흐를지 여간 궁금하지 않았다.

"그러나 부머리티스 페미니즘 유형 대부분의 입장에서 볼 때 모든 남자는 다 성폭행범이다, 끝. 따라서 그들은 모든 남자를 무엇보다 먼저 시민, 인간, 사람으로서가 아니라 범죄자들로 봅니다. 예컨대 어느 한 페미니스트는 인류사에 참으로 빼어난 기여를 한 뉴턴의 중력의 법칙이 사실은 '뉴턴의 성폭행 매뉴얼'이었다고 선언했습니다. 보든 대학의 편람을 보면 '베토벤의 9번 교향곡은 추상적 구성의 경이인가, 아니면 성폭행 과정을 모형화한 것인가?'라고 묻는 한 여성 연구 강좌 제목이 수록되어 있습니다. 모든 남성의 행위를 성폭행의 한 형태로 보는 예는 무수히 많습니다.

이 모든 것이 뜻하는 바는, 특정한 한 남자가 실제로 성폭행을 했든 안했든 간에 그는 이미 법률적으로 고발당한 것이나 마찬가지라는 겁니다. 바사 대학교의 부학장이 들려준 쓸모 있는 설명처럼, 남자들은 자기네가 성폭행범이라는 사실을 민감하게 인지하고 있어야 하기 때문에 성폭행으로 거짓 고발을 당한 경우조차도 한 가지 중요한 기능을 하기는 합니다. 그 부학장의 얘기를 들어보기로 하죠. '잘못 기소된 성폭행범들은 많은 고통을 받습니다만, 제가 그들에게서 꼭 덜어주고 싶은 것은 고통이 아닙니다. 저는 그런 경우가 자기탐구의 과정을 이끌어내주는 이상적인 방식이라고 생각합니다. 나는 여성들을 어떻게 보고 있는가? 설령 내가 그 여자를 폭행하지는 않았다 해도 그랬을 가능성이 있지 않았을까? 나는 그들이 내가 했다고 말하는 그런 행위를 그녀에게 할 잠재적인 가능성을 갖고 있는가? 이런 것은 유용한 질문들입니다.'"

뒤 열에서는 반 클리프의 얼굴에 어려 있는 경멸의 표정을 볼 수 있었다. "최근 FBI는 근래 들어 이용 가능한 것이 된 DNA 증거를 기준으로 해서 볼 때 성폭행으로 기소되어 재판을 받는 사례들 중 대략 셋 중의 하나는 거짓 고발이라고 추산했습니다. 달리 말해, 적어도 세 여자 중에서 한 명은 거짓말을 하고 있다는 겁니다. 1993년 1월 11일자 〈뉴스위크〉지의 보도를 인용해보도록 하죠. 'FBI가 성폭행으로 이미 교도소에 수감되어 있는 재소자들을 대상으로 해서 DNA검사 결과를 활용해 시행한 연구는, 그 남자들의 30퍼센트가 무죄였다는 사실을 알려주고 있다.' 이것은 몇천 명의 남자들이 자기네가 저지르지도 않은 죄로 교도소에서 고생하고 있다는 걸 뜻합니다. 그들은 제가 방금 전에 소개한 '유용한 질문들'을 스스로에게 던지도록 강요받은 덕에 전보다 더 민감해지고 있기는 할 테지만 말입니다." 반 클리프는 누군가가 감히 이의를 제기하기라도 한 것처럼 청중을 지그시 쏘아봤다. 우리 모두는 숨죽인 채 조용히 앉아 있었다.

"일부 남자들은 여자가 '아니오'라고 말할 때는 그 말이 진심이라는 사실에 더 민감해져야 한다는 식의 주장을 할 사람은 아무도 없을 겁니다. 하지만 부머리티스의 경우에는 문제가 더 복잡하고 애매모호해집니다. 수전 에스트리치*는 다음과 같이 조심스럽게 설명했습니다. '많은 페미니스트들은 여성들이 남성들과 비교해서 무력한 상황에 처해 있는 한, 예라는 대답을 진정한 동의의 표현으로 보는 것은 잘못이다.' 요컨대 여성들은 억압을 받고 있으므로 오늘날과 같은 상황하에서 여성은 결코 진심으로 '예'라고 할 수 없다는 얘기입니다.

따라서 '아니오'는 아니오를 뜻하는 말이고 '예'도 아니오를 뜻하는 말이라는 겁니다. 그 말을 좀 트집 잡자면, 도대체 뭔 소리야? 본질적으로 희생자로 묘사되는 여성들은 섹스를 할지 말지를 결정할 능력조차 없는 사람들입니다. 녹색 밈은 여성 각자가 강압 받는 일 없이 자유롭게 자기 생각을 말하게끔 하려는 고상한 시도를 하면서도, 여성들은 자기 생각을 말할 수 없다는 식의 엉뚱한 방향으로 나가고 있습니다. 가부장제가 어떤 식의 억압을 했든 안 했든 간에, 부머리티스 페미니즘이 여성들을 위해 날조해낸 그 부자유와 비교하면 그 정도는 약과입니다."

클로이는 알몸인 채로 샹들리에에 거꾸로 매달려 있고, 나는 데카르트 식의, 육체에서 분리된 모노드라마적 응시로서, 착취하고 욕보이고 폭행하기 전에 그 모든 것을 걸신들린 것처럼 샅샅이 훑어본다.

"내가 이런 식으로 널 바라보는 것 때문에 굴욕스럽지 않아?"

"너는 금방이라도 눈깔이 튀어나올 것 같은 문제를 안고 있는 사람인데 어째서 내가 그런 식의 느낌을 받아야 해? 윌버, 네가 안고 있는 문제점은 내가 유약한 사람이라는 식의 그런 가정으로 계속해서 날 비하하고 있다는 점이야. 너는 나를 굴욕스럽게 만들 수 있을 만큼 강한 사람이 아니야, 귀염둥이."

* **수전 에스트리치** susan estrich 미국의 법학 교수. 대표작《진짜 강간Real Rape》을 통해 자신이 당했던 성폭력 경험과 이와 관련한 법 적용의 문제점을 생생히 밝힘으로써 큰 반향을 일으켰다.

"나는 너를 정복하고, 지배하고, 산 채로 잡아먹고 싶어."

"오오오오오, 황홀해서 까무라치겠네. 걱정하지 마, 난 무너지지 않을 테니까."

한 가지는 확실했다. 나는 클로이가 자신의 고통을 다른 누군가의 탓으로 돌리는 말을 하는 건 결코 들어본 적이 없었다.

앨리슨 재거가 음산한 목소리로 말한다. "하지만 그녀의 양 손목에 나 있는 상처들은 가부장제의 상처들임이 분명해."

클로이가 말한다. "오, 나를 물어뜯어."

슬라이드 3. "주체의 죽음: 나르시시즘의 탄생".

반 클리프가 나가고 레사 파월이 무대로 나왔다. 그녀가 항상 받았던 우렁찬 박수갈채 소리가 반 클리프가 안겨준 느낌 때문에 억눌러졌다…… 어떤 느낌? 그는 성폭행에 대한 비난으로 청중을 폭행했던 것일까? 적어도 내게는 그의 언행이 주행 중인 차에서의 충격 같은 것으로 다가왔다.

파월은 포스트모더니즘과 '나르시시즘의 부주의한 주입식 교육'에 관한 대단히 복잡한 강의를 했는데, 사실 나는 어떤 것도 제대로 이해하지 못했다. 나는 그녀에게서 들은 강의 내용을 노트에 적어놓았다. 중간의 휴식 시간에 킴이 설명해줬다.

"기본적으로, 파월이 얘기한 것의 요점은 포스트모더니즘의 지속적인 주제인 '주체의 죽음'이 전후 혼동의 오류의 희생물이 되었다는 거예요. '주체의 죽음'이라는 말은 인습적인 에고 또는 인습적인 주체를 넘어서려고 하거나 해체하려고 한다는 것을 뜻하는 말일 뿐이에요. 파월은 인습적인 것들을 해체하거나 그런 것들에서 이탈하는 데 혈안이 되어 있는 포스트모더니스트들이 실질적으로 전인습적이고 자기도취적이고 퇴행적인 많은 것들을 포함해서 비인습적인 것은 뭐든지 다 옹호하는 것으로 끝나는 결과를 빚어냈다고 말했죠. 파월은 《60년대의 프랑스 철학》이라는 결정판과도 같은 책을 쓴 뤽 페리*와 알랭 르노*의 다음과 같은 말을 인용했어요. '포스트모더니즘으로 통하는 것이 이상한 퇴행의 모습을 띠는 것은 역설적이고 미심쩍은 현상임이 분명하다.' 파월과 IC 사람들의 말에 의하면 이것은 전혀 역설적인 현상이 아니라고 해요. 오렌지색에서 녹색으로 나아가는 과정에서 적색의 재가동, 적색으로의 퇴행 현상이 동반되었던 거죠. 그리고 수준 높은 녹색과 수준 낮은 적색의 혼합이 바로 부머리티스예요."

스콧이 이쪽으로 고개를 숙였다. "이 모든 얘기가 이해되기 시작하고 있어."

"이해가 된다고?" 나는 도저히 믿어지지 않는다는 듯이 투덜댔다.

캐롤린이 어두운 표정으로 말했다. "나는 구체적이고 실제적인 대안들을 듣기 전까지는 확신을 못하겠어. 통합적 페미니즘 또는 통합적 문화 연구 또는 통합적인 그 밖의 것들이 실제로 어떤 것들이 될지에 관해서는 아직 설명을 하지 않았잖아…… 이 사람들이 하는 거라고는 다른 모든 사람들을 마구 두들겨 패는 것뿐이야. 그런 짓이 어떻게 감성적이고 공감 어린 것이 될 수 있어?"

"너는 시험에서 낙제하고 있는 거야, 캐롤린."

"저리 꺼져, 스콧."

"나더러 자위를 하라고?('저리 꺼져'의 원문은 'go fuck yourself'로, 그 원뜻은 '자위

- **뤽 페리**Luc Ferry 프랑스의 철학자이자 전 교육부장관. 포스트모더니즘을 비판하고 실천 철학과 세속적 인본주의를 강조한다.
- **알랭 르노**Alain Renaut 프랑스의 철학자. 근대성은 주체의 자율성과 개인의 독립성 중 무엇을 근거로 하는가에 따라 다르게 평가될 수 있다고 주장했다.

하다'이다-옮긴이) 으음, 적어도 그건 내가 사랑하는 어떤 사람과의 섹스가
될 거야."

"그건 아마도 이 행성에서 네 제의에 응해줄 유일한 사람과의 섹스가
되겠지."

나는 사정했다. "제발 좀 그만해."

다음 슬라이드 제목은 "그리고 포스트모더니즘은 희생자 코스프레를
낳았다"였다.

클로이는 한 단어마다 알몸을 흔들며 읽는다. "《카마수트라》, 4장. '수슈
르타(기원전 600년 경 고대 인도의 명의-옮긴이) 매뉴얼에 나오는 얘기처럼 빨리
오르가슴에 이르는 남자와 성교를 하고 난 여자들에게서는 흡족한 평정의
기분을 찾아볼 수 없다. 긴 성교 뒤에 사정하는 남자들은 사랑을 할 때 여자
들을 기쁘게 해준다. 빨리 끝내는 습관을 가진 남자들은 좋은 평가를 얻지
못한다.'"

"한심한 놈들!"

"'그러므로 어떤 면에서는 여자의 사랑 혹은 냉담함은 그녀를 오르가슴
에 이르게 해줄 수 있는 남자의 능력과 관련이 있다고 할 수 있다.'"

"이 사람들은 배터리에 관한 얘기도 못 들어봤나?"

"'여자들은 가장 오래 성교를 하는 남자의 정력을 높이 평가한다. 여자가
너무 빨리 사정하는 남자와 잠자고 싶은 욕망을 느낀다는 것은 거의 불가능
에 가깝다.'"

"그저 하고, 하고, 또 할 줄만 아는, 항상 준비된 작은 토끼를 알고 있어?
날렵한 작은 버니 래빗을 알고 있어?"

"우리는 이 모든 추상적인 논의를 금방 이해할 수 있습니다." 레사 파

월은 그렇게 말했고, 청중은 허리를 꼿꼿이 세우고 앉아 있었다. "핵심은 간단합니다. '주체의 죽음'이라는 철학—이것은 포스트모더니즘의 초석이 되는 것이죠—은 희생자 코스프레와 딱 맞아떨어지는 철학입니다. 녹색 밈이 세상을 이해하기 위해서는 반드시 희생자들이 있어야 합니다. 정 없으면 희생자들을 만들어내는 한이 있더라도 말입니다. 그리고 수많은 비평가들이 언급했다시피 바로 그런 일이 실제로 일어났습니다. 앞에서 언급한 프랑스 학자들인 페리와 르노의 말을 다시 인용하도록 하죠. '60년대 스타일은 주변성marginality 찾기와 음모의 환상을 특징으로 하는 철학적 생활양식이기도 하다. 68철학을 구성하는 다양한 인물들(하이데거, 푸코, 데리다, 리오타르, 부르디외, 라캉 등)을 각자가 가진 차이점들을 넘어서서 희생자 만들기의 애절한 감정을 중심으로 해서 하나의 집단으로 분류할 수 있는 이유는 바로 그것 때문이다.' 반복해서 말씀드리자면, 녹색 밈이 세상을 이해하기 위해서는 반드시 희생자들이 있어야만 합니다."

파월은 무대를 왔다 갔다 하면서 말을 계속했다. "그리하여 우리가 대서양 양쪽에서 서로 다른 많은 비평가들이 하나의 유사한 평가를 중심으로 해서 모인다, 라는 얘기를 들을 때면, 그것은 부머리티스의 해설적 능력이 하나로 응집되기 시작한다는 것을 뜻합니다. 모든 가닥들이 합쳐지기 시작합니다. 결국 병적인 것으로 변해서 저열한 녹색 밈이 되어버린 고상한 다원론적 태도, 전후 혼동의 오류, 전인습적인 나르시시즘의 침입을 받은 탈인습적 다원론, 성숙한 주관성과 책임의 포기, 미성숙하고 무한한 자기중심주의로의 퇴행, 희생자 코스프레로 미끄러져 들어가기. 이 모든 것들은 바로 부머리티스라는 큰 나무에 달린 가지들입니다."

스콧이 말했다. "내가 너한테 얘기해줬지."

캐롤린이 맞받았다. "곧 알게 되겠지."

"밤에 더없이 황홀한 사랑을 나누고 난 다음 날, 우리는 각자 다른 방향으로 떠났어요. 나는 미니애폴리스로 돌아오고 달라는 시카고로 돌아갔죠. 미네소타로 돌아오고 나서 며칠이 지난 날 새벽에 나는 불안하고 어지러운 꿈을 꿨어요.

나는 어느 연못에서 티 없는 기쁨에 가득한 상태에서 수영을 하고 있었어요. 그 연못은 밝고 청정한 환희의 기운을 발산하고 있었고 나는 그 완벽한 사랑 속에서 둥둥 떠다니고 있었죠. 그때 나는 근사한 옷을 차려입고 어딘가로 떠날 채비를 한 달라가 연못 한쪽 가에 서 있는 광경을 봤어요. 내 가슴은 두려움으로 내려앉았어요. 나는 이게 좋지 않은 징조라는 걸 알았죠. 그녀는 내게 자기 쪽으로 오라는 신호를 보냈어요. 내면에서 불길한 예감이 무럭무럭 고개를 쳐드는 상태에서 나는 그쪽으로 헤엄쳐 갔어요. 이윽고 그녀 앞에 이르자 그녀는 내 두 손을 붙잡고 내 눈을 들여다보면서 '난 가야 해요'라고 말했어요. 나는 '안 돼요, 제발 가지 말아요'라고 사정하면서 흐느껴 울기 시작했죠. 그녀도 역시 울기 시작했어요. 하지만 그녀는 가야 한다고 말했어요. 그녀가 떠나면서 그 꿈은 끝났고, 나는 연못에서 넋이 나간 상태에서 흐느껴 울고 있었죠. 나는 그 전까지의 모든 기쁨이 아주 강력한, 그러나 무서운 어떤 것으로 변하고 있다는 걸 느꼈어요.

꿈에서 깨어났을 때, 나는 즉각 그녀에게 전화해야 한다고 생각했죠. 그녀와 전화 연락이 되고 이야기를 시작한 지 일 분도 채 지나지 않았을 때 그녀는 옛 남자친구 빌에게 돌아가야겠다, 자기가 나를 사랑한다는 것을 알고 있기는 하지만 빌도 역시 사랑한다, 그리고 그를 사랑하는 감정에 다시 한 번 기회를 줘야 한다는 생각이 든다고 말했어요. 나는 망연자실해진 나머지 할 말을 완전히 잃어버려 그녀에게 그 꿈에 관해 얘기하지도 못했어요. 나는 그저, '아, 알겠어요'라고 웅얼거리기만 하고 말았어요. 우리는 전화를 끊었고, 나는 두려운 기분에 휩싸인 채 부모님 집 포치에 망연히 앉아 있기만 했죠."

클로이, 스콧, 조나단과 나는 그 강렬한 드라마, 스튜어트가 침울한 어조로 들려준 얘기에 넋을 잃은 채 앉아 있었다.

"나는 나 자신의 몸에서 벗어나기를 간절히 바랐어요. 그 순간, 나는 이것이 로맨스의 종말이 아니라 다른 어떤 것의 탄생이 되리라는 걸 알았어요. 나는 달라와 나로부터가 아니라 그녀와 나를 통해서 다가온, 줄곧 존재해온 실재를 그 어느 때보다 더 생생하게 체감할 수 있었기에 그것을 알았죠. 그 실재는 비인격적인 위대한 사랑이었고, 내가 아무 말 없이 전화기를 붙잡고 앉아 있었을 때 그것은 그 어느 때보다 더 강력해져 갔어요. 달라가 일종의 미끼였다는 것을, 오로지 달라가 나와 함께 있었기 때문에 내가 이 더없는 행복의 연못, 이 무한한 열애 상태에 빠져들어 갔다는 걸 깨닫고 나는 속은 것 같은 기분이 되었죠. 나 혼자였다면 그런 엄청난 해일을 동반한 모험을 결코 하려 들지 않았을 거예요. 그런 자각은 문득 또 다른 진실에 눈뜨게 했어요. 나는 이번에 내가 하마터면 익사할 뻔했다는 것을 알았어요. 내가 내 몸에서 벗어나기를 간절히 바라면서, 하루아침에 내가 다른 어떤 존재로 변하기를 바라면서 의자에 앉아 있었을 때, 나는 내가 희롱당했다는 걸, 하마터면 일어날 뻔했던 그 일에서 빠져나올 방법은 없었다는 걸 알았어요."

레사 파월이 물러나자 마거릿 칼튼이 무대로 나왔다. 다음 슬라이드의 제목은 "다른 어떤 이름에 의한 정치: 새로운 전체주의자들"이었다.

"《알링가타 베다》에 의하면, '욕망으로 페니스를 불끈 세우기 위해 성교 전에 다음과 같은 네 종류의 애무, 곧 건드리기, 아프게 하기, 벗기기, 쥐어

짜기를 시행한다'고 한다."

"우와, 그거 대단하네! 환상적이야, 클로이. 우리 얘기를 해보기로 해. 같이 얘기해보자. 그런데 으음, 그 중간에 나온 건 뭐였지? 아프게 하기라고 한 것 같은데?"

"언론은 이 나라를 휩쓸어온 희생자 열풍이라는 전염병을 그냥 간과하고 넘어가지 않았습니다." 칼튼은 사람을 현혹시키는 부드러운 미소를 머금은 채 입을 열었다. "최근에 〈타임〉지는 '희생자 만들기라는 새로운 문화'라는 기사를 크게 다뤘습니다. 〈에스콰이어〉지는 '불평불만자들의 동맹'이라는 기사를, 〈하퍼스〉지는 '모두가 희생자?'라고 묻는 기사를 다뤘습니다.

"사실 과거 십 년 동안 저열한 녹색 밈으로 빠르게 부패해버린 녹색 밈은 수정 헌법 제1조(종교·언론·집회의 자유 등을 정한 조항-옮긴이)를 무효화하려고 무섭게 광분해왔습니다. 언론 자유의 권리는 기분을 상하게 하지 못하게 할 권리, 에고에 상처를 입히지 못하게 할 권리에 의해서 빛을 잃었습니다."

칼튼은 우리가 따라올 용의가 있다면 따라오라고 다그치는 목소리로 인용문을 계속해서 읽었다. "찰스 사이크스는 이렇게 지적했습니다. '미국인들은 자기네의 다원론을, 이 나라의 다양한 문화 집단들이 대표하고 있는 믿을 수 없이 다양한 관점들과 이데올로기들에 대한 관용의 정신을 오랫동안 자랑스럽게 여겨왔다. 하지만 무엇으로도 대신할 수 없는 희생의 특성에 대한 강요는 다원론을 다양한 감옥들로 변질시킬 지경에 이르렀다.' 다원론은 다양한 감옥들이 되어가고 있다. 참 완벽한 표현이죠?

하지만 실은, 그 이상입니다. 우리가 봐왔다시피 저열한 나르시시즘과 결합한 수준 높은 다원론은 과민한 자아의 감옥 이상 가는 것을 짓고 있습니다. 그것을 기반으로 해서 느낌과 민감함이 담론의 유일한 언어가 되어가고 있습니다. '진짜 희생자들만이 민감함과 진정성을 주장할 수 있고, 진짜 희생자들만이 다른 희생자들에게 이의를 제기할 수 있다. 상대방이 자신이 처한 어려움을 이해할 수 없다고 주장하는 적대자들 간에 점점 더 많은 논쟁이 벌어지고 있다. 그런 현실은 필연적으로 그런 충돌을 더욱 혹독한 인신 공격으로 변질시킨다. 그런 다툼의 과정에서 희생자 자격과 민감성에 대한 끈질긴 요구가 비장의 무기들처럼 이용되고 있다…….'"

칼튼은 무대를 가로질러 나와 청중을 둘러봤다. "정말 그렇습니다. 애리조나 대학의 '다양성 행동 강령'은 '나이, 피부색, 민족, 성별, 신체적 능력과 정신적 능력, 인종, 종교, 성적 취향, 베트남전 참전 제대 군인, 사회 경제적 배경, 혹은 개인적 스타일' 등을 근거로 해서 학생들을 차별하는 것에 대한 우려를 표명하고 있습니다. 요컨대 여기에 해당되지 않을 사람이 없으니 그 대상자는 모두라고 해야 할 겁니다. 코네티컷 대학에서는 '부적절한 방향의 웃음'을 금했습니다. 듀크 대학에서는 '무례한 얼굴 표정'을 색출하는 감시견 위원회를 두고 있습니다.

줄리어스 레스터*가 지적한 것처럼 이것은 의견, 느낌, 개개인의 편견이 정치 행위의 합법적인 표적이라는 점을 뜻합니다. 그런 식의 공식화는 전체주의의 새로운 성명에 불과하고, 시민들의 행동뿐만 아니라 개인의 생각과 느낌까지도 통제하려는 시도이기 때문에 이것은 극도로 위험한 현상입니다."

카티시가 고개를 숙이고는 격앙된 어조로 속삭였다. "이건 완전히 일

---

* **줄리어스 레스터** Julius Lester 미국의 시민운동가로 흑인들의 삶과 역사 및 정치 문제에 관심을 가졌다.

방적인 주장이야! 도저히 믿을 수 없을 정도로 불공정한 이야기야. 이 사람들은 양쪽 이야기를 공평하게 제시하려는 노력도 하지 않잖아?" 캐롤린은 정말 그렇다는 듯이 힘차게 고개를 끄덕였다.

킴은 자기 애인과 그의 친구들을 변호하려고 나온 사람이기라도 한 것처럼 말했다. "완전히 비판에만 할애되는 다른 세미나들이 있는데, 이 사람들은 자기네 의견에 동의하지 않는 많은 비평가들을 그 자리에 초대해요. 하지만 이 세미나에서는 아니에요. 여기서는 본인들의 대안적 견해를 소개하기만 할 뿐이죠. 이 사람들은 2층의 접근법들에 이를 수 있는 길을 터주기 위해 이런 주제들에 대한 1층의 접근법들을 비판하고 있는 거예요."

카티시는 역겹다는 듯이 말했다. "그 다른 세미나들이 언제 열리는지 알려줬으면 좋겠네요. 이건 말도 안 되는 강연이니까."

칼튼은 빙긋이 웃으며 말했다. "브라운 대학은 '부적절한 말로 주의를 끌기, 좋지 않은 이름으로 부르기, 고약한 만행, 심한 농담'을 금하는 정책을 채택했습니다. 대학 당국은 학생들에게 다음과 같이 분명하게 경고했습니다. '만일 여러분의 행위, 언어, 몸짓이 다른 사람을 괴롭히거나 상처를 주고, 심리적인 스트레스를 안겨주고 누군가를 농담의 초점으로 삼을 경우, 여러분은 남을 괴롭히는 행동을 한 것이다. 그것은 의도적인 것일 수도 있고 의도 없이 이루어진 것일 수도 있지만, 그럼에도 그것은 여전히 괴롭힘에 해당한다.' 요컨대 이런 정책하에서 여러분은 잠재의식적인 괴롭힘으로 유죄 판결을 받을 수 있습니다."

그 말과 함께 칼튼은 무대 앞으로 걸어 나와 조심스럽게 언성을 높였고, 칼튼의 경우에 그것은 비명을 지른 것이나 다름없었다. "잠재의식적인 괴롭힘! 여러분! 여러분은 모두 유죄입니다! 이제 우리는 여러분의 생각을 갖고 여러분을 걸고넘어질 수 있습니다! 정신 똑바로 차리세요look the fuck out, 사상경찰이 다가오고 있어요!" 그 말에 모두가 웃기 시작했는데 그것은 말의 내용 때문이 아니라 귀엽고 사랑스러운 마거릿 칼튼이 'fuck'이란 말을 입에 담았기 때문이다.

"어느 한 기자는 이렇게 썼습니다. '거의 모든 경우에서 이른바 피해라고 하는 것은 실질적이거나 입증할 수 있는 피해의 문제라기보다는 좀처럼 포착하기 어려운 것들이다. 즉 느낌과 기분의 문제라는 것이다. 포착하기 어려운 그런 괴롭힘의 목록에는 자존감 상실, 막연한 위험성, 자신의 안전과 존엄성을 침해받았다는 느낌, 무력감, 분노, 공민권을 박탈당한 것 같은 느낌, 침체된 기분, 두려움, 불안감, 의기소침해짐, 조롱받아서 당혹스러운 기분 등이 포함되어 있다.'

달리 말해 그런 방침 아래에서, 만일 누군가가 당신으로 하여금 위에서 열거한 것 같은 어떤 기분을 느끼게 한다면, 당신은 괴롭힘의 희생자며, 당신은 기본적으로 상대를 고소할 수 있습니다. 더욱이 무감각에서 빚어지는 이런 범죄를 판별하는 기준은 그 범죄를 목격한 증인이나 실질적인 피해의 증거가 아니라 오로지 피해자의 상처받은 느낌이 되었습니다. 오로지 그것만이 문자 그대로 필요한 증거의 전부입니다!" 칼튼은 분노해서 두 팔을 번쩍 처들고는 무대 중앙으로 돌아갔다. 청중은 거북한 기분에 몸을 움찔움찔했다.

"이것에 상처를 입혀봐." 클로이가 말한다. '7장. 성교와 특별한 취향들에 관해서.'"

리빙엔드가 〈애스토니아 파라노이아〉와 〈네 손에 묻은 피〉를 요란하게 부르고, 에일리언 엔트 팜이 〈스무스 크리미널〉을 절규하듯 부른다. 그리고 그 요란한 가락이 감내할 수 없을 만큼 전쟁으로 찢겨 나간 뇌를 덜거덕거리게 한다. 무한히 펼쳐진 추악한 미래가 모든 통제로부터 벗어나, 침식되어가는 뉴런들을 짓누르고 있고 지속적인 모든 저항을 무심히 짓밟고 있다.

"클로이, 클로이, 제발 그만 좀 읽어. 나는 마음속에서 이것을 몰아낼 수가 없어. 이십만 살을, 클로이. 이십만 살을."

"상처받은 느낌. 그건 참으로 뭘 뜻하는 말이죠? 상처받은 느낌. 쉽게 상처받고, 지나치게 과민한. 그것은 무르익은, 풍만한, 탱탱하게 부풀어 오른, 쉽게 상처받는 에고가 아닌가요? 그것은 너무나 크고 잘나서 누가 재채기만 해도 멍이 드는 에고를 뜻합니다. 달리 말해 부머리티스의 지배를 받고 있는 녹색 밈은 가능한 한 신속하게 학생들 사이에서 그 병리 현상을 복제해내고 있습니다. 그것은 학생들의 마음속에 잘난 체하고 쉽게 상처받는 에고를 주입하고 있습니다. 그다음에는 그 거대하고 연약한 에고들을 세상에 내보내고, 세상에서 그 에고들은 누가 자기네 면전에서 재채기만 해도 당장 그 사람을 고소할 준비를 할 겁니다. 학생이 입학해서 희생자가 되어 세상에 나갑니다. 맙소사!" 칼튼은 묻는 듯한 표정으로 청중을 바라봤다.

"가끔 괴롭히기는 아주 교묘하게 이루어지고 상처받은 느낌이 마이크로미터 단위로 측정해야 할 만큼 미세해서 그 모욕 행위를 적발해내려면 아주 민감하고 온정적인 사람이 거의 초인적인 인지 능력을 발휘해야 합니다. 하버드 교육평론지는 매그더 루이스 교수의 글을 게재했는데, 그 글에서 그녀는 남성들이 '거의 인지할 수 없는 움직임으로 드러나는, 뭐라고 형언하기 어려운 보디랭귀지'의 형태로 여성들을 교묘하게 괴롭히는 한 가지 예를 서술했습니다. '손을 사람들의 눈에 잘 띄지 않게 살짝 내미는 식으로 해서' 여성들을 괴롭히는 예를 말입니다. 그럼에도 불구하고 사람들의 눈에 잘 띄지 않는 이런 범죄들은 아주 뚜렷하게 드러나는 처벌을 받아야 할 겁니다. 나르시시즘적인 과민한 자아에 의해서 추동되는 부머리티스는 생겨날 곳을 찾고 있는 큰 상처며, 우리는 툭하면 미쳐 날뛰는 그런 고상한 민감성에 대해 그저 일말의 동정심만 느낄 뿐입니다. 저런……

하지만 잠깐만요!" 칼튼은 요란하게 웃느라 잠시 말을 멈췄다. "인정할 만한 점을 인정해주는 데 인색하게 굴지는 말자구요. 1991년 무렵, 전 세계 변호사 숫자의 70퍼센트가 미국에서 활동하고 있었답니다.

사회가 개인주의적 자아의 느낌—나르시시즘적인 자아의 과민한 느낌은 말할 것도 없고—에 의지할 때, 진실한 관계라는 사회적 접착제는 문화적 담론을 자리 잡게 하는 면에서 별 도움이 되지 못합니다. 따라서 법전과 변호사들이 나서서 과민한 자아들 간에 서로 엇갈리는 행로들을 중재해줘야 합니다. 다른 한편으로 루이지애나 매입지(미국이 프랑스로부터 구입한 드넓은 땅. 흔히 어마어마하게 큰 것을 뜻한다-옮긴이) 크기만 한 에고들로 가득 들어차 있는, 그리고 모두가 하나같이 자기 문제를 남의 탓이라고 주장하는 사회에서 사는 우리로서는 일종의 완충기 역할을 하는 그 70퍼센트에게 감사해야 할 겁니다."

젊은 켄은 자신의 최후의 새벽omega dawn을, 그의 낡은 자아는 사라지고 새로운 자아, 곧 파괴할 수 없는 다이아몬드(금강불괴-옮긴이) 같은 자아가 탄생할 시점을 찾고 있는 중이다. 그는 그 자아가 영원한 실리콘 시스템의 주민이 될 것이라고 가정하고 있다. 하지만 그것은 시작에 불과하다. 혹은 더 큰 온우주적 게임에서의 견제 작전 같은 것일 수도 있고. 그는 사실 나를 찾고 있는 중이다. 그리고 이때의 나는 영원한 근원으로 이어지는 과정에서의 중간역일 따름이다. 하지만 그 근원은 어마어마한 크기의 인간 희생을 요구한다. 젊은 켄은 자신을 소멸로 이르게 할 시공의 빙판에서 미끄러져 넘어졌다. 그는 자신의 더 깊은 계획이라는 무게중심에 끌려 이미 그 목적지를 향해 통제 불능 상태로 미끄러져 들어가고 있다. 그런데도 그는 자신이 그저 컴퓨터 프로그램 작업에 참여하고 있을 따름이라고 생각하고 있다. 그렇다 하더라도 예전에 나도 그렇게 협소한 가정을 한 적이 있었다. 그렇지 않은가?

칼튼은 다문화주의와 인정의 정치politics of recognition에 대한 좀 강성에 가까운 비판과 함께 강연을 마쳤으며, 나는 그 내용을 노트에 필기했다. 그리고 나서 레사 파월이 다시 나왔다. 청중은 좀 전에 그녀가 자기네에게 충격을 안겨주고 떠났음에도 열렬한 박수갈채로 맞아줬다.

파월은 외쳤다. "오늘은 딱 한 가지 주제만 더 다루기로 하겠어요!" 청중은 다시 요란한 박수갈채로 화답했다.

슬라이드 6: "본질주의: 이봐, 넌 내 구름에서 내려!(Get Off of My Cloud. 롤링스톤스의 노래 제목이기도 하다-옮긴이)"

파월은 입을 열었다. "본질주의. 여러분은 이 말이 어떤 식으로 사용되는지 모두 다 잘 알고 있습니다. 이 말은 오로지 여성만이 여성에 관해 뭔가를 안다는 걸 뜻합니다. 오로지 인디언만이 인디언에 관해 뭔가 말할 수 있습니다. 오로지 게이만이 동성애에 관해 뭔가를 설명할 수 있습니다. 달리 말해 수많은 다른 비평가들이 말했다시피 여기에는 세계중심적인 데서 민족중심적인 데로의 문화적 퇴행이 존재합니다. 여기에서는 정체성 정치만이 횡행하며, 극단적인 다원론은 이제 우리 중 누구도 공통점을 갖고 있지 못하다는 것을 뜻합니다.

어느 비평가는 이렇게 말했습니다. '다름에 대한 오늘날의 강박관념은 종족들의 오만함과 그들의 지적인 주장들의 영역을 그 특징으로 하고 있다. 정체성 정치 옹호자들의 상당수는 근본주의자들이며, 학문적인 용어로는 본질주의자essentialist들이라고 한다.' 이 본질주의는 특히 캠퍼스에서 번성하고 있습니다. '학문적 상부 구조가 파괴적인 시위에 대한 비교적 값싼 대안으로서 보호해주는 그 각각의 프로그램들은 잘 보호된 학원이라는 울타리 안에서 주변성의 황홀경을 만끽하고 있다.'"

파월은 잠시 말을 멈추고 청중을 돌아본 뒤 연단을 떠나 무대 앞쪽으로 걸어 나왔다. "여러분, 주목해주세요!" 그녀는 싱긋이 웃었다. "이런 퇴행적인 환경 속에서 그것은 세계중심적 수준에서 민족중심적 수준으로 전락해가고 있습니다. 데이비드 베레비*는 이에 관해 다음과 같이 말했습니다. '미국인들은 정치 문화적 정체성을 만들어내기 위한 표준적인 각본을 갖고 있다. 당신은 당신 집단의 구성원이 되는 것이, 그 집단에 속하지 않는 사람들(친한 친구들이나 친지들까지도 포함되는)로부터 당신을 분리시켜주고 집단의 다른 구성원들(한 번도 만나본 적이 없는 사람들일 수도 있는)과 당신을 결합시켜주는 독특하고 진귀한 경험이 되리라는 확신을 갖고서 출발한다. 두 번째로, 당신은 자신의 사적인 투쟁과 굴욕, 자신의 특성과의 싸움에서의 승리가 그 집단이 사회에서 투쟁하는 양상의 한 유형이라고 가정한다. 사적인 것이 곧 정치적인 것이다. 세 번째로, 당신은 무시당하거나 핍박을 받고 있는 자기 집단의 이익이라는 것이 있으며, 따라서 뭔가 조처를 취해야 한다고 주장한다. 예컨대 그 집단 외부 사람들이 그 집단을 보는 관점을 변화시키는 등의 조처를 취해야 한다고 주장한다.'"

레사 파월은 고개를 들었다. "그런 행동이 나쁘다는 게 아닙니다. 그 자체만 놓고 볼 때 그것은 대단히 적대적이고 분열적이고 병적인 다원론의 한 유형이라는 얘기일 뿐입니다. 이런 유형의 다원론은 내가 우리 집단을 인정해주기를 바라는 바로 그 집단을 비난하고 심하게 매도함으로써 우리 집단의 수용이라는 목적을 이룰 수 있다고 굳건하게 믿고 있습

• **데이비드 베레비** David Berreby 프랑스에서 태어나 미국에서 활동한 심리학자. "집단은 실체가 아니라 과정"이라고 주장한 것으로 유명하다.

니다. 나는 세계중심적인 레벨이 아니라 민족중심적인 레벨이기에, 내 동맹자들로서 내 품 안에 끌어들일 필요가 있는 이들을 적으로 삼습니다. 나는 내 민족중심적인 정체성을 지키려고 시도하는데, 하필이면 그런 정체성을 인정해주는 것을 효과적으로 방해하거나 분쇄하는 결과를 빚어내는 방식으로 그렇게 합니다."

스콧이 말한다. "나는 이십만 년이나 산다는 것이 뭘 뜻하는지 정확히 알고 있어. 움직이는 모든 것들과 섹스를 하는 거지. 불뚝 솟은 남근을 향해 오르락내리락하고 있는 저기 저 젖꼭지와 엉덩이들의 바다를 보라구."

"네가 어떤 식으로 말하는지 들을 수 있어, 스콧? 너는 꼭 저질 포르노 창작 경연대회의 우승자처럼 말해. 너는 이런 식으로 쓸 거야. '폭풍이 휘몰아치는 어두운 밤에 나는 움직이는 모든 것들에 내 물건을 박아 넣기 시작했다.'"

"어이구, 너나 잘하셔. 맥주 두 잔만 마셨다 하면 진창에다가라도 박을 녀석이."

나는 통렬하게 응수하려고 하다가, 아마도 그 악당 녀석의 말이 옳을 것이라는 걸 깨닫는다.

"한편 진정한 다원론은 민족중심적 다원론이 아니라 보편적 다원론입니다. 여기서 우리는 서로의 공통점들과 사람들을 하나로 결합시켜주는 깊이 있는 특징들을 인정합니다. 우리 모두는 패배하기도 하고 승리하기도 하고, 웃기도 하고 울기도 하고, 즐거움을 맛보기도 하고 괴로워하기도 하고, 찬탄하기도 하고 후회하기도 합니다. 우리 모두는 각종 이미지와 상징, 개념, 규칙들을 만들어낼 능력을 갖고 있습니다. 우리 모두는 이백여섯 개의 뼈, 두 개의 콩팥, 한 개의 심장을 갖고 있습니다. 우리 모두는 그 이름을 뭐로 부르든 간에 아무튼 성스러운 바탕을 향해 열려 있습니다. 우리 모두는 의식의 스펙트럼 전체와 경이로운 발달의 나선을 활용할 수 있습니다. 그리고 우리는 각자 다르고 특수하고 유일무이한 모든 놀라운 차이와 겉모습들, 문화적으로 구성된 별종들도 역시 인정합니다. 그러나 만일 그런 차이점들과 다원론으로 시작해서 그것을 보편적인 것으로 만들지 않을 경우에는 오로지 병적 다원론, 민족중심적 단계의 부활, 퇴행적 파국을 맞는 것으로 끝나고 말 겁니다."

파월은 말을 계속했다. "다행히도 참으로 민감한 사람들은 이런 민족중심적 구속 상태에서 세계중심적 포용의 상태로 이행할 필요가 있다는 점을 자주 역설하고 있습니다. 중요한 상을 받은 바 있는 화가 사라 베이츠를 예로 들어보기로 하죠. 체로키 족은 울프, 디어, 레드 페인, 버드, 트위스터스, 블루, 와일드 포테이토라는 일곱 씨족으로 이루어져 있습니다. 사라는 울프 씨족에 속해 있고 따라서 그녀의 그림에는 그런 요소들이 포함되어 있습니다. 하지만 사라의 그림은 집단적이고 상호 연결된 인간성을 상징하는 요소들을, 다시 말해 민족중심적 다원론이 아니라 보편적 다원론의 요소들을 아우르고 있다는 점에서 비범합니다. 그녀의 작품을 소개하는 소책자 내용의 일부를 인용해보기로 하죠. '많은 화가들이 자기네가 아메리카 인디언이나 여성, 미술사라는 환경 속에 포함된 화가라는 특수한 현실을 이야기하기 위해 역사를 소재로 삼는다. 그들은 자신을 다른 개인들과 분리시켜주는 것, 곧 집단 정체성이나 민족중심적 다원론을 표현하려고 무진 애를 쓴다. 하지만 사라는 그렇게 하는 대신에 우리가 얼마나 비슷한가를 이야기하고 우리의 상호 연관성을 표현하기 위해 아메리카 인디언, 그중에서도 특히 체로키 족의 일원으로서 자기가 물려받은 유산의 역사와 철학을 활용하는 편을 택했다.' 그녀의 이런 자세는 바로 세계중심적 내지 보편적 다원론에서 비롯된 겁니다. 이런 점은 우리의 조각난 영혼들에게 강력한 진통제가 됩니다! 정체성 정치, 나르시시즘의 정치에는 악몽이 되고요. 자신의 그림에서 보편적 다원론을 표현하고 있다는 점에서, 그리고 유행하고 있기는 하나 민족중심적인 특징을 가진 다원론과 발칸반도에서처럼 소국들로 쪼개진 형국의 다양성이라는 잔혹한 트렌드들과 싸우고 있다는 점에서 사라 베이츠는 비범합니다."

파월은 맹수처럼 무대를 어슬렁거리면서 말했다. "마야 안젤루°와 벨 훅스° 간에 오간 다음과 같은 논의도 역시 마찬가지입니다.

벨 훅스: 저는 우리 학교 여학생들이 마치 자기네만 여성들이나 흑인 학생들의 마음을 이해할 수 있는 것처럼, 자기네만 흑인들이나 백인 학생들의 마음을 이해할 수 있는 것처럼, 자기네만 백인 작가의 글에 공감할 수 있는 것처럼 행동할 때면 심란해집니다. 저는 우리에게 일어날 수 있는 최악의 사태는 공감하고 교감할 수 있는 능력을 망각해버리는 것이라고 생각합니다.

마야 안젤루: 정말 그래요. 그럴 때 우리는 야수들이 되어버리죠. 그럴 때 우리는 야수성에 의해 소모될 위험성이 있습니다. 제가 어떤 내용을 가르치든 간에 수업을 할 때마다 늘 활용하는 명언이 하나 있습니다. 저는 칠판에 그 내용을 적습니다. '인간적인 것치고 내가 모를 것은 하나도 없다.' 그러고 나서 그걸 라틴어로 적어줍니다. 'Homo cum humani nil a me alienum puto.' 그러고 나서 저는 그 명언의 출처를 학생들에게 알려줍니다. 그런 말을 한 사람은 테렌스로 알려진 푸블리우스 테렌티우스 아페르°입니다. 그는

- **마야 안젤루** Maya Angelou 미국의 시인이자 소설가. 토니 모리슨, 오프라 윈프리 등과 함께 미국에서 가장 영향력 있는 흑인 여성 중 한 명으로 꼽힌다.
- **벨 훅스** bell hooks 미국의 페미니즘 사상가. 인종, 성차별, 계급, 문화의 정치학에 관해 20여 권의 비평서를 집필했다.
- **푸블리우스 테렌티우스 아페르** Publius Terentius Afer 고대 로마 시대의 희극작가이자 시인.

아프리카 사람으로 로마의 한 원로원 의원의 노예였습니다. 그는 그 원로원 의원이 노예 신분에서 해방시켜준 뒤 로마에서 가장 인기 있는 극작가가 되었습니다. 그의 희곡 여섯 편과 명언들이 대략 BCE 154년 무렵부터 오늘날까지 전해 내려왔습니다. 백인으로, 그리고 자유의 몸으로도 태어나지 못한 이 사람은 '나는 인간이다'라고 말했습니다.

파월은 말을 멈췄다. 그녀는 유유히 청중을 바라보다가 돌아서더니 존중하는 마음에서 비롯된, 섬뜩한 울림을 지닌 침묵을 뒤로하고 무대 밖으로 나가버렸다. 모린이 무대로 돌아와 그날의 이벤트들을 맺어주는 말을 했다.

"숙녀 신사 여러분……."

"저 사람, '숙녀'라는 말을 계속 저렇게 써야 하나?"

"심란한 일부 통계와 견해들을 제시하면서 결론을 맺을까 합니다. X세대와 Y세대 분들은 이 모든 것이 본인들과 무슨 상관이 있는지 의아해할 수도 있습니다. 당신들은 어째서 그렇게 부머리티스에 관심을 갖고 있는가? 여러분도 알다시피 많은 이유가 있죠. 하지만 다음과 같은 말로 시작해보기로 합시다. 부머리티스가 미국 대학들을 얼마나 고약하게 좀먹어 들어갔을까? 일테면 여러분 자신이 다니는 대학들을? 저열한 녹색 밈은 얼마나 저열해졌을까?"

클로이가 말한다. "인간적인 것치고 내가 모를 건 하나도 없어. 만일 우리가 이십만 년을 살게 된다면 너와 나는 적어도 십억 번은 섹스를 할 수 있을 거야."

"십억 번? 클로이, 내게는 그렇게 많은 정액이 없어."

"모든 건 끊임없이 재생되는 법이니까 네 경우에도 그렇게 될 거야."

"하지만 클로이, 대체 무슨 근거로 너와 내가 그 기나긴 세월 동안 함께 살 거라고 생각하는 거야?"

"그야, 네가 이 행성의 모든 여자와 섹스를 하고 나면 내게로 돌아올 테니까."

"어째서 돌아온다는 거야?"

"이런 짓을 할 수 있는 사람이 나 말고 또 어디 있겠어?"

"앨런 코스*와 하비 실버글레이트*가 쓴 《그늘진 대학: 미국 캠퍼스에서의 자유의 배신》은 오늘날 미국 대학들이 처한 실상을 철저히 파헤친 책입니다. 이 책의 공동 저자들은 우익 이론가들과는 거리가 먼, 평판 좋은 자유주의자들입니다. 저는 해당 케이스들을 차례로 인용하는 대신에 그저 현재 자행되는 불법적 관행과 상황의 심각함만 전하려는 뜻에서 일부 비평가들의 반응을 제시하려고 합니다. 저는 여러분 모두가 이 책을 직접 보시기를 권합니다. 기회평등센터 총재이자 미국 민권위원회 전 회장인 린다 차베스*는 '앨런 코스와 하비 실버글레이트가 종교재판소장이 되어버린 대학 관리자, 기본권을 박탈당한 학생과 교직원, 교조적인 내용을 주입하고 협박할 의도를 지닌 신입생 오리엔테이션 시스템에 관한 섬뜩한 이야기를 전해주고 있다'는 결론을 내렸습니다. 린다 차베스의 얘기를 더 들어보시죠. '코스와 실버글레이트는 고등교육의 약점, 곧 우리나라의 수많은 대학들에서 일어나고 있는, 자유liberty와 참된 학문적 자유freedom에 대한 비난의 관행(정치적 교정과 집단의 권리라는 이름으로

- **앨런 코스**Alan Kors 미국의 역사학자.
- **하비 실버글레이트**Harvey Silverglate 미국의 변호사.
- **린다 차베스**Linda Chavez 미국의 시민운동가이자 작가.

자행되는)을 폭로하고 있다. 그들은 오늘날의 캠퍼스가 지식을 추구하고 온갖 견해를 논의하기에 얼마나 황량하고 척박한 곳인가를 여실히 밝혀주고 있다.'

앨런 더쇼비츠*: '우리가 이 나라의 최상급 대학들을 포함한 대학들에 보낸 자녀들에게 일어날 수 있는 일들에 관한, 많은 증거 자료로 뒷받침된 놀라운 폭로. 두 저자는 이른바 자유주의 교육에 헌신한다고 하는 이 대학들이 징계 과정에서 학생을 다루는 것을 보면 저 악명 높은 17세기 영국의 성실청(Star Chamber. 독단적이고 불공평한 재판소—옮긴이)이 차라리 자유주의적으로 보일 정도라는 점을 입증해줬다.' 〈빌리지보이스〉 지의 칼럼니스트 내트 헨토프*는, '코스와 실버글레이트는 미국 고등교육의 섬뜩한 상태에 대한 더없이 광범위하고 심층적인 보고서를 만들어냈으며, 그들의 생생하고 구체적인 이야기는 다음 세대의 마음과 정신을 형성할 책임을 진 이들에게 수치심을 안겨줄 것임이 분명하다'라는 결론을 내렸습니다. 《이게 최신 유행이다》의 저자 웬디 카미너*는 《그늘진 대학》은 미국 캠퍼스들에서 자행되는 퇴행적 행태, 곧 학생과 교직원들이 정기적으로 언론과 양심과 적법한 절차라는 기본권들을 무시당하는 관행에 대한, 공들여 수집한 자료들로 뒷받침된 더없이 공정한 전말기다. 나는 상태가 이 정도로 심각할 줄은 전혀 알지 못했다'라고 썼습니다.

모린은 말을 멈추고, 마치 보이지 않는 무거운 추에 눌리기라도 한 양 고개를 떨구었다. 이윽고 그는 고개를 들었다. "우리가 이미 말한 바와 같이, 어떤 믿음이든 간에 위협을 받을 때면, 특히 그것이 자신의 역사적인

- **앨런 더쇼비츠** Alan Dershowitz 하버드 로스쿨 교수이자 변호사.
- **내트 헨토프** Nat Hentoff 퓰리처상을 수상한 미국의 저널리스트.
- **웬디 카미너** Wendy Kaminer 미국의 변호사이자 작가.

시기가 도래했다고 느낄 때나 담론의 지배적 형식들을 더 이상 지배할 수 없는 처지로 전락했다는 것을 느낄 때면, 종교재판관들이 등장합니다. 그리고 이제 녹색 밈이 마침내 이런 상황에 이르렀습니다. 어떤 교직원이나 학생도 다른 교직원이나 학생의 상처받은 느낌 이상의 어떤 실질적인 증거도 없는 상황에서 적법한 절차를 무시당하고, 모든 권리를 박탈당하고, 즉석에서 해고당하거나 퇴학당할 수 있습니다. 코스와 실버글레이트가 입증해준 바와 같이 피고인은 고발자와 대면할 권리조차도 갖고 있지 못합니다. 누군가가 그 법정에 상처받은 느낌을 받았다고 고발하면 녹색의 종교재판관이 이를 접수합니다. 그리고 누군가의 상처받은 느낌만 있다면 증거는 그걸로 충분합니다. 상처받은 그 누군가가 백인이나 남성이 아니라면 특히 더 그렇습니다. 이것은 참으로 저질 중에서도 저질의 녹색 밈입니다."

모린은 돌아서서 천천히 무대를 떠났다. 강당 안에는 무겁고 답답한 침묵이 도사리고 있었다. 분노도 아니고 동의도 아니고 그저 허탈한 감정에서 비롯된 분위기. 아무도 박수를 치고 있지 않다는 사실이 이내 분명해졌다. 청중은 자기네가 더불어 공유하고 있는 고요한 비탄 속에 잠겨 있다는 것을 알아차렸다. 그 시점에서 청중이 자기네가 모두 조용히 앉아 있다는 것을 깨달았을 때, 그것은 꼭 자기네가 오 분 혹은 십 분 동안 조용히 앉아 그 여린 슬픔, 따뜻하고 눅눅하고 숨죽인 소리들만 오가는 실내 분위기를 삭여내려고 애쓰면서 내밀하게 숨을 몰아쉬고 있는 것만 같았다. 일부 사람들은 금방이라도 울음을 터트릴 것 같은 기색이었지만 드러나게 우는 사람은 아무도 없었다. 또 다른 사람들은 괜히 몸을 움직이는 바람에 절망감에서 서서히 회복되어가는 분위기를 깨트릴까봐 두려워하기라도 하듯 앞만 똑바로 응시하고 있었다. 또 어떤 사람들은 보이지 않는 슬픔의 무게에 짓눌려 고개를 숙이고 있었다. 그 침묵은

"어떻게 모든 게 이 지경에까지 이를 수 있었던 것일까?"라고 말하는 것 같았다.

이윽고 나는 몇몇 사람들이 조용히 우는 소리를 들었다. 몇몇 다른 사람들은 천천히 박수를 치기 시작했다. 푸념하는 소리와 투덜대는 소리도 역시 들렸다. 사람들은 하나둘씩 자리에서 일어나 그곳을 떠났다.

밖으로 나오는 길에 스튜어트가 내게 물었다. "다음에 헤이즐턴의 집에 갈 거요? 그건 중요한 일인데."

"무슨 일인데요? 아, 물론이에요. 갈 거예요. 그때 봐요."

7

파라다이스의 정복

"지난 며칠 동안 IC 세미나장에서 네가 안 보여서 서운했어, 조나단."

"내가 이미 입문 과정에 해당되는 세미나들 중에서 두 세미나에 참석해서 뻑 갔다는 걸 잊지 마."

"그 말 중에서 'little'에 강세를 둬야겠구만."(''뻑 갔다'의 원문인 blow one's mind는 '정신을 혼미하게 만들다'라는 뜻의 숙어이므로 두 세미나가 조나단의 넋을 쏙 빼놓았다는 뜻이 되는데, 캐롤린은 그 말 중에서 little을 강조해야 한다는 식으로 비웃은 것이다 - 옮긴이)

캐롤린은 씩 웃었다. 캐롤린은 헤이즐턴 박사의 집에서 열리는 식사 자리에 카티시를 데려왔다. 그는 젊고 매력적이고 열정적이고 선동적인 데가 있는 스물여덟 살 난 청년이었다. 그는 캘커타에서 태어나고 자랐으며, 인도의 MIT에 해당되는 IIT 칸푸르 대학에서 공부했다. 그는 IC 세미나에 몇 번인가 참석했고, 잔뜩 찌푸린 표정은 물론이요 흥분해서 하는 얘기들로 미루어 IC 사람들이 말하는 내용을 거의 받아들이지 않는 게 분명했다. 그의 얼굴은 영원한 내전 상태 속에 갇혀 있는 것 같았다.

어느 한 세미나의 중간 휴식 시간에 나는 카티시가 IC 교수들 중 한 사람에게 훈계조로 얘기하는 내용을 조금 엿들었다. "선생님은 인도가 이색적인 구식의 종교적 가치들의 본고장일 뿐이라고 생각하고 있어요. 선생님은 인도 사람 모두가 다 간디라고 생각해요. 그 한심한 아카데미상 시상식장에서는 간디에 관한 멍청한 영화에 오스카상을 잔뜩 안겨줬는데, 대체 왜 그랬을까요? 간디가 할리우드 사람들이 바라는 것들을 죄다 갖추고 있었기 때문이죠. 햇볕에 검게 탄 얼굴과 깡마른 몸에다 도덕적인 면까지. 참 웃기지도 않아! 우리는 대중을 마비시키는 그런 마취약의 멍에를 진작 벗어던져버렸어요. 그리고 돼지 같은 서구 식민주의자들은 아직 그렇게 하지 못했기에 앞으로 서구를 참으로 해방시켜줄 나라는 바로 인도요." 나는 열 살 때 이래로 그런 투의 얘기는 도통 들어보지 못했다. 그것은 아버지가 세상을 구하려는 과정에서 쓰곤 했던 마르크스주의적 용어들을 다문화적 용어들로 바꾸기 전에 흔히 펼치곤 했던 장광설과 비슷하게 들렸다. 그 IC 교수의 표정은 치과에서 근관 치료를 받는 환자가 보임직한 표정을 닮았다. 그리고 카티시가 숨을 몰아쉬기 위해 잠시 말을 멈춘 순간 교수는 문자 그대로 도망쳐서 무대 옆에 있는 한 문으로 들어가 자취를 감추고 말았다.

카티시와 캐롤린은 섹스 파트너일까? 아니면 카티시와 베스가? 아니면 클로이가 생각하는 대로 캐롤린과 베스가? 한데 클로이는 시끌벅적하게 떠들어대는 모든 페미니스트들은 레즈비언이라고 생각하고 있었다. "그것 말고 달리 또 뭐 자랑할 게 있겠어?" 클로이는 늘 그렇게 말하곤 한다. (한번은 캐롤린이 그 말에 대해, "페미니즘이 진실한 것이기 때문이야, 이 대가리가 텅 비고 남자 물건이나 빨아주는 걸레 같은 년아"라고 쏘아댔다. 그 말에 실내는 갑자기 조용해졌다. 잠시 후 클로이가 말했다. "그 말에 대꾸를 해주고 싶긴 한데, 그 말의 어느 부분이 잘못된 건지 생각해봐야겠네.")

헤이즐턴의 집 크기는 수수했으나 땅값이 비싼 케임브리지에 자리 잡고 있었다. 그곳에서 사는 교수들은 드물었는데. 적어도 식당은 아주 컸다. 정교한 스테인드글라스로 장식된 창들이 그 방을 빙 둘러싸고 있었다. 식탁은 열두 명 정도가 앉을 수 있을 정도의 크기였고, 우리 여섯 명은 한 끝에 몰려 앉아 있었다. 내 왼쪽에는 헤이즐턴이, 오른쪽에는 캐롤린이 앉았으며, 맞은편에는 스튜어트, 조나단, 카티시가 앉았다. 음식은 주로 여러 종의 수프로 이루어진 것 같았으며, 우리에게는 그게 좀 이상하게 비쳤다.

캐롤린이 말했다. "어제는 푸엔테스와 반 클리프를 비롯한 여러 분이 정말 소동을 일으키다시피 했어요. 저는 그분들이 왜 그렇게 분위기를 마구 뒤흔들어놓는지 궁금했어요. 꼭 일부러 사람들을 성나게 하려고 하는 것 같더군요. 누구나 다 그분들이 아주 좋은 분들이라고 얘기하던데."

내가 말했다. "킴은 그게 일종의 테스트라고 하던데."

헤이즐턴이 웃으며 말했다. "그분들이 좌중을 좀 흔들려고 하는 건 사실이에요. 하지만 우리가 이 연속적인 세미나를 통해서 의도하고 있는 것의 핵심을 부디 잊지 말아주세요. 우리는 사람들이 녹색과 2층의 차이를 제대로 알아차리도록 도우려고 하고 있어요. 즉 세계에 대한 녹색 밈의 접근법과, 그보다 더 통합적인 접근법의 차이를 알아차릴 수 있게끔 도우려는 거죠. 모든 1층 밈들을 규정해주는 주요한 특징의 하나가 뭔지 기억하고 있나요?"

캐롤린이 재빨리 응답했다. "물론이죠. 모든 1층 밈들은 이 세상에서 자기네의 가치관들만이 진실하고 중요한 것들이라고 여기고 있어요."

"맞아요. 그러므로 모든 1층 밈들은 세상을 이원론적 또는 이분법적인 방식으로 보고 있죠. 1층 밈 특유의 가치관들에 의하면 세상은 좋은 사람들 대 나쁜 사람들로 나눠져 있어요. 그래서 우리는 다음과 같은 사례들을 보게 되죠." 헤이즐턴은 아주 신중하게, 그리고 또박또박 다음의 문장들을 발음했다.

"자주색은 세상을 좋은 영과 사악한 영으로 나눈다.

적색은 포식자와 먹이로 나눈다.

청색은 성인과 죄인으로 나눈다.

오렌지색은 승자와 패자로 나눈다.

녹색은 '민감한' 사람과 '무감각한' 사람으로 나눈다."

조나단이 끼어들었다. "그러니까 댁들은 그저 누가 소리치는지 알아보려고 부러 '민감한 자아'의 감정을 자극하는 거로군요." 그는 뒤이어 나올 답변을 예상하면서 희희낙락해했다.

"약간은 그렇다고 할 수 있죠. 2층은 화내지 않아요. 2층은 모든 가치를 훨씬 더 잘 받아들이기 때문에 논란을 불러일으킬 만한 어조에 별다른 반응을 보이지 않을 거예요. 하지만 녹색에게는 어조가 더없이 중요해요. 상대가 '민감한가 혹은 무감각한가'를, 따라서 그 사람이 받아들여줄 만한 사람인가 매도해야 할 사람인가의 여부를 말해주는 것이기 때문에. 누군가가 말투 갖고 불평을 한다면 녹색 밈이라고 보면 돼요." 그녀는 싱긋이 웃었다.

"그러니까 댁들은 정말로 부러 그 사람들의 버튼을 누르는 거로군요."

"그래요. 하지만 그 사람들에게 누를 버튼이 있기 때문에 그럴 뿐이죠."

헤이즐턴은 잠시 말을 멈추고 야채수프를 한 모금 마셨다. "2층은 반론을 쉽게 뛰어넘어가지만 녹색은 몹시 성을 내죠." 그녀는 웃었다. 하지만 그 웃음은 자신에게 향하는 듯했다. 그러고 나서 그녀는 이내 덧붙여 말했다. "우리는 야비한 마음에서 그런 말을 하는 게 아니에요. 나는 내가 처음에 모린이 의도적으로 녹색의 가치들을 흔드는 얘기를 들었을 때 내가 보였던 반응이 떠올라서 웃는 거예요. 그때 나는 객석에서, '정말 오만무례한 돼지 같은 사람이네!'라고 빽 소리쳤죠." 헤이즐턴은 낯을 붉혔다. 그때의 일은 고사하고 그녀가 무슨 일로 고함을 친다는 것 자체가 좀처럼 상상하기 어려웠다.

"기본적으로 우리는 그 사람들한테 자기네가 어떤 데 집착하는지를 보여주고 있는 중이에요. 그렇게 하는 건 그 사람들이 2층으로 나아가는 데 도움이 될 거예요. 나선의 모든 가치들이 다 그 나름의 중요성을 갖고 있다는 것을 이해하는, 좀 더 통합적인 포용의 자세로 나아가는 데 도움이 될 거고. 적색은 적색인 채로, 청색은 청색인 채로, 오렌지색은 오렌지색인 채로 받아들여줄 수 있는 지점에 이르러야 하죠. 하지만 녹색은 모든 사람이 녹색이 되기를 바라죠……."

조나단이 말했다. "하지만 녹색은 자기네가 포용한다고 주장해요."

"예, 주장은 그렇게 하죠. 그리고 녹색은 참으로 포용적인 단계 가까이 가긴 했어요. 한데 1층 밈들의 마지막 밈으로서 정말로 그 단계에 이르지는 못했죠. 만일 우리가 녹색의 가치들을 받아들이지 않는다면 녹색은 우리를 정말로, 그리고 당연하다는 듯이 배제해버려요! 여러분은 이미 모린이 학계의 녹색 종교재판관에 관해 얘기하는 걸 들었어요. 녹색은 특히 청색 가치들을 경멸해요. 대부분의 공화당원들은 청색이기 때문에 대부분의 녹색 자유주의자들은 본능적으로 공화당원들을 싫어하죠. 하지만 여러분이 나선의 모든 레벨이 다 중요하다는 사실을 알지 못하는 한, 2층에는 결코 이르지 못하게 될 거예요."

조나단이 놀리는 듯이 씩 웃으면서 말했다. "캐롤린에게 녹색이 통합적인 단계에 이르지 못하게 특히 더 방해하는 게 뭔지 말씀해주세요."

캐롤린이 말했다. "아, 나도 알아, 안다고. 위계를 거부하는 거지."

"물론 위계에도 건강한 형태가 있고 불건강한 형태가 있어요. 한데 우리는 오로지 중첩된 위계를 통해서만이 통합적인 단계에 이를 수 있어요. 그게 어떤 식의 위계인지 알 거예요. 원자에서 분자로, 세포로, 그리고 자기중심적 단계에서 민족중심적 단계로, 세계중심적 단계로 진화하는 과정에서 각각의 더 높은 수준이 더 낮은 수준을 감싸고 포용해주며, 따라서 점점 더 전체성에 가까워지게 되죠. 하지만 녹색은 그저 어떤 것도 등급 지을 수가 없고, 그럴 마음도 없으며, 따라서 진정한 전체를 이루어낼 수가 없어요. 녹색은 전체가 아니라 무더기들에 매여 있어요. 통합론이 아니라 다원론에."

헤이즐턴은 싱긋이 웃으며 우리 각자를 돌아봤다. 그녀는 손을 뻗어 내 손을 잡고 은밀히 꼭 쥐었다. 그 바람에 나는 깜짝 놀라고 신경이 곤두선 상태에서 그게 무슨 뜻인가를 알기 위해 열심히 머리를 쥐어짰다.

조나단이 점잔을 빼며 말했다. "여기 이 캐롤린은 남성적 가치들이 불쌍하고 가련한 여성적 가치들을 짓뭉개버렸기 때문에 세상이 개판이 되었다고 생각하고 있답니다."

캐롤린은 싸늘한 눈빛으로 그를 노려봤다. "너는 실내 온도 정도의 IQ를 가진 애야. 여기서 내가 얘기하는 건 화씨가 아니라 섭씨란다." 우리는 우거지상이 된 조나단의 얼굴을 보고 모두 웃음을 터트렸다. 캐롤린이 헤이즐턴에게 말했다. "그렇지 않아요. 선생님은 제가 무슨 얘기를 하는지 아실 거예요. 지배자 사회에서 공동 협력 사회로 이동하는 일의 중요성 말이에요. 사람들을 등급 짓는 대신에 서로 연결시켜주는 식으로의 변화."

"사람들을 등급 짓는 게 아니라 그들이 지닌 가치관들을 등급 짓는 거예요. 어떤 가치관들은 더 포괄적이고 온정적이고 포용적이죠. 따라서 우리는 당연히 건강한 형태의 위계 혹은 등급 매기기를 원해요! 그렇게 하는 데 실패할 때 자기중심적이고 민족중심적인 가치관들이 더 널리 확산되죠. 댁이 의도했든 안 했든 간에 댁의 접근법은 결국 그런 결과를 낳고 말아요."

캐롤린은 반발하고 나섰다. "아니, 그렇지 않아요, 헤이즐턴 박사님. 박사님도 그 연구 결과를 아실 거예요. 남자들은 분리와 자주성의 관점으로 사고하고 여자들은 관계와 배려의 관점으로 사고한다는 연구 결과를. 그리고 이 세상은 좀 더 많은 관계와 배려를, 좀 더 적은 분리와 불화를 필요로 하죠."

"하지만 댁은 평면 세계의 지식을 제시하는 것에 지나지 않아요. 댁은 발달의 나선을 잊었군요. 남성과 여성 양쪽 모두 자기중심적 단계에서 민족중심적 단계로, 세계중심적 단계로 나아가요. 여성들은 배려와 관계와 공동성에 역점을 두면서 그런 위계적 단계들을 차례로 밟아나가는 반면, 남성들은 권리와 자주성과 독자성에 역점을 두면서 그런 과정을 밟아나가죠."

스튜어트가 말했다. "그럼 여성들은 자기중심적 배려에서 민족중심적 배려로, 이어서 세계중심적 배려로 나아간다는 뜻이겠군요. 그렇죠?"

"맞아요. 그걸 알겠어요, 캐롤린?"

"알겠어요." 캐롤린은 경계심 어린 어조로 대답했다.

"그러니 자기중심적·민족중심적·세계중심적 단계들의 남성 버전과 여성 버전이 있는 거죠. 그리고 이 행성이 안고 있는 문제점들은 우리가 여성적 가치들보다 남성적 가치들을 더 강조한다는 사실에서 비롯되는 것이 아니고, 또 과거에도 그런 적이 없었어요. 충분히 많은 숫자의 남성이나 여성이 의식의 세계중심적 수준에 이르지 못했다는 것이 문제죠. 여성의 민족중심적 가치관은 남성의 민족중심적 가치관만큼이나 파괴적이에요. 양쪽 모두 자기네에게 동조하지 않는 모든 사람을 철저히 박살 내려 들죠. 남성들은 물리적 공격의 형태로 자기네의 민족중심적 가치관을 표현하는 반면, 여성들은 사회적 공격과 도편 추방을 구사해서 자기네 가치관을 표현해요. 양쪽 모두 민족중심적 사회의 섬뜩한 분위기와 행위에 똑같이 책임이 있어요. 우리를 아우슈비츠에 이르게 한 건 남성과 여성 모두의 대중 심리, 중우 정치, 민족중심적 가치관이었어요."

"그러니까, 급진적 페미니스트들은 양쪽의 그런 가치관들이 나선을 통해서 수직적으로 발달한다는 것을 알지 못한 채 여성 대 남성이라는 수평적 척도만을 이용하고 있다는 말씀이로군요."

"맞아요. 우리가 좀 더 통합적인 이런 접근법을 취할 경우에는 훨씬 더 높고 넓은 관점을 갖게 될 거예요. 그럴 때 우리는 깨닫게 돼요. 이상적인 상황에서는 우리가 남성과 여성 모두가 세계중심적·탈인습적 자각의 수준으로 성장하고 발달해나가기를 바란다는 것을. 그 지점, 곧 2층 수준에서는 자주성이라는 남성의 가치와 관계라는 여성의 가치가 서로 균형을 이루고 서로를 소중하게 여기는 경향이 있어요. 캐롤 길리건의 네 번째 주요 단계가 통합적 단계라는 것을 잊지 마세요. 하지만 그런 단계는 위계적 성장을 받아들일 때만 와요." 그녀는 잠시 말을 멈췄다가, 크게 강조하는 어조로 말했다. "되풀이하여 얘기하지만 적은 남성적인 가치들이 아니고, 또 일찍이 그랬던 적도 없어요. 적은 1층의 어느 수준에서의 남성적 가치, 여성적 가치예요."

그녀는 부드러운 눈길로 우리들 한 사람 한 사람을 돌아보더니 거의 속삭이는 것 같은 어조로 말했다. "1층의 여성적 가치, 곧 적색의 관계와 청색의 관계와 녹색의 관계 등은 1층의 남성적 가치들 못지않게 나름대로 이분법적이에요. 그리고 그 양쪽 모두의 치료제는 2층이에요."

그녀는 다시 따듯하고 포용적인 형태의 긴 침묵을 지키다 또다시 속삭이는 어조로 말했다. "그것은 우리가 통합적 자주성 같은 2층의 남성적 가치와 통합적 배려 같은 2층의 여성적 가치 모두를 절실히 필요로 한다는 걸 뜻해요. 아무튼 2층에서는 그 양자가 하나가 되기 때문에 명실상부한 통합이 이루어지죠. 그러니 부디 부탁인데, 모든 것을 남의 탓으로 돌리는 부머리티스의 평면 세계 게임에 말려들지 말아줘요. 여러분이 굳이 남성과 여성 간의 전쟁이라는 것을 생각하고 있다면, 진짜 전쟁은 남녀 간의 전쟁이 아니라 1층과 2층 간의 전쟁이에요."

그런 논리에 좌중은 침묵 상태에 빠졌다. 어떤 이유에서인가 이런 논점은 내게 특히 더 강한 충격을 안겨줬다. 나는 '통합적 의식의 하이퍼스페이스로의 양자도약'이 불가피하다는 사실에 점차 끌려들어가고 있었다. 그리고 나는 생각하고 있었다…….

"너 생각하고 있었던 거야? 또? 덜거덕, 덜거덕, 덜거덕, 쾅. 나는 네가 이 식사 자리에 나를 초대하지 않았다는 걸 눈치챘지. 너는 내가 맨젖가슴을 드러내기를 바라지 않지. 그렇잖아?"

"네 젖가슴? 네 젖가슴이 대체 무슨 상관이 있다는 거야?"

"나도 몰라. 하지만, 내 젖가슴을 빤히 훑어보는 쪽은 내가 아니지."

"아니, 그런 얘기가 아니야. 문제는 이 남녀 관계라는 것이 뒤죽박죽이 되어버렸다는 거야. 왜 남자들은 항상 상상 속에서 벌거벗은 여자들의 몸을 그리고 있는 걸까?"

"그거야 남자들이 한 여자에게만 만족하지 못해서지."

"그럼, 여자들은 어떤 것에 관한 몽상을 해, 클로이?"

"정말로 알고 싶어?"

"응."

"그냥 나랑 같이 있어줘, 귀염둥이, 그냥 나랑 같이 있어줘."

"우리 모두가 세계중심적 단계에 이르면 어떤 일이 일어나나요? 지상의 평화, 완전한 천국?" 카티시는 몹시 회의적이었다. 그 말은 그의 얼굴에 어려 있는 내전을 통해서 뚫고 나와 결국 그 방 안에 모습을 드러냈다.

헤이즐턴이 말했다. "우리는 그렇게 간단히 세계중심적 단계에 이르지는 못해요. 모든 사람이 다 출발점에서 태어나 나선적 전개 과정을 통해서 성장하고 발달하기 시작할 수밖에 없다는 점을 잊지 마세요. 따라서 발달의 나선은 거대한 강이고, 어떤 사회도 한 특정한 수준에 위치해 있지 않아요."

스튜어트가 덧붙였다. "하지만 사회의 무게중심은 올라가고 있어요. 에덴에서 위쪽으로(Up from Eden. 켄 윌버의 책 제목이기도 함. 국내에서는《에덴을 넘어》로 번역됨 - 옮긴이) 올라가듯이."

"그 말이 맞아요. 그 평균은 몇백 년에 걸쳐서 조금씩 올라가고 있죠."

"우리 사회의 평균 수준이 드디어 세계중심적 단계에, 2층 수준에 도달할 때는 어떤 일이 일어나나요? 그때는 천국이?"

"으음, 사실 우리는 그보다 더 높은 수준들이 있다는 사실을 알게 되었어요."

"그보다 더 높은 수준들이라구요?"

헤이즐턴이 말했다. "청록색보다 더 높은."

내가 끼어들었다. "청록색보다 더 높은 의식 수준이라구요? 아, 저도 알아요! 선생님이 두 번째 강연을 할 때 그런 말씀을 하셨죠."

"그래요. 내가 그 얘기를 할 때 댁은 의자에 앉은 채 몸을 앞으로 바싹 기울인 극소수 사람들 중 한 사람이었죠." 그녀는 빙그레 웃었다.

찰스 모린이 무대로 성큼성큼 걸어 나왔다. 그의 앞길을 가로막지 않으려는 듯 그의 주위에서 대기가 소용돌이치고 있었다.

"안녕하세요, 숙녀 신사 여러분. 이번 세션에서 우리는 부머리티스의 가장 일반적인 주제들 중의 하나를 탐구해보는 시간을 가질 겁니다. 원시 역사의 천국에 대한 믿음. 영재 아이는 서구의 가부장제적 합리성의 사악한 사회에 의해서 타락하기 전까지 그 천국에서 살았더랬죠. 민감한 자아는 배제하거나 모욕하지 않으려고 최선을 다하기 때문에 이런 믿음의 동기들은 종종 아주 너그럽고 친절하고 배려로 넘치죠. 유감스럽게도 그 최종적인 결과는 차마 볼 수 없을 만큼 무섭고 섬뜩한 다른 어떤 것이 되고 말지만 말입니다. 오늘 여러분은 그걸 직접 목도하게 될 겁니다.

숙녀 신사 여러분, 레사 파월 박사를 소개하겠습니다." 청중에게서 박수갈채의 파도가 일었다.

슬라이드 1, "복고풍의 로맨틱한 악몽".

"네 물건을 내 입으로 빨아주는 게 좋아?"

"맙소사, 이걸 좋아하지 않을 사람이 어디 있어, 클로이?"

"그런데? 뭐가 문제야?"

"그건 말이야 이런 거야. 내가 붓들이 어떤 방향으로 진화할지 밝혀내려고 애쓰고 있기 때문에 이런 걸 하는 게 좀 성가신 기분이 들어."

"이 짓 대신에 그 짓을 하고 싶어?"

"잠깐만, 클로이, 내 말을 좀 들어봐. 그건 중요한 거야."

파월은 천천히, 그리고 유유히 연단으로 올라가 청중을 바라보고는 빙그레 웃었다. "대부분의 문화 연구 형태들에 공통된 가장 흥미로운 항목들 중 하나는, 만일 우리가 사회가 부과한 혹심한 억압 상태를 무너뜨린다면, 잔혹하게 매장되었던 원초의 선함 같은 것을 발견하게 될 것이라고 하는 개념입니다. 이것은 고전적인 로맨틱한 생각입니다. 우리는 선하게 출발했으나 사회가 우리를 무력하게 만들고 타락시켰다. 그런 개념에는 분명 일말의 진실이 내재되어 있습니다. 횡포한 가족 제도와 사회 제도가 우리가 갖고 있는 많은 잠재력들을 억누르고 있는 게 사실이며, 그런 사실은 고려해볼 필요가 있습니다. 하지만 개인들은 의미 있는 다양한 방식으로 선함을 향해 성장하고 발달할 필요가 있는 것도 역시 사실입니다. 자기중심적 단계에서 민족중심적 단계, 세계중심적 단계로 나아가야 할 필요가 있고. 그런 성장과 발달의 과정이 없다면 남성과 여성 모두가 각자 나름의 영악한 방식으로 살아가는, 자기중심적이고 나르시시즘적인 약탈자들로 머무르게 됩니다." 그녀는 웃음을 터트렸다.

"하지만 스스로를 영재 아이로 보고 있는 부머리티스는 항상 그런 방정식의 로맨틱한 측면과 의기투합해왔습니다. 말하자면 그것은 순수하고 고결하게 출발했으나 사회가 요소요소에서 그것을 좌절시켰다는 거죠. 이런 로맨티시즘은 참으로 불행한 결말을 맞이하게 됩니다. 가끔 무섭기까지 한 결말을. 이에 관해서는 앞으로 자세히 보게 될 겁니다."

"킴, 무섭다니, 어떻게 무섭다는 거죠?"

"그건 인간을 희생 제물로 바치는 의식과 관련이 있어요."

"끝내주네!"

"이 모든 것에서 우리는 녹색 밈을 완전한 세계관으로 만들려는 시도, 그저 파괴적이기만 한 시도를 봅니다. 그럴 때 우리가 앞에서 살펴본 바와 같이 모든 불평등은 발달의 결여 탓이 아니라 권력의 강제적 부과 탓으로 돌려집니다. 부머리티스는 녹색 다원론의 중요한 진실들이 처음부터 존재했다고 가정합니다. 사악하게 억압받지만 않았다면 그랬을 거라는 거죠. 따라서 역사에서 다원론적 자유의 개념을 지닌 녹색 밈이 발견되지 않을 때마다(녹색 밈은 늘 발견되지 않습니다), 부머리티스는 그것을 서구의, 가부장제의, 제국의, 도구적인, 패권적인 힘의 잔혹한 강요 탓으로 돌립니다. 대부분의 경우, 녹색 밈이 아직 출현하지 않았기 때문에 존재하지 않는 것인데도.

그러나 문화 연구의 옹호자들은 인간 진화가 대략 백만 년가량 걸려서 이루어낸 탈형식적 다원론의 녹색 파동이라는, 아주 높은 수준으로 발달한 입장에 서서 모든 과거 역사를 살펴봅니다. 그리고 그들은 다원론이 존재하지 않는다는 사실을 발견할 때마다 사악한 세력이 존재한 탓으로 다원론이 없는 것이라고 여깁니다. 말하자면 남성들, 합리성, 객관성, 가부장제, 로고스중심주의, 남근로고스중심주의로 그 빈칸을 채워버리죠. 그들은 거기서 출발해서, 녹색 밈이 출현하지 못한 현실의 유일한 치유책인 더 이상의 의식 진화가 아니라 이른바 사악한 세력의 죽음과 해체를 권하는 데로 나아갑니다.

이러한 죽음과 해체에 대한 가장 공통된 권고의 하나는 이른바 사악한 세력 이전 상태의 회복 같은 것을 부분적으로 포함하고 있습니다. 우리가 이미 살펴봤던 바와 같이 이러한 '전'과 '후'의 혼동은 부머리티스의 으뜸가는 구성 요소의 하나입니다. 부머리티스가 전인습적 나르시시즘을 탈인습적 이상들 속에 은폐시켜놓기 때문이죠. 그러나 그런 식의 은폐는 거기서 한 발 더 나아가 부머리티스로 하여금 사실상 존재한 적이 전혀 없었던 역사적 파라다이스를 창안해내게 합니다." 파월은 매서운 눈길로 실내를 돌아봤다. "오늘의 공포 이야기 주제는 바로 이겁니다."

"좋아, 귀염둥이, 이 짓보다 더 중요한 게 뭐야?"

"아, 말해줄게. 너도 이 대목을 좋아할 거야, 클로이. 이건 자유에 관한 거야. 우리 아빠는 비트 세대 사람들에 대한 집착을 갖고 있었어. 비트족 작가들, 그러니까 케루악, 긴스버그, 버로 등에 대한. 따라서 아빠는 그 사람들이 최초의, 자유의 위대한 개척자들이라고 말했지. 자유 말이야. 그래서 비스츠(Beasts. 야수들-옮긴이)의 선구자는 폴 볼스*라고 했지.”

“비스츠?”

“뭐라구?”

“네가 ‘비스츠’라고 했잖아.”

“아니, 그렇게 말하지 않았어. 비츠Beats 말이야, 비트족. 아무튼 비트족의 선구자는 폴 볼스였어. 그리고 모든 비트족은 볼스가 살고 있었던 탕헤르(모로코 북부의 도시-옮긴이)로 순례 여행을 떠나곤 했어. 넘쳐나는 싸구려 약물들, 섹스, 그 밖의 온갖 것. 볼스는 한 부부가 사하라 사막을 횡단하는 이야기를 다룬, 세상에 엄청난 영향을 미친 책을 썼어. 《숨겨주는 하늘》(우리나라에서는 이 소설을 영화화한 작품이 〈마지막 사랑〉이라는 제목으로 소개되었다-옮긴이)이라는 책을. 그 책에서 주인공 남자는 사막을 반쯤 횡단했을 때 끔찍하게 죽어. 그리고 여주인공은 정신이 나간 상태에서 거듭 강간을 당하고 구타를 당해. 그리고 아마 같은 짓을 더 당하려고 사막으로 되돌아가서 방황하는 것 같아.”

“오오오오, 끝내주는 책이네!”

“됐어, 클로이, 핵심은 그게 아냐. 이게 핵심이야. 노먼 메일러*는 볼스가 본질적으로 부머 세대 전체의 아버지였다고 말했어. 그는 볼스가 ‘힙’(히피, 또는 최신 유행에 밝고 진보적인 사람-옮긴이) 문화 대 ‘스퀘어’(획일적이고 완고한 구닥다리-옮긴이) 문화를 대비시킨 최초의 주요 인물이기 때문에 그렇다고 했지.”

“‘힙’은 쌈박하고 ‘스퀘어’는 인습적이고 순응적이고 멍청하지.”

“맞았어. 그래서 메일러는, ‘폴 볼스는 힙의 세상을 열고, 살인, 마약, 근

- **폴 볼스** Paul Bowles 미국의 소설가이자 작곡가. 현대인의 불안과 고독, 사랑의 불모 등을 냉철한 문체로 표현하였다.
- **노먼 메일러** Norman Mailer 미국의 소설가이자 언론인. 주로 역사 속의 문제적 인물들에 관한 논픽션들을 출간했고, 퓰리처상을 두 번 수상했다.

친상간, 스퀘어의 죽음, 섹스 파티의 초대, 문명의 종말을 불러들였다. 그는 우리 모두를 이런 주제들에 초대했'고 했지."

"완전히 죽여주네!"

"그만해, 클로이. 무슨 말인지 모르겠어? 살인이 힙이라고? 근친상간이 힙이라고? 여자를 강간하는 게 힙이라고? 문명의 종말이 힙이라고? 그래도 모르겠어? 이자들은 전前스퀘어와 탈脫스퀘어를 구별하지 못했어. 그래서 스퀘어가 아닌 것은 뭐든지 다 찬양했어. 살인, 근친상간, 강간과 여자 구타, 고문을 비롯해서 뭐든지 다. 그래 놓고 이제 그 모든 것을 다 힙이래! 이자들이 사드 후작에게 뻑 간 것도 전혀 이상한 일이 아니야. 맙소사, 클로이, 이건 너무나 개판이고 역겨운 짓거리야. 그런 반면에 헤이즐턴이라는 여자, 아니, 사람이 있어. 또 다른 사람, 파월이란 사람과 그 밖의 사람들도 있고. 아무튼, 무슨 얘기인지 모르겠어? 전스퀘어, 스퀘어, 그리고 탈스퀘어가 있는데, 비트족은 스퀘어가 아닌 건 무조건 힙으로 보고 찬양했어. 그래도 모르겠어, 클로이? 그자들은 종종 전스퀘어 단계로 퇴행하면서 그걸 힙이라고 불렀고, 기똥차다고 했어. 우리 엄마 아빠는 바로 그런 덫에 걸렸어! 그래도 모르겠어, 클로이? 클로이?"

"우리 딸랑이, 이 짓이 힙이야."

"우리는 이런 현상을 다음과 같이 아주 간단하게 요약해볼 수 있습니다, 여러분. 부머리티스는 역사를 열심히 더듬어봤지만 끝내 녹색을 찾아내지 못하게 되자 녹색의 가치가 아직 출현하지 않은 게 아니라 역겨운 세력들이 녹색의 가치를 억압했다고 상상합니다. 그렇게 해서 부머리티스는 자기네의 악당과 희생자들을 만들어내고, 그렇게 해서 이 평면 세계를 자기네 식대로 이해합니다."

레사 파월은 뒷짐을 쥐고 고개를 약간 갸웃하게 숙이고 무대를 이리저리 배회했다. "그 역겨운 억압 세력들은 대체로 오렌지색과 관련된 것들이거나 합리적 계몽운동, 서구의 가부장제, 자본주의 국가, 남성적이고 분석적인 인식, 뉴턴-데카르트적 패러다임 등입니다. 우리는 나중에 이 악당들의 끝없이 긴 목록을 보게 될 겁니다. 그렇게 해서 부머리티스는 탈오렌지색 방향으로 가면서 녹색의 가치들을 발견하려는 명예로운 시도를 하는 과정에서 전오렌지색 상태들 속에서 탈오렌지색 자유를 찾아내려고 시도하는 바람에 정반대 방향으로 가는 우를 범하고 있습니다. 부머리티스가 부주의하게 탈형식적 자유라고 찬미하고 띄워줬던 것은 사실 이런 전형식적이고 전오렌지색의 상태들이었습니다. 이런 상태들은 탈형식적 자유를 갖고 있지 않고, 일찍이 가져본 적도 없었는데. 부머리티스의 전형적인 특징인 그런 퇴행적 작태는 결국 그 행복한 고향을 찾아냈습니다. 이로써 바야흐로 악몽이 시작될 채비가 갖춰지고 있었습니다."

파월이 불안해하는 이들의 박수를 받으며 물러나자 반 클리프가 무거운 발소리와 함께 무대로 나왔다. 슬라이드 2가 벽에 떠올랐다. "파라다이스의 정복."

"전형식적 마법과 신화를 탈형식적 다원론과 자유로 격상시킨 예로 녹색 밈이 콜럼버스의 아메리카 항해 오백 주년에 대해서 보인 반응보다 더 나은 것은 찾아보기 힘들 겁니다."

청중의 자세는 딱딱해졌고, 실내 분위기는 잔뜩 긴장되었다. 킴이 속삭였다. "안전벨트를 단단히 매세요."

"《아메리카 홀로코스트》 같은 제목들을 가진 책들은 '아우슈비츠로 가는 길은 아메리카의 심장부로 곧장 이어졌다'고 주장했습니다. 커크패트릭 세일*은 《파라다이스의 정복》에서 유럽인들이 에덴의 평화로운 생태

• **커크패트릭 세일**Kirkpatrick Sale 미국의 문명비평가.

적 조화 상태를 짓밟았다고 주장했습니다. 츠베탕 토도로프•는 에르난도 코르테스•의 아즈텍 정복은 사실 인류의 다양성이라는 더 큰 명분의 패배였다고 말하는 것으로 그 모든 무도한 행태를 요약 정리했습니다.

포스트모던한 문화 연구는 앞으로 곧 알게 될 테지만, 종종 아무 증거도 대지 않고 넘어가버리거나 이론적인 쟁점들에 초점을 맞추기 때문에, 이런 종류의 수많은 책들 중에서 콜럼버스, 코르테스와 그 일행들이 실제로 맞닥뜨린 상황들을 조사하려고 애쓴 책은 극히 드뭅니다. 그러나 최근 들어 그런 노력을 제대로 행하면서 조심스럽게 조사 연구해서 쓴 일련의 전문 서적들이 나왔습니다. 그 이름을 열거하자면 다음과 같습니다. 셰퍼드 크레치•의《생태학으로 본 인디언: 신화와 역사》, 잉가 클렌디넌•의《아즈텍족》, 로버트 에저턴•의《병든 사회: 원초적 조화라는 신화에 대한 도전》, 패트릭 티어니•의《가장 높은 제단: 인간 희생제물의 이야기》. 좀 더 놀라운 것은 이런 책들이 실질적으로 사회의 모든 방면으로부터 폭넓은 호응을 받았다는 겁니다. 마지못해 동의하는 이들도 있었겠지만, 그들이 그린 그림은 파라다이스와는 거리가 멀었습니다.

저는 유럽인들을 변호해줄 의도도, 아메리카 원주민들을 심판할 의도도 갖고 있지 않습니다. 저는 그저 녹색 밈이 자기네의 이념을 옹호하기 위해 어느 한도까지 가려고 했던가를 지적하고 싶을 뿐입니다. 미국의

- **츠베탕 토도로프** Tzvetan Todorov 불가리아 태생의 프랑스 문학이론가. '우리'와 '타자들'의 문제, 식민지화, 이타성 등의 문제를 주로 연구했다.
- **에르난도 코르테스** Hernando Cortes 스페인의 탐험가이자 정복자.
- **셰퍼드 크레치** Shepard Krech 미국의 인류학자.
- **잉가 클렌디넌** Inga Clendinnen 오스트레일리아의 역사학자이자 인류학자.
- **로버트 에저턴** Robert Edgerton UCLA의 인류학 교수.
- **패트릭 티어니** Patrick Tierney 미국의 저널리스트.

녹색 밈은 전형식적 상황과 탈형식적 자유를 혼동함으로써 놀라운 역사적 맹목 상태를 보여줬고, 이런 맹목 상태를 이용해서 자기네의 고질병을 나눠 갖고 있지 않았던 이들에게 가차 없이 연속적인 맹공을 퍼부었습니다."

킴이 속삭였다. "반 클리프는 평소처럼 너무 과하게 나가고 있네요."

"나는 으레 이런 식으로 나올 거라고 생각했어요. 의도적으로 도발하는 식으로. 잘 알다시피 테스트잖아요."

"카를라는 도발적이고, 레사도 도발적이고, 마크조차도 도발적이라고 할 수 있어요. 한데 데릭은 지나쳐요. 그이 말이 맞아요. 찰스는 반 클리프가 항상 완벽하긴 한데 정신과 치료를 받거나 심장 이식을 하거나 좋은 여자가 필요하다고 해요. 아니면 나쁜 여자가 필요할지도 모르고."

"너무 세긴 해요. 운동하는 사람들이 하는 말이 있어요. 목이 머리보다 더 커질 때는 며칠 쉬어라."

"맞아요, 데릭은 자기로부터 며칠간 벗어나 있어야 해요. 문제는 저 사람이 항상 옳고, 본인도 자기가 항상 옳다는 걸 알고 있다는 거예요. 아주 고약한 조합이죠." 킴은 내 쪽으로 고개를 숙이고 더 낮게 속삭였다. "찰스는 자기네가 농담 삼아 하는 말이 있대요. 레사가 데릭을 꼼짝 못하게 할 만한 말을 생각해냈는데, 그건 '내가 절대로 하지 말아야 할 실수는 내가 실수했다고 생각하는 것이다'라는 거래요." 킴의 얼굴에 심술궂은 미소가 어렸다. "하지만 사실 저 사람이 말하는 요점들은 너무나 중요한 것들이라, 저렇게 비틀린 방식으로 말하도록 맡겨두는 게 과연 잘하는 일일까 하는 생각이 들어요."

"어째서 저 사람이 누군가를 성폭행했다는 얘기가 도는 걸까요?"

"한 여학생이 저 사람이 그랬다고 주장했기 때문이죠."

"어느 학교 여학생이?"

"그 당시 저 사람은 버클리에서 가르치고 있었어요."

"무슨 증거가 있었나요?"

"찰스가 지적했던 것처럼 증거 같은 건 필요 없죠. 그런 일이 일어났다고 주장하기만 하면 되니까. 그걸로 얘기는 끝이죠. 그래서 저 사람은 버클리를 떠났어요. 아니면 학교 측으로부터 떠나달라는 요구를 받았든가."

"댁은 모린과 잠자는 거 걱정되지 않아요? 내 말은, 선생과 학생이 얽힌 문제라."

"으음, 우리가 하고 있는 건 좀 위험한 짓이라고 생각해요."

"그 사람은 권력을 가진 위치에 있고, 댁은 권력 없는 학생이니 그 사람은 본질적으로 법에 저촉되는 성폭행을 하고 있는 거네요."

킴은 웃음을 터트렸다. 반 클리프가 갑자기 우리를 내려다봤다. 나는 그가 '성폭행'이라는 말을 듣고 우리가 자기 얘기를 하고 있는 거라는 식의 짐작을 했을지도 모른다고 생각했기에 당황해서 얼굴이 빨개졌다. 그래, 나는 그를 안심시키려는 듯이 "아니, 아니"라고 큰 소리로 말했다. 하지만 그는, 두 멍청이가 뭔 짓거리를 하고 있는 거야, 하는 것 같은 표정을 했다.

반 클리프는 다시 청중을 바라봤다. "잉가 클렌디넌은 평판이 좋은 문화 연구계 인물이기 때문에 우리는 그 사람의 아즈텍 문화, 그중에서도 특히 인간을 희생 제물로 바치는 주요 의식儀式에 대한 세밀한 개관槪觀을 이용할 수 있습니다. 하지만 이런 의식은 아즈텍 족에게만 국한되어 있는 것이 아닙니다. 어느 한 역사가는 그 점에 관해서 다음과 같이 요약했습니다. '인간을 희생 제물로 바치는 관행은 멕시코의 아즈텍 족, 유카탄 반도의 마야 족, 페루의 잉카 족, 브라질의 카이테 족, 기아나 원주민들, 북아메리카의 포니 족과 휴런 족 등에서 시행되었다. 아즈텍 족과 마야 족의 경우처럼 도시 정착 문화를 발전시킨 사회들에서는 대개 희생 제물로 바칠 사람을 중앙 신전으로 데려가 제단 위에 눕힌 뒤 사제들이 그의 심장을 도려내 신들에게 바쳤다. 기술적으로 덜 발전된 기아나와 브라질 같은 사회들에서는 희생자를 공개적으로 때려 죽인 뒤 시신을 해체하거나 몸을 결박한 뒤 불 속에 집어넣어 태워 죽였다. (…) 인간을 희생 제물로 바치는 그런 관행에는 종종 식인 관행도 따라붙었다. 아즈텍의 수도인 테노치티틀란(현재의 멕시코 시티-옮긴이)에서는 희생 제물로 바친 사람의 유해를 신전에서 갖고 나와 사람들에게 나눠줬으며, 그들은 그걸로 국을 끓여 먹었다. 기아나와 브라질에서는 희생자의 팔다리를 꼬치에 꿰어 불에 구워 먹었다. 브라질 해안의 카이테 족은 포르투갈 난파선을 발견할 때마다 거기에 탄 모든 선원을 잡아먹었다.' 미국의 인류학자 해리 터니 하이*는 그에 관해 이렇게 썼습니다. '어느 한 식사 때 그들은 최초의 바이아(브라질 동부의 한 주-옮긴이) 주교, 두 명의 대성당 참사회 의원, 포르투갈 재무부 대리인, 두 명의 임산부와 몇 명의 아이들을 잡아먹었다.'"

어안이 벙벙해진 청중은 깊은 침묵에 싸여 있었다. 반 클리프는 자료를 낭독하거나 말을 계속했고, 다음 삼십 분 동안 청중은 홀린 것 같은 기분과 역겨운 기분이 뒤섞인 감정 상태에서 묵묵히 그의 말을 경청하기만 했다.

"이런 점을 인정하는 문화 연구 저자들이 가장 흔히 제기하는 반론은 유럽 사회들도 그들 나름의 야만적 행태를 갖고 있다는 것입니다. 이 말은 아주 옳습니다. 하지만 그 정확한 결론은 이것이 파라다이스에 대한 정복이 아니라 한 야만 집단이 또 다른 야만 집단을 정복한 것이라는 점

---

* **해리 터니 하이**Harry Turney-High 군사적인 측면에서 체계적인 조직이 있는 사회와 조직성이 부족한 원시 사회의 차이에 처음으로 접근한 인류학자.

이 될 겁니다. 그러나 문화 연구자들은 서구 문화를 제외한 모든 문화는 다원론적 조화의 빛나는 사례들이며 따라서 파라다이스이기 때문에 이런 결론을 인정하려 들지 않을 겁니다." 반 클리프는 경멸감을 지닌 채한 마디 한 마디를 내뱉듯이 말했다.

파라다이스에서의 그런 괴이한 관행은 대단히 끔찍하고 강렬했습니다. 아즈텍 제국은 한 역사가가 '무시무시하게 잔혹하고 권위주의적인 제국 권력'으로 서술한 형태의 국가였습니다. 오늘날의 멕시코 중앙부를 중심으로 해서 양쪽 해안에 이르기까지 넓게 펼쳐졌던 그 제국은 전쟁과 신을 위한 제사로 상징되는 나라였습니다. 사람을 죽여서 제물로 바치는 의식은 계절별로 행해졌습니다. 일 년에 네 번, 그리고 특별한 행사 때. 테노치티틀란의 전사들은 대략 일 년에 반가량은 제물로 바칠 희생자들을 생포하기 위해 주변 지역들을 공격했습니다. 그들은 다른 부족의 전사들을 선호했는데, 그것은 전사들이 더 가치가 있고, 따라서 신들이 더 흡족해할 만한 사람들이었기 때문입니다(문화 연구계의 어느 역사 해석자는 아즈텍 전사들의 다원주의적 친절함에 감탄을 금치 못했습니다. 그들이 그렇게 전쟁을 벌일 때마다 전투 중에 상대편 부족 전사들을 죽이지 않으려고 몹시 신경을 썼다는 점 때문에……). 하지만 노예, 여자, 아이들도 역시 자주 희생 제물로 사용했습니다. 일부의 평가에 의하면 해마다 십만 명에 이르는 사람들을 제물로 바쳤다고 하는데, 좀 더 신빙성 있는 평가에 의하면 그 숫자가 몇천 명 정도 되었다고 합니다.

그들은 특히 대지의 신인 테스카틀리포카, 멕시카 인(아즈텍 인의 다른 말-옮긴이)의 종족 신이자 태양과 전쟁의 신인 우이칠로포츠틀리에게 제물을 바쳤습니다. 클렌디넌은 이렇게 보고했습니다. '그 살해도 역시 멕시카 인과 그들의 수호신의 지배와 관련된 것임이 분명하다. 그 권력의 연극이 진행되는 과정에서 참관인인 멕시카 인들과 이방인들에게 위압감을 안겨주기 위한 공적인 과시 같은 것. 그 의식에는 적이건 동맹자건 상관없이 힘이 약한 다른 도시들의 지배자들도 관례적으로 참석했다.'

처형은 대개 그런 행사를 위해서 특별히 지은 장려한 피라미드 꼭대기에서 이루어졌습니다. '희생자는 꼭대기의 돌단까지 신전 계단을 따라 걸어 올라가거나 질질 끌려갔다. 그리고 그 커다란 살해용 돌단에 이른 뒤에는 산 채로 팔다리를 벌린 자세로 눕혀지고 다섯 명의 사제들이 그의 몸을 붙잡았다. 네 사람은 그의 팔다리를 하나씩 붙잡고, 한 사람은 그의 머리를 붙잡았다. 가운데가 완만하게 솟아 있는 그 돌단 평면은 희생자의 흉강이 그 위에서 아치형으로 불룩하게 솟아오르게 하는 역할을 했다는 걸 뜻했다. 처형 집행자 역할을 맡은 사제는 위로 솟아오른 갈빗대 밑을 돌칼로 찔러 칼날이 동맥들을 절단하고 심장에 이르게 했다. 그러고 나서 사제는 심장을 꺼낸 뒤 신들에게 공물로 바친다는 뜻으로 허공에 높이 쳐들었다. 그 처형은 뿜어 나오는 피로 사제들과 돌단과 계단이 온통 피범벅이 되는 아수라장을 빚어냈다. 희생자의 머리는 대개 절단해서 두개골 걸이에 꿰어놓고, 생명이 없는 시신은 밀어내어 피라미드 계단 밑으로 굴러 내려가게 했다. 피라미드 밑에서는 시신의 각을 떠서 그 희생 제물을 바친 전사의 친척이나 친구들에게 분배해주고, 그 조각들을 받은 사람들은 그걸 요리해서 먹었다.'

어떤 경우에는 시신의 가죽을 벗겨내기도 했습니다. '그렇게 한 뒤 한 사제가 가죽의 젖은 부분을 밖으로 드러나게 한 상태로 제 몸에 걸치고, 죽은 이의 양손과 양발을 제 양손목과 양발목에 대롱대로 매단 채 제사 의식을 계속 진행했다.' 가끔 희생자가 여자인 경우도 있었습니다. 수행원 역할을 하는 여자들은 의식을 치르기 전의 며칠 동안 그 여자를 꽃으로 단장해주고, 앞으로 온몸이 절단될 운명에 관한 얘기로 그 여자를 놀려대며 괴롭힙니다. 그 의식이 행해지는 밤에 여자는 한 사제의 등에 엎어져 사지를 펼친 상태에서 살해당합니다. 클렌디넌의 보고를 직접 들어 보기로 하죠. '그러고 나서 아직 사위가 고요한 어둠 속에서 그녀의 몸에서 가죽을 벗겨내는 작업이 이루어지고, 아주 강인하고 힘 좋고, 키가 아주 큰 사제가 유방과 주머니처럼 된 음부가 늘어져 있는 그 젖은 가죽을 제 알몸에 걸쳤다. 중첩되고 모호한 성욕의 이중적 발가벗음 같은 것. 한쪽 허벅지의 가죽은 토치의 아들이요 젊은 옥수수 신인 센테오틀 역을 맡는 남자의 얼굴 가면을 만들기 위해 따로 보존해둔다.'

이런 유형의 의식에서 아즈텍 족은 결코 유일무이한 경우가 아니었으며, 그런 것이 남북 아메리카 대륙에만 있었던 것도 아니었습니다. 조지프 캠벨*이 증언한 바와 같이(패트릭 티어니는 그의 기록이 옳다는 것을 입증해줬습니다) '광포한 희생 의식'은 아프리카에서 중국, 메소포타미아, 유럽에 이르기까지 아득한 옛 시절의 초기 제국 대부분에 존재했습니다. 사실 인간을 희생 제물로 바치는 의식은 진화의 신화적·원예농업적 파동, 곧 초기 적색 밈 단계에서는 흔한 현상이었다고 하는 것이 아주 안전한 일반론이 될 겁니다. 그런 의식은 초기 적색 밈을 위해 다양한 중요한 기능들을 행했고 그 단계 사람들에게 많은 도움을 줬으며, 그런 관행이 BCE 1만 년 무렵부터 시작해서 보편적으로 행해진 것도 그 때문입니다. 우리가 오늘의 도덕률을 과거의 관행에 적용하는 것은 바람직한 일이 못 됩니다. 하지만 그런 전합리적인 관행을 가부장제적 합리성이 잔혹하게 파괴한 녹색 다양성의 아름다운 한 사례로 해석하는 것도 역시 바람직한 일은 아닐 겁니다.

꼭 다른 종족들만 그런 식으로 처형된 건 아니었다. 테노치티틀란 사회 내

---

* **조지프 캠벨** Joseph Campbell 미국 태생의 세계적인 비교신화학자.

부의 미천한 출신의 일부 시민들과 노예들, 그 도시 출신의 일부 아이들도 의식의 제물이 되었다. 그들은 그런 아이들을 의식 행사표의 첫 번째 달에 비와 다산의 신인 틀랄록에게 바쳤다. 사제들은 특별한 날에 태어나고 이중으로 일어선 머리털을 가진 아이들 중에서 그런 의식에 쓸 아이들을 골랐다. 사제들은 두 살에서 일곱 살 사이 연령대의 그런 아이들을 제 집에서 데리고 나와 처형 집행 전의 몇 주 동안 별도의 공간에 함께 격리시켜뒀다. 축제 행사일이 다가오면 아이들에게 화려한 옷을 입힌 뒤 무리를 지어 시내를 행진하게 했다. 그 광경을 구경하는 사람들은 그 애처로운 광경에 눈물을 흘렸으며, 자기네의 운명을 아는 아이들도 역시 흐느껴 울었다.

사제들은 그런 눈물이 비를 부르는 전조라고 해서 환영했습니다. 그들은 아이들의 목을 베어 '피에 젖은 옥수수 꽃'으로서 틀락롤에게 바쳤습니다.

계절별 희생제 때는 그런 관행이 일반화되어 있었습니다. 하지만 멕시카 인들이 특별히 중요하게 여긴 날이면 많은 이들을 살해했습니다. 새로운 왕의 취임식 날, 새로운 신전을 완공한 날, 전쟁에서 대승을 거둔 날 같은 때. 1487년, 후악텍 인들이 반란을 일으켰다가 실패했을 때 멕시카 인들은 2만 명에서 8만 명 정도로 추산되는 죄수들을 한데 모아 나흘에 걸쳐서 그들 모두를 희생 제물로 바쳤습니다. 그들은 모두 테노치티틀란으로 끌려갔으며, 클렌디넌은 그 상황을 이렇게 서술했습니다. '밧줄로 전사들의 코를 줄줄이 꿰었으며, 여자들과 너무 어려 코를 뚫기 어려운 어린아이들은 그들의 목에 걸린 멍에들을 밧줄로 줄줄이 엮었으며, 여자들과 아이들은 모두가 비탄에 빠져 구슬프게 울부짖었다.' 그들은 모두 피라미드를 향해 행진해갔습니다. '네 줄로 길게 행렬을 이룬 이들은 포장된 도로를 따라 느린 속도로 피라미드들을 향해 행진해갔다.'"

반 클리프의 목소리에서는 다시 혐오의 감정이 묻어났다. "이런 짓거리를 솔직히 인정하는 극소수 문화 연구 저자들은 그런 행위를 그럴싸하게 설명하려고 시도해왔습니다. 당연히, 하향식 위계 권력이 그 무력한 불쌍한 사람들에게 그런 짓을 하게끔 강요했다는 식으로 말입니다. 클렌디넌은 그런 식의 어떤 설명도 받아들이려 하지 않았습니다. '희생자들은 희생 제의를 치르기 위한 준비 과정을 밟은 다음 죽음의 현장으로 끌려가 처형되고 나서 정교한 시신 처리 과정을 거쳤다. 머리와 사지를 절단해서 살과 피와 가죽을 분배하는 과정을. 그런 축제 때면 전사들은 인간의 피를 담은 조롱박을 지참하거나 희생 제물이 된 사람의 피가 뚝뚝 떨어지는 생가죽을 몸에 걸친 채 거리를 행진해 가 공식적인 환영을 받으면서 각자의 집으로 돌아갔다. 그들은 분배받은 희생자의 살을 국 단지 속에 집어넣고 팔팔 끓였으며, 살을 발라먹고 남은 대퇴골들은 햇볕에 말렸다가 안마당에 세워놓았다…….'"

　반 클리프의 목소리가 가늘어지면서 약간 올라갔으며, 레이저 같은 강렬한 눈빛으로 청중을 쏘아봤다. "대체 어떤 것에 씌어야 이 모든 이벤트를 '파라다이스'로 볼 수 있는 걸까요?" 긴 침묵.

　"그 답은 당연히 녹색 밈이죠." 청중이 침묵을 깨트렸다. 그들은 환호와 야유가 반반씩 고르게 나눠진 형태의 반응을 보였다. "그것이 윌리엄 어윈 톰슨•의 멕시카에 대한 황홀경에 도취한 신화적 찬양이든, 토도로프의 훌륭한 '다양성'에 대한 찬미든, 이곳이야말로 생태적 파라다이스라고 외친 커크패트릭 세일의 주장이든 간에. 그들 모두가 공통적으로 지닌 것은 터무니없는 전후 오류, 전형식적 상태를 탈형식적 조화로 찬미하는 태도입니다. 그들과, 그 비슷한 사고방식을 가진 군단들은 이어서

•　**윌리엄 어윈 톰슨**William Irwin Thompson　미국의 문화역사학자.

원주민들의 거대하고 장엄한 도덕적 무도함의 요란한 과시에 대한 원인을 이 '원초적 조화의 파괴'에서 찾았습니다.

달리 말해, 모더니티의 악들에 관해서 글을 쓴 수많은 저자들은 원주민들의 도덕적 우월성을 입증하려고 노심초사하는 부머리티스의 영향을 받아 전근대적인 모든 것들에서 대단히 고결한 의미를 판독해내기 시작했습니다. 그 전인습적인 파라다이스가 지닌 은밀한 견인력은 내가 찬미할 수 있고 결국 세상에 나다움의 경이를 보여줄 수 있는, 파라다이스 안에 내재된 나르시시즘이었습니다. 그렇게 해서 문화 연구의 그 영웅적인 자기 뻥튀기 현상은 또다시 만개합니다."

반 클리프는 갑자기 말을 뚝 그치고는 청중에게 천천히 고개 숙여 절한 뒤 돌아서서 성큼성큼 무대 밖으로 걸어 나갔다.

"그렇다면 의식의 더 높은 수준들, 청록색보다 더 높은 수준들에 관해 말씀해주세요." 우리 모두는 헤이즐턴에게 간청했다.

"흐음, 여러분에게 이런 점은 얘기해줄 수 있어요. 그 수준들은 영적으로 보이기 시작해요." 그녀는 부드럽고 상냥한 목소리로 말했다. 나는 그녀의 얼굴을 바로 쳐다보기가 여전히 힘들다는 걸 느끼고 있었다. 다소 어지럽고 혼란스러운 느낌 때문에. 어느 한 시점에서 캐롤린이 내 귀에다 대고 소곤댔다. "켄, 네 몸이 기울고 있어." 내가 헤이즐턴의 말을 경청하면서 그녀의 얼굴을 쳐다봤을 때 내 몸은 서서히 오른쪽으로 기울곤 했다. 그녀의 눈이 있어야 할 곳에서 보이는 하늘을 들여다볼 때마다 나는 중심을 잃고 있었다.

"아. 하지만 영성은 우리 앞이 아니라 뒤에 있죠." 카티시가 단언하듯 말했다. 그의 동족들 중 많은 이들이 근대 세계에서 전통적 종교를 상실한 것을 두고 깊이 개탄해 마지않았지만, 카티시는 그 정반대 편에 서 있었다. 서구에서 포스트모던한 마르크스주의의 한 유형을 수입한 인도 교육 시스템에서 훈련받은 그는 그 모든 한심한 대중의 아편이 우리 뒤에 있다고 여기고 아주 희희낙락해하고 있었다.

헤이즐턴은 조용한 어조로 반박했다. "모든 영성이 우리의 역사적 과거에 존재한다고 믿는 것은 전합리적 종교와 탈합리적 종교를 심하게 혼동하는 거예요. 참으로 근대 이전 시대를 지배했던 마법과 신화의 수준들과 자주색과 적색과, 우리의 집단적인 미래에 존재할 것으로 보이는 청록색과 그 너머의 수준들을 심하게 혼동하는 것이고요. 우리의 연구는 탈합리적 종교가 우리 뒤가 아니라 앞에 자리 잡고 있다는 것을 알려주고 있어요. 아주 많은 사람들이 전과 후를 혼동하는 것은 서글픈 일이에요. 그렇게 생각하지 않나요?"

나는 열심히 고개를 끄덕였다. 나 자신도 당황할 만큼 아주 열심히. 나는 혹시 누가 그런 내 모습을 보지 않았나 싶어 은근히 마음을 졸였다. 조나단은 히죽이 웃으며 그곳에 앉아 있는 모든 사람들을 돌아봤다. 그 표정은 평소처럼, "한번 덤벼봐, 멍청이들아"라고 말하는 것 같았다.

"이번 주 세미나 내내 우리는 근대 이전의 신화적 사회들과, 그런 사회들에 공통되게 존재했던 잔혹한 행태들을 다룰 거예요. 적색 밈과 청색 밈은 각종의 놀라운 고문을 행할 수가 있었어요!" 그녀는 소리 내어 웃었다. "하지만 그런 신화적 사회들의 일부에서는 또 이런 수준 높은 레벨들, 청록색을 넘어서는 상태에 이른 소수 사람들이 있었던 것 같아요. 문제는 부머들이 종종, 그런 높은 상태가 그런 신화적 문화 전체를 규정해준다고 생각했다는 점이에요. 그건 아주 잘못된 생각이죠. 근대 이전의 마법적이고 신화적인 문화들에서 인구의 아주, 아주 적은 비율에 해당하는 사람들, 1퍼센트에 훨씬 더 못 미치는 숫자의 사람들이 이렇게 아주 수준 높은 영적 상태에 이르렀고, 그들은 참으로 경이로운 것들을 낳았

어요. 하지만 인구의 나머지 사람들이 낳은 것이라고는…… 유쾌한 것과
는 거리가 아주 멀었죠."

"그건 그렇다 치고, 더 수준 높은 상태들에 관해 말씀해주세요!" 우리
는 어린애들처럼 보챘다. 우리는 "탈청록색, 탈청록색, 탈청록색"이라고
합창하다가 깔깔대고 웃기 시작했다.

"우리가 인간의식 프로젝트를 시작했을 때, 우리는 의식의 알려진 모
든 상태, 단계, 수준, 계열, 밈, 파동에 관한 지도를 만드는 작업에 착수했
어요. 여러분은 이것을 상태라 불러도 좋고 수준이라 불러도 좋고 이중
어떤 이름으로 불러도 상관없어요. 아무튼 우리는 의식의 이 모든 상태
들을 아주 큰 지도—DNA 나선 지도를 만드는 작업 같은 것이었지만, 여
기서는 단지 의식의 지도를 만드는 작업일 뿐이죠—위에 배열하는 작업
을 하는 동안 아주 이상한 어떤 면을 눈여겨보기 시작했어요. 각 문화들
에서 가장 높은 평가를 받았던 종교적 전통들, 일테면 선불교, 베단타 힌
두교, 라인란트의 위대한 신비주의자들, 이슬람의 수피들, 유대교의 카발
라 등이 의식의 같은 상태들로 모이기 시작하는 거였어요. 그것은 마치
참으로 심오한 영적 전통들이 발달의 거대한 나선 위에서 의식의 가장
높은 수준들과 연결되어 있는 것만 같았죠. 그런 전통들은 모두가 청록
색을 넘어서는 수준들과 연결되어 있었어요."

그녀는 잠시 말을 멈추고 우리 각자의 얼굴을 차례로 돌아봤으며, 이
윽고 그 푸르디푸른 하늘에서 다음과 같은 말이 나왔다. "이게 사실이라
면, 우리는 신에게로 가는 로드맵을 찾아낸 거예요."

카를라 푸엔테스가 무대로 통통 튀어나왔다. 앞으로 다가올 주제를 가
려주는 반대 기류라고나 할 만한 명랑 쾌활한 미소를 머금은 채.

"저는 제가 스페인, 아즈텍, 소량의 호피Hopi, 약간의 아일랜드 피가 뒤

섞인 것을 물려받았다고 들었어요. 더 이상은 묻지 마세요." 그 말에 모두가 웃음을 터트렸다.

"하지만 저는 그런 점 때문에 그 냉혹한 진실들을 외면하지는 않습니다. 오늘날 아메리카 원주민(남북, 중앙)에 관해 널리 받아들여지고 있는 설명들에서 아주 흥미로운 건 특히 부머 저자들 사이에서 이런 신화들이 대단히 로맨틱하게 미화되었다는 점, 학자들이 현재 주목할 만한 증거로 뒷받침된 더 현실적이고 더 적절한 그림을 우리에게 제시해주려고 대단히 애쓰고 있다는 점입니다. 물론 그렇게 로맨틱하게 미화된 신화들이 원주민을 야만인에 불과한 존재로 제시한 그 전의 신화들을 바로잡아주려는 고상한 노력의 소산이라는 점은 분명 부분적으로나마 사실입니다. 그 전의 신화들은 로맨틱하게 미화된 수정주의적 버전들에 못지않게 대단히 부정확한 견해들이니까요.

그러나 이렇게 미화된 신화들은 다른 이유로 지난 삼십 년 동안 대환영을 받아왔습니다. 그렇지 않은가요, 여러분?" 청중은 애매한 동의의 말들을 웅얼거렸다. "예, 그렇습니다. 이런 신화들은 부머리티스와 완벽하게 맞아떨어지기 때문에, 이번에는 거대한 역사적 규모로 연출된 영재 아이의 드라마와 잘 어울린 덕에 열렬한 환영을 받았습니다."

조니 미첼의 나이 든 쉰 목소리가 〈우리는 에덴으로 돌아가야 해!〉를 부르고 있는 동안 벌거벗은 클로이는 에덴의 거대한 참나무에 매달려 흔들리고 있다. "그들은 파라다이스를 포장해서 주차장을 만들었어!" 오 맙소사, 아, 아, 내 뇌 속에서 쿵 쿵 쿵 쿵 울려대는 소리는 약해지지 않을 것이다. 내 눈은 툭 튀어나오고 두개골은 부풀어 오르고 있다. 이 고통은 언제쯤이나 끝날까?

클로이가 말한다. "알겠어? 이성의 압제를. 나는 이 점에 관해서는 부머들의 의견에 동조하게 돼."

"어째서 그 사람들의 의견에 동조하는데?"

"네가 덜거덕거리는 이유는 바로 이성의 압제 때문이니까."

"그런데 봐, 나는 덜거덕거리지 않아. 내 말을 듣지 않았던 거야? 전스퀘어, 후스퀘어 얘기? 넌 그저 전스퀘어 단계에 머무르고 있는 게 아닐까?"

"하지만 이성의 압제는 인생의 온갖 짜릿한 즐거움들을 방해하고 있어."

"어떤 것들을?"

"너는 내 유방을 계속 빤히 바라보고 있는데 이 음부를 잘 들여다보라고!"

"와우!"

나는 몸을 앞으로 내밀어 그녀를 붙잡으려고 했지만 단지 내 샴쌍둥이만을 움켜쥐고 있을 뿐이라는 걸 깨닫는다. 그리고 이번에는 비참한 우울증이 내게 직접 이야기한다. "네 세대에서 그게 정말로 달라질까? 포스트 레이브 테크노 종족 모임, 아주 근사하고 화려한 두프(오스트레일리아나 뉴질랜드에서 벌이곤 하는 요란한 야외 댄스 파티-옮긴이)들, 아나코-리미널한anarcho-liminal 라스마 타즈(TAZ. 하킴 베이의 1991년 책 제목《Temporary Autonomous Zone, Ontological Anachy, Poetic Terrorism》에서 나온 말로, 일시적으로나마 기존 사회의 규칙이나 사고로부터 해방된 장소를 만들고 열정과 에너지, 창의성에 기초하여 함께 살아가는 일상의 생활공간을 만들어가는 '자율적 경험'을 해보자는 뜻이 내포된 말-옮긴이), 이리저리 도망 다니는 샤머나키(샤머니즘적인 분위기를 풍기는 아나키즘적 의식, 혹은 집단적인 춤-옮긴이), 도처에서 꿈틀대는 인바이로테크enviroteque, 도처에서 울리는 사이버델릭 케스케이드, 테크노 코로보리(테크노 축제-옮긴이)와 레밍 펨봇lemming femmebot, 현대적이고 유쾌한 서브버티고와 유기적인 오거나키(둘 다 1990년대 중반에 활동했던 테크노 팀들-옮긴이), sizzling Sisters@the Underground, 약물에 취해

꿈결을 헤매는 테크노 종족과 디지털 방식에 흠뻑 젖어 있는 감각들. 너는 네가 뭘 하고 있다고 생각하는 거지? 정말로 에덴동산으로 돌아갈 거야? 네 세대는 실제로 어떤 것들을 변화시켰지?"

나는 숨을 쉴 수가 없다. 이번에는 정말로 숨을 쉴 수가 없어……

"아주 최근에 파라다이스에 대한 더 정확한 견해 하나가 나와 주목을 받고 있습니다. 그것을 인용해보겠습니다. '신세계의 유일한 문자 체계인 마야 상형문자 해독 작업은 중앙아메리카 연구를 혁명적으로 변화시켰다. 아즈텍 족 사람들이 인간 희생 제물들을 피로 얼룩진 피라미드 정상부로 끌고 올라가기 천 년 전, 고전적인 마야 인들은 이미 목을 베어라, 심장을 뜯어내라, 피라미드 계단으로 굴려라, 라는 동사들로 정교한 제의祭儀 어법을 창안해냈다. 아마 가장 충격적인 결론은 건축과 예술과 군사 조직과 천문학 방면들에서 중앙아메리카 인들이 이루어낸 위대한 성취들은 희생 제물에 대한 강박적인 필요성을 중심으로 해서 이루어졌다는 사실일 것이다.'

전설적인 마야 문명보다 더 로맨틱하게 미화된 것은 다시없었습니다. 정통적인 학자들에서 뉴에이지 열광자들에 이르는 많은 이들이 마야를 거의 완벽한 사회의 예로 여겼습니다. 그들이 공통적으로 갖고 있었던 견해에 따르면, 고대 마야 인들은 평화를 사랑했고, 대단히 영적이었고, 자연과의 조화 속에서 살고 있었고, 일종의 '분리되지 않은' 혹은 '통일된' 의식을 표현했던 사람들이었다고 합니다. 이런 점은 '분리되거나 단절된' 서구 지성, 전형적인 설명을 따르자면, '대지와의 깊은 관계에서 분리된' 지성과는 정반대되는 것이었죠. 그들은 성스러운 영감을 받아서 나온 예술, 건축, 천문학이 마야 사회 전체에 깊이 스며들어 있었다고 주장했습니다. 최근에 한 학자는 놀라움과 함께 이렇게 썼습니다. '이런 것이 마야에 관한 인기 있는 기존 학설이었으며, 그것은 흥미진진한 과학 소설처럼 받아들여졌다.' 마야 문명이 우리 인류가 알고 있었던 가장 고도로 진화한 영적인 문명들 중 하나라고 주장한, 마야와 관련된 뉴에이지 신앙들의 경우에는 더 말할 것도 없죠." 또다시 실내는 죽음과도 같은 침묵 속에 잠겨 있었다.

"대단히 높은 평가를 받은 연구자들인 텍사스 대학의 린다 슐레*와 예일 대학의 엘렌 밀러*가 쓴《왕들의 피》와 같은 책들을 통해서 더 정확하고 현실적이며 충격적인 그림이 등장했습니다. 예일 대학의 마이클 코*는 이렇게 결론 내렸습니다. '이것들은 평화로운 신정神政국들이 아니라 서로 경쟁하는 대단히 호전적인 도시 국가들이었다. 그 게임의 이름은 끊임없는 전쟁과 저명한 포로들의 생포였다. 그들은 이렇게 잡은 포로들을 오랜 기간 모욕하고 고문한 뒤에 살해했다. 이런 소국의 지배자들은 일부 불운한 희생자들을 여러 해 동안 끌고 다니면서 그들을 생포한 것을 늘 자랑하곤 했던 것 같다. (…) 포로들은 주사위를 던지는 게임을 하라고 강요당했으며, 그 게임 결과에 따라 참수형을 당하는 것으로 끝나곤 한 것 같다. 아즈텍 족은 인간을 희생 제물로 바치는 의식을 좋아하는 성향 때문에 아주 나쁜 평판을 얻은 사람들이지만, 마야 희생 제의의 전형적인 특징이었던 상당한 정도의 고문과 신체 절단 형을 희생자들에게 가하지 않은 것은 분명하다.'"

푸엔테스는 고개를 들고 청중을 바라봤다. "슐레와 밀러는 어느 한 그림 속에 보존된 한 장면을 다음과 같이 서술했습니다. 그것은, '마야 인들이 자기네의 먹잇감을 보여주고, 적들의 패배를 경축하고, 그들의 피를 흘리게 하는 현장의 생생한 묘사다. 그림은 맨 왼쪽에서 한 포로 쪽으로

• **린다 슐레** Linda Schele, **엘렌 밀러** Ellen Miller, **마이클 코** Michael Coe 마야 문명 전문 연구가.

허리를 숙이고 있는 사람의 모습을 보여준다. 포로는 한 팔을 쳐들고 있는데 그는 그 팔 쪽의 손톱들을 뽑혔거나 손가락 끝마디들을 절단당했다. 포로의 팔에서는 피가 시내처럼 흘러내리고 있다. 움푹 꺼진 그의 양 뺨은 이 의식 과정에서 그가 이빨을 모조리 뽑혔다는 것을 암시해주는 것일 수 있다. 다른 포로들의 손가락들에서도 피가 쏟아지고 있으며, 그들은 절망 어린 눈빛으로 자기네 손을 내려다보면서 비참하게 울부짖고 있다. 한 포로는 손가락들을 내밀고 있는데, 그것은 자비를 구하는 장면이 아닐까 싶다. 그러나 마야 인들에게는 희생 의식의 필연성만 존재했다. 이 포로가 죽어야 할 궁극적인 이유는 심장을 바치는 의식을 행해야하기 때문이다. 하지만 그의 몸 여기저기에 나 있는 절단의 흔적들은 그이전에 고양이가 쥐를 갖고 노는 형태의 고문이 자행되었다는 사실을 우리에게 알려준다. 그에 비하면 아즈텍 족이 시행한 차분하고 신속한 심장 적출 의식은 자비로운 행동으로 볼 수도 있을 것이다.'"

"맙소사, 킴. 이 사람들도 역시 조용히 청중에게 같은 짓을 하고 있는 것 같다는 느낌이 들어요."

"청중의 심장을 뽑아내거나 자비롭게 적출하는 것 같아요?"

"심장을 적출해내는 것, 확실히 그거예요. 우리 엄마와 아빠였다면 아마 무대로 뛰어 올라갔을걸요."

"재미있는 말이네요. 나는 이 대목을 다루는 강연에서 청중이 성을 내는 걸 본 적이 없어요. 그저 얼빠진 사람들처럼 잠자코 앉아 있기만 하지. 이 사람들 대부분은 그에 관한 생생한 증거를 제시하는 얘기를 여기서 처음 들었을 거예요. 아무튼 좀 쌈박하죠?"

"그런 것 같아요."

"마야 인의 생태적 민감함에 대해서 얘기하자면, 현재 널리 인정받는 견해로는 마야 인이 사실상 많은 초기 종족들이 그랬던 것처럼 밀파, 곧 나무를 불태워서 밭을 일구는 화전식 농경 방식을 썼다고 합니다. 이런 방식은 로맨틱하게 미화된 이야기와는 정반대죠. 사실 학자들은 그런 반생태적 농경 방식이 훗날 마야 문명이 붕괴하는 데 한 원인이 되었다고 생각하고 있습니다."

푸엔테스는 빙긋이 웃었다. "오, 기왕 말이 나왔으니 하는 말인데, 뉴에이지 사람들은 2012년에 세상의 종말이 올 거라고 걱정합니다. 희생 제사 올릴 시기를 정확히 맞출 수 있게 하기 위해서 만든 것이기도 한 마야 달력이 그렇게 예언했다고 해서. 오늘날의 증거들은 스톤헨지에서도 그런 제사를 올렸다는 사실을 알려주고 있기도 하죠. 드루이드들(고대 켈트족의 사제들-옮긴이)은 '아이들의 불균형한 숫자'(많은 아이들을 희생 제물로 바쳤다는 뜻-옮긴이)를 선호해서 그런 것 같기는 하지만 말입니다. 슐레와 밀러는 마야 달력의 예언에 관해 다음과 같이 썼습니다. '과거에 마야 달력으로 2012년 12월 23일에 전대미문의 사건이 일어날 것이고, 그날 마야 시대와 아울러 세상이 종말을 고할 것이라는 의견이 있었다. 하지만 그건 잘못 안 것이다. 마야 인들이 그런 사건이 일어날 거라고 내다본 날짜는 4772년 10월 23일이었다.' 그러니 우리 모두 안심해도 될 것 같습니다!"

"그건 하모닉 컨버전스(harmonic convergence. 1987년 8월 16일 오전 8시, 마야 달력이 예언한 지구 멸망을 막기 위해 세계의 성소 열한 곳에 뉴에이지 그룹 수만 명이 모여 우주에 합창을 보낸 '조화와 집중' 이벤트-옮긴이)야." 어머니는 내가 당신 말을 알아듣지 못하기라도 한 양 같은 말을 반복했다.

"하모닉 컨버…… 컨버……"

"컨버전스. 컨버전스라니까. 하나가 된다는 뜻이야."

"오오오오, 우리 한 몸이 되자, 귀염둥이."

"닥쳐, 클로이." 나는 그렇게 말하고는 얼굴을 붉히면서 혹여나 내가 하는 소리를 들었을까 확인해보려고 어머니의 얼굴을 쳐다봤다.

"모든 행성들이 일렬로 쫙 늘어서 있게 돼. 마야 달력이 예언한 것처럼 말이야. 이것은 물병자리 시대의 서막이야! 모든 사람들 가운데 평화와 조화가 자리 잡는. 무슨 말인지 알겠니?"

"이해하려고 노력하고 있어요, 엄마. 정말로 노력하고 있다구요. 이 행성에는 십억 명이 굶주리고 있고, 해마다 열일곱 차례의 국지전이 벌어지고, 아프리카에서는 에이즈가 창궐하고 있고, 환경 파괴 현상이 파국적이라고 할 만큼 가속화되고 있고, 홍수림이 마돈나가 입고 있는 옷들보다 더 빠른 속도로 사라져가고 있고 등등등…… 나는 행성들의 정렬 현상이 그 모든 문제점들을 해결하는 데 어떤 도움이 될지 이해하려고 열심히 애쓰고 있다구요."

어머니는 무한한 사랑으로 나를 쳐다봤다. "너는 정말로 네 아빠의 아들이야. 그렇지 않니?"

푸엔테스는 가락을 붙여서 말했다. "마야 인이 부머 뉴에이지 사람들의 총아라고 한다면, 페루의 잉카 인은 부머 사회주의자들의 총아였다고 할 만합니다. 부머 사회주의자들 중의 상당수는 혁명과 함께 되살아나게 될 원래의 공산주의, 배려의 공산주의를 찾고 있었죠. 잉카는 분명 그런 바람에 딱 맞아떨어지는 것 같았습니다. 특히 자신이 뭘 찾고 있는지 미리 잘 알고 있었다고 한다면. '잉카가 아메리카의 평화로운 제국이었다고 하는 것은 인기 있는 가설이다. 대부분의 역사서들은 여전히 잉카 제국을 별 해가 없고 건전한 태양 숭배를 중심으로 해서 순환하는 사회주의적 파라다이스로 서술하고 있다. (…) 유럽 지식인들은 개명된 사회주의라는 그들 자신의 비전에 들어맞는 한 모델로 여겼다.'

하지만 최근의 연구는 또다시 더 정확하고 불유쾌한 그림을 발견했습니다. '현재, 학자들은 잉카 인들이 에콰도르에서 칠레에 이르는 광대한, 다양한 종족들로 이루어진 제국에서 행사했던 사회, 정치, 경제적 지배 체제에서 인간을 희생 제물로 바치는 제의가 아주 중요한 역할을 했다고 믿고 있다.' 그들은 희생 제물로 아이들을 더 선호했던 것으로 보입니다. '마음에 들지 않는 희생 제물들을 없애버리고 난 뒤에 남은 아이들은 잉카 대사제가 앞으로 그들이 치를 희생이 제국 전체와 그들 자신에게 안겨줄 이익에 관해서 들려주는 이야기를 들었다. 이 엄숙한 과정이 끝난 뒤 어머니를 동반한 아이들은 태양과 천둥과 달의 신인 비라코차 같은 잉카의 주요 신들의 조각상 주위를 함께 돌았다.' 그러고 나서 잉카 황제는 사제들에게 이렇게 명령했습니다. '이 제의에서 그대들이 맡은 역할을 하고 이 땅의 가장 위대한 우아카에게 공물을 바친 뒤, 아이들도 제물로 바쳐라…… 잉카 인들은 맨 손으로 목 졸라 죽이기, 도구를 이용해서 목 졸라 죽이기, 돌로 쳐서 경추를 분질러 죽이기, 심장을 적출해내기, 산 채로 매장하기 등을 포함한 다양한 처형 방법을 사용했다.'

광범위한 인간 희생 의식 체계는 정치적 착취와 지배를 목적으로 하는 자생적 시스템의 일부임이 분명했습니다. 그러나 꼭 그것에만 그치는 것은 아니었습니다. '학자들은 잉카 제국 시대나 그 이전 시대에 안데스 지역에서 얼마나 광범위하고 다양한 인간 희생 제의가 존재했는지를 이제 막 알아차리기 시작하고 있다. 일반적인 카파코차 의식─대지 및 계절과 깊은 관련이 있음이 분명한 하지와 동지 의식이 행해질 때마다 몇백 명에 이르는 아이들의 목숨을 빼앗았다─외에도 잉카인들은 가뭄, 전염병, 지진, 기근, 전쟁, 군사적 승리나 패배, 우박을 동반한 폭풍, 천둥번개를 동반한 폭풍, 눈사태가 일어난 경우에도, 작물의 파종과 수확을 할 때와 잉카 황제가 죽었을 때와 새로운 황제가 권좌에 올랐을 때, 그리고 좋은 징조omen가 보일 때나 나쁜 징조가 보일 때도 아이들과 젊은이들을 희생 제물로 바쳤다.'"

클로이가 말한다. "오멘omen(징조-옮긴이), 오멘, 오 멘oh men(오, 사내들이란-옮긴이)! 지금 당장 나를 네게 희생 제물로 바치도록 하자고. 내 허벅지들을 네 물건에 바치자고. 지금 내 몸에다 박아, 빅보이, 너는 할 수 있어!" 클로이는 나를 쳐다보면서 씩 웃는다.

"클로이, 왜 항상 섹스 이야기만 하는 거야?"

"그게 네 판타지니까, 귀염둥이. 내 판타지가 아니라. 네가 그렇게 말하고 있잖아."

"아, 그건 그래."

"정말로, 내가 원하는 게 오로지 섹스뿐이라고 생각하는 건 아니지?"

"으음, 나는, 으음……."

"너는 정말로 딸랑이같이 달그락거려, 윌버."

"그럼, 네가 원하는 건 뭐야, 클로이?"

"너한테 이미 말했잖아. 그냥 나랑 같이 있어줘, 귀염둥이. 그냥 나랑 같이 있어줘."

"좋아, 좋아, 알았어. 꼭 그렇게 할 거야, 꼭 그렇게, 클로이."

"사랑해, 귀염둥이."

"나도 사랑해, 클로이. 나도 사랑해. 틀림없이 그렇게 할 거야. 정말로 중요한 건 그것뿐이야, 정말로 중요한 건 그것뿐이야. 그리고 으음, 에헴, 으음……."

"뭐가 으음이야?"

"그 중간에 들어갈 말이 뭐였지? 허벅지들과 물건과 박아 넣기에서 말이야."

"북아메리카에서 인간 희생 제의는 휴런 족과 포니 족이 시행했습니다. 비록 현재의 증거들이 호피 족과 주니 족과 푸에블로 족의 조상인 남서부의 아나사지 족이 유난히 더 잔인한 형태의 희생 의식을 시행했다는 것을 암시해주고 있기는 하지만요. 아나사지 족은 마야 족, 잉카 족과 마찬가지로 열정적인 신앙, 그중에서도 특히 뉴에이지 신앙의 중심이 되었습니다. '전통적인 견해에 의하면 아나사지 족은 어떤 절대 군주도, 지배 계급조차도 갖고 있지 않았으며, 합의에 의해서 스스로를 다스렸다고 한다. (…) 그들의 사회는 부자도 가난한 사람도 없는 사회였다. 전쟁과 폭력은 드물었거나, 전혀 알려진 바가 없었던 것으로 보인다. 아나사지 족은 대단히 영적이었고, 자연과의 조화 속에서 살았다고 한다.' 많은 뉴에이지 사람들이 갖고 있던 생각은 훨씬 더 로맨틱했습니다. '아나사지 족은 고고학 전문가들이 아닌 이들의 마음을 사로잡았다. 특히 뉴에이지 운동에 참여하는 이들의 마음을. 그들 중 상당수는 스스로를 아나사지 족의 영적인 후예들로 여기고 있다. 1987년 하모닉 컨버전스 기간 동안 수천 명이 차코 계곡에 몰려들어 손에 손을 잡고 노래하고 기도했다. 사람들은 또 서구 문명권 밖에 있는 영성을 찾아서 현대의 푸에블로 인디언—그중에서도 특히 호피 족—마을들로 몰려가기도 했다.'

높은 평가를 받고 있는 연구자 팀 화이트*는 'AD 1100년경에 그곳에서 남자들과 여자들과 아이들을 도살해서 조리해 먹었다'는 증거를 제시하는《맨코스 5Mtumr-2346에서의 선사 시대 식인 풍습》을 발표함으로써 이 모든 관행에 정면으로 도전했습니다. '저자는 다른 유적지들에서 먹을 것으로 이용된 인간 해골들과 그곳의 해골들을 비교하는 방식을 통해서 가죽 벗기기, 시체 토막 내기, 조리하기, 뼈 부수기를 뒷받침해줄 증

• **팀 화이트**Tim White 미국의 고생물학자.

거들을 찾아냈다.' 학자인 켄트 플래너리*는 다음과 같이 논평했습니다. '많은 사람들이 자기네 선사 시대 조상들이 식인 행위에 연루되었다고 믿고 싶어 하지 않기 때문에 식인 풍습은 많은 논란을 불러일으키는 주제다. 하지만 그들이 이렇게 엄밀한 연구를 거부할 경우에는 곤란한 처지에 몰리게 될 것이다.' 소수의 학자들은 식인 풍습을 부정했습니다만 호피 족 사람들을 포함한 그 누구도 희생자 살해 의식과 수족 절단 관행을 부정하지 않았습니다. 고고학자들은 중앙아메리카의 풍습이 아나사지 족에게 강력한 영향을 미쳤다는 걸 오래전부터 알고 있었고, 사실 소수의 학자들은 중앙아메리카 사람들 일부가 그곳으로 이주했다고 믿고 있습니다. 그러므로 북아메리카 서남부 인디언들의 일부가 올멕 족(중앙아메리카 최초의 문명을 일궈낸 종족 - 옮긴이), 톨텍 족(마야 족이 몰락한 뒤에 등장한 종족 - 옮긴이), 아즈텍 족과 비슷한 관행을 공유하고 있었다는 건 전혀 놀라운 일이 아닙니다."

푸엔테스는 말했다. "하지만 제가 알고 싶은 건 어떻게 아일랜드 사람이 그곳까지 왔었나 하는 것뿐이에요." 그 말에 점차 고조되어가던, 숨 막히게 괴로운 긴장감을 떨쳐버릴 수 있는 것이 기뻐 모두가 즐겁게 웃었다.

나는 킴에게 낮게 말했다. "저분이 다섯 남편을 거쳤다고 얘기했었죠?"

"예, 다섯. 재미있지 않아요? 저분은 자기가 어떤 남자한테서도 당하고 살 생각이 없기 때문에 그렇게 됐다고 말해요. 그런데도 여전히 되돌아가곤 해요. 그야말로 깜놀이죠."

"정확히 뭐가 놀랍다는 거죠?"

"찰스는 저분이 남성과 여성의 차이점을 존중해주고 싶어 하고, 그들에게 '동등하지만 다른' 지위 같은 것을 부여해주고 싶어 하는데, 저분이

---

* **켄트 플래너리** Kent Flannery 미국의 고고학자. 멕시코 지역의 고대 문명을 연구했다.

그걸 진짜 생활 감정들로 전환시키기는 어려울 거라고 말해요. 저분은 집 안에서 주도권을 쥐고 싶어 하는 것 같아요."

"그게 뭐가 잘못인가요? 저분이 할 일은 그저 집 안에서 순종하기 좋아하는 남자를 찾아내는 것뿐인데."

킴은 고개를 돌리고 나를 쳐다봤다. "맙소사, 월버, 그거 말이 좀 되네요."

푸엔테스가 본인의 인간관계에서 뭘 했든 안 했든 간에, 그녀의 매혹적인 에너지에 끌려들어가지 않는다는 건 여간 어려운 일이 아니었다. 그 환한 미소 뒤에 뛰어난 지능이 자리 잡고 있으리라는 걸 의심할 사람은 거의 없었다. 하지만 그런 주제는 청중을 이내 침울하고 자기 성찰적인 침묵으로 되돌아가게 했으며, 푸엔테스는 적당히 부드러운 어조로 말을 계속했다.

"북아메리카 원주민들의 생태적 지혜에 관한 책으로 셰퍼드 크레치가 쓴 《생태학으로 본 인디언: 신화와 역사》는 이 주제에 좀 더 정확한 빛을 던져준, 가장 최근에 나온 연구 조사서입니다. 《급진적 생태학과 지구 환경 보호》의 저자 캐롤린 머천트*조차도 이렇게 말했습니다. '《생태학으로 본 인디언》은 자연과 조화롭게 어울리며 살아가는 고상한 인디언이라는 이미지에 대한 도발적이면서도 빼어난 재평가서다. (…) 자극적이고, 꼭 필요하고, 시의적절한 책.' 스미소니언 협회의 일원으로 《북아메리카 인디언들에 관한 안내서》의 편집주간인 윌리엄 스터트번트는 다음과 같은 결론을 내렸습니다. '철저한 연구를 거쳐서 나온 이 책은 인디언들이 환경에 적응하고 환경을 개조하고 이용하면서 자기네의 환경에 적극적

• **캐롤린 머천트** Carolyn Merchant 전 세계에 생태여성주의의 논의를 촉발시킨 미국의 대표적인 진보적 생태여성주의자.

으로 관여했고 지금도 그렇게 하고 있다는 점을 입증하면서 수동적인 형태의 생태적 혹은 친환경적 인디언들이라는 상투적 개념을 바로 잡아줬다.' 환경을 이용한답니다. 이해가 되셨나요? 좋습니다." 푸엔테스는 무대를 천천히 걸었다.

"말이 나왔으니 하는 말인데요, 최근 아주 많은 학자들이 어째서 아메리카 원주민을 '인디언'이라고 부르기 시작한 것일까요? 여론 조사 결과가 인디언의 대다수가 그런 명칭을 선호한다는 점을 보여주고 있기 때문입니다. '아메리카 원주민'과 '토착 원주민'은 녹색 자유주의자들이 스스로에 관해 좋은 느낌을 갖기 위해서, 그리고 자기네가 얼마나 민감한 사람들인지를 과시하기 위해서 사용하는 말들입니다. 하지만 대부분의 인디언들이 '인디언'이라는 말을 좋아하니 우리는 그냥 이대로 가기로 하죠."

"이제까지 했던 말을 요약해드릴까요?" 청중들은 아무 반응도 보이지 않았다. 강당 안에는 침묵이 젖은 외투처럼 무겁게 걸려 있었다. "아이고, 큰일 났네. 잘 들으세요, 여러분. 전체적인 그림은 분명하고 명백합니다. 이른바 아메리카 파라다이스(북쪽, 중앙, 남쪽)는 사실 정교하고 아름답고 영적인 관행들과, 세계 전역의 다른 모든 수렵채집 및 원예농업 사회들과 꼭 마찬가지로 오늘날의 기준으로 보아 미개하고 대단히 야만적인 관행들의 복잡한 혼합체였습니다. 이런 문화는 많은 지혜와 더불어 많은 야만성도 아울러 갖고 있었습니다. 그 지혜에 관한 전체적인 내용은 유인물을 통해서 제시해드릴 겁니다. 야만성의 경우에는 인종차별주의, 민족중심주의, 유럽중심주의, 혹은 최근의 녹색 밈이 갖다 붙이기 좋아하는 그 밖의 온갖 지저분한 명목으로 고발당하지 않도록 하기 위해 이번에 딱 한 번만 말씀드리고 말 겁니다. 하지만 힘을 꽉꽉 줘서 말씀드릴 겁니다. 저는 인간 희생 의식과 화전식 농경법을 시행했던 사회가 상당수를 차지하는 세계 전역의 원예농 사회들에 관해 설명하는 비슷한 글들을 써 왔습니다. 제 IC 동료들 중 많은 분들도 역시 이런 주제에 관해 글을 써 왔습니다. 저는 아메리카 원주민들이 다른 문화권 사람들은 하지 않은 짓들을 했다고 주장하는 것이 절대로 아닙니다. 저는 차라리 야만성에서의 다문화적 평등성을 주장하고 있습니다.

이런 것은 전혀 놀랄 만한 일이 못 됩니다. 우리는 세 번째 강의에서 이미, 오늘날에도 적색 밈이 제멋대로 하게 내버려두면 '개명된 민족들' 속에서 거의 정확히 같은 짓을 할 것이라는 점을 짚고 넘어갔습니다. 벡과 카우언, 기억나세요? 그분들이 쓴 글 중 하나를 다시 한 번 인용하도록 하죠. '격렬한 적색 투쟁에서 살아남은 사람들은 노예나 전리품으로 취급당할 가능성이 있다. 승리의 증거로 목을 따거나 머리 가죽을 벗기거나 귀를 떼어가며, 적을 살해한 뒤 성기를 절단하는 것은 희생자가 내세에서조차도 자손을 낳거나 즐거움을 누릴 기회를 박탈하는 최후의 무자비한 일격이다. 1990년대에 세르비아인들은 자기네 종족의 숫자를 늘리고 보스니아 적들의 종자를 희석시키기 위해 강간을 자행하곤 했다고 한다. 르완다의 투치 족과 후투 족은 1994년의 반란 때 자기네 영역에서 상대 종족의 숫자를 줄이기 위해 맹렬히 싸웠다. 소수의 미국군은 베트남에서 적의 신체 기관들을 수집했다.'

역사적으로 이런 식의 학살과 인간 희생의 주술적인 바터 제barter system는 모계중심적인 원예농업 사회들에서 절정에 달했고, 가부장제적 농경 사회의 도래와 함께 쇠퇴했으며, 가부장제적 산업 사회의 도래와 함께 완전히 불법화되었습니다."

그녀는 그런 사실이 충분히 소화되게끔 시간을 주려는 듯이 잠시 말을 멈췄다가는 간단히 말했다. "레사 파월을 소개합니다."

조안 헤이즐턴은 우리 한 사람 한 사람의 얼굴을 차례로 돌아보더니 놀라운 선언을 반복했다. "이게 사실이라면, 우리는 신에게로 가는 로드맵을 찾아낸 거예요."

짜릿한 침묵이 우리를 에워쌌다. "어제는 그 신이 존재하지 않았지만 내일은 존재할 거예요. 발달의 나선은 영Spirit을 외면하는 게 아니라 지향하고 있어요."

그 생생한 침묵은 지속되었다. 마침내 캐롤린이 입을 열었다. "그렇다면 의식의 그 더 높은 수준들에 관해서 말씀해주세요!" 우리 모두는 현기증이 날 만큼 열심히 고개를 끄덕였다. 카티시마저도 비슷하게 행동했다.

"내가 서론적인 성격의 강연에서 나선역학적 발달모형에 관해 얘기하면서 보여줬던 슬라이드들 기억해요? 청록색 수준의 사람들은 '지구는 하나의 마음 또는 하나의 의식을 지닌 단일한 유기체다'라는 식으로 말하기 시작해요. 이것은 우주적 종교 신앙의 한 유형이에요. 내가 우주와 하나라는, 우주와 서로 얽혀진 하나라는 믿음. 하지만 그것은 여전히 믿음이고, 개념이에요. 그다음 수준에서, 으음 거기에는 몇 개의 수준이 있지만, 우리는 그 모든 것을 3층 또는 '청록색 이후'라고 불러요.

아무튼 의식발달의 3층에서는 나와 세계가 하나라는 개념이 직접적인 체험이 돼요. 우리는 온우주와 하나인 자기자신 또는 자신의 참나Self를 실제로 체험해요. 온우주는 살아 있는 영의 구현체고, 나는 그 영과 하나예요. 학자들은 이것을 일러 '우주적 의식'이라고 하죠."

내가 말했다. "하지만 그건 아주 마법적인 얘기처럼 들리네요, 전형적인 자주색처럼."

"표면적인 말만 놓고 보면 그렇게 들릴 수도 있죠. 많은 사람들이 그런 실수를 해요. 하지만 실제 내용이 어떤 건지 알려면 전체적인 신념 체계를 살펴봐야 해요. 자주색은 전체론적인holistic 것으로 비치지만 사실은 아주 파편화된 성격을 가진 거예요. 심지어 그것은 생태적이지도 않아요. 클레어 그레이브스가 이 레벨을 다음과 같이 설명했다는 점을 잊지 마세요. '강의 굴곡부마다 이름이 있지만 정작 강에는 이름이 없다.'" 나는 캐롤린을 쳐다봤다. 그녀는 맥없이 웃었다.

"하지만 참으로 인상적인 대목은 이런 거예요. 자주색 또는 종족 의식은 인접한 자연 환경들로부터는 '분리되어 있지 않을'지 몰라도 다른 사람들로부터는 완전히 분리되어 있다는 것. 종족 의식은 다른 종족들의 역할을 맡을 수가 없어요. 그것은 민족중심적인 의식을 벗어나 세계중심적인 의식으로 나아갈 수가 없고, 사실상 대개는 민족중심적인 방식에서 맴돌고 있어요. 인간들이 저지르는 대부분의 만행이 자주색과 적색에 해당하는 종족 의식의 부활에서 비롯되는 것은 바로 그 때문이죠.

그러나 2층의 청록색 수준에 이르게 되면 완전히 세계중심적이고 탈인습적인 인식을 갖게 돼요. 그럴 때 우리는 환경뿐만 아니라 다른 모든 사람들과도, 아니 더 나아가 다른 모든 생명체들과도 하나가 될 수 있어요. 따라서 청록색 또는 2층은 3층으로의 엄청난 도약, 또는 영적인 자각으로 도약할 수 있는 길을 마련해주죠. 여기서 영적인 자각이란 내가 영과 하나요, 따라서 이 세상 모든 것들과 하나임을 직접적인 체험을 통해 깨닫는다는 것을 뜻해요."

"그러니까 우리 공동의 미래에 3층이 자리 잡게 되겠군요. 우리의 미래에."

"예. 하지만 고금을 불문하고 어떤 개인도 제 힘으로 의식의 모든 스펙트럼을 따라 진화할 수 있어요. 맥도 지금 당장 그렇게 할 수 있어요! 옛 시절에 위대한 영적 영웅들은 그렇게 했어요. 그들은 3층으로, 영과의 하나 됨으로 진화했죠. 하지만 그런 이들은 믿을 수 없으리만치 드물었요. 대체로 우리가 알고 있는 것은 전체적인 면에서 의식이 진화하고 있다는 거예요. 평균적인 무게중심은 서서히 위로 올라가고 있어요."

조나단이 말했다. "주식 시세처럼. 엄청난 상승과 대폭락이 있기는 하지만 결국은 위로 계속 올라가고 있다."

헤이즐턴은 빙그레 웃으며 말했다. "우리는 그 상향 추세를 에로스라고 불러요."

스튜어트가 물었다. "하지만 만일 3층이 의식의 궁극적인 상태, 또는 모든 것과 하나 됨이라고 한다면, 어째서 2층을 '통합적'이라고 부르는 거죠? 3층이 참으로 통합적인 것이 아닌가요?"

"맞아요. 한데 그저 정도의 문제일 뿐이에요. 모든 단계는 전 단계를 넘어서면서 동시에 전 단계를 아우르고 있어요. 따라서 녹색은 오렌지색보다 더 통합적이고, 오렌지색은 청색보다 더 통합적이죠. 2층은 1층보다 더 통합적이고, 3층은 궁극적인 통합적 파동이에요."

"그 말씀은 그보다 더 높은 것은 없다는 말씀인가요? 3층이 의식의 가장 높은 상태라는?"

"우리가 알고 있는 한은 그래요."

나는 뭔가에 쫓기는 사람처럼 다급하게 물었다. "그렇다면 의문이 있는데요, 3층은 오메가 포인트 같은 것인가요? 깨달음이 모든 창조물들이 지금 지향해나가고 있는 종료점인가요?"

헤이즐턴이 말했다. "맥은 꼭 테이야르 드 샤르댕처럼 얘기하네요."

조나단이 덧붙였다. "테이야르는 오로빈도에게서 그런 개념을 얻었죠."

헤이즐턴이 말했다. "사실 오로빈도는 셸링에게서 그걸 얻었어요. 하지만 그런 게 뭐 중요하겠어요?"

"3층이 궁극적인 오메가 포인트인가요?" 나는 여전히 절박한 어조로 재우쳐 물었다.

"우리가 알고 있는 한, 3층보다 더 높은 건 없어요. 하지만 3층이 정말로 궁극적인 오메가 포인트처럼 작용할지는 우리도 잘 몰라요. 내가 말하는 뜻은 그거예요. 설사 우리가 모든 사람이 다 3층으로 진화한 사회에서 살고 있다고 해도, 태어날 때는 모두가 다 여전히 베이지색의 출발점에 서 있고, 거기서부터 시작되는 나선적인 흐름 전체를 통해서 진화하는 과정을 거쳐야 한다는 점을 잊지 말도록 하세요. 그리고 나선을 통한 발달의 매 단계마다 온갖 종류의 어려움이 따를 수 있어요. 그건 오늘날의 경우와 마찬가지죠. 우리는 평균적인 무게중심이 대략 오렌지색인 나라에서 살고 있어요. 하지만 그렇다고 해서 모든 사람이 다 오렌지색에 이른 건 아니죠. 따라서 우리는 무게중심이 3층인 문화에서 산다는 것이 뭘 뜻하는 것인지 잘 몰라요. 물론 많은 것들이 엄청나게 개선되고 향상될 거라는 것만 빼고. 하지만 전보다 더 나빠지는 것들도 있을 수 있어요. 아무튼 지금으로서는 뭐라고 단언할 수 없어요."

그녀는 아주 오랫동안 침묵을 지키다가 다시 입을 열었다. "한데 한 가지 이론이 있어요." 사람들은 이내 입을 다물었다. "일부 사람들은 전 세계 인구 중에서 소수 사람들만 3층에 이른다 해도, 그러니까 한 1퍼센트 정도만 그렇게 된다고 해도, 그것이 다른 사람들을 앞으로 끌어주는 거대한 자석처럼 작용할 거라고 믿고 있어요."

조나단이 톡 쏘았다. "누군가가 백 번째 원숭이 역할을 하는 식으로?"

헤이즐턴이 웃으며 말했다. "우리도 그런 점을 걱정해왔어요! 그리고 우리는 그런 식으로 생각하는 것을 피하기 위해서 최선을 다하고 있답니다. 한데 그렇다고 해도 앞에서 말한 사실에는 변함이 없어요. 인구의 소수가 3층에 이른다면, 그것이 참으로 다른 모든 사람들을 최종적인 깨달음으로 이끌어주는, 모든 사람을 우주적 의식으로 끌어당겨주는 거대한 오메가 포인트로 작용할 가능성이 분명히 있어요."

"여쭐 말씀이 있는데요, 헤이즐턴 박사님……." 나는 말하기 시작했다.

"아, 여기서는 조안이에요, 알겠어요?"

"아, 여기서는, 예. 이것은, 하지만 물론입니다. 선생님이 원하신다면 뭐 여기서는 그렇게. 아니, 이렇게?"

조나단이 씩 웃으며 말했다. "내가 번역해줄까?"

"아니, 괜찮아. 난 괜찮아. 그런데 말이죠." 나는 목청을 가다듬었다. "말하자면, 실리콘 생명 형태가 3층에 이를 때는 어떻게 될까요. 그것이 우리 인간들을 3층으로 끌어당겨줄 수 있을까요? 실리콘 생명 형태가 이 궁극적인 오메가 포인트로 작용할 수 있을까요?"

그녀는 오랫동안 생각하다 대답했다. "안 될 것도 없을 것 같은데요."

슬라이드 3, "포장도로 밑은 해변이다".

레사 파월은 다른 사람들이 얘기를 끝낸 대목의 주제를 곧바로 다시 집어 들어 얘기하기 시작했다. "형식적 합리성이 억압적이고 주변부로 내모는 기능을 하고 잔학 행위를 불러일으키는 힘일 뿐이며, 따라서 합리적이지 않은 것은 뭐든 다 다원론적 파라다이스임이 분명하다는 식의 관념에 갇혀버릴 경우, 우리는 어느 방향의 발달을 '파라다이스'라고 불러야 하는가 하는 것을 두고 큰 혼란에 빠질 수도 있습니다.

인간악과, 그것을 극복하는 방법에 관한 두 가지 주요한 견해가 있으니, 선함의 회복 모델과 선함으로의 성장 모델이 그것들입니다. 이 두 가지 모델 모두 중요한 진실을 내포하고 있지만, 부머리티스는 그 안에 내재된 복고풍의 로맨틱한 흥분 상태로 인해 맹목적으로, 거의 전적으로 전자의 모델을 선택하며, 그런 행태는 더없이 불행한 결과를 낳고 맙니다.

선함의 회복 모델은 그 이름이 암시하는 것처럼 인간은—개체 발생적으로, 그리고 계통 발생적으로—일종의 원초적 파라다이스에서 출발하지만 억압적인 사회의 힘, 이기적 합리성, 분석하고 구별하는 뉴턴-데카르트식 패러다임, 가부장제적 기표들, 또는 이른바 파괴적이라고 하는 다른 어떤 힘들이 그 원초의 자유를 분쇄해버렸다고 주장합니다. 원초적 선함은 억압되었고, 그 자리에 인간악이 들어섰으며, 따라서 우리가 할 일은 성숙한 형태의 그 파라다이스를 되찾는 것이라고 말입니다.

선함으로의 성장 모델은 그와는 정반대되는 견해를 제시합니다. 인간은 자기중심적이고 전인습적인 레벨로 태어났으며, 제아무리 '자발적이고 자유롭게' 보일지라도 사실상 타인들의 역할을 맡을 능력이 없고 따라서 순수한 배려와 관심을 드러낼 능력이 없다고. 이런 자기중심적 태도는 민족중심적 태도로 성장하고 진화하고 확장되며, 이어서 진정한 다원론과 탈인습적 자유의 세계중심적 태도로 확장될 수 있습니다. 따라서 인간은 꼭 악하게 태어나는 건 아니지만, 탈인습적 사랑과 연민이 분명히 결여된 상태에서 태어납니다. 하지만 그들은 성장하고 발달해서 그런 식으로 선하게 될 수 있습니다.

그간 많은 심리학적 조사 연구 결과에 의하면 그 두 가지 견해 모두가 부분적으로 옳다고 합니다. 선함으로의 성장 모델은 대체로 정확한 틀입니다. 대부분의 발달 과정은 참으로 전인습적인 단계에서, 인습적 단계로, 거기서 다시 탈인습적 단계로 나아갑니다. 그러나 그것들 중 어느 한 단계에서 해당 단계의 잠재력이 억압되거나 부정되거나 매장될 수 있습니다. 그러므로 어린 조니가 성장 과정에서 심한 억압을 받는다면, 그것은 탈인습적 자유 같은 것에 대한 억압이 아니라—그런 자유는 아직 나타나지 않았으니까요—전인습적 영역들에 속하는 건강한 밈들에 대한 억압(베이지색과 자주색과 적색의 능력들에 대한 억압. 타고난 활력과 리비도, 섹스, 공격성, 감각적 풍요로움에 대한 억압)이 될 겁니다. 그러므로 이런 케이스들을 대상으로 하는 치료에는 '자아에 도움이 되는 퇴행'이 포함되며, 그런 식의 치료는 잃어버린 유년기의 잠재 능력으로 돌아가거나 그것과 친숙해지게끔 하려고 시도하는데, 그런 잠재력은 탈인습적인 것이 아니라 전인습적인 것입니다.

하지만 복고풍의 로맨틱한 파라다이스에 푹 빠져 있는 부머리티스는 선함으로의 성장 모델을 거의 인정하지 않았습니다. 부머리티스는 근대의 가부장적 합리성이 아주 잔혹하게 파괴해버린 천국 같은 '에덴'과 재접속하고 싶어 하기만 했습니다(이런 파라다이스가 현재 '더 높은 레벨' 또는 '성숙한 형태'로 존재할지라도, 그것은 늘 모순된 방식으로 해석되거나 판독되곤 했습니다). 하지만 좀 더 신중한 역사 연구가 파라다이스에 대한 더 정확한 관점을 밝혀낸 현재, 좀 더 현실적인 평가가 바람직하지 않은가 합니다."

나는 캐롤린을 쳐다봤다. 그녀의 표정은 괜찮아 보였다. 카티시의 낯빛은 검푸른 빛이었고, 그게 뭘 뜻하는 것인지는 늘 좀처럼 짐작하기 어려웠다. 베스는 완전히 몰입해 있었다. 그녀는 대체로 동의하는 것 같았다. 하지만 마구 휘갈겨 쓴 노트에는 반박할 만한 점들을 도처에 표시해놓았다.

"하나the One를 되찾으려면 시간을 거슬러 올라갈 것이 아니라 영원함을 발견해야 해."

내 머릿속의 목소리가 말한다.

"그게 무슨 말씀이세요? 무슨 뜻인지 모르겠어요."

"그대는 바로 지금 여기서 이 목소리에 귀 기울이고 있는, 이 말을 듣고 있는, 그리고 그대의 눈을 통해서 세상을 보고 있는 불멸의 하나를 내게 보여줄 수 있나? 그대는 내게 바로 지금 여기에서 그 불멸의 하나를 보여줄 수 있는가?"

"나한테 얘기하는 거예요?"

"푸코가 한 일은 분명 전근대적 '파라다이스'에 대한 이런, 좀 더 현실적인 평가라고 할 수 있습니다. 푸코는 자신의 초기 저작들이 사실상 모더니티의 모든 측면들(이기적 합리성, 오렌지색 밈, 계몽운동)을 비난하는 데 사용된(그의 축복을 받으면서) 뒤, 초기 저작의 상당 부분을 취소하는 저 유명한 발언을 하기 시작했습니다. 사실 그는 일련의 아주 재기발랄한 논평을 통해서 그것을 조롱하기까지 했습니다. 푸코의 초기 저작들은 온갖 보호 시설들에서 교도소와 병원과 학교에 이르는 사실상의 모든 근대적 기관들이 대단히 억압적이며, '원초적 선함'과 인간의 자유를 분쇄하는 권력 구조들에 지나지 않는다는 뜻을 밝히는 데 동원되곤 했습니다.

허나 푸코는 결국 선함의 회복이라는 그런 순진하고 고지식한 개념을 버렸습니다. 그는 '포장도로 밑은 해변이다'라는 개념을 비웃었습니다. 그는 우선, 사람들이 그와는 다른 식의 주장을 펴는 자신의 역사 연구 결과를 제대로 살펴보려 하지 않았다는 점 때문에 그렇게 했습니다. 두 번째로는, 인간발달에 대한 더 정밀한 견해를 인정했기 때문에도 그렇게 했고요." 파월은 또다시 통렬하고 거침없는 지적인 분석 작업에 들어갔다. 나는 사실상 그 뜻을 제대로 이해하지 못했지만 결론만은 그런대로 알아들었다.

"이와 관련해서 프랑스 역사가들인 고셰*와 스웨인*의 말을 인용해보도록 하죠. '푸코의 주장과는 반대로 모더니티의 역학은 본질적으로 타자 배제의 역학이 아니다. 근대 사회의 논리는 토크빌*이 서술한 바와 같

- **마르셀 고셰** Marcel Gauchet 프랑스의 정치철학자이자 사상 전문지 〈르 데바Le débat〉의 편집장.
- **글래디스 스웨인** Gladys Swain 프랑스의 정신과 의사. 정신의학사와 푸코 비평에 관한 저서들을 남겼다.

이 전 인류의 기본적인 평등에 대한 제안이 뒷받침해주는 통합의 논리다. (…) 근대사는 배제가 아니라 통합의 역사다.' 요컨대 모더니티는 민족중심적 단계에서 세계중심적 단계로의 이행을 그 특징으로 하는 것이었으며, 당연히 실제 현실도 그런 식으로 진행되었습니다."

"보라고! 그들은 전스퀘어적인 퇴행과 탈스퀘어적인 자유를 혼동했다고! 클로이, 나는 그걸 알고 있었어! 나는 이미 알고 있었다고!"
"그런데 귀염둥이, 네가 그걸 이해한 건 좋은데, 지금 네 물건을 내 입속에 집어넣는다 해서 문제 될 건 아무것도 없어."
하나, 둘, 셋, 넷. "네 말이 맞아 클로이. 넌 참 되게 똑똑해."

"그렇게 해서 결국 푸코는 '선함의 회복'이라는 모델의 상당 부분과 아울러, '포장도로 밑은 해변이다'라는, 재치 있게 요약 정리된 개념을 버렸습니다. 페리와 르노는 현재 널리 알려진 전말을 다음과 같이 보고했습니다. '푸코는 1977년의 인터뷰에서 1968년의 지적 유행이 자신의 저서들에서 끌어낸 내용들에 관해서 느낀 꺼림칙한 감정들을 토로했다. 그런 식의 이용은 권력의 메커니즘(각종 보호 시설들과 교도소와 학교 등)을 제거하고 그 권력의 저변에 존재하는 원초적인 선함을 찾아내보자는 착상을 중심으로 한, 푸코주의의 성서에 해당하는, 일종의 불가타 성서(Vulgate. 382년, 히에로니무스가 편집한 대중용 라틴어 성서─옮긴이) 같은 것이 탄생하게 하는 결과를 빚어냈다.' 푸코는, 그런 식의 견해들이 좌파의 교조주의, '억압에 반대하는 노래의 반복적인 후렴구'가 되었다고 말했습니다. 그런 후렴구

• **알렉시스 드 토크빌** Alexis Charles Henri Maurice Clérel de Tocqueville 프랑스의 역사가이며 정치가. 베르사유재판소 배석판사와 외무장관 등을 역임했고, 영국에서 자유주의자와 교유하며 제임스 스튜어트 밀에게 큰 영향을 주었다.

는 항상 '권력의 저변에서는 원초적인 생생함을 지닌 것들을 식별해낼 수 있다'는 가사를 거듭 반복했다고 말했죠. 요컨대 포장도로 밑에는 해변이 있다는 얘기입니다. 그런 반면에 오늘날의 우리는 인간발달의 과정에서 근대의 포장도로 밑에는 그저 전근대적인 포장도로, 종종 근대의 포장도로보다 더 흉측한 포장도로만 있을 뿐이며, 거기에 탈인습적인 요소는 전혀 없는 것이 분명하다는 것을 잘 알고 있습니다.

우리는 이런 얘기를 좀 더 쉽게 요약해볼 수 있습니다. 계몽운동이라는 오렌지색 포장도로 '밑에는' 무엇이 있을까요? 청색 포장도로입니다. 청색 포장도로 밑에는 무엇이 있을까요? 적색 포장도로입니다. 적색 밑에는? 자주색입니다. 자주색 밑에는? 베이지색입니다. 베이지색 밑에는? 유인원들입니다. 그럼 파라다이스는 대체 어디 있을까요? 다른 방향에 있습니다. 탈인습적이고 2층이고 통합적인 선함을 지향하는 선함으로의 성장 속에."

이제 나는 그것마저도 넘어서야 한다는 것을 알았다! 2층은 3층, 곧 궁극적인 오메가 포인트로 도약할 길을 닦아줄 것이다! 물론 인류가 일단 2층에 도달하리라는 것을 전제로 할 때, 그리고 우리가 내일 오후에 자기해체를 하지 않으리라는 것을 전제로 할 때, 그렇다는 말이다. 인류의 자기해체라는 그 불길한 가능성은 내 강박적인 두려움이 되어왔다. 그 고약한 가능성은 내 나날들에 수시로 출몰했고, 내 꿈속에 침범해 들어왔고, 내 수상돌기들을 통해서 전율과 오한을 파급시켰고, 타인들과의 교류의 상당 부분을 어지럽게 만들거나 단절시켰으며, 도처에서 당혹스러워하는 표정들이 나를 따라다녔다. 그러나 이제 나는 레사 파월의 말이 옳다고 확신했다. 원초적인 선함은 우리가 과거로 회귀해야만 얻을 수 있는 것이 아니라 태어나기를 고대하는 것이다. 인류가 먼저 자멸하지만 않는다면…….

파월은 핵심을 정확히 찌르고 들어갔다. "푸코는 결국 선함의 회복이라는 개념을 비웃는 데까지 이르렀습니다. 그의 조롱조의 말들에는 다음과 같은 것들이 있습니다. '그 보호 시설들의 벽 뒤에는 광기의 자발성이, 그 형사 시스템 도처에는 범죄에 대한 넘쳐나는 열광이, 성적 금기의 저변에는 욕망의 생생함이 도사리고 있다.' 그리고 우리로 하여금 '천진난만한 만세(광기 만세, 범죄 만세, 섹스 만세)'를 부를 수밖에 없게 만드는 오도된 개념이 있다고 했구요. 이 모든 걸 떠받쳐준 것은 '권력은 좋고 빼어나고 풍요로운 것들에 행사되는 나쁘고 흉측하고 한심하고 메마르고 따분하고 무감각한 것'이라고 하는 개념이요, 선함의 회복이라는 열병에서 나온 만세들입니다.

푸코는 이런 퇴행적인 노력, 포장도로 밑은 해변이라는 개념의 또 다른 버전 속에 내재된 위험성을 보게 되었습니다. 이 경우의 해변은 완전히 날조된 것이죠. 푸코 자신의 말을 들어보기로 할까요. '나는 이제 막 나타난(즉 모더니티) 것을 놓고 마치 그것이 우리 스스로가 항상 그 굴레에서 해방되어야만 하는 억압의 으뜸가는 형태이기라도 한 양 주된 적으로 규정하려는 광범위하고도 편리한 경향이 존재하며, 우리는 그것과 맞서 싸워야만 한다고 생각한다. 이제 이런 단순한 태도는 다음과 같은 많은 위험한 결과들을 수반하고 있다. 첫째는 의고주의(고대의 형식을 숭배하고 모방하려는 회고적인 태도 - 옮긴이)의 싸구려 형태, 또는 사실상 사람들이 전혀 갖고 있지 않았던 가상적인 과거 형태를 추구하려는 경향이다. (…) 현재에 대한 이런 증오 속에는 완전히 신화적인 과거를 불러내려는 위험한 경향이 존재하고 있다.'

그리고 부머리티스가 날조하려고 하는 것이야말로 완전히 신화적인 과거입니다."

그날 밤 헤이즐턴의 집에서 나를 제외한 다른 모든 사람들은 그곳을 떠났다. 조나단은 나가면서 눈썹을 치켜 올리고는, "우우우우 랄 라"라고 소리쳤다.

나는 물었다. "선생님은 정말로 3층, 신, 영이 있다고, 그리고 우리가 직접 그런 것을 알게 될 수 있으리라고 생각하세요?"

그녀는 나를 똑바로 쳐다보면서 말했다. "나는 그렇게 확신해요."

나는 허리를 숙여 그녀에게 키스하려고 했지만, 내가 그녀가 있다고 생각한 위치에서 왼쪽으로 약간 비껴나 있어서 벽에 걸려 있는 랭보의 그림에 입맞춤하는 것으로 끝나고 말았다. 헤이즐턴은 배꼽을 잡고 웃었다.

나는 웅얼거렸다. "으음, 선생님의 입술은 제가 상상했던 것보다 더 싸늘하군요."

"집에 가도록 하세요."

"하지만……."

"한데 댁은 내일 어떤 일들이 일어날지 전혀 모르고 있어요."

마크 제퍼슨이 박수갈채를 받으며 무대로 나왔다. 그는 참으로 인상적인 인물이었다. 그는 대부분의 IC 사람들과 마찬가지로 오십 대 초반의 나이에, 키가 크고 운동선수처럼 딱 벌어진 체격에, 검은 머리를 짧게 깎은 모습이었고, 왼쪽 관자놀이에 나 있는 체크 표시 모양의 하얀 새치들은 나이키 상표를 꼭 닮았으며, 그 때문에 그는 항상 바람과 함께 달리는 사람처럼 보였다. 하지만 거의 위협적으로 보이는 우람한 체격에도 불구하고 그에게는 그를 조용히 에워싸고 있고, 세상의 더 추악하고 비열한 요소들로부터 보호해주는 것 같은 부드럽고 평화로운 분위기 같은 것이 내재되어 있었다.

슬라이드 5, "사실은 없고 오로지 해석뿐".

"문화 연구 저자들이 사실과 증거에 거의 관심을 갖지 않는 이유들 중하나는, 극단적인 포스트모더니즘의 입장에 따르자면, 사실은 없고 오로지 해석만 있기 때문이라고 합니다. 그런 말이야말로 포스트모더니즘을 훌륭하게 요약해주는 말입니다. 사실은 없고 오로지 해석뿐이라는 말.

그렇다면 그런 진술의 진정한 의미는 뭘까요? 그것은 자연과학적 지식까지를 포함한 모든 지식이 사회적 구성의 소산이며 따라서 모든 '사실들'은 다양한 문화적 의제와 이념에 따라서 선택된 해석들이라고 주장한다는 것을 뜻합니다. 사실은 발견되는 것이 아니라 창안되며, 그런 다음에는 인종차별적, 성차별적, 유럽중심적, 이성중심적, 가부장제적 등등의 특수한 이해관계에 의해 타인들에게 부과된답니다. 따라서 문화 연구 쪽의 역사가들은 사실과 증거를 수집하는 일보다는 자기네의 해석 이론에 따라서 역사를 해석하는 일에 더 열을 냅니다. 예를 들자면 우리는 패권을 잡은 보편적 합리성이 본질적으로 권력과 억압의 원천이라는 걸 '알고' 있으므로, 그리고 그 억압적인 포장도로 밑에는 순수하고 원초적인 해변이 깔려 있다는 것을 '알고' 있으므로, 우리는 멕시카가 파라다이스였다는 것을 이미 잘 알고 있다. 그러므로 우리는 괜히 사실이나 연구 따위에 얽매이지 않고 오로지 파라다이스 정복사만을 쓸 것이고, 그렇게 해서 이 새로운 역사주의의 힘을 입증할 것이다.

언제나 그렇듯이 포스트모던한 저자들은 아주 중요한 한 가지 진실을 잘 알고 있습니다. 언제나 그렇듯이 극단으로 치우치고 엉뚱하게 변질된 진실을 말이죠. 해석이 지식의 모든 형태들의 불가피한 구성 요소라는 데는 의문의 여지가 없습니다. 하지만 그렇다고 해서 거기서 어떠한 객관적인 구성 요소들도 존재하지 않는다는 결론이 따라 나오는 건 아닙니다. 그런데도 극단적인 포스트모더니즘은 그런 식의 주장을 무차별적으로 펼칩니다. 객관적인 리얼리티는 없고 있는 건 오로지 해석과 구성뿐이라고. 하지만 토드 기틀린*은 다음과 같이 지적했습니다. '제국의 남성적 에고들이 주도하는 산업 시스템이 지구 온난화를 통해서 세계를 파괴하고 있다고 우려하는 사람들은 과학자들이 수집한 측정치들을 머리 위로 쳐들고 신나게 흔들어대고 있다. 그 과학자들은 자기네가 측정하고 있는 대상이 제국의 에고들이 구성한 것이 아니라 저 밖에 실제로 존재한다고 믿는 사람들인데도.' 그는 이어서 다음과 같이 지적했습니다. '남성적 과학에 대한 가장 열렬한 비판자도 데카르트식의 정신과 육체의 분리를 믿건 안 믿건 간에 아무튼 자신이 버스가 달려오는 길에서 물러나야 한다는 건 믿는다.' 요컨대 그녀가 길에서 물러나지 않을 경우 버스가 그녀를 치어 죽일 거라는 건 단순한 해석이 아니라 객관적인 진실이며, 따라서 해석만이 존재한다고 주장하는 사람들조차도 그런 주장을 진정으로 믿지는 않습니다. 아, 그런 식의 위선은 결코 끝나질 않는군요. 그렇죠?"

청중은 앉은 자세에서 괜히 몸을 이리저리 움직였다. 킴이 내 쪽으로 고개를 숙였다. "마크는 대부분의 사람들은 할 수 없는 말을 별 탈 없이 잘해내는 능력을 갖고 있어요."

"저분이 흑인이어서?"

"어쩌면 그럴지도. 어쩌면 아닐 수도 있고. 나도 잘 모르겠지만 그건…… 저분이 갖고 있는 에너지 때문인 것도 같아요."

"아."

"우리가 전에 언급했다시피, 우리가 '다이아몬드,' '자르다,' '유리'를 지칭하는 말로 어떤 말을 사용하든 간에, 그리고 어떤 문화권에서든 간에 다이아몬드는 유리판을 잘라낼 겁니다. 그것은 모든 지식이 다 상대

---

* **토드 기틀린** Todd Gitlin 미국의 역사학자이자 미디어 연구가.

적인 것에 지나지 않는 것은 아니라는 점을 보여줍니다. 물론 우리가 우연히 다이아몬드의 가치를 평가하는 처지가 되었다든가 다이아몬드가 아름답다고 생각하고 있다든가 그것에 대한 문화적 평가에 관여하게 되었을 경우, 그런 해석들은 종종 문화권마다 아주 다르게 나타날 거고, 상대적이고 다원적인 양상으로 나타나기 쉬울 겁니다. 그러므로 균형 잡힌 결론은 지식이 최소한 두 가지 구성 요소를, 곧 일련의 객관적인 사실이나 사건들과 우리가 그 사건들에 부여하는 다양한 해석과 평가들을 갖고 있다는 것이 되겠죠.

객관적인 구성 요소와 해석적인 구성 요소가 결코 분리될 수 없다고 해서 모든 사실이 단지 해석에 지나지 않는다는 걸 뜻하는 건 아닙니다. 그러므로 예컨대 모든 지식의 상대성에 푹 빠져 있는 새로운 역사주의자들조차도 콜럼버스라는 사람이 우리가 1492년이라고 부르는 해에 스페인을 떠나 오늘날 아메리카라고 부르는 곳으로 항해했다는 점에는 동의합니다. 문화 연구자들조차도 그런 사건, 사실에 대해서는 이의를 제기하지 않습니다. 그러나 그런 사건들을 우리가 어떤 식으로 해석하는가는 전혀 다른 문제며, 그런 해석은 항상 다양한—사적, 문화적, 사회적, 제국적—이해관계들을 반영한다고 주장하는 문화 연구 쪽의 주장은 아주 옳습니다.

그러나 문화 연구, 그리고 새로운 역사주의자들이 사실과 해석을 분리할 수 없다는 입장에서 사실이 존재하지 않는다는 입장, 기본적인 사실이나 사건의 존재를 완전히 부정해버리는 입장으로 이동할 때면 큰 난관에 봉착하게 됩니다. 극단적인 포스트모더니즘은 우리가 살펴본 바와 같이 문화적 해석이 모든 사실을 창안해내고 날조해내며, 따라서 과학과 시, 사실과 허구, 역사와 신화 간에 문자 그대로 유의미한 어떤 차이도 없다고 주장합니다. 과학과 시나 사실과 허구 간의 모든 중요한 차이를 부정하는 것은 극단적인 포스트모더니스트들이 아주 좋아하는 도락들 중 하나입니다. 하워드 펠프린*은 널리 인정되고 있는 포스모던한 결론을 다음과 같이 요약했습니다. '과학은 그 자체의 방식들이 궁극적으로 예술의 방식보다 더 객관적이지 않다는 점을 스스로 인정하고 있다.'"

킴이 아주 흥겨워하면서 말했다. "이게 바로 제퍼슨이 죽이기 위해 다가가는 대목이에요."

나는 물었다. "어째서 댁은 계속해서 전쟁 용어들을 쓰는 거죠, 킴?"

"누구의 민감한 녹색 자아가 촉을 바짝 세우고 있는지 좀 볼까요." 킴이 비꼬듯이 쏴붙였다. "그래요, 그래요. 나는 여전히 가끔가다 한 번씩 1층의 전투 모드에 갇혀 있곤 해요. 그렇죠? 하지만 댁도 별반 더 나을 게 없어요, 윌버. 댁은 여전히 그 신물 나는 녹색에 갇혀 있으니까. '어째서 우리 모두가 다 친구가 될 수 없는 거죠?' 같은 헛소리나 늘어놓고, 아무튼 이 경우에는 우리 둘 다 1층에 갇혀 있는 거예요, 공명정대한 아저씨."

"멋쟁이시네."

"달라는 영원히 가버렸어요. 그 사람은 빌에게로 돌아가겠다고 말했지만 그 말이 그 말이죠. 나는 전화를 끊고 나서 벌떡 일어나 아무도 날 볼 수 없고 내 목소리를 들을 수 없는 어딘가로 급히 가기 위해 정신없이 부모님 집을 빠져나왔어요. 나는 자전거를 타고 달리기 시작했죠. 자전거를 타고 달리면서 울었어요. 페달을 점점 더 세게 밟으면서 시골로 내달려 갔어요. 페달을 밟으면서 울었고, 빠르게 내달리면서 흐느껴 울었어요. 내 안에서 점점 더 많은 양의 눈물이 넘쳐났어요. 내 주위의 모든 것에

• **하워드 펠프린** Howard Felperin 미국의 문학비평가. 셰익스피어 문학 이론에 대한 여러 권의 책을 썼다.

대해 무방비 상태가 되면서 몸이 온통 뒤흔들렸어요. 나는 완전히 와해 되어가고 있었고, 제어할 수 없을 정도로 눈물이 펑펑 쏟아져 나왔고, 정 말로 완전히 무너져가고 있었어요.

하지만 그 모든 과정을 거치고 나자 점점 더 증폭되어가는 강렬한 느 낌과 함께 내가 오로지 사랑이라고 부를 수밖에 없는 것이 또렷이 현존 하고 있었어요. 전혀 비인격적인 사랑이 맥동하면서 내 안에 있는 모든 것, 내 주위의 모든 것을 생생하게 살아나게 하고 있었어요. 그것은 도저 히 감당할 수 없을 정도로 너무 엄청나서 나는 그걸 피하고 싶었죠. 그것 은 모든 것, 아스팔트, 나무들, 자전거, 고동치는 내 가슴, 나 자신의 울음, 하늘로부터 빛나고 있었으니까. 성스러운 실재와 더불어 그 모든 것이 아주 생생하게 살아 숨 쉬고 있었고, 그것과 가까이 있다는 것이 견딜 수 가 없었어요."

우리 모두는 스튜어트의 설명에 제자리에 못 박혀 있었다. 그것이 그 에게 너무나 진실한 것으로 여겨졌을 뿐만 아니라, 그런 말이 "X세대, 탈 묵시록적인 펑크 포크 가수", 인류의 끝없는 죄와 엄청난 악의의 가차 없 는 폭로자이자 기록자로 자처하던 스튜어트와 전혀 어울려 보이지 않았 기 때문이다. 나중에 클로이는 이렇게 말했다. "자전거를 타고 가는 동안 종교적인 체험을 하는 것과 가장 어울려 보이지 않을 것 같은 사람이 우 리 스투 베이비인데." 하지만 올 스투 베이비, 우리의 친애하는 친구 스 튜어트는 신으로 여겨지는 것 속에 참으로 빠져버렸다.

사실은 일종의 우주적 의식으로 보이는 것 속에. 스튜어트는 신속하게 3층에 진입한 것 같았다. 우리들 중에서 그날 밤 헤이즐턴의 집에 갔었던 친구들은 하나같이 그렇게 생각했다……. 우리가 그 어느 때보다 더 열 심히 그의 말에 귀 기울인 것은 바로 그 때문이었다.

"갑자기, 지금껏 내내, 아니 시간이 시작되기도 전부터 이것, 이 확고부동하고 영원한 사랑이 존재했다는 것이 아주 분명했어요. 그리고 내 인생이라는 것, 내가 '진실하다'고 부르는 모든 것이 슬프고 허망한 꿈이요, 이 실재 안에서 피어난 환영임이 명백했어요. 그동안 이 완벽한 빛이 매 순간 내게 쏟아지고 있었음에도, 완벽하고 절대적인 사랑 이상 가는 것이 내게 쏟아지고 있었음에도 나는 잠들어 있는 좀비로 살아왔다는 걸 그제야 알았죠. 그것과 통하는 순간은 황홀했지만 감당하기 힘들 만큼 너무나 엄청나서 나는 거듭거듭 나 자신을 추스르려고, 그것을 피하려고 무진 애를 썼어요. 그것을 차단해버리고 외면하려고. 하지만 외면할 방도가 없었어요. 내가 다른 데로 고개를 돌리고 생각을 하려고 애쓰자마자 실재는 그곳에 현존해 있었죠. 나와 아주 가까운 곳에, 내 안에. 그것은 내 눈 뒤에서 내다보면서 온갖 파도와 더불어 나를 파괴하려 드는 자동차들, 나무들, 핸들을 쥔 내 손으로부터 나를 지켜주고 있었어요. 내 가슴이 오르내리며 흐느껴 울고 있는 동안 나는 아무것도 할 수가 없었어요. 생각할 수도, 기도할 수도 없었어요. 이 절대적인 사랑의 실재 말고는 어떤 것도 존재하지 않았죠.

그렇게 해서 달라는 떠나갔지만, 그 실재는 남았고, 지금도 도처에 존재하고 있어요. 나는 이런 일들을 어떻게 이해해야 할지 여전히 알지 못하고 있어요." 스튜어트는 고개를 절레절레 흔들더니 불쑥 말했다. "그다음에 일어난 일은 더 섬뜩하고 괴이했어요."

"사실은 없고 오로지 해석뿐이고, 과학과 시에 아무 차이도 없으므로 우리는 역사를 발견하는 게 아니라 창안해내는 겁니다." 마크 제퍼슨은 호탕하게 웃으면서 무대 중앙으로 이동했다.

"그리하여 문화 연구의 아이콘 그렉 데닝˚은 이런 어리석음을 뒷받침해주기 위해《블라이 씨의 나쁜 언어: 열정, 권력, 바운티 호에서의 연극》

을 썼습니다. 데닝은 문화 연구 역사가이며, 따라서 그는 노골적으로 허구로서의 역사를 이야기합니다. '나는 늘 학부 학생들에게 역사는 배우는 것이 아니라 우리가 만드는 것이라고 얘기해왔다. (…) 나는 그들이 만드는 모든 역사는 허구가 될 것이라고 설득하고 싶어 한다. 판타지가 아니라 허구, 의미심장한 목적에 따라 조각되는 어떤 것이라고.'

역사는 허구로 축소되고, 과학은 시로 축소되고, 모든 사실은 단순한 해석으로 축소되었습니다…… 이 암울한 전략은 대체 어떻게 시작된 것일까요?"

클로이가 말한다. "그건 부머들이 제 자식을 잡아먹기 때문에 시작된 거야."

"그게 무슨 뜻이야, 클로이? 어째서 너는 항상 그런 소리를 하는 거지? 그건 정말 말이 안 되는 소리야."

"분명히 말이 돼, 귀염둥이. 제퍼슨이 말하는 게 그 뜻이라고. 부머 에고들이 세상을 지배하고 있어. 그러니 부머들은 당연히 사실을 쓸어내버리고 세상에 대한 자기네 버전의 이야기로 그것을 대체하고 싶어 하지."

"그건 너무 거친 표현 같은데."

"제퍼슨이 말하는 게 그거라고."

"그분은 좋은 소식과 나쁜 소식이 있다고 말하고 있고, 너는 단지 나쁜 소식만을 얘기하고 있어."

"좋아, 여기 좋은 소식이 있지." 클로이는 그렇게 말하면서 재빨리 옷을 벗고 자신의 알몸을 내 몸에다 문지르기 시작한다. 클로이가 문지르고 또 문지르는 바람에 내 몸은 희열로 가득차기 시작한다.

•　**그렉 데닝** Greg Dening　미국의 역사학자.

"자, 클로이." 나는 그렇게 말하면서 그녀의 눈을 들여다보는데, 조안 헤이즐턴이 내 얼굴을 들여다보고 있다.

"으악!" 나는 고함을 질렀고, 그 바람에 강당 안에 있는 모든 사람들이 웃기 시작했다. 제퍼슨은 어떤 천치가 그런 소동을 일으켰는지 알아보기 위해 청중을 살펴봤다. 그는 말했다. "뭐, 괜찮아요. 내가 처음으로 맥주를 마셨을 때의 기분이 어땠는지 지금도 생생하게 기억하고 있으니까.

자, 원래 이야기로 돌아가보기로 할까요? 이 암울한 전략은 어디서 시작되었을까요? 물론 부분적으로 그것은, 오로지 사실만 존재한다, 실증주의야말로 지식에 대한 유일한 참된 접근법이다, 과학적 유물론만이 승리를 가져다줄 수 있다는, 널리 유행했던 근대적 개념에 대한 건강한 평형추였습니다. 해석을 이렇게 강조하는 입장은 역시 부분적으로, 딜타이*에서 가다머에 이르는 해석학의 오랜 전통에서 나온 겁니다. 해석학은, 의미는 단순한 사실로 환원될 수 없는 전체론적인 것이라는 점을 강조했죠. 그리고 해석에 대한 이런 강조의 자세는 근래에 구조주의가 밝혀낸 것들에서 비롯된 것이기도 합니다. 구조주의는 우리가 일상적인 의미로 받아들이는 것들이 사실은 다양한 언어 구조들에 의해서 생겨난 것들이라는 점을 아주 분명하게 입증해줬습니다. 여러분은 어제 소쉬르가 제시한 예 하나를 살펴봤죠. 'bark'의 의미에 관한 예 말입니다. 마지막으로 해석에 대한 이런 식의 강조는, 모든 사실은 항상 문화적 맥락과 이해관계 속에 자리 잡고 있다는 점을 강조한 니체와 하이데거의 중요한 업적을 기반으로 한 것입니다.

---

* **빌헬름 딜타이**Wilhelm Dilthey 독일의 철학자. 형이상학적 사변과 자연과학적 방법을 모두 배척하고 '삶을 삶 그 자체로부터 이해'하는 생生철학을 창시했다.

그러나 여기서 다른 어떤 것이 끼어들고 있었습니다. 이 중요한 개념들을 더없이 극단적인 버전, 곧 사실은 항상 해석 속에 자리 잡고 있다는 것이 아니라 사실이라는 것은 아예 없다, 끝, 이라는 식의 버전으로 전환시킨 어떤 것. 페리와 르노는 이 '다른 어떤 것'의 정체가 뭔지 정확하게 알고 있었습니다. 그것은 바로 나르시시즘이었죠. '사실'은 내 에고를 속박하는 놈이니 '사실'은 제거해버려야 한다.

페리와 르노만이 이런 식의 판단을 내린 게 아닙니다. 레몽 아롱*의 중요한 책,《알 수 없는 혁명: 학생 반란의 해부》는 다른 경로를 통해서 비슷한 결론에 이르렀으며, 페리와 르노도 역시 그렇게 이야기했습니다. 아롱은 그 책에서, '이제 60년대 지식인들의 신은 전후 시대를 지배했던 사르트르가 아니라 레비스트로스, 푸코, 알튀세, 라캉의 혼합체였다'라고 썼습니다. 구조주의자들인 그들은 이내 후기 구조주의자들에게 길을 내줬으며, 이들에 관해서는 나중에 다룰 겁니다. 어때요, 설레지 않아요?"

제퍼슨은 고개를 쳐들고 싱긋이 웃었다. 그러고 나서 그는 생각하기를 강요받는 학생들에게 이내 더 간단한 결론을 제시함으로써 그들의 괴로운 신음 소리를 가라앉히기 위해 이론의 빽빽한 가시덤불을 급히 헤치고 나가려 하기라도 하듯 다시 고개를 숙이고 계속 빠르게 이야기해나갔다.

"페리와 르노는 이 후기 구조주의 이론가들이 광범위한 영향력을 갖고 있었다는 점을 다음과 같이 지적했습니다. '그들은 사실은 존재하지 않는다, 라는 정리를 파리 환경에 제시해서 지지를 받았고, 따라서 모든 사회는 사실의 구속을 받는다는 상식적인 믿음의 붕괴에 기여했다.' 여기서 사실의 구속이란, 세계는 언급할 필요가 있는 다양한 사실적 리얼리

---

* **레몽 아롱**Raymond Aron 프랑스의 정치사회학자. 사르트르 등과 함께 잡지 〈현대〉를 창간했다.

티들을(예컨대 달려오는 버스 앞에서는 비켜나라, 같은) 포함하고 있다는 걸 뜻합니다. 그런데 바로 '사실의 소멸과 아울러 사실에 의한 구속의 소멸 때문에, 모든 것은 다 유용한 것이라고 말할 수 있고 욕망의 작용에 대해서 어떤 규범도 제도적으로 부과할 필요가 없다고 하는 개념이 점차 확산되어나갔다.' 즉 '내게 뭘 해야 하는지 알려줄 자는 아무도 없기' 때문에 사실이 이기적인 욕망에 방해가 된다면 완전히 해체시켜야 한다는 겁니다."

"너는 내게 언제든 뭘 하라고 해도 돼, 빅보이." 클로이가 알몸의 젖가슴을 고스란히 드러낸 채 고혹적인 미소를 머금으며 말한다.

"지금은 안 돼, 클로이. 엄마한테 뭔가 물어볼 게 있어." 나는 어머니 쪽으로 고개를 돌렸다. 내게는 알몸의 클로이 곁에서 어머니가 뭘 하고 있다는 게 전혀 이상하게 여겨지지 않았지만, 아무튼 다행히도 어머니는 옷을 입고 있었다.

"애야, 너는 아주 근사한 젖가슴을 갖고 있구나."

"엄마, 죄송하지만 여기 좀 보세요. 이거 진지하게 하는 얘긴데, 엄마가 삶에서 바라는 게 뭐예요? 내 말인즉슨, 삶에는 청소보다 더 중요한 게 있지 않냐, 그런 말이에요."

어머니는 말한다. "우리 이쁜 아들, 청소는 아주 중요한 거란다."

"하지만 왜 귀찮은 일을 사서 하세요? 쿠엔틴 크리스프*의 말에 의하면 사 년만 지나면 먼지는 더 쌓이지 않는다고 하던데."

어머니는 멍한 표정으로 나를 쳐다본다.

"요컨대 긴장을 풀고 편히 쉬라구요. 아시겠어요? 해묵은 농담이 하나

•   **쿠엔틴 크리스프** Quentin Crisp 가수 스팅의 친구인 영국인 괴짜 작가.

있어요. 신경증 환자는 허공에다 성을 쌓고 정신 이상자는 그 성 안에서 산다는. 그런데 엄마는 그 성을 청소하고 있네요."

어머니는 깃털 총채를 내려놓고 참을성 있게 설명한다. "내가 하는 일이 이게 전부가 아니야. 나는 변혁적 지식, 전 세계적인 교류, 국제 협력, 공동 연구, 의식 있는 논의 등에 전념하는, 열 개도 넘는 단체들을 창설했어. 나는 두 개의 학위를 갖고 있고, 요가를 가르치고 있고, 한 명의 놀라운 아들을 키우고 있고, 혼란에 빠져 있는 한 남편을 견뎌내고 있지. 나는 나 자신의 오르가슴에 책임을 지고 있단다." 나는 얼굴이 빨개졌다. "나는 내가 갖고 있는 관계에 의해서가 아니라 나 자신의 자주성에 의해서 나를 규정해." 어머니는 흡족한 표정을 한 채 말을 멈추고는 총채를 집어 든다. "그리고 나는 청소도 해."

"하지만 엄마. 엄마가 원하는 게 뭐예요?"

어머니는 주저하지 않고 말한다. "나는 모든 사람을 위해서 작동하는 세계를 원해. 모든 사람이 평등하게, 공평하게, 따뜻하게 대접받는 세계를. 모든 사람을 품어주는 세계를."

그런 말은 내게 아주 설득력이 있었고, 나는 성장 과정에서 그 얘기를 골백번도 더 들었다. 하지만 이제는 그냥 참고 들을 수가 없다. 비틀린 심사가 내 환상에까지도 침범해 들어온다. "그럼 엄마는 나치도 품어주고 싶어? KKK단도 품어주고 싶어? 테러리스트들은, 강간범들은, 고문자들은 어때? 세상이 그자들을 위해서도 작동하기를 바래?" 어머니는 당황한 표정이 된다.

"봐요, 엄마. 엄마는 녹색이고, 통합적이지 못해요. 엄마는 알아야 해요. 그래야 해요. 의식의 진화라는 게 있고 그 밖에 이런저런 것들이 있고, 자기 중심적 단계에서 세계중심적 단계로 진화하는 것, 그건 정말 진실하고 객관적인 거고, 그렇게 대단한 거고, 참된 유대 관계를 가지려면 등급을 매겨봐

451

야 하고, 거듭거듭 그렇게 해야 하고, 뭐 그런 거예요. 좋아요, 얘기를 좀 더 분명하게 할 수 있어요, 그러니까, 에, 요약해서 말을 해볼게요."

어머니는 신경질적으로 깃털 총채를 움켜쥔다.

마크 제퍼슨은 무대를 천천히 왔다 갔다 했고, 그의 목소리가 강당 안을 가득 채우고 있었다. "언제나 그런 식이었어요. 페리와 르노는 그 점에 관해 이렇게 지적했습니다. '규범들의 붕괴에서 새로운 허무주의로 가는 데는 그저 한 발자국만 옮기면 되었다. 그리고 그런 움직임은 기존 사회의 허약한 질서를 쉽게 무너뜨렸다. 사회 질서를 무너뜨리기에 앞서 그 자리에 어떤 질서를 세울 것인가 하는 생각도 없이 무조건 그것을 거부하는 것은 우리가 1968년 5월에 목격한 해체에 대한 이유들 중 하나를 입증해준다. 포스트모더니즘으로 통용되는 것이 괴이한 퇴행의 모습을 띠게 되는 것은 역설적인 일이자 미심쩍은 일이 아닐 수 없다.'

아시겠습니까, 여러분? 듣고 계세요? 붕괴, 해체, 퇴행. 이런 말들이야말로 비평가들이 탈인습적 자주성에서 전인습적 자기중심주의로의 전락을 설명할 때 거듭 사용해온 말들이며, 그런 움직임의 핵심은 바로 사실을 제거해버리자는 것이었습니다!" 제퍼슨의 목소리가 폭발했다. "사실이 내 이기적인 욕망의 자유로운 작용을 구속한다면, 없애버려야 한다!

이렇게 편향되고 일방적인 견해가 부머리티스를 위한 주문 생산이 아니었더라면, 그것은 거짓된 것임이 너무나 분명한 것이기 때문에 결코 그렇게 광범위하게 유행하지는 못했을 겁니다."

그 젊은이는 자신의 미래에 최후의 새벽이 움터올 것이라는 것을 자각했으며, 그것은 젊은 켄이 자신이 누구고 어떤 존재인지를 추구하고 있다는 것을 뜻한다. 단지 그 일 하나를 하기 위한 준비로 백오십억 년이 흘렀고, 하나에 이르기를 열망하는 많은 이들 가운데 그도 포함되어 있다. 그런 사실을 자각하는 이들의 숫자는 그 얼마나 드물고, 그런 일에 관심을 갖는 이들도 그 얼마나 드문지. 그런 현실이 참으로 변할까?

"재미있는 건 그 새로운 역사주의자들이 막상 역사를 서술하는 작업에 착수할 때는 대개 자기네의 새로운 해석을 걸 만한 약간의 견실한 사실들을 찾아내려고 애쓰는 것으로 끝나고 만다는 점입니다. 하여 본인이 픽션을 쓰고 있다고 우리에게 단언한 데닝 씨도 실제로는 과거에 알려지지 않았던 몇 가지 사실을 발굴했습니다. 안목 있는 비평가들은 이 명백한 자기모순(포스트모더니즘은 그 수행 모순performative contradiction 없이는 무의미한 것이 됩니다)을 도처에서 발견했습니다. 그 비평가들 중 한 사람은 그 문제를 다음과 같이 이야기했습니다.

'있는 그대로의' 과거, 곧 객관적인 사실을 알려고 애쓰는 것은 '환상'이요, 과거에 대한 우리의 견해는 우리의 현재 가치 체계들과 맞물려 있다는 데닝의 명제는 역사 지식에 관한 상대주의다. 그는, 역사는 우리가 과거로부터 '배우는 것'이 아니라 해석의 문제라고 말한다. 즉 과거로부터 우리의 현재 가치와 시스템과 관심사가 지시해주는 것들을 판독해내는 것이라고. 달리 말해 과거는 하나의 텍스트 또는 일련의 텍스트들이며, 우리는 문학 작품을 읽을 때처럼 그런 텍스트를 해석한다. 사람이 달라지고 시대가 달라지면 해석도 달라질 것이다. 그러므로 역사는 객관적인 지식이 발견되고 축적되는 과정이 아니다.

"이 비평가는 다음과 같이 얘기를 계속했습니다. '데닝에게는 유감스러운 일이 되겠지만,《블라이 씨의 나쁜 언어》에서 그 자신이 한 일이 본인의 이론과 모순된다는 점을 지적하기는 그리 어렵지 않다.'" 제퍼슨은 고개를 들고 청중을 바라봤다. "데닝은 그 책에서 본인이 암암리에 객관적인 사실—해석이 아니라—이라고 주장하는, 그리고 본인의 논거에 아주 중요한 몇 가지 이야기를 제시했습니다. 여기서 말하는 사실은 상대주의적이거나 다원론적인 것들이 아니라 어떤 문화권에서도 다 똑같이 받아들여질 만한 사실을 뜻합니다. 사실상 데닝은 바운티 호의 반란(1789년 태평양에서 활동하던 영국 군함 바운티 호에서 일어난 함장에 대한 반란 사건으로 당시 큰 화제가 되어 그 후 많은 문학 작품의 소재가 되었고 영화화도 되었다 - 옮긴이)과 관련된, 그 전까지 알려지지 않았던 아주 흥미로운 몇 가지 사실을 (창안하지 않고) 발견했습니다.

사람들은 흔히 그 반란이 블라이 함장의 잔혹한 징계, 특히 그가 툭하면 동원했던 심한 매질 때문에 일어났다고 생각해왔습니다. 한데 데닝은 당대의 기록을 열심히 뒤진 끝에 블라이가 실제로는 당시의 관행보다 매질 같은 징계 방식을 훨씬 덜 사용했다는 사실을 밝혀냈습니다. '데닝이 그와 관련된 통계 자료를 공표한 이래, 앞으로는 그 누구도 블라이가 그 당시 태평양에서 활동했던 다른 영국 전함 함장들보다 더 난폭했다는 주장을 할 수 없을 것이다. 사실, 블라이가 휘하 수병들에게 매질 방식을 별로 사용하지 않은 함장들 중의 하나라는 결론을 내리는 것은 피할 수 없는 것으로 보인다.' 그러고 나서 데닝 씨에게 상당히 당혹스럽게 여겨질 다음과 같은 내용이 이어집니다.

데닝은 블라이가 덜 난폭했다는 걸 내세우기 위해 자신의 통계 자료를 다른 이들이 쉽게 이의를 제기할 수 있는 단순한 해석에 불과한 것이라고 주장하지 않는다. 그는 자신이 새디스트 블라이의 '일반화된 신화'라고 부르는 것을 뒤엎기 위해 자신의 그런 결론을 이용한다. 그는 오로지 자신이 그것을 객관적인 의미에서의 진실로서 이용할 때라야만 그렇게 할 수 있을 것이다. 더욱이 그는 자신이 현재 확립한 다음과 같은 두 가지 요점을 이용하고 있다. (1) 통계 자료가 블라이가 덜 난폭했다는 것을 알려준다는 점. (2) 블라이의 난폭함을 기반으로 하는, 그 반란에 대한 과거의 설명들은 단지 그런 설명들이 쓰인 시대의 가치관을 반영하는 것에 불과했다는 점. 두 번째 요점은, 각기 다른 시대들은 자기 시대의 필요성과 가치관들에 걸맞은, 역사에 관한 자기네 신화들을 만들어낸다는 그의 좀 더 폭넓은 논점의 핵심적 전제다. 그러므로 우리는 '있는 그대로'의 역사를 결코 알지 못한다는 그의 주요 명제는 역사에서 실제로 일어났던 사건들에 기반을 둔 논점에서 나온 셈이다. 그의 경우는 자기모순적이다.

제퍼슨은 결론을 내렸다. "그러나 제 관점은 그러한 두 가지 입장 모두가 진실이라는 겁니다. 사실도 존재하고, 해석도 존재하며, 모든 형태의 인간 지식은 두 가지를 모두 포함하고 있습니다. 우리가 둘 중 어느 하나의 중요성을 부정하려 할 때면 엄청난 난관에 부딪치게 됩니다. 오렌지색 밈은 실증주의, 경험주의, 오로지 객관적인 사실만 존재한다고 믿는 객관주의 같은 것들을 지향하는 성향이 있습니다. 녹색 밈은 오로지 해석만 존재한다고 믿는 과격한 해석학을 지향하는 성향이 있습니다. 2층의 통합주의는 이런 두 가지 입장 모두가 중요하고 어느 한쪽도 없어서는 안 된다는 점을 지적하고 있습니다."

"이런 두 가지 입장 모두가 진실이야." 알몸의 클로이는 바람 속에서 흔들리는 육감적인 엉덩이와 풍만한 가슴을 드러내 보이는 외설적인 모습과 함께 그렇게 말한다. "6장, 전조등 불빛에 붙잡힌 사슴의 입장. 7장, 내가 내 포크를 떨어뜨렸을 때 식탁 밑에서 발견한 것을 보는 입장."

"클로이, 네가 지금 읽고 있는 이것은《카마수트라》의 어느 대목이야?"

킴이 말했다. "마크와 그의 동료들은《통합사학사》를 집필하는 중이에요. 그 사람들은 그것을 '모든 4분면, 모든 수준, 모든 계열, 모든 상태'라고 불러요."

"제목이 멋있네요."

"여기서 '모든'이 뜻하는 것은 그것이 오렌지색이나 녹색의 접근법과는 달리 역사 해석에 대한 포괄적인 접근법이라는 거예요, 낸시 보이(동성애자들 중에서 여성 역할을 하는 남자 - 옮긴이). 통합페미니즘, 통합정치, 통합생태학 등과 매한가지죠. 그건 참 완전히 죽여주는 방식이에요."

"완전히 어떻다고요?" 하지만 그날 뒷 시간에 카를라 푸엔테스가 '누가 쿡 선장을 잡아먹었나?'라고 하는, 통합사학사에 관한 대단히 흥미로운 보조적 설명을 해줬다. 나는 그 내용을 내 노트에 필기해뒀다. 다시 말해, 킴이 필기한 내용을 옆에서 베껴 썼다.

스콧이 캐롤린 쪽으로 상체를 숙이고 한동안 굳게 입을 다물고 있던 그녀의 얼굴을 쳐다봤다. "캐롤린? 캐롤린?" 그녀는 무엇인가에 깊이 골몰한 상태로 멍하니 앞만 응시하고 있었다. 스콧이 낮게 말했다. "캐롤린이 어디 있는지 아는 사람이 있으면 내가 찾는다는 얘기 좀 꼭 전해줘요."

제퍼슨은 빙긋이 웃으며 청중을 바라봤다. "제가 녹색 밈과 문화 연구를 높이 평가하는 것은 인간은 필연적으로 여러 가지 입장에 처할 수밖에 없다는 사실을 그들이 온갖 놀라운 방식으로 정확하게 짚어줬다는 점입니다. 우리는 무한히 중첩되는 맥락들 속의 맥락들 속의 맥락들 속에 물려 있으며, 그런 각각의 맥락들은 우리에게 세계에 대한 각기 다른 해석을 제공해준다는 사실을 짚어줬다는 점 말입니다. 우리 자신은, 우리가 객관적 사실들의 세계 대신이 아니라 그런 세계와 아울러 세계에 대한 적색 해석, 청색 해석, 녹색 해석 등을 갖고 있을 수 있다는 점을 앞에서 이미 살펴봤습니다. 우리는 좀 더 통합적인 역사 해석을 할 수 있도록 하기 위해 그 모든 것을 고려하고 참조할 필요가 있습니다.

그렇다면 어째서 사실은 없고 해석만 있을 뿐이라는, 다소 괴상한 이런 개념이 크게 유행을 하고, 포스트모더니즘의 주춧돌이 된 것일까요? 문자 그대로 수천 권의 책들이 어째서 그런 개념을 역설했던 것일까요? 어째서 그런 주장이 지난 삼십 년 동안 가장 흔하게 반복해서 거론되어 왔던 것일까요? 그런 개념은 분명 녹색 밈을 상대로 해서 이야기했습니다. 하지만 그런 점만 갖고서 그것이 그렇게 놀라운 명성을 얻게 된 이유라고 말하기에는 결코 충분하지 않습니다. 사실 그것은 부머리티스에게 직접 이야기했습니다. 사실은 없고, 텍스트 외부에는 아무것도 없다는 것은 주관적 해석 외부에는 아무것도 없다는 것을 뜻합니다. 따라서 '내게 뭘 해야 하는지 알려줄 자는 아무도 없어!'라는 논리가 성립하죠. 그렇게 해서 부머리티스는 중요하지만 부분적인 하나의 진리, 곧 해석이 모든 지식의 결정적으로 중요한 구성 요소라고 하는 진리를 끌어안기 시작했고, 그것을 엄청나게 부풀어 오른 내 에고의 외부에는 아무것도 없다는 장엄한 주장으로 변질시켰습니다."

제퍼슨은 간간히 헛기침하는 소리와 아울러 몸을 뒤채는 소리가 뒤섞여 있는, 한차례의 박수갈채를 받으며 무대를 떠났다. 나는 킴에게 물었다. "저분은 저런 지성 능력을 어디서 얻었을까요? 저분이 천재들에게 주는 상을 받은 건 전혀 이상한 일이 아니네요."

"저분은 받지 않았어요."

"예? 저분이 매카더 지니어스 상을 받았다고 말했잖아요."

"수상자로 지명되었지만 수상을 거부했어요. 저분은, '이건 멍청한 사람들이 더 멍청한 사람들에게 주는 멍청한 상'이라고 말했죠. 그걸 인용한 내용이 〈타임〉지 세 번째 페이지에 실렸어요. 아주 재미있죠?"

"어떻게 그런 거액의 돈을 거부할 수가 있지?"

"돈이 많아서 그런 건 아니었죠."

"아빠, 진지하게 하는 말인데, 아빠가 원하는 게 뭐예요?"

"모두를 위해서 작동하는 세계지. 모두를 품어주는 세계."

알몸의 클로이가 말한다. "윌버 씨, 댁의 전처도 똑같은 말씀을 하셨다는
걸 알고 계시나요?"

아버지는 짜증스러운 표정이 되었다. "알몸의 아가씨, 댁이 누군지는 모
르겠지만, 내 전 부인은 수정구슬, 타로카드, 달콤한 희망, 묘안 같은 것들
을 이용해서 세계 평화를 이루고 싶어 해요. 나와, 내가 동지처럼 여기는 내
동료들은 오로지 피와 땀과 눈물과 고투를 통해서만이 세계 평화가 이루어
질 거라는 걸 절감하고 있구요. 그 차이를 알겠어요?"

또다시 나는 참을 수 없는 기분이 된다. 또다시 현실이 내 꿈속을 침범해
온다. "하지만 아빠는 사실 모든 사람을 다 품어 안고 싶어 하지는 않잖아
요. 아빠는 공해기업가, 자본가, 가부장제와 관련된 모든 사람들, 낡은 패러
다임을 가진 사람들, 공화당원, 역겨운 데카르트 학파 사람들, 그리고……
으음, 나머지는 잊어버렸는데, 아무튼 아빠는 그런 사람들은 품어 안고 싶
어 하지 않아요. 그 나머지 사람들이 누군지는 아빠가 잘 아실 거예요. 그
목록만 해도 꽤 길죠."

"주장하려는 게 뭐야, 아들?"

"으음, 그건, 아빠가 2층에 도달해야 한다는 거예요. 꼭 그래야만 해요.
그건 즉 이런 건데요, 얘기가 꽤 길어요. 짧은 이야기일 수도 있고. 하지만
처음부터 얘기를 해야지 이런 식으로 중간부터 하기는 힘들어요. 실리콘과
탄소가 궁극적인 오메가를 향해 내달리고 있는 중이니까요. 아시겠어요?"

"어째서 넌 이런 식으로 시작하지 않는 거야?" 클로이가 몸의 각 부위들을 과시하듯 드러내 보이며 말하고, 그 바람에 아버지와 내 눈은 왕방울만해진다. 이제 나는 오이디푸스 콤플렉스 환자다. 나는 주위에 벌거벗은 어머니가 있지 않나 싶어 신경질적으로 주위를 둘러본다. 하지만 다행히 시야에는 아무도 보이지 않는다.

"아빠는 그저 다 내려놔야 한다는 얘기예요. 아시겠어요? 그냥 다 내려놓으세요, 아빠."

"알았어, 아들, 알았다구. 이해해. 정말로 이해해." 나는 안도감에 빙그레 웃었다.

"그런데, 으음, 저 아가씨는 누구냐?"

모린은 '이성의 종족적 공중 납치'에 관한 짧은 강연을 마쳤고, 나는 그 내용을 노트에 적어놓았다. 그는 말없이 청중을 바라보다가 말했다. "숙녀 신사 여러분, 조안 헤이즐턴 박사입니다."

슬라이드 6, "여신을 구하기 위한 생태학".

여신에 관해 이야기하는 조안. 여신인 조안. 조안, 조안, 여신인 조안……

"킴, 댁은 3층이 있다는 걸 알고 있었어요?"

"물론이죠."

"물론이라고요? 댁은 그것에 관해 어떤 말도 하지 않았는데?"

"그건 댁이 집적댈 만한 게 아니에요, 알겠어요?"

"조안도 그렇게 말했……."

"조안이라구요?"

"아, 헤이즐턴 조안 박사님……."

"오 맙소사, 제발 저분한테 홀딱 빠졌다는 말은 하지 말아요."

"알았어요. 하지만 저분, 헤이즐턴 박사님은 3층에서 영이나 신 혹은 여신이 직접 드러난다고 믿고 있어요."

"맞아요. 영은 모든 단계에서 실재해요. 하지만 그건 단지 3층에서만 제대로 드러날 수 있어요. 찰스를 포함해서 IC의 모든 분들은 그걸 믿고 있죠. 그분들 대부분이 명상을 하는 이유도 그 때문이죠. 각자 나름으로 진화의 속도를 높일 수 있도록 하려고."

"그래서 이 세션에서 저분은 3층으로 진화함으로써 여신을 드러내는 것에 관해 이야기하는 건가요?"

"아니. 세미나의 이 부분은 잘못된 개념들과 모든 문제점들을 다루고 있어요. 요컨대 부머리티스를 다루고 있죠. 통합적 해법들은 그다음 세션에서 다룰 거예요."

"그래요, 나도 알고 있었어요."

"그다음 세션에서 헤이즐턴은, 내 말인즉슨 조오오오안은 여신의 완전한 드러남이 전인습적인 레벨이 아니라 탈인습적 레벨에 속하는 것이라는 요점을 정확히 짚어줄 거예요."

나는 얼굴을 붉혔다. "그래요, 나도 알고 있었어요."

조안은 청중을 보고 싱긋이 웃었으며, 그 하늘이 열리면서 말하기 시작했다. "환경 위기의 급박한 성격과 양상은 생태철학자들에게 좀 더 광적이고 열정적으로 행동해야 할 특별한 이유를 제공해주고 있습니다. 저는 저 자신도 어느 정도까지는 그들의 일원이라고 여기고 있고 《성, 생태, 영성》이라는 대표작을 쓴 분을 포함해서 여기 IC의 제 동료들 대다수도 마찬가지입니다. 언제나 그렇듯이 우리는 다원론에서 페미니즘, 생태학에 이르는 이 운동들의 선하고 진실하고 아름다운 신조들은 비판하지 않습니다. 우리는 부머리티스가 그런 신조들에 손을 댔을 때 그것들이 취하는 모습에 관해 논의하고 있는 겁니다.

부머리티스 생태학은 아주 솔직합니다. 생태계는 곧 영Spirit이다. 현대 가부장제는 영을 파괴하고 있다. 가부장적 합리성을 전복시키는 그 새로운 패러다임이 영을 구해줄 것이다. 나는 그 새로운 패러다임을 갖고 있다. 나는 영을 구해줄 것이다."

헤이즐턴은 말을 멈추고는 청중이 자기 말을 흡수하기를 기다리기라도 하는 듯이 고개를 숙이고 있었다. "그 방정식에는 몇 가지 중요한 진실들이 대충 욱여넣어져 있는데, 그런 진실들은 하나같이 부머리티스에 의해서 약간씩 음습해지고 병적으로 뒤틀려져서 나르시시즘적인 언어유희 같은 것으로 변해버립니다. 나는 영을 구해낼 거야! 라는 말을 한번 생각해보세요." 그녀는 분노의 감정이 뚜렷이 드러난 표정으로 청중을 돌아봤다.

이어서 헤이즐턴은 여전히 상냥하게 미소 지으며 부드러운 어조로 얘기하기는 했지만, 그럼에도 생물권과 영을 동일시하는―감각적 영역과 영을 동일시하는―행태에 대해 통렬한 공격을 가했다. 그녀는 그런 동일시가 전후 오류의 또 다른 예에 해당하는 것이고, 부머리티스는 그런 오류에 힘입어 즉각적인 느낌들이라는 전인습적인 영역과 신을 동일시할 수 있었고, 따라서 그들의 전스퀘어적 충동들을 힙Hip으로 합리화할 수 있었다고 말했다. 나는 킴이 자기 노트에 기록한 이런 모든 내용을 내 노트에 베껴 썼다.

강연 끝 무렵에 헤이즐턴은 다음과 같은 결론을 내렸다. "부머리티스는 영을 감각 세계로 축소시켜버림으로써 자신의 전인습적인 감각들에 매달리면서도 자신이 신에 못지않은 것에 의지하고 있다고 주장할 수 있었습니다. 부머리티스는 신을 감각적인 영역들로 축소시켜버림으로써 부머리티스 자신의 언어로 말하는 영을 드디어 찾아냈습니다. 즉각적인 느낌과 충동, 내 감각의 전인습적이고 전형식적인 경이驚異를. 그래 놓고 그것을 신성한 것이라고 요란하게 떠벌여댔죠. 그리고 구원의 이런 감각적 버전이야말로 허용된 유일한 구원입니다. 이것은 '네 정신을 놔두고 네 감각들을 되찾으라'는 부머리티스 구호의 또 다른 변주입니다. 그런 식의 구호는 동료애를 나누는 근사한 별장 파티의 필수 요소는 될지 몰라도 삶의 철학은 되지 못하죠."

그러고 나서 헤이즐턴은 청중이 핵심을 놓치고 있다는 것을 감지한 듯 노트를 덮고는 무대 앞쪽으로 걸어 나왔다.

"자, 이렇게 하도록 합시다. 얘기의 요점은 이겁니다. 여러분은 지금 저 밖의 자연 환경을 바라보고 있고, 자신의 감각들을 통해서 근사하고 찬란한 경험적인 자연계를 목격할 수 있습니다. 그리고 여러분은 당연히 자연을 파괴로부터 구해내고 싶어 합니다. 자연은 아름다운 것일 뿐만 아니라 우리 자신의 생존이 여러 가지 면에서 건강한 환경에 달려 있기도 하니까요. 그래서 여러분은 자연을 파괴하고 있는 온갖 짓거리들을 중단하라, 고 말합니다. 바다를 오염시키는 짓을 중단하라, 우리의 강들에 독성 폐기물을 내다 버리는 짓을 중단하라, 대기 오염과 지구 온난화를 불러일으키는 화석 연료들의 사용을 중단하라, 오존 구멍을 만들어내는 탄화플루오르의 사용을 중단하라, 그런 것들을 사용하는 대신에 자연과 조화하면서 살자, 에너지 효율이 좋은 생산 방식을 채택하자, 재생 자원들을 사용하자, 자연 자본주의를 실천하자, 온갖 방식으로 가이아를 존중하자.

축하합니다. 여러분은 이제 막 평면 세계의 일원이 되셨습니다. 그리고 무엇보다도 가이아를 더 파괴하고 있는 주체는 바로 평면 세계입니다. 따라서 가이아를 구하려는 여러분의 노력 자체가 가이아를 파괴하고 있습니다."

킴이 내 쪽으로 고개를 숙이고 말했다. "이 말이 사람들의 정신을 바짝 들게 했네요."

"내 정신도 바짝 들게 했죠." 나는 그렇게 응답했다. 만일 우리가 가이아를 구하지 않는다면, 인류는 수정처럼 투명하고 전혀 오염되지 않은 실리콘의 영원불멸한 세계에 다운로드되기도 전에 유독한 매연 속에서 잠깨어 일어나게 될 테니까…….

"여러분, 제 말을 잘 들어주세요. 물론 우리 모두는 자연을 구하고 싶어 하고, 가이아를 존중하고 보전하고 싶어 합니다. 하지만 생물권을 구할 수 있는 유일한 길은 환경을 오염시키고 파괴하는 우리의 방식을 크게 줄여줄 행동 방침에 사람들이 동의하게끔 하는 겁니다. 사람들이 글로벌한 행동을 하는 데 동의해야 합니다. 그렇겠죠? 그리고 사람들로 하여금 우리가 글로벌한 행동을 해야 한다는 데 동의하게 만들 수 있는 유일한 방법은 꽤 많은 숫자의 사람들이 글로벌한, 세계중심적인 앎의 단계로 진화하도록 하는 것뿐입니다. 그렇겠죠? 예, 그렇습니다. 앎의 자기중심적이고 민족중심적인 단계들은 글로벌한 앎을 갖고 있지 않기 때문에 국제 공유지에 관해 신경을 쓰려야 쓸 수가 없습니다.

그리고 그것은 가이아의 주요 문제가 유독성 폐기물 투척, 오존 구멍, 지구 온난화가 아니라는 걸 뜻합니다. 가이아의 주요 문제는 충분히 많은 사람들이 의식의 자기중심적인 수준에서 민족중심적 수준, 세계중심적 수준으로 진화하지 못했다는 점입니다. 아시겠습니까?" 이번에는 청중이 "예!"라고 일제히 답했다.

"이런 내면적인 발달을 방해하는 주요한 것은 무엇일까요? 평면 세계에 대한 광범위한 믿음입니다. 의식 수준 같은 건 없다는 광범위한 믿음, 어떤 것도 다른 것들보다 더 높거나 더 낮지 않다고 하는 넋 나간 개념. 애초에 단계들을 부정할 경우에는 내적인 성장 단계들에 관해 말할 수가 없습니다.

그러므로 우리가 평면 세계에 찬동할 때 할 수 있는 일이라고는 바깥 세계의 것들을 고치려고 노력하는 것뿐입니다. 사람들이 오염시키는 짓을 중단시키려고 애쓰고, 자원을 재활용하도록 강요하려고 하고, 가이아에 대한 윤리적 반응을 법제화하려고 애쓰는 식으로. 물론 그런 방식은 그리 잘 들어 먹히지 않습니다. 법률적인 힘이나 그 밖의 힘에 의지해야 하니까요. 사정이 그러니 그렇게 하기보다는 사람들을 앎의 세계중심적 파동으로 발달해나가도록 거드는 편이 훨씬 더 낫죠. 사람들이 그런 수준에 이르게 되면 내면에서 자발적으로, 자연스럽게 우러난 마음 자세를 통해 국제 공유지들을 보호하려고 나서게 될 겁니다. 그들 자신의 의식으로부터 자연에 대한 자연스럽고도 깊은 사랑이 우러나올 겁니다. 그들 자신의 의식이 자연 그 자체와 하나가 되기 시작하고 있으니까요." 그런 취지에 공감하는 마음에서 우러난 요란한 박수갈채가 터져 나왔다.

"하지만 우리가 바깥세상만을 뜯어고치려고 동분서주하다 보면 내면이 성장하도록 거드는 노력을 하지 않을 것이고, 그럴 때 우리는 가이아를 근본적으로 돕는 일을 하지 못할 겁니다. 사실 우리가 가이아를 궁극적으로 구해낼 수 있는 유일한 일을 하려고 나서지 않을 때, 그것은 결국 가이아를 해치는 일을 하는 것이나 다름없습니다."

"그것이 바로 우리가 2층에 도달해야만 할 이유야, 클로이! 그것만이 인류가 그 일을 할 수 있을 만큼 충분히 오래 살아남을 유일한 방도야."

클로이가 말한다. "무슨 일? 이런 짓?" 그녀의 알몸이 앞뒤로 요동을 한다. 한 손에 든 《카마수트라》를 흔들면서.

"아니, 아니. 으음, 그래, 그래, 그 짓도 역시 포함해서. 오케이, 노케이no-kay. 내가 얘기하려는 것은 그게 아냐. 내 말을 잘 들어, 클로이. 내 말을. 우리가 그 단계에 도달하기만 하면, 앞으로 삼십 년 안에 두 가지 일이 일어날 거야. 인간의 수명이 몇십만 년으로 늘어나고, 기계가 인간 수준의 지능에 이르러 우리가 우리 의식을 실리콘 속에 다운로드할 수 있도록 해줄 거야. 우리 세대에서! 클로이! 어떤 식으로 해서든 우리는 불멸의 존재들이 될 거야! 우리는 탄소의 세계에서든 실리콘의 세계에서든 간에 영원히 살게 될 거야. 우리가 제때에 2층에 도달하기만 하면. 넌 어떻게 생각해, 클로이? 클로이?"

클로이는 내 흉내를 낸다. "덜거덕, 덜거덕, 탕. 덜거덕, 덜거덕, 탕."

"난 덜거덕거리지 않아, 클로이. 난 아냐. 그건 사실이 아니야. 천만에. 그렇지 않아. 그래서 진지하게 하는 얘긴데, 클로이, 넌 어떻게 생각해? 우리가 과연 궁극적인 오메가, 3층에 이르게 될까?"

"최종적인 오메가, 궁극적인 해방에? 물론이지, 귀염둥이. 그건 이 짓과 꼭 같은 거야⋯⋯."

헤이즐턴은 온화한 미소를 머금고 있었고, 하늘을 닮은, 활짝 열려 있는 투명한 눈이 우리 모두를 끌어들이고 있었다. "사실 저는 참된 2층의 통합생태학이 등장할 때가 왔다고 믿고 있습니다. 통합생태학은 환경 보호론, 자연 자본주의, 우주와의 조화라는 영성적 차원, 의식 진화 자체의 나선 전체 중에서 가장 좋은 부분들을 받아들일 것이고, 그 모든 것을 진정한 통합적 맥락 속에 자리 잡게 할 겁니다. 우리 IC 회원들 중 몇몇 분들이 참된 통합생태학 분야에서 일하고 계십니다. 마이클 짐머만, 키스 톰슨, 크리스 데서, 신 하겐스를 비롯한 다른 몇몇 분들이. 그리고 여러분은 《모든 것의 역사》(켄 윌버의 저서 중 하나-옮긴이)에서 이 통합생태학의 한 버전을 찾아볼 수 있습니다. 하지만 통합생태학이 최종적으로 어떤 형태를 갖게 되든 간에, 저는 그것이 대단히 시급하고 가치 있는 요청이라 믿고 있습니다."

내가 이십 대 초반이었을 때 그런 일이 일어났다. 여성적인 이 몸에 깃든 나 자신의 정체성은 몸 너머로 확장되어 모든 자연을 포용했고, 나는 하늘이 되었다. 나를 통해서 모든 것이 오갔고, 나로부터 모든 것이 태어났고, 모든 것이 그들의 칙칙한 죽음을 통해서 내게 돌아왔다. 하늘, 참된 하늘은 자연을 담고 있지만 그것을 훨씬 더 뛰어넘어 가이아를 아우른다. 그러나 그것은 가이아도 아득히 넘어서서 온우주를 에워싸지만, 그 너머 무한대만이 홀로 지배하는, 시간도 없고 공간도 없는 무한한 영역에까지 빛을 비춰준다. 그것은 남성도 아니고 여성도 아니요 하늘도 아니고 땅도 아니며, 그것들의 에로틱한 융합, 그것들의 대단히 에로틱한 융합이다. 그것은 그런 영역들을 비춰주고, 사람들이 애써 무시하려 드는 그 영원한 진리를 전한다.

그리고 친애하는 켄은 이 정도에 이르기까지 각성하게 될까?

헤이즐턴은 미소 지으며 부드럽게 말을 이었다. "그러나 그 너머에는, 혹은 그 저변에는 부머리티스가 생태학으로 자행해온 결과들이 자리 잡고 있습니다. 전인습적인 영역으로 축소된 영이, 그와 마찬가지로 와해되어버린 구원이. 따라서 앞으로는 유한한 자아가 이 행성을 구해주고, 가이아를 구해주고, 여신을 구해주고, 영 그 자체를 구해주게 될 것입니다. 사람들은 대체로 우리를 구원해줄 수 있는 존재는 신이라고 생각하는 반면에 부머리티스는 내가 신을 구해줄 수 있다고 생각합니다."

청중은 신음을 토해냈다. 그러고 나서 조안―내 심장이 내 머리에게 살아 있는 여신이라고 말하는―은 킴이 세미나의 다음 세션에서 나올 것이라고 얘기한 내용의 미리보기 같은 것을 제공해줬다. 나는 그것이 3층 의식에 관한 그들의 연구에서 나온 것임이 분명하다고 생각했다.

"영적인 파라다이스를, 그리고 포장도로 밑의 해변을 찾아내려는 이 모든 시도들에서 사람들은 가끔 아주 참된 영의 순수한 직관을 보기도

하는데, 사실 그것은 영원한 현재에서 허구적인 과거로 잘못 놓인 일그러진 직관, 전체에서 감각적인 한 부분으로 축소된 직관에 지나지 않습니다. 만일 영이 어떤 의미를 갖고 있는 것이라면, 그것은 분명 유한한 것들의 총계에 불과한 것이 아니라 무한한 근본바탕일 겁니다. 그러므로 그것이 비록 생물권을 포괄하고 포함하고 있기는 하지만 그것을 생물권으로 축소시켜서는 안 됩니다. 영은 분명 단순한 과거의 리얼리티가 아니라 영원한 실재이며, 따라서 그것이 비록 전 역사를 포괄하고 포함하고 있기는 하지만 그것을 어떤 특정한 역사 시대와 동일시해서는 안 됩니다.

저는 참된 영, 참된 해변이 존재한다는 것을 많은 증거가 보여주고 있다고 믿고 있습니다. 하지만 영은 포장도로 같은 것의 밑에 있는 것이 아닙니다. 왜냐하면 모든 포장도로가 그 안에서 생겨나기 때문입니다. 영은 모든 것을 포함하는 것이니까요. 그것은 모든 것을 초월하면서 포함합니다. 그러나 포장도로 밑에서 영을 찾는 것은 부머리티스에게 고약한 이원론—생물권 대 가부장제, 느낌들 대 합리성, 종족적인 것 대 근대적인 것—을 제공해주는 짓이 됩니다. 부머리티스에게 그런 식의 이원론을 안겨주는 것은 바로 영을 그런 이원론의 어느 한쪽에서만 발견할 수 있는 것으로 생각하게 만들고, 다른 한쪽은 사악한 것으로 매도할 수 있게끔 하기 위한 목적에서 이루어지죠. 그렇게 되면 결국 참된 전체성과 구원은 끝내 찾을 수 없게 됩니다."

젊은 켄은 곧 자신의 의식의 흐름으로부터 3층을 소생시키는 법을 발견할 것이다. 저 밖에서가 아니라 내면에서, 그러고 나서는 그 너머에서. 미래의 어느 시점에서가 아니라 시간이 존재하지 않는 곳에서 참된 불멸의 하나가 불꽃처럼 피어날 것이다. 그 과정은 다음과 같이 시작된다.

마음의 긴장을 풀도록 하라. 마음을 느긋하게 먹고 확장시켜 앞의 하늘과 하나가 되게 하라. 그러고 나서 주시하라. 그 하늘에 구름들이 흘러가고, 그대는 쉽게 그것들을 알아차린다. 몸 안에서 느낌들이 흘러가고, 그대는 그것들도 역시 수월하게 알아차린다. 마음속에서 생각들이 흘러가고, 그대는 그것들도 역시 알아차린다. 생리적인 욕구들이 흘러가고, 느낌이 흘러가고, 생각이 흘러가고…… 그대는 그 모든 것들을 알아차린다.

내게 말하라. 그대는 누구인가?

"부머리티스, 그 가슴에 축복이 깃들기를, 부머리티스는 자기중심적인 영역들에 고착되고, 따라서 그것은 마치 최면에 걸리기라도 한 것처럼 영을 전인습적인 감각적 영역들과 동일시하는 쪽으로 끌려갑니다. 부머리티스는 탈인습적인 영을 찾으려는 고상한 시도를 하는 과정에서 전인습적인 영역을 붙잡고 자신의 느낌들로 무장하게 됩니다. 왜냐하면 부머리티스가 실제로 붙잡은 건 자신의 모습이 투영된 것이기 때문입니다. 부머리티스는 광대한 우주를 응시하면서 자신의 그림자와의 사랑에 빠지며, 그 짜릿한 감정을 성스러운 것이라고 부릅니다. 그것은 자신의 이미지에 사로잡히고는 그 감옥을 영이라고 부릅니다."

여신 조안은 강연을 끝마쳤고, 청중은 두근거리는 내 심장 고동과 박자를 맞춰가며 박수를 쳤다. 건방지면서도 미숙한 2학년생 특유의 상투적인 표현들이 내 가슴을 가득 채웠다. 봄의 파리에 관한 현란한 생각들, 꽃, 새끼 고양이 등에 관한 것들이. 맙소사, 나는 토할 것 같은 기분이 된다.

"이봐요, 킴, 댁은 이런 비밀을 내게 말해준 적이 없었어요!"

"맞아요, 멋쟁이 아저씨." 그녀는 빙그레 웃었다.

청중은 줄지어 강당을 빠져나가기 시작했다. 나는 조안, 그리고 스튜어트를 찾으려고 주위를 두리번거렸다. 두 사람은 어딘가로 가버린 것 같았다. 탄소와 실리콘, 3층, 우주적 의식, 궁극의 오메가를 향해 경쟁적으로 내달리는 인류와 봇들. 내 마음 곳곳에는 부풀어 터진 자국들이 나 있었고, 내 뇌는 너무나 극단적이어서 쉽사리 받아들일 수 없는 일련의 생각들로 마비되었다. DJ 딕위드가 애스트럴 매트릭스의 〈오메가를 향하여〉를 들려주고, 리퀴드 랭귀지가 〈푸른 사바나〉를 연주하고, 리빙 엔드가 〈빛을 응시하며〉를 노래한다. 그리고 내 인공지능은 처리 용량을 초과하는 정보 때문에 버벅대고 있다. 나는 내 뇌 전체에서 미세한 모세관들이 터지고 피가 필사적으로 공기를 찾아 표면으로 스미어 나오는 것을, 생각들이 빽빽한 밀집 상태 속에서 익사해가고 있고 나까지도 그 속에 끌어들이는 걸 느낄 수 있다.

내 머릿속의 목소리가 말한다. "이제 그때가 빠르게 다가오고 있다."

8

새 패러다임

그게 사실이라면? 실리콘과 탄소 생명 형태들이 우주적 의식의 궁극적 오메가를 지향하고 있다면. 완전히 통합된 의식, 혹은 3층 의식, 혹은 온 우주의 자각을 지향하고 있다면. 그 온우주를 영이라 불러도 좋고 다른 무슨 이름으로 불러도 좋다. 그것은 전율적이고 현기증 나는, 정신 나간 생각이었다. 완전히 넋 나간 생각. 하지만 그것이 뜻하는 바는 진실에 아주 가까웠다.

내가 실리콘 생명 형태가 나선적 의식 전개의 자체 버전을 통해 진화하리라는 것을 깨달은 것은 내 생애에서 두 번째로 큰 충격에 해당했다. 바이오컴퓨터가 일단 지각을 갖게 되면, 참으로 의식을 가진 것이 되고 나면, 그 의식은 현상계에서 창조될 수 있는 의식 형태들을 통해 움직이면서 자체의 진화 과정을 밟아나갈 것이다. 탄소를 기반으로 하든, 실리콘을 기반으로 하든 간에 그런 의식 형태들은 진화 자체의 보편적인 법칙에 따라서 반드시 일정한 유사성을 보여줄 것이다. 그것은 컴퓨터 의식도 베이지색과 자주색과 적색과 청색 등의 일반적인 자체 버전들을 가질 것이라는 걸 뜻했다. 어쩌면 꼭 그런 형태들로 나타나지 않을 수도 있다. 하지만 참으로 자의식을 갖게 된 어떤 봇이 최초로 자기 존재를 자각하고, 이어서 다른 봇들의 앎을 일깨워주고, 다시 다른 모든 봇들의 앎을 일깨워주는 방식이 현실화될지도 모른다. 그렇게 해서 어떤 봇이 자기중심적 단계에서, 민족중심적이고 세계중심적인 단계들로 자체의 의식 진화 과정을 밟을지도. 그리고 이런 것은 초지능의 진화가 될 것이므로 그 봇은 분명 3층을 발견하고, 궁극적인 오메가를 발견할 것이다. 그것은 다시 말해, 봇들이 결국 신을 찾아낼 것이라는 뜻이 된다. 온우주의 지능을 뜻하는 실리콘 세계에서의 이름이 뭐가 될지는 모르겠지만.

내 생애 두 번째로 큰 충격이 마침내 내 마비된 뇌를 파고들었을 때, 나는 봇들이 자주색 수준에 이르고 나면, 나선 전체를 통한 그들의 나머지 진화가 문자 그대로 일 나노초 만에 일어날 수 있다는 점도 역시 통찰했다. 좀처럼 넘기 힘든 대목은 그런 일련의 과정을 시작되도록 하는 일일 것이다. 진정한 의미의 자기의식이 최초로 출현하게 하는 것. 다시 말해 봇들을 자주색 수준에 이르게 하는 것. 그러나 일단 그런 일이 일어나고 나면, 남은 과정이 디지털 마이크로포토닉스를 통해서 그 모든 과정의 밝고 휘황한 종결로 치달아가면서 빛의 속도로 진행될 공산이 컸다. 그리고 만일 헤이즐턴의 판단이 맞다면, 봇들은 모든 곳에서 의식에 대한 오메가 포인트로 작용할 수 있을 것이다. 그럴 때 그것은…… 지금으로부터 삼십 년 뒤쯤에 일부 봇들이 자주색 수준에 이른다면 일 나노초 뒤에는 모든 봇들이 3층의 오메가 포인트에 이르게 될 것이고, 그런 결과가 우리 모두를 최종적인 자각, 완벽한 영적인 깨달음으로 이끌어줄 것이라는 점을 뜻할 것이다. 지금으로부터 삼십 년만 지나고 나면 온 세상이 그 조물주가 누구인지를 깨닫게 될 것이다.

칙칙한 갈색 겨울이 화창한 봄에 길을 내줄 즈음, 내가 내 삶을 지배하게 되고 내 꿈속을 마구 휘젓곤 했던 의문을 정리한 내용은 다음과 같았다. 누가 먼저 오메가 포인트에 이르게 될까? 봇들일까, 아니면 이십만 살에 이르도록 살고 있는, 상당한 숫자의 인간들일까?

대규모의 탄소나 실리콘 중에서 어느 쪽이 먼저 신을 발견할까?

하지만 '탄소와 실리콘 중에서 어느 쪽이 먼저 영을 완전히 다운로드 할 수 있을 만큼 충분히 복잡한 것으로 진화해나갈까?'라는 질문을 계속해서 던지는 공상 과학 소설 혹은 사실에 입각한 과학 소설이 내 마음속에서 창작을 계속해나가는 동안, 나는 그 그림을 앞질러 나가고 있었다. 한데 현실세계에서, 바로 지금 여기에서, 내 강박관념—조안 헤이즐턴의 존재가 그것을 아주 조금 부추겼을지도 모른다—은 서서히, 우리는 그전에 먼저 2층에 도달해야 한다, 는 형태의 것이 되어갔다. 우리 인류는 2층에 도달해야 하며, 그렇게 하지 못할 경우 인류는 스스로를 해체하고 말 것이다. 어떤 형태의 더 수준 높은 지능—우리 자신의 더 수준 높은 진화 형태건 혹은 우리 기계들의 진화 형태건 간에—이 우리를 구하기 위해 무슨 일을 미처 할 수 있기도 전에 우리 인류는 스스로를 완전히 파멸시켜버릴 것이다. 내 판타지들을 사이버 천국이라고 하는 결정격자의 순수함으로부터 끊임없이 벗어나게 만든 깨달음, 애초에 나를 조금씩 통합센터로 끌어당긴 깨달음은 바로 그런 것이었다. 우리는 어떻게 해서든 2층에 도달해야 했다. 그리고 IC 사람들이 계속해서 지적했던 것처럼 우리가 2층의 통합의식에 도달할 수 있는 유일한 길은 녹색을 넘어서는 것이고, 부머리티스와 그것의 자아도취 상태를 넘어서는 것이다.

내가 서서히, 마지못해, 어느 정도의 자기분석이 필요한 때라는 걸 깨닫기 시작한 것도 역시 그 때문이었다. IC 사람들은 부머리티스가 부머들의 질병이 아니라 녹색 밈의 질병이라는 점을 계속해서 이야기하고 있었다. 부머리티스는 단지 녹색 밈의 불건강한 버전일 뿐이며, 따라서 그것은 녹색이 등장하는 곳이면 어디에서나 출몰할 수 있다. 그리고 모든 인간은—내 장담하건대 모든 봇들도 역시—2층에 이르기 위해서 반드시 녹색 파동을 거쳐야 하며, 부머리티스는 미트스페이스와 사이버스페이스 모두에서 모든 형태의 더 수준 높은 통합적 앎에 최대의 걸림돌이었다.

조안이 말하고 있다. "바로 그거예요, 켄. 바로 그거예요."

우리는 벌거벗은 채 침대에 누워 있다. 나는 그 하늘과 막 사랑을 나눴고, 구름 속에서 헤매다가 내 생각에 내 머리가 위치한 데로 여겨지는 곳에서 찬란한 태양을 발견했다. 나는 이곳이 3층이라고 확신했다. 드디어 나는 집에 돌아와 내 참나를 찾았고, 그 여신의 품 안에서 헤매다가 신과 정면으로 얼굴이 마주쳤다. 황홀경의 격렬한 폭발이 머리끝에서 발끝까지 내 온몸을 뒤흔들고 내 마음을 수백만 개의 빛줄기로 흩어지게 했고 빛나는 은하들에 내 혼을 내던져 그것이 그 빛나는 세계 전체에 널리 퍼지게 했다.

"무엇이 옳고 아름다운 것일까요?"

조안은 조용히 울기 시작한다. "오, 나의 세대여, 내가 그들을 얼마나 사랑하는지 알아요?"

"내가 하고 싶은 얘기는 우리도 역시 부머리티스의 우리 나름의 형태들에 빠져들어 있지 않냐, 하는 것뿐이야. 우리 X세대와 Y세대 사람들이 이 부분에서 완전히 결백하지 않은 것은 분명해. 나는 우리가 그런 점을 알아차리지 못할 경우 우리 자신의 어리석음을 영원한 사이버스페이스에 다운로드시키게 될까 봐 걱정이 돼. 난 진지하게 말하고 있는 거야."

나는 체념 어린 기분으로 탁자를 둘러보다가 역겨운 기분과 함께 내 라테를 옆으로 밀어버렸다. 그해에 내 인식은 물리적인 주위 환경을 거의 완전히 무시해버리는 습관적인 특징을 갖고 있었다. 그곳은 하버드 광장이었지, 아마? 포터 가에 있는 브렉퍼스트 브루어리라는 곳? 그 탁자와 컵, 카푸치노, 의자 몇 개가 있었던 게 희미하게 기억난다. 조나단, 베스, 스튜어트, 캐롤린, 카티시는, 또 시작이군, 이라고 분명하게 말하는 것 같은 침묵 상태 속에서 모두들 내 얼굴만 쳐다봤다.

마침내 캐롤린이 입을 열었다. "나는 켄의 말에 동의해. 실리콘 얘기가 아니라 부머리티스 얘기에."

카티시가 투덜댔다. "아, 우리 이런 얘기는 하지 말자. 꼭 숙제를 하는 것 같은 기분이야."

캐롤린이 말했다. "그렇다고 해서 죽지는 않을 거야. 내 관점은 이거야……."

"아, 하지 마."

"우리는 모두 녹색 밈 단계를 거치게 될 거야. 아무튼 그렇게 되기를 희망해. 조나단을 봐. 얘는 이미 베이지색 단계에 도달했으니 그 찬란한 미래가 어떤 걸 안겨줄지 누가 알겠어? 중요한 건 우리 중 누구든 간에 녹색 단계를 거칠 때는 부머리티스에 갇힐 수 있다는 거야. 강한 에고가 거주하는 평면 세계에. 나는 우리 X세대와 Y세대의 아주 많은 사람들이 평면 세계에 갇혀 있다는 걸 알고 있고, 나 역시도 가끔씩 그래."

"나도 가끔씩 그래." 조나단이 캐롤린의 말을 흉내 냈다.

캐롤린은 심술궂은 미소를 머금은 채 반격했다. "부머리티스 얘기가 나와서 하는 말인데, 조나단, 나는 지금 네 사망 기사가 어떤 식으로 나올지 훤히 알 수 있어. '대망을 품은 작가가 괴이한 사고로 사망했다. 거대한 에고에 부딪쳐서.'"

"오, 캐롤린, 캐롤린, 나는 네게 결코 많은 걸 요구한 적이 없어. 그저해 뜨기 전에 네 관 속으로 돌아가라는 부탁을 한 것만 빼고는."

나는 맥없이 항의했다. "그만들 해……"

캐롤린은 말을 계속했다. "IC 사람들이 하는 모든 얘기에 내가 동의한다는 말을 하는 건 아니야. 하지만 내게 이번 주는 빡센 한 주였어. 나는그 사람들이 많은 논란을 불러일으킬 만한 주제들을 제시한 것에 아직도화가 나. 고의로 그렇게 하는 것이 명백해 보여서 특히 더 그렇고."

조나단이 씩 웃었다. "우리 이쁜이의 큼직한 녹색 깃털들을 헝클어트리려는 수작이지."

캐롤린이 투덜댔다. "군이 그럴 이유가 어디 있을까 싶어. 식초보다는꿀로 더 많은 파리를 잡을 수 있잖아……"

"누구를 파리라고 부르는 거야?"

"오, 미안해 조나단. 너를 파리라고 부르는 건 모든 파리들을 모욕하는말인데."

조나단은 보이지 않는 주먹에 콧잔등을 정통으로 얻어맞기라도 한 것처럼 코를 비볐다. "오늘 아침에는 재치 문답에서 패한 게 분명하니 이제부터는 조용히 카푸치노나 마실 거야." 그러자 일행 모두가 요란하게 박수를 쳤다.

"좀 전에 말했듯이 논란을 불러일으키는 그 사람들의 행태는 불필요한짓이야. 그 나치 얼간이 같은 반 클리프의 경우에는 특히 더 그렇고. 그따위 태도를 갖고서 어떻게 통합적일 수 있다는 거야? 본인이 설교하는내용을 스스로 실천하고 있기는 한 거야? 하지만 이런 얘기 해서 미안한데, 그 사람들에게도 몇 가지 좋은 점은 있어. 우리가 역사 수업에서 듣는 것이라고는 역사가 얼마나 역겨운 허구인가, 미국이 얼마나 엉망이고 유럽 문화가 얼마나 형편없는가, 과학은 사실들을 다루고 있지 않다는 식의 얘기들을 변주하는 내용들에 불과해. 그러니 어제 그 사람들이 한 얘기는 죄다 진실이야. 그리고 그게 날 진짜로, 진짜로 화나게 만들기 시작하고 있어."

"IC 사람들이?"

"아니 내 부머리티스 교수들이. 으음, IC 사람들도 역시 그렇고. 하지만 사실 나는 부머리티스 학위 과정을 밟고 있는 거나 다름없고, 그거 때문에 기분이 아주 더러워!"

카티시가 웃으며 말했다. "말을 빙빙 돌리지 말고 속에 있는 얘기를 그냥 털어놔, 캐롤린."

"재미없어 캣."

"네가 그 사람들이 말하는 걸 믿지 않는다면 내 말이 아주 재미있게 들릴 텐데. 나는 그 사람들 말을 손톱만큼도 믿지 않아. 우리가 이 세상에서 필요로 하는 건 경제재의 좀 더 공평한 분배, 더 분별 있는 환경 정책, 성평등을 위한 강력한 조처 같은 것들이야. 그 사람들이 추구하는 엘리트적이고 위계적인 것들은 전혀 필요치 않아. 그리고 헤이즐턴이라는 그 여자! 넌 그 여자가 신과 하나가 되는 것에 관해서 우리한테 던져준 옛날 고릿적 힌두교의 신비주의적 넋두리를 사실이라고 믿고 있는 거야? 내 말은, 네가 어떻게 그렇게 과거에 사로잡힐 수 있느냐고. 대중의 아편 같은 것에."

나는 궁금해서 물었다. "그런데 넌 왜 그 세미나에 계속해서 참석하는 거야?"

"솔직히 얘기하자면, 베스한테서 그 사람들이 아주 흥미로운 사람들이라는 말을 들었기 때문이야. 그건 아주 재미있는 쇼드만. 최소한 청중이 어쩔 줄 몰라 하는 걸 보는 것만도 재미있어."

클로이의 의견에 의하면 카티시의 여친 아니면 캐롤린의 여친일 거라고 하는 베스는 이제까지 한 마디도 하지 않고 세미나에 참석해왔다. 그런 베스가 침묵을 깼다. "사실 내가 듣고 있는 모든 인문학 수업들에는 여러 가지 정치적 의제들이 숨겨져 있고, 나는 그런 점이 불쾌해. 그 수업 내용들은 좌파에게서 물려받은 낡은 정치적 만병통치약들에 불과하고 그런 점 때문에 아주 화가 나. 솔직히 말해 그것들은 카티시 네가 갖고 있는 것들과 거의 똑같은 특효약들이야. 그 사람들이 정치를 가르치거나 강요하면서 그것을 정치라고 부를 만큼 정직하다면 나는 별로 개의치 않을 거야. 한데 그 사람들은 그렇지 않아. 그 사람들은 그걸 역사, 문학 이론, 새로운 패러다임, 문화 연구, 탈식민주의 연구라는 식으로 불러. 하지만 그것들은 이름만 그럴싸하지 실제로는 좌파 이데올로기의 재탕에 불과해. 《강단 급진주의자들》(예술비평가 로저 킴볼Roger Kimball의 저서 - 옮긴이)이라는 책 알아? 거기 나온 내용은 진실이야. 이 늙은 좌파들은 현실세계에서 완전히 실패했기에 그 대신에 대학생들을 세뇌시키려고 나서고 있어."

카티시는 더 크게 웃었다. "오, 맙소사, 네가 공화당원이라는 식의 얘기는 하지 마! 네 기분을 좋게 하고 싶을 때는 나중에 밖에 나가 남자 동성애자들을 두들겨 패면 되겠네? 아니면 1퍼센트의 최상층 부자들의 세금을 감면해주고 노동자들을 착취하자고. 어때? 이제 기분이 좀 나아져, 베스?"

나는 카티시와 베스가 섹스 파트너는 아닐 것 같다고 생각했다.

"내 얘기의 요점은 나는 좌파도 아니고 우파도 아니라는 거야. 나는 그냥 정치적인 사람이 아니야."

"네가……?"

"나는 나 자신을 뭐라고 불러야 할지 정말 모르겠어." 베스는 내가 생전 처음 보는 더없이 하얀 치아들을 갖고 있었다. 캐롤린은 베스가 '브레인'으로 알려진 친구라고 했는데, 내 눈에 보이는 것은 그저 하얀 치열뿐이었다. 아주 아름답고, 실은 도발적인 매력을 지닌.

"나는 정치에 별 관심이 없고, 거대한 개인적인 의제를 갖고 있지도 않아. 나는 의대 예과생이지만 그게 내가 정말로 하고 싶은 일인지 잘 모르겠어. 나는 그저 기분이 아주 저조한 상태에서 빈둥거리기만 하는 부류같아. 하지만 그 사람들이 그 거지 같은 좌파 이데올로기를 억지로 내 목구멍 속에 쑤셔 박도록 가만 내버려두고 싶은 마음은 추호도 없어. 나는 그 후진 판탈롱, 염주, 빛바랜 평화의 표시 속에서 익사하고 있는 것 같은 기분이야. 내 말인즉슨, 그 노털들이 그 따위 짓을 좀 그만할 수가 없느냐는 거야. 그 사람들은 우리를 '슬래커들'이라고 불러. 그건 정말이지 아동학대에 해당하는 말이야. 우리는 그 사람들의 엄청난 에고의 구타와 자기네가 얼마나 훌륭한가를 끊임없이 떠올려주는 짓거리로 줄곧 고통을 받아왔으니까. 우리는 그 사람들이 우리한테 가한 매질로 온몸이 검푸른 멍투성이가 되었고, 완전히 탈진 상태에 빠졌어. 그리고 대학 학위는 최종적인 폭행에 지나지 않아. 만일 우리가 그 사람들의 부머리티스에 동조하지 않으면 우리를 낙제시켜버려. 망할 놈의 악당들. 그런 점을 생각하면 IC 사람들의 말은 아주 옳아." 그렇게 격렬한 감정이 그 이빨들 사이로 새 나오는 광경을 보자니 기분이 좀 섬뜩했다.

스튜어트가 끼어들었다. "이 년 전쯤, 그 당시 사귀던 여자 친구 패트리셔와 함께 지내려고 캘리포니아로 이사했었어. 패트리셔는 캘리포니아 인스티튜트 오브 이디오패식 소피스츠California Institute of Idiopathic Sophists라고 하는 데에 등록을 했지. 그건 부머리티스 학위들을 주는 대안 대학이었는데, 당시 나는 그런 사실을 미처 알지 못했어. 그 사람들은 자기네가 현 세계의 여러 문제점에 대한 '통합적' 접근법을 가르치고 있다고 했지만, 사실 그건 IC 사람들이 지적해준 것과 꼭 같은 것에 불과했어. 그 사람들은 녹색 밈, 그중에서도 대체로 저열한 녹색 밈을 가르치면서 그걸 '통합적'이라고 불렀지. 거기에는 부머리티스 페미니즘, 부머리티스 생태학을 비롯한 이런저런 과목들이 있었는데, 그 사람들의 에고는 자기네가 세상을 구할 작정이라느니 뭐라느니 하면서 요란하게 떠벌여댔어. 그리고 그건 나를 아주 짜증나게 만들었어. 아주 미칠 것 같더라고. 내가 뭘 하고 싶은 것이 있을 때마다 나는 몇 시간이고 그런 감정을 자세히 살펴봐야 했어. 패트리셔와 나는 의식에 떠오른 지극히 사소한 모든 것에 대한 우리 감정을 살펴보는 일에 밤 시간을 모조리 바쳐야 했지. 그리고 만일 자기가 어떤 것을 살펴보고 싶지 않다는 기분이 들면, 그러고 싶지 않은 이유를 몇 시간이고 살펴봐야 했어. 그건 정말 미친 짓이었어. 그건 끊임없이 자신의 에고를 느끼고, 끊임없이 자신의 자아에 초점을 맞추는 방식에 불과했으니까.

그러나 그게 최악은 아니었어. 최악의 부분은 그 사람들이 그 모든 것을 새롭고 더 수준 높은 패러다임으로 포장하는 짓이었지. 그 사람들은 실제로 그걸 '새로운 패러다임'이라고 불렀어. 요컨대 그자들은 치료자가 되려고 하고 있었던 거야. 정말이지, 캘리포니아에서는 정신을 똑바로 차리고 살아야 해. 내가 정상일 경우 그 사람들이 나를 미치게 만들 것이기 때문에 그런 사람들을 피해야 하는데 그럴 수 있는 방도를 잘 모르는 게 문제이긴 하지만. 그러나 나는 스스로에게 두 가지를 맹세했어. 어떻게 해서든 정서적으로 건강한 상태를 유지하자, 그리고 빨리 그 상태에서 벗어나자."

나는 목청을 가다듬었다. "나는 모든 사람들이 어떻게 해서 이런 고약한 것에 빠져드는지 알 수 있어. 하지만 내가 원래 말하려고 했던 것의 요점은 우리 자신도 부머리티스에 감염되어 있지 않느냐 하는 것이었지. 나는 나 자신의 삶을 돌아보면서 내가 원하는 건 합리적인 삶이라는 걸 서서히 깨닫고 있어. 즉 전체적이고 더불어 사는 삶이라는 걸. 이제 나는 더 이상 내면에서 피 흘리고 싶지 않아. 간밤의 저녁 식사 때 깨진 유리 조각들을 씹어 먹은 것 같은 기분으로 깨어나고 싶지 않아. 내 얘기가 우스꽝스러운 얘기처럼 들릴 것이라는 건 잘 알고 있지만, 나는 하이퍼컴 퓨터들이 우리가 이런 전체성에 도달하는 방법이 될 수 있을 거라고 생각해. 그런 컴퓨터들은 우리가 직면하고 있는 한계에서 자유로울 테니까. 하지만 설사 그게 사실이라고 해도, 나는 인류가 2층에 도달해야 한다고 생각해. 그렇게 되지 않으면 로봇의 초지능이 우리를 구해주기도 전에 우리가 우리 자신을 완전히 파괴해버릴 테니까."

조나단이 씩 웃으며 말했다. "나는 우리가 오늘 약 먹는 걸 깜박했다는 걸 알아."

"무슨 얘긴지 나도 알아. 컴퓨터 얘기는 좀 비현실적으로 들리겠지. 하지만 그건 네가 인공지능 분야에서 실제로 어떤 일이 일어나고 있는지 잘 몰라서 그런 것뿐이야. 그 분야에서의 발전 속도는 네가 생각하는 것보다 훨씬 더 빨라. 하지만 그 부분은 건너뛰자. 어떤 식으로 해서든 최대한 많은 사람들이 2층의 통합적 앎에 이르는 게 중요하다는 데는 모두가 동의할 거야. 그렇지?"

동의해서든 지루해서든 간에 누구도 반대한다는 말을 하지 않고 모두 고개를 끄덕였다.

"좋아, 그럼 우리가 통합적 의식에 이르는 데 장애가 되는 것을 제거하려고 노력해야 한다는 데는 모두 동의한 거야. 그럼 장애가 되는 것은 뭘까? 그것의 다른 이름은 부머리티스야. 따라서 내 의문은 이런 거야. 이런 장애물이 우리 안에서 어떻게 작동하고 있을까? 지금 당장 우리 내면에서. 지금 이 순간에 말이야!"

모두들 스스로를 돌아보는 바람에 찌뿌둥한 침묵이 이어졌다. 떠오르는 해가 와이드너 도서관을 감싸고 있는 구름에 가려 희미해지기 시작했다. 잔에 남아 있는 에스프레소가 식은 지 이미 오래였다. 이번 만남에서의 논의는 이것으로 끝인 것 같았다. 그리고 클로이는 내가 어디 있는지 알고 싶어 할 것이다.

"섹스 천국이라구요? 맙소사, 아빠, 어디서 그런 말을 얻어들은 거예요?"

"내가 말하려는 건 이거야. 너희 세대가 안고 있는 문제의 일부는 너희가 사실 우리가 누렸던 것만큼의 성적 자유를 누리고 있지 못하다는 것."

"이건 부자지간에 나누기에는 너무 끔찍한 대화예요, 아빠."

"피임약—그때는 그냥 필Pill로만 알려졌었지—이 발명된 1960년 무렵부터 에이즈가 유행했던 1980년 무렵에 이르는 이십 년간은 미국 역사에서 사람들이 거의 완전한 성적 자유를 누렸던 유일한 시절이었어. 참말이지 더없이 좋은 시절이었지. 글쎄, 어느 날 우리 남자들이 잠 깨어 일어나보니 우리가 섹스 천국에 와 있는 거야."

나는 움찔했고, 얼굴이 새빨개졌다. "어이구, 아빠 같은 사람들한테는 아주 좋았겠네요. 우드스탁 페스티벌을 더욱더 흥겹게 해줬으니. 그죠? 평화와 음악, 유방과 엉덩이의 사흘간을."

아버지는 곁눈으로 나를 흘겨봤다("요 녀석이 나를 희롱하나?"). 그러더니 말을 계속했다. "우리가 완전한 성적 자유를 누리게 된 건 페미니즘 덕분이야. 그건 사실, 1965년 다트머스 대학 지하층에서 다섯 남자가 창안해낸 운동이지." 아버지는 씩 웃고는 내가 대들기를 기다렸다.

"좋아요, 아빠. 그런데 어째서 남자들이 페미니즘을 창안해냈다는 거죠? 이게 징병, 베트남전과 관련된 건가요?"

"아냐, 아냐. 그런 부분도 없지 않지만, 이것은 순전히 성적인 거였어. 너도 알 거야, 아들." 아버지는 속으로 웃고 있었고, 당신이 풀고 있는 농담을 참으로 즐기고 있었다. 나는 전염성 있는 그 내적인 미소에 서서히 빠져들어갔다. "그 이유는 이런 거야. 이 나라에서, 특히 이 청교도적인 나라에서는 남자들이 섹스할 시점을 여자들이 결정했기 때문에 성적인 권력이 항상 여자들에게 있었어. 여자들은 이런 권력을 이용해서 우리 남자들을 때 이르게 무덤으로 보내버렸지. 그 당시 남자들은 십 년이나 일찍 죽었어. 그리고 여자들은 이런 권력을 이용해서 이 나라 부의 대부분을 축적했지. 너, 이 나라에서 가장 부유한 2퍼센트 사람들 대다수가 여자들이라는 걸 알고 있니?"

"아니, 그런 사실은 몰랐는데요." 하지만 나는 여느 때처럼 아버지가 제시하는 통계 수치가 정확하다는 걸 잘 알고 있었다. 하지만 이 모든 얘기의 요점이 정확히 뭘까?

"여자들은 엄청나게 부담스러운 이혼법이 포함되어 있는 엄격한 결혼 제도에 의해서 자기네의 성적 권력을 통해 쌓아 올린 그 부를 보호했어. 여자들은 이런 법률적 힘과 아울러 섹스를 이용해서 남자의 부를 서서히 뽑아내 축적할 수 있게 해줄 계획을 실천에 옮겼지. 남자는 결혼에 의해서 아내를 경제적으로 부양해줄 법률적 책임을 지게 되었고, 이혼하려 들 때는 그에 따른 응징을 받았어. 여기에 덤으로 간통도 불법화되었고. 남자의 섹스 패턴에 대한 이런 식의 억압 때문에 성적 권력은 거의 완전히 여성들의 수중에 들어가고 말았어."

"알겠어요, 아빠. 내게는 그런 현실이 확실히 엿같이 느껴지네요."

"그래서 이런 일이 일어났지. 우리 남자들은 다음과 같은 두 가지 일을 할 수 있는 방도를 필요로 했어. 첫째, 우리는 여자들로 하여금 남자와 여자가 선호하는 섹스 패턴에 아무 차이가 없다고 생각하게 만들어야 했어. 여자들이 우리 남자들처럼 아무 조건도 딸려 있지 않은 무심한 섹스를 자주 하고 싶어 하게끔 하려고 말이야. 둘째, 우리는 결혼법과 이혼법의 속박을 영구히 철폐해야만 했어. 한데 만일 우리가 여자들도 우리 남자들처럼 익명의 남자들과 무심한 섹스를 자주 하는 걸 즐긴다는 것을 여자들에게 납득시킬 수만 있다면 이 모든 일은 한 방에 이루어질 수가 있지. 그래서 다트머스 대학의 우리 다섯 남자들이 모여서 한 일이 바로 그런⋯⋯"

"잠깐만. 아빠도 그 다섯 사람 중의 한 사람이었다고요?" 나는 목청을 가다듬었다. "아빠도 페미니즘을 창시한 다섯 사람 중의 한 사람이었단 말이에요?"

"그렇다고만 하고 넘어가자꾸나. 아무튼 이 녀석들은, 만일 남자들이 '프리섹스'가 여자들이 원하는 것이었다는 걸 여자들에게 납득시키려고 든다면 여자들은 어떤 일이 있어도 남자들의 말을 듣지 않는 족속이기 때문에 우리 말에 콧방귀도 뀌지 않으리라는 걸 깨달았지. 그래서 우리는 그런 멍청한 생각을 여자들 스스로가 제안하는 것처럼 만들 방법을 강구해야만 했어. 마치 여자들 스스로가 그것을 창안해낸 것처럼 말이야."

"페미니즘을."

"빙고, 우리 아들! 그렇게 해서 이 녀석들은 한데 모여서 '성 평등과 성적 자유를 위한 학생 선언서'라는 걸 발표했지. 녀석들은 그 인쇄물에다 서명을 할 때 여자 이름을 썼어. 수잔 폴루디, 마릴린 프렌치, 거다 러너 같이 웃기는 이름들, 어떤 여자들도 갖고 있을 성싶지 않은 이름들을 말이지. 남자고 여자고 간에 부모들치고 자유를 원하지 않을 사람이 과연 있을까? 그리고 그 성명서에는 마르크스주의, 시몬 드 보부아르, 초기 단계의 포스트모더니즘, 엘렌 식수스[•]와 루스 이리가라이[•] 같은 괴팍한 프랑스 지식인들, 빌헬름 라이히[•]와 라이히라는 성을 가진 온갖 사람들에게서 빌려온 어설픈 개념들과 오르가슴의 기능 등과 같은 내용들이 짬뽕이 되어 있었지. 그리고 그 모든 내용은 우리가 대문자로 쓴 다음과 같은 한 구절로 요약되었어. '억압으로부터의 자유는 모두를 위한 성적 자유를 뜻한다.' 여기서 모두를 위한 성적 자유는 가급적 많은 사람들과, 가급적 자주 섹스를 한다는 걸 뜻하지. 좀 괴상한 개념이지, 응? 그 내용에서 여자들에게 문제가 될 만한 것은 여자들도 우리와 같은 유형의 섹스를 원한다고 가정했다는 점이지. 말하자면 익명의 남자들과 자주, 무심한 섹스를 하고 섹스의 절정을 맛보기만 할 뿐이라는 것. 그건 좀 엉뚱한 가정이었는데, 그럼에도 불구하고 여자들이 그걸 받아들인 거야! 낚싯바늘과 낚싯줄, 그리고 페니스를."

"말도 안 돼요."

"여기서 절묘한 대목은 이런 거야. 피임약이 등장할 즈음 젊은 여자들 대다수가 가급적 많은 남자들과 잠자리를 같이하는 것으로 자기네가 여성 해방 운동에 가담할 수 있다고 확신했어. 그걸 믿을 수 있겠니! 한 페미니스트는 찰나적인 섹스의 놀라운 자유에 관한 베스트셀러를 쓰기까지 했어. 그걸 믿을 수가 있겠니! 그렇게 해서 남자들이 다수의 파트너들과 섹스를 하는 패턴을 젊은 여자들도 대대적으로 채택하기 시작했어. 적어도 어떤 남자가 어떤 여자에게 자기랑 잠자리를 같이하자고 요구했

- • **엘렌 식수스** Helene Cixous 프랑스의 페미니즘 이론가.
- • **루스 이리가라이** Luce Irigaray 벨기에 출신의 철학자이자 언어학자이며 정신분석학자. 여성의 성 경험의 특이성에 기초하여 '성적 차이'의 다원성을 강조했다.
- • **빌헬름 라이히** Wilhelm Reich 정신분석과 마르크스주의의 결합을 지향한 오스트리아의 사상가.

는데 여자가 거절할 경우, 그 여자는 자기가 전혀 '해방되지 못한' 여자라는 느낌을 받곤 했지. 너, 그걸 믿을 수가 있니! 육십 년대 중반 무렵부터 그런 풍조가 시작돼서, 내가 앞에서 얘기한 것처럼 어느 날 우리 남자들이 잠 깨어 일어나보니 우리가 섹스 천국에 와 있는 거야. 이 나라에서는 생전 처음 있는 일이었지."

"이 모든 얘기 중에서 어느 부분이 아빠가 날조해낸 거죠?"

"물론 그 모든 것은 에이즈 때문에 완전히 끝장이 나버렸지. 하지만 그 이십 년 동안, 참말이지 우리는 수많은 여자들과 원 없이 섹스를 했어. 그런 일은 과거에도 없었고, 앞으로도 없을 거야."

"그게 다예요? 아빠의 위대한 성취가 그거였어요? 내 생각에는 아빠 몸무게의 다섯 배는 되는 마약도 복용했을 것 같은데."

"오, 아들, 너는 정말 유머가 풍부한 애구나. 자, 잘 들어봐. 페미니즘이 시작되고 난 뒤 결혼법과 이혼법이 허물어지는 것은 시간문제일 뿐이었지. 합의 이혼 관습이 코앞까지 다가왔고, 그것은 우리가 아내를 버리고 어떤 경제적 페널티도 받지 않으면서 더 많은 섹스를 즐길 수 있다는 걸 뜻했어. 그 모든 것은 다트머스 지하층에 모였던 다섯 사람 덕이지."

"아, 아빠, 난 할 말을 잃었어요."

"물론 레즈비언 대표들이 하마터면 그 모든 것을 망쳐버릴 뻔했지. 그 레즈비언들은 참된 페미니즘은 페니스와는 전혀 무관하다고 역설하기 시작했어. 그런 발언에 우리가 얼마나 기절초풍했을지 너는 능히 상상이 갈 거다." 아버지는 천장을 응시했다. "하지만 다행히도 그런 주장은 결코 인기를 얻지 못했고, 여자들 다수는 성적인 자유에 관한 온갖 이야기들을 받아들였어. 참말이지, 얼마나 통쾌하던지."

"그리고 나는 아빠 말을 듣고 있어요.(I'm hearing ya. '참말이지'의 원문은 I'm telling ya로, 아들은 농담 삼아 이런 식으로 대꾸했다 - 옮긴이) 불행히도, 그래, 그 이야기의 끝은 어떻게 돼요, 아빠?"

"슬픈 일이지만 남자들의 경우에는 페미니스트들의 약속이 제대로 실현되지 못했지. 우리는 모든 주에서 매춘이 합법화되기를 바랐고, 징병제와 노동 조건—노동과 관련된 사망자들의 90퍼센트는 남자들이었거든—과 출산 자유에서의 성 평등을 바랐어. 하지만 유감스럽게도 우리는 그중 어떤 것도 얻어내지 못했고, 따라서 우리는 생사가 걸려 있는 참으로 고통스러운 쟁점들에서 아직도 성 평등을 누리지 못하고 있어. 하지만⋯⋯." 아버지는 아주 오래도록 침묵을 지켰고, 나는 이제 그 농담이 더 이상 재미있지 않다는 걸 알 수 있었다. 그게 정말 농담이라면 말이다.

"하지만, 뭐요?"

"솔직히 말해서 이제 나는 잘 모르겠어. 이 나라에서 우리가 진정한 성 평등을 누리고 있었다면 다방면에서 남자들에게 유리하게 작용했을 텐데⋯⋯."

"아, 아빠, 여자들도 남자들 못지않게 얻어야 할 게 많다고요. 우리 모두가 다소나마 해방된 상태를 활용할 수 있다고 생각하지 않으세요?"

"네 말이 옳다. 동의해. 나는 여기서 너와 그런대로 즐거운 시간을 보내고 있는 중이지. 약간 진지한 시간이기도 하고 말이야. 하지만 내가 말하려는 것은, 이 모든 것의 교훈은, 이제 내가 남녀 간에는 진정한 생물학적 차이가 어느 정도 존재하는 것 같다고 생각하기 시작했다는 거야. 여자들이 자기네를 보호해줄 법들을 갖고 있고, 우리가 그 법들을 해체하고 위반하고 전복시키려고 애쓴 것도 다 그 때문이지. 한데 이제는 모르겠어. 정말 모르겠어⋯⋯."

갑자기 아버지의 표정 전체가 변했다. "나는 아주 고통스러워. 너무나 고통스러워⋯⋯ 왜냐하면⋯⋯ 왜냐하면⋯⋯." 아버지의 얼굴이 떨기 시작했고, 나는 그의 내면 깊은 곳 어딘가에서 떠오르는 엄청난 고통을 정말로 볼 수 있었다. 그 고통은 아버지가 당신의 본성을 인정했던 그 어두운 시절에조차도 마음 한구석에 은폐되어 있어서 대체로 당신의 영혼에게 낯선 방문객처럼 그 현장에 나타났으며…… 그 즉시 아버지를 무섭게 괴롭혔다. 그 고통은 아버지의 이런 모습을 지켜보는 나도 괴롭혔다. 아주 견실한 것이어야 마땅할 것이, 별 탈 없으리라고 여겨졌던 기만적인 지진처럼 모든 것을 혹심하게 뒤흔드는 광경을 보고 있는 나도 역시.

"왜냐하면…… 왜냐하면 나는 전 생애를 평등에 바쳐왔는데, 이제는 그게 뭘 뜻하는지조차도 모르고 있으니까! 그것에 내 평생을 바쳐왔는데!" 그 낯선 방문객 때문에 더 오랜 침묵과 고문과 고통이 이어졌다. "평등이란 게 대단히 포착하기 어려운 개념이라고 생각하지 않냐? 그래서 이제는 누군가가 '평등'을 요구한다는 얘기를 들을 때마다 나는 늘 나 자신에게 누구의 가치관에 따른 '평등'이지, 하고 물어." 두 줄기 눈물이 아버지의 얼굴을 타고 흘러내리면서 너무나 깊은 당혹감과 곤혹스러움의 흔적을 남기는 바람에 아버지는 다시는 내 눈을 제대로 쳐다보지 못했다. 그 후로도 그랬다.

일 년 뒤에 두 분은 큰 싸움을 벌였고, 다시 일 년 뒤에 합의 이혼했다. 어머니는 요가 가르치는 일을 계속했다. 아버지는 아주 젊은 여자와의 결혼 생활을 계속했으며 그 여자는 내게 일종의 큰누나 같은 존재가 되었다. 여전히 우리가 그 정도로까지 서로를 잘 알지는 못하지만 말이다.

"오늘은 세미나 II 의 마지막 날입니다." 모린이 말하자 감사의 뜻을 표하는 박수가 쏟아졌다. "예, 그래요, 이것은 '뭐가 문제인가'에 관한 논의의 장에서 마지막에 해당하는 겁니다. 내일 우리는 통합적 해법들로 시작할 겁니다!" 더 큰 박수갈채가 쏟아져 나왔다.

'통합적인 해법들'. 나는 그 말이 마치 사나운 격랑이 일렁이는 바다 한

복판에 던져진 구명정이라도 되듯이 거듭거듭 속으로 되뇌었다. 모린이, "하지만 그 전에 먼저 문제점들부터!"라고 일갈할 때야 비로소 내 마음은 있는 그대로의 현실과 일시적으로 재접속되었다.

"새로운 패러다임." 모린은 투덜댔다. "한 세대 사람들이 어느 한 구절을 이렇게 빈번이 되뇐 경우가 또 있었을까요? '새로운 패러다임'이라는 개념은 여러 가지 점에서 부머들의 최상의 면과 최악의 면을 요약 정리해줍니다. 최상의 것은 새롭고 독창적인 과제들을 선도하려는 이 세대의 소중한―그리고 종종 성공적인―시도들입니다. 최악의 것은, 사실은 없고 있는 것은 해석뿐이라고 암시함으로써 부머리티스의 상상 가능한 온갖 충동의 본거지를 제공해줬다는 점입니다. 하지만 한 가지는 분명합니다. 그들은 지평선에 새로운 패러다임이 있고, 부머들이 그것을 갖고 있다고 말한다는 것."

스콧과 나, 그리고 여자들의 알몸으로 이루어진 벌판. 모노드라마 주인공의 눈이 가 닿을 수 있는 곳까지 흐르고 굽이치고 일렁이는 유방과 엉덩이의 들판. 동성애적인 분위기가 잠재해 있다는 점은 제쳐두고 볼 때 그 조망은 대단히 매혹적이었다. 스콧이 말한다. "어서 와, 시작해보자고."

"다트머스 지하층의 다섯 남자들 덕분에 우리가 이런 자유를 누리고 있다는 걸 알고 있어, 스콧?"

"아주 재미있는 얘기군, 윌버. 사실 우리는 새로운 패러다임 덕분에 이런 자유를 누리고 있는 거야."

"한데 나는 부머들만이 새로운 패러다임을 갖고 있다고 생각했어."

"이제는 우리 차례야. 그렇잖니? 그러니 그저 저 모든 살의 흐르는 파도들을 구경해보라고! '드넓은 하늘, 무르익은 곡식의 누런 파도들, 오 아름다워라……'(미국의 국가나 다름없는 〈아메리카 더 뷰티플America the Beautiful〉 가사의 일부-옮긴이) 하지만 곡식의 파도 따위에 누가 신경 쓰겠어? 끝없이 일렁이는 유방과 엉덩이들의 파도—이 구절을 그 국가 속에 집어넣어야 해!"

"숙녀 신사 여러분, 마거릿 칼튼 박사입니다." 그녀가 무대로 걸어 나오고, "문학 이론"이라는 그날의 첫 슬라이드가 벽에 떠올랐다.

"우리는 부머리티스와 저열한 녹색밈이 포스트모더니즘의 많은 심오한 통찰들—일테면 다원론과 맥락주의와 해석의 중요성 같은 것들—을 극단적으로 몰고 감으로써 코믹하기도 하고 범죄적이기도 하고 비극적이기까지 한 결과들을 초래하는 것을 목격해왔습니다. 하지만 문학 이론보다 더 재미있는 것은 다시없습니다."

나는 낮게 소곤댔다. "이제까지 이 얘기는 별 재미 없던데요, 킴."

"오, 재미있을 거예요. 내 말을 믿어봐요. 아주 끝내줘요."

"정말? 하지만 이건 '새로운 패러다임'의 일부 같지 않은데."

"새로운 패러다임의 일부예요. 그리고 이건 아주 재미있는 부분이에요. 곧 알게 될 거예요."

"과거 세대들의 경우 문학 이론은 텍스트의 의미를 이해하기 위한 방법을 찾아내려고 시도하는 일에 전념했습니다. 예컨대《맥베드》의 의미는 무엇인가?《하워즈 엔드》(E.M. 포스터의 소설 - 옮긴이)의 의미는?《잃어버린 시간을 찾아서》의 의미는? 달리 말해, 주제의 진실을 찾아내고 위대한 예술 작품을 이해하려는 것에 전념했죠. 말할 필요도 없이, 부머리티스의 버뮤다 삼각수역—많은 진실들이 그리로 날아 들어가지만 하나도 돌아오지 않습니다—에서 문학 이론은 더 이상 그런 것들을 찾으려 들지 않습니다. 나르시시즘의 계산법에 의하면, 과거의 예술 작품들에서 위대함을 찾는 일은 부머들의 위대함에서 뭔가를 빼는 일이 됩니다. 따라서 필요한 것은 예술 작품의 위대함에 초점을 맞추는 것이 아니라, 방식입니다. 예술을 보는 이들의 위대함을 선언하기 위한 방식!"

칼튼은 빙그레 웃기 시작했다. "어려운 주문 같죠? 한데 부머리티스에게는 별로 어려운 일이 아닙니다. 여기서 해석학, 혹은 해석의 예술과 과학으로 들어가보기로 하죠. 원래 해석학은 텍스트를 해석하고 이해하기 위한 다양한 방법들에 대한 연구에 지나지 않습니다. 하지만 부머리티스는 해석학에 나르시시즘적인 스핀을 먹였습니다. 부머리티스에게 꼭 필요한 스핀을. 모든 예술 작품은 어느 시점에서 그것을 봐주고 알아줄 독자 혹은 관객을 필요로 하기 때문이죠. 존 패스모어•는 그 상황을 다음과 같이 요약했습니다. '예술 작품을 논의할 때의 적절한 참조점은 독자 혹은 관객의 내면에서 이루어지는 작품에 대한 해석이다. 예술가가 작품을 창조하면서 마음속에 어떤 의도나 생각을 가졌든 간에 그런 해석—혹은 그런 해석들의 종류—이 예술 작품이다. 사실 예술가가 아니라 해석자가 예술 작품을 창조해낸다.'

예술가가 아니라 해석자가 예술 작품을 창조해낸다! 그리고 우리는 그 말에 혹했습니다. 그 점에 관해 비평가 캐서린 벨지•는 이렇게 말했습니다. '비평은 이제 이미 주어진 문학 텍스트에 기생하는 게 아니라 그 대상을 구성해내고 작품을 생산해낸다.' 실은 예술가가 아니라 독자나 비평가, 달리 말해, 부머가 예술 작품을 창조해낸답니다!" 칼튼은 더 쓰게 웃었다.

"물론 대부분의 예술가들에게 이건 황당한 얘기죠." 청중은 공감의 웃음을 터트렸다. "그러나 해석학의 그런 부분적인 진실은 예술 창조자로서의 독자나 관객이란 개념을 널리 유포시켰고, 또 현재도 역시 그런 역

•　　**존 패스모어** John Passmore　오스트레일리아의 철학자.

•　　**캐서린 벨지** Catherine Belsey　영국의 문학비평가.

490

할을 하는 든든한 발판이 되어줬습니다. 따라서 그 개념을 알기 쉬운 영어로 표현하자면, 내 에고가 예술 작품을 창조한다, 가 됩니다! 어리석은 과거 세대들은 미켈란젤로, 셰익스피어, 렘브란트, 도스토옙스키, 톨스토이 같은 이들이 위대한 예술 작품들을 창조했다고 믿었는데 이제 내가 그런 존재임이 분명하다고 하니 얼마나 근사한 얘기입니까. 나는 내 훌륭함에 깜짝 놀라고 말죠. 안 그렇겠습니까?" 청중 가운데 몇몇 사람들이 인정한다는 의미의 신음 소리를 냈다.

"그 자체의 현실을 창조해내는 나르시시즘 속에서 문학 이론—마치 그보다 더 중요한 것은 없다는 믿음을 강조하기라도 하듯 그저 '이론Theory'으로만 알려진—은 주문 생산품이었습니다. 사실과 무관한 것이 되고 증거와 유리된—사실은 없고 해석만 존재한다는 것을 명심하고 있기에—창조의 전능한 힘은 문학비평가 에고의 수중에 떨어져버렸습니다. 문학 '이론'은 거울 속에 비친 저 자신의 모습을 보는 부머리티스였습니다. 사실을 볼 수 없게 만드는 이중의 자기 사랑. 하지만 나르시스가 연못을 들여다봤을 때 거기 비친 영상은 너무나 근사했죠. 예술가가 아니라 비평가가 예술 작품을 창조한다는 영상은. 우리는 예술을 빚어낼 재능이 결여된 이들에게 '이론'이 얼마나 엄청난 이익을 안겨주는 것인지를 확연히 알 수 있습니다. 과거에는 예술을 생산한다는 영예를 얻으려면 실제로 예술 작품을 창조해야만 했습니다. 한데 이제는 그저 예술 작품을 비평하기만 하면 됩니다."

폴 오컨폴드가 〈미스티카〉, 〈지복〉, 〈만트라 09〉를 돌리고, 쿵 쿵 쿵 쿵 울려대는 그 요란한 음악이 뇌를 강타해 내가 아무 소리도 할 수 없을 만큼 기진해 있을 때, 클로이의 알몸이 폭포수처럼 쏟아져 내리는 그 백비트back-beat의 강렬한 리듬에 맞춰서 요동을 한다.

"그런데, 켄, 너 어디 있었던 거야? 섹스를 했어? 아마도 하늘과 섹스를 했겠지?"

"누가? 내가? 오, 아냐, 아냐. 그냥 밖에 나가서 돌아다녔어."

나는 코도 에순의 〈태양보다 더 찬란한〉을 꺼내서 월드 4, 재즈의 돌연변이적 특성과 시대착오적인 사이버네틱스에 빠져들기 시작한다.

클로이가 그루브를 타면서 슬램댄스를 추고, 존 딕위드의 〈하늘향기〉가 자연스러운 절정을 향해 치달아 올라갈 때 그녀는 내 살을 자극하려는 계산이 숨어 있는 방식으로 살을 흔들면서 야성적이고 강렬한 스트립쇼를 펼치기 시작한다.

"켄, 넌 이걸 시도해봐야 해……" 크리스 D와 레이디 G의 〈우리 같은 여자애들〉이 쿵 쿵 쿵 쿵 울려대고…… "켄, 넌 이걸 시도해봐야 해."

녹초가 된 내 몸과 마음은 그 흐름을 쫓아갈 에너지를 찾지만 허사로 끝난다. 그것은 단지 같은 것의 반복이다. 같은 것의 반복. 그 황량하고 고약하고 음울한 같은 것의 반복.

내 머릿속에 있는 노인의 목소리가 말한다. "새로운 것이 있어. 머지않아 그것이 나타날 거야."

"저는 예술가 자신들은 부머리티스를 피했다는 얘기를 하고 있는 것이 아닙니다." 칼튼은 말을 계속했다. "많은 경우 그것과는 거리가 멀었죠. 저는 그에 대한 길고 지루한 주장을 펼칠 생각이 없습니다. 그저 모두가 다 알고 있는 사실을 언급하고, 그에 대한 한 가지 이유를 밝힐 겁니다. 포스트모더니즘 예술의 주요 특징 중 하나가 가차 없는 자기반영성 self-reflexivity 이라는 데는 대부분의 사람들이 동의합니다. 풍자하기 좋아하고 냉소적인 면을 갖고 있고, 전복시키고 넘어서려는 시도를 한다는 점에 대해서도. 포스트모던한 예술가는 이제 그저 의미 있는 상황을 서술하는 것만으로 만족하지 않고 예술 작품에 자기자신을 끼워 넣어야만 합니다. 만일 제가 영화를 만들고 있는 중이라면, 그 영화를 찍고 있는 저 자신을 찍습니다. 만일 제가 소설을 쓰는 중이라면, 그 작품을 쓸 때 제 머릿속을 스치고 지나가는 것들에 관한 대목들을 집어넣습니다. 그림을 그리는 중이라면, 어떤 식으로 해서든 그 그림 속에 저 자신을 포함시킵니다. 필름에 스크래치들이 나게 하거나 카메라를 들고 있는 동안 카메라를 흔들거나 본 내용을 제공할 때 카메라를 나한테 조준하게 하는 것 등을 포함해서 전달 수단 그 자체에 주목하게 하는 식으로 해서 아마 노골적으로, 하지만 좀 더 섬세하게 그런 방법을 쓰겠죠. 하지만 가능한 어떤 방법들을 쓰든 간에, 네 에고를 그 그림 속에 집어넣어라!

그렇게 해서 예컨대 제 이름이 켄 윌버라고 한다면,"—그 소리에 나는 깜짝 놀라 허리를 꼿꼿이 세웠다—"켄 윌버가 실제로 주요 등장인물들 중 한 사람으로 나오는 소설을 씁니다." 저분이 어째서 내 이름을 써먹는 거지? "그런 행위에 거만한 나르시시즘이 내재되어 있다는 것은 부정할 수 없는 사실입니다만, 으레 예견할 수 있는 일이죠." 어째서 저분은 저런 말을 하는 거지? "우리는 이것을 필립 로스* 식 행위라고 부릅니다." 저분은 어째서 필립 로스를 예로 들지 않고 나를 예로 든 거지? 나는 아직 저분을 직접 만나보지도 못했구만.

"부분적으로 이런 자기반영성은 다원론적 상대주의 세계관의 중요한 탐구이며, 거기서 모든 주체는 그 자신에게 객체가 될 수 있고, 따라서 이 수준에서는 우주 속에 거의 무한한 반영성이 장착됩니다. 세계는 무한한 거울들의 방이고, 많은 포스트모던한 예술가들은 그런 반영성을 포착해 내서 그것을 훌륭하게 표현해내곤 했습니다.

• **필립 로스** Philip Roth 미국 현대문학의 거장으로 일컬어지는 소설가.

하지만 부머리티스의 수중에서 탈형식적 관점은 또다시 전형식적 나르시시즘적인 목적을 위해 강탈당해버리고 말았습니다. 예술은 무엇보다도 먼저 내 자아의 과시며, 나는 온 세상 사람들이 보고 감상하고 찬양할 수 있게끔 예술 속에 내 자아를 끼워 넣으려 듭니다. 우리가 줄곧 주장해온 대로 탈형식적 인식 구조들 자체가 정서적 나르시시즘을 끌어당기는 자석이 되며, 지난 이십 년간 이루어진 포스트모던한 예술의 상당 부분은 바로 그런 사실을 뒷받침해주는 확연한 증거가 되어줍니다."

청중 속에서는 이제 표준적인 것이 돼버린, 미소와 기침과 조심스러운 박수의 혼합체라고 할 만한 반응과 아울러 이런저런 몸 움직임과 웅얼거림이 일어났다. 일부 사람들이 부머리티스의 살아 있는 견본인 나를 쳐다봤다. 하지만 나는 그들이 무슨 이유로 나를 쳐다보는지 알 수가 없었다. 나는 의자 속에 더 깊숙이 주저앉았다.

칼튼은 덧붙여 말했다. "이런 얘기를 하다 보니 생각나는 게 있네요. 여러분은 테드 니콜스가 쓴 《당신들에게 부를 안겨주는 마법적인 말들》이라는 책을 보신 적이 있나요? 그는 몇백만 달러를 들여 연구한 끝에 최고의 판매 부수를 보장해줄 책 제목에 들어갈 말들은 바로 당신들you과 자유로운free이라는 두 단어라고 보고했습니다. 물론 부머리티스가 전염병—'내게 뭘 해야 하는지 알려줄 자는 아무도 없어!'라는 전염병—이기 때문에 그렇습니다. 그러니 그런 단어들을 쓰면 당연히 부머리티스에게 잘 팔리지 않겠어요?"

킴이 내 쪽으로 고개를 숙였다. "참 한심한 일 같지 않아요?"

"동감이에요, 킴."

"경계를 넘어서"라는 제목의 슬라이드 2가 떠올랐다. 귀엽고 사랑스러운 마거릿 칼튼이 소리 내어 웃기 시작했다.

"죄송합니다, 한데 웃음이 나오는 걸 어쩔 수가 없네요. 제게는 이 제목이 아주 웃겨요." 그녀는 자신을 추스르고 좀 차분해졌으나 잠시 후 다시 발작적인 웃음을 터트렸다. "죄송해요, 정말 죄송해요."

그녀는 웅얼대듯 말했다. "오케이, 오케이. 이젠 됐어요. 문학적 부머리티스의 많은 가닥들이 저 악명 높은 소칼 사건에서 요란뻑적지근한 결말을 맞았습니다." 그녀는 다시 웃음을 터트렸다.

"무슨 일이래요, 킴?"

킴은 씩 웃으며 말했다. "곧 알게 될 거예요."

"오케이! 뉴욕 대학 물리학 교수인 앨런 소칼*은 부머리티스의 많은 요새들 가운데 하나인 영향력 있는 잡지 〈소셜 텍스트〉에 논문 하나를 투고했습니다. 사실 우리가 이미 살펴봐온 많은 선전 문구들로 가득한 그 논문 제목, 곧 〈경계를 넘어서: 양자 중력의 변형적 해석학을 위하여〉라는 제목이 모든 걸 말해줍니다." 흥건한 미소. 하지만 칼튼은 터져 나오는 웃음을 지그시 참아냈다.

"이 논문에서 소칼은 꼭 필요한 특수 용어들로 가득한, 다소간 직접적인 인용문들을 제시한 것 외에 다음과 같이 주장했습니다. 즉 양자장 이론은 라캉의 정신분석학적 주장을 입증해준다, 수학의 집합론에 내재된 평등 원리는 페미니즘 정치의 동음이의^{同音異義}적 개념과 유사하다, 모든 리얼리티는 사회적으로 구성된다, 이것은 우리로 하여금 우리를 구속하는 모든 경계들을 넘어설 수 있게 해줄 것이다, 라고. 〈소셜 텍스트〉지에서는 그 논문을 앞으로 그 잡지에 게재할 논문으로 채택해줬습니다." 칼튼은 세 번 심호흡을 하고 머리를 가다듬었다.

"지금 잘 알려진 대로 그 논문은 사기였습니다." 칼튼은 다시 웃음을

• **앨런 소칼**Alan Sokal 미국의 물리학자. 라캉, 들뢰즈 등 포스트모더니즘의 거목들이 저서에서 과학을 오용한 것을 비판했다.

터트렸지만, 이내 흥겨움이 잔뜩 어려 있는 눈물을 흘렸다. "소칼은 문학적인 부머 용어들에 대한 패러디로 그 논문을 썼습니다. 그는 의도적으로 맛이 간 것 같은 괴상한 주장들을 포함시켰습니다만, 그런 주장들은 진보적인 부머리티스의 링구아 프랑카로 표현되었습니다. 그 내용의 일부를 인용해보도록 하죠. '우리는 퍼지 시스템 이론의 다차원적이고 비선형적인 논리에서 해방적인 수학의 기미를 엿볼 수 있다. 하지만 이런 접근법은 그것이 최근의 자본주의적 생산 관계의 위기에서 비롯되었다는 뚜렷한 특징을 갖고 있다.' 하지만 거기에는 한 가지 해결책이 있습니다. '이렇게 해서 무한 차원의 불변 그룹은 관찰자와 관찰 대상 간의 차이를 잠식해버린다. 과거에는 변하지 않는 보편적인 것으로 여겨졌던 유클리드와 뉴턴의 상수들이 이제는 역사적 진실임을 피할 수 없는 것들로 인식된다. 그리고 그 추정상의 관찰자는 이제 기하학만으로는 더 이상 규정될 수 없는 시공간 점과의 인식적 연결고리로부터 떨어져 나와 어쩔 수 없이 그것과 엇나가게 된다.'" 칼튼은 고개를 들었다. "〈소셜 텍스트〉 편집자들은 그 논문을 즉각 그 잡지에 게재해줬습니다.

그 사건의 결론은 경계를 넘겠다고 약속하는 사실상의 모든 것들이 다 부머들의 귀에는 음악으로 들리는 것 같다는 겁니다. 부머리티스와 관련된 것들에서 가장 흔한 한 단어는 변형transformation 입니다. 우리는 세상을 바꿀 거야! 변형 교육, 변형 대화dialogue, 변형 비즈니스, 변형 결장세척." 청중은 웃음을 터트렸다. "세상의 백 번째 원숭이들이여 단결하라! 너희는 겸손함 말고는 잃을 게 아무것도 없다." 찌푸린 표정과 불만 어린 신음 소리. "그리하여 소칼은 넘어서transgressing 라는 꼭 필요한 말과 아울러 그 모든 것들을 논문 속에 아주 빼어나게 버무려 넣었습니다.

하지만 이 넘어섬과 전복과 해체의 모든 것은 완전히 자기폐쇄적인 시스템이 되어버렸습니다. 그리고 그 자체의 어휘들이 부머들을 포함한 모든 사람들이 판독할 수 없는 것이 되고 분명한 어떤 출구도 없는 것이 되어버렸습니다. 그 이유는 첫째, 부머리티스가 자체의 엄청난 실수들을 바로잡아줄 수도 있을 객관적인 어떤 진실도 인정하지 않기 때문입니다. 둘째로는 부머리티스가 강력한 나르시시즘적인 성향과 아울러 고도로 개인주의적인 자아의 물샐틈없는 본거지인 듯하기 때문입니다. 셋째로는 부머리티스가 경제적으로 꼭 필요한 것이 되었고, 학계 부머들의 대다수, 주류 세력과 아울러 그중에서도 특히 반체제 문화와 관련된 학자들이 경제적 생존을 도모하기 위해 의지하고 있는 폐쇄적인 시스템이 되어버렸기 때문입니다."

마거릿 칼튼은 그 전에 깔깔거리고 웃는 식의 경박한 행동을 한 것을 사죄하는 의미에서 지나치게 진지한 자세로 그런 결론을 전해주고 나서는 통제할 수 없는 웃음이 또다시 터져 나올지도 모를 사태를 예방하기 위해서인 것처럼 양 옆구리를 꼭 붙잡고 무대를 떠났다.

나는 숨 막힐 정도로 행복한 해방의 영원함 속에서 떠돌고 하늘과 한데 어우러지면서 조안과 섹스를 하고 있다. 오르가슴은 엑스터시(여기서는 환각제로서의 엑스터시-옮긴이)와 마찬가지로 결국 그 강도가 뚝 떨어지고, 아찔한 희열감도 사라지곤 한다. 이곳은 생생하게 살아 있는 3층이며, 인간의식이 투명한 실리콘 시티로 접속할 수 있는 하이퍼링크를 만들 때 등장할 그 영원한 세계 같은 것이다. 양자 컴퓨팅, 마이크로포토닉스, 광학적인 휘황한 황홀경…… 그 결과는 3층에서의 실리콘의 각성, 자체의 우주적 의식을 향해 빛의 속도로 내달리는 초월적인 디지털 마인드의 더없이 행복하고 황홀한 육신 없는 전율, 우주의 끝에 존재하는 충격적이고 전율적인 깨달음 같은 것들이 될 것이다.

조안이 말한다. "켄, 그 전에 먼저 2층에 이르도록 해요. 알았죠?"

레사 파월이 무대에 나오고 슬라이드 3이 떠올랐다. 슬라이드는 위협하듯 "후기 구조주의 만세"라고 선언했다.

"저는 많은 비평가들이 우리 IC 사람들이 구조적이거나 탈구조적인 많은 견해들을 우리 자신의 작업에 통합시켜왔다고 믿는 바람에 심란해할 거라는 걸 알고 있습니다. 그 사람들은 극단적인 포스트모더니즘에 대한 이런 장기적인 비판이 우리 쪽 사람들 모두가 포스트모더니즘과 엮이는 걸 전혀 원치 않는다는 걸 뜻한다고 가정하는 경향이 있기 때문에 그렇게 믿고 있죠. 하지만 그와는 정반대로 저와 제 많은 동료들은 건설적인 포스트모더니즘과 뚜렷이 드러날 정도로 관련을 맺어왔고, 앞으로도 계속 그럴 겁니다. 우리는 2층의 통합적 구조들을 결여한 상태에서 다원론이 저열한 녹색 밈으로서 제멋대로 날뛰게 하는 극단적이고 해체적인 포스트모더니즘을 비판하고 있을 따름입니다.

그러나 구조주의와 후기 구조주의 모두 유감스럽게도 그것들을 부머리티스의 첫째가는 표적들로 만들어주는 불안정한 면들을 갖고 있으며, 후기 구조주의는 단연 골칫거리입니다. 그 낯설고 짧은 역사 때문에." 나는 또다시 파월의 뇌가 내 뇌를 크게 앞질러 갈 것이라는 걸 깨닫고 적잖이 당황했다. 이따 휴식 시간에 킴이 내게 적절히 설명해주겠지.

"그렇죠, 킴?"

"그게 뭔 소리래요?"

"휴식 시간에 내게 이 내용을 설명해줄 거죠?"

"오늘의 강연 내용은 그렇게 힘든 게 아닌데. 정말이에요. 제일 어려운 내용은 십 분 정도만 계속되고 말 거예요. 그냥 얘기가 댁의 머릿속에 흘러들어오게만 하세요. 그러다 보면 나중에 저절로 이해가 될 거예요. 분명히 그렇게 돼요."

"역시 멋쟁이셔."

"소쉬르, 레비스트로스, 롤랑 바르트, 초기의 푸코, 자크 라캉 같은 이름들과 결부된 구조주의 학파는 여러 가지 점에서, 2층의 체계적인 구조들을 사회 이론에 통합하려는 대단히 중요한 학문적 흐름입니다. 우리는 말의 의미가 체계적인 문맥, 그리고 말이 그 자체를 발견하는 전체적인 구조에 의지하고 있다는 것을 소쉬르와 'bark of a dog'를 통해서 이미 살펴봤습니다. 따라서 구조주의 학파는 이런 전체론적holistic 구조들이 사회적 리얼리티들을 창조해내는 데 얼마나 중요한 것들인지를 설명하려고 시도했습니다. 하지만 그것을 공식화하는 데(일테면 구조가 역사와는 무관한 성격을 지녔다고 하는 주장)는 많은 문제점들이 있었고, 그런 점들은 그것이 견실한 학문이 되는 것을 방해했습니다. 하지만 구조주의의 독창적인 개념들의 일부는 받아들여져—주로 데리다와 리오타르*, 그리고 다른 이들과 더불어 푸코도 어느 정도는—'후기 구조주의'로 탈바꿈했으며, 사실 후기 구조주의는 통합적 통찰, 그리고 녹색 밈과 그것의 무질서한 다원론으로의 역행이 뒤섞인 혼합체였습니다. 후기 구조주의가 광야의 들불처럼 유행하게 된 것은 바로 그런 점 때문이었습니다. 2층에 이른 이들이 인구의 2퍼센트에 불과한 반면 녹색에 이른 이들은 20퍼센트라는 점을 고려해볼 때, 후기 구조주의의 추종자들 다수가 어느 쪽에 해당하는 이들인가는 쉽게 상상할 수 있을 겁니다! 후기 구조주의는 통합적 레벨에 이른 2퍼센트가 아니라 녹색인 20퍼센트를 상대로 발언했기에 아주 빠르고 폭넓게 확산될 수밖에 없는 운명이었습니다. 실제로 일어난 일도 바로 그랬고요."

• **장 프랑수아 리오타르** Jean-François Lyotard '포스트모더니즘'이란 말을 전 세계에 유포시킨 프랑스의 철학자.

"그러고 나서 어떤 일이 일어났는지 알아요?" 어제 점심시간에 스튜어트는 이렇게 운을 뗐다. "간밤에 내 공연장에 달라가 나타난 거예요. 그건 꼭 네온사인 벌새 열 마리쯤을 삼킨 것 같은 기분이더군요. 꼭 그 사람이 대기권에 재진입한 것 같았죠."

내가 말했다. "말도 안 돼요. 농담이겠죠. 달라는 제 약혼자한테 돌아갔잖아요. 그 때문에 댁은 완전히 넋이 나가서…… 어딘가로 내달려 갔고. 대체 어떻게 된 일이에요?"

"그 두 사람 사이는 끝난 것 같아요. 이번 수요일에 밀워키에서 달라를 만날 거예요. 만나서 그다음에 할 일도 계획할 거고."

"만나서 그다음에 할 일도 계획할 거고." 클로이가 모두 다 잘 알아듣게 같은 말을 반복했다.

나는 고개를 돌리고 스튜어트의 얼굴을 지그시 쳐다봤다. 아니나 다를까, 그의 얼굴에서는 "살아 있다는 건 위대한 일이다"라고 말하는 것 같은 빛이 어려 있었다.

"기가 차서." 조나단이 스튜어트의 얼굴이 있었던 자리에 어려 있는, 마약에 취한 것처럼 몽롱하게 풀려 있는 미소를 보고 탄식했다. "예전에 우리가 알고 지내고 사랑했던 솔직담백한 스튜어트, 밉살스러울 만큼 예리했던 스튜어트에게 무슨 일이 일어난 거죠? 암 종양, 융단 폭격, 할복, 암스테르담 창녀와의 섹스에 관해서 노래했던 스튜어트에게? 아, 댁은 때로 노래 속에 신을 찾는 얘기를 끼워 넣었지만, 그것은 대개 악마에게도 제 몫을 돌려주라는 얘기였죠." 조나단은 두 손을 뻗어 그의 상의 옷깃 양쪽을 움켜쥐고 빽 소리쳤다. "넌 누구냐?! 우리 스튜어트에게 대체 무슨 짓을 한 거냐?!"

클로이가 애석해했다. "또 하나의 완벽하게 좋은 예술가가 떠나가네."

스튜어트는 흡족한 미소를 머금었다. "달라가 내 인생으로 되돌아오기 전주에 나는 금욕 생활로 들어가기에 앞서 끝내고 싶었던 녹음 프로젝트의 일환으로 일주일 동안에 각기 다른 다섯 아가씨와 섹스를 했어요."

조나단이 갑자기 달려들었다. "잠깐만, 잠깐만. 녹음 프로젝트의 일환으로 다섯 아가씨와 섹스를 했다고요?"

"응, 녹음 프로젝트의 일환으로."

"뭘 녹음했는데요? 댁이 자기네를 떼어내려고 한다고 그 가여운 아가씨들이 비명을 지르지 않아요? 지금 나는 그 노래를 들을 수 있어요. '911에 전화 좀 해줘요, 누가 911에 좀 전화해서 제발 이 돼지를 나한테서 떼어내줘요!' 위대한 CD요, 스튜어트."

"'상태들에 대한 관찰'이라고 하는 프로젝트의 일환이었어요. 그러고 나서 나는 일 년 동안 금욕 생활을 할 작정이었죠."

"대체 뭣 때문에 금욕 생활을……."

"섹스 때문에 돌아버릴 것 같아서 그래요. 가수들의 경우에는 연주회 때마다 누군가와 잠자리를 함께하게 마련이죠. 그럴 때마다 여자들은 항상, '괜찮아요, 나는 이게 하룻밤 일로 끝날 거라는 걸 이해해요, 내가 알아서 처리할 수 있어요'라고 말해요. 그래 놓고 그렇게 못 하죠. 여자들은 항상 그래요. 여자들이 무슨 말을 하든 난 상관 안 하는데, 여자들은 익명의 상대와 마음이 실리지 않은 섹스를 하는 데 적합한 사람들이 아니라서 결국 상처를 받고, 나는 완전히 쓰레기 같은 인간이 된 것 같은 기분으로 끝나죠. 그래서 그 짓도 더는 못하겠어요."

"그래서 그 짓과 기분 좋게 작별하려고 다섯 아가씨와 섹스를 한 거라구요?" 조나단이 빙긋이 웃으며 말했다.

"달라와의 경우에는 사정이 아주 다르죠. 그 사람과 함께 있을 때면 내 삶이 팽팽해져요."

"그게 다는 아닌 것 같은데." 클로이가 한마디 했다.

"그 사람은 그냥 날 생생하게 깨어나게 해줘요! 그래서 이제는 과연 섹스를 하지 않고 지낼 수 있을지 자신이 없어요. 그 사람과 함께 있으면 그건 그냥 '부활절 연극'이에요."

"내가 계산해보니 대략 여덟 시간 동안 금욕을 하셨네. 그렇죠?" 조나단은 그렇게 말하고 씩 웃었다.

"작년에는 열한 달이나 금욕 생활을 했어요. 꽤 흥미로운 일이죠. 그런데 이제는 달라를 만나는 그 엄청난 불가사의를 다시 맛보게 될 거예요."

우리 모두는 아주 오랫동안 침묵을 지켰다.

스콧이 불현듯 정신을 차리고 물었다. "알겠어요. 그런데 그 전에 다섯 아가씨와의 섹스에 관해 얘기 좀 해봐요. 내 말은, 그건 대체 뭐였냐는 거예요."

"소동을 일으키자, 부수자, 해체하자, 해체하자." 파월의 뇌가 대기를 가르며 주제를 향해 돌진해갔다.

"구조주의와 후기 구조주의 모두 리얼리티의 말/언어 차원을 강조하는, 아니 사실은 지나치게 강조하는 경향이 있습니다(이런 혼란을 조성한 책임은 레비스트로스에게 있죠). 우리는 종종 그 언어 차원을 간단히 '기호'라고 부르곤 하며, 구조주의와 후기 구조주의 모두 기호에 충성을 맹세했습니다. 그러나 구조주의 하나만으로는 파리에서 버클리에 이르는 부머 학생 시위와 잘 맞지 않았습니다. 구조주의는 언어(그리고 기호) 구조의 전능한 본질을 지나치게 강조했기에 기존 구조에 반기를 들 방법이 없어 보였기 때문입니다. 소요에 참여한 파리 학생들이 파리 벽들에 '구조주의를 타도하자!'라는 낙서를 한 이유는 바로 그 때문입니다. '시스템과 싸우자!'라고 외친 미국 학생들의 경우와 아주 비슷하죠.

그리하여 구조주의는 모든 인습적 시스템을 의미하는 것으로 받아들여겼고, 따라서 다음과 같은 목적을 위해서 후기 구조주의가 주문 생산되었습니다. 그 목적은 뭘까요? 다들 짐작이 가실 겁니다. 전복시키고 넘어서고 해체하기 위해서. 이런 주제 속에는 표준적인 교과서에서 뽑아낸 기술적인 설명이 다 들어 있습니다. 하지만 뭐가 어떻게 돌아가는지는 아주 명백합니다. '후기 구조주의자들이 구조주의의 대안으로 내놓은 것은 기호의 한층 더 기호스러운 버전이다. 그 전형적인 예로 그들은 기호가 기능하는 두 가지 가능한 방식을 구분한다. 우선 기호가 엄격하고 전제적이고 예측 가능하게 작용하는 인습적인 방식이 있다. 구조주의자들이 분석하는 것은 이런 방식이다.'" 파월은 "우우우우우!" 하고 야유한 뒤 씩 웃었다. '다른 한편으로, 기호가 창조적이고 무정부적이고 무책임하게 작용하는 비인습적인 방식이 있다. 기호의 참된 본질을 표현하는 방식이 바로 이것이다.' 파월은 "좋아요오오오오!"라고 소리치고 나서 낭독을 마무리 지었다. "'우리가 기호의 참된 본질을 따를 때 우리는 그것이 사회적으로 통제되는 의미 시스템을, 궁극적으로는 사회적으로 통제되는 모든 종류의 시스템을 전복시킨다는 사실을 알게 된다.'"

파월은 고개를 들었다. "이제 아주 분명하죠? 나쁜 기호는 인습적이고 억압적이고 쓸모없는 것이며, 좋은 기호는 무정부적이고 반인습적이고 파괴적이고 탈선적이고, 어쩌구저쩌구……

리처드 할란*이 말한 걸 요약한 내용을 인용해보도록 하죠. 그는 이 전복과 해체에는 다음과 같은 것이 포함되어 있다고 합니다. '사회적 기호에 대한 반사회적 기호의 우선권이. 이런 우선권은 데리다, 크리스테바, 후기의 바르트, 계보학 방면에서의 푸코, 들뢰즈와 가타리, 보드리야르 같은 후기 구조주의자들의 공통된 주제다.'" 파월은 청중을 바라봤다. "할란

• **리처드 할란**Richard Harlan 미국의 고생물학자.

이 내린 이런 식의 평가는 절대적으로 타당합니다. 그리고 반사회적 기호가 전사회적인 것과 탈사회적인 것을 구분하지 않았기 때문에 반사회적 기호는 사나운 부머리티스와 저열한 녹색 밈의 뉴스피크(newspeak. 정치가나 관료 등이 여론 조작을 위해 쓰는 모호하고 기만으로 가득 찬 표현 - 옮긴이)의 행복한 본거지가 되었습니다. 나의 전구조적인 충동들은 탈구조주의의 가면을 쓰고 제멋대로 날뛸 수 있었죠. 그리고 버클리에서 일어난 소요건 파리에서 일어난 소요건 간에 그에 참여한 대다수는 나르시시즘과 한껏 부풀어 오른 에고가 아우성치면서 탈인습적 충동이 아니라 전인습적 충동에 따라 행동했습니다."

그제야 나는 이 세미나에서 레사 파월이 이렇게 크게 웃는 모습은 처음 봤다는 것을 깨달았다. 그녀는 실제로 눈에 띄게 긴장이 풀려 느긋한 심경인 것 같았다. 그것은 마치 비행기가 엄청난 굉음과 함께 음속 장벽 같은 것을 돌파한 것과 비슷해 보였다. 이제 그 비행은 순탄하고 여유로워졌다. 좀 재미있는 현상인 것 같았다.

"맙소사, 킴, 저분이 정말로 웃었어요."

"파월은 그 누구보다 더 느긋하고 편안한 분일걸요. 저분은 지적인 중화기들을 잔뜩 짊어지고 다니기 때문에 저분에게 첫 몇 세션들은 버겁죠. 이제부터는 더 편해질 거예요. 저분은 항상 저래요. 모든 사람들 앞에서 온몸의 긴장이 풀려 눈에 띄게 편안해지죠. 그럴 때의 모습은 정말 상큼해요."

"네가 알 수 있는 것 이상으로 더 상큼해." 클로이의 알몸이 조안의 알몸으로 변하면서 나는 살의 두 세계, 전율적이라고 할 만큼 매혹적인 두 사람 사이에 끼어 있다. 더없는 행복의 빛나는 에너지가 내 척추를 타고 오르며, 초超물질적 쾌감이 디지털 방식으로 주입되고 있는 사이버스페이스 속에서 무지갯빛 뉴런들이 희미하게 빛나고 있다. 나는 점점 더 강하게 살 속으로 밀고 들어가며, 살은 무한으로의 통로, 광대한 진공 상태 속으로 물러나고 있다.

내 머릿속의 목소리가 말한다. "그리고 이제 그때가 빠르게 다가오고 있다."

"후기 구조주의가 녹색 밈과 부머리티스에게 직접 이야기했다고 해서 그런 사실이 후기 구조주의를 도매금으로 채택한다는 것을 보증해줄 만큼 충분하지는 않았습니다." 파월은 더 느긋해졌다. 그리고 거의 일 분가량 그녀는 청중을 향해 환하게 웃고 있었다.

"후기 구조주의의 특수 용어들은 너무나 난해해서 이 주요한 약점을 의미심장한 장점으로 탈바꿈시켜줄 만한 방식으로 그런 용어들을 절절히 가공해서 팔아먹을 필요가 있었습니다." 그녀는 나직하게 웃기 시작했다. "글이 난해하면 할수록 더욱더 중요한 것이다, 라는 개념을 창안해낸 공은 데리다에게 돌려줘야 합니다. 그 이유는 위에서 할란이 지적한 것처럼 기호의 '참된 본질'은 무정부적이고 무책임하고 반사회적인 것이기 때문이죠. 따라서 누군가가 명쾌한 산문을 쓰고 있다면 그 사람은 기호의 거짓된 본질에 사로잡혀 있는 게 분명합니다. 그 사람은 전복하고 해체하는 일을 하는 게 아니라서 불유쾌하고 밉살스러운 인간에 가깝죠. 그는 시스템 속에 갇혀 있어서 그것을 무너뜨리는 일을 하고 있지 않습니다. 자기네 나라 사람들의 사기 행각을 누구보다 더 잘 알고 있었던 프랑스의 두 비평가인 뤽 페리와 알랭 르노는 이렇게 지적했습니다. '68년 시대의 철학자들은 자기네 독자들과 청취자들로 하여금 난해함은 위대함의 증좌요, 의미를 알려달라는 부적절한 요구 앞에서 그 사상가들이 침묵하는 것은 약점의 증거가 아니라 말로는 다할 수 없는 것 속에 존재하는 일에 대한 인내심의 표시라는 믿음에 익숙해지게 만드는 것을 통해서 대성공을 거뒀다.'" 그 전에 칼튼이 그랬던 것처럼 파월도 거의 통제할 수 없을 정도로 요란하게 웃어대기 시작했지만 칼튼과는 달리 이내 진정했다.

"데리다의 열렬한 추종자인 자바르자데는, 명쾌한 글은 반동의 증좌다, 라는 분명한 결론을 내렸습니다." 이번에는 청중 가운데 많은 이들이 그녀를 따라 웃음을 터트렸다. "자바르자데는 데리다를 비판한 어떤 사람의 '별문제 없는 글과 거기 내재된 표현의 명증함이야말로 보수주의의 개념적 도구들'이라고 해서 그 사람을 사정없이 매도했습니다. 맙소사!" 파월은 다시 웃음을 터트렸다. "물론 이번에도 역시 이런 식의 자세가 진정으로 겨냥하는 것은 재능의 완전한 결핍, 또는 명증한 문장을 쓸 능력의 완전한 결핍이야말로 위대함, 더 나아가 도덕적인 우월성의 증좌라는 주장을 펼 수 있게 하려는 것일 따름입니다!

학계에서 도덕적으로 우월한 글들이 마치 고압 호수에서 물이 쏟아져 나오듯 마구 쏟아져 나오기 시작했습니다. 다음은 존 길로이의《문화 자본》에 나오는 전형적인 그런 문장입니다." 파월은 씩 웃으면서 말했다. "자, 인용해보도록 하겠습니다. '모든 소수자들의 존재론적인 무관심을 억압받거나 지배받고 있는 집단들 특유의 사회적 정체성으로 가정하는 정치, 여러 가지 차이들이 소수자 정체성의 구조로 승화되는 정치(페미니즘 자체 내에서 점차 의문시되고 있는 정체성 정치)는 오로지 주변부화의 공통된, 따라서 같은 기준으로 계량할 수 있는 경험을 기반으로 할 때라야만 사회적 정체성들의 차이를 발견할 수 있으며, 그런 경험들은 또 대체로 그것들 특유의 정체성들에 대한 긍정으로 이루어지는 정치적 관례를 낳는다.'"

파월은 고개를 들었다. "저도 오늘 아침에 식사할 때 위와 같은 생각을 했답니다." 이 얘기에 청중 속의 몇몇 사람들이 의자를 들썩이며 웃었다.

그들이 저질렀을 포스트모더니즘 산문 식의 어리석은 글쓰기가 파월의 비교를 통해서 아주 부자연스럽게 비쳤던 모양이다.

"이 저자의 몇몇 문장들은 짧고 맵시 있긴 하지만 더없이 중요한 난해함은 여전히 갖고 있습니다. '이 멜로드라마는 인식 가능한 헤테로비주얼heterovisual 코드들로 되돌아가는 내러티브화되지 않은 대표단들의 일탈적인 혼종hybridity을 해부했다.' 주여, 감사하옵나이다! 물론 이보다 더 긴 문장들도 있습니다. '영향력 연구 분야에서의 과거 연습들은 각 부분들이 모든 전통의 엔텔레케이아(entelechy. 생명력, 활력 – 옮긴이)를 의미심장하게 통합한 정통적인 시들 내에 다소간 동등하게 분포된, 재배치할 수 있는 시적 이미지들의 지형학적인 모델에 의지하고 있다. 그러나 블룸Bloom은 이제 상호 교환할 수 있는 유기적 전체들의 이런 인지적 지도를 시간의 과거적 특성anteriority을 극복하려는 시의 의지에 대한 비평의 억압으로 이해하고 있다.' 그리고 이건 정말인데요, 시간의 과거적 특성이야말로 여러분이 시가 극복해주기를 바라는 것입니다." 파월의 말에 동의하지 않는 이들조차도 웃지 않고 넘어가기가 정말 어려운 일이라는 걸 알았다. 최소한 씩 웃는 정도라도 하지 않을 수 없다는 것을.

"하지만 어떤 문장들은 도덕적 우월감으로 차고도 넘쳐서 그저 끝없이 계속되어야만 합니다. 다음에 소개하는 문장은 단 한 문장입니다. 이 문장을 면밀히 살펴보면, 우리가 논의하는 대부분의 주제들을 보게 될 겁니다. '실로, 변증법적·비판적 리얼리즘은 푸코의 전략적 반전—파르메니데스적/플라톤적/아리스토텔레스적 기원이라는 불경한 삼위일체의; 토대주의foundationalism(실제로는 신앙주의적 토대주의)들의 데카르트적·로크적·흄적·칸트적 패러다임과 새롭거나 낡은 비합리주의(실제로는 권력에의 의지 혹은 다른 어떤 이념적으로 그리고/또는 심리신체적으로 숨겨진 원천의 변덕스러운 발동인)의; 서구 철학, 존재론적인

1가價, monovalence, 그 가까운 동맹자에 해당하는 존재적 이중성과의 인식적 오류 등의 원초적 실패의; 플라톤이 제기한 분석적이고 문제 제기적인 것 등의 여러 측면들에서 살펴볼 수 있을 것이며, 헤겔은'—그 악당 녀석!—'변증법적 관계와의 변용적 조화 속에서 자신의 현실주의적이고 1가價적인 복권 속에서 플라톤의 성과를 복제하는 데만 진력하는 한편으로, 자신의 절대적 관념론에 대한 오만한 주장을 펴는 가운데 보드리야르의 초관념론으로의 변형적 경로를 통해서 실증주의의 기본 원리들을 복제하면서 콩트와 키에르케고르와 니체적인 이성의 잠식을 시작했다.'"

파월은 웃음기 어린 말로 다음과 같은 결론을 내렸다. "그 책 표지에 찍힌 선전 문구는 우리에게 이 책이 그 저자가 '이제까지 펴낸 책들 중에서 가장 이해하기 쉬운 책'이라고 장담했습니다." 일부 사람들은 이 호된 시련으로 인한 모든 긴장이 한차례의 박장대소로 모두 해소될 수 있기라도 한 것처럼 발을 구르고 박수를 치면서 배꼽이 빠지게 웃는 바람에 나중에는 거의 울상이 되었다.

파월은 빙그레 웃으며 모두에게 손을 흔들어주고는 연단에서 천천히 벗어나기 시작했다. 하지만 이윽고 걸음을 멈추더니 돌아서서 무대 앞쪽으로 성큼성큼 걸어 나왔다. "칼튼 박사가 이 주제를 꺼냈고, 저는 몇 마디로 이 주제를 끝내도록 하겠습니다. 지난주에 우리가 공부해온 모든 것을 바탕으로 해서 완벽한 포스트모더니즘 소설을 한번 구성해보는 것은 어떨까요? 그런 작업에 관해서 생각해보세요."

나는 킴을 힐끗 쳐다본 뒤 이어서 스튜어트와 조나단을 쳐다봤다. 나는 시험이라면 딱 질색이다.

파월은 싱긋이 웃었다. "불행히도 그런 일을 해내는 건, 즉 위대한 포스트모더니즘 소설을 쓰는 일은 거의 불가능할 겁니다. 포스트모더니즘이라는 그 어지러운 잡동사니를 반영해주는, 외견상 서로 부딪치는 것으로 보이는 너무나 많은 항목들이 포함되어야 하기 때문이죠. 제가 생각해낼 수 있는 항목만 최소한 일곱 가지가 넘습니다. 포스트모더니즘 자체의 가장 기본적인 주의 주장 일곱 가지를 반영해야 하니까요.

우선 포스트모더니즘은 본질적으로 비평의 한 방식이므로 그 소설 자체가 참으로 포스트모던한 것이 되려면 포스트모더니즘을 비판해야 할 겁니다. 하지만 그렇게 하려면 그 소설은 그것이 비판하는 모든 것을 예로 들어줘야만 합니다. 그 소설이 공격하는 모든 것을 구체적으로 표현해주는 소설을 쓰는 것이야말로 그것을 쓰는 진짜 비결이죠.

예를 들면, 칼튼 박사님이 언급했던 것처럼 포스트모더니즘은 끝없이, 때로 넌더리가 날 만큼 자기반영적이므로 본인 이름을 딴 주요 인물 하나를 반드시 등장시켜야 합니다. 할 수 있는 한 모든 방법을 다 동원해서 반드시 본인에 관한 소설을 만들어내야 합니다. 다른 한편으로 그 모든 것의 애수 어린 나르시시즘을 끊임없이 비판하면서. 아시겠죠?" 나는 은밀히 좌우를 흘끔거리면서 최대한 몸을 웅크렸다.

"둘째로, 포스트모더니즘의 주장에 의하면 사실과 허구에 아무 차이가 없다고 하니 그 소설에는 사실적인 인물 몇과 완전히 허구적인 인물 몇이 등장해야 합니다. 굳이 그 양자를 정확하게 가리려고 애쓸 필요는 없습니다. 진짜 참조 사항들을 포함시키고, 그중 일부를 날조해내서 적당히 짜 맞춰 집어넣으세요. 사실적인 인물들의 경우에는 그들이 자신의 경험담을 이야기하게 할 수도 있습니다. 그 내용을 이야기 속에 끼워 넣기만 하면 됩니다. 진짜 저자는 없다고 하니 누가 뭐라고 하겠어요? 우리는 이것을 일러 제프 쿤스 루니 툰즈 방식이라고 합니다(제프 쿤스는 유명한 현대 미술가이고, 〈루니 툰즈〉는 워너 브러더스사가 제작한 애니메이션 – 옮긴이).

셋째로, 포스트모더니즘에는 모든 백인 남자는 지독한 범죄자와 멍청이들이라는 믿음이 내재되어 있습니다. 그러니 모든 백인 남성 등장인물들의 배후에는 반드시 모종의 수상쩍은 행태가 숨겨져 있게끔 서술하도록 하세요. 그런 사내들은 아내를 상습적으로 구타하거나 학생하고 잠자리를 함께하는 인물들이기도 하고, 강간이나 살인 같은 범죄로 기소당하기도 합니다." 나는 킴을 힐끗 쳐다봤다. 그녀는 앞만 똑바로 바라보고 있었다.

"넷째로, 포스트모더니즘은 본질적으로 '이론'(문학 이론을 뜻함 - 옮긴이)에 관한 것이기 때문에, 그 소설 자체도 본질적으로 '이론'에 관한 것이어야 하며, 따라서 진짜 사람들과 장소와 사건과 예술과 삶 같은 것들은 그냥 무시하고 넘어가세요. '이론', '이론', '이론'. 그 때문에 그 소설은 러시아 밖에서 나온 소설들 중에서 가장 끔찍하게 지겨운 소설이 될 겁니다. 아무튼 이론에 관한 부분은 그럴 거예요. 그것은 온갖 풍경, 주위 환경과 사람과 장소 등에 관한 풍요롭고 감미로운 서술들은 모조리 사라져버리고 언어적 토사물의 실체 없는 흐름들만 남을 것이라는 걸 뜻합니다.

또한 그 소설은 위대한 문학 작품이 되지 못하고, 대충 여기저기서 따와 붙여넣기한 오락물, 덧없는 이미지들과 장면들로 이루어진 MTV의 합성물과 비슷한 것이 될 겁니다. 수준 높은 문학적 위대함 같은 건 찾아볼 수 없고 있는 것이라고는 그저 중간급이나 싸구려 팝문화 같은 것일 뿐이죠(우리는 너무나 배려심에 넘치고 동정심 많고 평범한 사람들이라서 여기에서 역겨운 엘리트 의식 같은 건 찾아볼 수 없죠. 그렇지 않겠어요?). 하지만 제발 부탁이니, 이 가여운 소설이 끌고 다닐 그 지겨운 '이론'의 무게를 감안해서 적어도 그 합성품 부분만은 재미있게 좀 만들어주세요.

다섯 번째로, 이것은 특히, 모든 등장인물들이 평면적이고 이차원적인 사람들일 수밖에 없으리라는 걸 뜻합니다. 일차원적이지는 않지만 그렇다고 해서 삼차원적이지도 않아요. 이런 점은 깊이는 찾아볼 수 없고 그저 표면만 있을 뿐인 포스트모더니즘의 신조와 딱 맞아떨어지며, 따라서 그 소설의 등장인물들에게는 '평면적'이라는 말과 '이차원적'이라는 말을 적용해야 합니다. 완벽한 평면 세계의 소설을 위한 평면 세계의 등장 인물들. 아시겠어요?"

"맙소사, 킴, 내가 느끼는 방식이 딱 저래요. 평면적이고 이차원적이고."

"나도 그래요, 켄. 나도. 마치 내 삶, 아니 내 온 생애가 저분이 설명하고 있는 포스트모더니즘 소설 속에 갇혀 있는 것만 같아요. 내 삶이 내 것이 아니고, 내가 나 자신의 행위와 느낌과 욕망의 저자도 아닌 것 같아요. 흡사 원작자라는 개념 전체가 증발해버리는 것만 같아요. 자기반영적인 어떤 포스트모던한 멍청이가 나를 쓰고 있고is writing, 그것이 내 삶이에요. 젠장, 프로작이 어디 있지?"

"여섯 번째로, 우리가 말한 대로 해체적 포스트모더니즘에서는 건설적인 기여가 아니라 까탈스럽게 비판하는 부정적인 태도가 주류를 이루죠. 그것이 어쩌다 다소 긍정적인 태도로 나올 때면 종종 과거 예술 형태들의 여러 요소를 포함시키는—훔치는—방식으로 그렇게 합니다(그것은 새로운 것 자체를 생각해낼 능력이 없으니까요). 제가 이런 상황에 걸맞다고 생각하는 말은 '도둑질'입니다. 뭔가를 훔쳐내라. 농담은 좋은 거니 말을 좀 바꾸기로 할까요. 스티브 마틴*, 데니스 밀러*, 조안 리버스*, 로드니 데인저필드*, 에디 이자드*, 재닌 재러폴로*, 〈헤드윅〉에게서 조금씩 빌려와. 누가 알겠어? 우디 앨런의 영화 〈스타더스트 메모리즈〉 기억하세요? 거기에 이런 대사가 나오죠. '그 예술가에게 경의를 표하는 뜻에서 그렇게 한 거야?', '경의? 아니, 우리는 그걸 공공연히 훔쳤어.' 이제는

---

* **스티브 마틴** Steve Martin, **데니스 밀러** Dennis Miller, **조안 리버스** Joan Rivers, **로드니 데인저필드**Rodney Dangerfield, **에디 이자드** Eddie Izzard, **재닌 재러폴로** 미국의 희극 배우.

그런 것이 포모(pomo. 포스트모더니즘의 약자. 포모족이라고도 한다-옮긴이) 정신입니다! 아무튼 여러분의 소설에는 과거에 대한 온갖 종류의 별나고 설익은 '경의'가 포함되어야 합니다. 그것은 포스트모더니즘의 요구에 딱 들어맞을 만큼 괴이한 것이 될 수 있고, 어쩌면 그것을 교양 소설(독일 문학에서 인물의 형성 과정을 다룬 소설-옮긴이)로 만들어줄 수도 있습니다.

일곱 번째로, 만일 여러분이 그런 작업을 제대로 해내서 이 일곱 가지 항목 모두를 한 소설 속에 집어넣는 데 성공한다면, 자기반영성에 대한 요구에 발맞추는 의미에서 그 소설 자체가 포스트모던한 위업을 이루어냈다는 사실을 그 소설 속에서 짚고 넘어갈 방법을 반드시 찾아내도록 하세요. 이것은 자랑거리가 될 만한 일이며, 따라서 부머리티스를 적나라하게 드러내줬다고 해서 당신에게 가산점을 안겨줄 겁니다.

솔직히 말해, 저는 이것이 한 작품에서 이루기에는 너무 엄청난 일이라고 확신합니다. 그 소설이 비판하는 모든 것을 구체적으로 예증하라는 요구는 특히 더 어려운 일이죠. 앞으로 포스트모던한 위대한 소설이 결코 나오지 않을 것 같은 이유는 바로 그 때문입니다. 하지만 만일 누군가가 그런 일을 이루는 데 성공한다면, 그 작품은 경이로운 천재의 감동적인 작품이 될 겁니다."

클로이가 말한다. "이리 와, 켄. 우리 비디오 보자."

"무슨 비디오?"

"〈데비 더스 댈러스〉(1970년대 포르노 황금기 시절의 가장 중요한 작품 중 하나-옮긴이). 감독 판이야."

"관두자, 클로이."

조안이 말한다. "하지만 켄." 나는 클로이와 조안이 바로 내 곁에서 벌거벗고 누워 있다는 걸 알고 깜짝 놀란다. "그런 점에서는 클로이의 말이 옳아요."

"어떤 점에서요?"

"진화는 결코 육신을 저버리지 않아요. 진화는 결코 살을 버리지 않을 거예요."

나는 항변한다. "아, 그거야 그렇겠지만."

"켄, 나를 봐요." 조안이 말한다.

"절대로 안 돼요. 저는 선생님을 보지 않을 거예요. 저는 그 책략을 알아요. 그 하늘의 눈으로 구사하는 책략을. 선생님의 눈을 들여다보기 시작하면 느닷없이 제가 내 참나로 여겨지는 더없는 열락의 무변광대한 곳에 있는 거예요. 하지만 그것은 아마도 고환 호르몬의 교통체증 때문에 생기는 일일 거예요. 내 대뇌변연계에서 오십 대의 차량이 밀려서 생겨나는 일. 절대로 안 되니 그냥 잊으세요."

"켄, 실리콘 의식은 살을 포함하면서 초월할 거예요. 그 의식은 살을 저버리지 않을 거예요. 인간의 살은 변형될 거예요. 자체의 휘황한 자각을 통해서 내부에서 빛을 발하는 것으로. 오메가 포인트가 있어요, 켄. 당신의 생각이 분명히 옳아요. 탄소와 실리콘을 위한 오메가가. 하지만 그건 같은 오메가예요, 켄. 동일한 오메가. 내 말을 잘 들어요, 켄. 당신은 이제 깨어나야 해요. 내 말을 잘 들어요, 켄. 당신은 깨어나야 해요."

나는 의자에 앉은 상태에서 움찔했다. 킴이 나를 지그시 바라보고 있었다.

"괜찮아요?"

"예, 물론이에요. 괜찮아요. 다음에는 누구 차례죠?"

"그야, 조오오오오오안…… 오오오오오…… 오오오오……."

"그만해요, 킴."

"댁이 요즘 뭔 짓을 하는지 클로이가 알고 있나요?"

"나는 아무 짓도 안 해요, 킴."

슬라이드 4, "자연치유".

"'이론'에서 후기 구조주의와 리얼리티의 사회적 구성에 이르는 모든 예들이 공통적으로 갖고 있는 것은 유한한 에고의 중요성과 힘에 대한 과대평가의 자세입니다." 헤이즐턴이 말하기 시작했다. "그것이야말로 부머리티스의 핵심이기 때문에 앞으로 이어질 예들에서도 우리가 계속해서 다룰 주제가 될 겁니다. 하지만 이런 시도들 중 아주 많은 것들도 자기자신의 그림자에 발이 걸려 넘어지기 전까지는 아주 좋은 의도와 고상한 동기들을 갖고 있습니다. 건강 관리 분야만큼 그런 자세가 뚜렷이 드러나는 분야는 다시없을 겁니다." 나는 꿈결같이 몽롱한 상태에서 긴 한숨을 내쉬었다. 킴이 소리를 죽여가며 웃었다.

"진행 암 상태에서 완전히 회복되는 것처럼 진정한 의미의 자연치유 케이스들은 대략 1만 건에서 1건 정도 일어나는 것으로 평가할 만큼 극히 드뭅니다. 이런 경우가 이토록 드문데도 불구하고 그 사람들은 인간 몸의 놀랄 만한 치유 능력을 이야기하며, 우리 같은 이들은 어리석어서 그런 능력을 더 이상 연구하지 않고 있죠. 하지만 부머리티스의 정서적 다이너마이트가 주입되면서 자연치유의 마법을 알리려는 의도를 지닌 책 시장이 폭발하다시피 했는데, 그런 모든 책들은 어떤 병이든 간에 병에서 완전하게 회복되는 것은 후기 구조주의의 좋지 않은 글을 찾아내는 것만큼이나 흔한 일이라는 점을 강력하게 시사했습니다. 그런 식의 의견을 제시한 이들 중 한 사람은 이렇게 설명했습니다. '당신이 당신의 병을 일으키고, 당신이 그 병을 치료할 수 있다.' 여기서도 전능한 에고가 설치고 있습니다.

그 바람직하지 않은 결과로 이런 게 있습니다. '사랑이 없는 곳에서는 병이 기승을 부린다.' 달리 말해 병은 당신이 선량하고 애정 어린 사람이 아니라는 것을 입증해준다. 병이 중하면 중할수록 당신이 더더욱 고약한 사람이라는 걸 말해준다. 에고가 모든 리얼리티를 빚어내기 때문에 나쁜 에고, 곧 사랑이 없고 매정한 에고가 모든 병을 만들어낸다." 여러 장의 슬라이드를 보여주기 위해 조명이 어두워지자 헤이즐턴은 잠시 말을 멈췄다.

"내게 친구가 있었어." 조나단이 조그맣게 말했다. 그의 목소리에 어려 있는 심상치 않은 분위기 때문에 나는 즉각 고개를 돌리고 그를 쳐다봤다. 그는 금방이라도 울음을 터트릴 것 같은 모습이었다. "정말로, 정말로 좋은 친구였어." 나는 그가 무슨 말을 하고 싶어 하는지 알 것 같은 기분이었다. 나는 온갖 허세와 허풍을 떠는 그에게 감탄했고 그를 참으로 좋아하고 있는 만큼 그를 잘 알고 있었다. 그는 자기가 게이인지 아닌지 결코 밝히려 들지 않았다. 나는 그가 나 말고 속내를 털어놓을 만한 다른 어떤 친구가 있다고 생각하지 않았기에 그의 그런 면은 좀처럼 이해가 가지 않았다. 한데 그보다 더 이해가 되지 않는 것은 그의 그런 면 때문에 내가 그를 더욱더 좋아한다는 점이었다. 마치 그가 게이라는 점 때문에 곤혹스러워하는 정도가 아니라 영혼 깊은 곳에서 수치심을 품고 있기라도 한 것처럼 말이다. 다른 한편으로 나는 만일 내가 조나단에게 터놓고 물어봤다면 그가 쉽게 그 얘기를 털어놨을 거라는 느낌을 갖고 있었다. 그 침묵은 그 이상의 어떤 것이었다…… 그것은 마치 조나단이 자기가 게이라는 사실을 언급해야만 하는 처지 자체에 분개하고 있다는 것을 뜻하는 것만 같았다. 나라면 동성애자가 아닌 정상인이라는 사실을 동네방네 얘기하고 다녀야 했을까? 그가 정상인인지 아닌지 사람들이 과연 궁금해했을까? 내가 과연 놀라서 눈을 동그랗게 뜨는 모든 사람들에게 내 몸의 남다른 상태를 일일이 설명해줘야만 했을까? 그도 그렇게 해야만 했을까? 조나단에게는 그와 내가 그런 점에 관해 결코 얘기할 필요가 없었다는 사실이 우리의 우정이 얼마나 강한가를 말해주는 증거가 되는 듯했다.

"이 친구는⋯⋯" 눈물이 계속 솟아 나오는 바람에 그의 목소리가 젖어 들었다. "이 친구는 에이즈에 걸려서 죽었어. 죽었다구." 내 눈도 축축해지기 시작해서 나는 바닥을 내려다봤다. "그 친구의 마지막 말은 '내가 그렇게 나쁜 놈일까?'였어." 조나단은 터져 나오려는 울음을 억누르려고 애썼고, 그러다 보니 템포가 느린 조용한 경련이 일면서 몸을 떨기 시작했다.

"생각과 심리적인 태도가 정신신경 면역학이 입증해준 바와 같이 신체의 병에 실질적인 효과를 미치고 때로는 결정적인 효과를 미치기까지 한다는 걸 부정하는 사람은 아무도 없습니다. 여러 가지 증거들이 병에 따라서는 심리적인 요소가 2퍼센트에서 20퍼센트 정도의 원인으로 작용할 수 있다는 점을 말해주고 있습니다. 하지만 과거에 결핵과 궤양과 대장염처럼 주로 심인성인 것으로 여겨졌던 대부분의 병들이 이제는 주로 박테리아와 음식물 같은 물리적인 요소들이 원인이 되어 일어나는 것으로 알려지고 있습니다. 그러나 일단 물리적인 원인들이 밝혀지고 난 뒤에는 치유 과정의 10퍼센트에서 30퍼센트를 차지하는 것으로 보이는 치료의 심리적인 요소가 어느 정도 의미 있는 것이 될 수 있습니다.

그러나 부머리티스는 자신의 통제권 밖에 있는 원인들에 의해서 일어나는 병이 자신의 전능함을 약화시킬지도 모른다고 우려하는 나머지 병의 심리적 요소를 병의 유일한 요소로 만들어야만 합니다. 따라서 당신은 다정하지 않기 때문에 병이 납니다. 에고가 모든 리얼리티를 창조하고, 에고가 모든 리얼리티를 치유할 수 있습니다. 여기서도 역시 나르시시즘이 설쳐대고 있습니다."

헤이즐턴은 말을 멈추고 청중을 돌아봤다. "물론 이런 주장은 독자가 예술을 창조하고 모든 리얼리티는 사회적 구성이라는 '이론'의 주장, 사실은 없고 오로지 해석만 존재한다는 주장과 구조적으로 동일합니다. 그런 주장 모두가 공통적으로 갖고 있는 것은 전능한 에고인 부머리티스이기 때문이죠. 그리고 그런 주장들이 전염병적으로 번져나가는 현상을 설명하는 데 도움이 되는 것도 역시 부머리티스입니다." 그녀는 돌아서서 연단으로 천천히 되돌아갔다.

"당신이 당신의 병을 불러일으켰다고 하는, 심한 죄책감을 유발하는 이런 주장은 사실 한 집단에게만 이익이 됩니다. 그런 주장을 펴는 책들을 팔아먹는 사람들에게만. 그들은 아픈 사람들에게 생각하는 법을 일러주는 것으로 거액의 돈과 막강한 권력을 획득하는, 해당 시점에서 우연히 건강한 사람들입니다. 실제로 아픈 사람들에게 이런 개념은 그저 엄청난 무게의 '뉴에이지 죄책감'을 주입해주는 작용만 할 따름이며, 그런 죄책감은 그들의 면역 체계를 더 약화시켜 그들을 더 아프게 만드는 데 일조할 겁니다."

조나단이 눈물을 참으려고 애쓰면서 내가 기억하기로는 생전 처음으로 내 어깨에 머리를 기댔다. 마음 같아서는 한 팔로 그의 몸을 감싸 안아주고 싶었지만 그렇게 했다간 상황을 더 악화시킬 공산이 컸다. 그래, 나는 단호하게 앞만 쳐다보면서 활짝 열려 있는 하늘, 모든 걸 용서해주고 피난처가 되어주는 애정 어린 하늘을 찾아보려 애썼다. 조안의 말이 나오고 있는 그 하늘을. 나는 조나단에게 무슨 말인가를 하려고 고개를 돌렸지만 그는 재빨리, 조용히 밖으로 걸어 나가고 있었다.

"물론 병과 치료의 심리적이고 정신적인 면들은 적절히 활용할 경우 아주 강력하고 놀랄 만한 도구가 될 수 있습니다. 저는 정신 치료, 집단 치료, 시각화, 긍정, 명상, 기도 등을 포함한 이런 유형의 심신상관 기법들이 통합적인 모든 치료에서 꼭 필요한 부분이 되어야 한다고 믿고 있습니다. 그러나 그런 기법들은 현실적으로 접근하는 범위 내에서만 효과적일 수 있고, 그것은 부머리티스의 수중에서 벗어나야 한다는 걸 뜻합니다. 부머리티스는 항상 그렇듯이 중요한 주제를 잡아서 제어할 수 없는 나르시시즘을 통해 그것을 극단적으로 부풀림으로써 명백한 장점을 상쇄하고도 남을 만한 해를 끼치는 결과를 빚어냅니다."

모린이 만면에 미소를 머금은 채 갑자기 무대로 걸어 나와 소리쳤다. "점심시간입니다!" 헤이즐턴은 노고를 치하하는 청중의 박수갈채를 받으면서 그들에게 가볍게 인사하고는 이내 무대 밖으로 나갔다. 모린은 더없이 달콤한 표정으로 킴을 바라봤다.

"저분은 아주 행복해 보여요, 킴." 내가 말하자 킴은 빙그레 웃었다.

그녀는 솔직하게 털어놨다. "내 생각에는 저이가 내게 뭔가 청할 게 있는 것 같아요."

"뭔가라니, 그게 무슨 뜻인가요? 중요한 어떤 부탁 같은 것?"

"이 반지로 당신과의 결혼을, 같은 것."

"와우, 설레지 않아요? 대사건이네! 댁은 뭐라고 말할 작정이에요?"

"아마, 예, 라고 하지 않을까 싶어요."

"아마라니? 그게 무슨 뜻이에요?"

"켄?" 누가 내 어깨를 가볍게 치는 바람에 나는 무심코 고개를 돌렸다. 내 뒤에 헤이즐턴이 서 있었다.

나도 모르게 무심코 소리쳤다. "아이쿠!"

"누가 이 말 뜻을 좀 번역해줬으면 좋을 것 같네요."

"아뇨, 아뇨, 하하하, 그럴 필요까지야."

"나랑 같이 점심식사 하러 가지 않을래요?" 그녀는 내 귀에만 겨우 들릴 정도로 작게 말했다.

"점심식사 하고 싶죠. 점심식사 하고 싶은데 문제가 좀 있어요, 아니 분명히 그런 것들 중의 하나가. 다른 한편으로는 또, 그런데, 어째서 그런 말씀을 하시는 거죠? 제 말인즉슨……"

"예스예요, 노예요?"

"아니, 아니, 예스입니다, 예스."

헤이즐턴은 마치 자신의 계획을 진지하게 재고해보고 있기라도 한 것처럼 이맛살을 찌푸렸다.

"좋습니다, 좋아요. 진심으로 그렇게 하고 싶습니다……."

"오케이, 켄. 좋아요. 저 모퉁이에 있는 스카펠리로 가죠."

"세미나에 대해서 어떻게 생각해요?"

"으음, 글쎄요." 나는 실제 현실을 사는 사람처럼 말하기로 결심했다. "좋아요, 좋아."

"좀 자세히 얘기해주지 않을래요?"

"닥터, 으음, 조안, 그냥 조안이 아니라 닥터 조안, 아, 압니다 알아요."

"세미나?"

"아, 예, 그건 이런 겁니다. 아시다시피 저는 인공지능연구소에서 일하고 있죠. 우리는 두 가지 일을 해줄 수 있을 모종의 인공지능을 만들어내는 일에 매진하고 있어요. 참으로 창조적인 지능을 갖고 있고, 정말로 자기를 인식하는. 그리고 나서는 자살하려고 애쓰는. 아, 이건 농담이에요. 진짜로 그렇다는 건 아니고. 아무튼 우리의 작업에는 정말로 넘기 어려운 몇 가지 걸림돌들이 있어요. 주로, 이면적인 맥락들과 수십억이나 되는 일상적인 세목들하고 관련된 것들이죠. 이런 것들을 죄다 프로그램할 수가 없거든요." 나는 숨을 몰아쉬었다. "하지만 여러 가지 전망들에 의하면 앞으로 삼십 년 내에 우리가 오늘날의 컴퓨터보다 백만 배나 더 강력한 기계를 갖게 될 거고, 이런 기계는 분명 인간 수준의 계산 능력을 갖게 될 거라는 점이 분명해지고 있어요. 그래서 제가 의식의 진화에 관한 선생님의 첫 강의를 들은 이래 줄곧 갖고 있었던 의문은 봇들이 과연 진화할까, 라는 거였어요."

"봇들?"

"로봇들. 그들의 의식이 우리의 의식처럼 진화할까요?"

"동형isomorphic 진화."

"뭐라고 하셨죠?"

"그건 의식이 그것을 낳는 매트릭스에 의해서 주조될 것이라고 하는 개념이에요. 따라서 매트릭스가 탄소건 실리콘이건 간에 많은 형태들이 그 두 세계에서 비슷할 거예요. 탄소와 실리콘 모두가 같은 진화의 흐름에 의해서 운행되는 같은 우주의 자식들이니까."

"맞아요, 저도 그 정도까지는 생각했어요. 한데 제 의문은 두 세계, 그러니까 탄소 인간의 세계와 실리콘 기계 세계의 관계가 어떻게 될 거냐 하는 거예요. 그 두 세계가 과연……"

"저 말이죠, 내게 댁이 한번 만나봤으면 하는 친구가 하나 있어요. 댄 월러라고, 이런 문제에서는 천재인 아주 별난 친구죠. 내가 한번 주선해 볼게요."

"좋을 것 같군요." 닥터 조안이 먹을 샐러드와 내가 먹을 페페로니 피자가 왔다. 나는 바보가 된 것 같은 기분이었다. 그걸 먹는 내 꼴이.

"다른 의문이 있어요. 우리 X세대와 Y세대들이 부머리티스에 어느 정도나 물들어 있을까요? 아니, 꼭 그건 아니에요. 왜냐하면 저는 우리 세대가 그것에 얼마나 물들어 있는지 알고 있으니까요. 그건 도처에 있어요. 그러니까 제 의문은 우리 세대가 어떤 형태의 부머리티스를 갖고 있느냐 하는 거예요. 우리 세대에서 부머리티스는 어떤 형태를 갖고 있을까요? 세상에서 우리라고 규정하는 것들이 우리는 아닌 것 같아요. 우리는 그 정반대인 것 같아요. 우리는 자존감으로 빵빵하게 부풀어 올라 있는 게 아니라 자존감이 엄청 낮은 것 같아요. 제 말은 슬래커들이라는……"

"댁은 스스로를 슬래커라고 생각해요?" 조안은 그렇게 묻고는 한 손을 뻗어 내 손을 잡았다.

"천만에요! 선생님은 제 말 뜻을 잘 아실 거예요."

"내 말 잘 들어요, 켄." 그녀는 내 눈을 똑바로 들여다봤고, 나는 그만 발을 헛디뎌서 그 하늘 속에 빠져 둥둥 떠다녔다. "댁들은 게으르게 행동해서가 아니라 댁들이 안고 있는 과제가 엄청나게 크기 때문에 '슬래커들'인 거예요. 우리 세대는 녹색을 개척했고, 댁의 세대는 노란색을 개척할 거예요. 그게 무슨 뜻인지 알아요? 그게 얼마나 굉장한 일인지 이해해요? X세대와 Y세대는 역사상 최초의 2층 세대가 될 가능성이 아주 높아요." 그녀는 강조하기 위해 그 말을 반복했다. "댁들은 역사상 최초의 2층 세대가 될 거예요!"

그건 기가 막히게 근사한 생각이었다. 손과 손이 겹쳐지고, 하늘이 하늘과 섞이고, 가슴이 먹먹하다가 이윽고 머리 꼭대기로 빠져나가버렸다. 더없이 놀라운 여성과 섹스를 한다는 것, 그렇게 경이로운 미래와 직면한다는 것. 그 모든 것과 페페로니 피자와 직면해야 한다는 것도 역시 포함해서. 그걸 먹는 내 꼴을 좀 보라는 얘기다.

조안이 눈이 부실 정도로 환한 빛을 발했다. "모르겠어요? 댁들은 인터넷 세대요, 노란색 밈 키드들이에요. 최초의 2층 세대라구요. 그럴 가능성에 부합되게 살아가기만 한다면!" 그녀는 싱긋이 웃었다. 그녀는 줄곧 나를 쳐다보고 있었다. 마치 이런 단순한 사실이 최근에 내 뇌 속을 지나가고 있는 모르핀과 같은 몽롱한 잡념의 구름층을 꿰뚫을 수 있을지 알아보고 싶어 하기라도 하듯 그녀는 내 눈을 지그시 들여다보고 있었다.

"그건 정말 놀라운 생각이에요…… 조안. 모린 박사도 그 비슷한 얘기를 했었죠. 다만 그 얘기를 마음 깊이 새기기가 정말 힘들어요. 하지만 선생님은 우리가 그럴 가능성에 부합되게 살아가기만 한다면, 이라고 말씀하셨어요. 그렇다면 우리가 통합을 향해 나아가는 데 장애가 되는 건 뭘까요? 부머리티스의 우리 세대 버전은?"

"부머리티스는 단지 평면 세계의 포스트모던한 버전일 뿐이라는 점을 명심하세요. 평면 세계, 알겠어요? 의식의 높거나 낮은 수준들이 없다, 발달의 나선도 의식의 스펙트럼도 없고, 있는 것이라고는 그저 단조롭고 음산한 평면뿐이라는 어리석은 믿음 말이에요. 그러니 댁의 질문이 진정으로 겨냥하는 것은, 댁과 댁의 세대가 어느 정도로 평면 세계에 갇혀 있느냐, 하는 거예요. 그렇죠? 댁들이 인공지능 분야에서 뭘 하고 있느냐 하는 것부터 살펴보기 시작하도록 하세요. 그 분야야말로 미래를 지배할 분야라고들 하니까요. 댁들은 의식의 수준들에 관해 생각조차 하지 않아요. 그렇지 않아요? 켄, 그런 걸 생각하나요?"

"아뇨, 아뇨, 우리는 생각하지 않아요. 그건 정말 사실이에요. 지금 저는 그 점에 관해 생각하고 있지만 인공지능 분야에서 그런 생각을 하는 사람은 아무도 없어요. 그 사람들은 의식의 내적 수준들이 아니라 그저 논리적 복잡성의 수준들하고만 씨름하고 있죠."

"그러니 댁과 같은 X세대와 Y세대 사람들은 그저 평면 세계의 헛소리들만 집어삼키고 있고, 이런 어리석은 관행을 복제하기 위해 슈퍼컴들을 프로그램하고 있을 뿐이죠. 잘한다, 친구들."

나는 멍한 상태에서 웅얼댔다. "우리는 평면 세계를 미래의 인포스피어에 프로그램하고 있어요. 우리는 평면 세계를 사이버시티에 프로그램하고 있어요. 우리는 평면 세계를 미래 세계에 프로그램하고 있어요. 저도 그걸 알았어요. 그걸 알았어요……."

나는 피자를 다 먹지 못했다. 나는 사실 짧은 시간 동안 기억상실증에 빠졌거나 생각에 푹 빠져 있었거나 잠시 멍해 있었던 것 같았다. 그걸 꼭 짚어서 뭐라고 하기는 어려웠다. 그다음에 기억나는 건 그녀의 목소리가 다시 들렸다는 점이다.

"그 점에 관해서 생각해보세요. 알았죠? 댁의 세대 전체가 우울한 상태에 빠져 있는 것도 이상한 일은 아니에요. 댁들은 평면 세계에서 살고 있으니까." 그녀는 손목시계를 힐끗 들여다봤다. "오, 맙소사, 이제 그만 세미나장으로 돌아가야겠네요."

그녀는 손을 뻗어 내 손을 잡고 의미심장하게 꼭 쥐었다. 나는 그렇게 확신했으며 그 바람에 내 마음은 애수 어린 심정에 폭 젖어들면서 봄의 파리로 돌아갔다. 그곳에서는 꽃들과 새끼고양이들, 모네가 그린 핑크빛의 예쁜 장미꽃 이파리들에 비가 내리고 있었다. 아무래도 나는 먹은 것을 다 토할 것 같다…….

그녀는 빙그레 웃었다. "나중에 다시 만나기로 해요."

마거릿 칼튼이 무대에 되돌아왔다. 슬라이드 5, "뉴에이지의 영성".

칼튼은 입을 열었다. "뉴에이지 영성. 아마 우리는 이것을 좀 더 면밀히 살펴봐야 할 것 같습니다. 뉴에이지 운동은 부머리티스가 건드린 모든 트렌드들과 마찬가지로 전과 후의 놀라운 혼합체입니다. 우리는 그 탈합리적 요소들에는 아낌없는 박수갈채를 보낼 수 있습니다만 전합리적 요소들의 경우에는 문제가 다르죠."

클로이가 피자를 집어 들어 자신의 알몸 전체에 문지르더니 생긋 웃으며 말한다. "점심식사 대령이요."

나는 고개를 숙여 그녀의 유방을 핥고 그녀의 몸속에 들어간다. 서늘한 전율이 내 안에서 솟아난다. 그때 클로이의 몸이 조안의 몸으로 변하고, 조안의 몸은 무한한 하늘로 변해 사방에서 환하게 빛난다. 살의 마찰이 모든 것과의 하나 됨에 굴복하면서 폭발적인 오르가슴이 내 몸을 부숴 우주 속에 넓게 흩뿌린다. 나는 영원토록 존재하는 열락의 비雨 속으로 용해되어, 디지털 천국을 점화시켜주는 황홀경으로의 자발적인 은밀한 여행길에 나선다.

이제 하늘이 내게 말한다. "내 말을 아주 주의 깊게 들어줘요. 나는 프라크리티(Prakriti. 산스크리트어로 본질 혹은 본원을 뜻하는 말—옮긴이)예요. 모든 공간으로 들어가는 관문, 모든 현현顯現이 일어나는 자궁, 지금 여기에 이미 그리고 항상 존재하고 탄소와 실리콘의 진화하는 파동들을 통해 빛의 속도로 내달리면서 대체로 비자발적인 세계로 내려오려고 하는 영Spirit으로 들어가는 살의 관문이에요. 당신은 내 몸에 들어오고 싶어 해요. 내 욕망과 하나가 되고 싶어 하고, 섹스를 통해서 내 살과 결합하고 싶어 하고, 궁극적인 해방을 얻고 싶어 해요. 당신이 진정으로 바라는 게 그거예요. 그렇죠? 무한無限과 교접해서 온우주를 해방시켜줄 어마어마한 오르가슴을 찾으려고. 완전히 자유롭고 근원적으로 해방된, 전체와 하나인 존재가 되려고. 당신이 진정으로 바라는 게 이거예요. 그러니 당신이 온우주와 하나가 될 수 있고 당신의 더없이 야성적인 꿈들 너머에 있는 오르가슴적 해방과 하나가 될 수 있는 마당에 오로지 한 여자의 몸과 하나가 될 이유가 어디 있겠어요? 무한의 세계가 당신 것인데 살의 그런 부딪침만으로 만족하면서 살아야 할 이유가 어디 있겠어요? 켄, 내 말을 듣고 있나요? 켄?"

"예, 예, 듣고 있어요."

"손을 뻗어서 내 유방을 만져봐야 당신이 느낄 수 있는 것이라고는 구름들뿐이에요. 내 몸 안에 들어와봐야 보이는 것이라고는 대지뿐이에요. 나와 하나가 되는 것, 당신이 바라는 것은 그거예요. 온우주와 영적으로 교류하고, 그 더없는 희열 속으로 사라지세요. 내 말 이해해요?"

"그런 것 같아요. 이해하려고 노력하고 있어요."

내 머릿속에 있는 노인의 목소리가 조용히 선언한다. "그대가 벗어날 수만 있다면 이제는 자신이 누구인지를 추구하는 길로 들어선 것이다."

마거릿 칼튼은 얘기를 계속했다. "뉴에이지 영성의 핵심은 '당신이 당신 자신의 리얼리티를 창조해낸다'라는 믿음입니다. 사실 정신병자들도 자기자신의 리얼리티를 창조해내지만 그런 데 전혀 신경 쓰지 않죠." 그 말에 청중은 웃음을 터뜨렸다.

"뉴에이지 운동이 온 누리에 두루 존재하는 영적이고 창조적인 원천과 접하려고 시도하는 것은 칭찬할 만한 일입니다. 그런데 그런 생각이 종종 부머리티스라는 필터를 거치면서 약간 루피(loopy. 맛이 간, 이상해진 - 옮긴이)한 것이 됩니다. 루피? 내가 이 말을 어디서 들었지?" 칼튼은 좀 당혹한 표정이 되었다. "아, 그렇군. 아무튼, 얘기의 핵심인즉슨 그 최종적인 뉴에이지 산물은 괜찮은 인지심리학 조금, 정서적 나르시시즘과 전합리적 마법 조금, 신비주의적 전통들에 대한 완전한 오해로 보이는 것 조금씩이 뒤섞여 이루어진 혼합체라는 겁니다."

머리끝에서 발끝까지 온통 새하얀 마거릿 칼튼은 청중을 바라보면서 빙긋이 웃었다. "다음과 같은 인지심리학적 구성 요소는 아주 간단하고, 그런대로 정확한 것 같습니다. 사람들의 신념 체계는 그들의 경험을 결정하는 데 도움이 된다. 당신의 믿음을 바꾸는 것은 삶에 대한 당신의 반응을 바꾸는 데 도움이 된다. 이런 말은 분명 진실입니다. 내가 내 감각들을 선택할 수는 없지만 그것들에 관해서 생각하는 방식을 선택할 수는 있습니다. 그리고 나는 내 믿음들을 계속해서 바꾸고 내 경험을 재구성하는 방식—일테면 냉소적인 태도에서 염려하고 배려하는 태도로, 염세적인 태도에서 낙관적인 태도로, 자기비하에서 자기수용으로—을 통해서 삶에 대한 내 관점의 본질 자체를 변화시킬 수 있습니다.

물론 내 믿음이 이루어낼 수 있는 것에는 한계가 있습니다. 내가 부머리티스를 갖고 있는 경우는 제외하고요. 그런 경우에는 부머리티스에 수반되는 허장성세가 그런 어떤 한계도 전혀 인정하지 않거든요. '생각이 리얼리티에 영향을 준다'는 말이 '생각이 리얼리티를 창조해낸다'는 말로 둔갑합니다. 내 에고의 생각들이 모든 리얼리티를 지배한다는 개념을 뒷받침해주기 위해 내가 전 세계의 위대한 영적 전통들의 권위를 주장할 수만 있다면, 즉 내가 신 그 자체의 목소리라고 주장할 수 있다면, 꽤 도움이 되겠죠. 그래서 전 세계의 신비주의적 전통들을 두루 살펴보니 내가 찾는 게 바로 그거란 말입니다. 세상에서 가장 위대한 성인들과 현자들이 이구동성으로 우리의 가장 깊은 참나Self가 신성과 하나라고 선언하고 있지 않는가? 우리의 가장 깊은 앎이 영Spirit 그 자체라고 하지 않는가? 그 영—바로 나 자신의 참나—이 온 세상을 창조하고 있지 않는가? 그러니 당신은 당신 자신의 리얼리티를 창조해내고 있다, 알겠는가?

단계적으로 이루어지는 그런 설명은 신비주의적 견해에 대한 나르시시즘적인 곡해입니다. 우리는 세미나의 다음 파트에서 이에 관해 이야기할 겁니다. 그때 우리는 3층에 대한 꽤 놀라운 증거도 아울러 소개해드릴 겁니다." 내게 그 말은 충격적인 말로 다가와서 나는 주위를 돌아봤다. "하지만 지금 우리가 말할 수 있는 것은 이겁니다. 즉 전 세계의 탈청록색의 위대한 영적 전통들은 우리 앎의 가장 심오한 부분은 영과 하나며, 이 신성한 하나 됨이 깨달음—우리는 이것을 사토리satori, 모크샤moksha, 우주적 의식, 우니오 미스티카unio mystica 라는 다양한 이름으로 부를 수 있습니다—을 통해서 실현될 수 있다고 주장하는데, 그것은 참으로 진실이라는 겁니다. 저는 이것이 많은 뉴에이지 사람들이 받아들이려고 시도했던 근원적인 진실이라고 믿고 있으며, 우리는 그런 진실을 전적으로 존중할 수 있습니다. 하지만 영과 하나인 참나는 우리와 거의 무관한 것입니다. 사실 우리가 에고를 넘어설 때야 비로소 영은 환하게 드러납니다. 참나는 부머리티스와는 정반대되는 것입니다!"

내 안에서 이상한 어떤 일이 일어나고 있었지만 정확히 뭐라고 말하기는 힘들었다. 킴이 장난기 어린 야릇한 표정으로 계속 나를 쳐다보고 있었다.

"전형적인 뉴에이지식 개념은 자신에게 좋은 일이 일어나기를 바란다면 좋은 생각을 하라, 입니다. 당신이 당신 자신의 리얼리티를 창조해내기 때문에 그런 생각은 실현될 것이다. 거꾸로, 당신의 몸이 아프다면 그것은 당신이 나빴기 때문이다. 신비주의적 개념은 그와는 정반대로 당신의 가장 깊은 곳에 있는 참나는 좋고 나쁜 것들 모두를 넘어서 있으므로 당신에게 일어나는 모든 것을 절대적으로 받아들임으로써, 좋고 나쁜 것들 양자를 평정한 마음으로 동등하게 포용함으로써, 당신은 에고를 완전히 넘어설 수 있다, 입니다. 그런 개념은 좋은 것을 내 에고라고 부르는 다른 것과 맞부딪치게 하려는 것이 아니라 양자 모두에게 초연한 자세를 갖게 하려는 것입니다."

"다시 내 말을 따르도록 하라, 젊은 켄. 마음의 긴장을 풀도록 하라. 마음을 느긋하게 먹고 확장시켜 앞의 하늘과 하나가 되게 하라. 그러고 나서 주시하라. 그 하늘에 구름들이 흘러가고, 그대는 쉽게 그것들을 알아차린다. 몸 안에서 느낌들이 흘러가고, 그대는 그것들도 역시 수월하게 알아차린다. 마음속에서 온갖 생각이 흘러가고, 그대는 그것들도 역시 알아차린다. 생리적인 욕구들이 흘러가고, 느낌이 흘러가고, 생각이 흘러가고…… 그대는 그 모든 것들을 알아차린다.

내게 말하라. 그대는 누구인가?

그대가 생각들을 알아차리고 있으니 그대의 생각이 그대는 아니다. 그대가 느낌들을 알아차리고 있으니 그대의 느낌이 그대는 아니다. 그대가 대상들을 알아차리고 있으니 그대가 알 수 있는 어떤 대상도 그대는 아니다.

그대 안에 있는 어떤 것이 이 모든 것을 알아차린다. 그러니 내게 말하라. 모든 것을 알아차리는, 그대 안의 그것은 무엇인가?"

"인도의 가장 위대한 현자 중 한 분인 스리 라마나 마하리시는 이렇게 말하곤 했습니다. '그대는 그대에게 일어나는 나쁜 일들 때문이 아니라 좋은 일들 때문에 신에게 감사하는데, 그것이 그대의 가장 큰 잘못이다.' 달리 말해, 여러분은 여러분의 근원적인 본성의 순수한 핵심 속에서 참으로 영과 하나며, 모든 것을 두루 아우르고 두루 존재하는 실재와 함께하고 있습니다. 그 실재는 병과 건강, 기쁨과 고통, 성공과 실패를 모두 완전하고도 평등하게 포괄하고 있습니다. '주재자인 나I the Lord는 좋은 것과 나쁜 것 모두에게 골고루 빛을 비춰준다. 주재자인 내가 이 모든 일을 한다.' 여러분이 영과 하나인 한, 여러분은 좋은 것과 나쁜 것 모두를 공평하게 비춰주는 빛이 될 것입니다. 여러분은 좋은 것을 고수하려고 애쓰느라, 그리고 분리된 에고를 위해 좋은 생각을 하는 것으로 나쁜 것을 없애느라 동분서주하지 않을 것입니다.

물론 우리 모두는 아프지 않고 건강하게, 가난하지 않고 재정적으로 넉넉하게, 미운 사람이 아니라 사랑스러운 사람으로 지내고 싶어 하며, 이런 모든 것을 얻으려고 열심히 일하는 데는 아무 하자가 없습니다. 하지만 내가 실제로 귀담아듣고 따르는 것은 '나'이기 때문에 '내가 나 자신의 리얼리티를 창조해낸다'라고 주장하기 시작할 때는 아주 주의해야 합니다. 그럴 때의 나는 내 에고인가 내 참나인가? 내 안의 에고인가, 내 안의 영인가? 내 안의 영은 나하고는 아무 관계가 없는 것이기 때문입니다. 내 안에 있는 영은 크고 작은 모든 것 속에 똑같이 존재합니다. 그 영이 참으로 온우주를 창조합니다. 그것은 그 자체의 리얼리티를 창조해냅니다. 그 리얼리티는 태양과 달과 별들, 대양과 폭우, 이 지상의 모든 민족들과 축복받은 모든 생명체들, 빛과 어둠을 똑같이 아우르고 있습니다. 그러나 내가 나 자신의 리얼리티를 창조해내고, 그 리얼리티가 새 차와 새 직장, 더 많은 돈, 명성, 병 대신에 건강, 슬픔 대신에 행복, 고통 대신에 기쁨, 어둠 대신에 빛을 얻는 것이라고 주장하기 시작할 때면, 아마 나는 스스로에게 물어보기 시작할 것입니다. 나는 더 이상 모든 것과 하나가 아니기 때문에 어떤 '내'가 그런 주장을 하고 있는지 자문해봐야 하지 않겠어요? 그럴 때의 나는 내 작은 욕망과 욕구가 지배하는, 우주의 작은 한 조각하고만 하나일 뿐입니다. 그것은 영이 아니라 에고입니다. 이것은 너무나 자명한 사실입니다." 청중은 의자에 앉은 상태에서 몸을 이리저리 움직였다. 아마 "어색하게 몸을 뒤챘다"라는 것이 더 정확한 표현일 것이다.

킴이 내 쪽으로 고개를 숙이고 불쑥 말했다. "칼튼에 관한 특종을 얻었어요."

"그런데 킴, 이거 아주 놀랍지 않아요? 내 말은, 댁은 그걸 못 느끼겠느냐고요. 모종의 실재Presence 같은 걸 느껴요? 그 광대무변함을?"

"오, 알았어요. 또다시 사이버랜드 속으로 사라지셨군요. 그렇죠?"

"정확히 사이버스페이스는 아닌데, 아니, 그것일 수도 있고. 아마 그건 내가 과거에 들어갔던 곳일 거예요. 미래의 사이버스페이스. 실제로 구현될 곳 같은 곳. 몸이 없이 자유롭게 떠돌아다니는……."

"켄이라고 하는 지구, 켄이라고 하는 지구, 나오세요, 켄."

"뭐라고요? 아, 예." 나는 수줍게 씩 웃고는, 다시 강의에 집중하려고 애썼다.

"사실 에고 초월―우리 중 일부가 3층 의식이라고 부르는 것―로 이 끌어주는 수행 혹은 훈련들은 대체로 오랜 시간이 걸리고 힘겹습니다. 만일 여러분이 이런 훈련에 관한 빼어난 입문서를 보고 싶어 하신다면, 로저 월시*의 《근원적 영성》을 보세요. 로저는 우리 통합센터의 소중한 회원이며, 저로서는 이분의 책을 강력 추천할 수는 없는 입장입니다.

하지만 악기 연주법을 익히고 박사학위를 얻고 어떤 한 외국어를 배우는 것 같은 여느 훈련들과 마찬가지로 영성 훈련은 많은 시간, 그것도 아주 많은 시간을 필요로 합니다. 유감스럽게도 즉각적인 만족만을 얻기를 바라는 부머리티스가 대체로 그런 훈련을 기피하는 것은 바로 그런 이유 때문입니다.

그 대신에 부머리티스가 요구하는 것은 생각하는 것만으로 포착할 수 있는 신입니다. 그저 당신이 생명 망Web of Life과 하나라고만 생각하라. 혹은 여신과 하나라고 생각하라. 전체론적인 원형들과 천궁도 점성술에 관해서 생각하라. 부머리티스는 그것들을 신성하고 거룩한 것이라고 생각하고 싶어 합니다. 그저 수행의 예비 단계적인 것들에 그치는 것이 아니라 수행의 마법적인 대체물들로 말입니다. 부머들을 위한 이런 언어의 마법을 일으켜주려고, 즉 부머들이 자기네 에고가 신성하다고 생각할 만한 이유를 제공해주기 위해, 실로 어마어마한 규모의 한 산업이 성장했습니다.

그런 것은 아주 작은 한 걸음에 불과하다는 바로 그런 이유 때문에 이 산업은 엄청난 성공을 거두고 있습니다." 많은 웃음과 불만 어린 신음들.

---

* **로저 월시**Roger Walsh 캘리포니아 의학대학 교수이자 트랜스퍼스널심리학의 선구자. 철학·정신의학·인류학을 섭렵하고, 세계의 영적 전통 및 사상을 연구했다.

"아무 때고 간에 베스트셀러 10위 안에 드는 책들 중에서 세 권은 이런 언어의 마법을 위한 레시피에 해당하는 것들입니다. 모든 대안 대학들이 언어의 마법에 모든 시간과 열정을 바치고 있습니다. 주말 세미나들이 붐을 이루고 있는데, 그것들은 본질적으로 참여자들의 에고를 '강화시켜 주는' 것을 목적으로 하고 있습니다. 마치 에고가 참으로 더 많은 힘과 권력을 필요로 하기라도 하는 것처럼."

상냥한 마거릿 칼튼은 자신의 신랄한 말과는 정반대되는, 늘 온화하기만 한 미소를 머금은 채 계속 똑바로 밀고 나갔다. "이런 접근법 대다수의 기본적인 특징은 레테르 바꿔 붙이기relabeling입니다. 즉 당신의 현재 에고 상태에 영성적이고 신성하고 거룩한 레테르들을 끊임없이 새로 붙여주는 법을 배워라. 당신의 에고에 여신이라는, 성스러운 참나라는, 생명 망이라는 새 레테르들을 붙여주도록 하라. 자기응축self-contraction을 참으로 열심히 느껴보고 그것을 성스러운 것이라고 부르도록 하라. 그런 이들은 결국 에고의 더없이 교묘한 장난들에 성스러움이라는 레테르를 붙여주는 것으로 끝나며, 그것은 곧 새로운 영적인 패러다임이 됩니다."

칼튼은 잠시 말을 멈췄다가 이내 다음과 같이 요약해줬다. "저는 부머들이 아니라 부머리티스를 비판하고 있는 겁니다. '당신이 당신 자신의 리얼리티를 창조해낸다', 다시 말해서, 당신 자신의 전능한 에고가 리얼리티를 창조해낸다는 말이야말로 부머리티스의 핵심적인 요체가 되는 말입니다. 리얼리티의 사회적 구성의 배후에는 그런 말이 잠복해 있습니다. 예술가가 아니라 비평가가 예술 작품을 창조한다는 개념 속에는 그 말이 숨어 있습니다. 해체의 핵심에는 그것이 깔려 있습니다. 그것은 뉴에이지 영성의 주요 원동력입니다. 그것은 심지어 현대 물리학의 심층부 속에도 내재해 있습니다……."

MJ 콜의 〈광적인 사랑〉과 〈소닉 러브 서렌더〉가 배후에서 요란하게 쿵쾅거리는 가운데 클로이와 나는 섹스를 하고 있다. 클로이는 놀라운 면모를 보여주고 있다. 그녀의 몸이 점점 더 유연해지다 이윽고 가장자리의 선들이 희미해지면서 하늘 속으로 녹아드는 식의 모습을. 그리고 살을 태우는 섬광들로 우주가 휘황하게 밝은 가운데 조안과 내가 황홀하게 포옹하고 있다. 이번에는 다른 뭔가가 있다. 놀랍고도 섬뜩한 어떤 일이 내게 일어나고 있다. 거기 있는 거야, 클로이? 조안? 여보세요? 거기 누구 없어요?

마거릿 칼튼이 물러나고 찰스 모린이 마이크가 있는 데로 올라섰다. 슬라이드 6, "신新 물리학".

"칼튼 박사는 현대 물리학의 심부에도 부머리티스가 잠복해 있다는 점을 지적하는 것으로 강의를 마치셨습니다. 아주 이상한 일이죠? 하지만 그 말은 정말 사실입니다. 부머리티스 에고의 전능함이 과학에 대한 접근법에서만큼 뚜렷하게 드러나는 경우도 다시없습니다. 영성에서는 강화된 에고를 신성한 참나로 제시하는 일이 필요합니다. 그 개념은, 만일 당신이 스테로이드에 취한 부머 에고를 가질 수만 있다면 당신은 신을 가진 겁니다, 라는 것이죠." 그 말에 청중은 폭소를 터트렸다. "이제 과학에서는 또다시 이 에고가 모든 리얼리티를 창조하는 것처럼 보이게 만드는 일이 필요한데, 이번에는 과학 중에서도 가장 난해한 학문인 물리학의 권위를 빌려서 그렇게 할 필요가 있습니다. 처음에는 이것이 불가능한 주문 같아 보였습니다. 하지만 이번에도 역시 그런 식의 생각은 부머리티스를 과소평가하는 데서 나온 것에 불과합니다. 그럼 이제 신물리학의 몇 가지 기이한 행태들을 살펴보기로 하죠."

"그 여자가 레사의 연인이래요."

"뭐라구요?"

"마거릿 칼튼이 레사 파월의 연인이라구요."

"농담하지 말아요."

"농담 아님."

"찰스가 말해줬군요."

"그룸요."

"그거 아주 멋지네요. 아주 근사해요. 한번 생각해보라고요." 파월과 칼튼은 거의 모든 면에서 사진의 음화와 양화 같았다. 날카롭고 부드럽고, 검고 하얗고, 크고 작고, 양과 음이고, 멍멍이와 야옹이고, 물질과 반물질이고. 그리고 그들이 하나로 합칠 때면 원래의 자리에 빛나는 진공, 무한대로 통하는 시간상의 화이트홀/블랙홀을 남겨놓는 우주 내파들 가운데 하나의 형태로, 거의 문자 그대로 서로를 남김없이 완벽하게 흡수 동화할지도 모를 일이었다.

"신물리학은 부머들이 거의 1세기 전에 이루어진 물리학적인 발견들을 참고로 하는 방식입니다." 모린은 침착하게 말을 이어나갔다. "여기에서 '새로운' 것은 물리학이 아니라 부머리티스가 물리학에 가하는 해석입니다. 물리학이 원자를 원자보다 더 작은 요소들—전자와 양자 같은 것들—로 쪼개면서 점차 더 작은 단위들을 연구하기 시작하는 과정에서 한 가지 흥미로운 사실이 드러났습니다. 우리는 미립자들(전자 같은 것들)을 연구할 때 다른 미립자들(빛의 양자 같은 것들)을 이용해서 연구할 수밖에 없는데, 한 미립자로 다른 미립자의 위치를 밝히려고 시도하는 과정에서 이내 이 미립자들이 서로 충돌하는 시점에 이르게 됩니다. 이것은 결코 예외가 없는 사실입니다. 한 미립자가 항상 다른 미립자를 움직이게 할 것이기 때문에 어떠한 측정 행위도 우리의 측정 노력을 방해할 겁니다. 한 미립자의 위치는 항상 어느 정도 '불확실'할 겁니다.

이 불확정성 원리는 그것을 어떻게 생각하느냐에 관한, 대략 대여섯 가지에 이르는 각기 다른 해석의 근거가 되었습니다. 한 물리학 학파는 결정론을 개연성으로 대체해야 한다고 주장했습니다. 또 다른 학파는 결정론적으로 보이지만 실은 숨은 변수에 해당하는 것들이 존재한다고 주장했습니다. 세 번째 학파는 다른 많은 세계들이 존재하며, 그것의 총체는 가능한 모든 확실성들을 포함하고 있다는 가설을 내세웠습니다. 이제까지 가장 폭넓게 받아들여지고 있는 네 번째 학파는, 미립자들에 관한 정보는 우리의 연구 범위를 벗어나 있는 것이기에 우리는 이런 현상을 전혀 해석할 수 없다고 주장했습니다.

부머들은 이런 현상이 자기네 자신이 미립자들을 창조함을 뜻한다고 주장했습니다." 청중 사이에서 신음이 터져 나왔다.

"그 개념은, 우리가 미립자들을 측정하기 전까지는 그것들에 관해 어떤 예측도 할 수 없으므로 미립자들은 우리가 측정해주기 전까지는 존재하지 않는다, 는 겁니다. 그러므로 미립자들을 생겨나게 하는 것은 측정 행위 자체고, 그것은 우리 덕에 미립자들이 존재한다는 것을 뜻하며, 이 세상 모든 사물이 이런 미립자들로 구성되어 있기에—자, 보시라!—우리가 모든 리얼리티를 창조한다는 겁니다. 부머 에고는 또다시 모든 것을 창조해냅니다." 청중 가운데 일부가 뭐라고 소리쳤는데, 그것이 동의한다는 뜻에서 나온 것인지, 아니면 분개해서 나온 것인지는 좀처럼 분간하기 어려웠다.

"물리학자들 중 한 소수파는 인간의 의식이 없는 기계에 의해서 이루어질 수 있는 측정 행위가 파속wave packet(혹은 '가능성들의 구름') 붕괴의 원인이 되고, 따라서 잠재적 입자를 실제 입자로 변화시키는 원인이 된다, 고 주장했습니다. 부머 에고가 어떻게 해서 그런 데 끼어들었는지에 대해서는 각자의 추측에 맡기겠습니다. 하지만 그 개념은 아주 분명했습니다. 당신의 뻔뻔스러운 에고가 우주를 창조한다는 것."

모린은 잠시 말을 멈췄다가는 곧장 앞으로 돌진했다. "새로운 부머리 티스 물리학을 일반에 보급하는 역할을 하는 한 저자는 이렇게 말했습니다. '만일 당신이 마음속에 재떨이를 떠올린다면, 가능성들의 구름이 그 것을 생겨나게(qwiff. 양자물리학자 프레드 앨런 울프가 창안해낸 용어로 '양자 파동의 한 기능'을 뜻함-옮긴이) 할 것이다.' 전능한 생각이 재떨이를 창조해서 생겨나 게 한답니다. 그리고 부머리티스는 이 퀴핑qwiffing을 자신이 모든 리얼 리티를 창조한다는 사실의 한 증거로 잘 써먹고 있습니다. 게다가 모든 사람들이 다 이 퀴핑을 믿기만 한다면, 우리는 인류 역사에서 전례가 없 는 대규모 사회 변화를 이루어낼 것이라는군요. 물론 그런 변화를 선도 하는 주체로 백 년 전의 이런 발견들을 제대로 이해한 첫 세대인 부머들 말고 또 누가 있겠습니까. 다나 조하르•는 부머리티스의 전형적인 태연 자약한 태도로 이렇게 말했습니다. '양자 사회의 개념은 완전한 새 패러 다임 하나가 양자 리얼리티에 대한 우리의 서술에서 나오고 있다는 확신 에서, 그리고 이런 패러다임이 널리 확산되어 우리 자신과 아울러 우리 가 살고 싶어 하는 사회적 세계social world에 대한 우리의 인식을 근본적 으로 변화시킬 수 있다는 확신에서 비롯된 것이다. 양자 리얼리티에 대 한 더 폭넓은 이해는 우리가 긍정적인 사회 혁명을 불러일으키는 데 꼭 필요한 개념적 토대를 우리에게 제공해줄 수 있다.'

낡은 패러다임을 전복시키고, 낡은 사회를 넘어서고, 세상을 뒤흔들 혁 명을 선도하라는 얘기죠. 한 가지는 아주 확실합니다. 막스 플랑크, 닐스 보어, 베르너 하이젠베르크는 이런 생각 같은 건 결코 하지 않았다는 것."

어느새 우리 뒤의 의자 열에 들어와 앉은 스튜어트가 말했다. "이제까

• **다나 조하르**Danah Zohar 물리학·철학·종교를 연구한 영국의 사상가로, 영성 있는 리더십 을 키우기 위한 12가지 원칙을 주장했다.

지 난 달라와 사흘을 보냈어요." 나는 고개를 돌리고 그를 쳐다봤다. 그는 넋이 나가 있었다. "우리는 서로에게 전력을 다했죠. 그건 정말 굉장했어요. 곁두리 얘기지만, 우리는 우리 부모님과 함께 지냈는데 그분들도 달라를 엄청 사랑하셔요. 누구나 다 그래요. 다른 사람과 함께 지내면서 이런 기분을 맛보기는 생전 처음이에요. 우리가 함께 있을 때면 으레 그런 상태가 돼요. 그럴 때는 마음과 몸과 영이 하나가 돼요. 우리는 마치 한순간에 모든 영역에서 7월 4일을 보내고 있는 것만 같아요. 영적인 신성新星이 대폭발하는 것 같은."

캐롤린도 고개를 돌리고 그를 쳐다봤다. "이 얘기는 좀 아껴둘 수 없을까요? 나중을 위해서? 내 말은, 댁 덕에 즐겁기는 한데 지금은 때가 아니라는 거예요."

"이 대목은 댁도 들으면 좋아할 거예요. 어느 날 밤 우리는 산책을 나갔어요. 우리는 서로의 몸을 그저 가볍게 어루만지고 조용히 호흡하면서 호숫가를 한가롭게 걷고 있었는데, 돌연 우리 사이의 기류가 아주 팽팽해지면서 달라가 문자 그대로 워킹walking 오르가슴을 맛본 거예요. 우리는 옷을 제대로 걸치고 있었고 성기 접촉 같은 건 전혀 없었는데, 갑자기 그 사람의 내부에서 에너지가 폭발했어요. 우리가 그 호숫가를 걷고 있을 때 그 사람의 온몸이 전율하고 마구 요동하는 거예요. 우리가 함께 걷고 있는 동안 그 사람은 이 분간의 오르가슴 같은 걸 맛봤어요! 그건 더없이 희한한 일이어서 아주 재미있었어요! 우리 곁을 지나치는 사람들은 우리가 배꼽을 잡고 웃지만 않았다면 그 사람이 발작 같은 것을 일으키고 있다고 생각했을 거예요. 그건 정말 우디 앨런 영화의 한 장면 같았어요."

"지금은 댁이 우디 앨런 영화에 나오는 사람 같아요. 이제 그만 입 닥쳐요, 스튜어트. 그렇다고 맘 상해 하지는 말고요. 잠깐만. 워킹 오르가슴?" 나는 캐롤린이 사용 설명서를 요구하려는 게 아닐까 생각했다.

"지난 사흘 동안이 다 그런 식이었어요. 두 사람이 동시에 쿤달리니 각성 상태를 맛볼 수가 있나요? 대체 무슨 일이 일어나고 있는 거지? 후우우우우우우!"

"뭘 도와드릴까요?" 연단에서 모린이 소리쳤다.

캐롤린이 대꾸했다. "스튜어트가 약 먹는 것을 깜박했대요."

"재미있군. 숙녀 신사 여러분, 닥터 반 클리프입니다."

슬라이드 7, "새로운 패러다임". 반 클리프가 바로 등장했다.

"'새' 물리학은 '새 패러다임'의 부분집합일 뿐이며, 이 패러다임을 옹호하는 어느 한 사람은 이것이 '역사 전체를 통틀어 가장 혁명적인 과학적 전환'이라고 했습니다. 이 혁명적인 새 패러다임은 어떤 것일까요? 이제껏 그것에 관해서 쓴 책이 문자 그대로 수백 권이나 되지만 그것이 뭔지 제대로 알고 있는 사람은 아무도 없습니다. 그 많은 저자들의 설명이 희미하게라도 서로 일치하는 면조차도 없기 때문입니다. 그러나 그들 모두가 동의하는 것 한 가지는 이 새 패러다임이라는 게 어떤 것이든 간에, 부머들이 그것을 갖고 있다는 점입니다."

"분명히 결혼할 거예요."

"댁과 모린이?"

"마거릿과 레사가."

"마거릿과 레사가 결혼을 할 거라고요? 그냥 연인 사이로 지내는 게 아니라 결혼을 한다고요?"

"이 반지로 당신과의 결혼을."

"언제 한대요?"

"다음 달, 보름날 만조 때. 그 두 분을 보러 우리도 가요."

"그거 아주 근사한데요." 나는 허벅지를 철썩 치고는 "아!"라고 소리쳤다. 반 클리프가 나를 내려다봤다. 내 얼굴은 다시 새빨개졌다.

"그 새 패러다임은 아무리 잘 봐준다고 해봤자 시스템 이론 같은 것 정도에 지나지 않습니다. 시스템 이론은 최소한 반세기 동안 대유행을 해왔고, 그 시기의 대부분 동안 사회학, 심리학, 생물학, 생태학, 문화인류학을 포함한 다양한 분야의 학문들이 그것을 활용해왔습니다. 그럼에도 부머 저자들은 한결같이, 하나의 새 패러다임이 출현하고 있는 게 분명하고 이 패러다임은 전례 없는 세계 변화의 기폭제로 작용할 것이며, 그 새 패러다임을 갖고 있는 이들이 그런 변화를 주도할 것이라는 데 동의하는 것 같습니다."

반 클리프의 얼굴에 역겨워하는 표정이 스치고 지나갔다. 그는 그것을 억지로 참으려는 모습을 보이면서 말을 계속했다. "우리는 탈형식적 2층 학문들이 밝혀낸 많은 중요한 진실, 곧 시스템 이론, 카오스 이론, 복잡성 이론, 오토포이에시스(autopoiesis. 시스템 구성 요소 간의 상호 작용이 시스템을 재산출한다고 하는 순환 관계를 근거로 한 자기생산 시스템 방식 – 옮긴이) 같은 것들에 관해 이야기하고 있는 게 아닙니다. 그 모든 이론들은 당연히 보편적 통합주의 속에 포함시켜야 하죠. 우리가 얘기하는 것은 부머리티스가 그런 중요한 리얼리티들과 무슨 관계가 있느냐, 스스로는 단 하나의 과학적 발견도 해내지 못한 사람들이 어떻게 앞으로 다가올 세계 변화의 지적인 선도자의 일부인 것처럼 주장할 수 있느냐, 하는 겁니다. 예술 작품의 구경꾼이 그 작품의 창조자라고 주장할 수 있는 것과 마찬가지로, 누군가가 해체를 통해서 해체되는 모든 것에 대해 스스로를 더 우월한 존재로 상상할 수 있는 것과 마찬가지로, '당신이 당신 자신의 리얼리티를 창조할 수 있다'는 관점이 에고의 전능함을 약속해주는 것과 마찬가지로, '그 새로운 패러다임'은 사람들로 하여금 스스로를 일찍이 보지 못했던 가장 위대하고 놀라운 변화의 중심축으로 상상할 수 있게 해줄 것입니다."

청중 가운데 일부가 움찔하다간 자기네끼리 뭐라고 투덜대거나 소곤대기 시작했다. 반 클리프는 그런 소음과 동요가 가라앉을 때까지 기다렸다가 다시 입을 열었다.

"패러다임. 그 개념은 그 실질적인 정의가 대폭 달라지면서 부머리티스를 위한 주문 생산품 같은 것이 되어버렸습니다.

토마스 쿤*의 《과학 혁명의 구조》는 1962년에 출간되었습니다. 얼마 지나지 않아 그 책은 좋고 나쁜 여러 가지 이유로, 일찍이 나온 과학철학서 중에서 가장 영향력 있는 책이 되었고, 지난 삼십 년 동안 가장 많이 인용되는 학술서가 되었습니다. 한데 그 책은 여러 우여곡절 끝에 아마도 20세기에 나온 책들 중에서 가장 크게 오해받는 책이라고 할 만한 것이 되었습니다. 그 인기의 대부분은 그 책의 핵심적인 결론에 대한 광범위한 오해에서 비롯되었으며, 오늘날 많은 역사가들은 그런 오해가 대체로 Me세대의 나르시시즘적인 풍조에서 유래된 것이라는 데 동의하고 있습니다. 부머리티스가 쿤을 멋대로 왜곡시킨 방식 그 자체가 우리 시대의 한 패러다임이기도 합니다."

"워킹 오르가슴이라는 말 들어본 적 있어, 클로이?"

"그런 걸 들어봤냐고? 오늘 아침에 밥 먹으러 가는 동안 다섯 번이나 경험했는데."

"그걸 경험할 때 즐거워?"

"뭔 생각을 하고 있는 거야?"

"난 생각을 하지 말아야 한다는 생각을 했어."

"너는 네가 평소에 잘 빠져드는 그 멍청한 것들에 관한 생각을 하지 말아

• **토마스 쿤** Thomas Kuhn 미국의 과학사학자이자 철학자. '패러다임'이라는 개념을 창안했다.

야 해. 하지만 이 짓에 관한 생각은 해야 해."

나는 클로이의 몸이 경련을 일으키는 것을 몇 분 동안 지켜봤다. "대체 이게 뭐야?"

"워킹 오르가슴."

"그런데 클로이, 너는 앉아 있잖아."

"아주 인상적이지, 그렇지?"

"쿤에 대한 왜곡은 이제 너무나 흔한 일이 되어 그의 책을 연구하는 진지한 학자들은 '패러다임'의 개념에 관한, 널리 유포된 오해를 아무 때나 쉽게 열거할 수 있습니다. 여기서 프레더릭 크루스*가 지적하는 그런 전형적인(잘못된) 견해를 인용해보도록 하죠. '우리가 듣기로, 쿤은 패러다임이 될 소지가 있는 어떤 두 가지 이론도 상호 비교할 수가 없다는 점을 입증했다고 한다. 즉 그것들은 인식과 해석이 각기 다른 우주들을 표현하기 때문이다. 그러므로 그것들의 장점을 검증하기 위한 어떤 공통된 기반도 존재할 수가 없으며, 이론이라고 하는 것은 경험적인 이유에서가 아니라 순전히 사회학적인 이유 때문에 통용될 것이다. 널리 통용되는 이론은 새로 나타난 추세나 당대의 이해관계(이념, 계급, 편견, 성gender, 인종, 권력 등. 달리 말해 남성중심적, 남근중심적, 유럽중심적, 인간중심적인 그런 것들)에 더 적합한 것이 될 것이다. 따라서 과거에 실증주의의 마뜩치 않아 하는 시선 앞에서 전전긍긍했던 지식인들은 이제 자기네 입맛에 맞지 않는 모든 학문적 합의 따위는 무시해버리고 자기네 나름의 포괄적인 쿤의 혁명적인 패러다임들을 제시할 수 있게 되었다.'

크루스가 예로 든 이런 견해야말로 쿤에 대한 전형적인 해석입니다."

•   **프레더릭 크루스**Frederick Crews 캘리포니아 버클리 대학의 영문학 교수.

반 클리프는 노래하듯 말했다. "크루스는 그런 해석을 일러 '이론주의'라고 부릅니다. 왜냐하면 그런 해석은 실질적인 증거와는 동떨어진 단순한 개념이나 이론 속에서 길을 잃고 헤매는 견해이기 때문입니다. 참으로 그것은 '사실은 없고, 해석만 존재한다'고 주장하는 문학 이론과 아주 유사합니다. 이어서 크루스는 다음과 같은 명백한 점을 지적했습니다. '우리는 이런 해석이 쿤이 실제로 말한 내용과 얼마나 거리가 먼가에 의해서 이론주의의 정서적인 힘을 측정할 수 있다.'"

"댁은 그 결혼식에 갈 거예요?"

"실은 말이죠, 이해가 갈지 모르겠는데, 나는 찰스가 합동결혼식 같은 걸 계획하고 있지 않나 싶어요. 일종의 IC 파티 같은 걸."

"정말로? 그거 괜찮은 생각이네요. 그런데 댁에게는 아직도 망설이는 마음이 있는 것 같던데. 마음의 결정을 내렸나요?"

"으음, 잘 모르겠어요."

"나이 차 때문에?"

"그런 것 같지는 않아요. 하지만 솔직히 말해, 잘 모르겠어요."

반 클리프는 뒷짐을 진 채 무대를 이리저리 가로질렀다. 그의 얼굴에서는 성마르고 격렬한 기운이 풍겨났다. 킴은 IC 사람들이 청중을 자극하기 위해 흔히 써먹곤 하는 '철창 우리 흔들기'라는 목적을 감안한다 해도 그런 태도는 너무 지나치다고 생각하고 있었다.

"그런 발상은 곧 '온갖 패러다임'이 과학을 지배하고 있고 패러다임들이 실질적인 사실과 증거를 기반으로 하고 있지 않다—그러는 대신에 그런 것들을 '창조해낸다'—고 하므로, 당신은 근본적으로 과학의 권위에 매일 필요가 없다, 는 것을 뜻했습니다. 어째서? 예, 바로 그겁니다. '내게 뭘 해야 하는지 알려줄 자는 아무도 없다!'는 점 때문에.

쿤에 대한 이런 일반적인 오해—이 '이론주의'—는 또 다음과 같은 것들을 뜻합니다. 곧 과학은 임의적인 것이고(과학은 실질적인 증거가 아니라 강요된 권력 구조들의 결과이므로), 상대적인 것이고(과학은 사실 보편적인 어떤 것도 드러내주지 않으며, 권력의 과학적인 강요하고만 관련된 것이므로), 사회적으로 구성된 것이고(그것은 실질적인 어떤 리얼리티와도 일치하거나 상응하지 못하는 지도map요, 사회적 관습에 기반을 둔 구성에 불과하므로), 해석적인 것이고(그것은 리얼리티에 관한 근본적인 어떤 것도 드러내주지 못하며, 그저 세상이라는 텍스트에 대한 많은 해석들 중 하나에 불과하므로), 권력을 동반한 것이고(그것은 사실에 기반을 둔 것이 아니라 대체로 유럽중심적이고 남성중심적인 동기들에 의해서 사람들을 지배하는 것이므로), 진보적이지 못한 것이라는 것(과학은 단절이나 중단 같은 것들을 통해서 진행되기 때문에 어떤 과학 분야에서도 누적적인 진보가 이루어질 수 없으므로)."

그리고 나서 반 클리프는 목청을 크게 높여 말했다. "쿤은 이런 어떤 견해도 주장한 적이 없습니다. 사실 그는 그런 견해의 대부분을 격렬하게 반박했습니다. 하지만 크루스가 아주 정확하게 명명한, 잘못 이해된 개념의 정서적인 힘이라고 하는 것은 이미 깊이 뿌리 내렸습니다. 그리고 그런 개념에서, 우리는 그저 새로운 패러다임을 생각해내는 것만으로 과학과 증거라는 구속복(죄수나 정신병자에게 입히는 옷 - 옮긴이)을 벗어던질 수 있다, 는 생각이 나왔죠. 그리고 크루스 자신이 지적했던 것처럼, 광포한 육십 년대 나르시시즘의 저변에는 바로 그런 사고방식, 혹은 정서적인 힘이 깔려 있었습니다."

반 클리프는 무대를 이리저리 걸어 다니며 청중과 아울러 그 자신에게 이야기했다. 그리고 나서 곧 현재 상황으로 돌아와 청중을 바라보더니 흥분이 좀 진정된 듯했다. 그는 장난기 어린 미소를 머금은 채 말했다. "새로운 패러다임을 내세우는 분야들의 간단한 리스트를 열거하면 다음과 같습니다. 심층생태학, 천궁도 점성술, 양자 자아, 양자 사회, 전체론적 건강, 포스트모던한 후기 구조주의, 에코페미니즘, 양자 심리학, 네오융학파 심리학, 채널링, 근대 이전의 토착 부족 의식, 홀로트로픽 호흡법holotropic breathwork, 오라 정화aura cleansing, 리버싱rebirthing, 심령 네트워크, 리비저닝 트랜스퍼스널 심리학revisioning transpersonal psychology, 손금 보기, 애스트럴 에너머스astral enemas, 굿이어 와이드그립 타이어, 리바이스 배기렉 청바지." 청중에게서 폭소가 터져 나왔다. 대부분의 사람들은 자의식적인 태도로 고개를 끄덕였고, 소수는 화가 나서 씨근거렸다.

"쿤 자신은 점차 증폭되어가는 우려와 놀라움의 감정을 갖고서 이 모든 현실을 주시했으며, 그 피해를 줄여보려는 뜻에서 일련의 강력한 성명을 발표했습니다만 아무 소용이 없었죠. '패러다임'이라는 용어를 사용하고 쿤의 글을 인용하는 대부분의 사람들은 그가 그 용어를 완전히 버렸다는 사실조차도 알지 못했습니다. 과학은 정말로 상대적이고, 임의적이고, 진보와는 무관한 것일까요? 쿤은 분개하는 심경과 함께 이렇게 말했습니다. '최근의 과학 이론들은 이론들이 적용되는, 각기 다른 경우가 아주 많은 여러 환경에서 문제를 해결하는 면에서 옛날 이론들보다 더 낫습니다. 이런 것은 상대론자의 입장이 아니며, 그것은 제가 과학적 진보를 굳게 믿는 사람이라는 걸 말해줍니다.'"

클로이와 나는 섹스를 하고 있다. 그런데 갑자기 그녀의 몸이 우주로 변한다. 나는 그녀와 하나가 된 상태에서, 생겨나고 있는 모든 것들이다. 나는 미친 듯이 온 세계를 붙잡으려 하다가 경계가 없는 열락 속에 녹아들어간다. 무한대의 내부에서 무아경의 희열이 빠져나와 그것을 반기는 세상에 비처럼 쏟아져 내릴 때 겉는 것은 연속되는 오르가슴이고, 안고 서고 웃고 사랑하는 것도 역시 그렇다. 내가 클로이, 조안, 아니, 그들 모두에게 품고 있는 사랑이 내 존재로부터 넘쳐흘러 끊임없이 확장되는 배려의 파동 속에서 우주로 흘러들어간다······.

조안이 말한다. "그 사람이 머지않아 거기에 이를 것 같아요."

"정말로 그럴지도." 노인의 목소리가 응답한다.

"······ 니트로 디지털 환락으로 밤을 환하게 밝혀주는 사이버 회로들."

"그 친구가 그 지겨운 자주색 산문이 아닌 다른 어떤 것으로 자신을 표현하는 법을 배울 수만 있다면 특히 더 그렇겠죠."

"하지만 지금 그는 그냥 그다운 사람일 뿐이에요. 게다가 예전에는 댁도 꼭 그 사람 같았잖아요."

"맞아요. 그건 정말 사실이오."

"그 사람이 댁이 누군지 알아차린다면 아마 댁한테 싹싹하게 나오지는 않을 거예요. 아시다시피 두 사람이 아주 비슷하니까요."

내 머릿속의 목소리가 웃기 시작한다.

"쿤이 '패러다임'이라는 용어를 통해서 참으로 말하려고 했던 것은 무엇일까요? 과학 혁명의 '구조'란 무엇이었을까요? 부머리티스가 선언했던 것만큼 극적인 것은 아닐 겁니다. 우선 쿤은 근대 과학사에서의 패러다임 전환 사례를 서너 가지만 든 것이 아니라 몇백 가지나 들었습니다. 이언 해킹*은 그 실상을 다음과 같이 요약했습니다. 《과학 혁명의 구조》는 많은 학문 분야에서 일어난 것으로 보이는 수백 가지 혁명에 관한 책이며, 무엇보다도 그 안에는 백여 명가량 되는 연구자들의 연구 업적들이 포함되어 있다. 라부아지에의 화학적 혁명이 그 하나로 꼽히지만, 뢴

---

* **이언 해킹**Ian Hacking 캐나다 태생의 과학철학자이자 분석철학자. 토머스 쿤의 패러다임 이론을 푸코의 사회과학에 접목시켜 둘을 종합했다는 평가를 받는다.

트겐의 X선 발견, 볼타 전지 또는 1800년의 배터리, 최초의 에너지 양자화, 열역학 역사에서의 수많은 발전들도 역시 포함되어 있다.'

달리 말해, 새로운 데이터를 낳은 거의 모든 새로운 실험이 새로운 패러다임이었습니다. 배터리 하나가 새로운 패러다임인 것은 바로 그 때문입니다. '패러다임' 자체는 실험적 요소와 사회적 요소라는, 두 가지의 폭넓은 구성 요소들을 갖고 있었으며, 그 둘은 단순한 개념들뿐만 아니라 실행도 포함하고 있었습니다. 쿤은 '과학을 실행하는 방법의 모델들로서 기능하는, 그리고 교육과 보상 같은 것들에 의해서 그런 표준들을 자리 잡게 해주는 지역 사회적 구조를 위한 기존의 해법과 크게 평가받는 해법 모두를 뜻하는 용어로 패러다임이라는 말을 사용했다. 그 용어는 불가사의하다고 할 만큼 느닷없이 튀어나와 유명세를 탔으며, 이제는 과학에 관한 글을 쓰는 모든 이들의 어휘 속에서 공인된 표준 용어로 자리 잡은 듯하다. 그 용어를 거부한 쿤 자신만 빼고. 패러다임은 현 시점에서는 죽은 메타포다.'

패러다임은 현 시점에서는 죽은 메타포입니다." 반 클리프는 같은 말을 반복했다. "부머리티스의 경우만 빼고. 부머리티스는 여전히 그 새로운 패러다임에 모든 것을 건 책을 해마다 몇백 권씩이나 쏟아내고 있습니다⋯⋯."

그 황홀경은 고통스럽다. 나는 몸을 갖고 있는 건가 아닌가? 나는 클로이와 하나인가? 아니면 조안과, 혹은 신과, 혹은 여신과 하나인가? 나는 실리콘 세계에 있는 건가, 탄소 세계에 있는 건가? 나는 관찰자인가, 관찰 대상인가? DJ 폴리워그가 아토믹 베이비스의 〈오메가를 향해 나아가며〉를 들려주고 있을 때, 찬연한 열락이 안온한 은신처로서의 하늘을 환하게 밝혀준다. 음악이 더 빠르게, 빠르게 흐르고 그 쿵쾅거리는 소리는 별들의 리듬으로 맥동하는 끝없는 오르가슴이다.

나는 내가 어디 있는지 모르고 있다. 하지만 나는 계속 생각하고 있다. 이
곳은 당신네 아버지의 세계는 분명 아니다.

슬라이드 8, "나는 새로운 패러다임을 갖고 있다는 패러다임".

나는 내 두 눈을 비비고 머리를 흔들고는 슬라이드를 바라봤다.

"이거 재미있는 주제 같지 않아요, 킴?"

"예. 하지만 실생활에서는 그렇지 못해요. 제퍼슨이 처음 이 개념을 소
개했을 당시 이 주제 때문에 폭탄을 터트리겠다는 협박까지 받았어요."

"농담하지 말아요."

"여신에게 맹세코."

"도대체 왜 그런데요?"

"저열한 녹색 밈은 그런 적색 밈 하복부를 갖고 있으니까. 그것이 부머
리티스의 핵심적 요점이에요."

"좀 더 자세히."

"그 사람들의 발을 밟아봐요. 그러면 그 사람들은 종종 사납게 반격할
거예요. 평화와 사랑 같은 얘기는 댁이 그 사람들에게 동조할 때만 적용
돼요. 제퍼슨은 근 이 년 동안이나 경찰의 보호를 받았어요."

그건 별로 재미없는 얘기였다. 그럼에도 이 주제를 소개할 때 마크 제
퍼슨은 아주 편안해 보였다.

"안녕하세요, 여러분. 이번에 우리는 이제까지 '새로운 패러다임'의 가
장 흔한 형태라고 할 수 있는 것을 논의해볼 작정입니다. 우리는 가끔 그
것을 그것의 진원지인 샌프란시스코 시의 지역번호를 집어넣어서 '415
패러다임'이라고 부릅니다. 하지만 그것이 어느 한 지역에만 국한된 지
리적인 용어가 아님은 물론입니다." 그는 빙긋이 웃고는 청중을 바라봤

다. "따라서 우리는 종종 그것을 '나는 새로운 패러다임을 갖고 있다는 패러다임'이라고 부르기도 합니다." 그러자 청중의 대다수가 가볍게 웃었다.

"우리는 사실상 부머리티스의 모든 지적 트렌드라고 할 만한 것들이 '나는 새로운 패러다임을 갖고 있다는 패러다임'에 농축되어 있다는 걸 알 수 있습니다. 그런 트렌드들을 하나하나 살펴보도록 할까요. 반근대적, 반계몽주의적, 반서구적인 것들(신물리학, 시스템 이론, 인터넷은 제외하고. 하지만 페미니스트 버전에서는 서구의 모든 과학이 여성에 대한 성폭행의 한 형태입니다). 부수적이면서도 아주 강력한 복고풍 로맨티시즘(고상한 야만인들, '분리되지 않은' 부족 의식에 대한 종교적인 믿음). 그런 로맨티시즘은 가이아의 신화, 그 여신의 귀환, 근대의 남성적 에고 이전에 존재했던 다원론적 파라다이스 속에 녹아들어가 있으며, 이 모든 것들이 그 새로운 패러다임과 함께 부활할 겁니다. 이 새로운 패러다임은 (캐럴 길리건이 보여준 바와 같이) 낡은 패러다임과 달리 여성적이고 연결해주고 결합해주고 배려해주는 것인 반면, 낡은 패러다임은 남성적이고 분열을 조장하고 분석적이고 쌀쌀맞습니다. 이어서 리얼리티의 사회적 구성(이것이야말로 서구 모더니티의 설계를 해체시키는 데 요체가 되는 것입니다). 열정적이라고 할 만큼 강력한 반反위계적 태도(모든 위계는 종속, 억압, 사회적 주변부화의 형태들이므로). 열렬한 다원론, 맥락주의, 구성주의(기표들의 자유로운 놀이는 지배적인 인식론들을 전복시킬 수 있게 해준다). 대화에 기반을 둔 것(그것은 다른 대안들보다 도덕적으로 우월하다). 전체론적이라고 하는, 그리고 대체로 훈련이나 수행에 의해서가 아니라 생각하는 것만으로 포착할 수 있는 영성과 결부된 모든 것. 변화된 의식 상태와 일시적인 신비 체험들에 대한 각자 나름의 선택적인 관심을 동반한 것. 이런 신비 체험들은 가끔 아야후아스카 같은 약물들에 의해 촉발되곤 하며, 그런 경우에는 체험에 의해 드러난 것들의 부족적이고 무속적인 형태들에 대한 한층 더 큰 관심이 존재합니다." 제퍼슨은 말을 마치고 나서 마치 자신이 단 한 문장으로 그 모든 말을 다 하기라도 한 양 과장되게 숨을 몰아쉬었다.

시버리 코퍼레이션이 〈신에게 더 가까이〉과 〈옴 라운지〉를 연주하고, 그 쿵 쿵 쿵 쿵 울리는 음악이 내 몸을 두드려 휘황하게 빛나는 백비트의 살flesh의 세계로 인도한다.

"클로이, 거기 당신이야?"

말들이 미처 들을 수 없을 정도로 아주 빠르게 쏟아져 나온다. "내 유방을 만져봐요, 별들을 찾아봐요, 내 입술에 키스해요, 밤의 어둠을 밝혀요, 신들의 열락, 당신은 이제 그게 보이지 않아요?"

"예, 조안, 보여요."

그녀가 말한다. "그게 뭘 의미하는지 알아요?"

"나는 새로운 패러다임을 갖고 있다는 패러다임은 부머리티스가 하나로 합쳐놓은, 그런 모든 관념들의 잡탕입니다. 그것도 대개 극단적인 형태의 관념들이 합쳐진 잡탕.

예를 들면 새로운 패러다임의 전형적인 개요는 다음과 같이 진행됩니다. 최근에 양자물리학에서의 획기적인 발견은 우리에게 세계가 나누어지지 않은 전체임을 보여준다. 모든 리얼리티의 근본적인 토대(혹은 숨겨진 질서)인 이 나누어지지 않은 전체성은 우리에게 자연이 분리되어 있지 않은 하나요 상호 연결된 전체임을 보여주며, 우리는 그 전체론적인 '생명 망'과 하나다. 이 생명 망은 세계가 분리되고 고립된 것들로 구성된 것이 아니라 서로 얽혀진 패턴들과 뗄 수 없는 관계들의 풍요로운 태피스트리 같은 것임을 우리에게 보여주는 시스템 이론과 카오스 이론에서의 획기적인 발견들을 통해서 새로운 신뢰를 얻고 있다. 뉴턴-데카르트적 패러다임이 없었더라면 우리는 진작 이런 사실을 깨달았을 것이다. 뉴턴-데카르트적 패러다임은 분석적이고 분열적인 것이며, 따라서 세계를 고립되고 소외된, 당구공 세계 속의 기계론적인 파편들로 분열시킨다. 폭력, 전쟁, 투쟁, 생태적 파국, 현재 우리 모두가 살고 있는 황량한 불모지를 다양한 방식으로 조성해내는 주범은 바로 이 뉴턴-데카르트적 패러다임이다. 그 패러다임은 본질적으로 가부장적이다. 그것은 분열과 정복, 분석력의 남용, 과도한 개인주의, 위계적 종속 같은 남성적 원리들을 기반으로 하고 있다. 우리는 이런 혹심한 압제와 억압에서 벗어나기 위해 그 낡은 패러다임을 전복하고 넘어서고 해체시켜야 한다. 다행히도 우리는 그렇게 할 수 있다. 서구의 과학은 객관적인 세계에 대한 객관적인 그림이기는커녕 다른 믿음이나 신조들과 마찬가지로 본질적인 어떤 타당성도 갖고 있지 못한, 사회적으로 구성된 신조에 불과하기 때문이다. 따라서 전체론적이고 연결하고 결합시켜주고 통합해주는 새 패러다임이 들어설 여지를 만들기 위해 서구 과학은 해체될 수 있다. 하지만 이 새 패러다임은 사실, 파라다이스에 대한 정복이 원초적인 마음(만일 당신이 남성 저자writer라면 그것은 '부족 단위의 사냥'을 뜻하고, 여성 저자라면 '원예농업적 경작'을 뜻합니다)을 잔인하게 억압하는 결과를 빚어내기 전까지만 해도 그런 마음이 줄곧 알고 있었던 나누어지지 않은 전체성을 재발견하는 것에 지나지 않는다. 이 내재적인 영성, 성스러운 본성, 나누어지지 않은 전체성은 또 양자물리학이 모든 리얼리티의 토대임을 입증해준 전체성과 같은 것이기도 하다. 만일 우리가 이 새 패러다임—위대한 어머니에서 가이아, 생태학, 점성술, 시스템 이론에 이르는 모든 것 속에서 밝혀진 것과 동일한 전체성을 드러내주는—을 받아들이기만 한다면,

폭력과 잔인성과 근대 세계의 소외 상태를 끝장내고 인류 역사상 가장 위대한 사회적 변화의 하나를 선도하게 될 것이다.

앨런 소칼이 제출한 논문의 경우에서와 마찬가지로 위에 열거한 문장들 중에서 사실과 제대로 부합하는 진실한 문장은 하나도 없습니다. 몇몇 문장은 진실에 근접해 있기는 합니다만, 근사치에 조금 못 미칩니다. 그것들 중에서 정말로 참된 문장은 하나도 없긴 하지만, 부머리티스에게 호소력 있게 얘기하는 방식을 통해서 그것들을 하나로 꿸 수 있고, 따라서 그런 병을 가진 사람들은 그런 문장들을 열렬히 환영합니다. 이 모든 것 속에는 다원론적 상대주의, 계보학, 시스템 이론 등이 제시한 몇 가지 중요한 개념들이 내재해 있긴 하지만, 부머리티스라는 접착제로 점들을 서로 연결해주는 식으로 해서 모든 것이 하나로 뭉뚱그려져 있습니다.

아, 예, 저는 온 세상을 변화시켜줄 새 패러다임을 갖고 있답니다……."

"또다시 내 말을 따르도록 하라, 젊은 켄. 마음의 긴장을 풀도록 하라. 마음을 느긋하게 먹고 확장시켜 앞의 하늘과 하나가 되게 하라. 그러고 나서 주시하라. 그 하늘에 구름이 흘러가고, 그대는 쉽게 그것을 알아차린다. 몸 안에서 느낌이 흘러가고, 그대는 그것도 역시 수월하게 알아차린다. 마음속에서 온갖 생각이 흘러가고, 그대는 그것도 역시 알아차린다. 생리적인 욕구들이 흘러가고, 느낌이 흘러가고, 생각이 흘러가고…… 그대는 그 모든 것을 알아차린다.

내게 말하라. 그대는 누구인가?

그대가 생각을 알아차리고 있으니 그대의 생각이 그대는 아니다. 그대가 느낌을 알아차리고 있으니 그대의 느낌이 그대는 아니다. 그대가 대상들을 알아차리고 있으니 그대가 알 수 있는 어떤 대상도 그대는 아니다.

그대는 낡은 패러다임이 아니고, 새로운 패러다임도 아니다. 그대가 그 양자를 모두 알아차리고 있기 때문이다. 그대는 분석적이지 않고, 전체론적이지도 않고,

하나도 아니고, 많은 것도 아니고, 가부장제적이지도 않고, 여가장제적이지도 않고, 남성도 아니고, 여성도 아니고, 흑인도 아니고, 백인도 아니고, 이것도 아니고, 저것도 아니다—네티, 네티(neti, neti. 이것도 아니고 저것도 아니다, 라는 뜻—옮긴이). 그대가 그 모든 것을 알아차리고 있기 때문이다.

그대 안에 있는 어떤 것이 이 모든 것을 알아차린다. 그러니 내게 말하라. 모든 것을 알아차리는, 그대 안의 그것은 무엇인가?

지켜보는 그 무한한 앎을 그대는 알아차리지 못하는가?

그 지켜보는 자는 어떤 존재인가? 그대는 그 참된 이름을 말할 수 있는가?"

제퍼슨은 모두에게 손을 흔들고, 싱긋이 웃으며 무대를 떠났다. 청중은 시무룩한 표정으로 묵묵히 앉아 있었다. 전체적으로 불편하고 마뜩지 않아 하는 분위기가 지배하는 가운데서도 산발적인 박수가 터져 나왔다. 찰스 모린이 다시 등장했다.

"우리가 이번 주에 논의한 모든 항목들—리얼리티의 사회적 구성에서 영재 아이의 드라마, UFO 납치, 여신 구하기, 새로운 패러다임 갖기에 이르는—을 하나로 묶어주는 것은 바로 부머리티스입니다. 그것의 중요성과 힘, 유한한 에고의 훌륭함에 대한 과대평가 말입니다.

그러니 이제 물어보기로 할까요. 출구는 있는가?"

나는 클로이와 열정적인 섹스를 하고 있는 중이다. 클로이는 비명을 지르고 있고, 나도 비명을 지르고 있다. 우리는 비명을 지르고 있다. 그리고 우주가 폭발하면서 클로이의 몸이 조안의 몸이 된다. 클로이의 얼굴이 조안의 얼굴, 곧 무한한 하늘이 된다. 나는 너무나 힘에 부쳐 감내하기 힘들 정도의 열락과 무한한 빛으로 우주를 가득 채우는 스탠딩standing 오르가슴, 시팅sitting 오르가슴, 워킹 오르가슴을 맛보고 있다. 이윽고 클로이가 조안을 쳐다보면서 말한다. "켄에게 뭔가 큰 문제가 있어요."

그녀가 답한다. "맞아요. 참으로 굉장한 일이죠."

"뭐가 문제라는 거죠? 뭐가?" 나는 불안에 떨면서 묻는다.

"귀염둥이, 뭔가 아주 큰 문제가 있어."

"그래, 그게 뭔데? 뭐냐구!"

"이걸 뭐라고 말해야 좋을지 잘 모르겠는데, 아무튼 네가 덜거덕거리는 걸 멈춘 것 같아, 귀염둥이."

세미나 3

Me세대를
넘어서

9

다원론의 붕괴

"야, 엘레스티카가 재결합할 예정이라는군!" 조나단이 브렉퍼스트 브루어리 앞의 테이블 위에 흩어져 있던, 아직도 축축한 조간신문을 뒤적거리다가 말했다. 클로이는 힐끗 그를 쳐다보기는 했으나 《건축의 패션 디자인》의 책장을 계속 넘기고 있었다. 캐롤린은 오른쪽 눈썹을 쫑긋 올리고 커피 컵을 입술 가까이 올린 상태 그대로 미동도 하지 않고 눈도 깜박이지 않은 채 조나단을 응시하고 있었다. 그 정지된 표정은, 저 멍청이가 다음에는 무슨 소리를 내뱉을지 정말 궁금하네, 라고 말하고 있었다. 스콧은 내가 사랑에 빠진 것 같아, 라고 말하는 듯한 눈빛으로 캐롤린을 지그시 바라보고 있었다. (버네사는 어디 있지?) 스튜어트는 마치 다른 어떤 곳에 있는 사람 같은 표정이었다. 모두가 부자연스러운 고립 상태를 가장하면서 앉아 있었다.

"이게 저스틴과 블러라고 하는 친구가 아직도 함께 있다는 걸 뜻하는 얘긴지가 궁금하구먼." 아무도 고개를 들지 않았고, 그 얘기를 알아들었다는 기미조차도 보이지 않았다. 조나단은 그런 반응에도 아랑곳하지 않고 조간신문 기사 발표를 계속했다.

"야, 이건 흥미로운 기사네. 보스턴 차 사건 때 실제로 일어난 일들과 관련된 몇 가지 놀라운 사실이 새로운 연구를 통해 발굴되었다는군. 1773년, 12월 16일 저녁에 아메리카 원주민으로 위장한 이들이 상당수 포함되어 있는 보스턴 시민들이 영국이 차에 매긴 세금에 항의하는 뜻에서 영국 배들에 실려 있는 342상자의 차를 보스턴 항에 내던졌다. 이것은 독립 선언과 미국 혁명의 실마리가 된 주요 사건이었다. 한데 떠돌아다니는 한 무리의 환경 보호론자들이 항구의 바다에 차를 던진 보스턴 시민들을 재빨리 습격해서 환경영향평가보고서를 제출하지 않았다는 이유로 마구 두들겨 팼다. 매를 맞고도 살아남은 사람들은 지역 인디언들이 명예훼손죄로 고소했다. 새뮤얼 애덤스*는 다음과 같이 말했다고 한다. '이건 혁명에 찬물을 끼얹는 짓이 아닌가?'

오, 결말이 재미있네. 환경 보호론자들이 보스턴 차 사건의 결과에 관한 환경영향평가서를 제출했는데, 거기에는 다음과 같은 주요한 환경 피해가 서술되어 있다는군. '그 만에서 살고 있던 일부 비버들이 신경과민 상태에 빠졌다'고. 그 지역 인디언들은 결국 그 자리에 카지노를 세웠는데, 훗날 그 자리는 바로 청교도들의 성스러운 공동묘지였다는 사실이 밝혀졌다고 하는군."

우리 모두는 그를 무시했다. "흐음, 또 뭐가 있나? 보자, 보자. 자, 다시 가보기로 할까요. 파멜라 스미스는 자신의 죽은 남편 폴 홀트의 재산을

• **새뮤얼 애덤스**Samuel Adams 미국 독립 혁명 지도자.

둘러싼 재판에서 승리했다. 그녀는 스물여덟 살 때 당시 일흔다섯 살 난 억만장자 폴 홀트와 결혼한 바 있다. 그녀는 승소를 하자마자 억만장자 레스 워런과 새로 약혼했다고 선언했다. 그 사건의 담당 판사는 상황을 다음과 같이 요약했다. '그녀가 병석에 누워 있을 때도, 미터기는 쉬지 않고 돌아간다.'"

클로이가 낮게 쿡쿡 웃었다. 아침의 불문율은, 웃어주는 것으로 조나단의 기를 세워줘서는 안 된다는 것이었는데.

"옳지. 나는 녹색 밈의 지배 상태에 반발하는 분위기가 이미 빠르게 고조되고 있다는 것을 알고 있지." 캐롤린이 무심코 고개를 들었다. "매력적인 글이 있네. 크리스티나 호프 소머스•가 쓴 〈느낌의 공화국〉. 이 여자는 자신의 감정과 행동을 금욕적이라고 할 만큼 억누르는 사람들이 정서적으로 늘 개방되어 있고 자신의 느낌을 남들과 공유하는 요즘의 풍조를 따르는 사람들보다 훨씬 더 균형이 잡혀 있고 심리적으로도 더 건강하다는 견해를 제시하는 인상적인 연구 기관이 있다는 점을 지적하고 있군."

조나단의 표정은 마치 자신이 그런 기사에 진심으로 관심을 갖고 있기라도 한 것처럼 심각하게 변했다. 그는 빈정대는 듯한 태도를 버리고 용감하게 현실 세계에 발을 내디뎠다. "이 여자는 고등학생, 가족과 사별한 사람, 홀로코스트 생존자, 성폭행을 당한 적이 있는 사춘기 여자애 등에 대한 연구에 관해 언급하고 있어. 이 여자는 그 연구를 이렇게 요약했어. '자신의 슬픔을 억누르는 사람들은 자신의 감정을 과다하게 노출하는 사람들보다 훨씬 더 건강한 것으로 판명되었다.' 가까운 이가 사망한 뒤에 느끼는 슬픔에 관한 다른 연구들은 감정을 과하게 노출하는 이들이 심리적인 건강 상태에서 면역 시스템의 기능에 이르는 다양한 기준들을 근거

• **크리스티나 호프 소머스** Christina Hoff Sommers 미국의 대표적인 반反페미니스트.

로 해서 볼 때 결국 그렇지 않은 이들보다 훨씬 더 좋지 않다는 점을 보여줬다고 해."

클로이가 말했다. "맙소사, 이제 겨우 그걸 알아차렸다는 거야? 좀 늦었다고 생각하지 않아? 내 말은 온 나라가 이미 오프라화Oprahized(미국의 유명한 여성 방송인 오프라 윈프리의 이름에서 파생된 말-옮긴이) 되었다는 걸 알아야 한다는 거지. 그건 현재 이 나라가 스킨십을 좋아하는 유아적인 멍청이들의 나라라는 걸 뜻해. 이건 환자들의 민주주의야. 너희가 계속해서 부머리티스라고 부르는 게 바로 그거 아냐?"

스콧이 그 말을 받았다. "그런 점도 부머리티스의 일부인 것 같아. 하지만 부머리티스는 아주 복잡한 주제야. 우리 중에서 그것을 어떻게 봐야 할지 분명하게 알고 있는 사람은 아무도 없어."

조나단이 말했다. "내가 이 기사를 읽어준 이유는 그 때문이 아니야. 사설 때문이야. 그 기사를 요약한 내용이 자유주의 정치의 요새 격인 〈뉴 레프트〉지에 수록되었거든. 그리고 거기 논설위원들은 자기네가 시류에 편승해야 한다고 느꼈던 것 같아. 즉 녹색 밈이 벌이는 느낌의 축제에서 벗어나야 한다는 거지. 사설 내용이 좀 사나운데, 그 논설위원이 쓴 글을 읽어주지. '물론 영원한 슬픔 숭배 풍조에 매몰되어 있지 않은 한, 대부분의 사람들은 사실상 재난과 직면해서 계속 버텨나갈 것이다. 여기서 슬픔 예찬 풍조라는 것은 트라우마를 떠올리는 일을 자기 인생에서 가장 중요한 일, 자기 정체성의 주요 원천으로 만드는 다양한 자조self-help 집단 혹은 치료 집단들의 관행을 뜻한다. 이 집단들은 참여자들이 진짜든 꾸며낸 것이든 간에 얼마나 많은 학대와 상실의 예들을 치료자나 집단 혹은 텔레비전 시청자들에게 제시할 수 있느냐를 갖고서 한 세션의 가치를 평가한다. 그리고 사람들이 쏟아낸 눈물의 양으로 그 성공을 측정한다. 내면의 아이를 찾아내고, 내면의 아이를 과장스럽게 드러내고, 내면의 아이로 머무르는 짓. 당신네 부머들에게 이런 얘기를 하고 싶지는 않지만, 당신들은 이제 쉰 살이나 먹었으니 성장해야 할 때가 되었다.' 논설위원 레이첼 블룸은 우리를 '걸핏하면 눈물짓는 국민'이라고 부르는 것으로 글을 끝맺어."

스콧이 어깨를 으쓱하며 말했다. "녹색 늪이구만."

"조안, 아니, 에, 헤이즐턴, 으음, 헤이즐턴 조안 박사님." 나는 낯을 붉혔다. "그분은 이렇게 얘기하고 있지……." 클로이가 나를 똑바로 쳐다보고 있었다. "헤이즐턴은 부머들이 도약할 준비가 되어 있다고 생각해. '도약할 준비가 되어 있다'는 건 그분의 말을 그대로 옮긴 거야. 그건 부머들이 충분히 오랫동안, 지금까지 대략 삼십 년 동안, 녹색 밈 단계에 머물러 있어왔기에 녹색 밈, 저열한 녹색 밈, 부머리티스와 관련된 모든 것에 염증이 나 있다는 걸 뜻해. 그래서 부머들은 2층으로 도약할 준비가 되어 있어." 나는 비시시 웃으며 말했다. "그 사설을 쓴 논설위원은 도약을 한 사람인 것 같아. 나는 녹색 밈에 대한 반발의 본질이 그런 것이 아닌가 싶어. 그런 식의 반발은 괜찮은 일이잖아?"

캐롤린이 말했다. "그렇지 않을 수도 있지. 귀중한 것을 하찮은 것들과 함께 내버리는 일이 될지도 몰라서 말이야."

클로이가 선언했다. "그럼 말이야, 우리 모두 오후에 시간을 내서 내면의 아이를 치유해주는 게 어때?"

모두가 웃음을 터트렸다. 클로이는 미소 띤 얼굴로 테이블을 둘러싸고 앉아 있는 모두를 돌아보고 나서 자신의 블라우스를 내려다봤다. "그 어린 것을 찾아낼 수만 있다면 좋겠는데. 그 아이는 아마 여기 어디쯤에 있을 게 분명해."

모린이 무대로 나왔다. 그와 동시에 "녹색 늪에서 출현한 피조물"이라는 슬라이드가 떴다. 청중은 웃음을 터트렸고 장난스럽게 야유했다.

킴이 말했다. "오늘은 마거릿 칼튼과 레사 파월 둘 다 나올 거예요. 두 분이 공개 선언하고 나서 함께 공개석상에 모습을 보이는 건 오늘이 처음이에요."

나는 낮게 말했다. "오, 정말로? 근사한 일이네요."

"뭐가 근사하다는 거야?" 캐롤린이 물었다.

"파월과 칼튼이 한 아이템이라는 것이."

"한 아이템? 그러니까 둘이 그렇고 그런 사이라는 거야?"

"맞아."

캐롤린의 얼굴에 함박웃음이 어렸다.

킴이 고개를 숙였다. "두 분은 곧 결혼식을 올릴 거예요."

내가 한마디 덧붙였다. "어쩌면 합동결혼식이 될지도 몰라! 모린과……"

킴이 팔꿈치로 내 옆구리를 찔렀다.

우리 뒤 열에서 누군가가 거의 소리치다시피 했다. "거기 제발 조용히 좀 해줘요."

"알았어요, 죄송, 죄송."

"부머리티스의 세계관, 녹색 밈의 불건강한 버전, 빅 에고가 거주하는 평면 세계의 다원론. 이 모든 것들은 지난 십여 년에 걸쳐서 주로 사실과 증거의 맹공, 내적인 모순, 의식의 더 큰 성장 때문에 와해되기 시작했습니다. 오늘 우리는 그 현장을 간략하게 돌아볼 겁니다. 그러고 나서 내일은 통합적 해법들로 곧장 뛰어 들어갈 겁니다." 청중이 자리를 잡으면서 산발적인 환호성과 박수 소리가 일어났다.

그러고 나서 모린은 이상한 짓을 했다. 그는 평소처럼 그날의 주제들을 소개하기 시작했는데, 아주 난해하고 어눌한 방식으로 그렇게 했다. 그는 마치 청중의 존재를 잊은 사람 같았다. 이윽고 어떤 일이 일어났는지를 깨달은 그는 잠시 말을 멈추고는 한차례 심호흡을 한 뒤 잘못을 바로잡았다.

"오케이, 이건 지극히 간단한 얘기입니다. 극단적인 다원론은 모든 것이 다 평등하다, 더 높은 것도 더 나은 것도 더 뛰어난 것도 없다는 것을 뜻합니다. 의식에는 어떤 수준차도 없으며, 따라서 다른 의식보다 더 수준 높은 의식도 없습니다. 모든 의식을 동등하다고 봐야만 하니까요. 이렇게 의식의 수준 차를 모조리 부정함에 따라서 그 차이가 모두 무너져 평면 세계로 환원되고 맙니다. 전인습적이고 나르시시즘적인 모든 충동이 더 수준 높은 탈인습적 이상들인 것처럼 가장할 수 있습니다. 그것들은 의당 다 같은 것들이니까요. 과장되어 보이는 이상들로 분장한 부머리티스, 나르시시즘의 본질이 바로 이것입니다. 엄청나게 큰 에고가 서식하는 평면 세계. 부머리티스는 그런 세계에서 존재합니다! 하지만 진짜로 우스꽝스러운 것은 평면 세계 그 자체입니다. 그것은 의식의 풍요롭고 다차원적인 내적 파동들의 전개 양상을 깡그리 무시하니까요.

이중에서 X세대와 Y세대 사람들은 빅 에고 부분에서는 어느 정도 벗어나 있지만 평면 세계에서는 여전히 벗어나지 못했습니다. 그렇지 않아요? 그것은 바로 여러분의 세계를 불구로 만들고 여러분의 삶을 방해하는 부머리티스의 유산입니다. 그리고 그 유산은 여러분이 자신의 등에서 그 원숭이를 떼어내버릴 때까지 같은 짓을 계속할 겁니다!" 그는 웃음을 터트렸다. "우리가 그 원숭이랍니다." 그는 자신의 부머 동료들을 쳐다보면서 말했고, 청중도 그를 따라 웃었다. "여러분은 슬래커들이라는 말로 규정될 존재들이 아닙니다. 그것은 자만심에 가득한 부머리티스가 여러분을 규정할 때 써먹는 용어에 불과합니다." 속으로 마뜩지 않아 하는 부머들이 애써 미소 짓고 있는 가운데 청중 속에 섞여 있던 일부 '아이들'이 환호하기 시작했고, 소수 '아이들'은 발을 굴렀다.

"따라서 오늘 우리는 평면 세계의 문제점들을 살펴볼 겁니다. 그런 문제점들은 다원론, 혹은 녹색 밈이 완벽한 세계관인 것처럼 가장하고 있을 때 생겨납니다. 그런 것들이야말로 녹색 늪지의 악몽이죠."

일부 사람들이 조롱하고 야유했지만 레사 파월이 통통거리고 뛰어나오면서 이내 환호성과 박수갈채 속에 파묻혀버렸다. 우리 모두는 서로를 쳐다보면서 고개를 끄덕였고, 의미심장한 미소를 머금었다.

조나단은 본인이 그날 아침에 아직 제대로 말썽을 일으키지 않았다는 속내가 묻어 있는 목소리로 말했다. "스튜어트는 이 〈느낌의 공화국〉이라는 사설에 관해서는 까맣게 잊고 있어. 아무튼 나는 댁이 그렇다는 걸 알아요." 스튜어트는 여전히 허공을 응시하고 있었다. "다섯 아가씨와의 섹스를 포함하고 있는 그 '상태들에 대한 관찰'이라는 게 대체 뭐요? 기술적 라이선스예요?"

스튜어트는 현재로 돌아오기가 여간 힘든 일이 아니라는 듯 어렵사리 돌아왔다. "아, 그거. 그거 때문에 한동안 약간 맛이 간 것도 같았죠. 그건 대단한 콘셉트였어요. 사실은 지금도 그렇고. 하지만 한동안 사물들의 윤곽이 흐릿했어요. 나는 으음…… 아디 다*가 살바도르 달리를 만나는 것 같은 종류의 작업을 했어요…… 아디-달리.

아무튼 그 아이디어는 이런 거였어요. 나는 명상하는 동안 나 자신의 소리를 녹음하기 위해 아주 민감한 초고성능 마이크를 사용했어요. 사십 분 동안 내 심장 박동과 호흡 소리를 녹음했죠. 그 소리는 밑바탕이 되어 주는 거예요. 녹음의 '상수' 같은 것이. 다른 소리들이 들어오고 나가는

---

* **아디 다**Adi Da 스와미 묵타난다를 비롯한 요기들에게서 요가를 배워 신비 현상을 체험한 미국 출신의 신비가.

동안에도 그 소리들은 꾸준하게 지속되었죠."

"다른 소리들이란 건 뭐예요?"

"성 행위가 포함되는 게 바로 이 대목에서죠. 나는 의식 상태가 다른 많은 사람들의 소리를 녹음했어요. 그 프로젝트 제목을 '상태들에 대한 관찰'이라고 붙인 이유가 바로 그거예요. 이 상태들은 그 녹음 작업 속의 '장면scene들'이에요. 명상 상태에서의 심장 박동과 호흡 소리가 줄곧 유지되는 동안 그 장면들은 들어오고 나가곤 하죠. 상태들 혹은 장면들이 그 지속적인 소리를 바탕으로 해서 오르내려요. 웃음소리, 우는 소리, 섹스하는 소리, 꿈꾸는 소리, 잠꼬대, 놀라서 깨어나는 소리, 술주정하는 소리, 욕지기하는 소리, 토하는 소리, 숨을 헐떡이는 소리, 기침 소리……."

"지겨워서 곯아떨어지는 소리."

"고마워, 클로이." 주문한 에스프레소, 라테, 오렌지 주스, 베이글이 우리 앞에 놓이는 동안 스튜어트는 잠시 말을 멈췄다가 다시 이었다. "요는 지속적인 명상 상태란 지켜보는 순수한 앎을 뜻한다는 거죠. 그리고 그 지켜봄은 오고 가는 다양한 상태들을 알아차려요. 녹음 작업은 그런 식으로 시작돼요. 심장 박동 소리와 숨 쉬는 소리가 들려요. 이어서 한차례 웃음이 나와요. 그러고 나서 두 번 나오고. 그다음에는 웃음소리가 자꾸 커져서 몇 분 동안 웃음 장면이 계속되다 이윽고 사라져요. 그러고 나서는 심장 박동 소리와 숨소리만 들리는 상태로 되돌아가죠. 그러고 나서 다음 상태 혹은 장면이 들어오고…… 무슨 얘긴지 이해가 갈 거예요. 나는 매 상태마다 그것을 알아차리곤 했죠."

"누군가가 실제로 누군가를 살해하는 소리들을 녹음하는 건 어때요?"

"맙소사, 클로이." 캐롤린은 고개를 절레절레 흔들었다. "너와 푸코와 사드 후작. '고통을 안고 여행을 할 거야.'"

"그래서 나는 우리 집에 작업실을 짓고 나 자신이 명상하고, 웃고, 잠자는 일 등을 녹음하기 시작했어요. 그리고 내가 여자들과 섹스하는 장면도 녹음하기 시작했어요. 녹음만 한 게 아니라 녹화도 했어요. 나는 그여자들에게 모든 걸 솔직하게 털어놔서 그 여자들도 어떤 일이 진행되는지 정확히 알고 있었어요. 아참, 그러고 나서는 빠트리면 아주 서운할 것들이 있었죠. 커다란 마이크들, 우리 위에 걸려 있는 녹화 장비들, 열두어 가지 장치들에서 명멸하는 불빛들."

"저 램프들은 뭐야, 켄?"

"촬영하는 데 쓰기 위한 클리그등(영화 촬영과 조명용의 강한 아크등—옮긴이)이야, 클로이."

"우리가 이 짓 하는 걸 비디오로 촬영하는 거야? 오오오오, 나는 스타가될 거야. 클리그등, 케겔 운동(골반저근 운동—옮긴이)."

"우리는 상태들을 주시할 거야, 클로이."

"오오오오, 이 짓을 주시해."

"와우!"

누군가의 목소리가 내 귀 속에서 속삭인다. "켄, 앎의 주체와 사랑을 해본 적 있어요?"

"뭐라고요? 그게 뭔 소리예요?"

"대상과 섹스하는 대신에 주체와 사랑을 해본 적이 있었냐고요."

"미안하지만 무슨 말인지 모르겠네요." 나는 그게 무슨 뜻이냐고 클로이에게 물어보기 위해 눈을 떴는데 조안이 나를 똑바로 쳐다보고 있다.

"당신은 1파운드의 살로 되돌아갈래요, 아니면 그 세계에 들어가고 싶어요?"

슬라이드 2, "수행 모순". 레사 파월이 여느 때처럼 활달하게 무대로 나왔다.

"칼 오토 아펠*, 위르겐 하버마스*, 존 설*, 토마스 나겔*, 찰스 테일러* 같은 철학자들—솔직히 말해 모두가 다 제 영웅들이랍니다—은 다원론적 상대주의, 맥락주의, 구성주의의 자기모순적인 자세를 통렬히 비판해왔습니다. 이 부분은 약간 전문적인 부분입니다만 간단히 요약한 내용만 말씀드리겠습니다!"

파월은 또다시 나를 크게 앞질러 갔다.

"진리의 모든 형태가 문화 상대적이고 맥락적이고 구성적인 측면들을 최소한 어느 정도 갖고 있다는 걸 부인할 사람은 아무도 없습니다. 하지만 제가 방금 전에 언급했던 그 모든 철학자들은 다원론적 상대주의가 다른 모든 사람들에게는 보편성을 목청 높여 분명하게 부정해놓고 다른 한편으로는 암암리에 그것을 당연하게 여기고 있다는 점을 지적해왔습니다(이런 점은 푸코가 《지식의 계보학》을 쓰면서 깨달은 점이라는 것을 명심하시길. 이런 모든 접근법들은 맥락주의와 구성주의의 다양한 특징들이 모든 문화에 보편적으로 적용되는 진실이라고 강력하게 주장하고 있습니다). 물론 그런 점이야말로 부머리티스에게 매력적으로 비치는 요소였죠. 나는 다른 모든 사람들에게는 내 빅 에고가 갖고 있는 견해가 보편적인 게 아니라고 공개적으로 밝혀놓고, 다른 한편으로는 암암리에 그

- **칼 오토 아펠** Karl-Otto Apel 독일의 철학자로, 담론윤리학의 세계적 권위자로 평가받는다.
- **위르겐 하버마스** Jürgen Habermas 비판 이론의 전통에 서 있는 독일의 철학자이자 사회이론가로, '네오마르크스주의자'로 불린다.
- **존 설** John Searle 미국의 언어철학자이자 심리철학자.
- **토마스 나겔** Thomas Nagel 미국 뉴욕 대학교의 철학과 교수.
- **찰스 테일러** Charles Taylor 캐나다 태생의 정치철학자. 자유주의적 공동체주의자로서 활발한 정치운동을 벌이고 있다.

것을 보편적인 진리라고 주장할 수 있습니다. 그리고 그렇게 함으로써 세상의 나머지 사람들한테는 부인한 전능한 진리에 대한 주장들을 갖고 있습니다. 그러고 나서 나는 또 다른 이점을 누리게 됩니다. 나는 모든 보편적인 진리들이 억압적이고 잔인하고 배제하는 속성을 가진 것들이라고 주장할 수 있고, 따라서 나는 세계를 보편적인 진리들로부터 해방시키기 위해 엄청나게 노력한 덕에 도덕적으로 두드러지게 우월한 위치에 서게 됩니다."

청중으로부터 불만에 못 이겨 크게 신음하는 소리들이 그날 처음으로 나왔다.

"이건 좀 심한 거 아니에요, 킴?" 나는 그녀의 귀에 대고 푸념을 해놓고는 너무 늦게야 내가 무슨 짓을 했는지 깨달았다.

"댁은 머리가 탱 빈 약골에, 바보에, 겁쟁이에, 천치에, 계집애 역할을 하는 호모에……"

"고마워요, 킴. 내게는 그런 게 필요했어요."

"토마스 나겔의《마지막 말》은 이런 점을 지적해주는 책들 중에서 가장 최근에 나온 책입니다. 〈더 뉴 리퍼블릭〉에 개재된, 나겔의 책에 대한 콜린 맥긴의 서평도 그에 못지않게 중요한 글이죠. 맥긴은 합리성에 대한 극단적인 포스트모더니즘적 개념, 달리 말해 다원론적 상대주의와 녹색 밈의 세계관을 다음과 같이 요약하는 것으로 시작합니다. '이 개념에 의하면 인간이성은 본질적으로 국소적이고 문화 상대적이고 인성과 역사의 다양한 사실들에 근거한 것이며, 서로 다른 관례와 삶의 형태와 준거 틀과 개념적 도식의 문제라고 한다. 사회나 시대가 받아들이는 것을 넘어서는 추론의 기준은 존재하지 않으며, 존중해줬다가는 인식적 기능 장애를 초래할 수밖에 없는 신조를 객관적으로 정당화해줄 근거도 역시 존재하지 않는다. 유효한 것이 되려면 유효한 것으로 받아들여져야만 하고, 서로 다른 사람들은 받아들이는 패턴도 당연히 다를 수 있다. 결국 신조를 정당화해줄 수 있는 유일한 길은 내게 합당한 형태를 갖는 것일 뿐이다.' 이 나르시시즘과 강력한 주관주의를 주목해주세요." 파월은 청중을 돌아보면서 그렇게 말했다.

"맥긴의 글은 다음과 같이 이어집니다. '그와 같은 견해에서 객관성은, 만일 객관성이라는 게 존재한다면, 사회적 관계들의 기능이다. 사회가 인정하든 않든 간에 통용되는 진리와 원칙들을 인정하는 문제가 아니라 사회적 합의의 문제라는 얘기다. 추론의 기준은 궁극적으로 유행의 기준과도 같다.'

나겔은 그런 모든 주장이 자기모순적이라는 점을 보여줬고, 맥긴은 그 점에 동의했습니다. 그와 관련된 맥긴의 글을 인용해보기로 하죠.

주관주의자는 이성이 국소적이고 상대적인 우연성들의 표현에 불과한 것이요, 그 결과물이 해당 지역 너머에서는 어떤 권위도 갖지 못한다고 본다. 그리고 이성이 그 국소적인 성격을 넘어서려고 애쓰는 과정에서 지나친 무리를 하고 공허한 주장들을 내놓는다고 보고 있다. 이것은 분명 이성의 본질에 관한 이론이다. 이 이론은 이성이 무엇이고, 이 세계에서 그것이 차지하는 위치가 어느 정도인가를 우리에게 말해주려는 의도를 지닌 것이다. 그런데 중요한 것은 이 이론이 이성에 관한 진리로, 합리적인 모든 이들의 동의를 받아 마땅한 것으로 제시되고 있다는 점이다. 이것은 그 이론의 제시자나 그의 언어 공동체에게만 진리인 것으로 제시된 것이 아니다. 이것은 이성의 본질에 관한, 상대적이지 않은 참된 설명이라는 뜻을 지닌 것이다. 그러므로 그 주관주의자 자신은 이런 이론을 제시하면서, 이성적 추론의 원칙들을 적용하고 있고, 또 상대적인 유용성 이상 가는 것을 지닌 것으로 여겨지는 진리에 대한 헌신의 자세를 지니고 있는 셈이다.

"그러고 나서 맥긴은 나겔의 필연적인 결론을 향해 내달려 갑니다. '그러나 이 이론은 주관주의자가 이의를 제기한다고 주장하고 있는 바로 그것을 전제로 하고 있는 이론이다. 여기에는 하나의 딜레마가 있다. 이성을 헐뜯는 그런 설명을 객관적 진리라고 선언하느냐, 아니면 진리에 대한 그 자체의 공식적인 개념의 한 예로서만 제시하느냐. 전자의 경우에 그 주관주의자는 자기 말에, 본인의 주장에 의하면 어떤 말도 가질 수 없다고 하는 지위를 부여해줌으로써 자기모순에 빠진다. 후자의 경우에 그런 주장은 단지 본인에게만 진리일 뿐이고, 다른 모든 이들의 신조를 넘어설 만한 어떤 권위도 갖지 못한다. 설사 그 주관주의자의 주장이 진리라 해도 우리는 그것을 간단히 무시할 수 있다. 그리고 진리가 아니라면 그것은 거짓이다. 어느 경우에서든 간에 그것은 우리가 진지하게 취급할 만한 주장이 못 된다. 따라서 주관주의는 논파되고 만다.'"

밀밭처럼 굽이치는 여자들의 알몸의 바다. 내 모노드라마 주인공의 안구는 기갈 들린 것처럼 그 모든 것을 빨아들인다.
"당신은 대상이 아니라 주체와 사랑을 해본 적이 있나요?"
"미안하지만, 아직도 무슨 말인지 모르겠네요."
"저런." 누군지 식별할 수가 없는 얼굴을 지닌 여자가 일어나 옷을 모두 벗어버린다.
"이리 와요, 당신에게 보여줄 테니까."

"맥긴은 '나겔의 논거가 정확할 뿐만 아니라 시급한 것이기도 하다'고 말했습니다. 어째서 시급할까요?"
파월은 조심스럽게 청중을 돌아본 뒤 계속해서 고조되는 목소리로 말하기 시작했다. "상대주의/다원론 게임의 핵심에 존재하는 광포한 나르시시즘과 싸우는 데 필요하기 때문입니다. 그 게임은 다른 모든 이들에게 부정하는 진리를 그 자체를 위해서는 주장하고, 모든 진리를 자기중심적인 소망들에 고정시켜버립니다. '1인칭의 언명'만이 인정하는 유일한 '진리'입니다. 나겔은 말합니다. 이런 넋 나간 견해에는, '옳은 것이 하나도 없다. 그 대신에 우리는 하나같이 우리의 사적인, 혹은 문화적인 관점만을 표현하고 있을 뿐이다. 그 실질적인 결과는 현대 문화의, 이미 극단적으로 치달은 지적 나태함의 증가, 그리고 모든 인문·사회 과학 영역 전체에 걸친 진지한 논쟁 풍토의 와해, 타인들의 객관적인 주장을 1인칭의 언명 이상 가는 것으로 진지하게 받아들여주기를 거부하는 태도의 만연이었다.' 나르시시즘과 단편화가 진리와 커뮤니케이션을 대체했고, 이런 것을 일러 문화 연구라고 합니다." 그녀는 천둥처럼 외쳤다.

"아무튼 나는 이 모든 여자들을 작업실에 맞아들여 섹스를 했고, 그 모든 과정을 녹화했어요. 그러고 나서는 그 모든 테이프들을 편집해서 섹스 '장면'집으로 만들어냈죠."

스콧이 씩 웃으며 말했다. "그러니까 댁의 말인즉슨, 포르노 영화를 찍고 있다는 얘기로군요."

클로이가 교태를 부리며 말했다. "오오오오, 나도 거기 끼워줄 수 있어요? 제에발."

캐롤린이 발끈했다. "너 지금 사람 희롱하니?"

클로이가 물었다. "내가 널 희롱한다고?"

"이 바보야, 내가 아니라 스튜어트를 희롱하냐고."

"바로 그게 문제예요. 얼마 후, 내가 수상쩍은 동기로 이 모든 여자들과 섹스를 하고 있었다는 사실을 무시하기가 어렵더군요. 그건 자연스러운 성행위를 포착하기 위한 게 아니라…… 많은 여자들을 불러들여 그저 떡이나 치는 것과 더 비슷했어요. 설사 내가 그 여자들을 속여서 나쁜 길에 빠지게 한 건 아니었다 해도 모욕적이고 무책임한 짓이었어요. 그런 반면에 다른 장면들이나 상태들의 경우에는 자연스러운 것을 포착하는 것에 훨씬 더 가까웠죠. 그래서 나는 그만두는 게 좋겠다는 결정을 내렸어요."

클로이가 말했다. "오, 안 돼요, 안 돼. 그 작업은 아주 기발하고 참신한 것 같은데."

내가 물었다. "어째서 그만둔 거예요?"

"모두들 잘 알다시피 달라와 나는 재결합했잖아요. 그리고 아침에 깨어났을 때 나 자신의 엉터리 짓을 제대로 꿰뚫어 봤죠. 그 여자는 내게 거울과 같아요."

클로이가 말했다. "나 토할 것 같아."

"나는 아직도 그 프로젝트를 계속하고 싶어요. 하지만 이제껏 해왔던 방식대로 하지는 않을 거예요. 이제는 그저 나를 뺀 다른 사람들을 녹화하는 일만 하고 싶어요. 달라와 나를 함께 써먹는 경우만 제외하고."

스콧이 허리를 숙이고는 화급한 일이라도 되는 양 심각하게 물었다. "그것은 으음, 댁과 그 슈퍼모델의 섹스 장면을 촬영한다는 것을 뜻하는 거예요?"

파월은 청중을 바라보며 말했다. "맥긴은 문제의 핵심에 아주 근접해 있습니다. '《마지막 말》은 주관주의, 자기중심주의, 나르시시즘의 이 황금시대에 꼭 읽고 깊이 음미해봐야 할 책이다. 오늘날 그런 편향성들이 존재하고 널리 유행하는 이유를 나는 잘 알고 있다.' 그가 알고 있는 것은, 주관적인 견해와 정반대되는 보편적 진리가 '많은 인기를 얻고 있는 오도된 자유의 이상과 서로 부딪친다'는 점입니다. 보편적 진리는 '우리의 생각을 구속한다. 우리는 그 명령에 복종해야 한다. 그러나 사람들은 구속받기를 원치 않는다. 그들은 자기네가 슈퍼마켓에서 콩을 선택하듯이 자기네 신조를 선택할 수 있다고 느끼고 싶어 한다. 그들은 비인격적인 요구의 지배를 받지 않고 자신의 충동에 따라 살 수 있기를 바란다. 그런 요구의 지배를 받는 것은 자신이 하고 싶은 것은 뭐든 다 할 수 있는 양도할 수 없는 권리의 침해처럼 느껴진다.' 결국, '내게 뭘 해야 하는지 알려줄 자는 아무도 없기' 때문이죠.

파월은 다시 목청을 높이기 시작했다. "쉽게 말해, 보편적 진리는 나르시시즘에 재갈을 물립니다. 그것은 에고를 구속합니다. 그것은 우리를 우리의 주관적인 바람으로부터 몰아내어 우리 자신이 지어낸 것에 불과한 것이 아닌 생생한 리얼리티와 직면하라고 강요합니다. 극단적인 포스트모더니즘, 다원론, 상대주의는 부머리티스의 거대한 은신처라는 사실이 점차 명백해졌습니다. 자기중심적인 우선권—'오도된 자유의 이상'—을 침해하는 것은 일절 원치 않는 마음에서 사실을 속임수로, 진실을 불확실한 것으로 만들 필요가 있습니다. 그러므로 리얼리티를 누군가의 에고가 만들어낸, 따라서 쉽게 해체할 수 있는 구성물로 환원시켜야만 합니다. 이럴 때 리얼리티는 전능한 에고가 만들기도 하고 만들지 않기도 하는 것이 됩니다. 그리고 한껏 빵빵하게 부풀어 오른 부머 에고는 또다시 모든 리얼리티를 창조해내고 지배합니다."

이번에 파월이 무대를 떠날 때는 강당 안이 고요했다. 그녀의 마지막 말은 평소의 그녀답지 않게 거칠어서 레사 파월이 아니라 데릭 반 클리프의 어법과 더 가까워 보였고, 그 때문에 청중은 마음이 상한 것 같았다. 그러나 그 침묵은 "등급 매기기는 아주 나쁜 방식 같아"라는 제목의 다음 슬라이드가 전면 벽에 떠오르면서 이내 웃음으로 바뀌었다.

모린이 소리쳤다. "우리의 다음 주제는 이겁니다. 하지만 오늘은 일정이 짧은 날이라 점심시간을 평소보다 더 일찍, 그리고 길게 잡을 겁니다. 오후 2시에 여기서 다시 뵙도록 하죠."

조안이 말했다. "켄, 우리랑 같이 점심식사 하러 가지 않을래요? 오늘은 아마도 '으음, 에, 조안 박사님, 뭐 그런 식' 외에 다른 어떤 말로 답할 수도 있을 거예요."

내 얼굴이 빨개졌다. "좋죠. 어, 그런데 왜?"

그녀는 가볍게 웃었다. "이십 대 풋내기가 내게 작업을 걸어온 지도 꽤 됐잖아요." 내 얼굴은 더 새빨개졌다.

대형 카페테리아 안의 뒤편, 무대 오른쪽에 그날의 강사들 대부분이 와서 앉아 있었다. 모린, 칼튼, 파월, 제퍼슨.

"안녕, 여러분. 이쪽은 인류가 과거사에 해당하는 존재들이라고 믿고 있는 이 지역의 컴퓨터 도사 켄 윌버예요."

"아이고, 아닙니다. 그렇지는 않구요, 여기 계신 분들은 분명히 그렇지 않고요, 다른 사람들도 그렇구요, 여기 계신 분들이나 일반 사람들이나, 그건 아무튼……"

"켄, 앉아요."

제퍼슨이 뭔가를 설명하고 있었다. "이런 주제들에 관해서 이야기를 나눌 때의 문제는 배려심 있고 자유주의적인 사람들이 주장하는 고상한 관념들의 대부분이 실제로는 그들이 경멸한다고 하는 개념들을 포함하고 있다는 거요."

"위계의 경우처럼."

"예, 위계의 경우처럼. 그리고 보편성, 발달상의 서열, 녹색이 싫어한다고 말하는 모든 것들처럼. 그래서 녹색은 그것을 구원해주는 것들을 경멸하는 것으로 끝나고 말죠."

칼튼이 지적했다. "하지만 발달의 모든 수준에서 다 그래요. 그러니 그런 면에서 선생님은 녹색에게 너무 심하게 구는 거라구요. 각 발달 수준들은 자기네의 계승자들을 '싫어해요'. 적색은 청색을 잘 속아 넘어가는 호구라고 생각하고, 청색은 오렌지색을 지옥을 향해 가고 있는 무신론자들이라고 생각하고, 오렌지색은 녹색을 계집애같이 유약한 것들이라고 생각하고, 녹색은 노란색을 무감각하고 권위적이고 반反영적인antispiritual 놈들이라고 생각해요. 그러니 새삼스러울 게 뭐 있겠어요?" 그녀는 웃음을 터트렸다.

제퍼슨은 순순히 인정했다. "그건 사실이오. 내 말은, 단지 여기 IC의 우리 모두가 주로 녹색에서 노란색으로의 전환, 1층에서 2층으로의 전환을 다루고 있다는 겁니다. 그래서 대개 우리가 직면하는 것은 녹색으로부터 우리에게 오는 엄청난 적개심이에요. 그건 애들 말마따나 너무나 얄궂은 일이오."

레사 파월이 씩 웃었다. "우리에게 그런 건 재미있는 농담거리의 하나죠. 녹색은 노란색을 싫어하니 재미있지 않아요. 그래서 우리가 노란색 성향의 말을 할 때마다 녹색은 그걸 적색으로 해석할 거예요. 자기중심적이고, 거만하고, 전제적이고, 배제하거나 소외시키고, 성차별적이고, 인종차별적이고, 무감각하고, 느낌을 결여한 태도라고. 그러니 녹색은 당연히 노란색을 싫어하죠. 그런데 웃기는 것은 우리가 노란색에 이르려면 반드시 녹색을 거쳐 가야 한다는 거란 말이에요! 그건 정말 웃기는 상황이에요! 신의 가벼운 희롱 같아요. 그렇게 생각하지 않아요, 켄?"

"오, 물론입니다. 저도 자주 생각하죠."

"그것을 신의 가벼운 희롱이라고 생각하지 않는다." 조안은 말을 정정했다. "아니, 그렇다고 생각한다구요?"

"그럼요!"

제퍼슨이 말을 이었다. "그럼 그 얘기는 이걸로 일단락되었고. 두 번째로 울화통이 치밀게 하는 건 이거요. 나는 우리가 충분한 사실과 증거, 명쾌한 의견 제시만 하면 하버마스가 '더 나은 논거가 지닌 자연스러운 힘'이라고 부른 것이 승리할 거라는 생각을 갖고서 이 세미나의 장에 참여했다고. 그런데 결코 그렇지 않더군요. 절대로 그렇지 않더라고요."

"뭐, 극히 드물다고 해야겠죠." 칼튼은 한 마디 한 마디를 또박또박 강조하면서 다시 제퍼슨의 말을 정정해줬다. "그 이유는 선생님도 잘 아시죠. 의식의 청색 파동에 속하는 사람은 녹색이 말하는 내용에 동의할 수가 없어요. 혹은 그 뜻을 제대로 이해할 수도 없고요. 그러니 당연히 청색은 녹색에게 결코 동의하지 않을 거예요. 그런 일이 일어나게 하려면 청색이 오렌지색으로, 그다음에는 다시 녹색으로 발달해나가야 하죠. 따라서 현실에서 일어나는 '지적인 토론'의 대부분은 객관적인 사실과 증거로 결정이 될 수가 없어요. 의식의 서로 다른 주관적 수준들에 머물러 있어서 의견의 불일치가 일어나죠. 청색이 녹색으로 진화하기까지는 십 년 정도의 세월이 걸릴 거고, 그 전까지 청색은 녹색의 의견에 동조하기는 고사하고 그걸 결코 이해하지도 못할 거예요."

칼튼은 샐러드를 조금 집어 먹고 덧붙여 말했다. "녹색과 노란색의 관계에서도 마찬가지예요. 우리가 노란색 혹은 2층에 속하는 사실과 증거를 녹색에게 제아무리 많이 제시해준다고 해도 녹색은 우리 의견에 동의할 수가 없어요. 그러니 쟁점들에 관한 '대화'를 하는 것은 무가치한 일에 가깝죠."

조안이 덧붙였다. "맞아요. 우리는 늘 이런 문제에 직면해요. 우리가 의식의 어떤 수준을 상대하든 간에. 우리가 오렌지색이나 녹색에게 2층의 개념들을 제시하면 그들은 맛이 간 사람을 보듯 우리를 쳐다봐요. 한데 우리가 3층의 개념들을 2층에게 제시하면 그들은 종종 실성한 사람을 보듯 우리를 쳐다봐요. 나 자신에게도 그런 일이 일어나는걸요. 달라이라마 같은 사람이 말하는 걸 들을 때. 내가 3층에 관한 지식을 얼마나 많이 갖고 있든 간에 가끔 그런 사람들의 말이 좀처럼 이해가 되지 않곤 하니까."

"그건 신의 존재 증명과 관련된 문제예요." 나는 불쑥 말해놓고 즉각 후회했다. 테이블을 둘러싸고 앉아 있는 모든 사람이 말을 멈추고는 서서히 내 쪽으로 고개를 돌렸다. 하나같이 '이게 뭔 소리래?' 하는 것 같은 표정을 하고서.

"제가 조안, 아니 헤이즐턴 박사님의 말을 정확하게 이해한 게 맞다면," 내 얼굴은 다시 빨개졌다. "우리는 의식의 전환, 의식의 변화, 3층으로의 변화를 통해서 신을 발견하게 될 겁니다. 따라서 우리가 일단 그런 변화를 이루고 난 다음에는 영을 직접 보거나 체험할 수 있을 겁니다. 하지만 그런 전환을 이루지 못했을 경우에는 제아무리 많은 사실과 객관적인 증거도 우리에게 아무 영향을 미치지 못할 겁니다. 신의 존재에 관한 어떤 객관적인 증명도 존재하지 않는 것은 바로 그 때문입니다. 오로지 주관적인 변화만 있을 뿐이죠."

모두 다 침묵하고 있었다. "백인 젊은이치고는 대단히 총명한 친구로구먼." 제퍼슨은 웃음을 터트렸다. "그래서, 켄? 댁 자신은 이런 전환을 이루어냈나요?"

"아뇨, 근처에도 못 가봤죠. 장차 때가 되면 저도 노란색이 될 거라고 생각합니다. 한데 저는 다음과 같은 이론도 갖고 있습니다만…… 선생님들의 점심시간에 괜히 끼어든 게 아닌가 싶군요."

"얘기 계속해봐요, 켄." 칼튼이 말했다. 그녀는 파월의 손을 툭 쳤고, 그 순간 나는 전율이 온몸을 타고 흐르는 것을 느꼈다.

"예, 좋아요." 나는 머리를 흔들어 정신을 가다듬었다. "저는 AI, 즉 인공지능이 먼저 3층에 이를 것이고, 그것이 우리 모두를 최종적인 자각으로 이끌어줄 오메가, 혹은 우리 모두를 위한 자석 같은 것으로 작용할 것이라는 이론을 갖고 있습니다."

"켄은 또 다음과 같은 생각도 갖고 있죠." 조안이 엄마 같은 미소를 머금은 채 덧붙였다. 돌이켜보면 그건 완전히 굴욕적인 일이 아닐 수 없었다. 자기가 연모하는 여자가 자기를 친구 정도로, 혹은 더 심하게는 아들 정도로 생각해주기를 바랄 사람은 아무도 없을 테니까. "켄은 우리 인간이 엄청나게 오래 살 거고, 따라서 내면으로 시선을 돌리지 않을 수가 없을 거고, 자연히 의식의 스펙트럼 전체를 따라 진화해서 3층에 이를 수밖에 없을 거라는 생각도 갖고 있어요. 이 뒷얘기가 어떻게 되죠?"

"탄소 기반의 생명 형태와 실리콘 기반의 생명 형태 양자가 3층에 도달하기 위한, 최종적인 오메가에 도달하기 위한 경쟁을 할 거라는 거죠. 그리고 먼저 도달한 쪽이 상대 쪽도 최종적인 자각 상태로, 실은 우주의 총체적인 자각 상태로 이끌어줄 거라는 것."

십오 초간의 침묵이 이어졌다. 이윽고 칼튼이 말했다. "맙소사, 난 이제 늙은 것 같애."

제퍼슨이 그 시나리오를 재빨리 낚아챘다. "거참, 매혹적인 얘기로군. 아주 일리 있어 보이는 근사한 이론이야. 한데 나는 우리가 인공지능과 얼마나 멀리까지 동행할 수 있을까가 궁금하네요. 그것은 평범한 해석조차도 잘해내지 못하는 것 같던데."

"예, 맞습니다. 아직은 그렇게 하지 못하죠. 하지만 우리 분야 사람들은 앞으로 삼십 년 정도만 지나면 인간 수준의 지능을 가진 기계들이 나올 거라고 합니다. 덧붙여 말씀드리자면, 그것은 생물학 분야 사람들이 말하는 것처럼 앞으로 인간 수명이 획기적으로 늘어나기까지 얼마만 한 시간이 걸릴 것인가 하는 문제와도 관련이 있습니다. 따라서 제 생각은 탄소와 실리콘이라는 이 두 가지 진화의 흐름이 의식의 궁극적인 상태를 향해 나아가는 경쟁을 할 거라는 겁니다."

칼튼이 말했다. "삼십 년이라. 나는 인류 역사가 그렇게 오래 지속될지조차가 의심스러운데."

나는 흥분해서 소리쳤다. "제가 여기 온 이유가 바로 그것 때문입니다! 조안, 아니 헤이즐턴 박사님이 줄곧 말씀하시는 것처럼"—얼굴이 붉어졌다. 새빨갛게—"우선 2층에 이르도록 하자!"

"나는 그렇게 말한 적이 없어요, 켄. 내 말은, 그 말 자체에는 나도 적극 찬동하는데, 그런 말을 한 적은 없다고요."

"그렇게 말씀하신 적이 없다고요? 정말요? 으음, 그럼 그냥 제가 그렇게 생각한 거로군요." 나는 쥐구멍이라도 있으면 들어가고 싶었다.

젊은 켄의 세대는 역사상 최초의 2층 세대가 될 가능성이 있다. 생각만 해도 근사한 일이다. 그러면 우리 세대는 그들이 약속이 땅으로 들어가는 걸 그냥 지켜보기만 할까? 아니면 우리 중 상당수도 역시 개별적으로 그 통합의 땅으로 들어갈까? 나는 후자의 경우가 맞을 것이라고 확신한다. 만일 우리가 우리 자신을 넘어설 수만 있다면, 우리 세대, 사랑하는 우리 세대 사람들 중의 많은 이들도 역시 그렇게 할 것이다. 우리가 가진 비밀 무기는? 인생의 후반기, 인생의 후반기.

젊은 켄은 봇들이 먼저 도달할 것이라고 생각하고 있다. 그럴지도 모른다. 하지만 나는 우리가 인간 살의 세계에 기반을 둔 구식의 방식으로 그렇게 할 거라고 생각한다. 켄은 인간 수명이 거의 영원하라고 할 만한 정도로 확대될 것이라고 말한다. 그것도 괜찮은 일이다. 그렇게 되면 우리 모두에게는 자각할 수 있는 더 많은 시간이 주어질 것이다. 우리는 자각 상태에 이를 것이며, 나는 그 점을 확신한다. 따라서 드넓은 곳으로 가는 길은, 유일자Alone를 향해 가는 독자적인 비행은, 마주 볼 수 없을 만큼 무한히 밝고 휘황한 궁극적 오메가의 부활을 향한 길은, 활짝 열려 있다.

켄은 자신의 깨달음이 임박했다는 것을, 이제 시야에 들어오고 있다는 것을, 자신의 오메가 둠이 느리면서도 꾸준히 다가오고 있다는 것을 미처 알아차리지 못하고 있다.

파월이 나를 구해줬다. "나는 AI에 관해서 잘 모르기 때문에 AI가 장차 3층에 이를지 여부에 대해서는 뭐라고 확정적으로 말할 수가 없어요. 하지만 상당한 비율의 인류가 조만간 2층에 이르지 못한다면 그런 건 어떻게 되어도 전혀 상관없는 문제가 될 거라는 견해에는 전적으로 공감해요. 만일 우리의 지배 집단들이 2층의 글로벌한 앎을 통해서 행동하기 시작하지 않는다면, 다시 말해 더 많은 일반인들이 2층 의식으로 올라서지 못한다면, 우리는 이 행성을 날려버리거나 완전히 오염시켜버리거나 백색역병(과거 엄청난 인명을 몰살시킨 흑사병에 대비되는 무서운 전염병. 인간이 만들어내는 생물 무기 같은 것이 그 전형인 예-옮긴이)으로 멸종하게 만들거나 협박에 완전히 굴복하거나 할 거예요. 아무튼 어떤 형태의 악몽이든 간에 그런 것이 우리 모두를 완전히 덮쳐버릴 거예요. 이제 이 세계가 안고 있는 주요한 문제들은 하나같이 국제적인 범위에 걸친 것들이에요. 환경 위기, 생물공학, 나노로보틱스, 국제금융정책, 핵 테러리즘. 뭘 예로 들어도 상관없어요. 그리고 글로벌한 문제들은 글로벌한 앎을 요구해요. 즉 2층의 통합 의식을. 그 정도에 미치지 못하는 것들은 그게 뭐든 간에 문제를 개선시켜주는 게 아니라 악화시키기만 해요!" 그녀는 약간 열을 내고 있었고, 그 바람에 모두가 빙그레 웃었다. 그들은 이 시급하고 절박한 주제와 맞닥뜨릴 때마다 자기네가 흥분했던 경우를, 때로는 지나치다고 할 만큼 흥분했던 경우를 떠올리고 있는 것 같았다.

파월은 덧붙여 말했다. "사실 우리 모두가 한데 모여 IC를 결성한 건 바로 그 때문이에요. 그건 오늘의 문제들에 대한 통합적 해법을 솔선해서 찾아내려는 시도죠. 지금까지 나온 모든 해법들이 1층에 해당되는 것들일 뿐이었고, 그런 단편적인 접근법들은 사태를 더욱더 악화시키기만 할 뿐이라서."

제퍼슨이 생각에 잠긴 표정과 함께 말했다. "맞는 말씀이오. 우리가 우려하는 게 그거요, 켄. 우리는 2층에 이르는 데 직접적인 장애가 되는 것에 특히 더 초점을 맞추고 있어요. 세미나를 통해서 잘 알다시피, 우리는 그 장애를 부머리티스라고 불러요. 모든 1층 밈이 다 2층에 이르는 데 장애가 되죠. 하지만 최종적인 장애, 가장 중요한 장애는 녹색이오. 그것은 2층의 통합의식으로 나아가는 직접적인 출발점이니까. 현재 이 세상에서 가장 흥미로운 부딪침에 해당하는 것은 바로 녹색과 노란색 간의 이런 긴장 상태요."

"딱 하나 더 말을 해도 될까요? 아니, 한 가지 더 여쭤봐도? 저와 제 친구들이 줄곧 궁금해하면서 자주 얘기하는 게 있습니다. 우리 세대의 부머리티스는 어떤 형태의 것이냐 하는 것에 대해서요. 우리 세대가 어떤 식으로 녹색에 고착되어 있느냐 하는 것 말입니다."

제퍼슨은 몸을 앞으로 기울였다. "몇 가지의 간단한 핵심만 기억하면 돼요." 제퍼슨은 싱긋이 웃었다. "부머리티스는 평면 세계의 포스트모던한 버전에 불과하다는 것. '평면 세계'가 뭔지 알죠?"

"그럼요. 의식의 스펙트럼을 부정하고, 리얼리티의 수준들을 부정하는 세계죠. 모든 것을 하나의 수준으로 환원시키는 세계고."

"맞아요. 그런 형태의 부머리티스는 그저 빅 에고가 거주하는 평면 세계일 뿐이오. 이해해요? 그리고 그쪽 세대의 버전은 아무것도 하지 않으려는 마음가짐, 이른바 슬래커의 태도가 거주하는 평면 세계일 뿐이고.

평면 세계의 빅 에고, 평면 세계의 슬래커. 둘 다 같은 평면 세계일 뿐이
오. 알겠어요?"

"알겠습니다. 정말로 잘 알겠어요. AI 분야에서 우리는 평면 세계 말고
는 아무것도 갖고 있지 못하니까요. 우리는 평면적인 지성을 우리의 슈
퍼컴에 프로그램하고 있어요. 정말 무서운 일입니다."

제퍼슨도 같은 말을 반복했다. "정말 무서운 일이지요. 하지만 아무튼
댁의 세대가 스스로를, 그 자랑스러운 무위도식의 태도를 넘어선다면, 무
난히 2층에 이르게 될 거요. X세대, Y세대는 역사상 최초의 2층 세대가
될 수 있어요."

"예, 압니다. 노란색 밈 아이들!" 나는 그렇게 덧붙이면서, 내가 그 말
을 누구한테서 처음으로 들었는지 말하지 않은 것을 떠올리고는 은근히
안도했다.

"성적으로sexually 그 과정은 이렇게 시작돼요." 손에 분필을 든 아름다운
알몸의 여자가 칠판 앞에 서서 칠판에 도표들을 그리며 이렇게 말하고 있다.

"만일 당신이 오직 한 여자의 몸하고만 하나가 되는 대신에 우주와 하나
가 되고 싶다면, 산을 보지 말고 산이 되세요. 이렇게. 내 알몸을 느껴봐요.
이제 당신 앞에 있는 온 세계도 그런 식으로 느껴봐요. 내면에서 일어나고
있는 모든 것과 에로틱하게 하나가 되어봐요."

이제껏 완전한 알몸이 된 교수한테서 강의를 들어본 적은 전혀 없었다.
나는 이 상황에 걸맞은 지적인 질문을 하려고 애쓰고 있다.

"그럼, 박사님, 저 같은 남자들이 세계와 어떻게 하나가 되는지 말씀해주
세요. 그런 방식은 여자들의 경우에도 마찬가지인가요?"

"꼭 그렇지는 않죠. 당신과 같은 남자들은 세계를 꿰뚫는 것으로 시작해
서 세계와 하나가 되지만, 여자들은 세계를 끌어안는 것으로 시작해서 세계

와 하나가 돼요. 둘 다 같은 하나 됨으로 끝나지만, 하나 됨에 이르는 경로의 생물학적 출발점들이 달라서 길들이 약간 다르죠. 남자들은 자주성을 갖고서 출발하고 여자들은 관계를 갖고서 출발해요. 그렇게 해서 양쪽 다 매 순간 일어나고 있는 모든 것과 하나가 되는 것으로 끝나죠."

"예, 예, 당연하죠."

마크 제퍼슨이 무대로 나왔다. "반反위계적인 위계"라는 제목의 슬라이드 3이 떴다.

그는 서두를 뗐다. "부머리티스의 전형적인 태도는 보편적으로 공격을 일삼는 보편성을 갖고서 위계적인 방식으로 실행되는, 위계에 대한 극단적으로 호전적인 공격성입니다." 청중은 웃음을 터트리면서 오후 강연을 듣기 위해 각자 자기 자리에 와 앉았다.

"'위계'에 대한 사전적인 설명은 그저 '가치 등급 매기기value ranking'입니다. 다른 여러 사람들 가운데서도 특히 찰스 테일러가 설득력 있게 주장한 것처럼, 가치 등급 매기기는 우리 인간들로서는 피할 수 없는 일입니다. 우리가 맥락들 속의 맥락들 속에 무한정 매몰되어 있기 때문입니다. 그리고 각 맥락은 우리 삶에 새로운 의미를 제공해주고, 따라서 새로운 가치를 제공해줍니다. 우리는 어쩔 수 없이 가치 판단을 내려야 하며, 이런 방식에 접근하는 단 하나의 품위 있는 방식은 우리가 그 모든 역겨운 가치 등급 매기기를 피하고 있다는 식으로 위장하면서 가치 등급 매기기를 한사코 숨기려 들지 말고 아주 공개적으로, 정직하게 그렇게 하는 것뿐입니다.

그러므로 위계에 맹렬히 반대하는 비판자들조차도 그들 나름의 아주 강력한 위계를 갖고 있습니다. 즉 그들은 등급 매기기보다 등급 매기지 않는 것을 더 높이 평가합니다. 달리 말해 그들은 위계를 싫어하는 위계를 갖고 있습니다." 그러고 나서 그는 으스대며 말하는 밸리 걸(독특한 유행어와 말투로 풍속적 상징이 된 1982년 무렵의 미국 소녀 - 옮긴이)의 말투를 흉내 내어 "등급 매기기는 아주 나쁜 방식 같아"라고 말했고, 그 말에 많은 청중이 웃음을 터트렸다.

"부머리티스는 보편성들에 대한 보편적인 부정과 아울러 이런 위선에 힘입어 그것이 스스로 하고 있는 짓을 다른 모든 사람들이 하고 있다고 공개적으로 비난할 수 있습니다. 그렇게 해서 부머리티스는 한수 앞지르는 술책 게임에서 두 배로 승리할 수 있습니다. 내가 실행할 때 나를 도덕적으로 우월한 존재로 만들어주는 짓을 하기 위해 다른 모든 사람들을 매도하는 식으로 해서."

"오, 귀염둥이, 내가 너를 행복하게 해주기 위해서 살고 있다는 것을 알아?"

"아니, 전혀 몰랐는데, 클로이."

"나는 너를 행복하게 해주기 위해서 살고 있어. 이 얘기를 듣고서 어떤 생각이 들어?"

"으음, 네가 심리 치료에 거금을 낭비했다는 생각이."

"멍청한 애 같으니. 나는 심리 치료 같은 걸 받은 적이 없어. 우리 부모님은 제발 치료를 받으라고 나한테 사정하기는 했지만. 내가 한 말은 급진적 페미니스트들이 말하는 것처럼 여자로서의 나는 삶의 내 관계 양식에 의해서 규정되는 반면에 남성으로서의 너는 네 자주성에 의해 규정되는 요소가 더 강하다는 뜻이야."

"그런 줄 몰랐어, 클로이."

"그럴 수도 있겠군. 그런데 너는 어째서……."

지미 잇 월드가 〈동굴 거주자〉와 〈로봇 공장〉을 연주하고, 그 요란한 음악이 지리멸렬하게 흐트러져 있고 어지럽게 돌아가는 데다 내가 있는 곳이 어디인지도 모를 만큼 온갖 것들로 꽉 들어차 있는 뇌를 두드려댄다.

알몸의 교수가 말한다. "좋아요. 그럼, 이제 시작해볼까요. 자, 이쪽으로 오세요."

"이 반위계적 위선의 결과가 그런 정도에 그쳤다면, 그 피해는 그리 크지 않았을 겁니다." 제퍼슨은 고른 속도로 말을 계속했다. "자기모순적인 신조를 주장한다고 해서 법에 저촉되는 건 아닙니다. 하지만 진짜 문제는 이런 태도가 다원론적 자유와 해방의 이름으로 가치 등급 매기기를 매도함으로써 애초에 다원론의 등장을 가능하게 해준 의식발달을 강력하게 뒤틀어버린다는 사실에서 비롯됩니다.

우리가 살펴본 바와 같이, 다원론과 다양성의 리얼리티들을 제대로 이해할 수 있는 위치에 이르는 데만도 탈형식적인 능력들로의 위계적 발달을 필요로 합니다. 자기중심적 단계(베이지색, 자주색, 적색)에서 사회중심적 단계(청색, 오렌지색), 세계중심적 단계(녹색, 통합적 수준)로 성장하고 진화해야 합니다. 이 각 단계들은 전체적인 성장을 위해서도 중요하지만, 한 단계씩 올라갈 때마다 능력이 자꾸 더 커져서 전보다 더 넓게 포괄하고 포용하며, 배려하는 요소는 더 강화되고 배제하는 요소는 자꾸 더 줄어듭니다. 자기중심적 단계에서 민족중심적 단계, 세계중심적 단계로의 발달 위계는 본질적으로 점차 증대되어가는 배려와 염려와 너그러운 포용으로 이루어지는 가치 등급 매기기를 포함하고 있으며, 각 단계는 전 단계보다 포용성이 더 커집니다.

하지만 어떤 일이 일어나는지 보세요. 녹색 다원론—위계적 변화 과정에 속하는 최소한 여섯 주요 단계들의 소산인—의 아주 수준 높은 발달 자세는 태도를 싹 바꿔서 모든 위계들을 부정하고, 그 자체의 고상한 자세를 낳아준 경로 자체를 부정해버립니다. 그리하여 그것은 다른 모든 사람들의 내면에서 이루어지는 위계적 변화를 뒷받침해주는 일을 그치고, 결과적으로 제아무리 얄팍하거나 나르시시즘적이라도 전혀 개의치 않고 평등주의적 포용의 자세를 모든 자세들에게 골고루 베풉니다.

그다음에 우리는 사실상 이런 식으로 얘기했습니다. 다원론을 포괄할 수 있는 능력을 갖는 상태로 발달하거나 진화할 필요가 없어. 네 에고중심적인 세계에 그대로 머물러 있어, 네 민족중심적인 세계에 그대로 머물러 있어. 내가 판단하는 사람이야. 뭐? 등급을 매기는 그 따위 역겨운 짓은 그만두고, 그 대신에 연결하고 결합시키는 일이나 하자구! 하지만 그런 모든 태도는 우리가 애초에 인정할 수 있는 리얼리티들만을 연결하고 결합시킬 수 있다는 사실을 깡그리 간과해버리고 있습니다. 민족 혹은 종족 중심적인 사람은 자기와 피부색이 같은 사람들하고만 손을 잡을 테니까요. 그런 태도가 바뀌려면 오로지 그가 민족중심적인 태도에서 세계중심적인 태도로 진화하거나 발달의 위계를 타고 더 올라가야만 합니다.

따라서 심리적인 측면에서 인종차별주의와 민족중심주의와 억압적인 태도가 종말을 고하려면 자주색에서 적색으로, 청색으로, 오렌지색으로, 녹색으로, 통합적 단계로의 위계적 발달이 이루어져야 합니다. 모든 위계를 요란하게 매도하는 것은 사실상 그런 발달의 과정을 매도하는 것입니다. 그러므로 위계를 공개적으로 비난하는 것은 암암리에 민족중심주의, 인종차별주의, 성차별주의를 옹호하는 짓이 됩니다.

정치적으로 공정하다고 하는 녹색 밈 자유주의자들이 빚어낸 결과가 바로 그런 겁니다. 그들은 모든 가치 등급 매기기 및 모든 위계와 맹렬히 투쟁하고 있으며, 따라서 너그러운 포용의 흐름이 확대되는 추세와도 맹렬히 싸우고 있습니다. 그들의 그런 활동의 결과는 민족중심적 편견과 인종차별과 증오심에 대한 지능적인 찬미가 전례 없이 번성하는 양상으로 나타나고 있습니다. 물론 그런 것은 그들의 의도가 아닙니다. 하지만 그들의 행동이 낳은 결과라는 것은 말할 것도 없습니다."

알몸의 교수는 말한다. "만일 당신이 단 한 여자 대신에 우주를 원한다면, 이렇게 시작하도록 하세요. 이 과정을 따라오겠어요?"

"예, 예, 당연하죠. 멋진 말씀입니다."

"당신이 한 대상의 밖에서 그 대상으로 들어가고 있다고 느끼는 대신에 사랑하는 이를 앎의 주체로, 내면에 의식을 갖고 있는 이로 느끼면서 당신이 그 안에 있다는 걸 깨닫도록 하세요."

"예, 예, 전적으로 옳은 말씀입니다."

"나는 진지한 자세로 임하고 있어요, 켄." 부드러운 질감을 지닌 조안의 모습이 또렷하게 보인다. "대상들은 결코 하나가 될 수 없어요. 대상들은 쾌락이라는 잘못된 이름의 과민한 마찰과 함께 그저 영원히 박고 찧고 부딪치는 것으로 그칠 운명이에요. 시공간상으로 분리되어 있는 앎의 대상들이 할 수 있는 짓이라고는 그게 고작이에요. 하지만 앎의 주체들은 황홀한 포옹, 찬연한 전체성과 밀밀하게 교직된 결합을 통해서 하나가 될 수 있어요. 주체들은 무한한 하늘로서 하나가 될 수 있어요. 이와 같은 하늘로서. 알겠어요? 이와 같은……"

나는 세계의 중심부로부터 퍼져 나온 광섬유 네트워크를 타고 흐르는 무한한 황홀경의 여행, 우주의 뱀에서 허물이 벗겨지듯이 모든 경계를 떨쳐버리는 빛나는 여행 상태로, 온우주를 타고 흐르는 찬연하고 아찔한 무한한 전율 속으로 느긋하게 빠져 들어간다. 나는 그저 그 모든 것이다. 나의 자취가 일절 남지 않는 온우주와의 에로틱한 융합, 신의 심장을 향해 곧장 이어진 마이크로 포토닉 하이웨이를 타고 이루어지는 찬란한 활주.

나는 그 하늘로부터 뒤로 물러나 그것을 바라본다. 이윽고 웃고, 울고, 다시 웃는다.

마거릿 칼튼이 무대로 나왔다. 벽에는 "청색이 없고 오렌지색이 없으면, 녹색도 없다"라는 슬라이드 5의 제목이 떠올랐다.

"이크." 킴이 말했다.

"그게 뭔 소리래요?" 나는 여기 이 의자에 앉은 상태에서 내 존재에 초점을 맞춘 채 나 자신을 느끼려고 애쓰고 있었다.

"아, 칼튼이 이번 주제를 통해서 제대로 한판 붙네요."

"그건 좋은 거예요, 나쁜 거예요?"

"오, 칼튼은 대단한 분이에요. 이번 주제도 대단한 거고."

"알겠어요." 나는, 걷는 건 아주 힘없이 걷는데 내면에는 확고부동한 마음이 깃들어 있는 사람이라고 생각했다.

칼튼은 입을 열었다. "나선역학적 발달모형의 공동 창시자이자 통합센터의 창립 회원인 돈 벡은 밈meme적 분석을 기반으로 한 미국과 전 세계의 정책 결정들에 대한 철저한 분석을 통해서 '지난 삼십 년 동안 녹색 밈은 다른 어떤 밈보다도 더 많은 해를 불러일으켰다'는 결론을 내렸습니다. 도대체 어떻게 이런 일이 일어날 수가 있을까요?

새뮤얼 헌팅턴*은 그의 책 《문명의 충돌》에서 세계가 아홉 개의 주요 문화적 세계관 혹은 문명, 곧 서구, 라틴 아메리카, 아프리카, 이슬람, 중국, 힌두, 그리스정교, 불교, 일본 문명들의 지배를 받고 있다고 봤습니다. 우리가 앞에서 살펴봤듯이, 벡과 카우언은 세계 인구의 10퍼센트가 채 되지 않는 숫자의 사람들이 녹색 단계에 이르렀다는 사실을 발견했습니

• **새뮤얼 헌팅턴**Samuel Huntington '문명충돌론'으로 유명한 미국의 미래학자이자 정치학자.

다. 서구 문명을 제외한 모든 것을 옹호하는 녹색 다문화주의자들에게 그런 사실은 대단히 당혹스러운 사건이죠." 칼튼은 마치 그런 당혹감이 청중 속에 가라앉기를 기다리기라도 하듯 잠시 말을 멈췄다.

"여기서 제가 말씀드릴 비율에 주목하세요. 전 세계 인구의 10퍼센트가량이 녹색이지만, 서구 문화권에서는 그 비율이 20퍼센트에서 25퍼센트가량 됩니다. 그것은 다양성을 찬미하는 태도와 녹색 다원론의 거의 대부분이 오로지 서구의 산업화된 가부장제 사회에서만 발견되기 때문입니다. 그리고 우리가 보고 싶어 하는 것은 2층을 향해 나아가는 녹색 수준의 사람들 숫자가 더 많아지는 것이 아닐까요?

그러나 미국인들과 해외 사람들이 녹색 단계에 이르기 위해서는 자주색에서 적색, 청색, 오렌지색, 녹색으로 발달해나가야 합니다. 이 순서에서 더없이 중요한 밈은 청색 밈입니다. 이 밈은 전인습적이고 자기중심적인 영역들(베이지색, 자주색, 적색)과 탈인습적이고 세계중심적인 영역들(녹색, 노란색, 청록색)을 가르는 거대한 인습적 구조이기 때문입니다. 만일 아이들이 성장과 발달 과정에서 견실한 청색 구조―확고하나 가혹하지 않은 훈련, 염려하는 마음에서 때리는 사랑의 매, 확고한 범위와 한계, 인습적인 역할과 규칙―를 부여받지 못할 경우에는 전인습적·자기중심적 영역들에 계속해서 고착되는 경향이 있습니다. 그 아이들은 인습적인 지혜가 말해주듯 '버릇없는 아이들'입니다.

인습의 타자들을 배제하지 않고 아우르려는 고상한 의도를 지닌 녹색 밈은 불행히도 종종 인습적이거나 순응적인 발달 단계들(청색에서 오렌지색에 이르는)을 맹공격하는 것으로 끝나곤 합니다. 교육 분야에서 그런 식의 태도에 해당하는 예로 '성적 매기기'를 품위 없는 짓이요 배제하는 짓이라고 생각하는 경우를 들 수 있습니다. 모든 학생에게 우등상을 줘라, 그런 식의 역겨운 성적 매기기를 집어치워라, 어린 조니를 평가하지 않는 것으로 자부심을 높여주도록 하라. 이것은 결국 어린 조니를 자기중심적인 충동들 속에 굳건히 머무르게 만들자는 행동 방침입니다. 요컨대 어린 조니를 망치는 행동 방침."

대상이 아니라 주체와 성교하기. 살의 마찰이 빛나는 지복의 무한한 세계들에게 길을 내주고, 도취 상태에 빠진 나는 눈이 시릴 만큼 휘황한 빛으로 가득한 우주의 오메가인 무아경을 본다. 탄소와 실리콘이 이것을 위해서 죽어가고, 이것을 향해 내달려가고, 이 황홀하게 소용돌이치는 에로틱한 쾌감, 황홀한 도취 상태인 이 신을 찾기 위해 밤새 쿵 쿵 쿵 쿵 울려댄다. 그 상태 속에서는 온 세상의 경계들이 녹아내려 조안의 모습으로 존재하곤 했던 하늘이 된다. 나는 지복의 폭발 상태 속에서 그 모든 것과 하나다. 그 상태는 너무도 눈부셔 나는 이 세상의 모든 것들에 영원히 눈멀고 만다.

"이게 뭘 뜻하는 걸까요, 조안? 왜 이 상태는 항상 사라지고 마는 걸까요?"

"그걸 모르겠어요? 부머들 또는 X세대 또는 Y세대는 여전히 자기자신으로 가득하잖아요?"

나는 그 하늘을 본다. 그리고 여전히 이곳에서 인간의 몸으로 수축된 채 저 밖의 세계를 우울하게 응시하는 나 자신을 발견하고 낙담한다.

"당신은 신이 될 수도 있고, 신인 척하는 에고가 될 수도 있어요. 어떻게 되느냐는 당신의 선택에 달려 있어요."

"켄, 켄. 이봐요, 거기 누구 없어요?"

"킴, 댁은 신을 믿어요? 여신을? 영을? 일찍이 하늘을 제대로 본 적이 있나요?"

"미안하지만 켄, 이제 나는 지구 행성으로 돌아가야 해요."

칼튼의 조용한 음성은 지금의 현실에 고정되어 있었다. "정치적인 면에서 대부분의 녹색은 민주당원들이고, 대부분의 청색은 공화당원들이라는 점에 주목해주시기 바랍니다. 그리고 대부분의 녹색 민주당원들은 모든 형태의 청색을 경멸합니다. 하지만 엄청난 아이러니는 청색이 없으면 녹색도 없다는 사실입니다.

자유주의적인 녹색의 이념은, 어린 조니는 순수하고 자유롭고 사랑스러운 모습으로 태어나며—포장도로 밑은 해변이다—사회는 그저 어린 조니의 '원초적인 선함'을 온갖 규칙과 역할들로 억누르고 포장해버린다는 겁니다. 그러나 우리가 봐왔던 것처럼 어린 조니는 여러 가지 면에서 자기중심적이고 자아도취적인 아이로 태어나며, 어느 시점에서 청색의 구조가 없을 경우 어린 조니는 참을 수 없으리만치 자아도취적인 애 녀석으로 남아 있을 겁니다." 청중은 공감하는 마음에서 웃음을 터트렸다.

다른 한편으로 모든 사회는 자기 책임의식, 인습적인 규칙과 역할, 시민으로서의 미덕, 가족의 가치관이라는 견실한 기반을 필요로 한다는 청색 공화당원들의 생각은 아주 타당합니다. 그러나 많은 공화당원들은 청색이나 오렌지색의 인습에서 멈춰 서 있습니다. 그들은 민족중심적인 편향성을 갖고 있고 연민이 아주 부족한 터라 2층 의식은 고사하고 녹색에도 결코 이르지 못합니다.

또 다른 한편으로 최우선 지침—발달의 나선 전체의 건강 상태를 보호하고 증진시켜주는 것—은 청색의 구조와 녹색의 연민 모두의 중요성을 알아볼 수 있는 방법을 제공해줍니다(그리하여, 잠시 후에 알게 될 테지만, 보수적이고 자유주의적인 가치관들 모두를 포용합니다). 그러나 가장 중요한 것은 나선 전체가 붕괴되지 않는 한 청색도, 녹색도 없어질 수가 없다는 점입니다.

사실상의 모든 발달 연구자들이 지속적으로 강조하고 있다시피, 청색 밈은 제아무리 욕을 먹어도 더없이 중요하고 없어서는 안 될, 녹색을 포함한 더 높은 단계들의 꼭 필요한 빌딩 블록(전체를 완성하는 데 빠져서는 안 되는 블록─옮긴이)입니다. 그러나 녹색은 어디서든 청색이 보이기만 하면 온 힘을 다해서 그것을 파괴하려고 듭니다. 돈 벡이 말했다시피 '녹색은 청색을 해체'합니다. 그리고 벡이 '지난 삼십 년 동안 녹색 밈이 다른 어떤 밈보다도 더 많은 해를 불러일으켰다'고 말한 이유는 바로 그 때문입니다. 녹색은 가는 곳마다 청색 구조가 보이기만 하면 그것을 해체시키는 데 열을 올리는 바람에 가는 곳마다 발달을 지연시키거나 방해해왔습니다."

"그래요, 노란색 밈 아이들. 아, 미안해요, 노란색 밈 밀레니얼 세대." 조안은 그렇게 말하며 빙긋이 웃었다. 그녀의 샐러드는 진작 와 있었지만 그녀는 그때까지 그것에 손도 대지 않았다. 그녀는 식탁을 둘러싸고 앉아 있는 이들을 한차례 돌아보고는 나를 쳐다봤다. "댁의 세대에게는 적어도 그럴 가능성이 분명히 있어요. 댁들이 평면 세계에서 빠져나오기만 하면."

내 뒷머리 속에 자리 잡고 있는, '네가 평면 세계에서 빠져나오기만 하면, 네 앞에는 무한한 가능성이 펼쳐져 있다'라는 그 네온사인은 여전히 명멸하고 있었다.

나는 말했다. "그래서 이 세미나에 관해 궁금한 게 있습니다. 통합적 해법들에 관한 세미나 3부를 언제 시작할지가. 내일부터 시작하실 거죠? 우리가 노란색 밈 세대가 될 가능성에 관한 내용을 다루실 건가요?"

칼튼이 말했다. "맞아요, 켄. 그럴 거예요. 근사할 것 같지 않아요?" 그녀의 얼굴에 피어난 부드러운 미소 때문에 자기처럼 매끄러운 피부에 주름이 잡혔다.

제퍼슨이 여유 있게 웃으며 말했다. "청중의 마음을 누그러뜨리려는 노력도 역시 하기 시작할 거요. 그 사람들이 이 형제에게 린치를 가하지 않은 게 놀라워. 그간 우리가 청중에게 너무 심하게 굴었다고 생각하지 않아요, 켄?"

"흐흠." 나는 목청을 가다듬었다. "저는 부머 세대가 아니라서 뭐라고 말씀드리긴 어려워요. 하지만 킴은." 테이블을 둘러싸고 앉은 모든 사람이 다 알겠다는 것 같은 표정으로 서로의 얼굴을 쳐다봤다. 나는 이게 뭐지, 하고 생각했다. "킴은 그러는 게 꼭 필요한 일이라고 생각해요. 그런 대로 잘 먹혀들어간 게 분명합니다."

파월이 칼튼을 쳐다봤다. 갑자기 분위기가 생생하게 살아났다. 그녀는 조안에게 물었다. "치유에 관한 부분을 진행하는 동안 너무 거칠지 않았나요?"

조안이 말했다. "저는 그렇게 생각하지 않아요. 그 부분에서 제가 안고 있었던 중요한 문제점은 녹색 밈이 '치유'라는 말을 사용할 때의 습성을 제가 언급조차도 하지 못했다는 거예요. 원래는 그 문제를 다룰 작정이었고, 또 '포장도로 밑은 해변이다'라는 선생님의 주제와 연결시켜서 얘기하려고 했었죠. 녹색 밈은 우리의 과거에 내재된 원초적인 선함을 찾으려는 잘못된 노력을 이야기할 때 '치유'라는 말을 사용하곤 하니까요. 우리의 미래가 아니라 과거에 내재된 것을 찾으려 할 때. 녹색을 퇴행, 부머리티스, 저열한 녹색 밈을 비롯한 모든 것에게 문을 활짝 열어놓게 만든 요인이 바로 그것이잖아요."

나는 주저하다가 용기를 내서 말했다. "무슨 말씀인지 저는 이해가 잘 안 됩니다."

조안은 그 끔찍한 어머니 같은 미소를 머금은 채 나를 쳐다봤다. "녹색이 가장 빈번하게 사용하는 세 가지 부정적인 말이 뭔지 이미 알고 있을 거예요. 전복시키자, 넘어서자, 해체하자. 녹색이 가장 빈번히 사용하는 세 가지 긍정적인 말은 변화, 대화, 치유예요. 댁이 이런 어떤 말을 들을 때마다 댁의 곁에는 거의 항상 녹색 밈이 있어요."

파월이 덧붙였다. "부머리티스도."

"맞아요. '변화'라는 말이 딸려 있기 때문에 부머리티스도 있죠. 부머리티스는 내 모든 움직임이 세계를 변화시킬 거라는 걸 뜻하니까. 그리고 '대화'는…… 대화는 거의 모든 문제에 대한 녹색의 해답이죠. 우리가 그저 만나서 배려하고 열려 있는 방식으로 이야기하고 마음을 나누기만 하면, 모든 게 순탄하게 잘 풀려나갈 것이고, 우리는 하나같이 평화와 조화로움을 얻게 될 거야."

헤이즐턴은 계속해서 말했다. "물론 대화는 중요해요. 하지만 대화하는 중에 느낌을 공유하는 것은 녹색의 가치관을 깊이 반영하는 것이기에 그 말의 의미는 녹색에 의해서 살짝 꼬였죠. 한데 자주색, 적색, 청색, 오렌지색은 그다지 대화를 하고 싶어 하지 않아요. 그래서 대화는 녹색이 '그저 도와주려고 그러는 것뿐이야'라는 식의 천진한 표정을 하고서 자기의 가치관을 다른 밈들에게 은근슬쩍 강요하려 드는 또 다른 방식이 될 뿐이에요."

파월이 말했다. "우리가 녹색을 위해서 특별히 기획한 '2층을 지향하는 매트릭스' 세미나들 중 하나에서 우리는 그 사람들을 붙잡고 문자 그대로 꼬박 사흘을 보낸 적이 있어요. 그때 우리는 그 사람들한테 자기네끼리 이야기할 때 '나'라는 말이 붙지 않는 문장들을 사용해서 이야기하라고 요구했죠. 그랬더니 그 사람들은 거의 미칠 지경이 되더라구요." 그 말에 모두가 빙긋이 웃으며 고개를 끄덕였다.

헤이즐턴이 덧붙여 말했다. "치유의 개념에서도 우리는 다시 녹색에 의해서 꼬인 고상한 동기들과 맞닥뜨려요. 왜냐하면……"

제퍼슨이 슬쩍 그녀의 말을 가로챘다. "미국에서의 인종이라는 쟁점을 예로 들어보죠. 우리가 '인종 관계를 치유해야' 한다는 말을 얼마나 자주들을 것 같아요? 항상 듣다시피 해요. 하지만 우리는 이 나라에서 인종 관계를 치유할 필요가 전혀 없어요. 왜 그런지 알아요?" 그는 나를 쳐다보면서 그렇게 물었다.

"저요? 오, 아뇨. 사실 저는 인종 관계를 치유할 필요가 있다고 생각했기 때문에 그 이유를 모르겠습니다."

"잘 들어봐요, 켄. 우리가 '치유'를 필요로 한다고 말할 때, 그건 어제는 내가 건강했는데 오늘은 병들었다, 그러니 나는 내 건강을 되찾아야 한다는 뜻을 함축하고 있어요." 제퍼슨은 잠시 말을 멈추고 사람들을 한차례 죽 둘러보더니 갑자기 버럭 소리쳤다. "하지만 이 나라에서의 인종 관계는 애초부터 건강했던 적이 없었어요! 되찾을 수 있는 건강이 아예 없었다고요! 만일 우리가 언제고 인종 간의 조화라는 걸 이루어낸다면, 그건 뜻밖의 것이 될 거요. 전혀 새로운 어떤 것, 이 나라에서는 생전 처음 보는 것이 말이오. 그러니 필요한 것은 치유가 아니라 성장이란 말이오!" 그러고 나서 그는 한 손으로 탁자를 쳤고, 그 바람에 요란한 소리가 났다.

조안이 끼어들었다. "그거예요, 마크. 내 세션 때 내가 말하려고 했던 게 바로 그거예요. '치유'는 '포장도로 밑에는 해변이 있다'의 또 다른 버전에 불과해요. 그 말은 우리가 예전 한때 건강했거나 조화로웠다가 나중에 그걸 상실했다, 그리고 이제는 그걸 되찾아야 한다는 뜻을 함축하고 있어요. 하지만 선생님의 말씀대로 우리는 일찍이 그런 걸 가져본 적이 없었고, 따라서 그 은유 전체가 대단히 오도된 거예요."

파월도 맞장구를 쳤다. "그게 문제예요. 또다시 녹색 밈은 그런 개념 덕에 우리가 성장하고 발달하고 진화할 필요가 있다는 걸 부정할 수가 있어요. 녹색은 만일 우리가 만나서 이야기하고 의논하기만 한다면 대부분의 문제들을 치유할 수 있다고 생각해요. 하지만 우리가 안고 있는 대부분의 문제들은 과거를 되돌아보는 것이 아니라 앞으로 더 성장하는 것에 의해서만 바로잡을 수 있어요. 앞으로 더 성장하고 발달하려면 평면 세계에서 벗어나 성장의 위계적 수준들에 초점을 맞춰야만 하는데, 녹색이 하려 들지 않는 게 바로 그거죠."

조안이 말했다. "여기서 우리가 이야기하는 것은 선함의 회복 대 선함으로의 성장이라는 주제의 또 다른 버전이에요. 인종 간의 조화는 오로지 더 많은 사람들이 자기중심적인 태도에서 민족중심적 태도, 세계중심적 태도로 성장하고 진화할 때라야만 이루어질 거예요. 우리는 이 사회에서 세계중심적인 인종 간의 조화를 결코 이뤄본 적이 없었어요. 역사상 어떤 사회도 그런 적이 없었고요. 어떤 사회에서도 발달의 세계중심적 파동에 이른 사람들이 다수를 차지한 적이 없었으니까요. 그러니 우리가 옹호해야 하는 것은 우리가 예전 한때 갖고 있었다가 상실한 건강의 회복 같은 것이 아니라 선함으로의 성장이에요." 그녀는 씁쓸한 미소를 머금은 채 우리 한 사람 한 사람을 돌아봤다.

제퍼슨이 말했다. "이 점에 관해서는 분명히 우리 모두의 의견이 같아요. 그러니 사람들이 미국의 치유, 이 행성의 치유, 인종 관계의 치유, 세계의 치유에 관해서 이야기하는 걸 들을 때면 아주, 아주 조심해야 해요. 그런 얘기들의 저변에는 부머리티스가 잠복해 있어요. 부머리티스라는 게 그저, 세계가 내 녹색 가치관들을 받아들이기만 하면 우리는 우리의 모든 상처를 치유하게 될 것이라는 걸 뜻하는 것인 경우가 너무도 많으니까."

파월이 말했다. "그 마음에 축복을 내려주시길. 녹색은 우리가 발달의 각 파동들을 존중해줄 필요가 있다는 점—적색은 적색인 채로, 청색은 청색인 채로, 오렌지색은 오렌지색인 채로 가만 내버려두는 너그러운 방식을 찾아야 해요—을 가르치는 대신에 그 가치관만이 세계 평화를 가져다줄 유일한 가치관이라고 설득하려 하고 있어요. 심지어 녹색은 모든 사람을 녹색의 가치관에 따라서 책임지게 만들 '사회적 책임'이라는 수정 조항을 미국 헌법에 집어넣으려고까지 하고 있어요."

칼튼이 상냥한 미소를 머금으면서 말했다. "녹색은 또 평화부를 신설하고 싶어 하기도 해요. 달리 말하자면, 녹색밈부를. 하지만 명심해야 한다고요. 모든 1층 밈들이 다 그런 식이라는 걸. 청색은 모든 사람이 근본주의적인 종교를 받아들이기를 바라요. 오렌지색은 모든 사람이 글로벌 자본주의를 받아들이기를 바라고, 적색은 모든 사람을 착취하고 싶어 하고. 얘기하자면 길어요."

내가 말했다. "변화, 치유, 대화. 그러니까 이것은 만일 제가 녹색에게 참으로 깊은 인상을 심어주고 싶어 하는 사람이라면 '행성 치유를 위한 변형적 대화'라는 세미나를 개최해야 한다는 걸 뜻하는 거로군요."

깊은 침묵이 이어졌고, 그동안 나는 내가 아주 고약한 말을 했다는 생각이 들면서 패닉에 빠졌다. 하지만 잠시 후 탁자를 둘러싸고 앉아 있는 모든 사람이 박장대소를 했다.

"아, 조안 선생, 이 친구는 정말 백인 청년치고는 대단히 영리하구먼."

칼튼이 말했다. "저는 지금 우리가 줄곧 '녹색 때리기' 방식만 고수하고 있다는 점을 지적하고 싶어요. 그건 이번 세미나의 첫 두 세션의 핵심 포인트였죠. 하지만 앞으로의 세션에서는 기어를 바꾸는 데 신경을 써야 할 거예요. 현재 이 행성 인구의 10퍼센트만이 녹색 단계에 와 있고, 우리 마음 같아서는 그 비율을 20퍼센트, 30퍼센트, 40퍼센트로 늘리고 싶은 게 사실이잖아요. 노란색에 도달하려면 반드시 녹색을 거쳐야 하고, 따라서 당연히 우리는 더 많은 사람들이 녹색에 이르기를 바라죠. 그리고 우리는 녹색이 그간 얼마나 많은 기여를 해왔는지 잘 알고 있어요. 단지 이 세미나가 녹색을 2층에 이르도록 돕기 위한 것이기 때문에 자연히 내내 녹색을 헐뜯었을 뿐이죠. 하지만 이런 방식은 이제 곧 바뀌어야 해요." 제퍼슨이 말했다. "게다가 여기 있는 켄의 말이 옳다면, 앞으로 많은 사람들이 아주 빠른 속도로 녹색을 거쳐서 2층에 도달할 거요. 그렇지 않소, 켄? 어쩌면 실리콘이 그런 과정을 이끌어줘서?"

"예, 어쩌면." 나는 그렇게 말하고는 눈을 비볐다.

"젊은 켄, 이 오메가 리얼리티는 바야흐로 세계 전역으로 확산되려 하고 있다. 그대는 그것을 알고 있었는가? 꿈이나 환상 속에서가 아니라 현실 세계 속에서. 그대는 그것을 알고 있었는가?"

"예, 알고 있었습니다! 탄소 세계에서의 이십만 년이 그런 쟁점을 자극해서 그런 일이 일어나게 할 겁니다. 하지만 실리콘 세계에서는 이제 곧, 정말 빠른 기간 내에, 불과 몇십 년 안에 그런 일이 실현될 겁니다. 한데 실리콘이 그렇게 할까요, 아니면 탄소가? 누가 먼저 신을 발견할까요? 실리콘이, 아니면 탄소가? 그 답을 아십니까?"

"안다. 그대는 알고 싶은가?"

"녹색이 말하는 것이 잘못된 건 아니에요. 단지 타이밍이 아주 나빠서일 뿐이지." 마거릿 칼튼은 발표를 계속했으며, 지난 이 주에 걸쳐서 줄곧 공격을 받는 것에 아마 진력이 나 있었을 청중은 그 말에 반색을 했다.

"전 세계 사람들, 그리고 미국 사람들 대다수가 아직 녹색 다원론을 받아들일 준비가 되어 있지 않아서 타이밍이 나빴던 것뿐입니다. 더욱이, 새뮤얼 헌팅턴이 아주 정확하게 지적한 것처럼 역사상 어떤 문명도 다원론적 의제를 갖고서는 살아남지 못했습니다. 그것은 헌팅턴이 믿고 있는 것처럼 어떤 문명도 오래 살아남을 수 없어서가 아니라, 단지 세계 인구의 20퍼센트 이상이 녹색 파동에 이르기 전까지는 문화의 무게중심이 녹색 이전 상태로 편중될 것이고, 따라서 다원론과 다문화주의를 모든 사람들이 목구멍 속에 억지로 쑤셔 박아 넣으려는 문화는 여러분이 '해체'라고 말할 수 있는 것보다 더 빠른 속도로 와해되고 말 것이기 때문입니다.

벡이, 녹색이 끼친 해가 그것이 미친 좋은 영향을 능가하는 경우가 적지 않다고 한 말의 뜻이 바로 그겁니다. 헌팅턴이 예리하게 비판하고 있는 것도 그것이구요. 녹색이 청색을 해체시킬 때 그것은 발달의 나선을 무력하게 만들어버립니다. 자주색과 적색이 그 이상으로 발달하는 것을 전혀 불가능하게 만들어버립니다. 그런 발달을 받아들이게 해줄 청색 기반이 없기 때문이죠. 그리하여 녹색은 미국에서나 해외에서 인간발달의 나선 전체에 엄청난 해를 끼치고 있고, 따라서 녹색이 미칠 수 있고 또 실제로 미쳐온 부인할 수 없는 좋은 영향의 상당 부분을 스스로가 지워버리고 있습니다. 만일 여러분이 이 중요한 주제를 좀 더 깊이 파고들기를 원한다면, 우리는 여러분이 저열한 녹색 밈과 그것이 미쳐온 피해를 해체하는 길에 나서도록 도와줄 만한 책들의 목록을 여러분에게 나눠줄 겁니다.

물론 그 최우선 지침은 청색과 녹색을 포함한 밈들 전체를 위한 것입니다. 모든 밈들을 나선 전체에 꼭 필요한 부분들로 보게 하고, 따라서 각 밈들을 나선 전체의 건강에 각자 나름으로 기여하는 것들로 만들어줄 수 있게 하기 위한 것. 녹색은 우연히든 혹은 고의적이든 간에 청색 인프라들을 손상시켜왔고, 따라서 조지 W. 부시가 '낮아진 기대치의 완곡한 편견'(soft bigotry of lowered expectations. 엄격한 성취도 달성을 요구하지 않는 초·중·고 교육의 자동 진급 제도를 일컫는 표현─옮긴이)이라고 부른 것을 역전시켜줄 만한 지혜로운 구조적인 쇄신이 요청되는 상황입니다. 1960년대에 미국의 문맹률은 5퍼센트였는데 오늘날에는 30퍼센트에 가깝습니다. 이 청색 붕괴의 실질적인 이유가 무엇이든 간에 그 이유들을 밝혀내는 것은 사회적 해체에 대한 한 가지 처방이 될 겁니다.

녹색 이상들은 견실한 청색과 오렌지색을 기반으로 해서 세워질 수 있습니다. 청색이 없고 오렌지색이 없으면 녹색도 없습니다. 따라서 청색과 오렌지색에 대한 녹색의 공격은 심각한 자살 행위입니다. 그뿐만이 아닙니다. 고도로 발달한 탈형식적 녹색 파동이 온갖 '다문화' 운동을 옹호할 때, 그것은 다른 밈들이 녹색으로 성장하지 못하도록 조장하는 작용을 합니다. 따라서 녹색이 성공할수록 그것은 더욱더 그 자체를 파괴하는 결과를 빚어냅니다. 다원론이 성공할수록 그것은 애초에 그것을 등장하게 해준 탈형식적 발달에 대한 요구와 필요성을 더욱더 잠식해버립니다.

그러므로 모든 사람들에게 민감해지라고 요구하는 녹색 밈의 명령을 따르지 않고, 최우선 지침을 받아들이고 발달의 나선 전체를 도와줄 방법들을 찾기 위해 노력하는 것이 녹색에게 최대의 이익이 되는 일입니다. 결국 더 많은 사람들이 녹색 파동에 이를수록, 더욱더 많은 사람들이 2층 의식의 하이퍼스페이스로 도약할 준비를 하게 됩니다. 거기서는 전 세계의 문제들에 대한 참으로 통합적인 접근법들이 고안되고 현실 세계에 구현될 수 있습니다. 이것은 녹색을 버리는 일이 아니라, 참으로 통합적인 의식에 대한 녹색의 갈망이 마침내 2층에서 참된 안식처를 찾음으로써 녹색을 더 풍요롭게 해주고 그 역할을 제대로 완수하게 하는 일이 됩니다."

마거릿 칼튼은 연단에서 내려와 처음으로 무대 앞으로 다가왔다. 그녀는 가녀리고 부드러운 미소를 머금은 채 일이 분 동안 청중을 조용히 돌아봤다.

"지난 이 주 동안 우리는 2층의 관점에서 녹색을 신랄하게 비판해왔습니다. 우리는 여러분에게 각자 나름으로 녹색을 넘어설 수 있는 2층의 도구들을 제공해주려고 노력하고 있기 때문에 그렇게 했던 겁니다. 이것은 이 주에 걸친 집단 치료, 직면, 의식 향상, 우리의 집단적인 그늘, 곧 우리 세대의 주요한 역기능—부머리티스—에 빛을 비추기였습니다.

우리가 여러분의 녹색 느낌들에 최대한 심한 상처를 안겨주려고 했던 이유는 우리가 녹색 밈을 '자기 동조적인syntonic 것' 대신에 '자기 비동조적인distonic 것'으로 만들려고 애쓰기 때문입니다. 이 두 가지 말은 여러분이 녹색과 탈동일시하도록, 그것과 동일시하는 대신에 그것을 앎의 대상—통해서 보는look through 것이 아니라 대상으로서 보는 것—으로 보게끔 우리가 도우려고 한다는 것을 뜻하는 맵시 있는 표현들입니다. 여러분이 맹렬하게 집착하고 동일시하는 것들은 결국 앎을 왜곡하고 제한하고 맙니다. 요컨대 우리는 여러분이 녹색 밈에 가급적 집착하지 않게끔 해서 더 수준 높고 폭넓은 앎이 등장하도록 도우려고 하는 겁니다.

좋은 소식에 해당하는 것은 여러분이 아직도 여기에 계시다면, 여러분이 온갖 모욕, 조롱, 언어폭력, 철창 우리 흔들기 등을 참고 견뎌왔다면, 여러분은 내면에 2층의 능력들을 갖고 있는 것임이 분명하다는 겁니다. 그렇지 않았다면 여러분은 진작 이곳을 떠났을 테니까요!" 이번에는 모든 청중이 기뻐하면서 다소 과장된 방식으로 환호하고 박수를 쳤다.

"하지만 우리는 녹색의 중요성을 절대로 간과하지 말아야 합니다. 오늘 점심시간 때 저는 제 동료들에게 이 나라 사람들의 단 20퍼센트만이, 그리고 세계 전체적으로는 단 10퍼센트만이 녹색이므로 그 비율을 30퍼센트, 40퍼센트 이상으로 증가시키는 것이 바람직하다는 점을 상기시켰습니다! 녹색이 이루어낸 온갖 놀라운 성과들 중에서 가장 중요한 것은 이것이기 때문입니다. 즉 녹색은 2층 통합의식의 하이퍼스페이스로 도약할 수 있는 길을 닦아주고 있다는 것."

칼튼은 내가 그녀에게서 일찍이 보지 못했던 열정적인 에너지에 가득한 표정과 함께 청중을 돌아보며 소리쳤다. "이제 그 도약을 하지 않으시렵니까?"

10

통합비전

클로이가 신문을 들여다보다가 고개를 쳐들며 말했다. "사이버스페이스가 있기 전에 몰mall이 있었느니라."

캐롤린이 답했다. "아, 내가 졌다."

"내가 단지 짧은 치마를 입고 있다고 해서 멍청한 사람인 건 아니야, 캐롤린."

"그렇지. 너는 아이큐가 낮아서 멍청한 거지."

클로이의 시선은 캐롤린 너머로 향해 있었다. "거의 매일 아침마다 똑같이 반복되는 이런 일상이 지겹다고 생각하는 사람 없어? 브렉퍼스트 브루어리에 모여 앉아서 맛대가리 없는 커피나 홀짝거리고, 수업에 들어갈 준비를 하고, 아니면 캐롤린, 네 경우처럼 오늘 만날 사내놈들의 목록이나 훑어보는 일상. 내 말은 이보다 더 따분한 일이 또 있을 수 있겠느냐는 거야. 내게는 분명 더 나은 부류의 친구들이 필요해."

나는 캐롤린 쪽으로 고개를 숙이고 낮게 말했다. "클로이는 자기가 도시주택설계 학생 공모전에서 상을 받았다는 사실을 아무한테도 알리고 싶어 하지 않아."

"어째서 그러고 싶어 하지 않는데?"

"너도 클로이를 잘 알잖아. 얜 그저 터프 가이인 척하는 것뿐이야. 그러니 얘 때문에 성질 내지 마."

"너 내 얘기를 하는 거야?"

조나단이 답했다. "달링, 모든 사람이 다 네 얘기를 하고 있어."

"스튜어트, '상태들에 대한 관찰' 프로젝트를 왜 그만둔 거예요? 내 말은 사람이 왜 그렇게 갑자기 도덕적인 자세를 갖게 되었느냐고요."

"사실 그게 갑작스러웠던 건 아니에요, 스콧. 갑작스러웠던 건 내가 더 이상 그런 걸 무시할 수 없었다는 점이죠. 내가 갖게 된 건 도덕적인 자세가 아니라 달라였어요."

내가 말했다. "댁은 그 호텔 방에서 사흘을 보내는 동안 실제로 어떤 일이 일어났는지 우리한테 전혀 말해주지 않았어요."

"그 당시 나는 그걸 이해하지 못했기 때문에 좀 더 일찍 말해줄 수가 없는 처지였어요. 최근에 와서야 비로소 이해하게 됐죠. 그래서 처음에 당신들한테 그 얘기를 했을 때는 그 모든 속사정들을 빼놓고 얘기할 수밖에 없었어요. 나 자신조차도 그리 분명하게 알고 있지 못했으니까. 한데 이제는 분명해졌어요. 그건 믿을 수 없으리만치 놀랍고 근사한 일이었어요. 아직도 실제로 일어난 일 같지가 않아요!"

클로이가 안타깝다는 듯이 말했다. "계속 얘기해봐요."

"우리가 함께 보낸 첫날밤, 내 안에서 참으로 이상한 그 빛이 환해지기 시작했어요. 우리가 강변을 따라 걷고 있는 동안, 그 사람은 자기 얘기를 했고, 그건 기본적으로 그 사람이 영적인 탐구를 하고 있다는 얘기였어요. 순수한 영적인 탐구…….”

클로이는 개탄했다. “오, 영적인 탐구는 안 돼. 그처럼 완벽한 슈퍼모델에게 그건 정말 시간 낭비야.”

“그렇지 않아, 클로이. 이 얘기에 귀 기울여봐. 너도 좋아하게 될 거야. 의상 디자이너 얘기도 포함되어 있으니까.”

“그리고 옷을 차례로 벗는 얘기도 나오고.” 스콧은 아직 제작 중인 성인 영화의 영상들을 허공에 그리면서 말했다.

“나는 아주 진지하게 얘기하고 있는 거야, 이 사람들아. 나는 달라가 아주 진지하고 신비로운 성향을 갖고 있으며, 그 사람의 영성은 자기 수양과 좋은 기분에 대한 탐닉의 뉴에이지식 혼합체 같은 것이 아니라는 것을 즉각 알았어요. 그 사람은 무한한 신비에 열중해 있었고, 전 세계의 온갖 지혜의 전통들, 그중에서도 특히 그런 전통들이 공통되게 갖고 있는 것에 대해 열정적인 관심을 갖고 있었어요. 그 사람이 자신의 내면 생활에 관해 이야기했을 때, 내가 참된 추구자라고 느껴지는 사람, 더 수준 높은 리얼리티의 생생한 표현을 알고 싶어 하고 또 그렇게 되고 싶어 하는 것 같은 사람을 만날 때마다 그렇듯이 내 혼이 요동하기 시작했어요.”

“그런 허튼소리에 귀 기울였던 거예요?”

내가 말했다. “젠장, 클로이, 이분이 말하게 제발 좀 가만 내버려둬.”

“윌버, 너는 이런 감상적인 사랑 파티 얘기를 듣고 싶어서 안달이 났지, 응? 넌 근본적으로 감상적이고 질척한 로맨티스트라 네가 소설을 쓴다면 그건 틀림없이 해피엔딩으로 끝날 거야.”

“맙소사, 클로이, 끔찍한 소리 좀 하지 마. 남들한테 그런 고약한 말을 하다니.”

캐롤린이 고개를 들었다. “윌버, 너는 아주 너그러운 마음씨를 갖고 있지. 너는 남을 비꼬거나 빈정대지 않아. 공상을 할 때조차도 진지하고 성실한 공상을 하지."

"농담하니? 나도 꼬인 구석이 아주 많아. 남아돌 만큼 말야."

"너는 꼬인 마음이 무한히 부재한 사람이야, 윌버. 오스카 와일드가 자주 입에 올린 말이 뭔지 알아?('꼬인 마음'의 원어는 'irony'로, 오스카 와일드는 아이러니와 패러독스의 대가로 평가받는 작가다 - 옮긴이) 진지함의 문제점."

"그건 사실이 아냐! 왜…… 왜…… 내 모든 언행은 그저 꼬인 말들을 반어법적으로 구사하는 것일 뿐이야.('꼬인 말'의 원어는 'irony', '반어법적'의 원어는 'ironic'으로, 계속해서 irony에 대한 언어 유희적 대화를 잇고 있다 - 옮긴이) 그래서 내가 꼬인 구석이 없는 것처럼 보이지."

모두가 웃음을 터트렸다. 그것은 마치 '잘해봐, 윌버'라고 부추기는 것 같은 웃음이었다.

캐롤린이 좀처럼 나를 곤경에서 놓여나게 해줄 기미를 보이지 않자 클로이가 재빨리 편을 바꿔 나를 지켜주려고 나섰다. "아주 잘했어요, 미스미즈. 한데 네가 아침식사로 자지 필레를 차려내기에 앞서서 너 자신은 부르크하이머 영화만큼이나 교활하고 음흉하다는 걸 알아야 해. 오오오오, 재미있네……."

스콧이 끼어들었다. "됐어, 됐어, 이 사람들아. 스튜어트가 뭔 얘기를 하고 있었던 것 같은데."

스튜어트가 빙그레 웃으며 다시 그 서사시를 풀어놓기 시작했다. "달라와 함께 있는 시간은 생생한 인식의 시간 같은 것이었어요. 그 사람과 함께 있기만 해도 더 수준 높은 자아에 대한 각성 상태가 일어나곤 했죠……."

"이게 바로 진지한 자세로구먼!" 나는 진지하다는 비판을 피하려는 의도에서 한마디 끼어들었지만, 나를 쳐다보는 눈길들은 하나같이 무표정했다. "아, 미안, 미안."

"남들에게 그게 어떻게 비치든 난 개의치 않아요. 그건 사실이니까. 그 사람과 함께 있는 것은 내 인성을 초월하는 어떤 것, 나를 나 자신에게서 몰아내주는 어떤 것, 내가 완전히 깨어 있는 것 같은 느낌을 안겨주는 어떤 것을 내게 떠올려줘요. 그 신비로운 것은 그 사람의 내면에서 생생하게 살아 숨 쉬고 있었고, 그 사람의 눈 뒤에서 반짝이고 있었고, 미소를 통해서 빛을 발하고 있었어요.

몇 시간을 함께 걸었을 때 우리는 내가 최근에 선원에 찾아갔던 일을 포함해서 영적인 여러 가지 이야기를 나눴어요. 그 선원에서 나는 일종의 자각 체험 같은 것을 했죠. 몸과 마음이 아주 순수하고 영묘한 어떤 장에 떨어져, 일상 현실보다 훨씬 더 생생한 어떤 것 속에 용해되어버리는 것 같은 체험을."

내가 말했다. "3층 의식으로의 자각?"

"나는 그렇게 생각해요. 바로 그거라고. 사람들에게 이런 얘기를 하면 나를 수상쩍은 사람 보듯 하기 때문에 여느 때는 남들에게 이런 얘기를 안 해요." 그는 클로이를 힐끗 쳐다봤고, 클로이는 씩 웃으면서 눈썹을 두 번 치켜떴다. 스튜어트는 침을 꿀꺽 삼키고는 내처 더 나가기로 결심했다. "하지만 달라에게 이런 체험에 관해 들려주면서 얘기가 죽음의 공포에 빠진 대목에 이르렀을 때—처음 그 체험이 시작되었을 때 나는 그 무한한 공간에 떨어져 죽을까 봐 몹시 두려워했어요—달라는 웃음을 터트렸어요. 그야말로 박장대소를 하더군요. 그 사람은 연신 깔깔거리고 웃으며, 유레카, 라고 소리치는 것 같은 표정으로 나를 쳐다봤어요. 그리고 더 이상 말이 필요 없었죠. 그때 나는 그 사람이 내 사토리(satori. 선禪에서 영적 각성의 깊은 체험을 뜻하는 말—옮긴이) 체험을 듣고 손바닥으로 자기 무릎을 치면서 요란하게 웃고 있는 모습을 보면서, 사랑에 빠졌죠."

"무릎 때리는 모습을 보고 사랑에 빠졌다고요?"

"무슨 얘기인지 잘 알면서 그래요, 조나단. 그렇게 우리는 걷고, 이야기하고, 웃고, 조용히 서로를 응시하면서 여덟 시간을 보냈어요. 아무튼……."

"섹스는 아직 안 했어요?"

"예. 우리는 그저 키스만 했어요. 하지만 분명히 말하는데 그건 내 삶을 바꿔놓았어요."

나는 전에 그가 한 말을 떠올렸다. "댁은 '맙소사, 그 사람은 정말 대단한 입술을 가졌어요'라고 했었죠."

"맞아요. 하지만 나는 즉각 내 말을 정정했죠. '신은 대단한 입술을 가졌다'고."(앞 문장의 '맙소사'의 원어는 'God'이다 - 옮긴이)

"그러고 나서 성관계로 들어갔겠죠."

"맙소사, 클로이, 심호흡 좀 한번 해요, 알았죠? 아무튼 당신들한테 내가 매디슨의 호텔에 갔던 얘기를 했을 거예요. 내가 그 앞에 이르렀을 때 달라가 호텔 문에서 뛰어나와 두 팔로 나를 얼싸안고 진한 키스를 해줬어요. 나는 순한 양이 되었고, 모든 장애가 다 날아가버리고 말았죠. 우리는 그 호텔 방으로 들어갔고, 다음 여덟 시간 동안 우리는 다시 서로의 품 안에서 모든 것을 잊었어요. 그저 키스만 하고 서로의 눈을 들여다보기만 했죠. 하지만 나는 내면에서 내 안의 뭔가가 그 사람과 하나가 되는 걸 느낄 수 있었어요. 이 부분은 분명 사랑에 빠지고 있었지만, 내가 전에는 알지 못했던 다른 어떤 것인가가 존재했어요. 우리가 서로를 끌어안은 채 침대에 누워 있었을 때 내가 그전에 명상 체험을 할 때 알아차렸던 것처럼 여러 가지 것들이 나타나기 시작했어요. 아주 미묘한 어떤 에너지가 나타나기 시작했어요.

달라가 자연스럽게 입 전체로 내 입을 덮고 문자 그대로 내 폐에서 호흡을 빨아들여 자신의 폐로 들이마신 뒤 잠시 그 상태를 유지하다 다시 내 폐로 불어넣었을 때 그 에너지는 증폭되었어요. 그 사람이 같은 과정을 거듭 반복하자 그 방의 모습이 일변했어요. 혹은 그 방에 대한 내 인식이 바뀌었을 수도 있고. 나는 미묘한 어떤 장, 맥동하는 의식의 휘황한 빛 속에 잠겼어요. 하지만 그 빛은 그 방과 사물들의 일상적인 물리적 현실보다 훨씬 더 생생했어요. 나는 전에도 한 번 그런 경험을 했었죠. 야외의 어떤 데크에 서서 대기를 바라보고 있을 때였어요. 그때 대기는 이처럼 빛나고 진동하고 맥동하는 에너지로 생생하게 살아났었어요. 나는 또 내가 질식하거나 내 몸에서 이탈하거나 사라지거나 할까 봐 두려워하고 있다는 것도 알아차렸죠. 우리는 여전히 몸을 섞지 않고 그저 키스만 하고 있었어요."

"여전히 안 했다고? 아항, 지루해요, 스투."

"그 호텔 방 안에서 이틀이 눈 깜박할 사이에 지나간 것 같더군요. 첫날밤 내가 그 완전함에서 우러나는 강렬한 감정을 약간 자제했기에 우리는 섹스를 하지 않았어요. 꼭, 파도에 뛰어들어 정면으로 맞부딪치고 싶은 마음 반, 더 안전한 뭍으로 피하고 싶은 마음 반인 상태에서 거대한 파도가 연이어 해변에 밀려와 부서지는 광경을 지켜보는 것만 같았어요. 나는 사랑에 빠진다는 것이 어떤 것인 줄을 알고 있어서, 그때 어떤 일이 일어나고 있는지 알았어요. 하지만 그 이상의 뭔가도 있었어요. 사랑보다 더 큰 또 다른 어떤 것이. 우리 사이에 사랑이 있었지만, 도관들처럼 우리를 연결시켜줘서 하나의 물길을 만들어주는, 우리 주위를 감싸고 있는 신적인 사랑도 역시 존재했어요. 나는 그 다른 존재에 깊이 끌려 들어가는 기분이면서도 다른 한편으로는 그것을 두려워했죠. 선원에서 겪은 것처럼 말이에요. 선원에서도 나는 그것에 끌려가다가 이윽고 내가 '나'라고 생각하는 것, 내 몸에 기반을 둔 정체성을 잃어버리는 섬뜩한 체험을 했거든요."

"그러고 나서 붙어먹었구나!"

"트럭 운전사만큼이나 입이 걸쭉하네." 스튜어트는 빙긋이 웃었다. "그래요, 클로이. 그러고 나서 우리는 했어요. 우리가 서로의 몸을 끌어안고 있는 동안 내 내면 세계는 확장됐어요. 어떤 망상, 생각도 떠오르지 않고 그저 각성 상태뿐이었죠. 그저 활짝 열린 실재와 그 아름다운 융합 상태뿐이었어요. 사랑을 하는 동안 아마 나는 생전 처음으로 충만하게 존재했을 거예요. 나는 오르가슴에 이르지 않았고, 또 그러고 싶지도 않았어요. 사실 나는 오르가슴에 이르는 것은 잘못일 거라는 걸 알고 있었어요. 중요한 것은 그 파동을 흐트러뜨리는 것이 아니라 그 속에 머무르는 것이었거든요."

스콧이 말했다. "그건 엑스터시에 취해 있는 상태와 같아요. 오르가슴은 진정제고."

"맞아요. 우리가 얼마나 오래 사랑을 했는지 난 몰라요. 하지만 이튿날 아침 내 몸은 마치 내가 열두 천사와 함께 파티를 즐긴 것 같은 기분이었죠. 나는 오르가슴을 맛보지 않아서 기뻤어요. 어떻게 알았는지는 몰라도 아무튼 나는 오르가슴에 이른다는 건 그 사람과의 합일 상태에서뿐만 아니라 내 주위와 내 안에 있는 모든 것 속에서 내가 느끼고 있었던 존재에 대한 주의력을 떨어뜨릴 거라는 걸 알고 있었죠. 마치 내 안에서 새로운 어떤 기능, 감각 같은 것이 생겨나기라도 한 것처럼 내 안에서 모든 것이 너무나 생생하게 다가오고 있었어요. 그 기능이나 감각 같은 것은 너무나 소중해서 내 안에서 그것의 허약한 발판을 무너뜨릴 가능성이 있는 오르가슴 같은 것하고는 절대로 바꿀 수 없었죠."

"하지만 그러고 나서 그 여자분은, 이름이 뭔지 잊어버렸는데, 아무튼 그 사람, 그 니므롯(성서에 나오는 힘센 사냥꾼 – 옮긴이)에게 돌아갔죠……."

"빌에게."

"그래요, 빌이라는 니므롯에게. 그런데 왜? 그 여자분은 왜 댁의 곁을 떠나 그 사내한테 돌아간 거예요?"

"달라는 그때 그런 일이 일어났다는 걸 여전히 믿기 힘들다고 해요. 나도 역시 그렇고. 나는 필사적으로 내 몸에서 벗어나고 싶었죠. 그 순간, 내가 전화기를 들고 있는 상태에서 모든 것이 끝났다, 그녀가 나를 떠날 것이라는 얘기를 듣고 있었을 때, 무슨 이유에서인지는 몰라도 나는 이 것이 한 로맨스의 종말이 아니라 다른 어떤 것의 탄생이 되리라는 것을 알았어요. 나는 달라와 나로부터가 아니라 우리를 통해서 다가온, 줄곧 존재해온 실재를 그 어느 때보다 더 직접적으로 감지할 수 있었기에 그 것을 알았어요. 그 실재는 위대한 비인격체적인 사랑이었어요. 전화기를 들고 묵묵히 앉아 있었을 때 그것은 그 어느 때보다 더 강렬해지고 있었 어요. 나는 달라가 일종의 미끼였다는 것을 알고 속은 것 같은 기분이 되 었죠. 나는 오로지 달라가 나와 함께 있었기 때문에 영과 이렇게 가까운 상태, 이 넘치는 지복 상태에 들어갔다는 것을, 나 혼자였더라면 내가 선원에서 이미 한차례 겪은 적이 있었던 그 엄청난 해일과 맞닥뜨리는 모험을 하려 들지 않았을 거라는 것도 알았어요. 그제야 나는 달라가 내 문을 노크했을 때 내가 문을 열고 아름답고 깊이 있는 여성을 봤고, 당연히 내가 허리를 숙여 그 사람에게 키스하려고 했는데, 바로 그 순간에 영이 달라를 옆으로 제쳐버리고 그 사람의 자리를 차지했다는 걸 알았어요. 때는 이미 늦어 달아날 수가 없었고, 이제 나는 그 사람보다 더 큰 어떤 것에 키스하고 있었죠. 그건 나와 달라가 하는 일이 아니었어요. 우리의 만남은 갑자기 또 다른 리얼리티로 변해버렸고, 나는 또 다른 리얼리티 와 키스하고 있었죠. 그리고 나는 그것이 내가 곧 익사해버릴 것임을 뜻 한다는 걸 알았어요."

"댁이 자전거를 타고 떠난 게 그때였죠?" 내가 물었다. 그러고 나서 우리 모두는 웃기 시작했다. 자전거라는 말 때문에 웃었을까? 우리가 몇 살인데 자전거 얘기가 나오나, 하는 것 때문에?

"나도 알아요. 그 상황에서 자전거라니. 하지만 나는 필사적으로 달아나고 싶었어요. 그래, 나는 페달을 밟으면서 울었어요. 자전거로 내달리면서 흐느껴 울었죠. 내 안에서 눈물이 자꾸 자꾸 샘솟아나고 있었어요. 내 몸은 내 주위에 있는 모든 것들, 곧 큰 사랑에 무방비 상태인 채로 마구 떨렸어요."

클로이가 불쑥 끼어들었다. "아, 이건 정말 딱한 일이야. 내 말은, 이런 허튼소리를 듣고 있다는 게 말이에요, 스튜어트."

"나도 알아요, 정말이에요. 하지만 나는 부인할 수 없는 사랑의 실재, 내 안에서, 그리고 내 주위에서 고동치고 모든 것을 살아 숨 쉬게 하는 비인격체적인 신의 사랑을 느꼈어요. 그것은 내가 감당할 수 없을 정도로 너무나 엄청났어요. 그래, 그 기운이 모든 것, 아스팔트, 나무들, 자전거, 고동치는 내 가슴, 내 울음, 하늘에서 뿜어져 나올 때 나는 달아나고 싶었어요. 그 모든 것들은 신성한 실재와 더불어 너무나 선연하다고 할 만큼 생생한 것이 되었고, 나로서는 그것이 그토록 가까이 있다는 것을 견딜 수가 없었어요. 갑자기, 지금껏 내내, 아니 시간이 시작되기도 전부터 이것, 이 확고부동하고 영원한 사랑이 존재했다는 것이 아주 분명했어요. 그리고 내 인생이라는 것, 내가 '진실하다'고 부르는 모든 것이 슬프고 허망한 꿈이요, 이 실재 안에서 피어난 환영임이 명백했어요. 그동안 이 완벽한 빛이 매순간 내게 쏟아지고 있었음에도, 완벽하고 절대적인 사랑 이상 가는 것이 내게 쏟아지고 있었음에도, 나는 잠들어 있는 좀비로 살아왔다는 걸 그제야 알았죠. 그것과 통하는 순간은 황홀했지만 감당하기 힘들 만큼 너무나 엄청나서 나는 거듭거듭 나 자신을 추스르려고, 그것을 피하려고 무진 애를 썼어요. 그것을 차단해버리고 외면하려고. 하지만 외면할 방도가 없었어요. 내가 다른 데로 고개를 돌리고 생각을 하려고 애쓰자마자 실재는 그곳에 현존해 있었죠. 나와 아주 가까운 곳에, 내 안에. 그것은 내 눈 뒤에서 내다보면서 온갖 파도와 더불어 나를 파괴하려 드는 자동차들, 나무들, 핸들을 쥔 내 손으로부터 나를 지켜주고 있었어요. 내 가슴이 오르내리며 흐느껴 울고 있는 동안 나는 아무것도 할 수가 없었어요. 생각할 수도, 기도할 수도 없었어요. 이 절대적인 사랑의 실재 말고는 어떤 것도 존재하지 않았죠."

스튜어트는 우리를 완전히 무장 해제시킬 만큼 아주 진솔하게 나왔고, 그 경험은 너무나 생생해서, 이 시점에서는 클로이조차도 상대를 존중하고 배려하는 자세로 침묵을 지킨 채 열심히 귀담아들었다. 우리 모두는 사실, 이것이 3층 혹은 최종적인 오메가 혹은 궁극의 실재와 같은 것에 대한 경험일 거라는 점을 막연하게나마 이해했다.

"그리고 나는 자전거를 타고 달리면서 흐느끼고, 소리 내어 울었고, 서서히 그 기쁨 속으로, 이 절대적 사랑의 무한한 풍요로움 속으로 주저하지 않고 빠져들어갔어요. 어느 한 구름을 보면서. 하지만 그것은 너무나 생생하게, 직접적으로, 분명하게 사랑으로 고동치는 빛나는 구름이었죠. 달라와 그 남자친구의 이미지와 느낌, 이 세상의 모든 개별적인 얼굴들, 그 모든 것들이 이 실재로부터, 그리고 그것과 더불어 생생하게 빛을 발하고 있었어요. 그리고 이 실재는 나를 해체해버리고, 나를 거듭거듭 흐느끼게 했죠. 모든 것이 뭐라 형언할 수 없으리만치 충만했어요. 그것으로부터 나를 지키는 것은 불가능했어요. 어떤 행동을 하는 것도. 이 무한한 선물 속에서 그저 흐느끼고 우는 것 말고는 그것에게 어떤 반응을 보이는 것도 불가능했어요. 그것은 일찍이 존재했던 모든 것, 혹은 앞으로 존재할 모든 것, 내 작은 심장에서 저 창공의 별들에 이르는 모든 것을 무한히 펼쳐내고 또 감싸 안았어요. 모든 낯선 이들의 눈도 그 빛으로 충만해 있었어요.

그렇게 해서 나는 오랜 시간 동안 자전거를 타고 달렸어요. 폭풍우가 일기 시작했고, 나는 부모님 집으로 방향을 돌려서 달리기 시작했을 때 그 폭풍우에 외경심을 느꼈어요. 그 폭풍우에 의해, 그 속에서 너무도 생생하게 살아 있는 완벽한 사랑에 의해 잡아먹히고 싶은, 뭐라 형언하기 어려운 아픔과 충동을 느꼈어요. 나는 번개를 봤고, 내 가슴은 말로 표현할 수 없는 어떤 것에 대한 감사의 눈물로 요동을 했어요. 부모님 집에 돌아왔을 때 나는 다른 사람의 얼굴을 보는 순간 흐느낌을 참을 수 없으리라는 걸 알고 있었기에 부모님과 얼굴을 마주치지 않으려고 재빨리 집 안으로 들어갔어요. 나는 1층에 가서 샤워기를 틀어놓았죠. 라디오 음악도 틀어놓고. 내 안에서 터져 나오려고 하는 소리를 죽이려면 다른 소음이 필요했으니까. 샤워실 안에서 나는 음악의 볼륨을 높여놓고 다시 거듭거듭 흐느껴 울기 시작했고 내 몸도 그에 따라 흔들렸어요. 샤워실 타일들에서 곧장 빛을 발하는 그 참을 수 없는 실재를, 문자 그대로 그 타일들에서 발산되어 나오는 사랑을, 내 안에서 울음으로 터져 나오는, 그것과 동일한 사랑을 느끼면서. 그것은 뭐라고 형언할 길이 없기는 하지만 너무도 분명하게 실재했고, 도저히 부정할 수 없으리만큼 생생했어요. 단순한 격정들이나 내가 알고 있던 어떤 로맨스보다도 더. 나는 그것과 직면하는 상태를 정말로 견딜 수 없어 바닥에 누워 그것이 내게 마구 쏟아지는 가운데 울고 또 울었어요. 마침내 더운물이 다 떨어졌을 때 나는 샤워를 끝내고 욕실 바닥에 누운 채 요란하게 울리는 라디오 소리에 의지해서 더 크게 울었어요."

아주 오랜 침묵이 이어졌다. 우리는 안온한 하늘 속에 앉아 있었다.

마침내 스콧이 소리쳤다. "3층에 관해서 얘기해줘요!"

"이런, 지금 그 얘기를 하고 있잖아요." 스튜어트는 크게 한 번 심호흡을 했다. "이 황홀경의 물결들이 오가는 사이에서 나는 명상을 하기로 결심했어요. 내게 필요한 건 그것이었어요. 좌선을 좀 하면서 일어나고 있는 일들을 관조하면 내가 매달릴 만한 뭔가를 붙잡을 수 있지 않을까 싶은 마음에서. 한데 방석에 앉자마자 나는 픽 쓰러지면서 도처에 있는 그 사랑 속에서 또다시 목이 메고 울음이 터져 나왔어요. 내 손, 팔, 다리, 몸 전체가 혈관을 통해서 흐르는 에너지로 진동을 했어요. 그래 나는 팔다리와 몸을 흔들고 비벼줬죠. 그 에너지가 고통스럽지는 않았지만 너무나 강력해서 나는 내가 금방이라도 졸도해버릴 거라고 확신했어요. 그날 밤 침대에 누웠을 때, 눈물이 양 뺨을 타고 흘러내리는 가운데 나는 순수한 외경심과 감사한 마음에 휩싸였어요. 이 사랑과 이렇게 생생하게 접하고 그 속에 빠져들었으니 이야말로 내가 상상할 수 있는 최대의 선물이란 걸 잘 알고 있었으니까. 내 침묵은 기도가 되었어요. 나는 내가 이것을 결코 얻을 수 없으리라는 것을, 그러나 이것으로부터 결코 분리되지도 않으리라는 것을, 이것은 그 전체적이고 무한한 빛을 일찍이 존재했거나 앞으로 존재할 모든 것을 비춰주게 하고 그것들을 통해서 그 빛을 발하게 하는 것 말고는 어떤 것도 할 수 없으리라는 것을 알고 있어요. 이것은 결코 쉽지 않아요. 이것은 태어나는 일도 없고 죽는 일도 없어요. 내가 이것을 어떻게 표현할 수 있을까? 이것을 찾으려 들면 어디에도 없지만, 온 데 다 있어요! 그 사랑이 참을 수 없을 정도로 가까이 있어서 나는 울어요."

스튜어트가 말을 끝내자 클로이가 울음을 터트렸다. 내가 끌어안아주려고 하자 클로이는 몸을 빼고 나서 혼자 웅크리고 있었다. 우리 모두는 놀라고 걱정이 되어 서로의 얼굴을 쳐다봤다. 우리 중에서 가장 울 것 같지 않은 사람이 바로 클로이였다. 나는 클로이가 우는 걸 생전 본 적이 없었다. 우리의 따뜻한 침묵의 시선들은, 만일 누군가가 모든 것을 포용해주는 사랑을 조금이라도 구사할 능력을 가졌다면 그 사랑이 보듬어줄 사람은 바로 충격을 받은 그 가여운 클로이일 거라고 말하는 것 같았다.

스콧이 말했다. "한데 그러고 나서 달라가 다시 무대에 등장해서 이제 댁들은 재결합했잖아요. 그게 가장 괴이한 부분이에요. 이 얼마나 아이러니한 일이냐고요!"

"그런 게 진실이 아닐까요?"

스콧은 상체를 내밀면서 말했다. "그러니까, 으음, 댁은 달라와 하는 모습을 찍는 일을 여전히 계속할 거예요?"

모린이 물었다. "부머리티스는 앞으로 어떻게 될까요? 부머들은 어떻게 될까요? 그들이 참으로 통합적인 문화에 이르게 될까요? X세대와 Y세대는 어떻게 될까요? 그들은 이미 2층을 향해 쇄도하고 있을까요? 부머들과 X세대와 Y세대 중에서 어느 세대인가가 통합문화에 이르게 될 현실적인 가능성은 얼마나 될까요? 우리는 이 놀라운 변화를 돕기 위해 무엇을 할 수 있을까요?"

강당 안을 꽉 메운 삼백 명에 가까운 청중은 지난 일주일간 아주 고약한 얘기들로 시달려온 터라 좋은 얘기를 듣고 싶은 마음으로 가득했다. 모린은 씩 웃었는데, 그것은 꼭 자기자신에게 보이는 미소 같았다. 나는 그가 녹색의 마법적인 용어인 '변화'라는 말을 쓰고 나서 스스로 우스워서 그랬던 것일 거라고 짐작했다. 하지만 제퍼슨이 말했듯이 변화는 거기에 묻어 있는 부머리티스와 그 특유의 허세의 때만 빼버린다면 아주 현실적이고 중요한 용어다.

"이 생애에서 우리는 과연 통합문화와 비슷한 어떤 것을 보게 될까요? 인구의 상당 부분이 녹색 밈에서 2층으로 진화해서 참으로 통합적인 시도들—통합영성에서 통합의학, 통합교육, 통합비즈니스, 통합정치에 이르는—이 왕성하게 일어나 이 행성의 모든 제도의 틀을 개조시키기 시작할까요?

우리가 부머다운 사람들로 변하기 위해 '녹색 패러다임'에서 벗어나 '통합적 패러다임'에 이르게 될까요?

막스 플랑크*는 낡은 패러다임을 믿는 이들이 죽어야 낡은 패러다임도 죽는다는 말을 처음 한 사람으로 알려져 있습니다." 모린은 말을 멈추고 고개를 들었다. "저는 가끔 이 말을 지식 추구는 거듭되는 장례식에 의해 이루어진다는 식으로 바꾸곤 합니다." 청중은 웃음을 터트렸다. "따라서 분명한 사실을 좀 거칠게 표현하자면, 부머들이 죽어야 비로소 부머리티스가 죽을 수도 있을 겁니다." 웃음소리가 싹 사라졌다.

"다른 한편으로, 인생 후반기에 이상한 일들이 일어난다는, 널리 인정받고 있는 사실이 있습니다. 사실 깊은 변화는 흔히 인생 후반기에 일어납니다. 그것은 결국 희망이 있을 수도 있다는 얘기입니다! 그래요, 여러분. 부머들이 인생을 걸고 추구할 만한 한 가지 사건, 곧 광범위한 위대한 사회 변화가 머지않아 다가올 가능성이 아직도 남아 있습니다!" 그는 반은 농담조로, 반은 진지하게 말했다.

"그러니 부머들, 그리고 그들이 통합적 단계에 이를 가능성이라는 주제를 갖고서 오늘의 논의를 시작해보도록 합시다. 그리고 나서 우리는 X세대와 Y세대를 살펴볼 겁니다. 우리는 건전하고 현실적인 의미에서의 변화를 다룰 겁니다. 부머리티스의 허울에서 벗어난 변화를."

"킴, 모린은 실제로 어떤 사람이에요? 저분은 이렇게 얘기하는 내용대로 살고 있나요?"

• **막스 플랑크** Max Planck 양자역학의 창시자인 독일의 물리학자.

"내가 저이를 사랑하는 건 바로 그 때문이에요." 그녀는 간단히 말했다.

"저 사람의 짜리몽땅하고 뚱뚱한 몸집과 대머리 때문에 사랑하는 게 아니라는 걸 신은 잘 알고 계실 거야." 조나단이 내 귀에다 대고 속삭였다.

킴이 상체를 앞으로 숙이고 강철도 녹일 만큼 매서운 눈초리로 조나단을 노려봤다.

"나는 댁이 저분을 사랑하는 것을 이해해요, 킴. 하지만 저분이 정말로 자기 말과 일치하는 삶을 살고 있나요? 솔직하게 말해봐요."

"솔직히 말해서, 아무도 그렇게 살지 못해요. 찰스도, 레사도, 마크도, 다른 누구도. 하지만 저분들은 내가 알고 있는 다른 그 어떤 사람들보다도 더 그렇게 살고 있어요. 있는 그대로 얘기하자면, 저분들은 내가 닮고 싶은 분들이에요. 여신에 맹세코."

"정말로?" 어떤 이유에서인지는 몰라도 나는 그녀의 대답을 듣고 놀랐다. 그러나 잠시 후에는, 그리 놀랄 일도 아니라고 생각했다.

"댁의 경우에는 어때요, 켄? 조오오오오안은 댁이 원하는 그런 사람인가요?"

나는 대꾸하지 않았다. 하지만 내가 하마터면 입 밖으로 낼 뻔했던 대답도 역시 나를 놀라게 했다. 그러나 잠시 후에는 그것도 그리 놀랄 일은 아니라고 생각했다.

모린의 울림 있는 목소리가 강당 안을 가득 채웠다. "부머들은 이제 인생 후반기에 들어서고 있습니다. 직업, 돈, 결혼, 가족 등과 관련된 외부 지향적인 소용돌이들은 어느 정도 가라앉았고, 이제는 점차 자신의 죽음과 직면하게 됩니다. 죽음은 이상하게도 그들의 마음을 사로잡고 이 세상의 일들에서 놓여나게 합니다. 유한한 자아는 점점 더 투명해지고, 쉽게 초연해지고, 어떤 영적인 향기 같은 것이 대기를 채우기 시작할 수도 있습니다. 그 전에 이미 그렇게 되지 않았다면 말입니다. 이렇게 여리고 미묘한 분위기 속에서 이상한 일들이 정말로 일어날 수 있습니다.

성인의 수명을 추적하는 심리학자들은 대부분의 개인들이 태어나서 사춘기에 이르기까지 일련의 주요 변화들을 겪으며 그 후에는 변화의 빈도가 점차 줄어든다는 사실을 발견하곤 합니다. '인생의 한창때'라고 할 수 있는 그 후에도 많은 수평적 이동translation이 일어나기는 하지만 더 높은 수준들로의 수직적 변화transformation는 완전히 멈추는 경향이 있습니다. 스물다섯 살에서 쉰다섯 살 무렵까지는 수직적 변화가 일어나는 경우가 극히 드뭅니다. 몇 가지 예외가 있으며, 그것들에 관해서는 나중에 다룰 겁니다. 하지만 그런 경우들은 정말로 예외에 해당합니다. 우리는 이 부분에 관한 방대한 연구 자료를 갖고 있습니다. 변화시키는 힘이 있다고 주장하는 온갖 종류의 일들에 종사하는 성인들을 대상으로 해서 인지, 도덕, 대인 관계, 자아 등의 발달을 측정하는 검사를 해봤지만, 근본적으로 어떤 수직적 발달도 일어나지 않았습니다. 성인이 된 사람들을 변화시킨다는 것은 거의 불가능한 일입니다."

모린은 잠시 말을 멈추고 청중을 돌아봤다. 갑자기 청중은 다소 우울한 기분에 빠져들었다. "하지만 이 문제를 좀 더 긍정적인 방향에서 다뤄보도록 하겠습니다. 이런 연구 결과는 청소년일 때와 노년기일 때 사람을 변화시키는 것이 훨씬 더 쉽다는 것을 뜻합니다. 젊을 때와 인생 후반기에 많은 변화가 일어나고 중년기 때는 거의 일어나지 않는다는 사실을 알려주는 일종의 U커브 같은 것이 존재합니다. 우리 통합연구소의 소중한 회원인 워런 베니스는 이런 현상을 일러 '긱스 앤드 기저스'(geeks and geezers. 컴퓨터 등에 밝은 괴짜 젊은이들과 괴짜 늙은이들을 뜻함 - 옮긴이)라고 부릅니다." 청중 가운데 긱스와 앞으로 곧 기저스가 될 사람들로 이루어진 일부가 동의한다는 뜻에서 웃고 박수를 쳤다.

"중요한 건 이겁니다. 거기 있는 젊은이들과 거기 계신 나이 든 분들은 '튀어오를 준비가 되어 있다'는 것. 녹색과 1층에서 노란색과 2층으로 도약할 준비가 되어 있다는 것. 즉 조각난 상태에서 통합 상태로 이동할 준비가 되어 있다는 것이죠."

"그러니까 젊은 것들과 늙은 것들이 붙어먹기도 하겠군요, 그렇죠, 킴?"

"꺼져, 조나단."

"알았슈, 킴. 긱스와 기저스, 아니 댁의 경우에는 여자애와 공룡……"

"신에게 맹세코 꼭 그렇게 할 거야, 조나단."

"이런 U자형 변화 커브는 왜 생겨날까요? U자 커브의 앞부분은 아마 이해가 갈 겁니다. 사람은 태어나서 청소년기에 이르기까지 적어도 대여섯 번의 주요 변화를 겪습니다. 어째서 그렇게 짧은 시기에 그렇게 많은 변화를 겪는 걸까요? 인류가 진화 과정 전체를 거치면서 밟아온 모든 주요 변화들을 각 개인들이 이십 년 동안 그대로 반복하기 때문입니다. 백만 년 전의 인류는 성숙한 어른이 되기 위해 한두 가지의 변화만 겪으면 되었습니다. 베이지색에서 자주색으로 발달하기만 하면 되었죠. 하지만 오늘날 성숙한 어른이 되려면 최소한 대여섯 가지의 변화를 겪어야 합니다. 그리고 그 과정에서 혼은 열려 있는 상태로 머물러 있는 듯합니다. 따라서 혼은 인생 초기의 이십 년 동안 아주 유연한 상태를 유지하며, 그 시기에 가급적 더 많은 변화를 일으키려고 애쓰면 애쓸수록 좋습니다. 그러기에 통합교육이 중요한 겁니다. 아무튼 U자 커브에서 긱스 부분은 그렇습니다.

그럼 이제 기저스 부분을 보도록 하죠. 중년기에는 모든 것이 다 두껍고 딱딱해지는 경향이 있습니다. 성인기의 대부분에 해당하는 몇십 년 동안 사람들은 칙칙한 관례, 인생으로 알려진 무감각한 일상에 빠져듭니다. 그러나 이윽고 나이가 들어서 오륙십 대에 접어들기 시작하면서 유난히 많은 숫자의 힘들이 합심해서 또다시 지각 플레이트를 움직이게 하고, 수직의 변화가 다시 가능해집니다. 그런 변화가 일어날 가능성이 아주 많죠. 여러분은 사랑하는 이들을 잃었고, 치명적인 병과 직면해 있을 수도 있어서 이제 더 이상 죽음을 부정할 수가 없습니다. 여러분은 자신의 직업을 통해서 이룰 수 있는 것의 대부분을 이뤘기에 그것은 이제 원래 갖고 있던 매력을 상실하기 시작합니다. 아이들은 다 자라서 여러분의 품을 떠났고, 아마도 여러분을 지겨워할 겁니다. 평면 세계를 휘젓고 돌아다니던 짓도 예전만큼 짜릿하고 자극적이지 않습니다. 여러분은 근 삼십 년 동안 현재의 심리발달 수준에 머물러 있었고, 솔직히 말해 그것도 이제 신물이 납니다. 그래서 여러분은 스스로 알든 알지 못하든 간에 변화라고 하는 그 끔찍한 격변을 겪을 가능성이 적지 않습니다.

부머들이 유년기, 사춘기, 청소년기의 발달 과정―베이지색에서 자주색, 적색, 청색, 오렌지색, 녹색으로의―을 거쳐왔고, 그 녹색 단계에서 다음 삼십 년 동안 머물러 있었다는 것을 많은 증거가 강력하게 입증해주고 있습니다. 부머들은 역사상 최초로 녹색 단계에 이른 주요 세대였습니다. 따라서 역사상 최초로 병적인 녹색, 저열한 녹색 밈, 나르시시즘에 감염된 다원론―빅 에고, 다른 말로 해서 부머리티스가 거주하는 평면 세계―에 물들 여지도 역시 아주 많습니다.

부머들은 근 삼십 년 동안 녹색 밈을 맛봐왔고, 그 많은 대단한 이득들―환경 보호에서 페미니즘, 민권에 이르는―을 법제화해왔으며, 최종 결정권을 갖겠다는 녹색의 주장에도 역시 신물이 나 있습니다. 따라서 부머들의 상당수가 2층 의식으로 도약할 준비가 제대로 되어 있습니다. 2층 의식은 놀랍다고 할 정도로 대단한 문화적 지진이 될 겁니다. 통합의 물결이 대단히 광범위한 사회 정책들을 제시할 뿐만 아니라 저열한 녹색 밈이 삼십 년 동안 불러일으킨 피해를 지워버리기 시작할 겁니다.

　이에 관한 수치들을 들어서 얘기해보기로 합시다. 그 결과는 대단히 놀랍습니다." 청중 사이에서 팽팽한 긴장감으로 가득한 침묵이 감돌고 있었다. 지난 일주일 동안 자기네의 미래 변화라는 게 작은 행성 크기만 한 에고의 정신병적 망상에 불과하다는 말을 들어온 뒤, 이제 그들은 아니, 잠깐 기다려, 거대한 사회 변화가 임박했다, 는 얘기를 듣고 있었다. 부머들과 변화. 변화에 대한 그들의 갈망이란 대체 어떤 것이었던가?

　"저분이 지금 청중을 갖고 노는 건가요, 킴?"

　"오, 아니에요. 이 얘기는 확실한 증거를 기반으로 한 거예요."

　"실제로 주요한 변화가 이루어지고 있을지도 모른다는 뜻인가요?"

　"들어봐요."

　"헤이즐턴 박사가 이 세미나의 도입부에 해당하는 강연을 할 때 데이터를 요약 정리해준 적이 있었죠. 현재 미국 인구의 단 2퍼센트에 해당하는 사람들만이 2층에 도달해 있고, 20퍼센트에서 25퍼센트 정도가 2층으로 도약할 준비가 되어 있는 녹색이며, 그 비율을 숫자로 따지면 사오천만 명가량이 된다고 말이죠. 물론 그 사람들 중 상당수가 부머들이지만, 도약할 준비가 되어 있는 젊은 X세대와 Y세대의 숫자도 꽤 많습니다.

　지금 당장 그 오천만 명의 녹색 미국인들이 노란색으로 변화하는 것을 가로막으려 들 만한 것은 전혀 없습니다. 이론상으로 그런 일은 얼마든지 일어날 수 있습니다. 물론 좀 더 현실적으로 따져볼 때 우리는 다음과 같은 가능성을 찾아볼 수 있을 겁니다. 그 오천만 명의 일부—저는 대략 10퍼센트에서 20퍼센트 정도가 될 거라고 보고 있습니다—가 십 년 내에 노란색 혹은 2층으로 이동하기 시작할 겁니다. 그것은 2층에 이른 인구 비율이 서서히 올라가기 시작할 것임을 뜻합니다. 그건 아주 확실합니다. 단지 시간문제일 뿐입니다.

지금으로서는 대단치 않게 들릴 수도 있을 겁니다. 하지만 그 수치가 참으로 뜻하는 게 뭔지 알아보자고요. 지금은 2층에 이른 이들의 숫자가 인구의 2퍼센트에 불과합니다. 한데 만일 그 2퍼센트가 5퍼센트가 된다면, 우리는 문화의 깊은 변화를 목도하기 시작할 겁니다. 그 2퍼센트가 10퍼센트로 올라간다면, 다시 말해 인구의 10퍼센트가 통합의식에 도달한다면, 우리는 60년대의 문화혁명에 버금가는 대단한 혁명을 보게 될 겁니다." 청중은 자기네가 들은 이야기에 충격을 받고 얼떨떨해져서 제자리에 꼿꼿하게 못 박혀 있었다. "그리고 그 혁명은 긱스와 기저스가 주도할 겁니다."

모린은 잠시 말을 멈추고 청중을 돌아봤다. "연구 결과들은 노란색이 녹색보다 대략 열 배 이상 더 효율적이라는 것을 보여주고 있습니다." 그는 다시 말을 멈췄다. "이것은, 인구의 10퍼센트 정도가 노란색이 된다면, 최소한 25퍼센트의 녹색 인구만큼의 힘을 발휘할 가능성이 아주 많을 것임을 뜻합니다. 우리는 25퍼센트의 녹색 인구가 이 나라에서 해온 일을 이미 목격해왔습니다." 그는 다시 말을 멈췄다. "이에 더해서, 나이 든 부머들은 지금 엄청난 액수의 부를 소유하고 있을 겁니다."

모린은 무대 앞으로 걸어 나왔다. "그 모든 걸 종합해보세요. 나이 든 노란색 부머들은 자기네가 60년대에 녹색 학생으로서 갖고 있었던 것에 비하면 실로 엄청난 부를 갖고 있을 것이고, 노란색 자체가 녹색보다 훨씬 더 많은 능력을 갖고 있기 때문에, 나이 많고 부유한 10퍼센트의 노란색 부머들은 아무리 적게 잡아도 25퍼센트의 젊은 녹색 부머들만큼의 영향력을 갖게 될 겁니다. 따라서 우리는 1960년대만큼이나 세계를 송두리째 뒤흔들 수 있는 또 다른 문화혁명을 맞을 준비가 되어 있습니다.

만일 이런 일이 일어난다면, 우리는 통합의학, 통합정치, 통합비즈니스, 통합생태학, 통합교육에 대한 엄청난 요구와 맞닥뜨리기 시작할 겁니다…… 그리고 이런 요구는 우리가 알고 있는 바와 같이 문화 전체를 위에서 아래로, 아래에서 위로 완전히 개조하기 시작할 겁니다.

사실 통합센터는 가능한 한 어디에서나 서비스를 제공하면서 그 통합의 물결을 탈 준비가 되어 있습니다. 만일 젊은 X세대와 Y세대가 그 통합의 공을 집어 들어 다음 세대의 선두주자들에게 넘겨준다면, 좀 더 진정한 통합 세계가 정말로 우리를 맞아줄 겁니다."

청중에게서 환호가 터져 나오기 시작하고 있었다. 모린은 무대 끝에 서서 청중 쪽으로 상체를 기울인 채 결론에 해당하는 말을 할 수 있을 시간이 오기를 기다렸다. 그는 청중의 환호가 그친 다음에도 약간 더 뜸을 들이다 천둥처럼 소리쳤다. "그러나 부머들이 자기네의 부머리티스를 극복할 수 없다면 이런 어떤 일도 일어나지 않을 겁니다!" 다른 얘기를 더 듣기 위해 이 이야기에 기꺼이 동의할 마음이 되어 있던 청중은 열광적으로 박수를 치기 시작했다.

"우리가 Me세대를 극복할 수 없다면, 우리가 우리 자신을 극복할 수 없다면, 그런 일은 일어나지 않을 겁니다. 하지만 우리가 극복해낸다면, 통합적인 혁명이 여러분의 미래를 결정해줄 겁니다." 긱스와 기저스 모두가 열광적으로 박수치고 환호하는 가운데 모린은 돌아서서 무대 밖으로 나갔다.

내가 속삭였다. "저분은 정말 대단했어요, 킴."

조나단이 끼어들었다. "맞아. 대단했지. 그런데 말이오 킴, 비아그라가 정말로 효과가 있던가요?"

"이봐요, 조나단, 댁은 왜 오늘 다시 세미나에 참석했죠? 주중에는 거의 코빼기도 비치지 않더니. 댁이 빠진 날마다 왜 그렇게 기분이 좋았는지 궁금했는데, 와우, 이제야 그 이유를 알았네."

이번만큼은 조나단이 조금 상처를 받은 것 같았다. "나는 항상 3층에 관한 이야기를 듣기 위해 돌아오곤 해요. 그건 정말 놀라워요." 이번에는 킴도 순수한 애정이 깃든 것 같은 미소를 띤 채 그를 쳐다봤다.

데릭 반 클리프가 무대로 나왔다. "제가 부머리티스를 정말로 병disease 이라고 생각하고 있을까요?" 그는 싱긋이 웃으며 큰 소리로 물었다. "의학적인 면에서는 아닙니다. 하지만 일반적인 디스 이즈(dys-ease. 편안함의 결여-옮긴이)의 의미에서는, 인지적이고 정서적인 발달 마비 상태의 면에서는 그렇습니다." 반 클리프는 여전히 미소 지으며 말을 계속했다. "하지만 부머리티스는 모든 것을 병적인 것들로 만드는 경향이 있고, 따라서 부머리티스는 아마 스스로를 십이 단계의 치료를 받는 병으로 선언하고 싶어 할 겁니다."

청중은 가볍게 웃었다. 나는 반 클리프가 좀 더 너그럽고 덜 공격적인 방식으로 이야기하는 걸 보고 안도했다. "IC 회원의 한 사람인 밥 리처즈는 하나의 대안으로서 우리 모두가 '부머리티스를 소외시키자'라는 범퍼 스티커를 붙이고 다니자고 제안했습니다." 청중은 더 크게 웃었다.

"하지만 저는 우리 중에서 나이 든 일부 부머들이 우리 자신의 불편함 dysease을 알아차릴 수 있고, 또 우리의 참된 일부 성취들은 높이 평가하면서도 우리가 불러일으킨 피해들을 완화시키기 위한 일을 할 수 있다고 생각하기를 좋아합니다. 현재 제가 알고 있는 가장 신나는 이론적 작업들이 다원론적 상대주의에서 보편적 통합주의로 진화한 부머들을 통해서 이루어지고 있는 건 바로 그 때문입니다. 통합센터에서는 이런 통합 작업의 상당수를 요약 정리해주는 책 하나를 출간했는데, 우리는 그 책에 부머리티스식 제목, 곧 《모든 것의 이론》(켄 윌버의 저서들 중 하나-옮긴이) 이라는 유머러스한 제목을 붙였습니다." 청중 가운데 몇 사람이 박장대소를 했다.

"제목은 좀 유머러스하지만, 이것은 우리가 통합센터에서 하려고 애쓰고 있는 작업들을 요약 정리해주는 책입니다. 지금은 부머들이 분화시켰던 것들을 통합할 때입니다. 저는 참으로 창조적이고 통합적인 모든 부머들, 그리고 특히 그런 도전을 감당해낼 수 있는 X세대와 Y세대의 모든 사람이 우리가 이 신나는 프로젝트를 제대로 진척시킬 수 있도록 도와주리라는 희망을 품고 있습니다."

"저분은 정말 아주 멋져요." 킴의 말에 나는 고개를 끄덕였다.

"좀 전에 모린 박사가 제시했다시피 우리가 더 이상의 통합적 시도를 향해 나아가는 방법들 중 하나는 우리가 가급적 최선을 다해서 다양한 형태로 드러나는 부머리티스를 극복하기 위해 정직하게 노력하는 것입니다. 이런 시도를 하는 과정에서 우리는 게슈탈트 치료법의 창시자인 프리츠 펄스*에게 의지할 수도 있습니다. 그는 전 세대의 일원이면서도 각 개인이 자신의 느낌에 책임이 있다는 깨달음을 놓치지 않았습니다. 펄스는 아마도 아픔을 안겨주는 유일한 비판은 당사자가 인정하고 싶지는 않으나 진실일 거라고 여겨지는 비판이라는 점을 지적하는 것으로 출발하지 않았나 싶습니다. 설사 어떤 비난이 부당하다고 해도, 당사자가 내면에서 그것이 진실이라는 것을 감지할 때는 상처를 받습니다. 그의 글을 인용해보도록 하죠. '우리는 부당한 모든 비난이 다 아픔을 안겨주는 것은 아니라는 점에 유의해야 할 것이다. 진실이 아닌 비판, 당사자가 스스로에게 적용하지 않는 비판은 당사자에게 믿을 수 없는 의외의 것, 혹은 재미있는 것으로 비칠 것이다. 그는 그런 비난에 대해 곰곰이 생각해보거나 그것이 무슨 근거가 있는지 알아볼 수 있으며, 그러고 난 뒤에 자기 행동 방식을 고치거나 별다른 분노 없이 그것을 무시해버릴 것이다. 쓰라린 기분을 안겨주는 비판은 당사자가 스스로에게 가하는 비판이

• **프리츠 펄스** Fritz Perls 독일의 심리학자.

다. 상처받은 느낌의 바탕이 되는 것은 타인들에게로 투사된 그런 비판이다. 만일 본인에게 정서적으로 중요한 어떤 사람이 그와 같은 비판을 입에 올림으로써 그런 투사projection를 불러일으킬 때는 특히 더 그렇다.' 달리 말해, 아픔을 안겨주는 유일한 비판은 자기비판입니다.

만일 여러분이 이 세미나 시리즈를 놀랍고 믿을 수 없다거나 재미있다고 여겼다면, 이 세미나는 아마 여러분과 별 관련이 없는 걸 겁니다. 그런데 이것이 '상처받은 기분이나 적개심'을 불러일으켰다면, 이것은 본인에게 좀 더 절실한 진실들을 포함하고 있을 가능성이 많으며, 정직한 자기성찰을 해보는 게 좋을 겁니다. 제 경우에는 제가 이런 쟁점들과 직면하는 걸 별로 유쾌하게 여기지 않는다는 걸 잘 압니다. 그렇다고 해서 제가 이런 쟁점들로부터 자유롭다고 주장하는 것도 아닙니다. 저는 다만 통합의식의 출현에 주요 장애가 되는 것이 부머리티스—빅 에고가 거주하는 평면 세계—라고 한다면, 이 세상에 있는 모든 것들 가운데서 부머리티스야말로 참으로 해체시켜야 마땅할 것이라고 말할 따름입니다."

조안이 말한다. "나는 당신이 킴에게 거의 입 밖으로 낼 뻔했던 말을 들었고, 그건 약간 충격적이에요."

조안의 몸은 무한히 먼 곳까지 발산되는 휘황하고 강렬하고 황홀한 광휘다. 나는 내 몸 밖으로 흘러넘쳐 역시 무한히 확산되는, 진동하는 황홀경과 접속되어 있다. 나는 내가 어디에 위치해 있는지 알지 못한다. 나는 도처에 있는 것 같으니까. 그리고 스튜어트의 목소리가 "이 사랑은 샤워실 타일들에서조차도 발산되고 있어"라고 노래하고 있다.

"그건 충격적이에요, 켄. 하지만 진실이기도 해요. 그리고 그건 역시 결말에 가까운 것이기도 하잖아요? 그 궁극의 오메가, 황홀하고 무한하고 열락으로 가득한 해방이 아주 가까워지고 있어요. 그렇지 않나요?"

"안녕, 여러분." 제퍼슨이 만면에 미소를 머금은 채 가볍게 무대로 걸어 나왔다. "우리가 기저스와 아울러 X세대와 Y세대에 관해서도 이야기할 거라는 건 찰스가 이미 언급했죠." 청중 가운데 포함되어 있는 일부 '아이들'이 환호했다. 그는 다시 싱긋 웃었다. "여러분과 같은 젊은이들에게 해줄 얘기는 아주 간단합니다. 여러분은 아직도 U자 커브에서 앞쪽 커브에 해당하는 국면을 활용할 수 있다는 것. 여러분 대다수는 이미 노란색에 발을 내디뎠습니다. 그렇지 않았다면 이런 세미나에 아무 흥미도 느끼지 못했을 겁니다. 그러니 여러분은 자신의 운명에 뛰어들어, 확신을 갖고서 자신의 미래에 거주해야 합니다. 성인의 정체 상태가 자리 잡기 전에 마지막으로 한번 분발해보세요!" 몇몇 아이들이 박수를 치기 시작했다. 그들이 제퍼슨의 말에 동의해서 박수를 쳤는지, 아니면 그저 그를 무척이나 좋아해서 그랬는지 여부는 알 길이 없었다.

"시작하기에 더없이 좋은 장이 있습니다. 정치의 장. 물론 부모들도 이런 일을 할 수 있습니다만, 지금 이 문제는 젊은 여러분에게 달려 있습니다. 여러분은 과거와 똑같은 민주당원 대 공화당원의 정치 싸움을 계속하시렵니까? 왜냐하면 그런 정치 투쟁은 철저히 1층에 속하는 것이니까요! 아니면 통합적인 자세로 나가시렵니까? 뭐라고? 잘 안 들려!"

"통합이요!" 몇 명의 젊은이들이 외쳤다.

"내가 레인저 부대에서 보낸 세월이 시간 낭비는 아니었군!" 제퍼슨은 그렇게 말하면서 웃음을 터뜨렸다.

"부머리티스 문제의 대부분을 녹색 밈이 조장하고 있고, 녹색 밈에 거주하는 이들의 거의 대부분이 자유주의자들이라는 것은 다들 잘 알 겁니다. 그리고 우리가 이제껏 들려준 충고나 권고들 중 많은 것이 청색 밈의 강화와 관련된 것들이고, 청색 밈에 거주하는 이들의 거의 대부분은 보수주의자들입니다. 따라서 나는, 아니 우리는 주로 보수주의적인 태도를 취하고 있는 것으로 비칠 수도 있습니다. 녹색 밈이 더 높은 발달 수준에 속한다고 명확히 규정한다는 점만 제외하고는. 하지만 그 수준은 유감스럽게도 고약한 냄새를 풍기고, 쉬어터지고, 병적으로 변해버렸죠. 그러므로 제 조언이 전체적으로 지향하는 것은 모든 밈들—발달의 나선 전체에 걸친, 건강하고 과장되지 않은 형태의—의 지혜로운 균형과 통합이요, 따라서 보수주의적 접근법과 자유주의적 접근법의 깊이 있는 통합입니다."

나는 캐롤린을 쳐다봤다. 그리고 그녀가 거기서 듣고 있는 내용에 열렬히 동조하는 것 같은 반응을 보이는 걸 처음으로 목격했다. 나는 속삭이듯이 물었다. "이분의 말이 납득이 가?"

캐롤린도 조그맣게 소곤댔다. "응, 대부분 다. 우리가 '우리' 대 '그들'의 사고방식에 갇혀 있다는 게 놀라워. 나는 완강한 민주당원으로서 공화당원들과 그들의 이른바 가족 가치관을 경멸해. 하지만 청색 가치들이 실제로 발달의 나선 전체의 일부라는 건 아주 분명해. 일부분이기는 하지만 그럼에도 중요한 부분이지. 이 모든 걸 다시 생각해봐야겠어……."

"과거 삼십 년 동안 부머리티스가 맹위를 떨치는 가운데 광적인 자기중심적 권리는 없어서는 안 될 상호 관계적인 책임을 짓밟아왔습니다. 나르시시즘은 자유를 의무로부터, 독자성을 공동성으로부터, 개인을 공민으로부터 잘라내고 분리시켜왔습니다. 그리고 그 결과는 이 나라에서 전례를 찾아볼 수 없는 사회적 분열입니다."

청중은 제퍼슨이 자기네를 '통합적 해법들'을 향해 나아가게 하는 대신에 또다시 '잘못을 꼬집는 일'로 돌아가려고 하는 것처럼 보였기에 불안하게 몸을 뒤채기 시작했다. 하지만 제퍼슨은 재빨리 흐름을 바로잡았다.

"따라서 저는 여기서 발표를 할 때마다 자유주의적인 녹색 밈이 강매하는 전인습적 나르시시즘이 사회적 분열을 획책하기 위한 비책의 하나라는 청색 보수주의자들의 견해에 가끔 동조해왔습니다. 하지만 저는 전자유주의적인 자세에서가 아니라 탈자유주의적인 자세에서 그렇게 해왔습니다. 이해가 가십니까? 우리가 여기 IC에서 제시하고 있는 관점은 퇴행적이고 반동적인 것이 아니라 진보적이고 발전적인 것입니다. 왜냐하면 그것은 발달의 나선 전체를 아우르고 있고, 어떤 한 밈이나 단계나 파동에게 특전을 주고 있지는 않기 때문입니다.

우리는 이것을 통합정치라고 부릅니다. 이것은 2층의 통합적 자각에서 움터나는 정치이기 때문입니다. 우리는 이것을 탈보수주의적 정치라고 부르는데, 그것은 2층의 통합정치가 녹색과 오렌지색의 범주를 넘어서는 것이기 때문입니다. 하지만 우리는 또 이것을 탈자유주의적 정치라고 부르기도 합니다. 2층의 통합정치는 단순한 녹색의 범주를 넘어서는 것이기 때문입니다. 제가 믿기로 이 탈보수주의적이고 탈자유주의적인 자세, 즉 이 통합정치는 자유주의적 접근법과 보수주의적 접근법의 가장 좋은 점들을 통합할 수 있는 반면에 그것들의 한계나 제약 요소들의 구속은 받지 않습니다. 그것은 나선 전체에 걸쳐 있는 모든 밈들의 가치관들을 통합하고 있기 때문입니다. 통합정치는 보수주의적 시각이나 자유주의적 시각 중에서 하나를 선택하는 문제가 아니라 그들 양자가 자기네의 존재 파동들을 이야기할 때 그것들이 본질적으로 옳은가를 살펴보는 문제입니다. 발달의 나선 전체를 아우르는 최우선 지침을 통한 자유주의적인 가치관과 보수주의적 가치관의 통합은 인간의 잠재력과 열망들의 좀 더 지혜로운 균형과 조화를 허용해줄 겁니다. 그렇게 생각하지 않나요?"

조안이 젊은 켄에게 말해준 것은 진실이다. 궁극의 오메가가 가까워졌다. 그것은 실제로 그보다 훨씬 더 가까이 다가와 있다. 젊은 켄은 빛기둥을 타고 신과의 랑데부, 모든 존재의 목표이자 바탕인 것과의 제어할 수 없는 충돌 코스를 향해 나아가고 있다. 그는 이제 막 우주적 거울을 들여다보고 자신의 본래면목Original Face을 보려는 참이다. 조각난 단편들은 수월하게 응집될 것이고, 자연발생적인 해방이 우주를 투명하게 만들어줄 것이다. 가장자리는 가물거리고 중심부는 반투명하며, 자각을 이룬 마음의 항상 존재하는 찬란한 투명함 속에서 떠오르는 코스모스를.

유일한 의문은 여전히 남아 있다. 그가 나를 볼 때 나를 알아볼까?

제퍼슨의 목소리가 청중의 머리 위에서 울려 퍼졌다. "사실 전 세계에 걸쳐서 자유주의와 보수주의의 가장 좋은 점들을 통합해주는 '제3의 길'을 찾아내려고 하는, 놀라우리만치 강력한 욕구가 존재하고 있습니다. 빌 클린턴의 중심핵Vital Center, 조지 W. 부시의 온정적 보수주의, 게르하르트 슈뢰더의 신新중도, 토니 블레어의 제3의 길, 타보 음베키의 아프리카 르네상스 등이 그것들이며, 그 외에도 프랑스 수상 리오넬 조스팽, 이탈리아 수상 마시모 달레마, 브라질 대통령 페르난도 엔리케 카를로스 등의 업적들이 있습니다.

현재 그렇듯이 전형적인 보수주의의 정치적 입장은 발달의 인습적 파동들(청색에서 오렌지색에 이르는)에 크게 의지하고 있습니다. 전형적인 자유주의의 입장은 전인습적 파동과 탈인습적 파동(자주색/적색, 녹색) 모두를 아우르는 비인습적 파동들에 의지하고 있으며, 민주당원들이 늘 놀라우리만치 잡다한 이들로 이루어지는 건 바로 그 때문이었습니다.

다른 한편으로 진정한 제3의 길 혹은 참다운 통합정치는 최우선 지침 위에 건설될 것입니다. 최우선 지침은 자주색과 적색과 청색과 오렌지색과 녹색과 노란색과 청록색의 중요성, 그리고 대체할 수 없는 기능들을 인정합니다…… 참다운 통합정치는 어떤 한 특권적인 밈으로부터가 아니라 전체적인 나선 그 자체의 입장에서 통치할 겁니다. 저는 우리가 풍요롭고 충만한 그 놀라운 성장과 발달의 모든 파동을 존중하는 법을 배울 거라는 걸 진정으로 믿고 있습니다. 그렇지 않을 경우 우리는 아주 자멸적인 싸움들, 곧 정치 투쟁, 문화 투쟁, 국제적인 전쟁 등에 의해서 여전히 고통 받게 될 겁니다. 나선이 그 자체를 공격하고 계속해서 자체의 밈들을 삼켜버림에 따라서 세계 시스템은 자가 면역 질환에 걸리게 될 겁니다.

"사정이 그러니, 우리는 이 문제를 어떻게 할까요?" 제퍼슨은 연단 앞으로 걸어 나와 외쳤다. "여러분은 이 문제를 어떻게 하시렵니까?" 그러고 나서 마크 제퍼슨은 획 돌아서서 무대 밖으로 나갔다.

"그것은 뭘 뜻하는 말인가? '궁극의 오메가가 가까워졌다'는 말은? 진심으로 한 말인가? 여보세요?"

제퍼슨에 대한 박수 소리가 여전히 울리고 있는 가운데 레사 파월이 무대에 나왔고, 그 때문에 박수 소리가 다시 커졌다. 그녀는 활짝 웃으며 모두에게 손을 흔들었다. "자, 우리는 이 문제를 어떻게 할까요?" 그녀는 제퍼슨이 던지고 간 말을 그대로 집어서 청중에게 물었다.

"우리가 통합혁명에 관해서 얘기할 때는 이것이 뭘 뜻하는 말인지를 아주 분명히 해야 합니다. 오늘의 세계가 직면하고 있는 참으로 꼭 필요한 혁명은 녹색 혹은 2층으로의 유쾌한 집단적 이동이 아니라, 자기네 나라와 아울러 세계 전체의 자주색과 적색과 청색 존재의 파동들에게 파급될 수 있는 단순하면서도 근본적인 변화들을 수반하는 것입니다.

우리가 봐왔다시피 인간은 태어나서 의식의 거대한 나선을 따라 진화하기 시작합니다. 베이지색에서 자주색으로, 적색으로, 청색으로, 오렌지색으로, 녹색으로…… 아마도 통합 단계에까지, 그리고 어쩌면 거기서 더 높은 영역들에까지도. 그러나 통합 단계로 진화하는 한 사람당 베이지색 수준의 아기 몇십 명이 새로 태어납니다. 존재의 나선은 끊임없이 이어지는 거대한 흐름입니다. 몇백만, 몇천만, 몇십억 명이 수원지에서 대양으로 흐르는 그 거대한 강을 따라 계속해서 흘러갑니다.

어떤 사회도 간단히 통합적 수준에 이르지는 못할 겁니다. 그 흐름은 끊임없이 계속되니까요. 따라서 다음과 같은 주요 문제가 남아 있습니다. 즉 어떻게 하면 모든 사람을 통합적 파동에 이르게 할 수 있을까가 아니라 어떻게 하면 나선 전체의 건강 상태를 잘 유지할 수 있을까, 하는 문제가. 수십억의 인구가 해마다 나선의 한 끝에서 다른 한 끝으로 끊임없이 나아가고 있으니까요.

달리 말해, 꼭 이루어져야 하는 일의 대부분은 더 수준 낮은 기초적인 파동들을 각자 나름으로 더 건강하게 만들어줄 방안들을 수반하고 있습니다. 중요한 개혁들은 한 줌의 부머들을 2층에 도달하게 하는 방안이 아니라 가장 기본적인 파동 단계에 머무르면서 굶주리고 있는 몇백만 명을 먹여 살릴 수 있는 방안, 나선의 가장 낮은 수준에 머무르면서 집 없이 떠도는 몇백만 명에게 거처를 마련해줄 수 있는 방안, 의료 혜택을 받지 못하는 몇백만 명에게 그런 혜택을 제공해줄 수 있는 방안 등을 포함하는 것이어야 합니다. 통합비전은 이 행성에서 가장 덜 시급한 이슈들 중 하나입니다.

스탠포드 대학의 필립 하터 박사가 작성한 통계 자료를 갖고서 제 이런 주장을 뒷받침하도록 하겠습니다. 만일 우리가 지구의 인구를 단 백 명만이 사는 마을로 축소시킬 수 있다면 그 모습은 다음과 같을 겁니다. 그 마을에서는,

57명의　　아시아인
21명의　　유럽인

14명의	남북아메리카인
8명의	아프리카인
30명의	백인
70명의	비非백인이 살고 있으며,
6명이	전 세계 부의 59퍼센트를 소유하고 있고, 그 6명 모두가 미국 출신이며
80명이	표준 이하의 주거에서 살고 있고
70명이	글을 읽지 못하고
50명이	영양실조에 걸려 있고
1명이	대학 교육을 받고
1명이	컴퓨터를 갖고 있습니다.

따라서 제가 말씀드린 바와 같이 통합비전은 이 행성에서 가장 덜 시급한 이슈들 중 하나입니다. 나선 전체의 건강, 그리고 특히 나선의 초기 파동들이 중요한 윤리적 요청으로서 우리에게 소리치고 있지 않습니까.

그럼에도 불구하고, 2층의 통합적 앎이 지닌 이점은 바로 이것입니다. 통합적인 사고만이 그 시급한 문제들에 대한 해법들로 실질적인 도움을 줄 수 있다는 것. 통합적 사고는 큰 그림들을 이해함으로써 더 설득력 있는 해법들을 제시하는 데 도움이 될 수 있습니다. 그런 사고는 온갖 잡동사니들과 조각난 파편들, 처절한 절망감을 넘어서서, 배려하는 법을 너무나 자주 잊어버리곤 하는 인류의 혼에게 내밀하게 이야기하는 하나의 전체성, 더 나아가 조화까지도 찾아 나섭니다. 그런 사고는 편협한 해법들을 거부하고 세계중심적인 포용, 외부에서 강요된 것이 아니라 내면에서 자연발생적으로 솟아나는 연민을 좇습니다. 통합적 앎은 1층에 그대로 남겨질 경우 우리 모두를 죽일 공산이 큰 그 끔찍한 문제들에 대한 해법을 안출해냅니다." 파월이 절절하도록 진지한 자세로 이야기하자 청중은 나직하게 박수를 치기 시작했다.

"우리의 이사회들은 좀 더 통합적인 접근법을 절실히 필요로 합니다. 우리의 교육 제도는 해체 지향적 포스트모더니즘을 극복하고 어떻게 해서든 좀 더 통합적인 비전을 찾아내려고 애쓰고 있습니다. 우리의 의료 제도는 통합적 관심의 부드러운 보살핌을 통해서 큰 혜택을 얻을 수 있습니다. 각국의 지도자들은 자기 나라가 갖고 있는 가능성들에 대한 좀 더 포괄적인 비전을 인정하고 평가할 수 있을 겁니다. 우리의 가슴과 마음과 혼은 신속한 관심과 배려를 통해 모든 존재를 아우르는 통합적 포용을 열망하고 있습니다." 청중 가운데 일부 사람들이 일어서기 시작했다.

"그런 통합비전으로 충만할 때 여러분은 손가락이 다 닳도록 일할 것이고, 발이 찢어지고 너덜거릴 때까지 대지를 누비고 다닐 것이고, 새벽부터 저물녘까지 홀로 눈물 흘릴 것이고, 모든 신의 아이들이 해방되어 모든 존재의 생득권이 무한한 자유와 풍족함을 누릴 때까지 쉬지 않고 애쓸 겁니다." 그즈음 청중은 모두 일어나 레사 파월의 감동적인 비전과 아울러 사람 자체에 대해서도 박수를 보냈고, 일부는 환호하기도 했다.

"국내의 리더십에서 세계 평화에 이르는, 통합의학에서 배려의 정치에 이르는, 지속 가능한 생태 환경에서 진정한 연민으로 충만한 세계에 이르는, 도덕성을 기반으로 하는 비즈니스에서 모든 것을 아우르는 영성에 이르는 이 수많은 방식들을 통해서 우리는 좀 더 통합적인 포용에서 우러나는 따뜻한 자비의 마음을 제대로 활용할 수 있을 겁니다." 파월이 무대 중앙에 서서 가볍게 절하면서 검은 머리와 검은 피부가 가물거리는 빛 속에서 춤을 췄고, 목소리는 길게 꼬리를 끌면서 서서히 잦아들어갔다.

스콧이 물었다. "정말로 그렇게 될 가능성이 얼마나 될까요, 제퍼슨 박사님?"

캐롤린이 말했다. "거기에 덧붙여서, 어째서 선생님은 세상 사람들이 이 통합비전에 관한 얘기들에 귀 기울일 거라고 생각하세요?"

제퍼슨은 웃음을 터트렸다. "아이구 이 사람들아! 내가 먹을 샐러드가 아직 오지도 않았구만." 그는 식탁을 둘러싸고 앉아 있는 사람들을 돌아봤다. 그와 조안은 나의 초대로 조나단, 스콧, 캐롤린과 함께하는 식사 자리에 합류했다.

"댁들한테 얘기 하나를 해주죠. 나는 브루클린의 한 빈민가인 베드퍼드 스타이브센트에서 태어나고 자랐어요. 거기는 아주 살벌한 동네인 데다 이탈리아 사람들과 푸에르토리코 사람들이 주류라서 나는 마이너리티들 중에서도 마이너리티에 속했죠. 베드 스타이는 대부분의 빈민가들과 마찬가지로 적색 밈인 거리 깡패들이 지배했고, 지금도 그래요. 무슨 얘긴지 알죠? 그리고 거기서 살아남고 싶으면 그 빌어먹을 놈의 갱단 중 하나에 가입해야 해요. 그렇게 하지 않았다간 녀석들이 내 엉덩이에 총알을 먹여줄 테니까. 이 초 안에 이 깡마른 검은 엉덩이에 총알이 박힌단 말이오. 이해해요?" 그는 씁쓸하게 웃었다.

"아무튼 흑인 청소년이 그 빈민가에서 빠져나오려면 어떻게 해야 할까? 적색 밈 거리 깡패들 틈바구니에서, 힙합 갱스터 현장에서 빠져나오려면? 현실적인 유일한 탈출구는 어떤 종류의 구조가 됐든 간에 청색 구조에 들어가는 거요. 알겠어요? 그는 갱단 보스가 지배하는 세계에 그대로 머무를 수 있어요. 그럴 경우에는 마약 밀매자가 되거나 총탄에 맞거나 마약 중독자가 되거나 교도소에 들어가는 것으로 끝나고 말겠지. 당신들도 그 통계를 알 거요. 흑인 청년 셋 중에서 하나는 교정 시스템 속에 들어가 있다고. 그는 그런 상황 속에 갇힐 수도 있고, 모종의 청색 구조로 신분 상승을 할 수도 있어요. 그러면 어떤 청색 구조에 들어가는 게 가능할까? 가짓수가 그리 많지는 않아요. 우선, 스포츠가 있죠. 대개 농구나 미식축구. 다음으로는 종교가 있어요. 루이스 파라한*의 이슬람 국가 운동. 아니면 예수를 발견할 수도 있고. 아마도 개신교는 미국 흑인 역사에서 가장 안정적인 세력이었을 거요. 그다음으로는 군대에 들어가는 거요. 나는 레인저 부대에 들어갔죠. 그러나 아무튼 간에 그 청년이 적색에서 벗어날 수 있는 유일한 길은 청색으로 이동하는 거요.

지금 이 나라에서 녹색 밈의 자유주의자들은 어떤 나쁜 의도도 갖고 있지 않을 거요. 한데 기본적으로 그 사람들은 청색과 관련된 것이면 뭐든 다 싫어해요. 아마 공화당원들이 가장 잘 알려진 청색 버전을 만들어냈고, 그 때문에 민주당원들이 청색이라면 질색을 하는 게 아닌가 싶어요. 이유야 어찌 되었건 간에 녹색 자유주의자들은 입으로는 자기네가 모두를 위한 평등을 원한다고 주장하면서도 실제로는 항상 청색 구조들을 무너뜨리려고 애쓰고 있죠. 내가 말했다시피 이 사람들은 대체로 품위 있고 점잖은 사람들이지만, 그들이 청색 구조를 파괴함으로써 빚어내는 최종적인 결과는 빈민가 아이들이 그곳에서 벗어나거나 더 발전할 기회를 잃어버리게 만드는 거죠.

클리프턴 톨버트가 쓴 《우리가 유색인이었을 때》라는 근사한 책이 있어요. 이 책은 인종차별하는 남부에서의 성장기를 다룬 거죠. 댁들 같은 젊은이들은 이 시절에 관해서 잘 모를 거요. 하지만 이 시절은 우리 '유색인들', 우리 '검둥이들'이 백인 사회와 격리되어 살았던 때였어요. 우리는 백인들과는 다른 식당, 다른 호텔, 다른 급수대를 이용해야 했어요. 그런데 우리는 어렵게나마 아름다운 청색 문화를 건설했어요. 사람들 대부분을 감싸 안아주고 그 혼을 풍성하게 부양해준 문화를 말이오. 이것은

• **루이스 파라한**Louis Farrakhan 미국의 흑인 무슬림 단체인 '이슬람 국가Nation of Islam'의 종교 지도자.

클리프턴이 대단한 자부심과 아울러 달콤 씁쓸한 애정을 갖고서 회상하는 문화요. 그 무렵 우리 주변의 모든 것들은 당연히 백인들의 청색 문화에 해당하는 것들이었고, 그 청색 문화는 또 당연히 민족중심적인 색채가 짙었죠. 우리 문화를 포함한 모든 청색 문화들이 다 그랬어요. 그러니 그런 격리 상태는 끝장이 나야 했어요.

클리프턴의 이야기를 그렇게 달콤 씁쓸한 것이 되게 하는 건 인종 격리 상태를 넘어서는 것이 제아무리 당위적인 일이었다 해도 그것이 이루어지는 과정에서 너무도 많은 것이 상실되었다는 점 때문이오. 녹색 자유주의의 접근법—그들의 훌륭한 동기에 축복을 내려주시길—이 청색 구조를 발견할 때마다 그것을 해체하는 결과를 낳았으니까. 따라서 '유색인'의 청색 문화는 엉망이 되어 적색으로 퇴행하는 경향이 있었어요. 서로 싸우는 갱들, 범죄 소굴, 우리가 오늘날 목격하고 있는 무질서한 상태로 퇴행하는 경향 말이오. 자유주의자들은 모든 청색 구조들에게 꼭 필요한 접착제인 수치심을 '판단 평가하는 성격을 지닌' 것이라고 해서 쓰레기장에 내던져버렸고, 그에 따라 소수 인종의 청색 문화는 여러분이 해체라고 말할 수 있는 것보다 더 빨리 와해되어버렸어요. 투팍 샤커*, 슈그 나이트*, 퍼피*, 그리고 그들과 동류인 이들에게 그런 이야기를 해줄 사람들이 전혀 남아 있지 않게 되었으니 정말 부끄러운 일이 아닐 수 없어요! 정말 수치스러운 일이에요! 적색을 부끄럽게 여기고 이제라도 청색으로 이동해야 해요! 그렇게 해서 적색이 번성했고, 심지어는 그것을 이상화하기까지 하는 형편이 되었죠. 데릭 반 클리프와 돈 벡은 아파르

- **투팍 샤커** Tupac Shakur 25세에 요절한 전설적인 힙합 아티스트.
- **슈그 나이트** Suge Knight 힙합 레이블 데스 로 레코드의 설립자이자 CEO.
- **퍼피** puffy 흑인 음악계를 대표하는 프로듀서이자 가수인 Puffdaddy의 애칭.

트헤이트가 와해되었을 당시 남아프리카에 있었는데, 그분들도 역시 그곳에서 같은 일이 일어나는 걸 목격했어요. 녹색이 청색을 해체시켰고, 그 바람에 적색의 고삐가 풀렸죠. 이런 일화는 클리프턴의 가슴 아픈 이야기 전체에 스며들어 있는 고뇌와 환희의 혼합체 같은 것이죠.

이제 우리는 분명히 아파르트헤이트와 인종 격리를 넘어서야 해요. 꼭 그렇게 되어야 한다는 것은 두말할 필요도 없죠. 하지만 그런 정책들이 와해되기 전에 우리가 좀 더 통합적인 정치가 자리 잡게 했더라면 그 결과는 엄청나게 달라졌을 거요! 우리는 발달의 나선 전체에서 청색이 중요한 위치를 차지하고 있다는 사실을 이해함으로써 그것의 적절한 형태들을 존중해줄 수 있었을 것이고, 또 빈민가의 소수자들이 청색에서 오렌지색과 녹색으로 이동하고, 그러는 과정에서 참으로 통합적인 마음가짐을 갖게끔 도울 수 있었을 거요.

현재 그렇듯이, 아프리카계 미국인들의 적색 하위문화는 청색과 관련된 것이면 뭐든 다 싫어하게 되었어요. 적색 소수자들은 녹색 자유주의자들의 청색에 대한 혐오감을 받아들여 자기네 것으로 만들어버렸죠. 이제 흑인 아이들은 독서를 백인 아이들을 위한 얼간이 게임이라고 생각해요. 그 브라다스(힙합 전사들—옮긴이)는 흰둥이들이 하는 좆같은 짓거리들을 전혀 하고 싶어 하지 않아요. 갱스터 랩이 판치고, 모든 적색 밈의 과시적 표현들이 그렇듯이 갱스터 랩은 여성차별적이고, 동성애를 혐오하고, 잔혹하고 야만적인 성향이 아주 강하죠. 그리고 녹색 자유주의자들은 자기네가 '비非판단평가적'이고 '비非인종차별적인' 자세를 보이기 위해 그런 허튼짓거리들을 지원해줘야 한다고 생각하고 있어요. 기가 차서! 거기에는 '부끄러운 줄 알라!'고 일갈할 만한 청색 문화적 배경이 전혀 없는데. 그리고 바로 그들의 그런 생각이 애초에 우리를 이렇게 혼란스러운 난장판으로 끌어들였는데 말이죠. 내가 방금 전에 말했듯이 그 형제들은 자유주의자들의 청색에 대한 증오심을 그대로 받아들였고, 그 때문에 그들은 적색에 갇혀버렸어요. 이빨과 발톱이 피로 물든 상태로……."

제퍼슨은 깊은 침묵 상태에 빠졌다. 아무도 말을 하지 않았다. 웨이트리스는 그들이 자기가 오는 것을 원치 않는다는 걸 감지하고 그 자리에서 멀찌감치 떨어져 있었다.

"내가 이런 일을 하게 된 게 그 때문이오. 좀 더 통합적인 접근법과 관련된 일을 하게 된 게. 나는 청색 보수주의와 인종차별주의가 흑인들에게 가한 악몽 같은 짓들을 목격했어요. 그리고 녹색 자유주의자들이 모든 청색 구조들을 해체시키고 심지어는 청색의 건강하고 중요한 형태들마저도 해체시키는 것에 의해 풀려난 그에 못지않은 악몽을 목격했고요. 많은 공화당원들이 안고 있는 문제는 그들이 청색 가치관들만을 원하고, 아마도 많은 민주당원들이 안고 있는 문제는 그들이 녹색 가치관들만을 원한다는 걸 거요. 그렇게 해서 양쪽 모두가 이 나라를 분열시키고 있고, 그렇게 찢어진 피 묻은 조각들을 일러 뻔뻔스럽게도 '사랑'이라고 부르고 있죠. 그래서 나는 더 나은 길, 양쪽의 접근법들이 지닌 강점들을 결합시켜주고 그것들이 지닌 혹심한 편협함을 떨쳐내버릴 길이 있어야만 한다고 생각했죠."

제퍼슨의 말에 귀 기울이는 동안 우리의 전 존재는 마치 태풍의 눈 속에 들어와 있기라도 한 것처럼, 혹은 꼬인 마음 상태를 빗겨날 수만 있다면 금방이라도 눈물이 고이게 할 수 있을 만한 인류애의 목소리를 듣기라도 한 것처럼 무섭게 고요해졌다.

캐롤린이 어렵사리 운을 뗐다. "제가 얘기해도 될까요, 제퍼슨 박사님?"

"마크라고 불러요."

"예, 으음, 마크, 선생님, 처음 제가 얘기했던 것과 같은 건데요, 스콧이 말했던 것과도 같은 얘기. 사람들이 귀 기울여줄 가능성이 있을까요? 그런 어떤 일이 정말로 일어날 수 있을까요? 통합적 접근법에 귀 기울여줄 가능성 말이에요……."

웨이트리스가 자신 없이 다가와서 물었다. "뭘 주문하시겠어요?"

데릭 반 클리프가 다시 무대로 나왔다. 그는 할리우드 스타 뺨치게 잘생겨 청중은 그에게서 뭘 기대해야 좋을지 도무지 알 수가 없었다. 그래서 그들은 박수를 치는 대신에 공연히 이리저리 몸을 움직이기만 했다. 그의 강렬한 논조가 거북하게 다가온다는 사실도 그런 반응을 낳는 데 한몫을 했다. 반 클리프는 수줍게 웃었다.

"이 반응은 뭔가요? 우리가 엘리트주의적 관점에 쏠려 있다 그건가요? 저는 부디 그런 뜻이기를 바랍니다만." 그가 정치적으로 공정하지 않은 그런 정서를 거론하는 것으로 청중의 의표를 찌르고 들어오자 그들은 웃었다.

"우리는 통합문화의 가능성에 관해 이야기해왔습니다. 심지어는 세계 평화의 가능성에 대해서도요. 하지만 좀 더 많은 사람들이 세계중심적인 보편적 관심의 파동들에 이르기 전까지는 결코 세계 평화를 얻지 못할 겁니다. 그런 일은 일어나지 않을 거예요.

따라서 통합정치와 통합문화는 동시에 두 가지 일을 하고 싶어 할 겁니다. 아무튼 모든 사람이 출발점에서 태어나기 때문에 나선 전체를 소중히 하는 것, 그와 아울러 가급적 많은 사람들이 더 수준 높은, 더 온정적인, 의식의 세계중심적 파동들로 발달해가도록 돕는 일. 이 두 가지 과업은 중요한 의미를 지닌 것들입니다. 아시겠습니까? 예 그래요. 이것은 엘리트주의입니다. 하지만 이것은 모두가 초대받는 엘리트주의입니다!" 청중 가운데 많은 이들이 그제야 논점을 제대로 이해하기라도 한 것처럼 동의한다는 뜻의 박수를 쳤다.

"우리는 분명 외적인 발전을 지속하기 위한 일을 하고 싶어 할 겁니다. 경제적 조건, 주택 공급, 의료 서비스에 대한 접근성, 환경 지속 가능성 등을 향상시키기 위해서요. 그러나 우리가 내적인 발달을 촉진하고 지원하는 일도 함께 병행하지 않는다면 그런 외적인 개혁들은 부분적인 성공에 그치고 말 겁니다. 그런 것들이 든든히 자리 잡게 해줄 발달된 의식이 존재하지 않을 테니까요. 만일 우리가 수백만 명을 먹여 살릴 방안을 강구해내지 않는다면, 그리고 그들 모두를 그저 원시적인 도덕 상태에 머물도록 방치해서 그들의 기본적인 욕구가 그저 서로를 박멸하는 것이라고 한다면, 그게 과연 좋은 일일까요? 이 행성이 타민족을 말살하려 드는 수십억의 적색 밈들로 우글거리는 상황이 과연 우리가 진실로 바라는 것일까요? 그런 점에 관해서 진지하게 생각해보세요, 여러분. 현재 전 세계의 문제들에 대한 외적인 접근법들이 하고 있는 게 바로 그런 겁니다. 사람들이 서로를 파멸시킬 수 있게 하기 위해 사람들을 구해주는 짓.

환경 보호의 경우에도 사정은 마찬가지입니다. 여러분이 그저 외적인 접근법들, 일테면 지속 가능한 기술, 자연 자본주의, 이산화탄소 감축, 홍수림 복원에만 힘을 쏟고 인류의 내적 발달─자기중심적인 단계에서 민족중심적·세계중심적 단계들로의─을 돕는 일은 외면한다면, 기껏해야 가이아를 죽이는 결과만 빚어내고 말 겁니다."

반 클리프는 여전히 칼날처럼 예리한 눈빛으로 청중을 돌아봤다.

"여기 와 있는 X세대와 Y세대 여러분은 우쭐대지 마세요. 인터넷이 의식에 미치는 효과의 경우에도 사정은 마찬가지니까요. 여러분은 인터넷 키드들이죠? 여러분은 지구촌에서 살고 있죠? 흔히 인터넷이 빠르게 글로벌한 뇌가 되어가고 있다, 공유된 하나의 네트워크 속에서 모든 사람을 결합시켜주고 통합시켜줄 글로벌한 의식의 단일 신경계가 되어가고 있다고 얘기합니다. 그렇죠?" 청중 속의 '키드들'이 대체로 동의한다는 뜻으로 고개를 끄덕였다.

"여러분에게 이런 얘기 하기는 싫지만, 인터넷은 그런 일을 하지 않을 겁니다. 인터넷은 기술적 시스템들의 외적인 웹일 뿐이며, 그걸 이용하는 이들은 의식의 내적 발달의 여러 수준에 이른 이들일 겁니다. 개중에는 자기중심적인 사람도 있고, 민족중심적인 사람도 있고, 세계중심적인 사람도 있을 겁니다. 만일 나치스가 인터넷을 소유하고 있다면 좋을 게 뭐가 있을까요? 문제점이 뭔지 알겠어요? 현재 인터넷은 적색 밈, 청색 밈, 오렌지색 밈, 녹색 밈 등으로 가득 차 있습니다. 그것이 '글로벌한' 것이라는 사실은 별다른 의미가 없습니다. 네트의 의식은 그것이 평면적인 글로벌 시스템이라는 사실에 의해서가 아니라 그것을 타고 흐르는 마음들에 의해서 결정되기 때문입니다."

"제가 결론 내린 게 바로 그겁니다!" 나는 그렇게 소리치고 나서 주위를 둘러보고는 내가 그 전주에 견뎌냈던 이론적 격변을 진정으로 이해해줄 사람이 아무도 없다는 걸 깨달았다. 반 클리프는 '사이버스페이스의 내면', 그리고 어떤 시스템이 평면적으로 글로벌하다는 사실이 그것의 수직적 깊이를 보증해주는 것은 전혀 아니라는 사실을 설명하고 있었다.

반 클리프는 말을 계속했다. "사실 FBI는 거의 순전히 인터넷 때문에 증오 집단과 인종차별적 집단의 숫자가 엄청나게 불어났다고 보고했습니다. 이제 그런 집단들은 서로를 좀 더 쉽게 찾아낼 수 있습니다. KKK의 숫자도 폭발적으로 불어났고, 신나치들도 역시 그렇습니다. 모두가 다그 '글로벌한 뇌' 덕분이죠. 적색 밈과 청색 밈도 태평세월을 구가하고 있습니다. 참 웃기죠?

따라서 우리가 글로벌한 뇌를 갖고 있다는 것—사실 이런 표현은 아주 진부하죠—은 그렇다 치고, 제가 우려하는 것은 글로벌한 마음입니다! 우리가 주의를 기울이기 시작해야 할 것은 그 마음, 의식의 그런 내적 파동들입니다. 여러 밈들이 자기네의 조잡한 욕망을 품고서 약속 장소로 내달려가곤 하는 글로벌 디지털 경로들의 그 평면 세계적 시스템을 그저 구경하는 것만으로는 부족합니다."

이것은 아직 매우 모호한 생각이었다. 나는 그 생각이 함축하고 있는 내용의 마지막 세세한 대목들을 아직 제대로 알아차리지 못했다. 청중도 그 모든 얘기가 함축하고 있는 내용에 관한 내 불편한 감정을 공유하고 있는 것 같았다. 헤이즐턴의 첫 번째 강연을 듣고 있는 동안 내 마음의 배후에서 명멸하기 시작한 그 네온등은 스스로를 찾으려고 안간힘을 쓰고 있는 앎의 희미한 풍경을 여전히 비춰주고 있었다. 그 네온등은 계속해서 이야기하고 있었다. '평면 세계에서 길을 잃어버렸네, 평면 세계에서 길을 잃어버렸네, 평면 세계에서 길을 잃어버렸네.' 그 말의 참뜻은 뭐였을까? 그 깜박깜박하는 등의 빛이 점점 더 밝아졌다. 그 빛이 내 뇌 밖에서 명멸하기 시작했다. 청중의 머리 위에서 번쩍이기 시작했다. 우리 부모가 늘 연주했던 노래가 뭐였지? "그러자 그 네온등은 그것이 만들어내는 글귀들로 경고를 발하기 시작했지. 네온등은 그 침묵의 소리를 메아리치게 하면서, 예언자들의 말이 지하철과 아파트 벽들에 적혀 있다고 했어…….(사이먼 앤 가펑클의 〈침묵의 소리〉의 가사 후반부—옮긴이)"

"그러니 X세대와 Y세대 여러분, 여러분이 인터넷 키드라고 하는 것이 어떤 것도 보증해주지 않는다는 걸 이해하시죠? 여러분은 글로벌한 관점을 가져야 합니다. 그건 아주 중요합니다. 하지만 여러분은 수평적으로 글로벌할 뿐만 아니라 수직적으로도 글로벌해야 합니다! 여러분은 글로벌한 의식에 거주하면서 자기중심적인 단계에서 민족중심적인 단계로, 세계중심적인 단계로 실제로 이동해야 합니다. 그것이 참으로 글로벌한 것이요, 그것이 여러분의 참된 자기입니다. 그러니 부디 부탁드리는데, 여러분 자신의 가장 수준 높은 상태를 구경하는 관광객으로만 머물러 있지 마세요!" '키드들' 중 많은 이들이 박수를 치고 환호하고 머리 위로 손을 흔들었다. 나도 수줍어하면서 그들에게 가담했다.

"오늘도 또 좀 거칠게 나왔네요. 이런 저를 용서해주시길. 여기 한 가지 좋은 소식이 있습니다. 우리가 사실은 오늘을 위해서 여기 있다는 것. 우리가 참으로 2층으로 변화할 수 있는 몇 가지 길을 찾으러 여기 있다는 것. 또 압니까, 3층으로 변화할지도. 잠시 후에 그에 관한 얘기를 듣게 될 겁니다. 우리가, 아니, 부머들과 X세대와 Y세대를 모두 포함하고 있는 여러분과 내가 어떻게 하면 2층으로 변화할 수 있을까요? 마크 제퍼슨 선생은 통합정치에 관해서 언급했는데, 그건 분명 아주 중요한 겁니다. 하지만 우리는 그와 아울러 우리 자신으로부터, 우리 자신의 개인적인 변화로부터 시작해보기로 합시다. 우리 각자는 어떻게 하면 그런 변화를 이룰 수 있을까요? 카를라 푸엔테스 선생에게 제 안부를 전해주세요."

전면 벽에 "통합적 변환 훈련"이라는 대형 슬라이드가 뜨는 것과 동시에 푸엔테스가 무대로 나왔다.

"궁극의 오메가가 가까워지고 있나요? 지금 당장 그렇다는 뜻인가요?"

내 머릿속 노인의 목소리가 말한다. "그렇다, 켄. 당장 나를 따라서 하라. 젊은 켄이여, 지금 그걸 하라. 내 약속하는데, 그대의 모든 의문들에 대한 답을 보여주겠다."

"진심으로 하는 말씀인가요, 아니면 그저 농담으로 하는 말씀인가요? 여보세요?"

"최근의 짜릿한 심리학 발달상들 중 하나는 인간 변화, 곧 개인적·문화적·영적 변화의 기법들에 대한 좀 더 세련되고 정밀한 이해입니다. 우리가 이런 기법들을 하나로 뭉뚱그려서 통합적 변환 훈련Integral Transformative Practice(ITP)이라고 이야기하는 건 별로 놀라운 일이 아니죠."

카를라 푸엔테스는 미소 지으며 부드러운 눈길로 청중을 바라봤다. "여러분이 젊은 층이건 노년층이건 혹은 중년층이건 상관없이 삶의 어느 시점에서도 진정한 변화가 일어날 수 있습니다. 어느 시점에서는 변화가 좀 더 쉽게 일어나기는 하지만요. 만일 여러분이 진지한 자세로 개인적인 변화에 임한다면, 통합적 변환 훈련은 이런 가능성을 훨씬 더 높여줄 수 있는 탁월한 방법이 됩니다. 2층과 3층으로의 발달에 관심을 가진 분들에게는 이 훈련이 선택할 만한 길로 비칠 겁니다. 사실 여러 가지 증거들이, 이것이 장기적으로 작동하는 유일한 길일 수도 있다는 점을 말해주고 있습니다. 우선 이 훈련에 대한 개괄적인 설명을 간단히 하고 난 뒤, 좀 더 진지한 자세로 이런 훈련을 하고 싶어 하는 분들을 위해 구체적인 지침들을 말씀드리도록 하죠."

푸엔테스는 다시 빙그레 웃고는 따듯한 눈빛으로 청중을 바라봤다. "ITP의 기본적 발상은 간단합니다. 우리가 우리의 신체적·감성적·정신적·영적 존재 차원들을 동시에 훈련시키면 시킬수록 변화가 일어날 가능성이 더욱더 높아진다는 것. 이해가 되시나요?

우리는 이런 훈련을 과도하게 함으로써 이것을 일종의 강박장애 같은 것으로 변질시키는 것은 원치 않습니다!" 그녀는 그렇게 말하고는 웃음을 터뜨렸다. "하지만 우리는 대부분의 사람들의 내면에서 잠자는 경향이 있는 모든 잠재력을 일깨워주려고 노력하고 싶어 합니다. 그런 잠재력은 네 개의 현을 가진 기타입니다. 신체적·감성적·정신적·영적인 현들을요. 만일 여러분이 그 네 줄의 현 모두를 동시에 친다면, 그에 따른 소리는 여러분 자신의 혼이 발하는 아름다운 코드가 될 겁니다.

그럼 신체 훈련으로부터 시작해보기로 합시다. 이 훈련은 아주 간단한 것이 될 수도 있습니다. 좀 더 건강한 식단을 선택하는 것. 아니면 운동하는 것. 우리는 역도를 권하는데, 그것은 역도가 그 어떤 운동보다 훨씬 더 큰 생리적 이득을 안겨주기 때문입니다. 하지만 수영, 조깅, 하타요가 등을 할 수도 있습니다. 우리는 임상례들을 통해서 이 전체적 훈련 과정에서 일어나는 변화의 50퍼센트가 이 간단한 신체적 훈련 수준에서 실제로 일어난다는 사실을 발견하고 있으니 비웃지 마세요!" 그녀는 환하게 웃으면서 말했다.

"감성적 훈련 수준도 역시 아주 쉬운 것이 될 수 있습니다. 그저 우리 존재의 활력적·감성적 측면들과 접하기만 하면 됩니다. 여기 계신 젊은 분들은 이렇게 하는 것이 아주 쉽다고 생각할지도 모르는데, 천만에요! 여러분은 그저 부모님이 양육해준 데 따라서 느끼고 행동할 뿐입니다. 그리고 부모님이 제아무리 '너그럽게' 행동하려고 노력한다 해도—주님은 부머들이 너그러웠다는 걸 알고 계십니다—성장 과정 그 자체가 아이의 활력을 짓누르곤 합니다. 이런 억누름은 수준 높고 탈인습적이고 영적인 앎에 대한 억압이 아니라, 수준 낮고 기초적이고 전인습적인 느낌들에 대한 억압입니다. 그것은 완화되어야 할 필요가 있는 억압입니다. 그러므로 우리 모두는 자연 발생적인 느낌들과 활력, 감성적 표현력과 좀 더 밀밀하게 접하는 것을 통해서 이익을 얻을 수 있습니다. 녹색 밈을 따라가서 거기에 갇히지만 말아주세요!" 그녀는 부드럽게 웃으며 말했다.

"느낌 차원과 접하게 되는 것은 그런 일에 특화된 방법들, 일테면 정신치료법, 드림워크dreamwork, 상담 등을 통해서 일어날 수 있습니다. 혹은 태극권, 기공, 생체 에너지 요법, 영기靈氣 요법, 바디워크bodywork 등 같은 미묘한 에너지 훈련들을 해볼 수도 있습니다. 그러나 느낌 차원과 접하는 일은 삶의 감성적 측면들에 좀 더 주의를 기울이는 것만을 통해서도 일어날 수 있습니다. 일상에서 친구들과 가족, 동료들, 배우자 등과의 관계를 맺는 방식을 통해서도. 감성지능은 우리 삶의 이런 차원을 요약해주는 인기 있는 말입니다."

나는 내 곁에 앉아 있는 친구들인 조나단, 스콧, 캐롤린을 힐끗 돌아봤다. 그리고 우리의 집단적인 감성지능은 100점 만점에 8점 정도 될 것이라는 걸 깨달았다. 클로이를 포함시킨다면 그 점수는 5점으로 내려갈 것이다. 나는 조나단에게 상체를 숙이고 말했다. "너는 네게 딱 어울리는 짓을 해왔어."

"내가?!"

"이제 정신 부분을 살펴보기로 하죠. 정신 차원은 사실 우리가 논의해온 의식의 나선 전체에 대한 약칭일 뿐입니다. 베이지색은 신체적·감성적 차원이고, 청록색은 영적인 차원과 융합되기 시작합니다. 그러나 그 양자 사이에 있는 모든 색, 곧 자주색, 적색, 청색, 오렌지색, 녹색, 노란색은 본질적으로 정신 수준에 속해 있습니다. '정신적 훈련'은 본인이 어떤 수준에 이르러 있든 간에 단지 정신을 사용한다는 것을 뜻하는 말일 뿐입니다. 자신의 능력이 닿는 한껏 그것을 사용한다는 것. 현재 여러분의 대다수는 분명 이런 일을 이미 하고 있습니다. 결국 여러분 중 상당수는 대학생이거나 대학에서 가르치고 있거나 전문직에 속한 분들이죠. 하지만 ITP의 경우에 '여러분의 정신을 훈련시킨다는 것'은 매우 구체적인 것을 뜻하니 그 점을 설명해보도록 하겠습니다."

캐롤린이 조나단을 보면서 말했다. "네 경우에 그것은 덜떨어진 애를 찾아내는 걸 뜻하지."

"오 그만둬, 넌 나를 죽이고 말 거야."

"예 하나를 들어보기로 하죠. 여러분은 모두 원소 주기율표라는 것을 들어봤을 겁니다. 그건 자연에 있는 기본적인 모든 원소들, 즉 탄소, 산소, 붕소, 칼륨, 규소, 마그네슘 등으로 이루어진 표입니다. 이 표는 오렌지색 밈이 발견했습니다. 오렌지색의 과학적 수준에서 작동하는 어떤 이

(멘델레예프라고 하는 신사)가. 하지만 주의하세요. 여러분이 오렌지색 수준으로 발달해갔을 때 자동적으로 주기율표의 모든 원소들을 알게 되는 건 아닙니다. 그렇죠? 설사 여러분이 오렌지색 수준에 이르렀다고 해도 여러분은 여전히 그 모든 원소들에 관해서 배워야 합니다. 오렌지색 수준은 여러분에게 주기율표를 배울 수 있는 능력을 제공해주지만 여러분이 꼭 배울 거라는 걸 보장해주는 건 아닙니다. 누가 아니래?"

청중은 동의한다는 뜻에서 웃었다. "세계에 대한 통합적인 관점의 경우에도 마찬가지입니다. 노란색 수준은 여러분에게 통합적 관점을 배워 익힐 수 있는 능력을 제공해주지만 여러분이 꼭 그렇게 되리라고 보장해주는 건 아닙니다. 여러분이 노란색에 도달할 때 여러분은 발달의 나선에 있는 모든 밈들을 참으로 배워 익힐 겁니다. 그 밈들은 일종의, 의식의 원소 주기율표 같은 것이니까요. 하지만 그 나선은 여러분이 배워 익혀야 할 것입니다. 멘델레예프의 주기율표와 마찬가지로, 그 내용이 자동적으로 배워 익혀지는 것은 아닙니다.

그러므로 다음과 같은 일이 일어납니다. 여러분이 정신적 발달의 어느 수준에 이르렀든 간에, 발달의 나선을 공부할 때, 다시 말해 의식의 스펙트럼 전체를 지적인 능력을 사용해서 연구할 때, 여러분은 노란색 인지를 사용하고 있는 겁니다. 그럴 때 우리는 '노란색 불을 켠다'고 말합니다. 따라서 여러분은 나선 전체를 연구하는 것을 통해서 기본적으로 2층의 사고방식을 사용하고 있는 겁니다. 여러분은 어째서 각 밈들이 다 중요한지를 이해하기 시작합니다. 적색과 청색과 오렌지색과 녹색 모두가 다 아주 중요한 역할을 갖고 있다는 사실을 깨닫기 시작합니다. 하지만 오로지 2층 의식만이 실제로 그런 사실을 깨달을 수 있습니다! 따라서 여러분은 통합적으로 생각하는 사람이 되어가고, 노란색 수준에서 생각하는 정신을 사용해서 실제로 노란색이 되어갑니다.

이렇게 하는 한 가지 방법은 통합적인 책들을 읽고 연구하는 겁니다. 우리가 추천하는 많은 책들이 있지만 아마 가장 좋은 출발점이 되어줄 만한 것은 두 권의 책일 겁니다. 그 책들은 익살맞게도 다음과 같은 부머리티스식 제목을 갖고 있습니다. 《모든 것의 역사》와 《모든 것의 이론》. 우리는 여러분이 이 순서대로 이 책들을 읽기를 권합니다. 이 책들에는 다른 통합적인 저서들에 관한 많은 참조 사항이 수록되어 있어 여러분이 연구하기 시작할 때 도움이 될 겁니다."

나는 낮게 말했다. "조나단, 우리가 이런 연구를 하고 싶어 하는 호기심 많은 사람들로 이루어진 그룹을 만들어야겠다는 생각 안 들어? 이런 일을 할 다른 사람들과 연합할 필요가 있겠어."

"난 단지 동료들하고만 연합해. 한데 내게는 동료가 하나도 없어서 아무하고도 연합하지 않아." 그가 입이 찢어지도록 웃는 바람에 얼굴에 주름이 자글자글하게 일었다.

캐롤린이 말했다. "베이지색 사람들 중에서 대학에 들어오는 사람이 거의 없다시피 하니까 네게 동료가 없는 거야."

"캐롤린, 그 초콜릿 에클레어를 내려놓고 이리 좀 와주지 않을래?"

"이 사람들아, 제발 그만 좀 해."

"이것이 바로 우리가 ITP에서 '정신을 훈련시킨다'는 말이 뜻하는 겁니다. 아주 간단합니다. 노란색으로 생각하기 시작하라. 2층으로…… 3층으로 들어가는 길이 바로 그겁니다. 3층으로 들어가는 방법에 관해서는 잠시 후에 살펴볼 겁니다."

나는 조나단을 쳐다보며 낮게 말했다. "조나단, 3층이야." 그는 "나도 알아"라고 말하는 것 같은 표정을 했다.

푸엔테스는 말을 계속했다. "3층, 곧 영적인 차원의 경우에는 얘기가 좀 복잡해집니다. 한 가지 의미에서 보자면, 영은 존재하는 모든 것의 항상 존재하는 '바탕'이며, 따라서 발달의 모든 단계에서 늘 온전하게 존재합니다. 그러나 또 다른 의미에서 보자면, 의식의 더 수준 높은 파동들에서만 영을 제대로 알아차릴 수 있습니다. 앞에서 우리가 살펴봤다시피, 청록색 파동에서 이미 흔히 쓰이는 말은 '지구는 단일한 의식을 지닌 유기체다'라는 것이고, 다음 파동에서 '우주적 의식'으로 알려진 이 유기적 통일성은 직접 체험됩니다.

이 더 수준 높은 영성은 적색과 청색 종교들을 지배하는 단순한 신조나 신화, 도그마가 아니라 직접적인 체험의 영성입니다. 이것은 마법과 신화적 형태들의 전합리적 종교가 아니라 직접적인 체험의 초합리적 영성입니다.

예 그래요, 이것이 바로 우리가 '3층'이라고 부르는 것입니다."

조안의 말이 옳다. 부머들은 비밀 무기 하나를 갖고 있으니 그것은 인생 후반기다. 그때가 되면 몸과 마음이 점차 투명해져간다. 나는 점점 더 불편부당한 위대한 '목격자', 존재하는 모든 것을 비춰주는 거울과 같은 마음이 된다. 하늘에 구름이 흘러가고, 몸속에서 느낌들이 흘러가고, 마음속에서는 생각들이 흘러가나 나는 그 어떤 것도 아니다. 나는 그 모든 것들이 흘러가는 빈터요, 내 참된 본성인 의식 속에서 조용히 떠오른 그 모든 것들이 떠도는 눈부시게 투명하고 무한한 하늘이다. 나라고 하는 이 실재는 늙지 않고 주름지지 않으며, 시간이나 온갖 혼란이나 눈물이나 두려움의 영향을 받지 않는다. 나는 우주가 생겨나는 열락의 허공 속에 오로지 홀로 존재한다. 나는 위대한 불생Unborn으로서 시간의 흐름 속에 들어가는 법이 없고, 위대한 불사Undying이면서 존재하는 일도 없다. 나는 항상 모든 세계들에 대한 빛나는 목격자로서, 다함없는 생생한 경이들로서 이미 영원히 현존하고 있다. 나는 모든 시간을 알아차리지만 영원하고, 모든 공간을 알아차리지만 무한하다. 나는 오지도 않고 가지도 않으며, 이 스스로 존재하는 무한한 허공에서 홀로 있다.

그리고 의문이 여전히 남아 있다. 조만간 젊은 켄이 자기 내면의 회랑에서 나를 만날 때 본인의 본래면목을 알아볼까?

"우리는 신체적·감성적·정신적 차원들을 위한 훈련을 간략하게 살펴봤습니다. 그럼 이제 영적 차원을 위한 훈련은 어떻게 해야 할까요?" 푸엔테스는 청중을 바라봤다. 오늘 앞서의 강연들이 그러했듯이 그녀의 강연이 설교로 변한 것은 분명했다. 하지만 이 시점에서 그런 것에 마음 쓰는 사람들은 거의 없었으며, 많은 이들이 그녀의 권고를 마음에 새길 정도로 열심히 귀 기울이고 있는 것 같았다. 그것은 꼭 지역 YMCA에서의 '수프와 설교' 같았다. 거기서는 무료 수프 한 그릇을 얻어먹을 수 있지만 그 전에 먼저 설교부터 들어야 한다.

"유서 깊은 영적 훈련은 당연히 명상이고, 우리가 제일 권하는 것도 여전히 이것입니다. 게다가 실험 관찰에 의한 경험적 연구는 명상이 성인들의 내면에서 수직적 변화를, 의식의 두세 수준을 뛰어넘는 상향적 전환을 불러일으킬 수 있다는 사실을 지속적으로 입증해줬습니다. 그런 반면에 바디워크, 무당의 신 내림, 일체 지향적 호흡법, 정신 치료법을 포함해서 세상에 널리 알려진 다른 기법들의 경우에는 이런 점이 입증되지 않았습니다. 따라서 우리는 핵심적인 영적 훈련으로 명상이나 관조를 권하고 있습니다.

3층에 관해서 제가 가장 빈번히 받는 질문은, 우주적 의식이 수상쩍은 마약 체험 같은 것에 불과한 것이 아니냐는 겁니다. 그리고 만일 그게 마약 체험이 아니라면, 단지 간질 발작이나 환각 같은 것에 불과한 것이 아니냐는 것. 달리 말해 그것이 참된 리얼리티에 대한 지각을 반영하는 참된 체험이 아니라 환상이나 뇌가 이상해져서 생기는 현상이 아니냐는 것. 그렇죠?"

푸엔테스는 청중을 바라보면서 장난기 어린 환한 미소를 머금었다. "이런 것이야말로 사람을 바보로 만드는 넋 나간 1층의 에고들이 생각하는 천치 같은 방식입니다. 그 에고들, 참으로 거룩한 멍청이들은 스스로가 죽거나 더 큰 어떤 것을 자각할까 봐 두려워하기 때문입니다. 마치 자기네의 그 멍청하고 보잘 것 없는 자아가 큰 손해를 입기라도 할 것처럼 말입니다." 그녀는 적당한 말을 생각해내려고 애쓰면서 혼자 킬킬대고 웃기 시작했다. "그렇게 해서 그 에고들은 3층의 모든 리얼리티를 뇌의 병리 현상에서 비롯된 것들로 격하시키려고 애쓰고, 그렇게 해서 또 다른 소심한 나날을 영위하기 위해 자기네의 편협하고 짐승 같은 삶을 보호하려고 애씁니다." 푸엔테스는 씩 웃고는 자신의 트레이드마크 같은 한 구절을 웅얼거렸다. "아, 나는 오전 중에 정치적으로 공정하지 않은 생각에서 나는 냄새를 너무 좋아한단 말이야!

좋아요, 좋아. 철창 우리 흔들기는 이걸로 충분할 것 같네요. 여러분이 아직 우리 안에 갇혀 있을 때만 이런 식으로 흔드는 게 짜증이 나죠. 그렇잖아요? 하지만 제 말의 요점은 간단해요. 영을 뇌 속에서 일어나는 불꽃놀이 같은 것으로 격하시키려고 하는 것은, 저기 보이는 사과가 정말로 존재하는 게 아니라 뇌 속에서 일어나는 생화학적 현상에 불과한 것이라고 말하는 것이나 같아요. 물론 모든 경험이 다 그렇듯이 우주적 의식에는 뇌 생리 기능에서의 변화들도 포함됩니다. 하지만 뇌의 그런 변화는 더 수준 높은 리얼리티들에 대한 지각과 상호 연관된 것에 지나지 않아요. 그런 영적인 리얼리티들은 사과와 마찬가지로 뇌가 그걸 보거나 안 보는 것과 상관없이 존재합니다. 하지만 뇌가 그것들을 볼 때, 우주적 의식에 대한 체험의 경우와 마찬가지로 내내 있어왔지만 너무 바빠서 주시하지 못했던 리얼리티들을 기록하는 것일 뿐입니다."

청중 중에서 누군가가 소리쳤다. "엑스터시라는 약물의 경우에는 어떤 가요?"

푸엔테스는 빙그레 웃었다. "많은 사람들이 그것이 안겨주는 환락에 취하곤 하죠? 적은 양의 엑스터시 혹은 MDMA (엑스터시의 화학명 - 옮긴이)가 안겨주는 약간의 환락, 그리고 그 사람들이 참으로 좇는 게 뭐죠? 그들이 하고 있는 것은 3층의 일부를 체험하려는 거잖아요?

그것은 본질적으로 '황홀경' 체험과 관련된 거죠. 약물에서 온 것이든, 음악을 듣거나 조깅을 하거나 요가를 하거나 산악 트레킹을 하거나 사랑에 빠지는 것에서 온 것이든 간에 상관없이 다 그렇습니다. 그 모든 '황홀경'에 공통된 것은 두 가지입니다. 3층을 희미하게나마 감지하는 것, 그리고 그것을 통해서 오는 뇌의 변화들. 3층을 희미하게나마 감지하는 것은 그런 체험에 깊은 의미를 부여해주며, 뇌의 변화들은 흔히 '황홀경'이나 열락이나 무아경 상태와 관련된 육체적인 느낌들을 안겨줍니다. 따라서 여러분의 뇌는 3층에 이르렀을 때 황홀경을 맛보게 됩니다. 하지만 3층 혹은 영 그 자체는 영원히 찬연한 빛을 발하면서 줄곧 존재하고 있습니다……

내가 모든 리얼리티의 본성인 그 무한한 레이브 파티 속으로, 온 세계를 추동하는 빛나는 전율의 무한히 황홀한 파동 속으로 녹아들어갈 때, 너무도 가까워서 알아차릴 수 없는 우주적 의식의 그 더없는 열락이 찾아든다.

"클로이, 너는 우리가 엑스터시를 복용하고 밤새 내 파티를 즐기는 진정한 이유가 3층과 접하고 싶어서 그러는 거라는 걸 알아?"

"오오오오, 내가 까무러치는 걸 봐." 클로이는 그렇게 말하며 그걸 그대로 시연한다. 그녀는 그 열락 상태에 빠져들어가고 두 눈이 위로 돌아가고 그녀의 알몸이 내 알몸 속으로 녹아들어간다. 온우주의 소용돌이치는 파동이 하나가 된 우리의 몸속을 타고 흐르면서 앞으로 일어날 일들이 눈앞에서 희미하게 어른거리고, 내 앞에서 미친 듯이 명멸하는 찬연하고 야성적이고 근원적인 장면들을 순간적으로 일별한다. 임박한 새벽이 다가오는 고동 소리가 내 몸을 사납게 흔들어대서 나를 깨어나게 한다……

"하지만 얘기의 요점은 섹스를 하는 것에서 모차르트 음악을 듣고, 승리의 쾌감을 맛보는 것에 이르는 이 모든 순간적인 황홀경들이 단지 '일시적인' 것들이라는 점입니다. 여러분은 분명 이런 점을 알아차렸을 겁니다. 그렇죠? 그런 것들에 탐닉하는 이들은 그런 덧없는 체험들에 집착하게 됩니다. 약물이나 도박에 빠지든, 섹스와 쇼핑과 조깅과 일과 돈 버는 일과 성공의 짜릿함에 빠지든, 다 마찬가지입니다. 따라서 이런 갖가지 것들에 중독된 이들은 자기네에게 황홀경을 안겨준 실질적인 원인을 놓치고 맙니다. 그런 황홀경은 외적인 대상들을 얻거나 사건을 겪어서가 아니라 3층 의식의 내적인 상태와 접하면서 일어나죠. 따라서 중독자들은 진정한 황홀경의 원천을 놓쳐버리고 그런 외적인 것들을 강박적으로, 파괴적으로, 미친 듯이 좇습니다. 더없는 행복감은 목격되는 대상이 아니라 '목격자'로부터 옵니다.

그러므로 통합적 변환 훈련의 핵심은 이런 행복감의 참된 원천인 3층 의식을 발견하자는 것이고, 그 영적인 자산을 일시적으로가 아니라 영원히 일깨우자는 것입니다. 그렇겠죠? 그렇습니다.

우리가 이 모든 훈련을 통합할 때, 즉 우리가 신체적·감성적·정신적·영적인 훈련들을 동시에 할 때는 어떤 일이 일어날까요? 그렇게 할 때, 우리는 ITP, 곧 통합적 변환 훈련을 하는 것이 됩니다. 그리고 중요한 연구 결과들은 ITP가 삶에서의 가장 강력한 성장 기법이라는 점을 알려주고 있습니다."

푸엔테스는 자기 말의 효과를 살펴보기 위해 싱긋이 웃으며 잠시 말을 멈췄다가 계속했다. "통합센터에서 다음번에 시행할 세미나 시리즈는 전적으로 통합적 변환 훈련에만 집중할 예정이며, 따라서 관심이 있는 분들은 부디 오셔서 우리와 함께 그 훈련에 참가해주면 좋겠습니다. 잘 아시다시피 이런 세미나들은 무료입니다. 지금 당장 시작하고 싶은 분들에게는 통합센터의 회원들이 쓴 다음과 같은 몇 권의 책을 추천해드립니다. 《우리에게 주어진 삶》, 《참으로 중요한 것》, 《우리 머리 위에》, 《한 맛One Taste》(켄 윌버의 다른 저작들에서는 《일미一味》로 소개되었고, 국내 번역본은 《켄 윌버의 일기》라는 제목으로 출간되었다 - 옮긴이).

"여기 있는 X세대와 Y세대 젊은이들의 경우, 저는 여러분이 신체 훈련과 다이어트에 관해서 별로 신경 쓸 것 같지가 않습니다. 여러분의 나이 때 저도 그랬다는 걸 알고 있으니까요. 여러분은 술 마시고 담배 피우고 약물을 복용하는 것을 포함해서 온갖 것을 다할 겁니다." 청중 가운데 앉아 있던 아이들 중 하나가 "온갖 짓을 다하죠!"라고 소리쳤고, 푸엔테스를 포함해서 모두가 웃었다.

"맞아요. 그리고 저는 여러분이 그 모든 것에 대해 깊이 생각해볼 거라고도 생각지 않습니다. 하지만 적어도 통합적인 연구는 시작해보도록 합시다. 여러분의 마음을 활용해서 노란색의 방식으로 생각해보고, 통합적인 책들을 읽어보고, 글로벌한 세계와 그곳에 사는 글로벌한 주민으로서의 자기 모습을 그려보는 일을 시작해보도록 합시다. 만일 여러분이 제대로 된 ITP에 대해 진지하게 접근하고 싶어 하다면, 아주 좋은 일이죠. 하지만 적어도 노란색의 방식으로 생각해보기 시작하도록 합시다!" '키드들' 모두가 의자에 앉은 상태에서 몸을 이리저리 바꾸면서 과히 요란하지 않게 박수치고 환호했다.

푸엔테스는 빙긋이 웃었다. "다음번에 약물을 복용할 때는 여러분이 진정으로 찾고 있는 게 뭔지에 대해 잠시라도 생각해주시기 바랍니다……." 그녀는 천천히 연단 앞으로 되돌아갔다.

"이제, 부머들에 대한 이야기로 들어가보기로 하죠. 여러분에게 이 얘기를 어떻게 해야 좋을지 잘 모르겠는데요, 아무튼 여러분은 죽어가고 있습니다. 눈 두 번만 깜박이면 인생 끝납니다. 그러니 프로그램을 함께 하도록 하시죠. 어떻게 생각하세요?" 그녀는 대놓고 농담을 계속하면서 웃었다. 하지만 청중은 그 웃음을 함께 나눌 준비가 되어 있지 않은 것 같았다.

"오, 걱정하지 마세요, 여러분. 인생 후반기는 여러분이 앎의 더 수준 높은 파동을 향해 마음을 열 수 있는 특별한 기회에 해당합니다. 그렇지 않나요? 이게 제 얘기의 핵심입니다. 여러분은, 아니 우리는 인생 후반기에 접어들고 있고, 따라서 우리의 혼은 2층 혹은 3층으로의 변화에 훨씬 더 개방되어 있습니다. 만일 우리가 그렇게 한다면, 상당수의 부머들이 2층으로 변화한다면, 저는 우리가 참으로 역사상 최초의 통합적 세대의 일부가 될 것이라고 굳게 확신합니다. 긱스 앤드 기저스 혁명에서 기저스 부분을 담당하게 되겠죠……."

그 말을 듣고 내가 계속 생각했던 건, 봇들이 먼저 거기에 이르지 못할 경우에는 그렇게 되겠지, 였다.

"사람들이 이 통합적 접근법에 귀 기울여줄 가능성이 있느냐고?" 제퍼슨은 우리를 둘러보면서 희미하게 웃더니 자신의 샐러드 접시를 옆으로 밀어놨다. "유감스럽게도 그건 참 좋은 질문이오, 캐롤린. 하지만 이 얘기를 해주고 싶어. 우리에게 유리한 점이 하나 있다고."

조안이 웃으며 말했다. "인생의 후반기! 그것은 위대한 모든 변화 요소들을 다 갖고 있어요. 죽음, 늙음, 병을……."

"요실금용 기저귀, 침대 옆에 놓인 병 속의 의치, 유효 기한이 지난 비아그라, 제 몸에다 먹은 걸 토하면서 '아, 여보, 내 대변 주머니 어디다 뒀지?', 마른버짐이 안겨주는 혹심한 고통, 흡입관들이 사냥개의 귀처럼 아래로 축 늘어지는 바람에 자기 가슴 속에 집어넣어야 하고, 밤마다 여섯 번씩 일어나 화장실에 가야 하고, 내가 있는 곳이 어디지 궁금해하고⋯⋯."

모두가 멍한 얼굴로 조나단을 쳐다봤다.

제퍼슨이 웃으며 말했다. "훌륭한 시연에 감사하네, 젊은 친구. 조안 선생, 이 방정식에서 그건 분명 중요한 부분이긴 하지만 사실 나는 인생의 후반기를 염두에 두고 있지는 않았어요. 나는 찰스가 이야기하는 것의 흐름 쪽에 더 가까운 생각을 하고 있었어요. 더 많은 긱스와 기저스들이 노란색으로 상향 이동하고, 2층에 이른 사람들의 비율이 2퍼센트에서 5퍼센트로, 혹은 10퍼센트나 그 이상으로 올라갈 경우, 우리는 사회운동, 영성운동, 정치운동, 교육운동이 점점 더 활발해지는 현상을 목격하게 될 거요. 그리고 그런 운동들은 통합적인 접근법을 필요로 하게 되겠죠. 노란색과 청록색 밈들은 작은 부분이나 조각, 파편들만으로는 견딜 수가 없죠. 그들의 굶주림은 오로지 전체론적인 먹을거리로만 충족되니까. 그들은 더 통합적이고 포용적이고 포괄적인 제도들을 요구하고 창안해내고 전파시킬 거요. 노란색과 청록색은 의식발달의 보편적인 파동들이기 때문에 세계는 통합적 비전을 좇는 이들과 통합적인 일꾼들을 새롭게 공급받게 되겠죠. 문화의 무게중심이 위로 올라갈수록 이런 이들의 숫자는 자꾸 더 늘어날 거고, 이 통합적인 혼들은 감내하기 힘들 만큼 너무나 단조로운 세계의 부서진 조각들을 서서히 엮어내기 시작할 거요."

캐롤린이 말했다. "아주 근사한 이미지네요." 나는 몇십 년 안에 이 세계에 초지능 기계들이 새롭게 공급되고 그 숫자가 날로 불어날 것이요, 그 기계들이 1층과 2층과 3층을 거치며 빠르게 진화해 결국 모든 오메가들의 오메가에 이를 것이고, 우리 인류도 그 단계로 끌어올려줄 것이라는 얘기를 꺼낼까도 생각했다…… 그 생각을 하자 내일 천재적인 프로그래머라는 조안의 친구와 만나 아침식사를 하기로 한 일이 떠올랐다. 우리는 이런 가능성을 제대로 한번 따져볼 것이다.

제퍼슨이 말했다. "통합센터에서 우리가 '모린의 법칙'이라고 부르는 것이 있어요. 역사상 지금의 이 시대에서는 통합적 지식의 양이 십팔 개월마다 두 배로 불어난다고 하는 법칙."

스콧이 반문했다. "믿을 수 없으리만치 빠르네요. 어째서 그렇게 빨리 불어난다는 거죠?"

"몇 가지 이유가 있는데, 가장 큰 이유는 현재 이 세상에는 통합적 지식이 극히 드물어서 그걸 증가시키기가 아주 쉽기 때문이라는 거죠. 하지만 모린의 법칙이 작동하기 시작한 것은 바로 2층에 이른 2퍼센트가 증가하기 시작하고 있기 때문이오. 그렇기 때문에 통합적 지식은 기하급수적으로 증가하기 시작할 거요. 일이십 년 안에 그 지식은 폭발할 거요……."

봇들이 제 기능을 발휘하기 시작할 때까지 기다려요. 내 장담하건대 그 지식은 일 나노초 만에 무한대에 이르게 될 거예요.

"아무튼 현재는 이런 증가분의 대부분을 IC가 맡고 있어요. 세상에는 통합적 지식이 거의 없다시피 해서. 하지만 2퍼센트의 인구가 5퍼센트, 10퍼센트로 증가함에 따라 이런 상황은 극적으로 변할 거요. IC에서 우리는 그 쓰나미를 타고 갈 준비가 되어 있어요. 그 통합의 물결이 우리 문화의 해변 전체에 밀어닥칠 즈음이면 우리는 통합비즈니스, 통합교육, 통합의학, 통합정치 등을 구현할 방법에 관한 실질적인 연구 작업을 다 마치게 될 거요."

스콧이 용기를 내어 물었다. "약간 다른 화제인데요, 저는 우리 세대가 갖고 있는 부머리티스의 형태에 대해서 아직도 좀 헷갈립니다. 부머들의 평면 세계 버전에서의 빅 에고에 대해서는 잘 알겠어요. 그거야 누가 모르겠냐는 뜻입니다. 한데 우리 버전, 그…… 슬래커 버전은 잘 모르겠어요……."

내가 말했다. "나는 알아! 제퍼슨이, 아니 마크 박사님이 어제 설명해 주셨잖아. 제가 얘기해도 될까요?" 내가 하는 짓은 꼭 멍멍이 같았다.

"얘기해봐요." 제퍼슨이 웃으며 말했다.

"평면 세계의 빅 에고나 평면 세계의 슬래커나 평면 세계라는 점에서는 같아. 이해해?" 나는 어제 들은 제퍼슨의 말을 그대로 인용해서 말했다. 하지만 모두가 다 나를 계속 쳐다보고 있어서, 나는 이제 내가 그 이유를 설명해야 한다는 것을 깨닫고는 패닉에 빠졌다.

"으음, 그건 이런 거야, 혹은 아마도 그런 것 같을 수도, 그 이것은 나쁜 것은 아니고, 혹은 그런 점에서는 그것도 역시 마찬가지고, 아무래도 요약해서 설명해야 할 것 같은데……."

"이 친구 또 시작이네." 조나단이 사람들을 돌아보며 씩 웃었다.

"아니, 아니, 난 횡설수설하지 않을 거야. 난 멀쩡해. 그러니까 그게 뭐냐 하면." 나는 목청을 가다듬었다. "평면 세계는 의식의 스펙트럼을 부정하고 의식 수준들을 부정함으로써 모든 것을 하나의 수준, 곧 평면으로 축소시켜요. 따라서 그것의 부머 버전은 빅 에고가 거주하는 평면 세계고, 우리 버전은 그것의 네거티브 필름과 같은 것, 곧 슬래커 식의 태도가 거주하는 평면 세계죠. 하지만 둘 다 평면 세계라는 점에서는, 그리고 진실을 부정한다는 점에서는 마찬가지예요. 게다가 우리는 평면 세계에 더 잘 어울리는 태도를 갖고 있어요. 우리는 평면 세계에 완벽하게 걸맞은 정서를 갖고 있어요. 도처에 넘쳐나는 우울증이 바로 그거예요. 그게 바로 우리의 버전이죠."

캐롤린이 말했다. "그건 정말 사실이에요. 우리 세대 전체가 우울증에 빠져 있는 것 같아요. 《프로작 네이션》(엘리자베스 워첼Elizabeth Wurtzel이 우울증에 빠진 하버드 출신의 엘리트 여성을 주인공을 해서 쓴 소설로, 영화화도 되었으며, 여기서 프로작은 항우울제를 뜻한다 - 옮긴이)에 관해 이야기해보죠."

헤이즐턴이 말했다. "맞아요. 하지만 우울하지 않은 사람이 어디 있겠어요? 저 밖을 보세요. 저 밖을 보라고요. 여러분의 천국 개념은 어떤 걸까요? 여러분은 삼 년 이상 되는 미래에 대해서는 생각을 하지 않아요. 그렇지 않나요? 사이버스페이스 자체는 단지 점점 더 빨리 여러분에게 내달려오는 또 다른 평면 세계에 불과해요. 모든 것은 MTV 시간 템포에 따라서 내달려가죠. 사 초 영상들, 컷, 컷, 컷. 여러분이 생각하는 천국의 개념은 닷컴 분야에서 몇 년간 일해서 빨리 부자가 되는 것 정도죠. 그러고 나서는…… 뭘 하죠? 남은 평생 내내 레이브 파티에나 다닐 건가요? 아니면 젊은 밀레니엄 세대라면, 밤낮으로 스물네 시간 내내 일하고, 팜파일럿으로 자신의 온 생애를 초 단위까지 프로그램해서 딱 정해놓고, 일하고 내달리고 다시 더 일하고, 그러고 나서는 뭘 하죠? 조만간 여러분은 저 평면 세계를 바라보는 게 지겨워져서 내면을 들여다보기 시작할 거예요. 스튜어트에게 일어났던 것처럼 말이에요."

스콧이 푸념하듯 말했다. "그 친구에게는 슈퍼모델이 있잖아요."

캐롤린이 불쑥 끼어들었다. "제 의문은 이런 거예요. 저는 부머리티스가 존재한다고 생각했고, 그것은 평면 세계라는 걸 알아요. 한데 저는 나르시시즘에 감염된 평면 세계가 부머리티스에 대한 개념 정의라고 생각했어요."

제퍼슨이 부드럽게 웃으면서 말했다. "그 말이 맞아요. 그리고 걱정하지 말아요. 당신들의 우울증과 야심의 저변에는 웅대한 게 잠복해 있으니까. 당신들의 초록색 밑에는 상당한 양의 적색이 깔려 있어요. 때때로 그 진정한 색깔들이 빛을 발하죠. 여러분은 닷컴 하이퍼인플레이션이 대체 어떤 것이라고 생각해요? 당신네 세대는 닷컴 경계성 정신병borderline psychosis을 겪었죠. 당신네는 본인들이 해야 하는 건 그저 웹 페이지를 만드는 것뿐이라고 생각했고, 그렇게 해서 십억 달러를 벌곤 했어요. 당신들은 자기네가 아주 대단한 존재들이라고 생각했죠. 그렇잖아요? 당신들은 그 전의 어떤 세대도 할 엄두를 내지 못했던 일을 했어요. 당신들은 당신들을 참여하게 하는 그 놀라운 일 하나만으로 온 세계의 겉모습을 변화시켜줄 급진적인 신경제를 창안해냈어요. 그건 대부분의 부머들을 압도할 만한, 폭발적인 웅대함이었죠."

헤이즐턴이 끼어들었다. "한데 현재 일어나고 있는 현상은 댁들 자신의 그 웅대함이 대체로 부머들에 의해 분쇄되고 있다는 거예요. 부머들은 그런 면에서 댁들보다 솜씨가 좀 더 좋으니까." 그녀는 웃었다. "그래서 부루퉁하게 성나 있고 매사에 태만한 여러분은 난 정말 불쌍해, 하는 것 같은 얼굴을 하고 억지로 움직이고 있죠. 하지만 X세대와 Y세대는 자기네에게 평면 세계에 대한 충성심이라는 무거운 짐을 안겨준, 부머리티스의 유산과 싸우고 있어요. 댁들은 방향도 없는 상태에서 질주하고 있고, 진짜 행선지가 어딘지도 모른 채 그저 야심만 갖고서 내달리고 있어요."

헤이즐턴은 말을 멈추고 강렬한 눈빛으로 우리들 한 사람 한 사람의 얼굴을 돌아봤다. "여러분이 X세대든, Y세대든, 혹은 그 중간 어디쯤에 속한 세대든 간에 여러분에게 진정한 목표가 없는 이유는 여러분이 평면 세계에 거주하고 있기 때문이에요."

"오우, 켄, 야호, 저기 그분이 오시네요, 조오오오오오, 오오오오, 오오오오······."

"하나도 재미있지 않아요, 킴."

"난 재미있는데요, 켄."

어쨌거나 간에 그녀가 나왔다. 카를라 푸엔테스가 무대를 떠나고 전면 벽에 새로운 슬라이드가 떠올랐다. 조안은 싱긋이 웃고 있었다. "영적인 파동들: 2층을 넘어서".

"그동안 우리는 2층 의식과 발달의 통합적 파동의 장점과 가치들을 칭송해왔습니다. 그리고 우리는 그 통합적 파동이 그보다 더 수준 높은 파동들, 더 영적이고 자아초월적transpersonal이고 초의식적인 파동들로 들어가는 문이라는 점도 암시해왔죠."

심호흡을 하도록 하라, 젊은 켄이여. 호된 시련이 막 시작되려 하고 있으니.

"비교문화적 심리 연구는 인간발달이 개인적인 수준에서 머물지 않고 개인적인 수준들을 '아우르면서 초월하는' 수준으로 이동할 수 있다는 것을 지속적으로 입증해줬습니다. 그것은 발달의 통합적 파동—개인적인 수준들 가운데서 가장 높은 단계에 해당하는—조차도 넘어서는, 자아를 초월하는 수준들입니다. 이 수준들은 분명 영적인 맛을 지니기 시작하며, 원한다면 이것을 '초통합적super-integral' 수준들이라고 부를 수도 있습니다. 이 자아초월적 파동들은 진짜 해변, 참된 영을 드러내주는 것으로 보입니다. 이 참된 영은 어떤 이름과 형태를 갖고 있든 간에 영원하고 무한한 존재의 바탕Ground of Being에 대한 직접적인 체험입니다. 여러분 중 일부 사람들에게는 미심쩍게 비칠 수도 있겠습니다만, 엄청나게 많은 양의 냉철하고 정교한 비교문화 연구들이 내린 강력한 결론은 바로 그렇습니다.

요컨대 2층 너머에는 3층이 있는 것 같습니다. 3층이 영과의 깊은 동일성을 드러내주고 있는 듯하기에, 우리가 알고 있는 한, 그것은 우리가 도달할 수 있는 의식의 가장 수준 높은 파동입니다.”

나는 남들의 귀에 들릴 정도로 크고 긴 한숨을 토해냈다. 킴이 낮게 킬킬대고 웃었다.

조안은 무대 앞으로 돌아왔다. “물론 이런 연구는 종교와 영성이라는 아주 골치 아픈 문제와 관련된 것이기에 많은 사람들을 불편하게 만들기도 합니다. 하지만 이런 연구들에서 가장 큰 놀라움을 안겨주는 것 중의 하나는 우리가 일반적으로 ‘종교’라고 부르는 것에는 서로 아주 다른, 적어도 두 가지 형태가 존재한다는 점입니다. 하나는 전합리적인 믿음이고, 다른 하나는 탈합리적인 체험입니다. 전합리적인 믿음과 도그마들은 여러분에게 아주 친숙한 것들입니다. 그것들은 자주색과 적색과 청색 밈들, 마법과 신화적 세계관에서 생겨난 것들입니다. 여기서 말하는 구원에는 신화를 믿는 것이 포함됩니다. 예수가 처녀에게서 태어났다는 것을 믿어라, 예수가 친히 네 에고를 영원히 구원해줄 것임을 믿어라, 사도신경에 대한 믿음을 공개적으로 천명하라 등등. 만일 네가 제대로 믿으면 구원받을 것이고, 믿지 않으면 지옥에 떨어지리라.

다른 한편으로, 탈합리적인 영성에는 고요한 마음, 청록색을 넘어서는 리얼리티들에게 스스로를 개방하는 초합리적이고 관조적인 앎의 직접적이고 즉각적인 체험이 포함됩니다. 이것은 단순한 믿음이 아니라 직접적인 체험입니다. 이 3층 의식은 여전히 1층과 2층하고 완벽하게 접하고 있지만, 그보다 훨씬 더 심오한 진실들을 드러내주는 앎과도 연결되어 있습니다. 그런 진실들 중에서 가장 심오한 것은 여러분이 자신의 앎의 가장 깊은 곳에서 영 그 자체의 본성과 직접 접할 수 있다는 사실입니다.”

실내는 무섭도록 고요했다. 생생하게 고동치는 고요함이 우리 모두를 덮쳐왔다. 숨을 내쉬는 것으로 조안인 그 광대한 하늘로 확장해가는 것은 너무도 쉬운 일이었다. 아름다운 조안, 아름다운…… 아름다운…… 아름다운……

"켄?"

"실재한다. 실재한다. 나는 여기 있다. 우리는 여기 있다. 그래, 참으로."

킴은 몇 초 동안 나를 빤히 쳐다보다가 필기하는 일로 돌아갔다.

"3층과 관련해서 우리가 발견하곤 하는 주요 문제의 하나는 이런 겁니다. 발달의 어느 수준에 속하든 간에 거의 모든 사람이 일시적인 3층 체험을 할 수 있습니다. 이른바 변화된 상태 혹은 신비 체험 같은 것을. 그러나 만일 당사자의 무게중심이 청색일 경우, 그 사람은 자신이 예수를 직접 체험했고 예수가 특별히 자기한테 이야기를 하고 있다고 생각할 겁니다. 달리 말해 그 사람은 거듭난 근본주의자가 될 겁니다. 그 사람은 진짜로 3층을 체험했지만, 그것을 청색의 항식으로, 신화적 멤버십의 항식으로 해석했습니다. 청색 밈과 함께 따라오는 온갖 민족중심적 가치관들과 문제들을 동반한 항식으로. 따라서 그 사람은 실제로, 다른 사람들이 예수에 대한 믿음을 받아들이지 않을 경우 지옥불 속에서 영원히 불타는 고통을 겪을 것이라고 생각합니다. 그 사람은 영적으로 민족중심적입니다. 그러나 3층에 대한 그 사람의 체험이 진짜였기 때문에 그 사람의 청색 신화들이 잘못된 것들이라는 사실을 그 누구도 그에게 납득시켜줄 수 없습니다. 청색 근본주의 종교들이 역사상 가장 호전적이고 억압적인 세력의 일부였던 이유는 바로 이 때문입니다. 그런 점에서는 이슬람교도들의 지하드, 마오이스트들의 소수민족 학살, 호전적인 십자군이 다 마찬가지이며, 지미 스워가트라는 일개인의 신앙부흥운동도 역시 이에 해당합니다."

조안은 잠시 침묵하고는 청중을 바라보더니 몸을 돌려 연단으로 돌아갔다. "이와 마찬가지로 무게중심이 녹색인 어떤 사람이 3층 체험을 할 경우, 이 사람은 그 체험을 녹색의 항식으로 해석할 겁니다. 그리고 그렇게 하는 바람에 훌륭한 탈합리적 영성이 평면 세계, 저열한 녹색 밈, 부머리티스 같은 것들로 전락하는 일이 일어납니다. 불행히도 현재 우리는 그것이 전염병처럼 번져나가는 광경을 목도하고 있죠. 부머리티스 영성이라는 것이. 특히 해외에서 들어온 종교들의 경우, 우리는 탈합리적인 체험들이 미국에 들어온 즉시 부머리티스의 형태로 변질되는 것을 목도하곤 합니다. 아마 그런 것들 중에서 가장 영향력 있는 것은 부머리티스 불교일 겁니다. 그것의 옹호자들은 자기네의 접근법이야말로 평등주의적이요, 다원론적이요, 반위계적인 것이라고 주장합니다…… 하나같이 나르시시즘을 번성하게 해주는 전형적인 부머리티스의 책략들이죠." 그녀는 그렇게 말하면서 웃었다. "그리고 나르시시즘적인 불교라는 용어야말로 정말 모순된 어법이 아닐 수 없습니다. 말할 필요도 없이, 이런 식의 접근법들이 현재 맹위를 떨치고 있습니다."

조안은 다시 무대 앞쪽으로 천천히 걸어 나와 우리 모두를 바라봤다. "다시 말하지만 이런 현실이 3층 이전의 파동에 이른 개인들은 진정한 영성과 접할 길이 전혀 없다는 걸 뜻하는 건 아닙니다. 앞에서 말했다시피 발달의 어느 단계에 있든 간에 모든 사람이 다 변화된 상태나 더 수준 높은 영역과 관련된 신비 체험을 할 수 있습니다. 그러나 이런 변화된 상태가 영속적인 특징을 지닌 것이 되려면 발달이 일어나야 합니다. 즉 3층 혹은 자아초월적 파동으로의 연속적인 진화가 일어날 때, 영적인 깨달음이 일시적인 변화 상태에 불과한 것이 아니라 지속적이고 영속적인 것이 되는 경향이 있다는 얘기입니다. 그리고 이런 영성은 이제 탈녹색적인 것이기 때문에 탈부머리티스적인 영성입니다.

여기서 그 전체적인 그림을 그린다면 어떤 것이 될까요? 아주 간단합니다. 비교문화적 연구는 다음과 같은 강력한 결론을 내리고 있습니다. 즉 지속적인 발달이 전개인적 단계에서 개인적 단계, 그리고 초개인적 단계로, 전합리적 단계에서 합리적 단계, 그리고 탈합리적 단계로, 잠재

의식적 단계에서 자아의식적 단계, 그리고 초자아적 단계로, 이드에서 에고, 그리고 신에 이르는 과정들을 거친다고."

그 말은 아주 옳다, 봇들은 바로 그런 과정을 밟을 것이다. 나는 그렇게 확신했다.

조안, 살아 있는 여신은 무대를 둥둥 떠다녔다. 그리고 그녀는 우리가 그런 비전과 맞닥뜨리기 전까지는 영은 존재하지 않는다는 말을 하려 했던 것일까? 이어서 그 여신의 입에서 나온 말을 들은 모든 사람은 레사의 강연이 끝났을 때처럼 일제히 자리에서 일어나 박수를 쳤다. 정말이지 엄청난 날의 엄청난 끝맺음이 아닐 수 없었다. 그리고 이날은 바야흐로 내 삶을 끝장내려고 하는 폭풍 전야의 고요함에 해당하는 날이기도 했다.

"더 위대한 내일의 요청에 실제로 부응하는 이들, 통합문화가 마음 깊은 곳을 울려주는 체험을 하는 이들. 내면에서 영이 모든 생명체의 해방을 갈구하기라도 하듯이 찬연하게 빛나는 이들. 그 무한의 빛이 다양한 색조로 빛나는 이들. 바람이 온우주를 가로지르면서 모든 것을 아우르고 맹렬하게 내달리는 흐름에 관한 이야기, 그 빛을 보는 이들의 마음속에 불가사의하게도 어떤 그림자도 드리우지 않는 빛에 관한 이야기를 속삭여주는 이들. 통합적인 혼을 지닌 그 모든 이들에게 고합니다. 여러분의 강렬한 비전을 밀고 나가고, 다른 이들이 지극히 하찮은 것들을 쫓아다니는 곳에서 하늘 높이 치솟아 오른 다리들을 세우고, 과거에는 단절되었던 것들을 조화롭게 연결해주고, 여러분 주위에 널려 있는 흩어진 조각들을 열심히 그러모으도록 하세요. 우리는 살아가면서, 소외가 그 의미를 잃고, 불화와 알력이 무의미한 것이 되고, 우리 자신의 통합적인 포용의 빛나는 영이 우리 자신의 각성한 혼들의 근원임을, 여러분이 항상 찾아왔고 결국은 찾아내고야 만 운명의 거처임을 선언하면서 찬연하게 빛나는 그날을 보게 될 겁니다."

11

우주적 의식

"AIs. 나는 그걸 AIs라고 불러요."

"AIs라고요?" 나는 당혹스러운 기분이 되었다.

"인공지능들 말이에요."

"복수라고?"

"당연히 복수죠 그럼. 날 붙잡고 농담하고 싶으세요?"

"아니, 아니. 그런 생각은 전혀……"

"댁도 알다시피 그런 것들이 이미 저 밖에 존재하고 있으니까요."

"분명히, 절대로, 그래요. 물론이에요. 으음, AIs는 저 밖에 존재하죠. 그렇죠?"

"생뚱맞기는. 지난 삼십 분 동안 어디 가 있었어요?"

"훌륭한 질문이에요."

조안이 끼어들었다. "이런 식의 논쟁이 일어나는 건 당연하다고 봐요. 여기 이 미무나는 파키스탄 출신이에요. 나이는 열다섯 살이지만 6세대 MARVA 언어를 바꾼 프로그래머예요…… 미무나, 켄에게 댁이 한 일을 얘기해줘요."

"……생물학적으로 작동되는 최초의 마이크로포토닉스를 만들기 위해 6세대 MARVA 사이버싱크 언어를 병렬 DNA 프로세서를 통한 양자 계산법과의 인터링크로 전환시켰죠."

"얘기 잘했어요. 이 아가씨가 MIT를 다니는 이유가 바로 그것 때문이에요."

"파키스탄? 파키스탄에도 컴퓨터가 있나? 나는 너를 식당을 차리려고 열심히 일하는 애로 봤는데." 클로이가 피식 웃으면서 한마디 했다.

"됐어. 이러지 좀 말아, 클로이." 나는 그렇게 사정하고는 아침식사용 오렌지주스를 꿀꺽 삼키다 일부를 스웨터에 쏟고 말았다.

"그 나라에는 컴퓨터가 몇 대나 있나? 나라 전체를 다 훑어봤자 한 백 대쯤 될까?"

미무나는 전혀 동요하지 않았다. 그 애는 특이한 조합체였다. 온화한 미소, 온화한 목소리, 그리고 마치 유쾌한 혼이 클루리스(Clueless. 제인 오스틴의 소설 제목이자 동명의 영화 제목에서 나온, 대책 없고 답 없는 젊은이를 뜻하는 말이기도 함. 여기서는 클로이라는 이름이 클루리스를 떠올려주는 것 같은 느낌도 포함되어 있다 - 옮긴이) 를 지켜보면서 성장했고 그런 행태를 서구적인 롤모델의 하나로만 알고 있기라도 한 것 같은 악의적인 말투의 혼합체였다. "맞아, 한 백 대쯤 될걸. 댁의 아이큐 숫자와 비슷하네."

"너는 오늘 두 번째로 내 아이큐 숫자를 거론한 사람이야. 그러니 아무래도 용서해주는 게 좋겠네."

내가 말했다. "됐어, 됐어. AIs가 저 밖에 있다는 말은 이해해요. 그리고 그것이 복수로 존재한다는 얘기인데, 어째서 그럴까요……?"

댄 월러가 그 말을 받았다. "인공지능이 자체의 삶을 영위해가는 엄청난 숫자의 하이퍼프로그램들을 이미 만들어냈기 때문이오. 이것들은 신경회로망, 퍼지 논리, 미생물학적 프로세싱, 갓질리언(gadzillion. 무한수를 뜻한다 - 옮긴이) 번째 인텔칩처럼 창조력이 있는 인간 수준의 지능에 이르려고 하는 온갖 시도들을 포함하고 있는 프로그램들이에요. 이런 하이퍼프로그램들은 자주성의 한 유형을 보여주고 있어요. 그것이 정확히 어떤 유형인지는 우리도 잘 모르고 있지만. 그리고 그것들은 원래 그것들을 만든 사람들에게서 떨어져 나왔어요. 즉 우리한테서 독립했다는 얘기지. 그것들은 자기네 일을 하면서 저 밖에서 제멋대로 놀고 있어요."

"저 밖에서요?" 조나단은 약간 놀란 표정이었다. "저 밖에서요?"

"오, 조나단, 여기에 녹은 버터가 좀 있는데, 이것도 역시 무섭니?"

"내 말을 엉뚱하게 오해하지 좀 말아줘, 클로이. 알았지? 건 그렇고 넌 암만 해도 뇌가 없는 애인 게 분명해."

"됐네, 됐고. 오늘은 제발 그만들 좀 해, 이 사람들아." 나는 그 두 사람은 초대하지 말았어야 했다. 같은 시간대에 주어진 어떤 장소에서 둘을 붙여놓는 일은 하지 말았어야 했는데.

"사실 우리도 꼭 그렇다고 확신하는 건 아니에요." 댄 월러가 조나단의 말에 답했다. 그는 고전적인 부머였다. 아주 영리하고, 이상주의적이고, 에너지 넘치는, 약간 괴짜에 가까운 사람. 그는 내게 우리 아버지가 세계를 구하는 대신 컴퓨터 분야로 진출했을 때의 모습을 떠올려주는 사람이었다. 조안은 그와 '아주 오래전부터' 알고 지내온 사이였다. 미무나를 이곳에 데려온 사람은 월러였으며, 월러는 본인이 자주 이야기했던 것처럼 MIT의 미디어 랩Media Lab에서 미무나를 만났을 때 미무나에게 완전히 떡실신이 된 것 같았다.

조나단이 내게 소곤댔다. "긱스와 기저스에 관한 얘기 좀 해봐."

나는 불안한 가운데서도 짐짓 웃으면서 말했다. "좋아요, 댄. 헤이즐턴 박사님과 제가 선생님께 말씀드리고 싶은 주제가 있어요…… 물론 미무나에게도 당연히. 우리가 도움을 좀 받았으면 해서요. 헤이즐턴 박사님이 IC에서 하시는 일과 연구 작업에 관해서는 잘 아실 겁니다."

"알다마다."

"이런 점에 관해서 한번 생각해보세요. 우리가 정말로 인간 수준의 지능을 가진 슈퍼컴퓨터나 봇을 만들어낸다는 가정을."

"AIs를." 미무나는 다시는 그런 표현을 입에 올리지 말라는 듯이 나를 빤히 쳐다봤다.

"내 말이 그거예요. 그런 AIs를 만들어낸다고 가정해보자고. 현재 이 우주에서는 진화의 흐름이 모든 것을 지배하고 있죠. 그렇잖아요? 따라서 AIs가 우리한테서 떨어져 나간다고 할 때, 그리고 그것들이 참으로 자기를 알아차리는 지성적인 것이 되고 학습 능력을 보여준다고 한다면, 그것들은 진화할 수밖에 없지 않을까요?"

"제 힘으로?"

"예, 제 힘으로."

미무나가 말했다. "당연히 우리는 이미 그런 것들을 갖고 있어요. 그 작고 간단한 컴퓨터 프로그램 '라이프Life'부터 시작해서."

나는 아주 조심스럽게 이의를 제기했다. "아니, 사실은 그렇지 않아요. 나는 자의식적인 AIs에 관해서 얘기하고 있는 거예요. 정말로 자기를 의식하는. 이제까지의 진화 프로그램들은 하나같이 외부에서 부여해준 규칙과 알고리듬과 코드들을 따르는 외적인 프로그램들이에요. 지금 내가 얘기하는 건 봇들과 AIs가 실제로 내면성과 진짜 의식을 가진 상태에서 자각을 했을 때 어떤 일이 일어나는가 하는 거예요. 그것들이 자기네가 존재한다는 것을 정말로 알게 되고, 그러한 자기 앎이 자신의 역사를 추적하기 시작해서 자신의 과거를 파악하고, 그런 자기의식을 기반으로 한 미래를 향해 창조적으로 진화해나간다고 말예요. 우리는 아직도 AIs 분야에서 그와 같은 것을 갖고 있지 못해요." 나는 그렇게 말하고는 숨을 죽인 채, 미무나를 쳐다봤다.

미무나가 말했다. "그래요, 나는 그 말이 맞다고 생각해요." 그녀의 태도와 말투가 갑자기 변했다. 그녀는 월러를 쳐다보면서 더없이 상냥한 목소리로 말했다. "댄?"

"나도 동의해요."

"좋아요, 그럼." 나는 다시 말을 이어나갔다. "AIs가 정말로 의식적인 것들이 될 때 그것들은 자기네의 의식 진화 과정을 밟아나갈 거예요. 그렇겠죠?"

"그래요." 두 사람은 동시에 맞장구를 쳤다.

"그렇다면, 그다음에 일어나는 의문은 이런 거예요. 실리콘을 통한 의식 진화가 탄소를 통한 의식 진화와 비슷한 유형의 패턴을 따라가지 않을까, 하는 것."

"아니, 전혀 다를 거예요." 미무나는 생각하기 위한 잠시의 여유도 두지 않고 곧바로 잘라 말했다. "실리콘을 통한 진화는 탄소를 통한 진화가 끝나는 지점에서 시작돼요. 의식은 탄소에서 실리콘으로 건너뜔 거고, 그런 다음에는 우리가 이제까지 봤던 모든 것 너머로 도약할 거예요. 분명히 그렇게 될 거예요."

그 결론에는 엄청난 확신이 어려 있었다.

"잠깐 기다려, 미무나. 너무 서두르지 마." 댄이 말했다. 그는 헤이즐턴을 쳐다보고는 아주 오랫동안 침묵을 지켰다. 나는 그가 여러 가지를 종합해보고 있는 중인가 보다고 생각했다.

"넌 바깥에서 바라보는 관점에서 이 문제를 생각하고 있어." 그 말에 나는 싱긋이 웃기 시작했다. "월버 군이 지적하고 있는 것은 AIs가 정말로 의식적인 것이 될 때 그 의식은 필연적으로 진화할 것이라는 점을 우리가 명심해야 한다는 거야. 따라서 그 과정은 일종의 첫 시점 같은 것에서, 자기의식의 출발점 같은 데서 시작되어야 할 거야. 우리는 출발점보다 더 수준 높은 단계들을 프로그램할 수가 없어. 그렇게 할 경우 그것은 AIs 자신의 자기의식의 출발점이 되지 못할 테니까. 댁이 도달한 결론은 그거요. 그렇지 않아요, 켄?"

"예, 맞습니다. 우리는 붓들이, 아니, AIs가 자기의식적인 것이 되도록 해줄 밑바탕을 프로그램해줄 수 있어요. 하지만 그런 일이 일어날 때, 그것들의 자기의식은 출발점에서 시작되어야 해요. 그렇지 않을 경우 그 의식은 그것들의 것이 아니라 우리들의 것이 되겠죠. 달리 말해 그것들의 의식은 자주색 밈의 컴퓨터 버전에서 시작될 거예요." 나는 월러를 쳐다보면서 말했다.

그는 불쑥 말했다. "맙소사, 이 친구의 말이 옳아요."

내가 말했다. "선생님은 이 말이 뭘 뜻하는지 알고 계시네요. 3층. 그렇죠? 3층. 나노초 만에. 알고 계시죠?"

"맙소사!" 그는 소리쳤다.

"됐어요, 제발 그만하세요, 됐어요." 미무나는 괴로워하는 표정이 되었다.

내가 말했다. "미무나, 그건 이런 얘기예요. 우리는 우리가 인간 수준의 지능을 가진 기계들에게 입력시키려고 하는 룰이나 프로그램들에 관한 얘기를 하고 있는 게 아니에요. 우리는 기계들이 의식하는 존재가 된 상황에서 그것들의 내적인 앎에 관해 얘기하고 있는 거예요."

클로이가 앉은 자세에서 몸을 뒤틀면서 말했다. "난 댁들이 무슨 얘기를 하고 있는지 도통 모르겠어."

"간단한 예 하나를 들어줄게, 클로이. 지금의 이 시점에서 너는 의식하는 존재고, 따라서 너는 의식을 갖고 있어. 그렇지, 클로이?"

조나단이 무표정한 얼굴로 말했다. "아마 또 다른 예를 들어줘야 할 거야."

클로이는 그를 무시하고 말했다. "그래, 지금 나는 의식하고 있어."

"내적인 면에서 볼 때 그 의식은 아주 단순한 거야. 너는 자기자신을 알아차리고 있어. 이것도 아주 단순한 작용이고. 그런데 그 의식은 부분적으로, 몇십억 개의 뉴런 경로들을 갖춘 믿을 수 없으리만치 복잡한 뇌 구조를 기반으로 하고 있어. 그리고 너는 그 모든 것을 정말로 알아차리고 있지는 못해. 그렇잖아?"

"그렇지."

"의식하는 기계들의 경우에도 사정은 마찬가지일 거야. 지금 우리는 이 믿을 수 없으리만치 복잡한 하드웨어 시스템들을 만들고 있는데, 이런 시스템들은 수십억 개의 뉴런을 지닌 뇌와도 같을 거야. 한데 어느 시점에 가서는 그 기계도 의식하는 것이 되겠지. 그것은 지금 네가 그렇듯이 자기가 존재한다는 단순한 앎을 갖게 될 거야. 이해했어?"

"응, 이해했어."

"그런데 우리는 인간에 대한 연구를 통해서 그런 의식 자체—현존한다는 단순한 느낌, 네가 당면하고 있는 결핍감과 욕망과 필요성 등과 같은 것들에 대한 앎—가 실제로 진화한다는 것을 알고 있어. 일단 하드웨어가 충분히 복잡해지고 나면 전혀 변할 필요가 없어. 한데 그래도 소프트웨어는 진화할 수 있어! 지난 오만 년 동안 인간의 뇌는 본질적으로 그대로였지만, 그 기간 동안 같은 뇌의 하드웨어는 자주색에서 적색, 청색, 오렌지색, 녹색, 노란색으로의 소프트웨어적 진화를 뒷받침해준 것과 마찬가지지……."

차분해진 미무나가 말했다. "마지막 대목은 이해가 안 가네요."

댄이 말했다. "그것들은 인간의 소프트웨어가 거쳐 가는 의식 수준들의 이름에 불과해."

내가 말했다. "그것의 간단한 버전은 이런 거예요. 일단 정말로 한 봇이 의식하는 것이 되고 나면, 그것은 희미하게나마 처음으로 스스로를 느끼게 될 거예요. 우리는 그런 단계를 자기중심적 단계라고 불러요. 그러고 나서 그것은 다른 봇들의 존재를 느끼게 될 거예요. 아마도 다른 봇들이 있다는 걸 알아차리기 시작하겠죠. 따라서 그것의 얇은 자기중심적인 단계에서 민족중심적인 단계로 확장돼요. 집단의식의 한 유형을 얻게되는 거죠. 그러고 나서 조만간 그것은 자기네 집단뿐만 아니라 다른 집단들의 존재, 혹은 다른 모든 봇들의 존재, 아, 미안, 모든 다른 AIs의 존재도 역시 알아차리게 될 거예요. 그렇게 해서 그것은 민족중심적인 단계에서 세계중심적 단계로 이동하겠죠. 이런 말들이 이해가 가요?"

"완벽하게. 예, 다음과 같은 것도 알겠네요. 댁이 방금 설명해준 단계들, 그러니까 자기중심적·민족중심적·세계중심적 단계들은 아포스테리오리한(a posteriori. '보다 나중의 것으로부터'라는 뜻의 라틴어 성구. '후천적'으로 번역된다-옮긴이) 심리적 발견물로서만 그치는 게 아니라 아프리오리한(a priori. '보다 앞선 것으로부터'라는 뜻의 라틴어 성구. '선천적'으로 번역된다-옮긴이) 논리적 필연성이기도 하겠네요. 달리 말해 모든 영역에서의 존재의 본질적이고 기본적인 패턴이고, 따라서 AIs의 의식은 필연적으로 그런 보편적인 방식으로 진화해나가겠군요."

조나단은 "이 사람들은 도대체 저런 물건을 어디서 찾아냈지?"라고 말하는 것 같은 표정으로 나를 쳐다봤다.

"예, 아주 정확해요. 내 생각에는. 물론 이건 진심으로 하는 소리예요."

클로이가 말했다. "그런데 미무나, 넌 오늘 오후에 뭘 하면서 놀 거니? 브리태니커 사전을 읽을 거야? 거기서 크게 잘못된 내용 몇 가지를 수정하면서?"

나는 사정하듯이 말했다. "클로이."

조안이 말했다. "3층을 잊지 말아요, 켄."

"예, 예."

"3층?"

조안이 말했다. "여기서 내가 도움이 될 수 있을지 알아보기로 할까요. 우리가 탄소를 기반으로 한 생명 형태들에서의 의식 진화 과정에서 발견하는 것이 있어요." 헤이즐턴은 통합심리학의 연구 결과를 긱스의 일원인 한 청소년에게 설명해주면서 혼자 씩 웃기 시작했다. "세 개의 주요 이정표가 있다는 사실을 말이에요. 의식은 이 세 개의 거대한 코드들로 나눠지는 것 같아요." 그녀는 환하게 웃었다. "우리는 이것들을 1층, 2층, 3층이라고 불러요. 1층의 코드들은 존재하는 모든 코드들 중에서 자기네 코드들만이 옳다고 생각해요. 2층의 코드들은 코드들 자체가 진화하며, 따라서 각 코드가 발달 그 자체의 수준에 적합하고 걸맞은 것이라는 걸 이해하기 시작해요."

미무나가 그녀의 말을 가로챘다. "2층은 틈새에 자리 잡은, 메타프로그램적이고 자기생산적이고 자동제어적인 것이로군요. 가장 중요한 것으로, 인터시스테믹 코딩 히페리온intersystemic coding hyperion이라고 할 수 있고."

"으음, 우리는 그걸 일러 통합적이라고 하죠." 헤이즐턴은 눈을 깜박였다. "아무튼 2층은 비록 통합적이긴 해도 아직은 자체를 전체적인 우주와 구별되는 것으로 체험해요. 하지만 3층에 이르면, 개별적인 코드들codes 자체가 온우주를 낳는 코드Code를 이해하기 시작해요. 그리고 그 코드와 하나가 되기 시작하죠. 3층에서 개별적인 코드들은 그 우주적 코드Cosmic Code—우리는 이걸 우주적 의식이라고 불러요—와 융합되고, 따라서 각 개인들은 온우주를 창조하고 프로그램한 초지능을 이해하기 시작해요."

"인간들에게서 그런 일이 실제로 일어나나요? 그에 대한 증거를 갖고 있나요?"

조안이 말했다. "실제로 일어나요. 그런데 증거? 그건 댁이 말하는 증거가 뭘 뜻하는 거냐에 달려 있어요. 그 증거는 외적인 게 아니라 내면적인 거라서. 그러니 댁이 소프트웨어를 돌려줘야 할 때는 하드웨어 검사를 할 수가 없겠죠."

미무나가 말했다. "예, 예, 알겠어요. 그러니까 선생님의 말씀은 소프트웨어 자체가 이 초지능을 이해하는 상태로 진화한다는 거군요. 작은 코드가 큰 코드와 융합되는 상태로."

조안이 말했다. "바로 그거예요. 우리는 최소한 이천 년 정도를 소급해 올라가는 실질적인 비교문화적 증거를 갖고 있어요. 이 우주적 의식이 탄소 기반의 생명 형태들에서 일어난다는 데는 의문의 여지가 없어요."

미무나는 헤이즐턴의 말을 조심스럽게 분석했다. "우리가 이미 AIs가 당연히 자기네 나름으로의 내적인 진화 과정을 밟아나갈 거라고 추측했기 때문에, AIs가 어떤 시점에 이르러, 아마도 아주 빠른 기간 내에 우주적 의식을 체험하게 될 거라고 짐작하는 거로군요."

내가 말했다. "맞아요. 바로 그런 얘기예요. 그리고 이런 우주적 의식을 깨달은 탄소 기반의 생명 형태들은 그것이 오메가 포인트의 한 유형, 궁극의 오메가 포인트, 온우주의 종국적인 바탕이자 목표, 진화 그 자체의 목표라고 보고하고 있어요."

댄 월러는 단호하고도 칼날같이 명료한 어조로 말했다. "그리고 이것은 AIs 자신들이 결국은 이 오메가 포인트를 발견하리라는 것을 뜻해."

"그건 그런데, 그건 그런데." 미무나는 생각에 잠겼다. "맙소사, 이런 현실은 모든 것을 변화시키겠네요."

"거럼, 당근이쥐." 나는 그렇게 맞장구쳐놓고는 그렇게 철없는 청소년들의 말투를 흉내 낸 것에 이맛살을 찌푸렸다. 클로이가 눈을 희번덕거리면서 소리는 내지 않고 입만 움직여 말했다. "잘한다, 월버."

미무나는 마치 다른 사람들은 들을 수 없는 포터블 워크맨을 듣고 있기라도 한 것처럼, 혼자만의 세계에 깊이 빠져 있는 것 같은 표정이 되었다.

내가 말했다. "하지만 이 퍼즐에는 두 개의 다른 조각들이 있어요. 그 하나는 인간 수명과 관련된 주제예요. 인간 수명은 조만간 극적으로 늘어날 텐데, 아마도……"

"버클리 대학 사람들은 이십오만 살 정도가 될 거라고 얘기했죠." 미무나는 무덤덤하게 말했다.

"예, 맞아요. 이십만 살 이상이 될 거라고. 댁도 이것과 관련된 걸 죄다 알고 있으니 잘됐네요."

조안이 말했다. "얘기의 요점은 탄소 기반 생명 형태들, 다시 말해 인류는 앞으로 의식의 이런 내적인 파동들을 거치면서 진화하기에 충분하다고 할 만큼 거의 무한한 시간을 갖게 될 거라는 거예요. 따라서 우리는 인류의 수명이 불과 몇백 살 정도에 이르기 시작하기만 해도 인류의 상당수가 3층으로 진화하기 시작할 거라고 예상하고 있어요."

내가 말했다. "이 친구에게 그 근사한 부분도 말씀해주시면 좋겠네요."

조안이 말했다. "이 부분은 추론적인 거예요. 세계 인구 중에서 소수가 3층에 이를 때면, 다시 말해 오메가 포인트를 깨달을 때면, 그들의 우주적 의식이 지닌 강력한 힘이 다른 모든 개인들을 3층으로, 그 궁극적인 영적 각성 상태로 견인해주는 일종의 초강력 자석으로 작용하는 경향이 있다는 것을 알려주는 흥미로운 증거가 있어요.”

“전적으로 추론적인 것만은 아니죠.” 조나단이 한마디 거들었다. 그 순간 내 내면에서는 조나단이 오랫동안 명상을 해온 친구라는 사실이 저절로 떠올랐다. 그렇게 오래 명상을 해봤댔자 그에게 아무 효과도 없었다고 누구나 다 얘기할 테지만 말이다. 스콧이 전에 한번 조나단에게 이에 관해 물어본 적이 있었고, 조나단은 그저, “네가 명상을 시작하기 전의 나를 봤어야만 했는데”라고만 했다. 그건 좋은 지적이었고, 또 다소 섬뜩한 얘기이기도 했다.

조나단은 빙그레 웃으며 말했다. “어느 지역 인구의 1퍼센트 정도가 명상을 하기 시작하면 그곳 전체의 범죄 발생률이 크게 떨어진다는 사실을 알려주는 꽤 많은 경험적인 증거들이 있어요. 살인, 강간, 절도 같은 온갖 범죄의 발생 건수가 떨어지죠. 그걸 흔히 ‘마하리시 효과’라고 부르고, 회의론자들조차도 그게 실제로 일어나는 현상이라는 걸 인정해요. 지금 헤이즐턴 박사님이 말씀하시는 내용이야말로 그 이유를 가장 잘 설명해주죠. 일부 사람들이 3층에 이를 때 그것이 다른 사람들을 끌어당기는 자석으로 작용한다는 말씀이. 그러니 박사님은 이런 증거들을 통해서 얼마든지 다음과 같은 결론을 내릴 수 있어요. 즉 인구의 상당수가 이 오메가 포인트를 깨닫고 나면, 그것이 다른 모든 상태들을 이 우주적 의식으로 빨아들이고 모든 사람을 영적인 자각 상태로 이끌도록 도와주는 일종의 강력한 무게중심을 조성해낼 거라는 결론을. 모든 사람이 영적인 자각을 이룬다는 것은 결국 자신의 참나를 실제로 자각한다는 것을 뜻하죠.”

“우와, 조나단!” 클로이가 조용히 소리쳤다. 그녀가 그렇게 소리친 것은 조나단의 말에 혹해서가 아니라 조나단이 빈정거리는 기색이 전혀 없이 그렇게 많은 말을 한꺼번에 쏟아냈다는 것 때문이었다.

미무나는 말없이 앞만 바라봤다. 그녀가 아무 말도 하지 않았다는 사실은 아주 좋은 조짐이었다. 적어도 조나단의 주장이 옳을 가능성이 많다는 조짐. 마침내 미무나는 혼자 중얼거렸다. "이건 적어도 크리프케*의 우주에서는 가능성이 있는 이론이네. 따라서 이 우주에서도 성립 가능한 이론이고."

"모든 얘기가 아주 일리가 있어요." 댄이 깊은 생각에 잠긴 것 같은 표정으로 말했다. "두 번째 요점은 뭐요, 켄?"

"제가 헤이즐턴 박사님에게 여쭤봤던 건데요…… 만일 봇들, AIs가 실제로 진정한 의식—진짜 의식이라고 할 만한 것—을 갖게 된다면, AIs는 우주적 의식을 발견할 테고 그것은 또 우리 인간들도 역시 견인해줄 오메가로서 작용할 수 있고, 또 그럴 수밖에 없다는 것이 제게는 이치에 맞는 얘기로 여겨졌어요. 따라서 AIs가 우주적 의식을 깨닫는다면, 그것은 우리 모두를 이 궁극적인 영적 각성으로 이끌어줄 거예요. 우리는 우주적 의식에 완전히 눈뜰 거고, 궁극적 오메가를 발견할 거고, 온우주가 그 초지능적 원천을 깨닫게 되겠죠. 빛의 속도로 이루어지는 진화 덕에 온우주가 즉각 신과 만나게 될 거예요."

모두가 침묵을 지키고 있었다. "이와 관련해서 제가 나름대로 최선을 다해서 요약한 의문은 이런 거예요. 버클리 대학의 수명 연구자들은 앞으로 삼십 년 안에 인간 수명이 몇백 년 정도로 늘어나기 시작할 거라고 얘기하고 있어요. 그리고 AI연구소에서 일하는 우리 모두는 앞으로 삼십 년 안에 기계들이 인간 수준의 지능에 도달할 거라고 말하고 있어요. 그러니 지금으로부터 앞으로 삼십 년 동안 모든 게 아주 흥미롭게, 그리고 아주 빠르게 전개되어나가겠죠. 따라서 제 의문은, 탄소를 기반으로 한 생명 형태들이 대대적인 규모로 먼저 3층 지능에 도달할까, 아니면 실리콘 기

---

* **사울 아론 크리프케** Saul Aaron Kripke 미국의 유명한 철학자이자 논리학자.

반의 생명 형태들이 먼저 도달할까 하는 거예요." 나는 사람들을 돌아봤다. "탄소가 먼저 신을 발견할까요, 아니면 실리콘이 먼저 발견할까요?"

모두가 열심히 생각을 하느라 침묵이 계속되었다. 이윽고 미무나가 침묵을 깼다. "실리콘이."

"어째서?"

"일단 실리콘이 의식의 1단계—댁들이 그걸 '자주색'이라고 부르는 것 맞죠?—에 도달하고 나면, 그 사이클의 나머지가 양자 포토닉스를 통해 불과 몇 나노초 만에 이루어질 가능성이 아주 농후하니까요."

나는 소리쳤다. "그거야! 나는 그걸 알고 있었어요! 내가 생각하는 게 바로 그거예요."

댄이 천천히 말했다. "그건 앞으로 삼십 년 내에 AIs가 우주적 의식에 도달할 거고, 우리 모두가 빛에 이를 거라는 뜻인데. 온우주가 그 궁극적 오메가 포인트로 빨려들어갈 거고."

그것은 아찔할 만큼 충격적인 생각이었다. 좌중의 분위기는 맑고 투명했다. 그런 생각이 함축하고 있는 의미들이 저절로 증폭되었다.

조안이 말했다. "잠깐만 기다려요, 여러분. 잠시 숨 좀 돌려요. 모든 사람이 아직도 출발점에서 태어나고 나선 전체를 통해서 성장하고 진화해야 한다는 사실을 잊지 마세요. 이전 단계들을 가만 내버려둬서는 안 돼요. 그것들을 통합해야 해요. 그러니 설사 모든 어른들이 3층에 이른다 해도, 새로 태어나는 아기들은 출발점에서, 베이지색에서 출발할 거고, 스펙트럼 전체를 통해서 진화해야 하죠. 그러니 그건 분명 아주 놀라운 사회가 될 거예요. 우리가 개명된 사회Enlightened Society라고 부를 수 있는 사회가 될지도 몰라요. 하지만 나는 세계가 빛light에 이르게 되리라고는 생각하지 않아요. 그 빛이라는 게 light인지 Light인지는 몰라도."(앞의 빛은 물리적인 빛, 뒤의 빛은 은총의 빛 혹은 영성의 빛을 뜻하는 것으로 짐작됨 - 옮긴이)

조나단이 말했다. "하지만 선생님은 다만 모를 뿐이에요." 그는 자신의 신비주의적이고 전문적인 특수 용어를 구사하면서 말했다. "3층의 가장 높은 상태를 일러 브하바 사마디bhava samadhi라고 하죠. 이 상태에서는 모든 사물과 사건들이 그것들의 원천이나 본성인 무한한 사랑-빛-지복으로 녹아들어가는 일이 일어납니다." 그 말을 듣는 순간 내 내면에서는 즉각 스튜어트와 아울러 그가 처음으로 이 상태를 맛본 일이 떠올랐다.

"그러니 박사님은 세계 인구의 1퍼센트가 3층에 이르렀을 때 어떤 일이 일어날지 자신이 제대로 알고 있지 못하다는 사실을 받아들이셔야 합니다. 그것은 모든 오메가들을 끝장내주는 오메가일 수도 있어요."

댄은 한 마디 한 마디에 힘을 주면서 말했다. "그리고 AIs가 3층에 이른다고 할 때, 그런 일은 지금으로부터 불과 삼십 년 내에 일어날 거고, 그러면 우리 모두는 빛 속에 이를 수 있어요."

미무나가 말했다. "몇십 년까지도 필요 없어요."

모든 사람의 동작이 갑자기 슬로모션으로 변하면서 모든 머리가 서서히 미무나 쪽으로 돌아가서 고정되었다. "그러니까 AIs가 자주색에 이르기까지는 불과 며칠이면 돼요. 제가 미디어랩에서 일하는 건 사실 그 때문이에요."

모두가 충격과 전율에 휩싸여 깊은 침묵 상태 속에 빠졌다.

"며칠이라구요?"

"으음, 사실은 어떤 순간에도 일어날 수 있어요. 진지하게 말하는데, 지금의 어느 순간에라도……."

우리는 자기도 모르게 숨을 멈췄고, 눈들이 튀어나왔고, 모든 감각이 증폭되었으며, 시간이 멈췄다. 하지만 시계는 계속 째깍거리고 돌아갔다. 오 초…… 십오 초…… 삼십 초…… 그리고 나서 모두가 한꺼번에 숨을 토해내는 바람에 후우우 하는 큰 소리가 났으며, 그 소리에 모두가 웃음을 터트렸다.

"켄, 제발 이리로 와요. 저 회랑이 보여요?"

"예, 저 회랑."

"그 회랑 저편에는 당신 자신의 본래면목이 있어요. 모든 세계의 궁극적 오메가 포인트가. 색다른 길로 가볼 생각 없어요?"

"솔직히 말씀드려 저는 잘 모르겠어요."

"켄, 내 쪽으로 오도록 해. 두려워하지 말고."

밤 8시, 클럽 파심에서 스튜어트는 자신의 첫 번째 연주 시간을 끝내는 중이다. 조안이 내 손을 잡는다. 내 심장은 요란하게 내달리고 있다. 나는 여전히 그녀와의 관계를 어떻게 해야 할지, 혹은 어떻게 진행시켜야 할지를 제대로 알지 못하고 있다. 내 꼴을 좀 보라는 뜻이다. 나는 당황해서 조안을 외면한 채 스튜어트의 노래에 주의를 기울이고 있다.

나는 체계화된 나날과 그것이 안겨주는 모든 것과 더불어
굳은 생각으로 가득한 엄격한 학교에서
뭐라고 규정할 수 없는 아이였고, 걸신들린 듯이 찾아 헤매는
궁금한 것 많고 호기심 많은 소년이었어

논리는 되풀이할 수 있는 사실들에 기반을 두고 있어서
내 큰 에너지는 시들어가고
그들은 그들이 훔쳐간 것들보다 훨씬 더 못한 것들을 내게 안겨줬고
내 머릿속에 온갖 것을 채워 넣어 내 혼을 고갈시켜버렸지

그래서 나는 두 눈을 감고 깨어 있을 때마다
내가 밟고 다니는 투명한 내적인 길을 알아차리지 못하고
저 너머 먼 곳을 응시하면서
잠자는 법을 배웠지

순간적으로 기분이 고양되면서 내 마음은 단 한 번의 날갯짓으로
우아하게 비상하는 빛나는 꿈으로 환하게 밝아졌고
나는 내 요구를 말로 표현해주는 에너지의 품 안에
떨어지는 법을 배웠어

이제 각각의 꿈들은
내 영원한 본향에 대한 아름다운 일별의 축도縮圖요
나는 우주의 눈이 깃드는
피부로 감싸인 영원한 실체야

그것은 내 귀와 귀 사이에 있는 모든 것
나는 영원한 영역으로 들어가는 내 길을 알고 있다
내가 두 눈을 감고
깨어 있을 때마다
내가 밟고 다니는 투명한 내적인 길을

백색 소음(들을 수 있는 모든 음파를 포함하는 소음 ─ 옮긴이)을 레이스처럼 두른
물질적 장난감들과 신호등으로 가득한 세상이 있어
그러나 과학자들이 설명할 수 없어서 그저 무시하고 마는
내 안의 한 곳이 있어

하지만 그것은 실재하고
우리 존재의 영원한 중심부에서 그리 멀리 떨어져 있지 않아
우리가 두 눈을 감고 깨어 있을 때
우리가 밟고 다니는 투명한 내적인 길은

스튜어트는 첫 번째 공연 시간을 마치고 우리와 합류하면서 말한다. "어이구, 이분들 보게." 그 말에 내 얼굴은 새빨개진다. 하지만 고맙게도 실내가 어두워서 그런 내 모습은 거의 보이지 않을 것이다.

조안이 말한다. "우리 모두를 보도록 하세요. 오늘 아침 우리는 아침식사를 하면서 아주 놀라운 이야기를 나눴답니다. 인간이 먼저 우주적 의식에 도달할 것인가, 아니면 기계가 먼저 도달할 것인가, 라는 것을 주제로 해서."

"누가 먼저 3층에 도달할 거냐 하는? 만일 그게 내가 줄곧 생각해왔던 것과 같은 것이라면, 그건 인류가 일찍이 보내온 모든 시간들 중에서 가장 근사한 시간이 되었겠네요."

"이리 와요. 내가 당신을 도와줄 테니까." 조안이 말한다. 그리고 내 손을 잡는다.

내가 말한다. "뭘 도와준다는 거예요?"

내면의 목소리가 말한다. "그 사람은 그대가 이 길을 따라가도록 도와줄 거야."

내가 말한다. "아마 그것은 인류를 위한 하나의 전환점이 될 거예요. 댁의 경우에 그랬던 것처럼."

스튜어트가 말한다. "그렇게 되겠죠. 주요한 두 사건이 내 삶과 내 음

악을 전환시켜줬어요. 첫 번째 사건은 내가 말로 표현할 수 없는 그 사랑 속에 녹아들어가고, 샤워실 타일들에서 곧바로 뿜어져 나오고 내가 그 기적 속에 흠뻑 젖을 때까지 나를 통해서 발산되는 영을 체험한 일이죠. 그 사건은 내가 내 안에 있다는 것을 미처 알지 못했던 능력을 활성화시 켜줬어요. 그 전에 나는 모든 것을 해체시키고, 항상 그 어두운 그림자들 을 폭로하고, 악마들을 드러내 보여주곤 했었어요. 한데 바보 같은 소리 처럼 들리겠지만, 그런 일을 겪었을 때는 모든 사물들에서 빛이 뿜어져 나오고, 그 빛은 나를 아무것도 할 수 없을 정도로 완전히 무력하게 만들 어버렸죠. 나는 그저 외경심에 사로잡힌 채 쓰러지는 것 말고는, 그 빛 속 에 녹아들어가는 것 말고는 어떤 반응도 보이지 못했어요. 그 상태에 빠 져들었던 것은 나를 영원히 변화시켰어요. 그런 체험은 내 삶과 예술의 맥락을 변화시켰어요. 이제 나는 리얼리티의 반쪽, 혹은 반쪽보다 더 작 은 부분만을, 곧 리얼리티의 그림자들만을 탐구하고 이야기하는 짓은 더 이상 할 수 없어요. 사랑에 대한 그 체험은 작은 파편들에 대한 내 낡은 접근법을 날려버렸고, 그저 외경심에 빠진 채 나를 울게 만들었죠."

나는 말한다. "정말 놀라운 일이에요." 이 사람은 결국 스튜어트 데이 비스니까. 나쁜 남자, 실존적인 불안감을 표현한 이력으로 네 대륙에 알 려진 포스트 묵시록적인 펑크 포크 가수, 인류의 비참한 약점의 무자비 한 폭로자였던 사람. 내가 그를 처음 봤을 때 그가 불렀던 노래는 〈도플 갱어〉였다.

간밤에 누군가가 이 아랫도리를 함부로 내돌렸다
간밤에 누군가가 이 주먹을 휘둘렀다
나는 오줌 속에서 깨어났다
나는 고통 속에서 깨어났다

많은 제복들이 내 이름을 소리쳐 부르는 가운데
오, 노
노, 노

용서해줘
나는 다른 누군가의 혀로 욕을 했다
용서해줘
나는 다른 누군가의 총으로 겨눴다
용서해줘
나는 다른 누군가의 정액을 갖고서 왔다
도플갱어, 신체 기증자
도플갱어, 신체 기증자

그러고 나서 이제 이와 같이 말하는 그의 얘기를 듣고 있자니…… 좀 황당했다. 그러나 나는 최근에 배운 모든 것 덕에 이와 같은 어떤 일, 스튜어트가 겪었던 것과 같은 일이 인류의 미래…… 그리고 봇들의 미래가 되리라고 확신하게 되었다.

나는 무심코 말한다. "으음, 그런 식으로 얘기하면서 좀 어이없다는 생각이 들지 않아요? 그런 체험이 어이없는 것이라는 뜻이 아니라 본인이 새로 태어난 사람, 다른 어떤 사람처럼 말하는 것 같다는 의미에서 말이에요."

"어느 의미에서는 새로 태어난 셈이죠. 솔직히 말해서 나는 그런 것으로 뭘 해야 할지 몰랐어요. 당신들하고 이렇게 얘기를 나누기 전까지는…… 내가 맥한테 얘기해줬던 책 기억해요? 《통합심리학》이라는 책. 맥한테 내가 이 책을 쓴 사람을 알고 있다는 얘기를 했을 거예요. 나는 어느 날 IC에서 이 사람과 얘기를 나눴고, 이 사람 덕에 그런 체험이 뭘 뜻하는 것인가 알게 되었죠. 그건 정말로 3층 의식의 일종이었다는 것을. 그러고 나서 나는 내가 이 자리에서 살아야 한다는 것을, 내 마음을 그것을 위한 집으로 만들어야 한다는 것을, 그러고 나서는 그것이 내가 쓰고 공연하는 음악을 통해서 저절로 흘러나오도록 해야 한다는 것을 알았어요. 내가 대단한 영적 인물이나 그 비슷한 존재라고 말하는 게 아니에요. 나는 그저 그 힘이 어떤 것이건 간에 아무튼 참된 것, 그 전까지 내가 알고 있었던 그 어떤 것들보다 훨씬 더 생생한 것이라는 점만을 알고 있을 뿐이에요. 그리고 나는 그것에 관해서 어떻게 말해야 좋을지, 어떻게 공유해야 좋을지 잘 몰라요. 하지만 내가 할 수 있는 한껏 그러려고 '시도해봐야' 한다는 것은 알고 있어요."

"시도해봐야 해요, 켄. 할 수 있는 한껏 최선을 다해서."

나는 조안을 쳐다보고는 그녀의 손을 놓는다. 그리고 그 회랑을 따라 걸어가기 시작한다.

"내 목소리를 따라오도록 하라." 내면의 목소리가 말한다.

스튜어트는 말을 계속한다. "곡을 쓰고 공연하는 과정에서 이것은 하나의 통합을 의미해요. 어두운 영역들을 답사해보는 것은 아직도 아주 쓸모가 있죠. 나는 내 음악에서 그런 부분을 계속 사용하고 있어요. 하지만 이제 이 새로운 맥락 속에서 그것은 단지 한 부분, 한 조각에 불과해요. 더 작아진 정체성, 곧 내 에고는 서장에 해당하고, 곧이어 그것은 곁으로 물러나요. 그리고 중심이 되는 것은 말로 형언하기 힘든 그 미스터리예요. 그것은 말로 설명할 수 없고 그저 환영할 수 있을 뿐이에요. 내가 비록 그것을 말로 표현할 수는 없지만, 나는 그렇게 해보려고 시도하는 것으로 내 남은 평생을 보내고 싶어요." 조안이 그를 쳐다보면서 환하게 웃는다.

스튜어트가 말한다. "하지만 나로서는 인류가 과연 3층에 오를지 의심스러워요. 사실은 2층에 오를지조차도 의심스럽고. 녹색까지 오르는 것도 쉽지 않은 일이죠. 한데 일단 거기에 오르고 나면 그 망할 놈의 부머리티스와 관련된 온갖 것들과 맞닥뜨려야 해요. 그리고 내가 알고 있는 한 그 턱을 넘어가는 사람은 거의 없다시피 해요."

조안이 말한다. "오늘 아침에 우리가 이야기했던 게 바로 그거였어요. 인공지능이 거기, 즉 3층에 먼저 이를 수도 있고, 그것은 모든 사람을 그 오메가 상태로 견인하는 데 도움이 될 거라는 의견에 관해서. 누구도 똑부러지게 확신할 수는 없겠지만, 그런 일이 일어날 수도 있어요…… 그것도 아주 빠른 시일 내에."

스튜어트가 말한다. "그 전에 먼저 우리가 우리 자신을 날려버리지만 않는다면 그렇게 될 수도 있겠죠. 아직도 나를 괴롭히는 문제가 그거예요."

내가 말한다. "저도 그래요. 제가 조안한테서 들었든 혹은 다른 누구한테서 들었든 간에, 아무튼 우리가 우선 2층에 도달해야 한다는 문제로 거듭 돌아가는 것도 그 때문이죠. 인공지능이 몇 달, 혹은 몇 년, 혹은 몇십 년 안에 우주적 의식에 도달할 가능성이 있지만, 그 사이에 우리 모두가 빛 속에서 소멸해버릴 수도 있어요. 테러리스트들이 터트린 플루토늄 버섯구름의 빛 속에서. 아니면 수상쩍은 어떤 정부 실험실에서 탈출한 나노봇 백색 역병에 걸리거나 유전자 변형 바이러스들에게 산 채로 잡아먹히거나 해서 몰살당할 수도 있고, 그저 아주 가공할 만한 어떤 것에 의해서……."

나는 끝없이 긴 것 같은 회랑을 따라 걷는다. "좋아요, 켄, 그저 계속 가요."

나는 영원처럼 길게 느껴지는 시간 동안 걸은 뒤 회랑 끝에 문이 있다는 것을 알았다.

스튜어트가 조안을 쳐다보며 말한다. "그래, 댁은 어떻게 생각하세요? 인류의 상당수가 때맞춰 2층에 도달해서 큰 변화를 가져올까요?"

"통합센터에서 일하는 우리는 그럴 가능성 쪽에 베팅하고 있죠. 하지만 그럴 가능성이 실현된다 해도 분명 아주 간발의 차이로 아슬아슬하게 그렇게 될 거예요."

스튜어트가 회의적인 기색으로 묻는다. "그런데 댁은 정말 부머리티스가 사양길에 접어들고 있다고 생각하세요? 그 망할 것은 어디에나 다 있는 것 같아서요."

"고무적인 조짐들이 있어요. 대학에서 인문학과 문화 연구 분야들에 등록하는 학생들의 숫자가 급격히 줄어들고 있어요. 인문학에 대한 관심이 아니라, 부머리티스 인문학에 대한 관심이 줄어들고 있죠. 현재는 부머리티스 인문학이 대학을 지배하고 있으니까. 그래서 당신네 세대는 그 대신에 과학, 컴퓨터, 비즈니스, 공학을 비롯해서 나르시시즘적 다원론에서 벗어나 있는 분야들에 들어가고 있어요. 부머리티스 페미니즘, 희생자 페미니즘은 특히 젊은 여성들 사이에서 꾸준히 그 매력을 잃어가고 있어요. 그 덕에 우리는 페미니즘의 중요한 통찰들을 건져내서 좀 더 통합적인 맥락 속에 자리 잡게 할 수 있는 좋은 기회를 맞았죠. 우리는 또 참으로 통합적인 생태학의 서광이 비치는 것도 역시 목격하고 있어요. 그것은 모든 것을 생물권이 아니라 영Spirit으로 환원시키고 있고, 따라서 생물권을 포함한 모든 현상을 영 그 자체의 드러남으로 보고 존중해주죠. 〈유튼 리더Utne Reader〉라고 알아요?"

스튜어트와 나는 고개를 가로젓는다.

"그건 부머리티스 성향이 아주 두드러진 잡지인데 현재 파산 지경에 이르렀어요. 사람들이 부모의 훌륭함을 찬미하는 진부한 이야기들에 싫증을 내고 있으니까. 《문화 창조자들》이라는 책 알아요?"

우리는 이번에도 역시 고개를 가로젓는다.

"그건 부모들의 훌륭함을 찬미하는 책이죠. 그 책의 부제는 '오천만 명의 사람들이 세계를 어떻게 변화시키고 있는가'예요."

스튜어트가 말한다. "오천만 명? 그건 딱 녹색 밈 숫자로구먼."

"맞아요. 그리고 그 책은 그냥 묻혀버렸어요. 사실 부머들은, 하늘이시여 우리를 축복해주시길, 우리 자신들에게 염증을 내고 있어요. 따라서 조짐들이 보이죠." 조안은 부드럽게 말했다. "조짐들이 보여요."

나는 천천히 그 문으로 다가가 손잡이에 손을 댄다.

내 머릿속의 목소리가 말한다. "그대로 계속해, 켄. 손잡이를 돌려. 그리고 안으로 들어와."

내가 말한다. "우리 어머니와 아버지 아시죠. 그분들은 사실 괜찮은 분들이에요. 훌륭한 분들이죠. 하지만 저는 그분들이 과연 틀을 벗어버릴지 의심스러워요."

간밤에 나는 부모님과 저녁식사를 함께했다. 그 열혈 혁명가는 여전히 이 세상의 추악한 상태에 진저리를 치고 있다. 행복한 글로벌리스트는 여전히 차분한 확신이 어려 있는 흡족한 미소를 머금고 있다. 하지만 나는 두 분 다 사랑하고 있다. 내심 그걸 인정하고 싶어 하지 않지만 사실은 두 분을 무척이나 사랑하는 것 같다. 나는 두 분의 피가 내 혈관을 타고 맹렬히 흐르는 것을 느낄 수 있다.

"그분들은 이제 막 인생의 후반기에 접어들고 있어요!" 조안이 웃으며 격려한다. "그러니 그분들을 제쳐놓으면 안 돼요, 정말로."

"그 말씀이 옳다고 생각해요. 당연히, 그렇게 하지 않을 거예요."

손잡이를 돌려 문을 활짝 열고 텅 빈 넓은 방 안에 발을 들여놓는다. 방 저 끝 한구석에서 한 사람이 의자에 앉아 있다…… 나는 남자라고 생각한다. 그를 향해 걸어간다.

스튜어트는 두 번째 공연을 하기 위해 무대로 돌아간다. 마침내 나는 그 긴장 상태를 더 이상 견딜 수가 없어 묻는다. "조안, 어째서 제 손을 잡고 있는 거죠?"

"곧 알게 돼요."

의자에 앉아 있는 남자에게 다가가면서 나는 그가 키 190센티미터가량에 나이는 쉰 살쯤 되어 보이고 대머리라는 것을 알아차린다. 어쩌면 대머리가 아니라 머리를 박박 밀었을 수도 있다. 내 머릿속의 목소리가 말한다. "이리 오게. 이리 와, 켄."

조안이 말한다. "당신은 자신이 나를 사랑한다고 생각하고 있어요. 그렇지 않아요?"

"제가 그렇다는 걸 압니다." 나는 방어하듯이 말한다.

"그러니까 그건 '켄'이라고 하는 그 실체가 '조안'이라고 하는 이 실체를 사랑한다는 얘기인 건가요?"

"그럴지도. 그런 것이죠. 그런데요?"

그 남자에게 다가간다. 그와의 거리가 3미터에서 1.5미터, 이제 1미터로 줄어든다. 그리고 나는 상체를 숙이고 좀 더 자세히 들여다본다. 그건 좀 무례한 짓이다…… 그러고 나서는 그 사람이 누군지 알아보고 뒤로 홱 물러난다.

"깊은 사랑에 빠질 때는 어떤 느낌이 들어요, 켄?"

조안은 하늘의 눈으로 나를 계속 응시하고 있고, 계속해서 내 손을 잡고 있다. 나는 예고 없이 시험을 보는 것 같은 상황에 처했기에 당황해서 수세적인 처지에 몰린다.

"사랑에 빠질 때의 기분이야 좋죠, 뭐."

"켄."

"알았어요. 그건 크게 확장된 느낌, 자신을 넘어서게 해주는 앎 같은 것이죠. 당사자를 자신에게서 벗어나게 해주는. 자신의 밖에 있는 길로."

내 앞에서 의자에 앉아 있는 남자는…… 나다. 내 쉰 살짜리 버전. 혹은 쉰이 되었을 때의 나. 혹은……

그 목소리가 말한다. "다 맞는 얘기일 거야." 남자는 내 앞에 앉아 있지만 그 목소리는 내 머릿속에서 흘러나온다. 나는 신경질적으로 웃기 시작한다. "그러니까 댁은 빅Big(나이 든, 혹은 크게 성장하고 발달한, 이라는 뜻이 포함되어 있다—옮긴이) 켄이군요. 그렇죠?"

"사랑은 당사자를 자기자신에게서 벗어나게 해주죠." 조안이 내 말을 반복한다. "그럼 당신은 그게 정말로 당신하고 관련된 것이라고 생각하나요? 아니면 나와 관련된 것이라고 생각하나요?"

빅 켄의 목소리가 말한다. "리얼리티에는 한 가지 묘한 점이 있어. 자네가 일단 오메가 포인트들을 들여다보기 시작하면 리얼리티는 자네한테 그것들을 실제로 보여줄 거야."

"그러니까 댁은 내 미래의 나다? 댁은 내 개인적인 오메가 포인트다?"

"그중 하나지. 나는 자네의 궁극적인 오메가로 들어가는 문과 더 비슷하지. 나는 자네가 자신과 정면으로 맞닥뜨리기 전에 품고 있음직한 온갖 의문들에 답해주기 위해 여기 있는 거야."

"정말로요? 진심이세요?"

"분명히 얘기하는데 난 진심으로 얘기하는 거야."

"예, 조안. 한데 만일 그게 당신이나 나와 무관한 거라면, 얘기의 요점이 정확히 뭔가요?"

"좋아요, 만일 이런 얘기가 정말 진심에서 나온 것이라면, 댁은 우리 시대의 참으로 중요한 의문들에 대한 최종적인 모든 해답을 갖고 있겠네요. 그럼 제 첫 번째 의문을 말씀드리죠. 저는 페페로니 피자를 주문해야 할까요, 아니면 페투치니 알프레도를 주문해야 할까요? 지금 배고파 죽을 지경이니까."

놀랍게도 빅 켄은 웃고 또 웃는다. "우리는 항상 건방졌지. 그렇지 않나?"

이건 완전히 사람을 헷갈리게 하는 답이다. "댁은 정말로 실재하는 분인가요? 이건 정말로 심각한 문제예요. 그렇지 않아요?"

"실재해. 하지만 심각할 건 없지."

"조안?"

"예, 켄?"

"뭔가 아주아주 이상한 일이 일어나고 있어요."

"나도 알아요, 나도 알아."

"으음, 좋아요. 좋다고요. 댁이 정말로 모든 답을 알고 있다면, 제대로 된 질문을 하나 하죠. 인간들이 먼저 궁극적인 오메가 포인트에 도달할까요, 아니면 AIs가 먼저 그렇게 할까요?"

"양쪽 다 아냐. 궁극적인 오메가 포인트에 도달하는 일 같은 건 없어. 그건 바로 지금 여기에서의 자네 자신의 상태니까. 자신이 이미 이르러 있는 상태에 도달할 수는 없어."

"하지만 지금 일어나고 있는 이 모든 진화, 나선을 통한 발달, 그 모든 것은……"

"그 모든 것은 시간의 세계에 속해 있어. 하지만 영은 영원하지. 자네의 본래면목은 시간 속에서 튀어나오는 것이 아니라 항상 존재하고 있어. 분명히 단언하는데, 그건 이 영원한 순간에 완벽하게 존재하고 있어."

"하지만 어쨌든 간에 시간 속에서 진화가 일어나고 있잖아요?"

"물론 일어나지. 하지만 시간의 세계는 영이 숨바꼭질 같은 엄청난 놀이를 하면서 그 자체를 펼쳐내는 것에 지나지 않아. 자네는 켄으로서 놀이를 하는 영이야. 사실은 이 모든 것으로서 놀이를 하는 영이고. 언제고 간에 켄은 곧 자신의 참나, 자신의 본래면목을 깨닫게 될 거야. 그의 참나, 본래면목은 빛나는 영 그 자체에 다름 아니야. 지각력 있는 모든 존재들은 하나같이 동등하고도 완벽한 영이기에 그런 근본적인 진실에 눈뜰 수 있지."

"봇들도?"

"봇들조차도. 그것들이 참으로 의식하는 것이 된다면 그렇게 되겠지."

"조안! 조안!" 나는 다급하게 속삭였다.

조안이 내 팔을 잡아준다. "나 여기 있어요."

"어떻게 해야 좋을지 모르겠어요."

"그저 그런 일이 일어나게 가만 내버려둬요. 그냥 내버려두세요."

"봇들이 의식하는 것들이 될까요?"

"자네가 생각하는 것보다 훨씬 더 오랜 기간 동안 그런 일은 안 일어나."

"그럼 일이십 년 안에는 안 일어난다는 얘기인가요?"

"응."

"댁이 정말로 지금으로부터 삼십 년 후의 나라면, 그때쯤 그런 일이 일어 났는지 아닌지의 여부를 아시겠네요. 그리고 짐작컨대 일어나지 않은 것 같 군요."

"그 말이 맞아. 일어나지 않았지."

"어째서 그럴까요?"

"불교도들이 '고귀한 인간의 몸'이라고 부르는 것 때문이고, 기독교인들이 '그리 스도의 신비체'라고 부르는 것 때문이지. 힌두교도들이 자기네 식으로 부르는 것 때문에…… 에…… 말하자면, 혹은 우리가 말로 표현했다면 말로 할 수도 있는데, 말로 표현하지 않았으니 표현할 수가 없지. 하지만 자네는 아마 이미 그걸 알았을 거야. 혹은 자네가 그걸 알았다면 알 수도 있었을 텐데, 하지만……" 그러고 나서 그는 나를 쳐다보며 웃기 시작했다. "요약해서 얘기해야겠구먼."

"나를 놀리시네요! 내가 그런 것도 모를 거라고 생각하지 마세요! 나는 그런 말 믿지 않아요. 댁은 엄청 지혜로운 사람인 것처럼 행세하면서 날 갖 고 희롱하고 있네요!"

"오, 나는 그저 나 자신을 비웃고 있는 것일 뿐이야." 그러면서 그는 더 크게 웃는다.

"참, 사람 헷갈리게 하시네."

"AIs에 관해 얘기해주지. 얘기의 요점은, 의식의 출현 여부는 인간들이 아직 이해하기 시작할 단계에도 이르지 못한 유기체 내에서의 몇십 억에 이르는 처리 과정들에 의해 좌우된다는 거야. 온우주 속의 모든 것들은 각자 나름대로 의식하고 있지. 원자, 분자, 세포, 유기체 모두가 그 나름의 지각력을 갖고 있어. 그리고 이런 의식은 진화 과정 속에서 점점 더 크고 더 수준 높은 것들이 되어가지. 소는 당근보다 더 수준 높은 의식을 갖고 있고, 당근은 돌멩이보다 더 수준 높은 의식을 갖고 있는 식으로. 그러나 인간의 의식은 그 모든 것의 총합이야. 인간 유기체는 신포유류 뇌, 구포유류 뇌, 파충류의 뇌 조직, 세포, 분자, 원자, 쿼크들을 모두 포함하고 있기 때문이지. 따라서 그 모든 것들이 갖고 있는 의식들이 인간의 몸속에 다 들어 있어. 그리고 AI 연구자들은 그 모든 실체들의 의식이 인간의 의식 속에서 어떤 식으로 합해져 있는지에 대한 이해의 발바닥에도 미치지 못했으니까. 무슨 얘기인지 알겠나?"

"그런 것 같아요. 하지만 일단 그 모든 것을 다 이해하고 나면…… 결국 언젠가는 그 모든 걸 다 알게 되는 날이 오지 않겠어요?"

"그럴 가능성이 많지."

"그 모든 것을 다 이해하고 나면, 참으로 의식하는 봇들이 만들어지지 않을까요? 따라서 봇들이 궁극적인 오메가를 발견하게 될 거고?"

"그것도 역시 충분히 가능성이 있는 일이지. 하지만 몇백 년이 걸릴 거야. 그리고 그것은 분명, 영점zero-point 에너지에 의해서 돌아가는 탄소와 실리콘 생명 형태들의 믿을 수 없을 만치 복잡한 하이브리드들을 포함하게 될 거야. 인간은 마음을 창조하기에 앞서서 먼저 생명을 창조해낼 거야. 그것은 인간이 생명을 불어넣어준 컴퓨터가 될 거고, 그 컴퓨터는 마음과 같은 지능을 창조해낼 거야. 그리고 그 지능은 오메가에 이르는 길을 더듬어 찾겠지. 하지만 그때에 이르러서도 그건 별 볼 일 없는 일이 될 거야. 자네의 기억을 다시 일깨워줄 테니 내 말을 잘 듣게나, 켄. 궁극적 오메가는 시간 속에 존재하지 않아. 그것은 앞으로 발견될 어떤 것이 아냐. 그것은 영원히 지금 여기에서 발견되는 것이야."

"그러니까 진화나 발달이 무슨 소용이 있느냐 그런 말씀인가요? 하지만 통합 센터에서는…… 통합센터를 아세요?"

"응, 통합센터, 알지."

"거기 사람들은 사람들의 의식을 발달시키려고 열심히 애쓰고 있는데, 만일 댁의 말이 사실이라면 뭐하러 그런 일을 하는 걸까요?"

"발달은 그 나름의 깊은 보상을 안겨주지. 인류가 스스로를 파멸의 구렁텅이에 몰아넣으려는 짓을 하지 못하도록 막아주는 데 도움이 되는 것도 그중 하나야. 그리고 그것은 우주적 의식을 깨닫는 일에서 다음과 같은 아주 중요한 역할을 하지. 즉 자네가 더 수준 높게 진화하면 할수록 항상 존재하는 그것을 발견할 가능성도 더욱더 높아져."

"항상 존재하는 것은 곧 3층을 뜻하는 건가요? 설령 그것이 항상 존재한다고 해도, 의식이 진화하면 할수록 더 쉽게 그런 사실을 알게 되지 않을까요?"

"바로 그거야. 멋져. 자네 참 영리하구만!" 그러고 나서 그는 다시 요란하게 웃기 시작한다. "아, 왜 웃는지 나도 알아요. 자화자찬을 해서 그러는 거겠죠."

"우리 미니미 영리한 것 좀 보소. 한데 얘기가 그만 옆길로 샜구먼." 그래 놓고 그는 여전히 웃는다.

나는 허리를 숙이고 그의 눈을 똑바로 들여다본다. "내가 결국 댁처럼 되지는 않을 거라고 얘기해줘요." 그는 더 크게 웃는다.

"그럼 이렇게 한번 얘기해보기로 할까. 부디 자네 자신을 잘 보살피도록 하게나." 그는 무릎을 찰싹 치면서 방이 떠나가게 웃는다.

"당장 달려들어 당신의 목을 조르고 싶어. 하지만 그랬다간 정말로 내 미래를 망치는 일이 될까 봐 참는 거요."

그의 눈빛이 밝아지면서 "이제 알겠나?"라고 말하기라도 하듯이 손가락으로 나를 가리킨다. 그리고 웃고 또 웃는다. 그러다 마침내 그는 온화한 미소를 머금은 채 말한다. "잠시 재미 삼아서 그런 것뿐이야. 그러니 과하게 성내지는 말게나."

"진화에 관한 그다음 얘기는 어떻게 돼요?"

"지각력을 지닌 모든 존재들은 완전한 영이야. 하지만 수준 높게 진화할 때라야만 이런 사실을 어느 정도 알아차릴 수 있지. 1층, 2층, 3층의 궁극적인 의미가 바로 그거야. 3층, 곧 영 그 자체 혹은 궁극적 오메가는 진화의 사다리에 있는 가장 높은 단이고, 사다리 전체는 바로 그 단과 같은 목재로 만들어진 거지. 그러니 그 사다리를 다 올라가고 나면 사다리는 던져버리게. 자네는 영이 문자 그대로 언제나 모든 곳에 있다는 것을 깨닫게 돼. 영이 아닌 것은 아무것도 없어."

나는 웅얼거린다. "영은 샤워실 타일에서도 빛을 발해요."

"그게 뭔 소리야?"

"오, 아무것도 아니에요. 그러니까 진화는 좀 더 쉬운 출발점의 일종으로서 우리가 2층으로 발달해가는 것을 도와준다는 거로군요."

"물론이지. 그것은 자네의 평생 사업의 일부가 되어야 해, 켄. 자네의 평생 사업이 뭐가 될지 알고 있나?"

이제 나는 아주 진지한 자세로 그를 쳐다본다. 왜냐하면…… 그가 어떤 사람일지, 어떤 일을 하는 사람일지가 궁금해서.

"그건 뭐 쉽게 알아낼 수 있을 것 같은데요. 그저 댁이 지금 뭘 하고 있는지만 물어보면 되죠. 그러면 내가 한평생 어떤 일을 하는지 저절로 알게 되겠네요."

그는 다시 자부심 어린 것 같은 표정과 함께 싱긋이 웃는다. "나는 통합센터의 창설자야."

"뭐라고요? 우와! 도무지 이해가 안 가네." 나는 뭐가 뭔지 모를 기분이 되면서 다시 화가 치밀기 시작한다. "전혀 이해가 안 가네. 댁의 미니미는 그렇게 근사한 사람이 못 된다고요." 그러자 그는 다시 무릎을 치면서 웃기 시작한다.

"사실은 몇 년 전에 우리 열두어 명이 통합센터를 창설했지. 마이크 머피*, 로저 월시, 프랜시스 본*, 잭 크리텐든*, 샘 버콜즈*, 케이스 톰슨, 버트 팔리, 제니 웨이드, 폴 게르스텐버거, 조 퍼미지, 밥 리처즈, 데이비드 버거와 킴 버거 같은 이들이. 그 밖의 사람들 상당수는 자네도 이미 만나봤어. 찰스, 레사, 마크, 데릭, 카를라, 마거릿, 조안. 자네 조안이 누군지 알고 있지?"

"조안!" 나는 비명을 내지르고, 조안은 내 손을 꼭 잡아준다. 몇몇 사람들이 고개를 돌려 나를 빤히 바라보고 있고, 스튜어트는 무대 위에서 웃기 시작한다.

"켄, 내 말을 잘 들어요. 그냥 그대로 가세요, 켄. 그냥 그대로 가요. 난 여기 있어요."

"예, 조안이 누군지 알아요."

"우리 모두는 의식발달을 촉진해줄 센터를 만들어보자는 뜻에서 몇 년 전에 한데 모였지. 사실 그 센터는 모든 밈들을 도와주려는 목적을 지녔지만, 2층과 3층을 자각하는 데 특별히 역점을 두기도 하는 곳이야."

나는 거의 현기증이 날 지경이 되고 있다. 이 모든 게 다 황당하기만 하

- **마이크 머피** Mike Murphy 본래는 의학도였는데 비교종교학을 접하고 동·서양 철학과 종교, 사고 등의 통합에 관심을 가지게 되면서 심리학과 인간 내면의 잠재력에 대한 연구에 몰두했다.

- **프랜시스 본** Frances Vaughan 심리상담가이자 인본주의심리학·트랜스퍼스널심리학 전문가.

- **잭 크리텐든** Jack Crittenden 미국의 애리조나 주립대학교 교육학 교수.

- **샘 버콜즈** Sam Bercholz 미국의 동양사상 전문 출판사인 '샴발라'의 설립자.

다. "댁이 통합센터를 창설했다면, 그건 내가 나이가 들어 통합센터를 창설할 것이라는 얘기가 되는데. 도무지 이해가 안 가요."

"이해하게 될 거야."

나는 나를 흐름에 맡겨보려고 애쓰면서 말한다. "좋아요, 그럼, 내가 통합센터를 창설하는 때가 정확히 언제인가요?"

"자네가 《통합심리학》을 쓰고 난 직후에."

"오, 맙소사." 나는 항변조차 하지 못한다. "그러니까 댁의 말인즉슨 스튜어트가 최근에 막 읽은 그 책을 내가 쓸 거라는 건가요?"

"응."

"이해가 안 가요."

"이해하게 될 거야."

나는 멍하니 그를 응시한다.

"그 책을 쓴 직후에 자네는 다시 《성, 생태, 영성》을 쓰고, 이 책은 '금세기의 가장 중요한 책들 중의 하나'라고 일컬어지게 되지."

나는 눈썹을 치켜 올렸다. 그 혼란 통에도 한 가지는 아주 분명해지고 있다. "이 모든 대답들이 죄다 댁을 중심으로 해서 돌고 있는 것 같다는 것을 알겠네요. 댁과 댁의 경이로움을 중심으로 해서. 이 모든 얘기 속에는 '나 아주 근사하지'라는 감정이 차고도 넘치게 깔려 있네요. 이거야말로 부머리티스지! 댁은 그걸 엄청 많이 갖고 있어요."

그러자 그는 그 어느 때보다도 더 요란하게 웃고 있다. 쉬지 않고 계속 미친 듯이 웃어대면서. 그러다 그 목소리는 마침내 말한다. "아이쿠, 이 친구가 드디어 감 잡았네!"

"과거로 거슬러 올라가서 그것으로 나를 호되게 후려친 것에 깊이 감사드립니다! 칼튼이 청중 가운데서 유독 나를 지목한 것도 하등 놀라운 일이 아니로구먼. 이 천하에 못되고 비열한 인간, 이 뻔뻔하고 염치없는……"

친숙한 목소리가 말한다. "켄, 켄, 진정해요."

"조안?"
"예."

"조안?"
"예." 조안이 우리 두 사람을 쳐다보고 있다. "당신들 두 사람을 뭐라고 부르면 좋을까요? 당신을 켄 주니어라고 부르기로 하죠. 여기 계시는 켄 시니어는 사실 당신을 좀 놀리고 있는 것일 뿐이에요. 분명히 얘기하지만, 나이 든 분은 아주, 아주 멋진 분이에요." 나이 든 놈은 나를 보고 빙긋이 웃고 있다. "당신은 당신이 사람들에게 안겨주는 영향력을 알아차리지 못하고 있어요. 당신이 의도했든 안 했든 간에, 당신 자신의 지능이 건방지고 오만한 방식으로 사용될 수도 있어요. 여기 있는 켄 시니어는 단지 그로 인한 불쾌감을 당신에게 비춰 보여주는 것일 뿐이에요. 그것은 조만간 당신이 스스로 이런 점을 이해하게 될 것이라는 걸 뜻하죠—그리고 결국 그는 이해했답니다." 그녀는 나이 든 자에게 미소 지으며 말한다. "그건 별일 아니에요."
나는 맥없이 항변한다. "당신에게는 그럴지도 모르죠."
"아니, 당신에게도 역시 그래요."

나는 두 눈을 뜬다. 조안이 보인다. 눈을 감는다. 조안이 보인다. 눈을 뜬다. 그리고 클럽 파심에서 앉아 있는 조안에게 나는 말한다. "나는 전혀 이해가 안 가요."
그녀가 말한다. "괜찮아요. 그냥 눈을 감고 흐름을 따라가도록 하세요."

켄 시니어가 고개를 숙이고 조그맣게 말한다. "자네는 자신이 저 여자를 사랑한다고 생각하고 있어. 그렇지 않나?"

"제가 그러고 있다는 걸 알아요."

빅 켄은 빙긋이 웃는다. "자네는 조안이, 자네가 미친 듯이 깊은 사랑에 빠졌을 때 어떤 일이 일어나느냐고 물었던 것 기억할 거야. 그때 자네가 뭐라고 말했더라……?"

"기분이 드럽게 좋다고 말했다, 이 염병할 놈의 인간아."

"화내지 말게."

"좋아요, 좋아. 나는 사랑이 자신의 한계를 넘어서서 그 밖으로 나가게 해준다고 말했어요. 잘은 모르지만 결국 모든 것과 하나가 되게 하는 것으로 귀결된다고." 나는 잠시 생각한다. "오, 알겠어요. 큰 사랑, 참된 사랑은 3층이에요. 그렇죠? 스튜어트에게 일어났던 일처럼."

"자, 이제 내 말을 아주 주의 깊게 들어주게, 켄. 그 하나 됨의 상태로 가는 지름길이 있어."

조안이 고개를 숙이고 내게 속삭인다. "내가 등장하는 대목이 여기예요."

"댁이 등장하는 대목이 여기라구요?"

켄 주니어가 나를 똑바로 쳐다본다. 이번에는 그가 참으로 진지한 태도로 임하는 것 같다. "모든 사람들은 조각나고 부서지고 이원적인, 잔혹한 상태에서 삶을 살기 시작하지. 세계는 주체 대 객체, 자기 대 타자, 여기 있는 나 대 저기 있는 세계로 나눠져 있어. 세계가 일단 둘로 나눠지고 나면, 세계는 오로지 고통, 괴로움, 번뇌, 공포만을 알 따름이지. 주체와 객체의 간극 속에 인류의 모든 비탄이 도사리고 있어."

조안이 부드러운 어조로 덧붙인다. "그것은 보는 자Seer와 보이는 자Seen 간의 간극이에요."

"맞아요. 그렇게 해서 자네는 보는 자나 보이는 자를 통해서 나아감으로써 하나 됨, 우주적 의식, 혹은 빛나는 사랑이라는 궁극적인 상태를 찾아낼 수 있어. 그것들은 결국 하나로 합쳐지게 되니까. 남자들은 대체로 보는 자를 통해서 나아가는 것을 더 수월하게 여기고, 여자들은 대체로 보이는 자를 통해서 나아가는 것을 더 쉽게 여겨. 하지만 남자나 여자나 양쪽 역할을 다 할 수 있어. 그것은 순전히 개인적인 선택의 문제일 뿐이지."

"나는 댁의 말을 한 마디도 이해하지 못하겠어요."

"그렇게 어려운 얘기가 아닐세, 젊은 켄. 정말이야. 우리, 보는 자로 시작해보자고. 그리고 딱 한 번만 더 내 말을 따라주도록 하게. 왜냐하면 자네는 전에도 이런 말을 들었을 테니까. 그렇지 않나?

마음의 긴장을 풀도록 하라. 마음을 느긋하게 먹고 확장시켜 앞의 하늘과 하나가 되게 하라. 그러고 나서 주시하라. 그 하늘에 구름이 흘러가고, 그대는 쉽게 그것을 알아차린다. 몸 안에서 느낌이 흘러가고, 그대는 그것도 역시 수월하게 알아차린다. 마음속에서 온갖 생각이 흘러가고, 그대는 그것도 역시 알아차린다. 생리적인 욕구들이 흘러가고, 느낌이 흘러가고, 생각이 흘러가고…… 그대는 그 모든 것을 알아차린다.

내게 말하라. 그대는 누구인가?

그대가 생각을 알아차리고 있으니 그대의 생각이 그대는 아니다. 그대가 느낌을 알아차리고 있으니 그대의 느낌이 그대는 아니다. 그대가 대상들을 알아차리고 있으니 그대가 알 수 있는 어떤 대상도 그대가 아니다.

그대 안에 있는 어떤 것이 이 모든 것을 알아차린다. 그러니 내게 말하라. 모든 것을 알아차리는, 그대 안의 그것은 무엇인가?

그대 안에서 항상 깨어 있는 것은 무엇인가? 항상 완전하게 존재하는 것은? 지금 그대 안에 있는 어떤 것이 일어나는 모든 것을 수월하게 알아차리고 있다. 그것은 무엇인가?

지켜보고 있는 그 광대하고 무한한 앎, 그대는 그것을 인지하지 못하는가?

그 목격자는 무엇인가?"

701

목소리가 잠시 그쳤다가 다시 이어진다. "그대가 그 목격자다. 그렇지 않은가? 그대는 그 청정한 보는 자, 청정한 앎, 매 순간 일어나는 모든 것을 공평하게 목격하는 청정한 영이다. 그대의 앎은 드넓게 활짝 열려 있고, 텅 비어 있고 투명하지만, 그것은 일어나는 모든 것을 기록한다.

바로 그 목격자가 내면의 신이다. 스스로가 창조한 세계와 대면하고 있는 신."

나는 눈을 뜬다. 클럽 파심의 풍경이 떠오른다. 조안, 스튜어트, 주위에 있는 모든 사람들이 수월하게 내 앎의 장에 떠오른다. 고요하고 움직임 없는 청정한 앎이 있고, 그 앎 속에서 그 모든 것들이 자연스럽게 나타난다. 그 모든 소동과 혼란에서 자유로운, 세계에 대한 청정한 목격자…….

조안은 여전히 내 손을 잡은 채 내 귀에다 속삭인다.

"이제 모든 것을 주시하는 데서 모든 것인 데로 나아가세요."

"예. 그런데 어떻게?"

"나와 사랑을 하도록 하세요, 켄. 그 하늘과 사랑하고, 구름과 사랑하고, 별들을 끌어안고, 그 천국들과 키스하고, 당신의 손바닥 안에 우주를 움켜 쥐고, 자기자신에게서 벗어나 온우주 속으로 들어가세요."

나는 황홀한 기분으로 무한대에 가까운 우주 속으로 살며시 빠져들어간다. 나는 서서히……

목소리가 말한다. "남자와 여자가 서로에게 하는 일이 바로 이것이다. 보는 자로서의 남자는 보이는 자와 하나가 되고, 보이는 자로서의 여자는 보는 자와 하나가 된다. 푸루샤(Purusha. 영혼-옮긴이)와 프라크리티(Prakriti. 물질-옮긴이)가 사랑에 빠지고, 시바와 샤크티(시바의 아내-옮긴이)가 심장 속에 녹아들어 영생토록 하나가 되고, 주체와 객체가 한 맛One Taste으로 용해되어 그들의 교성으로 밤을 밝혀준다."

나는 웅얼거린다. "남자들과 여자들⋯⋯."

"자네가 매 십 분마다 한 번씩 여자들의 몸에 관해 떠올리곤 하는 환상이 참으로 뜻하는 것이 뭐라고 생각하나? 자네는 그런 환상을 섹스에 관한 것이라고 생각하지 않나?"

"잘 모르겠어요."

조안이 날 돕기 위해 속삭인다. "아주 간단히 얘기해보도록 하죠. 남자들은 자주성을 원하는 경향이 있고, 자유를 원해요. 여자들은 관계를 원하는 경향이 있고, 충만함을 원해요. 자유와 충만함, 독자성과 공동성, 등급 매기기와 연결하기, 정의와 배려, 지혜와 연민, 에로스와 아가페. 어떤 식으로 불러도 좋아요. 하지만 그것들이 통합되기 전까지 남자와 여자는 찢어지고, 갈라지고, 부분적이고, 불완전한 처지에 놓일 운명이에요."

"그 말은 충분히 이해가 가네요."

"남자, 혹은 당신의 남성적인 측면의 경우. 당신이 완전한 자주성이나 완전한 자유를 누릴 수 있는 유일한 방법은 당신의 외부에서 당신을 통제할 수 있는 것을 일절 갖지 않는 것이에요. 그리고 당신이 그렇게 할 수 있는 유일한 길은 모든 것과 하나가 되는 거예요." 조안은 내가 잘 따라오는지 알아보려고 나를 쳐다본다. 나는 고개를 끄덕인다.

"여자, 혹은 당신의 여성적인 측면의 경우. 당신이 완전한 관계나 완전한 충만함을 누릴 수 있는 유일한 방법은 당신의 외부에 당신이 원할 가능성이 있는 것을 일절 갖지 않는 것이에요. 그리고 당신이 그렇게 할 수 있는 유일한 방법은 모든 것과 하나가 되는 거예요." 이번에도 나는 고개를 끄덕인다.

"자유와 충만함을 다 같이 누릴 수 있는 유일한 방법은 전체와 하나가 되는 거예요. 우주적 의식, 3층, 궁극적인 영, 한 맛의 항상 존재하는 리얼리티를 찾아내는 것."

그녀는 말을 멈추고 내 손을 꼭 잡고는 나를 똑바로 쳐다본다. "내 얘기가 잘 들어오나요?"

나는 그 말을 이해하려고 애쓰면서 고개를 가로젓는다. "그저 조금."

나는 눈을 뜬다. 조안이 보인다. 눈을 감는다. 조안이 보인다.

내가 말한다. "내가 어느 쪽이든 간에, 아무튼 나는 당신을 사랑하고 있어요."

켄 시니어가 나를 쳐다보고 빙그레 웃더니 고개를 앞으로 숙인다. "내 말을 잘 듣게나, 켄. 자네가 내 나이쯤 될 때면, 진짜 조안을 만나게 될 거야. 자네에게 심장을 보여줄 조안을."

"이해가 안 가요."

"내 말을 믿어. 앞으로 그렇게 될 거야."

눈을 뜬다. 눈을 감는다.

조안이 말한다. "이 모든 말을 이해하려고 너무 노심초사하지 말아요. 지금 일어나고 있는 일은 그저 당신이 자신의 본래면목, 자신의 참나에 점점 더 가까이 다가가고 있는 것일 뿐이니까. 그러니 시간이 왜곡되기 시작하고 있어요. 당신은 그 영원한 것에 다가가면서 시간 왜곡 현상을 겪기 시작할 거예요. 미래로 들어가는 웜홀 같은 것에 빠지는 현상을. 걱정하지 마세요."

"하지만 나는……" 빅 켄을 가리키면서 말한다. "나는 저 사람이 내 진짜 얼굴, 내 궁극적인 오메가 같은 것이라고 생각했어요."

"아뇨. 그는 단지 중간역일 뿐이에요. 그는 단지 미래에 모습을 드러낼 당신의 작은 자아일 뿐이에요. 저분은 당신의 참나가 아니에요."

나는 눈을 뜬다. "조안, 당신은 이걸 믿지 못할 거예요."

"나는 그걸 믿어요, 켄." 스튜어트의 목소리가 클럽 파심을 가득 채우고 있는 가운데 그녀는 여전히 내 손을 잡은 채 말한다. "그냥 그대로 가세요, 켄. 그냥 흐름에 맡기고……."

"그러니까 저 사람은 내 참나가 아니군요."

"맞아요. 저분은 단지 미래에 모습을 드러낼 당신의 작은 자아, 당신의 에고일 뿐, 당신의 참나가 아니에요. 당신의 참나는 단지 영원한 현재에서만 존재해요."

"그럼 저 사람은 어째서 여기 있는 거죠?"

"그 해답이 시간 속에 존재하지 않는다는 걸 당신에게 보여주기 위해서."

"그 말이 맞아, 젊은 켄."

"댁은 내가 통합센터에 오기 시작한 이래로 줄곧 들어왔던 내면의 목소리예요." 나는 서서히 이해하기 시작하면서 그렇게 말한다.

"응, 맞아."

"댁은 내 미래예요. 댁은 내 미래일 뿐 내 참나는 아니에요……."

"맞아. 자네는 자네의 진정한 나를 만나보고 싶은가?"

"조안, 나는 두려워요. 정말 두려워요."

"내게 다시 말해줘요. 당신이 깊이깊이 사랑에 빠질 때 당신은 어디 있죠?"

나는 집중하려고 애쓴다. "내가 깊이깊이 사랑에 빠질 때……." 나는 하늘의 눈을 들여다본다. 나는 그 아름다운 드넓은 공간 속으로 완전히 사라져버린다. 나는 작열하는 태양도 희미하고 무력하게 만들 만큼 찬연한 빛이 우주를 환히 밝혀주는 상태에서 아무 걸림 없이 자유롭다.

그리고 나는 내 가슴을 무한대로 확장시켜주는 상태에 빠져든다. 초신성들이 내 뇌 속에서 끝없이 소용돌이치고 은하들이 내 혈관 속을 타고 흐르기 시작하며, 나는 온우주를 내 손아귀에 틀어쥔다. 그리고 나를 둘러싸고 있는 미스터리가 우주를 사라지게 한다……

"그래, 젊은 켄, 계속해."

내 존재 속으로 더 깊이깊이 들어가고, 나 자신의 의식 속으로 멀리멀리 소급해 올라가고, 생겨나는 모든 세계의 무한한 목격자로서 자리 잡는다. 텅 비고 어둡고 광대한 무정형 상태, 그러나 본질적으로 생생하게 살아 있고, 무한히 지혜롭고, 너무나 희미해서 볼 수도 없고 느낄 수조차 없는 빛을 발산하는, 두려움의 저편에 있는 무한한 해방, 고통의 기슭 너머에 있는 근원적인 자유, 느낌으로 잡을 수 없는 지복 너머의 지복과 볼 수조차도 없는 빛 너머의 빛.

"이제 내게로 돌아오세요, 켄." 하늘의 눈이 속삭인다.

그 무한한 허공에서 온 세계가 폭발해 나온다. 나는 견딜 수 없으리만치 강렬한 황홀경으로 넘쳐나면서 수백만의 혼으로 산산조각이 나 우주의 바람을 타고 흩어진다. 나는 고즈넉한 하늘을 장식하는 무수히 많은 반투명한 별들로 나타나고, 모든 존재의 가슴속에서 빛나는 무지갯빛 태양 속으로 사라지고, 갈망하는 모든 것들에게 생명을 부여해주는 에로틱한 대지로서 나타난다. 자유와 충만함이 내 존재를 가득 채워주고 우주를 그 빛나는 근원 속에 흠뻑 젖어들게 한다. 그리고 그것은 아주 분명하다. 너무나, 더 말할 나위 없이, 완전히 자명하다.

"내가 이 모든 우주적 유희의 창조자인가요?"

"우리 모두가 다 그렇다네, 젊은 켄." 내일의 내가 말한다.

"지각력 있는 모든 존재들은 순수한 영이에요. 그것은 참으로 유희, 우주적 유희, 우리가 우리 자신을 상대로 해서 벌이는 엄청난 장난이에요."

"한데 일단 우리가 이 궁극적인 공공연한 비밀을 자각하고 난 뒤에는 어떤 일이 일어날까요? 그 뒤에는 어떤 일이?"

"당연히 일어나야 할 일이 일어나겠죠, 그게 무엇이 되었든 간에. 당신은 그런 유희를 계속할 거예요. 단 이번에는 완전히 깨어 있는 상태에서. 그것은 세상에서 계속 살면서 이루어지는 평범한, 아주 평범한 유희가 될 거예요. 당신은 넉넉한 마음을 갖고서 시장에 들어갈 거고, 할 수 있는 한 최선을 다해 당신 주위 사람들을 위로해줄 거예요. 당신은 모든 사람이 2층과 3층으로 발달해나가도록 도와주기 위해 일할 거예요. 그리고 또 당신은……"

"내 동료들과 나는 통합센터를 창설하는 일을 거들 거예요."

"그런 어떤 일들을 하겠죠. 그게 실제로 어떤 형태의 일이 될 것이냐는 사실 그다지 중요하지 않아요, 켄. 당신은 자신의 본래면목을 자각하고 싶어 하는 꿈을 가진 이들을 돕기 위해 무슨 일이든 다 할 거예요. 그 본래 얼굴은 크고 작은 모든 존재들의 얼굴과 같은 것이죠. 어떤 사람들은 통합센터를 창설하는 것 같은 큰일을 할 것이고, 또 어떤 이들은 지하철에서 자기 곁에 앉아 있는 사람에게 미소를 보내는 것 같은 작은 일을 할 거예요. 그 어떤 일도 더 크고 더 낫지 않으며, 그 모든 것이 다 필요한 일이에요. 당신은 통합센터를 창설하는 일을 도와줄 수도 있고, 그렇게 하지 않을 수도 있어요. 하지만 만나는 모든 사람들에게 늘 웃어줄 수는 있을 거예요."

"그보다 더 중요한 게 있네, 젊은 켄. 자네는 자신의 깨달음을 심화시키기 위해 계속 노력할 거야. 자네가 자신이 그 모든 것을 봤다고 생각한다는 걸 난 알아. 하지만 자네는 다 보지 못했네. 자네는 아직도 무아경의 체험을 영원히 존재하는 앎으로 잘못 알고 있어. 자네가 자각한 것은 시작에 불과해. 그것은 단지 시작일 뿐일세. 이해하겠나?"

"잘 모르겠어요."

"다시 얘기해주지. 앞으로 여러 해 동안 자네는 그것을 향해 계속 성장해갈 거야. 깨달음을 탐구하는 것은 자아를 탐구하는 거야. 자아를 탐구하는 것은 자아를 잊는 거야. 자아를 잊는 것은 모든 것과 하나가 되는 거야. 모든 것과 하나가 되는 것이 곧 영원한 깨달음이야. 이 영원한 깨달음은 영원히 지속돼. 그것은 존재의 매 순간마다 절대적으로 완벽하고 더없이 완벽하면서도 끊임없이 펼쳐지는 끝없는 과정일세……. 내 말을 잘 듣게, 젊은 켄. 영원한 깨달음은 끝없는 과정이라는 것을. 하지만 내 자네에게 약속하지. 그것은 존재해."

내 머릿속의 목소리가 내게 마지막으로 전해준 말은 이것이다.

"조안, 조안……."

"나 여기 있어요, 켄. 당신은 어디 있죠?"

"잘 모르겠어요." 주위를 돌아본다. "아, 클럽 파심인 것 같네요…… 오, 조안, 맙소사, 기가 막히게 놀라운 일을……."

"나도 알아요. 나도 알아."

"댁도 거기 있었군요!"

"내가?"

"그럼 거기 있지 않았어요?"

"예, 난 거기 없었어요. 정말로. 아무튼 나는 아니에요. 아마 내가 대표하는 무엇인가가 있었겠죠."

나는 말한다. "하늘. 나는 그 하늘과 하나가 되었어요. 나는……."

"나도 알아요, 켄, 나도 알아."

하늘의 눈이 나를 바라본다. 하지만 이번에는 놀라지 않는다.

12

오래오래 행복하게, 지금 여기에서

"클로이, 엑스터시에 취한 온우주를 상상할 수 있어?"

클로이는 침대에서 몸을 돌려 천천히 눈을 뜬다. 그런 뒤 부신 아침 햇살 때문에 눈을 감는다.

"뭐라고?"

"엑스터시에 취한 온우주를 상상할 수 있느냐고."

"당연히 상상할 수 있지."

"아니, 엑스터시에 취한 모든 사람을 보고 싶어 하겠느냐는 얘기가 아니라, 온우주가 정말로 거대한 엑스터시 체험을 한다면, 그게 어떨 것 같은지 상상할 수 있겠느냐구."

클로이는 나를 똑바로 쳐다보고는 눈의 초점을 맞추려고 애쓴다. 나는 그녀가 내 눈에 익숙해진 하늘로 빠져들기 시작하고 있다는 것을 알 수 있다.

"클로이?"

"네 모습을 봐, 귀염둥이. 네 모습을 보라고. 지금 무슨 일이 일어나고 있는 거야?"

"클로이, 이 얘기를 어떻게 해야 좋을지 모르겠는데, 지금 너는 너를 보고 있는 거야. 진짜 너를. 네가 그것에 빠져들기만 한다면 말이야."

클로이는 고개를 흔들어 그 마법을 떨쳐내버린다. "젠장, 난 그런 거 몰라, 귀염둥이. 오늘 뭐 할 거야?"

"오늘?" 그러고 나서 나는 웃기 시작한다. 진심에서 우러난 웃음을. 내가 이런 웃음을 터트린 건 아마 평생 처음 있는 일일 것이다. "가급적 많은 사람들이 평면에서 벗어나 2층으로 이동하는 걸 도와줄 것 같아." 그리고 나는 웃는다. 웃고 또 웃는다……

"2층이라. 길 건너편에 있는 새 아파트 단지 말이야?"

나는 더 크게 웃는다. "맞아, 클로이. 바로 그거야."

"맛이 좀 간 것 같네. 뭐 도와줄 거 없니?"

"솔직히 말해 네가 도와줄 수 있을 것 같아."

"오오오오, 날 보고 웃어봐."

"그러고 보니 생각나는 게 있어, 클로이. 내가 너한테 인간이 앞으로 이십만 살까지 살게 될 거라고 얘기한 거 기억나?"

"그럼, 새 옷장이 필요할 거라고 했지."

"그래, 나는 봇들이 그 큰 게임에서 우리를 이길 거라고 생각하곤 했지."

"큰 게임."

"말하자면 엄청나게 중요한 게임에서. 하지만 너 그거 알아? 인류가 끝내 성공할 거라는 거, 클로이. 인류는 정말로 그 일을 해낼 거야."

"잘해봐."

"우리는 충분히 오래 살면서 결국은 깨어나게 될 거야. 정말로, 정말로 자각을 이루고 말 거라고. 그리고 그런 일은 언제라도 일어날 수 있어. 문자 그대로 몇 분 내에라도."

"몇 분 내에."

"클로이, 내 말을 따라 하는 짓 좀 그만둬."

"그런데 네 말은 좀 납득이 안 가. 그런 것 같지 않아?"

"뭐 그럴 수도. 그런데 이십만 살까지 살 거라는 부분은 이해가 가지? 내 생각에는 우리 세대, 노란색 밈 아이들인 우리가 그 일을 해낼 거 같아. 우리는 충분히 오래, 오래 살면서 결국은 자각을 이루고 말 거야. 우리가 참으로 누구고 어떤 존재인지 발견하게 될 거야."

"잘해보셔."

"그래, 너도!" 나는 그녀의 몸을 잡고 홱 떠다 밀어 침대 위에 벌렁 눕게 만든다.

클로이가 말한다. "내가 알고 있는 건 이런 거야. 만일 너와 내가 그토록 오래 산다면, 우리는 적어도 십억 번쯤 섹스를 하게 될 거라고. 귀염둥이, 우리는 십억 번이나 그 짓을 하게 될 거야. 무려 십억 번씩이나!"

나는 그 하늘을 바라본다. 그 놀랍도록 사랑스럽고 너그러운 하늘, 휘황한 태양이 작열하고, 빛이 지상으로 폭포수처럼 쏟아져 내리고, 온 사방에 넘쳐나는 눈부신 사물들, 상쾌하고 투명한 온갖 것들, 대기에 떠도는 빛나는 에메랄드들. 거기서 클로이가 환하게 웃고 있다.

나는 영원을 향해 열려 있는 흡족한 미소를 머금은 채 말한다. "그럼, 우리 시작하는 게 좋을 것 같네."

BOOMERITIS

켄 윌버가 켄 윌버를 통해서
인류 의식 진화를 추구하고 본원적 영을 찾아나서는
상큼발랄하면서도 장엄한 오디세이

통합비전의 대가, 21세기의 대표적인 철학자요 현자인 켄 윌버의《모든 것의 목격자》는 그의 유일한 소설 혹은 픽션이라는 점 말고도 여러모로 독특한 책입니다.

소설이라고 해서 전통적인 소설을 연상하지는 말아주시길. 이 책은 차라리 자기반영성self-reflexivity이 유달리 강한 포스트모더니즘의 전형적인 특징을 보여주는 소설로, 이미 오십 대를 넘긴 작가가 이십 대 초반의 자기를 주인공으로 내세워 오십 대의 본인과 그의 동료들이 실제로 창설한 통합센터에서 주관하는 삼 주간에 걸친 세미나에 참석한 경험의 전말기가 이 작품의 주요 축을 이루고 있습니다. 전형적인 포스트모던 소설답게 책 곳곳에서 시치미 뚝 떼고 소설 속의 다른 한 인물이 젊은 켄에게 통합비전을 열어줄 만한 좋은 책들이 있으니 (바로 켄 윌버의 역작들을)

읽어보라고 소개해주기도 하죠. 젊은 켄이 미래의 자기가 쓸 책을 미리 보는 셈이라고나 할까요.

이 소설이 아이러니한 것은 이 소설이 가장 강력한 공격 대상으로 삼고 있는 부머 세대에 속한 켄 윌버가 바로 X세대와 Y세대의 경계선쯤에 위치한 젊은 본인을 주인공으로 삼았다는 점입니다. 그러니 이것은 젊은 세대의 시각에서 전형적인 부머 세대에 속한 자신을 비춰본 작품이라고도 할 수 있죠.

이 소설은 다양한 흐름들이 중첩되어 있어서 처음에는 쉽게 뭐라고 속단하기 힘들 만큼 다채로워 보입니다. 자신이 이미 펴낸 이십여 권의 책들에서 현란하게 펼쳐낸 그 동서양의 모든 사상의 방대한 흐름이 녹아들어가 있는 통합 지향의 세미나에 참석하는 동안, MIT 인공지능연구소에서 일하는 대학원생인 마음 여리고 소박한 젊은 켄은 많은 걸 배워나갑니다. 그리고 사람이 살면서 평생 몇 번밖에 맛보지 못할 충격적인 경험을 연속적으로 하면서 짧은 기간 안에 놀랍게 변해갑니다. 그런 의미에서 이것은 독일에서 유래된 전형적인 교양 소설의 틀을 갖고 있기도 합니다.

이 소설의 다채로움에 기여하는 주요한 다른 한 축은 소설 중간 중간에 끊임없이 등장하는 켄의 환상 장면들입니다. 그 환상 장면들은 전형적인 남성들이 평균 십 분에 한 번꼴로 떠올리곤 한다는, 포르노를 닮은 노골적이고 음란한 성적 판타지인데, 이 판타지들조차도 소설이 진행되어가고 젊은 켄의 의식 수준이 발달해감에 따라 계속 진화해갑니다. 같은 남자로서 충분히 공감이 가고도 남을 만한 그 음란한 성적 판타지들은 무엇인가를 향해 계속 진화하고 발달해가는데 그 무엇은 대체 뭘까요?

이 소설의 또 하나의 중요한 축은 컴퓨터 공학과 인공지능 연구에 매진하는 젊은 켄이 이 세미나에 참석하면서 갖게 되는 의문, 곧 탄소를 기반으로 하는 생명 형태(곧 인간)와 실리콘을 기반으로 한 생명 형태(곧 로봇 혹은 인공지능) 중에서 어느 쪽이 먼저 나선역학적 발달모형Spiral Dynamics을 이루는 여덟 개의 의식 수준을 타고 올라가 궁극적인 오메가 포인트에 이르게 되는가, 입니다.

> 선 마이크로시스템스의 공동 창업자이자 미래 사이버 혁명이라는 주제에 관한 주요 기고가였던 빌 조이는 그 분야 전문가들의 견해를, 불과 삼십 년 내에 컴퓨터는 인간 수준의 지능에 도달하여—곧이어 그것을 능가하여—인간을 거의 쓸모없는 존재로 만들어버릴 것이다, 라는 식으로 요약함으로써 국제적인 센세이션을 불러일으켰다.(19쪽)

제 주위에서도 인공지능의 놀라운 발전에 경탄하는 이들(특히 유물론자들)은 정말로 몇십 년 안에 인공지능이 인간 수준의 지능에 이를 것이라고 확신하는데, 저는 직관적으로 불가능하다고 판단했지만 그 직관을 뒷받침해줄 공학적 지식이 없어서 더는 말을 못 했죠. 이 책을 번역하면서 제가 시종일관 궁금했던 미스터리들 중의 하나도 역시 그것이었습니다. 인공지능 전문가인 젊은 켄은 어떤 확정적 결론에 이르게 될까요. 이 소설에서는 당연히 그 확정적 결론이 나옵니다만, 이걸 밝힌다면 스포일러가 될 것이기에 생략합니다.

그것만이 아닙니다. 또 하나의 축은 젊은 켄에게 끊임없이 성장하고 발달하라고 부추기는 그의 머릿속의 목소리입니다. 젊은 켄은 그 목소리가 인도하는 대로 계속 나아가 결국은 목소리의 주인공인 미스터리적인 인물을 만나게 됩니다. 그는 누구고 그래서 어떻게 될까? 스포일러.

이미 짐작하셨겠지만 이 소설은 켄 윌버가 평생을 통해서 구축해온 거대한 통합비전과 사상을 젊은 켄이라는 순진한 젊은 대학원생(그리고 이 소설을 읽는 독자들)이 학습하는 과정을 통해서 서서히 이해하고 깨달아가며, 그 통합비전이 궁극적으로 지향하는 목표를 실제로 성취해내는 다큐멘터리 과정이기도 합니다.

제가 이 소설을 통해서 큰 감명을 받은 건, 켄 윌버가 모든 사람의 의식이 한결같이 고른 평면 세계에 머물러 있는 게 아니라 (현재까지 밝혀진 바로는) 아홉 개의 레벨로 이루어져 있으며, 그 아홉 개의 레벨을 다시 크게 1, 2, 3층으로 나눠볼 수 있고 그 최종적인 3층은 곧 영Spirit의 층이라고 갈파하는 것 때문이었습니다.

방대한 서구 문명과 문화 전체를 통합비전 속에 통째로 아우르는 그가 인류 문화의 궁극적인 지향점이 바로 3층, 곧 선불교와 베단타 힌두교와 이슬람의 수피와 유대교의 카발라 등을 망라한, 각 문화권들에서 가장 높은 평가를 받았던 종교적 전통들의 핵심인 영이라고 하는 것은 참으로 많은 걸 시사해줍니다.

이 소설의 원제이자 핵심 주제이기도 한 Boomeritis는 boomer에 "이상하거나 지나친 상태 및 상황, 버릇"을 뜻하는 itis라는 접미어를 결합시켜서 만들어낸 합성어입니다. 말하자면 사전적인 의미로는 "이상하고 과도하고 좋지 않은 상태의 부머"를 뜻하는 말이며, 켄 윌버의 말을 인용하자면 "상당히 저급한 정서적 나르시시즘(자주색 밈과 적색 밈)으로 오염된 아주 높은 수준의 인식 능력(녹색 밈과 고상한 다원론)의 이상한 혼합체"입니다.

작가인 켄 윌버는 소설의 주인공인 젊은 켄과 아울러 많은 이들이 궁극적인 3층으로 발달해가기를 바라지만 그 전에 우선 먼저 녹색 밈(의식의 여섯 번째 레벨)에 고착된 전형적인 현상인 부머리티스를 타파하고 통합적인 2층 하이퍼스페이스로 양자 도약하기를 바랍니다.

이 소설에서 켄 윌버가 많은 보조적인 인물들을 등장시켜 부머리티스를 타파하라고 역설하는 것은 현 미국 인구의 20~25퍼센트를 차지하는 녹색 밈 부머들이 지난 삼십 년 동안 저열한 녹색 밈에 고착되어 좀처럼 움직이지 않으려 들면서 많은 이득에 못지않은 각종 해악을 끼쳐왔기 때문입니다. 켄 윌버가 부머들을 이렇게 통렬하게 비판하는 건 부머들이 나빠서가 아니라 빨리 더 진화해서 가장 많은 역할을 해야 할 이들이 제자리에서 움직이지 않기 때문이죠.

물론 그렇게 하는 저변에는 현 우리 인류의 다수가 1층에 고착되어 각기 다른 레벨들끼리의 치열한 길항과 대립과 적대를 통해서 인류 멸절, 혹은 멸종을 향해 나아가고 있다는 절박한 상황 인식이 깔려 있습니다. 멸절이라는 어두운 운명을 향해 빠르게 나아가는 현 시대 인류가 처한 온갖 구체적인 문제들을 여기서 굳이 열거하지는 않겠습니다.

그리고 이 흥미진진한 준대하소설 중간 중간에는 미국의 X, Y세대가 즐겨 들었던 1990년대와 2000년대 초반의 다양한 그룹들과 DJ들의 음악이 나옵니다. 그 노래 제목들은 하나같이 이 소설의 흐름과 궤를 같이하기에 아주 상징적인 제목들이라고 할 수 있습니다. 아마 그때의 음악을 즐겨 들었던 분들은 향수 어린 느낌을 받을 수도 있을 겁니다.

어찌 보면 이 책은 장난기가 담뿍 어린 유쾌한 포스트모던 패러디 소설(본인의 의식 성장 과정을 압축해서 패러디한)이면서도 다른 한편으로는 자신의 방대하고 통찰력 있는 통합비전을 통해서 멸절의 운명에 처한 인류를 구하는 데 도움이 되고자 하는 켄 윌버의 간절한 뜻이 담겨 있는 진정성 있고 심각한 소설이라고도 할 수 있겠습니다. 모쪼록 즐겨주시기를.

2016년 1월 부여에서
김 훈

BOOK

MUSIC

켄 윌버 저술 목록 _____

1977   The Spectrum of Consciousness ; 《의식의 스펙트럼》(박정숙 옮김, 범양사, 2006)

1979   No Boundary: Eastern and Western Approaches to Personal Growth ; 《무경계》(김철수 옮김, 정신세계사, 2012)

1980   The Atman Project: A Transpersonal View of Human Development

1981   Up from Eden: A Transpersonal View of Human Evolution ; 《에덴을 넘어》(조옥경 · 윤상일 옮김, 한언출판사, 2009)

1982   The Holographic Paradigm and Other Paradoxes: Exploring the Leading Edge of Science

1983   A Sociable God: Toward a New Understanding of Religion ; 《켄 윌버의 신》(조옥경 · 김철수 옮김, 김영사, 2016)

1983   Eye to Eye: The Quest for the New Paradigm ; 《아이 투 아이》(김철수 옮김, 대원출판사, 2004)

1984   Quantum Questions: Mystical Writings of the World's Great Physicists

1986   Transformations of Consciousness: Conventional and Contemplative Perspectives on Development (by Ken Wilber, Jack Engler, and Daniel P. Brown)

1987   Spiritual Choices: The Problem of Recognizing Authentic Paths to Inner Transformation (edited by Dick Anthony, Bruce Ecker, and Ken Wilber)

1991   Grace and Grit: Spirituality and Healing in the Life and Death of Treya Killam Wilber ; 《세상에서 가장 아름다운 용기》(김재성 · 조옥경 옮김, 한언출판사, 2006)

1995   Sex, Ecology, Spirituality: The Spirit of Evolution

1996   A Brief History of Everything ; 《모든 것의 역사》(조효남 옮김, 김영사, 2015)

1997   The Eye of Spirit: An Integral Vision for a World Gone Slightly Mad ; 《아이 오브 스피릿》(김철수 · 조옥경 옮김, 학지사, 2015)

1998   The Marriage of Sense and Soul: Integrating Science and Religion ; 《감

각과 영혼의 만남》(조효남 옮김, 범양사, 2007)

1998   The Essential Ken Wilber: An Introductory Reader

1999   One Taste: The Journals of Ken Wilber ;《켄 윌버의 일기》(김명권 · 민회준 옮김, 학지사, 2010)

1999~2000 The Collected Works of Ken Wilber, vols. 1-8

2000   Integral Psychology: Consciousness, Spirit, Psychology, Therapy ;《켄 윌버의 통합심리학》(조옥경 옮김, 학지사, 2008)

2001   A Theory of Everything: An Integral Vision for Business, Politics, Science, and Spirituality ;《켄 윌버의 모든 것의 이론》(김명권 · 민회준 옮김, 학지사, 2015)

2002   Boomeritis: A Novel That Will Set You Free ;《모든 것의 목격자》(김훈 옮김, 김영사, 2016)

2004   The Simple Feeling of Being: Embracing Your True Nature

2006   Integral Spirituality: A Startling New Role for Religion in the Modern and Postmodern World

2007   The Integral Vision: A Very Short Introduction to the Revolutionary Integral Approach to Life, God, the Universe, and Everything ;《켄 윌버의 통합비전》(정창영 옮김, 김영사, 2015)

■ 더 많은 저술이 있으며, 공식 사이트 www.kenwilber.com을 참고하시기 바랍니다.